상서고문소증 2

尚書古文疏證

ShangshuGuwenShuzheng

옮긴이

이은호 李殷鎬, Lee Eun-ho
성균관대학교 유학대학 유학과 입학, 동대학원 졸업(철학박사)
중국산동사범대학 외적(外籍) 교수
현 성균관대학교 유교철학·문화콘텐츠연구소 책임연구원

상서고문소증 2

초판인쇄 2023년 6월 17일 **초판발행** 2023년 6월 27일
지은이 염약거 **옮긴이** 이은호 **펴낸이** 박성모 **펴낸곳** 소명출판 **출판등록** 제1998-000017호
주소 서울시 서초구 사임당로14길 15 서광빌딩 2층
전화 02-585-7840 **팩스** 02-585-7848
전자우편 somyungbooks@daum.net **홈페이지** www.somyong.co.kr

값 49,000원 ⓒ 이은호, 2023
ISBN 979-11-5905-798-4 94820
ISBN 979-11-5905-796-0 (세트)

이 저서는 2019년 대한민국 교육부와 한국연구재단의 지원을 받아 수행된 연구임(NRF-2019S1A5A7069446)

한국연구재단
학술명저번역총서

상서고문소증 2

尙書古文疏證

ShangshuGuwenShuzheng

염약거 지음

이은호 옮김

일러두기

1. 이 책에서는 서명과 편명을 구별하지 않고 《 》로 통일했다.

머리말

자학字學을 기반으로 문자를 교정하는 과정에서 《상서》 문자 훈해訓解의 문제까지 과학적으로 접근한 청대의 학자 단옥재段玉裁, 1735~1815는 《고문상서찬이古文尙書撰異 · 자서》에서 《상서》가 만난 '일곱 가지 재앙[七厄]'을 다음과 같이 정리하였다.

경經은 오직 《상서》가 가장 존귀한데, 《상서》는 또한 재앙을 만난 것이 가장 심하였다. 진秦의 분서焚書가 첫째이고, 한漢 박사博士의 고문 억압이 둘째이고, 마융 · 정현이 고문일편古文逸篇을 주석하지 않은 것이 셋째이고, 위진魏晉의 위고문이 넷째이고, 당唐의 《정의》에 마융 · 정현의 주해를 채용하지 않고 위僞《공전孔傳》을 채용한 것이 다섯째이고, 천보天寶의 개자改字가 여섯째이고, 송宋개보開寶의 《석문釋文》 개작改作이 일곱째이다. 이 일곱 가지로 인해 고문古文은 거의 사라지게 되었다.

단옥재가 정리한 일곱 가지 재앙은 이른바 "고문"《상서》의 운명에 심각한 영향을 끼친 역사적 재난들로서 역사적으로 《상서》의 원시 문구가 사라진 과정과 금고문의 논쟁의 필연성을 이해하는 실마리가 되기에 충분하다. 애석하게도 단옥재가 확신했었던 "진짜" 고문古文은 영원히 찾을 수 없는 과거의 유물이 되었지만, 지난 2천 년 동안 "진짜"를 대신한 "가짜" 고문은 "진짜"의 위상을 누렸다. 그런데 "가짜"가 "진짜"의 자리를 대신할 수 있었던 표면적인 이유는 경문의 소실과 복구이지만, 실질적으로는 역사적 혹은 시대적 요구가 있었다는 점을 지적하지 않을 수 없다. 초순焦循, 1763~1820이 《상서보소尚書補疏·서序》에서의 제시한 예리한 분석은 정치철학과 학문의 방향에 대한 거대한 담론을 제공한다.

(《예기》의) 《명당위明堂位》는 주공周公을 천자로 삼고 있는데, 한유漢儒들은 이것을 이용해 《대고大誥》를 위조하여 마침내 왕망王莽의 화를 불러왔으며, 정현은 이를 바로잡지 못하고 다시 《상서주》에 사용해서 주공을 왕으로 칭하였다. 그 이후, 조조曹操·사마염司馬炎의 무리 및 진陳·수隋·당唐·송宋을 거치는 동안 왕망의 고사를 따르지 않은 자가 없었다. 그러나 《전傳》(위공전僞孔傳을 가리킨다)이 특히 탁월한 점은, 주공이 스스로 칭왕稱王하지 않고 성왕成王의 명命을 칭하여 대신 고誥한 것으로 한 것이니 이것이 정현의 주해보다 훨씬 뛰어난 점으로 《전》의 7번째 장점이다. 이 《전》을 지은 사람(들)은 당시에 조조曹操·사마염司馬炎의 역적 행위를 목도하고 또 그들을 옹호하여 두예가 《춘추》를 해석한 것이나 속석束晳 등이 《죽서竹書》를 위조하여 순舜이 요堯를 가두고 계啓가 익益을 죽이며 태갑太甲이 이윤伊尹을 죽이는 것과 같은, 상하가 도치되고 군신이 자리를 바꾸어 사설邪說이 경문經文을 어지럽히게 되는 것을 목격하였다. 따라서 《전》을 지어 의리를 지키려고 했었던 사람(들)은 《익직益稷》의 개정을 꺼리지 않았고 《이훈伊訓》·《태갑太甲》 등의 제 편을 새로 만들어 암암리에 《죽서》와 맞서도록 하였으며, 또 《공씨전》에 의탁하여 정현의 주해를 축출함으로써 군신상하의 의리를 밝히고 해악을 막는 그 이상의 담론을 펼쳤다. 《전》을 지은 사람(들)은 당시의 시기猜忌를 받았기 때문에 스스로 그 성명을 숨긴 것이다.

결과적으로 한대漢代의 종식은 고대 선진문화와의 결별을 의미했다. 뒤를 이은 남북조, 수·당의 시대는 새로운 시대의 요구에 걸맞은 그 시대의 경학이 필요했던 것일 뿐이다. 그 자리에 《공전孔傳》이 한 축을 담당했고, 송명대 심학心學 태동의 주요 기반이 되었던 것이다.

　　동진東晉 매색梅賾이 헌상한 공안국孔安國의 《전傳》이 부록된 《상서》는 그 자체적 모순과 허점 등으로 송대 이래 많은 학자들의 관심을 받았다. 그러나 학관에 배열된 지존至尊의 《상서》를 "위조된 것"으로 주장하는 것은 결코 쉬운 일이 아니었다. 송대宋代에 이르러 학술적으로 자유로운 풍조가 형성되면서 자연스럽게 수많은 학자들이 신설新說을 제시하며 《상서尙書》 의변疑辨에 필요한 여건을 준비해 가게 된다.

　　우선 정이程頤, 1033~1107는 《금등金滕》편의 문장을 곧이곧대로 믿을 수 없다고 하였다. 《금등》은 금문今文이지만 예로부터 많은 의심을 받아왔고, 정이程頤 이후에도 많은 학자들이 그 논의에 동참하였다. 소식蘇軾, 1037~1101은 《강고康誥》의 앞부분이 사실은 《낙고洛誥》의 앞부분일 것으로 믿었다. 이런 단편적인 의심들이 이루어지던 가운데 가장 먼저 위고문僞古文 《상서》에 대한 의변疑辨을 제기한 사람은 바로 오역吳棫, 1100?~1154, 字 才老이었다. 그가 지은 《서비전書稗傳》 12권은 전하지 않지만, 후대 학자들의 인용을 통해서 그의 의변疑辨을 확인할 수 있다.

　　탕왕湯王과 무왕武王은 모두 무력武力으로 천명天命을 받았으나 탕왕의 말은 너그러운 반면 무왕의 말은 급박하며, 탕왕이 걸桀의 죄를 열거한 것은 공손하고 무왕이 주紂의 죄를 열거한 것은 오만하니, 학자가 의혹이 없을 수 없다. 아마도 이《태서泰誓》는 늦게 출현한 것으로 당시의 본문本文은 아닌 듯하다.《書集傳·泰誓》題下注

주희朱熹, 1130~1200는 《어류語類》에서 "재로才老가 고증에 지대한 공헌을 하였지만, 의리義理상으로는 자세하지 않다", "재로는《재재梓材》가《낙고》의 한 부분이라고 했는데, 매우 옳은 지적이다"라고 하며 오역이《상서》의 고증에 큰 공헌을 했음을 인정하였다.

송대 위고문 의변에 가장 큰 영향을 끼친 인물은 바로 주희 자신이기도 했다. 그는《어류》권71~80권, 권125 등에서《상서》에 대한 의변논의를 펼쳤다.

나는 일찍이 공안국의《서》가 가서假書라고 의심하였다. (…중략…) 하물며 공안국의《서書》는 동진東晉 시대에서야 출현하게 되는데, 그 이전에 유자들은 모두 그 책을 보지 못했으므로 더욱 의심스럽다.《朱子語類》권78

공벽孔壁에서 나온《상서》가운데《대우모大禹謨》·《오자지가五子之歌》·《윤정胤征》·《태서泰誓》·《무성武成》·《경명囧命》·《미자지명微子之命》·《채중지명蔡仲之命》·《군아君牙》 등의 편들은 모두 평이하고, 복생伏生이 전한 것은 읽기 어려우니, 어떻게 복생은 어려운 부분만 기억하고 쉬운 부분은 기억하지 못했는지 도무지 이해할 수 없다.《朱子語類》권78

주희는 현전하는 고문상서와 금문상서의 문체가 확연히 차이가 나는 점 등과 한대漢代 이후 유전과정이 의심스러운 점 등을 이유로 고문상서에 대해 의심을 하였다. 또한 《서서書序》에 대해서도 "《서서書序》를 믿을 수 없다. 복생 때에 없었고, 그 문장이 매우 조잡하므로 전한前漢사람의 문자가 아니라 후한後漢 말엽 사람의 것과 비슷하다"《朱子語類》권78, "《상서尙書》의 《소서小序》는 누구의 저작인지 알 수 없고, 《대서大序》 또한 공안국의 저작이 아니다. 아마도 《공총자孔叢子》를 쓴 사람일 것으로 생각되는데, 문자가 평이하다. 서한西漢의 문자는 난해하다"《朱子語類》권78라는 논평을 내놓았다. 주희는 《공전》 및 《서서書序》에 대해 용단있게 의변을 진행했지만, 다른 한편으로 위고문僞古文을 수호해야 한다는 의지를 분명히 하였다.

> 《서書》 가운데 의심되는 제편諸篇을 모두 신뢰하지 않는다면 육경六經이 무너질지도 모른다. 《朱子語類》권79

주희의 이 한마디는 리학理學체계에서 의변논의에 제동역할을 수행하게 된다. 주희가 "서경書經"의 권위를 지켜야만 하는 가장 큰 이유는 역시 리학理學을 탄생시킨 근원이라고 할 수 있는 "인심은 위험하고 도심은 미미하니 오직 정밀하게 살피고 한결같이 지켜 진실로 그 중中 잡아야 한다[人心惟危, 道心惟微, 惟精惟一, 允執厥中]"는 명제가 《대우모》에 들어있었기 때문이었다. 《대우모》는 고문에 속했기 때문에, 만약 고문전체를 의심하기 시작하면, 《대우모》의 문구가 의심받게 되는 것을 당연하고, 리학의 기반

마저 흔들릴 수 있다는 것을 주희는 고려하지 않을 수 없었을 것이다.

주희 이후 조여담趙汝談, ?~1237, 왕백王柏, 1197~1274, 號 魯齋, 왕응린王應麟, 1223~1296 등을 거쳐 왕백王柏의 제자인 김이상金履祥, 1232~1303이 의변을 이었다. 김이상은 주희의 말을 인용하여 "안국安國의 서序는 절대 서한의 문장으로 볼 수 없으며, 나는 동한사람이 만든 것으로 의심한다. 문체로 알 수 있을 뿐만 아니라 이른바 금석사죽金石絲竹의 음音을 들었다는 것은 확실히 후한後漢 사람의 말임에 의심의 여지가 없다"《經義考》권76라고 하였다.

송대 이후 원명元明시대는 오로지 《채전蔡傳》 일변도의 학풍이 이어지긴 하지만, 그 와중에서도 의변의 논의가 심도 있게 진행되었다. 가장 주목할 만한 인물은 원元의 오징吳澄, 1249~1333, 號 草廬이다. 오징은 《서찬언書纂言》 4권을 편찬하면서 금문 28편만을 해석하고, 위작으로 의심되는 고문은 책의 뒤쪽에 부록하는 편제를 시도하였다.

복생의 《서》는 이미 매색梅賾이 더한 것과 뒤섞였지만 누구나 다시 분별해낼 수 있다. 일찍이 그것을 읽어보니 복생의 《서》는 비록 완전히 통하기는 어렵지만, 그 사의辭義의 고오古奧함을 감안하면 그것이 상고上古의 《서》임에 의심의 여지가 없었다. 매색이 더한 25편은 체제體製가 한 사람의 손에서 나온 것 같고, 채집하여 보충하고 삭제한 것이 비록 한 글자라도 근본이 없는 것이 없으며, 평탄하고 나약하여 선한先漢 이전의 글로 절대 분류될 수 없다. 대저 천년의 고서古書가 가장 늦게 출현하였는데 자획字劃에 조금도 탈오脫誤가 없고 문세文勢도 서로 맞지 않으니 크게 의심할 바가 아니겠는가? (…중략…) 대저 오역과 주자가 의심한 바가 이와 같은데, 내가 어찌 그 의문을 질정할 수 있겠는가마는 이 고문 25편이 고古《서書》임을 절대 신뢰할 수 없으니, 시비지심是非之心을 어찌 어둡게 할 수 있겠는가? 따라서 이제 이 25편을 따로 나누어 복생의 《서》에 부록으로 붙이고, 각 편의 머리에 있는《소서小序》는 다시 하나로 합쳐 뒤에 위치시키면서 공씨孔氏의《서序》를 함께 붙였으니 의심이 되는 바가 있기 때문이었다. 나 개인의 말이 아니라 선유先儒에게서 들은 것일 뿐이다.吳澄,《書纂言 · 目錄》

오징은 비록 선유先儒로부터 들은 것이라는 겸사를 사용했지만, 이전의 오역과 주희의 의변에 비해서 확실히 과감하였고, 금문과 고문을 구분하는 편제는 오징으로부터 시작되었다고 평할 수 있다.

명대에 들어서 의변의 최대 성과는 매작梅鷟, 1483?~1553의《상서고이尙書考異》와《독서보讀書譜》에서 확인할 수 있다.

심하도다! 유자들이 괴이함을 좋아함이여, 그 시대를 논하지 않고, 그 인물을 돌아보지 않은 채 오로지 괴이함만을 따랐도다. 복생이 경經 28편과 서序 1편 등 총 29편을 전하여 제로齊魯지역에 교수함에 해와 달이 하늘에 운행하는 것을 사람들이 우러러보는 것과 같았으니, 바로 성경聖經의 정통이다. 공벽孔壁에 숨겨졌던《고문상서》의 경우는, 고조高祖가 노魯를 지나면서 공자에게 제사지낼 때 고문을 언급하지 않았고, 혜제惠帝가 협서령挾書令을 해제할 때 고문을 언급하지 않았으며, 문제文帝가《상서》를 읽을 수 있는 사람을 구할 때에도 고문을 언급하지 않았으며, 경제景帝 때에도 단 한 사람이라도 공씨가 고문을 소유하고 있다는 것을 말하지 않았다. 효무제孝武帝 때에 이르러 7 · 80년이 지나는 동안 성손聖孫 공안국孔安國이 오로지 고문을 연구하였는데, 금문으로 그것을 읽어 그의 학가學家를 일으켰다. 동진東晉에 이르러 고사高士 황보밀皇甫謐이라는 자가 있어 공안국의 《서書》를 보고 폐기하였는데도 사람들은 아까워하지 않았고, 오히려 《서書》 25편과 《대서大序》 및 《전傳》을 만들어 안국고문安國古文이라 사칭하여 외제外弟 양류梁柳에게 전하고, 양류梁柳는 장조臧曹에게 전하고, 장조臧曹는 매이梅頤, 梅賾에게 전하였는데, 매이梅頤가 마침내 헌상하여 시행되었다. 사람들은 진眞 안국安國 《서書》로 믿었는데 이전의 제유諸儒들 즉 왕숙王肅 · 두예杜預 등 진초晉初의 사람들, 정충鄭沖 · 하안何晏 · 위소韋昭 등 삼국三國의 사람들, 정현鄭玄 · 조기趙岐 · 마융馬融 · 반고班固 등 후한後漢의 사람들, 유향劉向 · 유흠劉歆 · 장패張霸 등 전한前漢의 사람들이 모두 보지 못한 것들이었다. '일서逸書'라고 말하지 않았고 '현재 망실되었다[今亡]'라고 하였다. 《사기》 · 《한서》에 기록된 것은 절대 25편의 영향을 받은 것이 없으며, 거기에 언급된 정충鄭沖 · 소유蘇愉 등은 모두 사실을 왜곡한 것일 뿐이다. (…중략…) 수隋 · 당唐 이래 천여 년 동안 오징의 《서찬언書纂言》을 제외하고 일찍이 단 한사람의 성경聖經의 충신의사忠臣義士가 없었으니, 어찌 가슴 아픈 일이 아니겠는가! 《經義考》 권88 《尙書考翼(異)》

손성연孫星衍, 1753~1818이 쓴 《상서고이尙書考異 · 서序》에서도 매작梅鷟의 의변 성과가 청대의 염약거閻若璩 등이 의변疑辨을 완성하는데 결정적인 역할을 한 점을 높이 평가하였다. 왜냐하면 매작梅鷟은 이전의 의변이 단순히 금고문의 문자난이文字難易의 구분에 머무는데 그치지 않고 고문의 특정 구절이 선진先秦의 어떤 문헌에서 따 온 것인지에 관한 구체적인 증거를 수집하는 방법을 시도했기 때문이었다.

    오역, 주희, 오징, 매작으로 이어지는 의변의 큰 줄기는 염약거閻若璩, 1636~
1704의 《상서고문소증尙書古文疏證》으로 완성되게 된다. 《상서고문소증》은
"제1. 전후前後 《한서》에 기록된 고문편수가 지금과 다름을 논함第一.言兩漢
書載古文篇數與今異"을 시작으로 한 가지 문제에 대해 한 가지 의론을 하여 모
두 128편을 입론하였는데, 중간에 28~30, 33~48, 108~110, 122~129
등 총 30조條가 빠져 있다. 염약거는 매작의 선행연구에서 개창한 증거
수집방법을 운용하여, 문헌적 증거와 역사적 증거 두 방면으로 공씨본의
위작을 고정考定하였다. 제1에서 제80권1~권5까지는 문헌적 증거이고, 제
81에서 제96권6까지는 역사적 증거이며, 제97에서 제112권7까지는 위고
문 내용의 모순을 폭로하였고, 제113에서 끝권8까지는 오역 · 주희 · 왕충
운王充耘 · 매작 · 학경郝敬 · 정원鄭瑗 · 요제항姚際恒 · 마숙馬驌 등의 의변설을 인
용한 것이다. 《사고전서총목제요》에서는 《사기》·《한서》에 공안국이 고
문 《상서》를 헌상한 설說만 있고 전傳을 만들라는 명을 받은 사실은 없으
니, 이는 위본僞本이 근거가 없는 확실한 증거이기도 하지만, 위본僞本을
변호하는 중요한 관건이 되기도 한다는 점을 지적하면서, 염약거가 이
부분에 대해서는 언급하지 않은 점은 조금 아쉬운 점이라고 지적하였다.
또한 기타의 조목 뒤에 종종 군더더기 말을 덧붙여 내용을 방대하게 한
점 및 《잠구차기潛邱箚記》를 부록으로 붙여둔 점은 결과적으로 핵심을 벗
어난 지엽적이라는 점을 비판하였다. 그러나 결론적으로 반복적으로 천
고千古의 대의大疑를 제거하고 떨어낸 공헌은 고증학의 시초가 된다는 점

을 기렸다. 정리하자면《고문상서소증》은 고문《상서》를 과학적으로 논증하여 진한秦漢 이래 천년을 이어져 온《상서》금고문今古文 논쟁을 종결하고 고문의 위작을 증명한 고증학 최고의 명저名著인 것이다.

　저자인 염약거閻若璩, 1636~1704의 자는 백시百詩, 호는 잠구潛丘이다. 고적故籍은 산서山西 태원太原, 현 중국 산서성(山西省) 태원시(太原市)이며, 강소江蘇 회안부淮安府 산양현山陽縣, 현 강소성(江蘇省) 회안시(淮安市)에서 출생하여 활동하였다.

　순치順治 8년1651, 15세의 염약거는 산양현山陽縣 학생원學生員이 되어 경사經史 연구에 매진하며 군서群書를 탐독하였다. 20세부터《상서고문소증》편찬을 시작하였다. 강희康熙 원년1662 27세에 고적故籍인 태원太原으로 돌아와 과거에 응시하였지만 낙제하였다. 강희 11년1672 태원으로 돌아와 4번째 과거에 낙제한 후 고염무顧炎武, 1613~1682와 교유하며 고적답사를 함께 하였고, 또한 고염무의《일지록日知錄》수 조목을 질정하기도 하였다. 강희 17년1678 박학홍유과博學鴻儒科에 추천받아 응시하였지만 낙방한 후 경사京師에 머물며 여러 학자들과 교유하였다. 이 해 서건학徐乾學, 1631~1694의《대청일통지大淸一統志》수찬사업에 참여하였고, 동시에 만사동萬斯同, 1638~1702 · 고조우顧祖禹, 1631~1692 · 호위胡渭, 1633~1714 등 학자들과 함께 역사를 비교하고 여러 책을 참고하여《자치통감후편資治通鑑後編》184권을 완성하는데 일조하였다. 청장년시절을 경사에서 활동하며, 틈틈이《상서고문소증》을 편찬하였다. 강희 33년1694 그의 나이 59세가 되어서야 비로소 회안부淮安府 산양현山陽縣으로 귀향했다. 강희 38년1699과 42년1703, 강희제康熙帝가 강소江蘇와 절강浙江을 방문했을 때 두 번이나 찬송시를 올렸지만 알현하지 못했다. 그 후 염약거의 명성을 익히 알았던 황제의 넷째 아들 윤진태자胤禛太子, 훗날의 雍正帝의 초청으로 69세의 염약거는 노구와 숙환에도 불구하고 강희 43년1704 1월에 경사로 달려갔다. 얼마 지나지 않아 염약거의 건강이 악화되어 그해 6월 8일 경사에서 사망했다. 주요저작은《상서고문소증尚書古文疏證》,《사서석지四書釋地》,《잠구차기潛邱劄記》 등이 있다.

　처음 염약거의《상서고문소증》8권이 세상에 나왔을 때, 성경聖經을 모욕했다는 이유로 여러 비난에서 자유로울 수 없었다. 뿐만 아니라 하마터면 그 불멸의 연구성과는 그대로 역사에 묻히고 다음 세대를 기약할 뻔했었다. 염약거 생존 당시,《상서고문소증》은 단지 초본抄本만 유전流傳되었고 판각간행되지는 못했다. 염약거가 세상을 떠난 40년 후에야 비로소 그의 손자 염학림閻學林에 의해 회안淮安에서 판각간행되었으니, 이것이 바로 건륭乾隆 10년1745 평음平陰 주씨朱氏 권서당본眷西堂本이다. 건륭 37년1772《사고전서四庫全書》가 수찬修撰되면서 이 판본이 수록되었고, 원각原刻은 수몰 폐기되었다. 그 후 가경嘉慶 원년1796 오인기吳人驥의 천진각본天津刻本, 동치同治 6년1867 전당錢塘 왕씨汪氏 진기당振綺堂 중수본重修本, 왕선겸王先謙, 1842~1917의《청경해속편清經解續編》본이 만들어졌다. 각본刻本 이외에도 초본抄本 2종이 세상에 전해지고 있다. 하나는 항세준杭世駿 발문跋文의 청초본清抄本 5권으로 현재 중국국가도서관中國國家圖書館에 소장되어 있고, 다른 하나는 청清 심동沈彤 초본抄本 5권으로 현재 호남성도서관湖南省圖書館에 소장되어 있다. 권서당본이 염약거의 손자가 간각刊刻한 것이고, 나머지 판본은 모두 권서당본을 기본으로 만든 것이다.

《상서》는 고대 성왕聖王과 현신賢臣의 언행을 기록한 유가의 경전이자 역사서로서, 공자가 《시》와 함께 필수 교재로 선택한 교과서였다. 유가의 탄생과 한대漢代 학관學官이 세워진 이래로 최고의 경전의 하나로 군림하면서 지존의 위상을 가진 《상서》를 "위조된 것"으로 주장하고 나서는 것은 결코 쉬운 일이 아니다. 더욱이 천여 년 동안 지속된 공안국전 《상서》의 자체적 모순과 허점의 노출 그리고 그것에 대한 합리적 "의심"은 공자이래 한 사람이라는 주자에게도 쉽지 않은 사안이었다. 염약거는 주자의 의변疑辨을 자기 학설의 보호막으로 삼아 자신의 학문을 반대하는 사람들에게 성법聖法과 경도經道를 위배하였다는 말을 하지 못하도록 하는 한편, 선대先代 학자들이 주창한 방법론과 결과물을 운용하여 역사적인 의변작업을 완성한 저작을 편찬하게 되었다. 그것이 바로 고증학 불멸의 명작 《상서고문소증》이다. 비로소 경전의 지위에 있던 고문 《상서》는 위작僞作으로 판명되었고, 위고문은 아무런 저항 없이 전복되고 말았다. 이는 경학 학술사상 최고의 과학적 성과로 평가된다.

2023년 초여름

이산서재而山書齋에서 역자 쓰다

● 그렇지만 반복해서 정리하고 손질함으로써 천고千古의 큰 의문점들을 제거했으니, 고증학에서는 아마도 이 책보다 나은 것이 없을 것이다.

― 기균紀昀 등 《사고전서총목제요四庫全書總目提要》

● 학문의 최대 장애물은 맹목적인 신앙보다 더 심한 것이 없다. (…중략…) 그러므로 염백시의 《상서고문소증》을 최근 삼백 년 학술해방의 제1등 공신으로 인정하지 않을 수 없다.

― 양계초梁啓超 《중국근삼백년학술사中國近三百年學術史》

《상서고문소증》 출판에 즈음하여 초역을 꼼꼼히 읽어보고 오탈자를 교정해준 성균관대학교 하한솔 학우와 정읍(井邑) 선송당(善松堂) 이중호(李中浩) 학형에게 깊은 감사의 말씀을 전합니다.

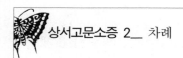

尙書古文疏證 전체 차례

권5 상上

제65. 지금의 《요전》과 《순전》은 본래 하나였는데, 요방흥의 28자로 나뉘어 갈라진 것을 논함

원문

今之《堯典》,《舜典》, 無論伏生, 即孔安國原只名《堯典》一篇, 蓋別有逸書《舜典》, 故魏晉間始析爲二. 然"愼徽五典"直接"帝曰欽哉"之下, 文氣連注如水之流, 雖有利刃亦不能截之使斷. 惟至姚方興出, 妄以二十八字橫安于中, 而遂不可合矣. 今試除去讀之, 堯旣嫁二女于舜矣, 初而歷試, 旣而底績, 繼而受終, 次第及于齊七政, 輯五瑞, 肇州, 封山, 濬川, 明刑, 流放四凶, 雖舜之事, 何莫非帝之事哉? 至是而"帝乃殂落", 而帝之事終矣. "月正元日"以後, 則舜之事也. 而舜何事哉? 用先帝之人, 行先帝之政, 則舜之事而已. 如是又五十載, 而舜之事亦畢矣, 故以"陟方乃死"終焉. 惟除去二十八字耳. 而以"殂落"終堯, 以"陟方"終舜, 以爲一篇可, 以爲一人可, 以爲虞史欲紀舜而追及堯行事可, 以爲虞史實紀堯而並舜行事統括之, 亦無不可也. 推而合之他書, 又無往而不合也. 再試析爲二, "帝曰欽哉", 何以蹶然而止? "愼徽五典", 何以突如其來? 不可通者固多矣, 又況二十八字無一非勦襲陳言者乎? 善乎! 同里老友劉珵先生之言曰 : "欲黜僞古文, 請自二十八字始."

　　지금의 《요전》과 《순전》은 복생을 언급하지 않더라도 공안국 《서》의
원명은 단지 《요전》 1편이었다. 별개의 일서逸書 《순전》이 있었으므로,
위진 연간에 비로소 둘로 나누어졌다. 그러나 "신휘오전愼徽五典"을 "제왈
흠재帝曰欽哉"아래 바로 이어 문맥이 마치 물 흐르듯이 이어졌으므로 비록
예리한 칼로도 잘라 나눌 수 없었다. 요방흥姚方興[1]이 출현하면서, 함부로
28자[2]를 가운데 덧대어 마침내 합칠 수 없게 되었다. 지금 28자를 제거
하고 읽어보면, 요임금이 이미 순에게 두 딸을 시집보내고, 처음 시험을
거쳐 이미 공적이 쌓였으므로 요임금을 이어서 제위에 올라, 차례대로
칠정七政日月五星을 제정하고, 다섯 등급의 서옥五瑞을 거두었으며, 처음 12
주를 설치하고, 큰 산을 진산鎭山으로 삼고, 물길을 준설하고, 형법을 제
정하여 사흉四凶을 추방하였는데, 이것들은 비록 순이 한 일이지만, 어찌
요임금의 일이 아님이 있겠는가? 이로부터 "요임금이 돌아가시다帝乃殂落"
에 이르러 요임금의 일이 끝난다. "정월 원일月正元日" 이후는 순임금의 일
이다. 순은 무슨 일을 하였는가? 선제의 사람을 등용하고, 선제의 정치
를 시행한 것이 순이 한 일일 뿐이다. 이와 같이 함이 또 50년이 지나 순
임금의 일도 끝나므로, "순수길에 올라 돌아가시다陟方乃死"에서 끝난다.
단지 28자를 제거한 것일 뿐이다. "조락殂落"으로 요임금이 끝나고, "척방
陟方"으로 순임금이 끝나므로, 이것으로 한 편으로 삼아도 되고, 이것으로

1　요방흥(姚方興) : 남조(南朝)의 학자. 제(齊)소란(蕭鸞) 건무(建武) 4년(497) 대항두(大
　　航頭)에서 서한(西漢)의 공안국(孔安國)이 지은 전주(傳注)가 있는 고문상서(古文尚書)
　　《순전(舜典)》 1편 몇 글자를 얻었다고 한다. 《수서·경적지》에 전한다.
2　曰若稽古帝舜曰, 重華協于帝, 濬哲文明, 溫恭允塞, 玄德升聞, 乃命以位.

한 사람의 일로 삼아도 되며, 이것으로 우나라 사관이 순임금을 기록하면서 요임금이 하신 일을 미루어 기록한 것도 되며, 우나라 사관이 요임금을 기록하면서 아울러 순임금이 하신 일을 총괄한 것도 또한 안될 것이 없다. 이것들을 옮겨 다른 책에 합치더라도 합치하지 않음이 없을 것이다. 다시 시험 삼아 둘로 나눈다면, 어찌 "제왈흠재帝曰欽哉"에서 급작스레 끝나는 것인가? 어찌 "신휘오전愼徽五典"이 갑자기 나타난 것인가? 이해할 수 없는 것이 진실로 많은데도 하물며 28자 가운데 한 글자도 다른 문헌을 모방하여 나온 말이 아님이 없는 것인가? 훌륭하다! 같은 마을의 오랜 친우인 유정劉珵, 1616~1693[3] 선생은 "위고문을 축출하고자 한다면, 청컨대 28자로부터 시작해야 할 것이다欲黜僞古文, 請自二十八字始"고 하였다.

원문

按 : 鄭端簡曉, 予得其手批吳氏《尚書纂言》, 于二十八字上批云 : "'曰若'句襲諸篇首, '重華'句襲諸《史記》, '濬哲'掠《詩 · 長發》, '文明'掠《乾 · 文言》, '溫恭'掠《頌 · 那》, '允塞'掠《雅 · 常武》, '玄德'掠《淮南子鴻烈》, '乃試以位'掠《史 · 伯夷傳》." 正見其蒐竊之踪.

번역 안按

내가 단간공端簡公 정효鄭曉가 손수 적은 오징吳澄의 《상서찬언尚書纂言》을 얻었는데, 28자 위에 손수 다음과 같이 적었다. "'왈약曰若'구는 《요전》

---

3   유정(劉珵) : 자 초종(超宗). 전목(錢穆) 《중국근삼백년학술사(中國近三百年學術史)》에 보임.

편의 첫머리를 습용한 것이고, '중화重華' 구는 《사기》에서 습용한 것이며,[4] '준철濬哲'은 《시·상송·장발長發》에서 훔친 것이고,[5] '문명文明'은 《건괘·문언》에서 훔친 것이며,[6] '온공溫恭'은 《상송·나那》에서 훔친 것이며,[7] '윤색允塞'은 《대아·상무常武》에서 훔친 것이며,[8] '현덕玄德'은 《회남자홍렬淮南子鴻烈》에서 훔친 것이며,[9] '내시이위乃試以位'는 《사기·백이전伯夷傳》에서 훔친 것이다."[10] 28자의 훔쳐서 모은 흔적을 잘 보여준다.

원문

又按：朱子謂"呂伯恭言《舜典》止載舜元年事則是, 若云此係作史之妙則不然, 焉知當時別無文字在?" 朱子此等識見信高明, 蓋《書序》有《舜典》, 有《汩作》,《九共》,《槀飫》十一篇, 皆爲舜事. 朱子不信《序》, 而暗與之合者如此. 余因悟此即後代作史法也. 史之有本紀爲一史之綱維, 猶《書》之有帝典. 體以謹嚴爲主. 故今二《典》所載皆用人行政大者. 若他節目細事, 如設官居方, 別生分類, 則散見《汩作》諸篇, 蓋即後代志與傳所從出也. 近作史者舉凡志傳所不勝載之瑣事冗語, 悉羅而入于本紀, 尙得謂諳史家體要哉!

4 《사기·오제본기》虞舜者, 名曰重華. 重華父曰瞽叟, 瞽叟父曰橋牛, 橋牛父曰句望, 句望父曰敬康, 敬康父曰窮蟬, 窮蟬父曰帝顓頊, 顓頊父曰昌意：以至舜七世矣. 自從窮蟬以至帝舜, 皆微爲庶人.
5 《시·상송·장발(長發)》濬哲維商, 長發其祥. 洪水芒芒, 禹敷下土方, 外大國是疆. 幅隕既長, 有娀方將, 帝立子生商.
6 《역·건괘·문언》潛龍勿用, 陽氣潛藏. 見龍在田, 天下文明.
7 《시·상송·나(那)》溫恭朝夕, 執事有恪. 顧予烝嘗, 湯孫之將.
8 《시·대아·상무(常武)》王猶允塞, 徐方既來. 徐方既同, 天子之功.
9 《회남자홍렬(淮南子鴻烈)·원도훈(原道訓)》昔舜耕於曆山, 期年而田者爭處境堨, 以封壤肥饒相讓；釣於河濱, 期年而漁者爭處湍瀨, 以曲隈深潭相予. 當此之時, 口不設言, 手不指麾, 執玄德於心, 而化馳若神.
10 《사기·백이전(伯夷傳)》堯將遜位, 讓於虞舜, 舜禹之間, 岳牧咸薦, 乃試之於位, 典職數十年, 功用既興, 然後授政.

주자는 다음과 같이 말했다.

"여조겸呂祖謙, 1137~1181, 자 백공(伯恭)**11**이 말하길 '《순전》은 다만 순임금 원년의 일을 기록한 것에 그쳤다고 하면 옳고, 만약 이것이 역사를 기록하는 미묘함이라고 말한다면 그렇지 않으니, 당시 별도의 문자가 없었는지 어찌 알겠는가?'呂伯恭言《舜典》止載舜元年事則是, 若云此係作史之妙則不然, 焉知當時別無文字在? 하였다." 주자의 이같은 식견은 참으로 고명高明하다. 《서서書序》에 《순전》이 있고, 《골작汨作》, 《구공九共》, 《고어槀飫》 11편이 있는데, 모두 순의 일을 기록하였다. 주자는 《서서書序》를 믿지 않았고, 암암리에 거기에 부합한 것이 이와 같았다. 나는 이로 인해 후대의 역사를 기록하는 법을 깨닫게 되었다. 사서의 본기本紀는 한 역사의 강령이 되니, 《서》의 제전帝典이 있는 것과 같다. 문체는 근엄謹嚴함을 위주로 한다. 따라서 지금의 두 개의 《전典》의 기록은 모두 인재를 등용하고 정사를 행하는 대단大端이다. 기타 절목의 세세한 일들, 가령 관직을 설치하여 제 위치에 두는 것과 족속을 구별하고 종류를 분별한 것들의 경우는 《골작汨作》 제편에 흩어져 보이니, 곧 후대의 지志와 전傳이 유래한 바이다. 근래의 역사를 기록하는 자들은 지志와 전傳에 이루 다 기록하지 못하는 자잘한 사건과 쓸데없는 말들을 망라하여 본기本紀에 넣어버리니 어찌 암암리에 사관의 요령을 체

---

11 여조겸(呂祖謙) : 자 백공(伯恭), "동래선생(東萊先生)"으로 불린다. 남송의 이학가(理學家), 문학가이다. 명리궁행(明理躬行)을 주장하고 심성에 대한 공담(空談)을 반대하여 "절동학파(浙東學派)"의 선구가 되었다. 그가 세운 "무학(婺學)"("금화학파(金華學派)")는 이학(理學) 발전에 중요한 지위를 점한다. 주희(朱熹), 장식(張栻)과 더불어 "동남삼현(東南三賢)"으로 불린다. 저서에는 《동래집(東萊集)》, 《역대제도상설(歷代制度詳說)》, 《동래박의(東萊博議)》 등이 있고, 주희와 함께 《근사록(近思錄)》을 편찬하였다.

득했다고 말할 수 있겠는가!

又按 : 蔡《傳》:"吳氏謂'肇十有二州'一節在禹治水後, 不當在四罪之先. 蓋史官泛記舜行事耳, 初不計先後之序." 非也. 既如肇州在平水土後, 自應在 五載一巡守後, 可知其四罪繫末簡者, 蓋因刑而附記之. 孔安國《傳》所謂"作 者先敘典刑而連引四罪, 明皆徵用所行, 於此總見之"最確. 泛記舜行事, 初不 計先後之序, 若指此二節, 而不指彼一節, 亦可矣.

번역 우안又按

《채전》에 다음과 같이 말했다. "오씨吳氏가 말하길 '처음 12주를 만들 다' 구절은 우禹 치수 이후의 일이며, 사흉四凶을 죄준 일의 앞에 있을 수가 없다. 이는 사관이 순이 행한 일을 범범하게 기록한 것이며, 애초에 선후 의 차례를 따지지 않았다'고 하였다吳氏謂'肇十有二州'一節在禹治水後, 不當在四罪之先. 蓋史官泛記舜行事耳, 初不計先後之序."

이 말은 틀렸다. 이미 처음 12주를 만든 것과 같은 것은 물과 땅이 다 스려진 이후이고, 응당 5년에 한 번 순수를 한 이후에 해당하며, 사흉이 죄를 지은 것은 서책 끝에 붙어 있었음으로 인해 형벌을 내린 것을 부기附 記했다는 것을 알 수 있다. 공안국《전》의 "작자가 먼저 전형典刑을 서술하 고 연달아서 네 사람의 치죄 사실을 이끌어서, 이것들은 모두 순이 요임 금의 부름을 받아 등용되었을 때 행한 바임을 밝혀서 여기에 모두 보인 것이다作者先敘典刑而連引四罪, 明皆徵用所行, 於此總見之"고 한 것이 가장 확실하다. 순이 행한 일을 범범하게 기록한 것이며, 애초에 선후의 차례를 따지지 않았다는 것은 전형을 밝혀서 사흉을 벌주는 두 구절을 가리키는 것이지, 처음 12주를 만들었다는 구절을 가리키지 않는다고 하면 그 또한 옳다.

원문

又按：胡渭生胐明謂予："'升聞'二字又掠《大戴禮記·用兵》篇." 姚際恒立方曰："'濬哲文明, 溫恭允塞'八字襲《詩》與《易》, 夫人知之, 獨不知王延壽《魯靈光殿賦》云'粤若稽古, 帝漢祖宗, 濬哲欽明', 王粲《七釋》云'稽若古則, 叡哲文明, 允恭玄塞'. 方興所上, 較延壽《賦》易'欽'爲'文', 粲《七釋》易'叡'爲'濬','允'爲'溫', 而'玄'字乃移用於下, 則是皆襲前人之文, 又不得謂襲《詩》與《易》也. 夫《舜典》出於南齊, 延壽漢人, 粲漢魏人, 何由皆與《舜典》增加之字預相暗合耶? 其爲方興所襲自明. 又漢魏時人以《詩》,《易》所稱稱後王可也, 今以商王之濬哲溫恭,周王之允塞混加之於舜, 烏乎可也?"竊以論至此, 眞無復餘蘊矣.

번역 **우안又按**

호위胡渭, 1633~1714, 자 비명(胐明)가 나에게 말하길 "28자 가운데 '(덕이) 위로 올라가 알려지다升聞' 두 글자는 또한 《대대례기·용병用兵》 편에서 훔친 것[12]이다"고 하였다.

요제항姚際恒, 자 입방(立方)이 다음과 같이 말하였다.

---

12 《대대례기·용병(用兵)》 夫民思其德, 必稱其人, 朝夕祝之, 升聞皇天, 上神歆焉, 故永其世而豐其年也.

"깊고 명철하고 문채나고 밝으며 온화하고 공손하고 성실하고 독실하다濬哲文明, 溫恭允塞" 8자가 《시》와 《역》을 습용한 것은 사람들이 다 알고 있었지만, 유독 왕연수王延壽, 140?~165?[13]의 《노령광전부魯靈光殿賦》는 "옛시대를 상고해보면, 한나라의 조종祖宗 황제는 깊고 명철하며 공경하며 밝았다粵若稽古, 帝漢祖宗, 濬哲欽明"고 하였고, 왕찬王粲, 177~217[14]의 《칠석七釋》에 "옛 법칙을 상고해보면, 빛나고 명철하고 문채나며 밝으며 온화하고 공손하고 그윽하고 독실하다稽若古則, 叡哲文明, 允恭玄塞"고 하였다. 요방흥이 올린 것을 왕연수《부》와 비교하면 "흠欽"을 "문文"으로 바꾸었고, 왕찬《칠석》과 비교하면 "예叡"를 "준濬"으로 "윤允"을 "온溫"으로 바꾸고, "현玄"자를 다음 문장으로 옮겼으니, 이 모두가 이전 사람의 문장을 습용한 것이지 《시》와 《역》을 습용했다고는 말할 수 없다. 이《순전》은 남제南齊 때 출현하였고, 왕연수는 동한의 사람이고, 왕찬은 동한과 위魏시대의 사람인데, 어찌 이들이 《순전》에 더해진 글자를 미리 예상하여 몰래 맞추었겠는가? 《순전》 28자는 요방흥이 습용한 것이 자명하다. 또한 한위漢魏시대의 사람이 《시》와 《역》에서 칭한 것을 가지고 후대의 왕을 칭송하는 것은 옳지만, 지금 상商나라 왕의 "깊고 명철하고 온화하고 공손함濬哲溫恭"과 주周나라 왕의 "성실하고 독실함允塞"을 뒤섞어 순에게 붙이는 것이 어찌 옳겠는가?

---

13 왕연수(王延壽) : 자 문고(文考), 자산(子山). 동한의 사부(辭賦) 문학가이다. 초사(楚辭)의 대가 왕일(王逸)의 아들이다. 일찍이 노국(魯國)을 유람하며 《노령광전부(魯靈光殿賦)》를 지어 한대의 건축과 벽화 등을 서술하였다.
14 왕찬(王粲) : 자 중선(仲宣). 동한(東漢) 말엽의 문학가. "건안칠자(建安七子)"의 한 사람이다. 저서에는 《영웅기(英雄記)》가 있고, 《삼국지(三國志)》에 왕찬의 시(詩), 부(賦), 논(論), 의(議)가 수록되어 있다. 명의 장부(張溥)가 집록한 《왕시중집(王侍中集)》이 전한다.

논의가 여기에까지 이름에 진실로 더 남은 여한이 없다.

원문

又按:《經典釋文》載"齊明帝建武中, 吳興姚方興釆馬, 王之 《注》造孔傳 《舜典》一篇, 言'于大航頭買'得上之. 梁武時爲博士, 議曰:'孔《序》稱伏生 誤合五篇, 皆文相承接, 所以致誤.《舜典》首有「曰若稽古」, 伏生雖昏耄, 何 容合之?'遂不行用."卓哉, 斯識! 眞可稱制臨決, 非一切儒生所能仿佛, 奈何 隋開皇初不爾!

번역 우안又按

《경전석문》에 따르면 "제齊 명제明帝 건무建武, 494~498 연간에 오흥吳興의 요방흥姚方興이 마융과 왕숙의 《주》를 채록하여 공전《순전》 1편을 만들 고는 '대항두大航頭에서 샀다'고 말하며 헌상하였다. 양梁 무제武帝, 502~549 재위 시기에 박사博士가 된 이가 의론하기를 '《공서孔序》에서 복생이 5편 을 잘못 합했다고 한 것[15]은 모두 문장이 서로 이어졌기 때문에 잘못을 범한 것이다.《순전》의 맨 앞에 「왈약계고曰若稽古」가 있었다면, 복생이 비 록 늙고 혼미했다고 하더라도 어찌 합하는 것을 용납했겠는가?'라고 하 였고, 마침내 사용되지 못했다"고 하였다. 탁월하다, 그 식견이여! 진실 로 조서를 내려 결정하는 일을 일개 유생이 할 수 있는 일이 아니니, 어 찌 수隋 개황開皇, 581~600 초기에는 그렇지 않았던 것인가!

---

15 《상서·서·정의》伏生又以《舜典》合於《堯典》,《益稷》合於《皋陶謨》,《盤庚》三篇合爲一, 《康王之誥》合於《顧命》.

제66. 지금의《고요모》와《익직》은 본래 한 편이었으며, 별개의 《기직棄稷》편이《법언法言》에 보임을 논함

원문

劉埕先生字超宗, 嘗告予曰：“二《典》爲一, 三《謨》去二. 子著《疏證》, 誠不可不加意.”予曰：“然！”今試取《皐陶謨》,《益稷》讀之, 語勢相接, 首尾相應, 其爲一篇. 即蔡氏猶知之, 但謂“古者以編簡重大, 故釐而二之, 非有意于其間”, 則非通論也. 自“曰若稽古皐陶”至“往欽哉”凡九百六十九字, 比《禹貢》尙少二百二十五字,《洪範》少七十三字, 何彼二篇不憚其重大, 而獨于《皐陶謨》釐而工乎? 說不可得通矣. 且《益稷》據《書序》原名《棄稷》, 馬, 鄭, 王三家本皆然, 蓋別爲逸《書》. 中多載后稷之言或契之言, 是以揚子雲親見之, 著《法言 · 孝至》篇：“或問忠言嘉謨, 曰:‘言合稷,契之謂忠, 謨合皐陶之謂嘉.’”不然. 如今之《虞書》五篇, 皐陶矢謨固多矣, 而稷與契曾無一話一言流傳于代, 子雲豈鑿空者耶? 胡輕立此論? 蓋當子雲時《酒誥》偶亡, 故謂：“《酒誥》之篇俄空焉, 今亡夫.”賴劉向以中古文校, 今篇籍具存. 當子雲時《棄稷》見存, 故謂“言合稷,契之謂忠”. 以篇名無“謨”字, 僅以謨貼皐陶. 惜永嘉之亂亡失, 今遂不知中作何語. 凡古人事或存或亡, 無不歷歷有稽如此.

번역

유정劉埕, 1616~1693, 자 초종(超宗) 선생이 일찍이 나에게 알려오기를 “이二《전典》은 하나로 하고, 삼三《모謨》는 두 개로 해야 하네. 그대가《소증疏證》을 쓰고 있으므로, 진실로 뜻을 더하지 않을 수 없네二《典》爲一, 三《謨》去二.

子著《疏證》, 誠不可不加意"라고 하였다. 나는 "그렇습니다!"라고 하였다.

지금 《고요모》와 《익직》을 읽어보면, 문체가 서로 이어지고 수미首尾가 서로 상응하여 그것들이 하나의 편이 된다. 이것을 채침도 알고 있었는데, 다만 "옛날에는 편간編簡이 너무 크고 두꺼웠기 때문에 나누어 둘로 한 것이고 그 사이에 무슨 뜻이 있는 것은 아니다古者以編簡重大, 故釐而二之, 非有意于其間"고 한 것은 통론은 아니다. "옛날 고요를 상고해보건대曰若稽古皋陶"에서 "가서 공경히 하라往欽哉"까지 모두 969자인데, 《우공》에 비해서 225자가 더 적고, 《홍범》에 비해서는 73자가 더 적은데, 어찌 저 《우공》과 《홍범》은 크고 두꺼움을 꺼리지 않고, 유독 《고요모》만 나누어 둘로 작업한 것인가? 그 설이 통론될 수 없다. 또한 《익직》은 《서서書序》에 의거해보면 원명이 《기직棄稷》이었으며, 마융, 정현, 왕숙 삼가본도 모두 그러하였으니, 아마도 별개의 일逸 《서》일 것이다. 편중에는 후직后稷의 말 혹은 설契의 말이 많이 실려 있었고, 그로 인해 양웅揚雄, BC53~18, 자 자운(子雲)이 직접 보고 《법언法言 · 효지孝至》편에서 "어떤 이가 충성스러운 말과 아름다운 계책을 물었는데, 답하기를 '말씀이 직稷과 설契에 합하는 것을 충忠이라 하고, 계책이 고요와 합치되는 것을 아름다운 계책이라고 한다'고 하였다或問忠言嘉謨, 曰: '言合稷, 契之謂忠, 謨合皋陶之謂嘉'." 그렇지 않다면, 지금의 《우서虞書》 5편과 같은 경우, 고요가 계책을 펼침이 진실로 많으나, 직稷과 설契은 일찍이 한마디도 전해지는 것이 없으니, 양자운揚子雲이 어찌 근거없는 말을 했겠는가? 어찌 경솔하게 이런 논의를 펼치겠는가? 양자운 당시에 《주고酒》가 망실되었으므로, "《주고》 편이 공백으로 남았는데 지금은 망실되었다《酒誥》之篇俄空焉, 今亡夫"고 하였고, 유향劉向이 중고문中古文으로 대교함에 힘입어 지금 그 편이 모두 갖추어지게 되었다. 양자운 당시에 《기직》편이 존재했었기 때문에 "말씀이 직稷과 설契에 합하는 것을 충忠이라 한다言合稷, 契之謂忠"고 한 것이다. 편명에는 "모謨"자가 없었는데, 그냥 모謨자를 고요皐陶에 붙인 것이다. 애석하게도 영가의 난 때 망실되어, 마침내 지금은 그 가운데 무슨 말이 있었는지 알 수 없다. 대체로 옛날의 인물과 사건이 존재하기도 하고 없어지기도 하는 것은 이와 같은 것이 하나하나 쌓인 것이다.

원문

按 : 吳氏《尙書纂言》不信魏晉間古文, 一以今文篇第爲主, 但"曰若稽古皐陶"本出今文, 吳氏以篇首四字爲增, 斷自"皐陶曰"以下, 又不合伏生, 其亦揚子《太玄》所謂"童牛角馬, 不今不古"者與?

번역 안按

오징吳澄의 《상서찬언尙書纂言》은 위진魏晉 연간에 나온 고문古文을 믿지 않았고, 오직 금문今文의 편차를 위주로 하였다. 다만 "옛날 고요를 상고해보건대曰若稽古皐陶"는 본래 금문에서 나온 것인데도, 오징은 편머리의 네 글자曰若稽古가 더해진 것으로 보고, "고요왈皐陶曰"로부터 단정하여 또한 복생과 합치하지 않게 되었다. 이 또한 양웅의 《태현太玄·경更》에서 말한 "뿔 없는 소와 뿔 있는 말은 지금도 없고 옛날에도 없었다童牛角馬, 不今不古"라는 것인가?

又按：《困學紀聞》謂“‘葛伯仇餉’, 非《孟子》詳述其事, 則異說不勝其繁矣.”又謂“《孟子》之時古《書》猶可攷, 今有不可彊通者也.”此等識見, 最確. 予謂讀“言合稷,契”者, 亦當以是求之.

《곤학기문》에서 “‘갈백이 밥 먹이는 자를 원수로 여겼다葛伯仇餉’라는 말을《맹자》에서 그 사실을 상세하게 기술하지 않았다면 이설異說이 생겨난 것을 이루 다 헤아릴 수 없었을 것이다‘葛伯仇餉’, 非《孟子》詳述其事, 則異說不勝其繁矣”고 하였다. 또한 “《맹자》 시대의 고古《서》를 오히려 고찰할 수 있지만, 지금은 억지로 통할 수 없는 것이 있다《孟子》之時古《書》猶可攷, 今有不可彊通者也”고 하였다. 이와 같은 식견이 가장 정확하다. 내 생각에 “말씀이 직과 설에 합치된다言合稷, 契”를 읽은 자도 마땅히 이로부터 구해야 할 것이다.

又按：馮班定遠謂古人文字中所用事與今所傳不同者, 古書有之, 今人不見也, 亦屬此義. 因擧張博望乘槎事以例曰：“古人多通用, 近焦弱侯以爲杜詩之誤, 不知此出《東方朔別傳》, 見《太平御覽》, 自與《博物志》所記不同, 焦未之知.”予謂洪景盧疑稷與契無一遺言, 子雲何以遽立此論? 不知揚子之談經,杜公之徵事, 豈有誤者哉? 洪失未知, 亦正與焦氏等.

번역 우안又按

풍반馬班, 1602~1671, 자 정원(定遠)이 "옛사람의 문자 가운데 있었던 사실을 기록한 것이 지금 전하는 것과 같지 않은 것"이라고 하였는데, 고서에는 있지만 지금 사람들이 보지 못한 것도 이런 의미에 속한다. 이로 인해 박망후博望侯 장건張騫, BC164~BC114[16]이 뗏목을 타고 황하의 근원을 찾아 올라가다 은하수를 건넜다는 전설의 예를 들어 말하길 "옛사람들이 많이 통용한 것을 근래의 초횡焦竑, 1540~1620[17]은 그것을 두시杜詩의 잘못이라고 여겼는데,[18] 《한서·동방삭열전東方朔別傳》에서 유래한 것임을 알지 못한 것이다. 《태평어람太平御覽》에 보이며, 《박물지博物志》의 기록과 같지 않음을 초횡은 알지 못했다古人多通用, 近焦弱侯以爲杜詩之誤, 不知此出《東方朔別傳》, 見《太平御覽》, 自與《博物志》所記不同, 焦未之知"고 하였다.

나는 다음과 같이 생각한다.

홍매洪邁, 1123~1202, 자 경려(景廬)는 직직稷과 설契이 한마디 말도 남기지 않았음을 의심하였는데,[19] 양웅이 무엇을 근거로 이런 논의를 세웠겠는가? 양웅揚雄의 경전을 담론한 경지와 두보杜甫杜公가 사실을 징험한 경지를 몰랐던 것이니, 어찌 그들에게 잘못이 있었겠는가? 홍매의 실수는 아직 알 수 없으나, 이 또한 초횡의 것과 같을 것이다.

---

16 장건(張騫) : 자 자문(子文). 탐험가, 비단길의 개척자. 한중군(漢中郡) 성고(城固) (지금의 섬서성(陝西省) 한중시(漢中市) 성고현(城固縣)) 출신이다.

17 초횡(焦竑) : 자 약후(弱侯), 호 의원(漪園), 담원(澹園). 명대의 학자. 저서에는 《담원집(澹園集)》, 《초씨필승(焦氏筆乘)》, 《초시류림(焦氏類林)》, 《국조헌징록(國朝獻徵錄)》, 《국사경적지(國史經籍志)》, 《노자익(老子翼)》, 《장자익(莊子翼)》 등이 있다.

18 당(唐) 두보(杜甫) 《유감(有感)》시(詩) "乘槎斷消息, 無處覓張騫."

19 제56. 《이아》는 "울도(鬱陶)"를 "희(喜)"의 뜻으로 해석하였는데, 지금의 고문은 "우(憂)"의 뜻으로 잘못 쓴 것을 논합의 안설(按說)에 보인다.

원문

又按：蔡邕《獨斷》云：“漢明帝詔有司採《尙書·皋陶》篇制冕旒.”今其
制正在《益稷》內. 邕距魏晉間不甚遠, 古文孔《書》未出, 二篇猶合爲一如此.
至光武時, 張純奏宜遵唐堯之《典》“二月東巡狩”; 章帝時, 陳寵言“唐堯著
《典》, ‘眚災肆赦’”.《舜典》合于堯, 又無庸論. 然晉武帝初幽州秀才張髦上疏,
引“肆類于上帝”至“格于藝祖, 用特”, 亦不曰《舜典》曰《堯典》, 蓋爾時雖孔
《書》出, 未列之學官, 故臣下章奏亦莫敢據爲說.

번역 우안又按

채옹蔡邕《독단獨斷》에 “한漢명제明帝, 57~75 재위가 유사에게《상서·고요
모》편을 채록하여 면류冕旒를 만들도록 명령했다漢明帝詔有司採《尙書·皋陶》篇制
冕旒”고 하였다. 지금 면류의 제작에 관한 내용은 바로《익직》안에 있
다.[20] 채옹이 살았던 시기는 위진시대와 거리가 그리 멀지는 않지만, 고
문 공孔《서》가 아직 출현하지 않았으므로,《고요모》와《익직》두편이 합
하여 하나로 되었던 것이 이와 같았다. 광무제光武帝, 25~57 재위때에 장순張
純, ?~56[21]은 마땅히 당요唐堯의《전典》“2월에 동쪽으로 순수했다二月東巡狩”
를 따라야 함을 주청하였다. 장제章帝, 75~88 재위 때 진총陳寵, ?~106은 “당요唐
堯의 빛나는《전典》에 ‘과오와 불행으로 지은 죄는 풀어 놓아준다’라 하였
다”고 말하였다.《순전》이《요전》과 합했다는 것은 다시 의논할 것도 없

---

20 《익직》帝曰, 臣作朕股肱耳目. 予欲左右有民. 汝翼. 予欲宣力四方. 汝爲. 予欲觀古人之象. 日
   ·月·星辰·山·龍·華蟲作會, 宗彝·藻·火·粉米·黼·黻, 絺繡以五采, 彰施于五色, 作服.
   汝明. 予欲聞六律·五聲·八音, 在治忽, 以出納五言. 汝聽.
21 장순(張純)：자 백인(伯仁). 동한(東漢)의 대신(大臣).

다. 그러나 진晉무제武帝, 265~290 재위 초기에 유주幽州 수재秀才 장모張髦의 상소上疏에 "드디어 상제에게 유제類祭를 지내다肆類于上帝"에서 "예조藝祖의 사당에 이르러 한 마리의 소를 써서 제사지냈다格于藝祖, 用特"를 인용하면서도 《순전》이라고 하지 않고 《요전》이라고 하였으니, 아마도 이 시기에 비록 공孔《서》가 출현했지만, 아직 학관에 세워지지 않았기 때문에 신하들의 장주章奏등에도 감히 근거로 들어 말할 수 없었던 것이다.

又按：《漢·王莽列傳》兩引"十有二州"皆云《堯典》, 今在《舜典》中. 此與《孟子》以"二十有八載"四句爲《堯典》正同. 竊怪朱子不信孔《書》, 而于《堯典》, 《舜典》原合爲一處猶未加討論. 《集注》云："蓋古《書》二篇或合爲一耳." 見猶未徹.

번역 우안又按

《한서·왕망열전王莽列傳》에 두 번 인용된 "12주十有二州"는 모두 《요전》이라고 하였는데, 지금은 《순전》에 있는 것이다. 이는 《맹자·만장상》의 "28년二十有八載" 네 구절[22]이 《요전》인 것과 똑같다. 이상한 점은 주자는 공孔《서》를 믿지 않았지만 《요전》과 《순전》이 원래 합하여 하나였다는 것에 대해서는 의논하지 않았다는 것이다. 《맹자집주》에서 "옛《서》는 두 편이 혹 합하여 하나였을 뿐이다蓋古《書》二篇或合爲一耳"고 한 것은 여전히

---

22 《맹자·만장상》《堯典》曰：「二十有八載, 放勳乃徂落, 百姓如喪考妣, 三年, 四海遏密八音」

명확하지 않은 듯하다.

又按：《後漢·周磐列傳》"學古文《尙書》, 臨終寫《堯典》一篇置棺前, 示不忘聖道." 正惟彼時《堯典》,《舜典》合爲一, 無問今古文皆然, 方單稱堯不及舜. 不然, 孔《書》列學官以後, 志聖道者有不並擧二《典》之名乎? 此亦可爲根證.

번역 우안又按

《후한서·주반열전周磐列傳》에 "고문《상서》를 배웠고, 임종을 맞아《요전》 1편 필사하여 관 앞에 놓아두어 성도聖道를 잊지 않음을 보였다學古文《尙書》, 臨終寫《堯典》一篇置棺前, 示不忘聖道"고 하였으므로, 바로 그 당시에《요전》과《순전》이 합하여 하나였던 것은 금문·고문을 불문하고 모두 그러했으므로《요전》으로만 단칭하고《순전》은 언급하지 않았던 것이다. 그렇지 않다면, 공孔《서》가 학관에 세워진 이후에 성도聖道에 뜻을 둔 이가 두《전典》의 이름을 다 거론하지 않았겠는가? 이 또한 증거가 된다.

제67. 고정考定《무성》이《좌전》에서 무왕이 제후들에게 주紂의 죄를 열거하며 고告한 말과 합치하지 않음을 논함

晚出《武成》篇孔《傳》不言其有錯簡, 唐孔氏《疏》始言之. 于是宋儒劉氏, 王氏輩紛紛考正, 逮朱子而益密. 蔡《傳》從之, 以"底商之罪"至"罔不率俾"七十八字, 又"惟爾有神"四語皆繫于"于征伐商"下, 爲初起兵禱神之辭, 是已不知紂"爲天下逋逃主, 萃淵藪"在《左傳》昭七年爲武王數紂之罪以告諸侯之辭, 非告神者.《左氏》不應有誤, 故僞作者只繫于"予小子其承厥志"下, 爲"王若曰"之辭. 蓋諸侯來受命, 王特告之, 並追述初起兵禱神如此, 以見天與人歸, 亦猶《湯誥》篇援"予小子履"散作初請命伐桀之辭, 又告諸侯之辭亦追述之也, 此最作者苦心湊泊處, 朱, 蔡移置必反爲所笑. 昔人有言:"千載之下, 難以情測也." 余殆欲測其情云.

만출《무성》편에서《공전》은《무성》편에 착간이 있다는 것을 언급하지 않았는데, 당唐 공영달《소》에서 비로소 착간을 말했다. 송유宋儒 유창劉敞, 1019~1068, 유반劉攽, 1023~1089[23] 형제와 왕안석王安石이 수차례 고정考正하였고, 주자에 이르러 더욱 정밀해졌다.《채전》이 그 학설을 그대로 좇아 "상나라의 죄를 지극히 하다底商之罪"에서 "모두 따르지 않는 자가 없다罔不

---

23 유반(劉攽) : 자 공부(貢夫, 貢父), 호 공비(公非). 사마광(司馬光)을 도와《자치통감(資治通鑑)》을 찬수하였다. 저서에는《동한간오(東漢刊誤)》등이 있다.

率俾"까지 78자[24]와 또 "너희 신들은 부디 나를 도와서 억조의 백성을 구제하여 신의 부끄러움이 되게 하지 말라惟爾有神, 尚克相予, 以濟兆民, 無作神羞." 4구절은 모두 "가서 상나라를 정벌하였다于征伐商." 다음에 기록하여,[25] 처음 군대를 일으키면서 신에게 기도하는 말로 삼았는데, 이는 주紂가 "천하에 도망한 자들의 주인이 되어 마치 못과 숲에 모이듯하다爲天下逋逃主, 萃淵藪"한 것이 《좌전》 소공 7년에 무왕이 주紂의 죄를 열거하면서 제후들에게 고告한 말이었지, 신神에게 고하는 것이 아님을 몰랐던 것이다. (그러나) 《좌씨》가 잘못이 있을 리가 없으므로, 위작자는 "나 소자가 그 뜻을 이었다予小子其承厥志." 다음에 붙여 "왕약왈王若曰"의 말로 하였다. 대체로 제후들이 와서 명을 받음에 왕은 다만 그들에게 고告하였고, 아울러 처음 군사를 일으키면서 신에게 기도한 것을 추술한 것이 이와 같이하여 천명과 인심이 귀의함을 보인 것이다. 이 또한 《탕고》편에서 "나 소자 리予小子履"[26]가 처음 걸 정벌명령을 청하는 말에 나누어 썼고, 다시 제후에게 고하는 말을 추술한 것과 같다. 이곳이 위작자가 가장 고심하며 머문 곳인데도, 주자와 채침이 이것을 옮겨 배치함으로써 오히려 웃음거리가 되어버렸다. 옛사람의 말에 "천년 이후를 마음으로 헤아리기 어렵다千載之下, 難以情測也"고 하였는데, 나는 아마도 그 마음을 헤아리려고 했었던 것 같다.

---

24 《무성》底商之罪, 告于皇天后土, 所過名山大川曰, 惟有道曾孫周王發, 將有大正于商. 今商王受無道, 暴殄天物, 害虐烝民. 爲天下逋逃主, 萃淵藪. 予小子, 旣獲仁人, 敢祗承上帝, 以遏亂略. 華夏蠻貊, 罔不率俾.

25 《考定武成》편을 가리킨다.

26 현전 고문상서 《탕고》편에는 보이지 않고, 《논어·요왈》에서 《탕고》편을 인용한 말에 보인다. 曰:「予小子履, 敢用玄牡, 敢昭告于皇皇后帝:有罪不敢赦. 帝臣不蔽, 簡在帝心. 朕躬有罪, 無以萬方;萬方有罪, 罪在朕躬.」

或問 : 孔《書》援《左氏》以爲重, 其遵若繩尺, 莫敢或爽, 固矣, 不識《左氏傳》果一無所誤乎? 抑有乎? 余曰 : 誤亦未免, 特比他書差密耳. 憶戊申夏王源崑繩讀《左傳》, 以閔二年"及狄人戰于熒澤, 衛師敗績, 遂滅衛. 衛侯不去其旗, 是以甚敗" 來問曰 : "衛侯不去其旗, 是以甚敗, 此《左氏》推原敗之故, 而上文並不見懿公死下落, 得毋亦如《史記·刺客傳》遺秦舞陽下落乎? 所關亦不細." 余曰 : 文十五年"凡勝國曰滅之", 襄十三年"用大師焉曰滅", 此《左氏》書滅例也. 經昭公二十有三年秋七月"胡子髡, 沈子逞滅", 杜氏《注》 : "國雖存, 君死曰滅." 此又一例也. 說本《公羊》. 以此例讀閔二年《傳》, 則所謂"遂滅衛"者, 懿公已死于此句中矣. 下文"狄入衛", 蓋方是入其國都. 孔氏疏 : 傳言"滅"而經書"入", 引《釋例》爲從齊桓告諸侯之文. 不知"狄入衛"書法經, 傳悉同, 而先言"滅"乃是君死之謂, 于社稷無涉. 烏得謂之無下落乎? 古人字不虛設, 文章密如此.

번역 어떤 이가 물었다

공안국《서》는《좌씨》에게서 취한 것을 중요하게 여겼고, 그것을 준수함이 마치 먹줄을 먹인 듯이 하여 혹여라도 어긋남이 없는 것이 사실이다. 잘 모르겠으나《좌씨전》은 과연 단 하나의 오류도 없는 것인가? 아니면 있는 것인가?

나는 대답하였다.

오류가 또한 없을 수는 없으나, 다만 다른 책에 비해서는 정밀할 뿐이다. 내 기억에 **무신년**戊申年, 1668, 염약거 32세 **여름에 왕원**王源, 1648~1710, 자 곤승

(崑繩)²⁷이 《좌전》 민공 2년 "적인狄人과 형택熒澤에서 전쟁하다가 위衛나라 군대가 대패하니 적인이 마침내 위나라를 멸滅하였다. 위후衛侯가 그 기旗를 버리지 않았기 때문에 심하게 패한 것이다及狄人戰于熒澤, 衛師敗績, 遂滅衛. 衛侯不去其旗, 是以甚敗"를 읽고 와서 물었다. "'위후가 자기의 기를 버리지 않았기 때문에 심하게 패하였다'는 《좌씨》가 패배의 근본 원인을 미루어 말한 것이고, 앞 문장에서는 또한 위 의공懿公이 죽었다는 말이 끝내 보이지 않는데, 이 또한 《사기 · 자객열전刺客列傳》에서 진무양秦舞陽의 죽음을 끝내 언급하지 않은 것²⁸이 아니겠는가? 관련된 바가 또한 자세하지 않다衛侯不去其旗, 是以甚敗, 此《左氏》推原敗之故, 而上文並不見懿公死下落, 得毋亦如《史記 · 刺客傳》遺秦舞陽下落乎? 所關亦不細."

나는 대답하였다.

《좌전》 문공 15년에 "범례에 한 나라를 이기는 것을 '멸지滅之'라 한다凡勝國曰滅之"라 하였고, 양공 13년 "대군을 이용해 이기면 '멸滅'이라 한다用大師焉曰滅"라 하였으니, 이것이 《좌씨》에서 멸滅을 기록한 예이다. 소공 23년 가을 7월 경문經文에 "호자胡子 곤髡과 침자沈子 영逞이 멸滅당하였다胡子髡, 沈子逞滅"라고 하였고, 두예 《주》는 "나라는 비록 보존되었으나 임금이 죽은 것을 '멸滅'이라 한다國雖存, 君死曰滅"고 한 것이 또 하나의 예이다. 이 설은 《공양》에서 근본한 것이다. 이 예로서 민공 2년 《전》을 읽어보면, 이

---

27 왕원(王源) : 자 곤승(崑繩). 직예(直隸) 대흥(大興)(북경(北京) 서남(西南)) 출신. 청초의 사상가.

28 《사기 · 자객열전(刺客列傳)》에 진무양(秦舞陽)은 13세 때 살인을 하여, 형가의 조수가 되어 진왕(秦王) 정(政)의 자객으로 보내진다. 진왕 앞에서 진무양이 독항의 지도를 건네주다 겁에 질려 벌벌 떨었다가 형가의 언변으로 위기를 넘긴다. 이후 형가가 진왕을 공격하다가 최후를 맞은 내용은 있으나 진무양 죽음에 대한 언급은 보이지 않는다.

른바 "마침내 위나라를 멸했다^{遂滅衛}"라는 것은 그 구절 속에 의공^{懿公}은 이미 죽은 것이다. 다음 문장에서 "적인이 위^衛로 들어갔다^{狄入衛}"라고 하였으니, 바야흐로 위나라 국도로 들어간 것이다. 《공소^{孔疏}》는 《전》에는 "멸^滅"이라고 하였고 경문^{經文}은 "입^入"이라고 한 것은 《석례^{釋例}》를 인용하여 제^齊환공^{桓公}이 제후에게 고하는 문장을 따른 것이라고 하였다. 이는 "적인이 위^衛로 들어갔다."는 서법^{書法}이 경^經과 전^傳이 모두 같다는 것을 모른 것이니, 먼저 "멸^滅"이라고 말한 것은 곧 임금이 죽은 것을 말한 것으로 사직과는 관계 없다. 어찌 죽었다는 말이 없다고 할 수 있겠는가? 고인의 글자는 헛되게 써지지 않았으니 문장의 엄밀함이 이와 같다.

원문

按:《左傳》多引而不發, 賴《注》以發之;《注》亦未盡, 賴《疏》以盡之. 今試擧一事:《論語》"祿之去公室五世矣", 斷自宣公; "政逮於大夫四世矣", 則自武子. 武子立襄五年, 上泝宣元年凡四十有一年. 此四十一年, 政將何歸乎? 豈《論語》妄語耶?《論語》旣不妄, 則《集注》誤可知. 然自文子數起以爲實相三君, 又無以位置桓子, 反覆皆不合. 讀昭二十五年《傳》"政在季氏三世矣", 《注》曰:"文子, 武子, 平子." 讀昭十二年《傳》"季悼子之卒也",《疏》曰:"悼子卒不書經, 其卒當在武子之前. 平子以孫繼祖, 武子卒後即平子立也." 始曉然于《論語》"四世", 蓋文, 武, 平, 桓, 而悼子不在此數. 又《孔子世家》"年十七, 是歲季武子卒, 平子代立", 皆足證前說之不誣. 誣不誣亦曷足深計, 獨怪季孫行父身爲權姦, 流毒累葉, 而享有"忠公室, 無私積"之僞名, 甚至明著聖經, 歷二千年, 爲傳注者莫能指以實之. 嗚呼! 何以誅姦諛于旣死哉? 愚謂有當請于朝, 乞早加刊正, 無誤後人者, 此類是也.

《좌전》에서 많이 인용하면서도 다 밝히지 않은 것은 《주注》에 힘입어 밝히고, 《주》도 미진할 경우에는 《소疏》에 힘입어 그 의리를 다 밝힌다. 지금 한 사례를 들어보겠다. 《논어·계씨》의 "봉록이 공실에서 떠난 지 5세가 되었다祿之去公室五世矣"는 노魯 선공宣公, BC608~591 때부터로 단정하였고, "정사가 대부에게 미친 지 4세가 되었다政逮於大夫四世矣"는 무자武子 때부터였다.[29] 무자가 세워져 전정專政한 것은 노양공 5년BC568인데, 위로 선공 원년까지 거슬러 올라가면 모두 41년이 된다. 이 41년 동안 정권은 어디로 귀속되었는가? 어찌 《논어》가 함부로 말했겠는가? 《논어》가 이미 함부로 말한 것이 아니므로, 《집주》가 오류임을 알 수 있다. 그러나 문자文子, 무자의 아버지로부터 여러 대에 걸쳐 일어났으나 실제로는 세 명의 군주양공(襄公)·소공(昭公)·정공(定公)를 도왔고, 또한 환자桓子는 자리에 오르지도 못했으니, 다시 뒤집어보아도 모두 합치하지 않는다. 소공 25년 《좌전》 "정권이 계씨에게 돌아간 지가 이미 3세이다政在季氏三世矣"를 읽어보면,

---

29 《논어·계씨·집주》"노나라는 문공이 죽자, 공자수(公子遂)가 자적(子赤)을 살해하고 선공(宣公)을 세우면서 군주가 그 정권을 잃게 되었는데, 이때로부터 성공(成公)·양공(襄公)·소공(昭公)·정공(定公)을 거쳐 모두 다섯 공이다. 체(逮)는 미침이다. 계무자(季武子)가 비로소 국정을 전단(專擅)한 뒤로부터 도자(悼子)·평자(平子)·환자(桓子)를 거쳐 모두 4대인데, (환자는) 가신 양호(陽虎)에게 붙잡힘을 당하였다. 삼환(三桓)은 삼가(三家)이니, 모두 환공(桓公)의 후손이다. 이것은 앞 장의 말로 미루어 그 당연함을 안 것이다."(魯自文公薨, 公子遂殺子赤, 立宣公, 而君失其政, 歷成·襄·昭·定, 凡五公. 逮, 及也. 自季武子始專國政, 歷悼·平·桓子, 凡四世而爲家臣陽虎所執. 三桓, 三家, 皆桓公之後. 此, 以前章之說, 推之而知其當然也)

《주》에 "문자, 무자, 평자이다文子, 武子, 平子"라고 하였다. 소공 12년《좌전》 "계도자가 죽었을 때季悼子之卒也"를 읽어보면, 《소》에 "도자悼子의 죽음을 경문에 쓰지 않은 것은, 도자의 죽음이 무자 이전이었기 때문이다. 평자平子를 세운 것은 손자로 조부를 이은 것이니, 무자가 죽은 후에 곧 평자가 세워진 것이다悼子卒不書經, 其卒當在武子之前. 平子以孫繼祖, 武子卒後即平子立也"고 하였다. 비로소《논어》의 "4세四世"가 밝혀졌으니, 곧 문자, 무자, 평자, 환자이며, 도자는 여기에 들어가지 않는다. 또한《사기·공자세가》에 "공자 나이 17세BC535, 이 해에 계무자가 죽고, 평자가 대신 세워졌다年十七, 是歲季武子卒, 平子代立"고 하였으니, 모두 앞의 설이 거짓이 아님을 증명하기에 충분하다. 거짓됨과 거짓이 아님을 또한 어찌 충분히 깊이 헤아릴 수 없겠는가마는, 괴이하게도 유독 계손행보季孫行父, 계문자는 그 자신이 권간權姦이 되어 독소를 흘려 잎사귀까지 미쳤는데도, 오히려 "공실에 충성하고, 사사로운 축적이 없었다忠公室, 無私積"는 조작된 명예를 향유하고, 심지어 성경聖經에까지 명백히 기록되어[30] 2천 년이 지났으나 전주傳注를 한 학자들 가운데 그 실상을 지목한 이가 없었다. 아! 어찌 이미 죽은 뒤에 간악함과 아첨함을 단죄할 수 있겠는가? 내 생각에 마땅히 조정에 청하여 조속히 바로잡아 후대인들이 오해가 없게 해야 하는 것이 바로 이와 같은 것이다.

---

[30] 《좌전·양공5년》(經) 辛未, 季孫行父卒. (傳) 季文子卒, 大夫入斂, 公在位, 宰庀家器爲葬備, 無衣帛之妾, 無食粟之馬, 無藏金玉, 無重器備, 君子是以知季文子之忠於公室也, 相三君矣, 而無私積, 可不謂忠乎.

又按：文, 武, 平, 桓, 相繼而立, 不數悼子者, 專謂其執魯國之政, 非盡悼
子不爲大夫, 特未命爲卿耳. 苟爲卿, 卒且書經矣. 不爲大夫, 卒恐無諡矣. 春
秋父子並時而仕者多有. 如鄢陵之役, 欒書將中軍, 適子黶如魯乞師, 次子鍼
爲厲公車右, 故皆大夫也. 佐中軍者父士燮, 趨進而謀戰者其子匄, 豈必疑衛
氏父子當成公元年速猶盟向, 三年匄盟于宛濮, 爲父死, 子始繼, 而匄不曾逮
事文公也哉? 蓋文公末匄已仕爲大夫, 値國無事, 故曰有道, 則知成公立而艱
險備至, 故《集注》以有道屬文, 無道屬成, 先文後成, 其次第固不紊矣.

문자, 무자, 평자, 환자가 서로 계승하여 세워졌고, 거기에 도자悼子를
포함하지 않는 것은 오로지 그들이 노나라의 정권을 잡은 것으로 말한
것이며, 도자는 대부가 되지 않은 것이 아니며 다만 경卿이 되는 명을 받
지 않았을 뿐이다. 진실로 경卿이 되면, 죽었을 때 또한 경문에 기록된다.
대부가 되지 않으면, 죽었을 때 시호가 없을 수 있다. 춘추시대에 부자父
子가 같은 시대에 벼슬한 자들이 많이 있었다. 가령 언릉鄢陵의 전쟁에서,
난서欒書는 중군中軍을 거느렸고, 적자適子 염黶은 노魯나라에 가서 군사를
요청하였고, 차자次子 침鍼은 여공厲公의 거우車右였으므로, 모두 대부였다.
중군中軍의 좌佐를 맡은 이는 아버지 사섭士燮이었고, 종종걸음으로 나아가
전쟁을 도모한 이는 그 아들 개匄였다. 영씨甯氏 부자31가 위衛 성공成公 원

---

31 위(衛)나라 대부(大夫) 영속(甯速)(莊子)과 영유(甯俞)(武子)를 가리킨다. 영무자(甯武
子)는《논어·공야장》에도 보인다. "공자가 말하였다. '영무자는 나라에 도가 있을 때에

년元年에 영속寗速이 향向과 회맹하였고, 3년에 영유寗俞가 완복宛濮에서 회맹한 것은 아버지가 죽고 자식이 비로소 이은 것인데, 어찌 영유寗俞가 일찍이 위衛 문공을 섬기지 않았다는 것을 의심할 수 있는가? 대체로 문공 말엽에 영유는 이미 벼슬이 대부였으며, 나라에 아무 일이 없었으므로 도가 있다고 한 것이며, 성공이 제위에 오른 이후에 어려움이 이르렀다는 것을 알 수 있다. 따라서《논어집주》에서 도가 있는 때는 문공에 배속시키고, 도가 없는 때를 성공에 배속시킨 것이니, 앞은 문공이고 뒤는 성공으로 그 차례가 진실로 어지럽지 않다.

원문

或問：城濮之役, 先軫將中軍, 子先且居, 趙衰稱其"佐軍也善", 非父子並時而仕者何? 余曰：此出《晉語》, 恐不若《左氏》足據.《左氏》佐中軍者卻溱, 佐上軍狐偃, 佐下軍胥臣, 未聞復有一軍置且居也.

번역 어떤 이가 물었다

성복城濮의 전쟁에서 선진先軫이 중군中軍을 거느렸을 때, 선진의 아들 선저거先且居에 대해 조쇠趙衰는 "중군 보좌를 잘했다佐軍也善"고 칭찬하였으니, 부자가 같은 시기에 벼슬한 것이 아니고 무엇이겠는가?

나는 대답하였다.

이는《국어·진어晉語》에 나오는 것으로《좌씨》가 충분히 근거로 삼을

는 지혜롭고, 나라에 도가 없을 때에는 어리석었으니, 그 지혜는 따를 수 있으나 그 어리석음은 따를 수 없다.'"(子曰 寗武子邦有道則知, 邦無道則愚, 其知可及也, 其愚不可及也)

수 있는 것과는 같지 않다. 《좌씨 · 희공27년》에 중군을 보좌한 자는 각진郤溱이고, 상군上軍을 보좌한 자는 호언狐偃이며, 하군下軍을 보좌한 자는 서신胥臣이라 하였는데, 다시 일개 군軍이 있어 저거且居를 두었다는 말은 듣지 못했다.

원문

又按：孔安國注此章，"四世"亦自文子數起, 但不知悼子宜去, 只得斷至平子止. 果爾, 此章發歎, 其在定公五年六月丙申平子未卒前乎! 然則桓子尙未立, 陽虎未囚其主, 何由而有"三桓微矣"之歎? 亦不合, 要須易注曰："魯自宣公八年襄仲卒, 季文子始專國政, 歷子武子,曾孫平子,玄孫桓子凡四世, 而爲家臣陽虎所執耳."

번역 우안又按

《논어 · 계씨》"봉록이 공실에서 떠난 지 5세가 되었다祿之去公室五世矣."장의 공안국 주注는 "4세四世"를 문자文子로부터 시작했으나, 도자悼子를 마땅히 지워야 함을 모르고 평자平子에 그치는 것으로 단정하였다.[32] 과연 그렇다면, 이 장에서의 탄식은 정공定公 5년BC505 6월 병신丙申일에 평자平子가 죽기 전에 했던 것이다! 그렇게 되면, 환자桓子가 아직 세워지지 않았고, 양호陽虎가 아직 환자를 가두지도 않았는데, 무슨 연유로 "삼환의 자손이 미약해졌다三桓微矣"고 탄식했겠는가? 이 또한 이치에 맞지 않으니,

---

[32] 《논어주소》孔曰 文子, 武子, 悼子, 平子.

마땅히 다음과 같이 주해를 고쳐야 할 것이다. "노나라는 선공 8년 양중^{襄仲}이 죽자, 계문자^{季文子}가 비로소 국정을 전횡하기 시작하여, 아들 무자^{武子}, 증손^{曾孫} 평자^{平子}, 현손^{玄孫} 환자^{桓子}까지 4세를 거쳐, 가신 양호가 집정하게 되었다^{魯自宣公八年襄仲卒, 季文子始專國政, 歷子武子, 曾孫平子, 玄孫桓子凡四世, 而爲家臣陽虎所執耳}."

원문

又按：《論語》不曰"自陪臣出", 而曰"陪臣執國命"者, 蓋當時陪臣如南蒯, 陽虎,公山弗擾輩俱在家制其主, 專其政, 橫行于國之中, 尙不似大夫得將兵于外與？ 與列國盟會聲迹及天下, 故變其文, 不與大夫同. 或曰：是固然矣, 但"三世希不失矣", 虎輩僅及身止, 豈聖人反爲陪臣寬言之耶？ 予曰：否! 馬融《論語》注云："陽氏爲季氏家臣, 至虎三世而出奔齊." 融號博洽, 嘗自稱"吾見書傳多",《注》必有徵. 參以杜氏《注》昭十二年"蒯, 南遺之子",昭四年"南遺, 季氏家臣", 則南氏亦在再世主之之列. 是又當爲《集注》補其闕爾.

번역 우안又按

《논어 · 계씨》에서 "배신으로부터 나오면^{自陪臣出}"이라 말하지 않고, "배신이 국명을 잡다^{陪臣執國命}"라고 한 것[33]은 아마도 당시의 배신들 가령 남괴^{南蒯}, 양호^{陽虎}, 공산불요^{公山弗擾} 등이 모두 가신의 자리에서 자기의 주인

---

33 《논어 · 계씨》孔子曰：「天下有道, 則禮樂征伐自天子出；天下無道, 則禮樂征伐自諸侯出. 自諸侯出, 蓋十世希不失矣；自大夫出, 五世希不失矣；陪臣執國命, 三世希不失矣. 天下有道, 則政不在大夫. 天下有道, 則庶人不議.」

을 제압하고 정사를 전횡하고 나라를 마음대로 했으므로, 오히려 대부들이 바깥에서 군대를 거느리는 것과 같지 않았겠는가? 열국列國과 회맹하는 소리가 천하에 들렸기 때문에 그 문장을 바꾸어 대부와 같지 않게 한 것이다.

어떤 이가 물었다.

진실로 그러하지만, "3세世에 잃지 않는 자가 드물다三世, 希不失矣"라 하였고, 양호 등은 겨우 자신의 세대에서 끝나고 말았으니, 어찌 성인이 도리어 배신이라고 해서 그들을 관대하게 말할 수 있는 것인가?

나는 대답하였다.

아니다! 마융의 《논어》 주注에 "양씨는 계씨의 가신이었는데, 3세 양호에 이르러 제나라로 달아났다陽氏爲季氏家臣, 至虎三世而出奔齊"고 하였다. 마융은 박학다식하다고 일컬어지며, 일찍이 스스로 "나는 전해지는 책을 많이 보았다吾見書傳多"고 하였으므로, 주해에도 반드시 징험한 바가 있을 것이다. 소공12년의 두예 《주》 "남괴는 남유의 아들이다蒯, 南遺之子", 소공4년의 두예 《주》 "남유는 계씨의 가신이다南遺, 季氏家臣"를 참고해보면, 남씨도 2대에 걸쳐 주인을 섬겼던 예이다. 이 또한 《논어집주》에 빠진 것을 보충해 주는 것이다.

원문

又按：孔《疏》固詳博, 疏以解名物制度猶多未備, 亦試舉一事：壬子秋過陽曲松莊, 傅山先生字青主者適讀《左傳》, 以哀二十五年"褚師聲子襪而登席, 公怒"下問曰："古人既脫屨, 復脫襪乎? 雖杜《注》'古者見君解襪', 然書傳中僅此一見, 無別證, 何也?"余不能對. 久之, 讀陳祥道《禮書》, 始用以報曰："《禮書》謂'漢魏以後朝祭皆跣韤', 又謂：'梁天監間尙書參議：案禮跣韤, 事由燕坐. 今極恭之所, 莫不皆跣. 淸廟崇嚴, 旣絶常禮, 凡有履行者, 應皆跣韤. 蓋方是時有不跣韤者, 故議者及之.'可見六朝時猶然, 而尤妙者在'案禮跣韤, 事由燕坐'二語. 古祭不跣, 所以主敬. 朝不脫履, 以非坐故. 惟登坐於燕飮, 始有跣爲歡. 後則以跣示敬. 此亦古今各不同處. 因怪杜《注》'見君解韤''見君'字不確, 要須易爲'古者燕飮解韤'耳."先生得之喜甚, 曰："此一段眞可以正杜《注》, 補孔《疏》, 爲劉汯, 趙汸所未及."余不敢當, 玆已忽忽十年, 聊牽連書之, 以見一時知己之情云.

번역 **우안又按**

《공소》는 진실로 상세하게 갖추어져 광박하지만, 명물제도^{名物制度}를 주해함에는 다소 미비하였으니, 하나의 사례를 들어보겠다.

임자년¹⁶⁷² 가을 양곡현^{陽曲縣} 송장^{松莊}을 지날 때, 마침 부산^{傅山} 선생^{1607~1684, 자 청주(靑主)}[34]이 《좌전》 애공 25년 "저사성자^{褚師聲子}가 버선을 신은 채 자리에 오르자, 위^衛출공^{出公}이 노하였다^{褚師聲子韤而登席, 公怒}"를 읽다가 다음과 같이 물었다. "옛사람들은 이미 신을 벗었는데, 또 버선을 벗었는가? 비록 두예《주》는 '옛날에 임금을 뵐 때는 버선을 벗었다^{古者見君解韤}'라고 하였지만, 《좌전》 중에는 단 여기에만 보이고 다른 증거가 없으니, 어떠

---

34 부산(傅山)：초명은 정신(鼎臣), 자는 청죽(靑竹)이었으나 청주(靑主)로 바꾸었다. 명청교체기의 도가사상가, 서예가, 의학가로서 의성(醫聖)으로 불렸다. 저서에는 《부청주녀과(傅靑主女科)》, 《부청주남과(傅靑主男科)》 등이 있다.

한가?" 나는 바로 대답하지 못하였다.

오래 지난 후에, 진상도陳祥道, 1053~1093³⁵의 《예서禮書》를 읽고 비로소 다음과 같이 회답하였다. "《예서》에 이르길 '한위漢魏 이후 조제朝祭는 모두 버선을 벗고 맨발로 하였다漢魏以後朝祭皆跣韤'라 하였고, 또한 '양梁 천감天監, 502~519 연간에 상서尙書가 참의參議하기를 「예에 맨발로 하는 것을 살펴보건대, 편안히 앉는 것燕坐에서 비롯되었다. 지금 지극히 공손해야 하는 장소에서는 모두 맨발로 하지 않음이 없다. 청묘淸廟의 숭엄崇嚴함에 이미 상례常禮가 끊어졌지만 무릇 예를 행하는 자는 응당 모두 맨발로 해야 한다. 그때에 맨발을 하지 않은 자가 있었기 때문에 의론하는 자가 언급한 것이다」案禮跣韤, 事由燕坐. 今極恭之所, 莫不皆跣. 淸廟崇嚴, 旣絶常禮, 凡有履行者, 應皆跣韤. 蓋方是時有不跣韤者, 故議者及之라 하였으니, 육조六朝 시기에도 맨발로 했음을 알 수 있는데, 특히 기묘한 점은 '예에 맨발로 하는 것을 살펴보건대, 편안히 앉는 것燕坐에서 비롯되었다案禮跣韤, 事由燕坐'라는 말이다. 고대의 제사에서 맨발로 하지 않는 것은 공경을 주로 했기 때문이었다. 조정에서 신발을 벗지 않는 것은 그곳이 앉는 곳이 아니었기 때문이었다. 오직 연음燕飮하는 자리에 올라서는 비로소 맨발로 즐겼다. 이후에는 맨발로 하는 것으로 공경을 표시하였다. 이것이 또한 고금이 각각 같지 않은 곳이다. 괴이하게도 두예《주》'임금을 뵐 때 버선을 벗는다見君解韤'에서 '임금을 뵙다' 두 글자가 확실하지 않으니, 반드시 '옛날에 연음할 때 버

---

35 진상도(陳祥道) : 자 용지(用之), 우지(祐之). 송(宋) 영종(英宗) 치평(治平)4년(1067)에 진사(進士)급제(及第)하였고, 삼례(三禮)의 학문을 잘하였다. 국자감직강(國子監直講)과 태학박사(太學博士)를 역임하였다. 저서에는 《논어주(論語注)》, 《논어전해(論語全解)》가 있다.

선을 벗었다古者燕飮解韈'라고 고쳐야 할 것이다."

부산선생이 답서를 받고 매우 기뻐하며 말하기를 "이 단락은 진실로 두예《주》를 바르게 하고, 《공소》를 보충한 것이니, 유현劉炫[36]과 조방趙汸, 1319~1369이 미처 언급하지 못한 점이다此一段眞可以正杜《注》, 補孔《疏》, 爲劉炫, 趙汸所未及"라고 하였다. 나는 그 칭찬을 과분하게 생각했는데, 이제 벌써 10년이 훌쩍 지나서 문득 이어서 기록함으로써 한때 지기知己의 정을 보일 뿐이다.

又按:《燕禮》鄭康成謂"飮酒以合會爲歡"者,　敍立司正安燕一節曰"賓反入, 及卿大夫皆說屨, 升就席", 說屨, 便包有解韈在內. 觀下文曰: "司正升受命, 皆命: '君曰: 無不醉!' 賓及卿大夫皆興, 對曰: '諾, 敢不醉?' 皆反坐." 其有跣爲歡可知.《左傳》則以足有創疾, 韈不敢解, 乃禮之變者. 褚師聲子循禮之變, 遭公怒詈, 以致君臣相攻, 正足補《儀禮》注之不逮. 大抵三代禮文具在, 一節一目人所通曉. 讀《燕禮》至"說屨, 升就席", 知並解其韈. 讀他禮或至"說屨, 升就席", 有不必跣韈者, 以非燕故. 或曰: 杜預謂"古者解韈", 與《張釋之傳》王生曰"吾韈解"同耶, 否耶? 余曰: 否! "解韈"謂解去足之衣, "韈解"則韈之帶解散耳. 證亦有二: 一《呂氏春秋》: "武王至殷郊, 係墮, 五人禦于前, 莫肯之爲, 曰: '吾所以事君者, 非係也.'" 一《哀帝紀》中山孝王來朝, "賜食於前, 後飽; 起下, 韈繫解". 武王之"係"也, 中山孝王之"繫"也, 並音

---

36 《사고전서본》에는 "劉炫"으로 되어 있다. 유현(劉炫)(546?~613?)은 수대(隋代)의 경학가이다.

計, 皆韢所束之帶也. 張廷尉之"跪而結"也, 亦音計, 則以手從事, 非指物言矣, 烏乎同?

번역 우안又按

《의례·연례燕禮》에서 정강성이 "술을 마실 때는 같이 모여서 하는 것으로 즐거움을 삼는다飲酒以合會爲歡"라고 하였고, 사정司正을 세워 연회를 관장하게 함을 서술하는 일절에서는 "빈賓이 다시 들어와 경대부와 함께 모두 신을 벗고 당에 올라 자리로 나아간다賓反入, 及卿大夫皆說屨, 升就席"라고 하였는데, 신을 벗는다는 것은 그 속에 버선을 벗는 것이 포함되어 있다. 《연례燕禮》의 다음 문장을 보면 "사정이 당 위에 올라 명을 받고, 모두에게 명하기를 '폐하께서 이르시기를 「취하지 않음이 없게 하라!」라 하셨습니다'라고 하면, 빈과 경대부가 모두 일어나 대답하기를 '예, 감히 취하지 않겠습니까?'하고 모두 돌아가 자리에 앉는다司正升受命, 皆命: '君曰: 無不醉!' 賓及卿大夫皆興, 對曰: '諾, 敢不醉!' 皆反坐"고 하였다. 맨발로 즐긴다는 것을 알 수 있다. 《좌전》에서 저사성자의 발에 종기가 있어서 버선을 감히 벗지 못한 것이라고 한 것은 곧 예의 변용이다. 저사성자가 예의 변용을 따르다가 출공의 꾸짖음을 듣게 되었고, 군신들이 서로 공박함에 이르게 되었으니, 바로 《의례》 주注가 언급하지 못한 부분을 충분히 보충한 것이다. 대체로 삼대三代의 예문禮文이 갖추어짐에 하나의 구절, 하나의 세목을 사람들이 잘 이해할 수 있는 것이다. 《연례》를 읽다가 "신을 벗고 당에 올라 자리로 나아간다說屨, 升就席"에 이르게 되며, 아울러 버선을 벗는다는 것도 알게 된다. 다른 예서를 읽다가 혹 "신을 벗고 당에 올라 자리로 나아간다."에 이르렀는데, 반드시 버선을 벗어 맨발로 하지 않는 것이 있는 것은 그 자리가 연회가 아니기 때문이다.

어떤 이가 물었다.

두예는 "옛날에 버선을 벗었다^{古者解韈}"고 한 것은 《사기·장석지전^{張釋之傳}》에서 왕생^{王生}이 말한 "내 버선이 풀어졌다^{吾韈解}"고 한 것[37]과 같은가, 아니면 같지 않은가?

나는 대답하였다.

같지 않다! "해말^{解韈}"은 발에 신는 버선을 벗는 것을 말하고, "말해^{韈解}"는 버선의 끈 묶음이 풀어졌다는 것일 뿐이다. 또한 2개의 증거가 있다. 첫째, 《여씨춘추·불구^{不苟}》에 "무왕이 은^殷의 근교에 이르렀을 때, 버선 끈묶음^係이 떨어지자 다섯 사람이 무왕 앞을 가로막았는데, 무왕은 개의 치 않고 말하기를 '내가 왕의 일을 행할 수 있게 하는 것은 버선 끈묶음이 아니다'고 하였다^{武王至殷郊, 係墮, 五人禦于前, 莫肯之爲, 曰：吾所以事君者, 非係也}", 둘

---

37 《사기·장석지전(張釋之傳)》 "왕생은 황로학에 뛰어난 사람으로 은거하는 처사였다. 일찍이 그가 궁전에 불려들어간 적이 있었는데, 당시 삼공(三公), 구경(九卿) 대신들이 모두 모여서 서 있었다. 왕생은 연로한 사람이었는데 '나의 버선 대님이 풀어졌구려!'라고 하면서 머리를 돌려 장정위(張廷尉)를 바라보며 '나의 버선 대님을 매어주시겠소!'라고 하였다. 장석지는 땅바닥에 꿇어앉아 그의 버선 대님을 다 매어주었다. 그후 어떤 사람이 왕생에게 물었다. '어떻게 공교롭게 많은 사람들이 있는 조정에서 장정위에게 모욕을 주어 그가 꿇어앉아 당신의 버선 대님을 매도록 하셨습니까?' 왕생이 말하였다. '나는 연로한 데다 또 지위가 비천하므로 아무리 해도 장정위에게 어떤 좋은 것을 줄 수는 없다고 생각하였소. 장정위는 마침 현재 천하의 명신(名臣)이므로 나는 잠시 그에게 한번 굴욕을 주어 그가 꿇어앉아 나의 버선 대님을 매어줌으로써 이것으로서 그를 보살펴주려고 한 것입니다.' 각 공경(公卿)들은 이 말을 듣고 모두 왕생을 현명하다고 칭송하였으며 장정위를 존경하였다."(王生者, 善爲黃老言, 處士也. 嘗召居廷中, 三公九卿盡會立, 王生老人, 曰「吾韈解」, 顧謂張廷尉：「爲我結韈!」釋之跪而結之. 既已, 人或謂王生曰：「獨柰何廷辱張廷尉, 使跪結韈?」王生曰：「吾老且賤, 自度終無益於張廷尉. 張廷尉方今天下名臣, 吾故聊辱廷尉, 使跪結韈, 欲以重之.」諸公聞之, 賢王生而重張廷尉)

째, 《한서 · 애제기哀帝紀》에서 중산효왕中山孝王이 내조來朝하여 "임금에게 음식을 하사받아 배불리 먹고, 몸을 일어켜 세우니 버선 끈묶음이 풀어졌다賜食於前, 後飽; 起下, 韤繫解"고 하였다. 무왕의 "계係"와 중산효왕中山孝王의 "계繫"는 모두 음이 "계計"이며, 모두 버선을 묶는 끈이다. 장정위張廷尉가 "꿇어앉아 묶은 것跪而結" 또한 음이 "계計"이니, 손으로 묶는 것을 말하고, 물건을 가리켜 말한 것이 아니니 어찌 같겠는가?

원문

又按: 古人脫屨則有韤在, 脫韤則將跣足矣. 謝承 《會稽先賢傳》: "賀劭爲人美容止, 在官府, 常着韤, 希見其足." 君臣羣而飲酒, 悉解其韤, 若徒跣謝罪者. 然此何禮焉? 曰: 脫韤固尙有行縢在. 行縢, 今俗名裹足是也. 六朝人謂之行纏. 或曰: 豈即《詩 · 小雅》所謂邪幅[音福], 桓二年《傳》臧哀伯所云幅[音逼]歟? 余曰: 近矣, 而實非也. 行縢與今裹足, 皆有韤以蒙其上者也. 邪幅與幅, 則無韤以蒙其上者也. 《小雅》曰"赤芾在股, 邪幅在下", 邪幅以上配赤芾. 臧哀伯諫曰"衮冕黻珽, 帶裳幅舄", 幅上以配衮冕等, 下以配赤舄, 蓋人君之盛服也, 非行縢者比. 當康成及預時已無復其制, 故第曰"若今行縢"而已. 至《內則》有逼, 則常人之服也. 康成直注爲"行縢", 不言"若", 其密如此. 憶余至福建會城, 見荷蘭國人之遊于市者, 皆以綵帛纏其足, 由脛以上至膝, 整比異常, 非似行縢之蓬鬆, 因想見古者邪幅之制. 禮之失也, 而謂竟不復遇諸四裔耶?

　옛사람이 신발을 벗는다脫屨는 것은 곧 그 안에 버선을 벗는다는 것을 포함하고 있으며, 버선을 벗는다는 것은 맨발이 되는 것이다. 사승謝承[38]의 《회계선현전會稽先賢傳》에 "하소賀卲[39]의 사람됨은 용모와 행동거지가 아름다웠는데, 관부에서는 항상 버선을 신었으므로 그의 발을 좀처럼 볼 수 없었다賀卲爲人美容止, 在官府, 常着韤, 希見其足"고 하였다. 군신君臣이 모여 술을 마시면 모두가 버선을 벗었는데, 만약 맨발로 할 때는 양해를 구하였다. 그렇다면 이것은 무슨 예인가?

　버선을 벗는다脫韤는 그 안에 행등行縢이 포함되어 있는 것이다. 행등行縢은 지금의 속명俗名으로 과족裹足이다. 육조시대 사람들은 행전行纏이라 하였다.

　어떤 이가 물었다.

　어찌 그것이 《시·소아·채숙采菽》에서 "사복邪幅"[음音은 복福이다]이라고 한 것[40]과, 《좌전》 환공 2년 장애백臧哀伯이 말한 "퓝幅"[41][음音은 퓝逼이다]이겠는가?

---

38 사승(謝承)(?~?) : 자 위평(偉平). 삼국시대 사학자이며, 오(吳) 손권(孫權)의 처남이다.

39 하소(賀卲)(226~275) : 자 흥백(興伯). 삼국시대 오(吳)의 관원(官員), 정치가(政治家), 서예가이다.

40 《시·소아·채숙(采菽)》"붉은 슬갑은 다리에 있고 사복(邪幅)(행전)은 그 아래에 있네. 저 사귐에 느리지 않으니 천자가 허여하는 바이네."(赤芾在股, 邪幅在下. 彼交匪紓, 天子所予)

41 《좌전·환공2년》夏, 四月, 取郜大鼎于宋, 戊申, 納于大廟, 非禮也. 臧哀伯諫曰, 君人者, 將昭德塞違, 以臨照百官, 猶懼或失之, 故昭令德以示子孫, 是以清廟茅屋, 大路越席, 大羹不致, 粢食不鑿, 昭其儉也, 袞, 冕, 黻, 珽, 帶, 裳, 幅, 舄, 衡, 紞, 紘, 綖, 昭其度也, 藻率, 鞞, 鞛, 鞶, 厲, 游, 纓, 昭其數也, 火, 龍, 黼, 黻, 昭其文也, 五色比象, 昭其物也, 錫, 鸞, 和, 鈴, 昭其聲也, 三辰旂旗, 昭其明也.

나는 대답하였다.

비슷하지만, 실제로 같은 것이 아니다. 행등^{行滕}과 지금의 과족^{裹足}은 모두 버선이 있고 그 위에 덮는 것이다. 사복^{邪幅}과 핍^幅은 버선없이 덮는 것이다. 《소아·채숙^{采菽}》에서 "붉은 슬갑은 다리에 있고 사복^{邪幅}은 그 아래에 있네^{赤芾在股, 邪幅在下}"라고 하였는데, 사복^{邪幅}은 그 위에 붉은 슬갑과 짝이 되는 것이다. 장애백이 간언하기를 "곤·면·불·정, 대·상·핍·석^{袞冕黻珽, 帶裳幅舃}"이라 하였는데, 핍^幅은 그 위에 곤^袞·면^冕 등과 짝이 되고, 아래로는 적석^{赤舃}과 짝이 된다. 대체로 임금의 성복^{盛服}을 행등^{行滕}에 비할 것이 아니다. 정강성과 두예가 살던 시대에 이미 그 제도가 없어졌기 때문에 다만 "지금의 행등과 같다^{若今行滕}"라고 했을 뿐이다. 《예기·내칙^{內則}》의 "슬갑^偪"[42]은 상인^{常人}의 복식이다. 정강성은 바로 "행등^{行滕}"으로 주해하였고, "~와 같다^若"라고 말하지 않았으니, 그 엄밀함이 이와 같다. 예전에 내가 복건^{福建} 회성^{會城}에 갔을 때, 저자를 노닐던 하란국^{荷蘭國}, 네덜란드 사람을 본 적이 있다. 모두 채색비단으로 발을 감쌌는데, 정강이에서 무릎까지 정돈된 것이 매우 이상하였고, 행등의 들쭉날쭉한 것과는 같지 않았으므로, 그로 인해 고대의 사복^{邪幅}의 제도를 연상하게 되었다. 예가 없어지면, 끝내 사예^{四裔}, ^{幽州}, ^{崇山}, ^{三危}, ^{羽山}의 변방에서도 다시 볼 수 없다는 말인가?

---

[42] 《예기·내칙(內則)》에 "偪"로 되어 있다. 子事父母, 雞初鳴, 咸盥漱, 櫛縱笄總, 拂髦冠緌纓, 端韠紳, 搢笏. 左右佩用, 左佩紛帨, 刀, 礪, 小觿, 金燧, 右佩玦, 捍, 管, 遰, 大觿, 木燧, 偪, 屨著綦.

又按:《後漢書》始有《輿服志》, 朱子稱其詳, 爲前史所無. 間一及韤, 皆作
"絑". 未若《隋·禮儀志》之詳. 梁天監十一年尙書參議跣韤事亦具載此, "臺
官問訊皇太子, 皆朱服, 著韤", 著韤者, 止跣履不必跣韤. 蓋下于宗廟崇嚴一
等. 又以見爾時問訊于君則跣韤, 所以示極恭. 我固嫌杜預"古者"二字不確,
或易其《注》曰"今見君猶解韤"亦可, 終不若"古者燕飲解韤"六字爲至當. 又
《志》云"省閤內得著履", 則非唯韤不解, 履亦不跣. 至三公黃閤"下履, 過閤還,
著履", 其分別履與韤處極爲明析矣.

우안又按

《후한서》에 비로소 《여복지輿服志》가 기록되었고 주자는 그 상세함을
칭송하였는데, 이전의 사서에는 없는 것이기 때문이었다. 중간에 한 번
버선을 언급하였는데, 모두 "絑"로 썼다. 그러나 《수서·예의지禮儀志》의
상세함과는 같을 수 없다. 양梁 천감天監 11년[512] 상서尙書가 참의參議한 버
선을 벗어 맨발로 한 사실도 여기에 실려있는데, "대관臺官이 황태자皇太子
를 문후할 때, 모두 주복朱服하고 버선을 신었다臺官問訊皇太子, 皆朱服, 著韤"고
하였는데, "버선을 신었다著韤"는 것은 단지 신을 벗은 것이지 반드시 버
선을 벗은 것은 아니다. 대체로 종묘宗廟의 숭엄崇嚴함보다는 낮은 등급이
다. 또한 이 시기에 임금을 문후할 때는 버선을 벗었다는 것이 보이니,
극진한 공경심을 보인 것이다. 나는 진실로 두예가 말한 "옛날古者" 두 글
자가 확실하지 않다고 의심하니, 그 주해를 바꾸어 "지금 임금을 뵐 때에
도 버선을 벗는다今見君猶解韤"라고 해도 옳을 것이나, 마침내 "옛날 연음할

때 버선을 벗었다古者燕飮解韈"라고 하는 것이 매우 지당함과는 같지 않다. 또한 《수서·예의지》에 "성합, 省閤, 궁문 내에서는 신을 신을 수 있다省閤內得 著履"라고도 하였으니, 오직 버선을 벗지 않는 것이 아니라 신도 벗지 않았다. 삼공三公의 관서인 황합黃閤에 이르러서는 "신을 내려놓았다가 황합을 지나 돌아갈 때, 신을 신는다下履, 過閤還, 著履"라고 하여, 신과 버선을 나누어 구별한 곳이 매우 명확하다.

원문

又按：今《武成》"列爵惟五, 分土惟三"《疏》引《孟子》"班爵祿"章, 非是. 《孟子》爵雖五等, 却連天子在內; 地又四等, 與"分土惟三"不合, 蓋直用《漢· 地理志》"周爵五等而土三等"之說也. 益驗晚出書多出《漢書》.

번역 우안又按

지금 《무성》의 "관작官爵을 나열함은 다섯 등급으로 하고, 땅을 분봉함은 세 등급으로 한다列爵惟五, 分土惟三"의 《공소》는 《맹자·만장하》의 "반작록班爵祿"장을 인용하였는데, 틀렸다. 《맹자》에서의 작록은 비록 다섯 등급이지만 그 안에는 천자도 같이 언급되었으며, 또 땅은 네 등급이므로 《무성》의 "땅을 분봉함은 세 등급으로 한다分土惟三"와 합치하지 않는다. 아마도 지금의 《무성》은 다만 《한서·지리지》 "주나라의 관작은 오등급이고 땅은 삼등급이다周爵五等而土三等"의 설을 채용한 것이다. 만출 《서》가 《한서》에서 많이 나왔음을 더욱 징험해 준다.

又按 : 晚出《書》多出《漢書》, 雖字與義較今文及遷書古文說不合, 亦不顧. 如《刑法志》"《書》不云乎? '惟刑之恤哉'", "恤", 今文作"謐", 遷書作"靜", 蓋"謐"即"靜"也, 但字異耳.《王莽列傳》"《書》曰'舜讓于德不嗣'", "嗣", 今文作"怡", 遷書作"懌", 蓋"怡"即"懌"也, 亦字異. 他日《太史公自序》"唐堯遜位, 虞舜不台",《索隱》曰 : "台音怡, 悅也." 則又用今文, 益驗向所謂遷書頗雜出今文.

우안又按

만출《서》는《한서》에서 많이 나왔는데, 비록 문자와 의미가 금문《서》와《사기》고문설과는 합치하지 않지만, 또한 신경 쓸 것 없다. 가령《한서·형법지》의 "《서》에서 말하지 않았는가? '형벌을 신중하게 하였다《書》不云乎? '惟刑之恤哉'"에서 "휼恤"을 금문은 "밀謐"로 썼고,《사기》는 "정靜"으로 썼는데, "밀謐"은 곧 "정靜"인 것으로 글자만 다를 뿐이다.《한서·왕망열전》의 "《서》에 '순은 덕으로 사양하고 잇지 않았다'고 하였다《書》曰'舜讓于德不嗣'"에서, "사嗣"를 금문은 "이怡"로 썼고,《사기》는 "역懌"으로 썼는데, "이怡"는 곧 "역懌"이므로 이 또한 글자가 다른 것이다. 이후《태사공자서》에서 "당요가 제위를 양보하였으나, 우순은 기뻐하지 않았다唐堯遜位, 虞舜不台"라 하였고,《색은》은 "이台의 음은 이怡이며, 기뻐하다는 뜻이다台音怡, 悅也"라고 하여, 다시 금문을 사용하였다. 예전에 말했던《사기》는 금문에서 나온 것이 제법 섞여 있다는 것을 더욱 징험해 준다.

又按 : 胡渭生朏明告予 : 孔氏 《疏》云 : "君存稱滅, 則滅文在上, 莊十年滅譚, 定六年滅許是也; 國存君死, 則滅文在下, 胡子, 沈子是也." 據此, "遂滅衛"自仍指國而言, 非君. 予曰 : 然則衛懿公尙存乎, 胡得有如世所傳弘演內肝事? 朏明曰 : 上"敗績"屬師, 下"甚敗"屬君. 懿公之死, 隱具此二句中, 不必於"遂滅衛"句尋下落. 莊九年乾時之戰"我師敗績, 公喪戎路, 傳乘而歸. 秦子, 梁子以公旗辟于下道, 是以皆止", 可見旗之所在, 敵人咸屬目焉. 二子以公旗辟于下道以誤齊師, 齊師失追, 莊公故得免. 今"衛侯不去其旗", 去, 藏也, 除也. 不藏, 不除, 狄人望而知爲君, 遂直趨而害之. 甚敗之爲君死, 復何疑? 竊以此與《史記》疏漏處殊不同.

우안又按

호위胡渭, 1633~1714, 자 비명(朏明)가 나에게 알려왔다.

《좌전·소공23년·공소》에 "임금이 살아있지만 멸滅이라고 칭한 것은 '멸滅'자가 앞에 오니, 장공 10년의 (제나라가) '담譚을 멸한다滅譚'와 정공 6년에 (정鄭나라가) '허許를 멸하다滅許'가 그것이다. 나라는 존재했지만 임금이 죽은 경우는 '멸滅'자가 뒤에 오니, 호자胡子와 침자沈子가 그것[43]이다君存稱滅, 則滅文在上, 莊十年滅譚, 定六年滅許是也; 國存君死, 則滅文在下, 胡子, 沈子是也"고 하였다. 이를 근거로 해보면, "마침내 위를 멸했다遂滅衛"는 저절로 나라가 멸당했다는 것을 가리켜 말한 것이지, 임금이 죽은 것은 아니다.

---

43 《좌전·소공23년》(經) 胡子髡 沈子逞滅.

나는 대답하였다.

그렇다면 위衛의공懿公은 여전히 살아 있었다는 것인데, 어찌 홍연弘演이 의공의 간을 자기 뱃속에 집어넣었다는 고사[44]가 세상에 전할 수 있단 말인가?

호위가 다음과 같이 말했다.

(민공 2년) 앞의 "패퇴했다敗績"는 군대의 일이고, 뒤의 "심하게 패했다甚敗"는 임금의 일이다.[45] 의공懿公의 죽음은 이 두 구절 안에 몰래 숨겨져 있으니, 반드시 "마침내 위를 멸했다遂滅衛"는 구절을 뒤에 붙일 것은 없다. 장공9년 건시乾時 전투의 "우리 노나라 군대가 대패하여 장공은 융로戎路를 잃고서 다른 수레를 타고 돌아왔다. 진자秦子·양자梁子가 장공의 기旗를 가지고 사잇길로 피해 제군齊軍을 유인하였으므로 두 사람은 모두 제나라의 포로가 되었다我師敗績, 公喪戎路, 傳乘而歸. 秦子, 梁子以公旗辟于下道, 是以皆止"에서 기의 소재를 볼 수 있으니, 적들의 눈이 모두 기에 쏠린다. 진자와 양자가 장공의 기를 가지고 사잇길로 피함으로써 제나라 군대를 오판하게 하였고, 제나라가 군대가 추격에 실패하였으므로 장공은 죽음을 면할 수 있

---

44 홍연납간(弘演內(納)肝) : 위(衛) 의공(懿公)의 신하 홍연이 왕명을 받들고 사신으로 나간 사이에, 적인(翟人)이 위나라를 공격하였는데, 의공이 평소에 학(鶴)만 좋아하고 백성을 학대하였으므로 백성들이 싸우지도 않고 도망쳤다. 이에 적인이 영택에서 의공을 죽여 그 고기를 모두 먹고 간(肝)만 남겨 놓았는데, 홍연이 돌아와서 위공의 간을 향해 사명을 완수했다고 보고한 뒤에, 비통하게 통곡하며 "임금의 겉옷이 되겠다"라고 하면서 자살하면서 자기의 배를 갈라 창자를 꺼내고는 위공의 간을 그 속에 집어넣었다.《여씨춘추·충렴(忠廉)》衛懿公有臣曰弘演, 有所於使. 翟人攻衛, 其民曰:「君之所予位祿者, 鶴也 ; 所貴富者, 宮人也. 君使宮人與鶴戰, 余焉能戰?」遂潰而去. 翟人至, 及懿公於榮澤, 殺之, 盡食其肉, 獨捨其肝. 弘演至, 報使於肝, 畢, 呼天而啼, 盡哀而止, 曰 :「臣請爲襮.」因自殺, 先出其腹實, 內懿公之肝.

45 《좌전·민공2년》及狄人戰于熒澤, 衛師敗績, 遂滅衛此熒澤. 衛侯不去其旗, 是以甚敗.

게 되었다. 지금 "위후가 자기의 기旗를 버리지 않았다衛侯不去其旗"의 거去는 감춘다藏, 제거하다除의 의미이다. 감추지 않고 제거하지 않았으므로 적인狄人이 그 기를 보고 위후임을 알았고, 마침내 바로 달려가 그를 해친 것이다. "심하게 패하였다甚敗"가 임금이 죽은 것임을 어찌 또 의심하겠는가? 이곳은 《사기》의 소략하고 빠진 곳이 많은 곳과는 매우 같지 않다.

원문

又按:《詩‧載馳‧序》云:"衛懿公爲狄人所滅." 鄭《箋》云:"滅者, 懿公死也. 君死於位曰滅." 孔《疏》云:"'君死於位曰滅',《公羊傳》文.《春秋》之例, '滅'有二義, 若國被兵寇, 敵人入而有之, 其君雖存而出奔, 國家多喪滅, 則謂之滅. 故《左傳》'凡勝國曰滅', 齊滅譚, 譚子奔莒; 狄滅溫, 溫子奔衛之類是也. 若本國雖存, 君與敵戰而死, 亦謂之滅, 故云'君死於位曰滅', 即昭二十三年胡子髡,沈子逞滅之類是也." 愚謂仍有"用大師曰滅", 僖二年虞師, 晉師滅下陽, 昭十三年吳滅州來, 皆邑而言滅是也. 疏漏此一義, 以懿公死爲滅, 康成已先我而作是說, 雖或未可以之解《左氏》, 要說有攸據, 不妨兩存.

번역 우안又按

《시‧재치載馳‧서序》에 "위衛의공懿公이 적인狄人에게 멸당했다衛懿公爲狄人所滅"고 하였고, 정현《전箋》에 "멸滅은 의공이 죽은 것이다. 임금이 그 지위에서 죽는 것을 멸滅이라고 한다滅者, 懿公死也. 君死於位曰滅"고 하였다.《시‧재치載馳‧서序‧공소》에 다음과 같이 말했다. "'임금이 그 지위에서 죽는 것을 멸이라고 한다'는《공양전》의 문장이다.《춘추》의 범례에 '멸滅'에는 두 가지 의미가 있는데, 만약 나라에 전란을 당해 적들이 들어와 나라를 소유하게 되면, 그 임금은 비록 살아 있으나 달아나고 국가는 대부분 상멸喪滅되니 이를 멸滅이라고 한다. 따라서 《좌전 · 문공15년》 '범례에 의하면 한 나라와 전쟁하여 승리하는 것을 '멸지滅之'라 한다'라고 하였으니, 제나라가 담譚을 멸하자 담자譚子가 거莒로 달아나고, 적狄이 온溫을 멸하자 온자溫子가 위衛로 달아난 것 등이 이런 류이다. 만약 본국은 비록 존재하고 있지만, 임금이 적과 싸우다가 죽으면, 이 또한 멸滅이라고 한다. 따라서 '임금이 그 지위에서 죽는 것을 멸'이라고 하니, 곧 소공 23년 호자胡子 곤髡과 침자沈子 영逞이 멸당한 것이 이런 류이다.君死於位曰滅', 《公羊傳》文. 《春秋》之例, '滅'有二義, 若國被兵寇, 敵人入而有之, 其君雖存而出奔, 國家多喪滅, 則謂之滅. 故《左傳》'凡勝國曰滅', 齊滅譚, 譚子奔莒; 狄滅溫, 溫子奔衛之類是也. 若本國雖存, 君與敵戰而死, 亦謂之滅, 故云'君死於位曰滅', 即昭二十三年胡子髡, 沈子逞滅之類是也."

내 생각에 또한 "대군을 이용해 이기면 '멸滅'이라 한다用大師曰滅"가 있으니, 희공 2년 우사虞師와 진사晉師가 하양下陽을 멸한 것과, 소공 13년 오吳가 주래州來를 멸한 것 등은 모두 읍邑을 공격하여 읍을 멸했다고 말한 것이다. 여기에 하나의 의미가 빠졌으니, 의공의 죽음이 멸이라는 것을 정강성이 이미 나보다 앞서서 그 설을 말하였는데, 비록 이것으로 《좌씨》를 모두 해석할 수는 없더라도 근거한 바가 있어야 하므로 두 가지 설을 다 보존하는 것도 무방할 것이다.

원문

又按 : 里中顧諟在瞻問 : "晉文公在齊, 妻姜氏, 後亦不見下落, 不比秦文

贏, 狄季隗一逆之, 一歸之, 何也?" 余曰:"蓋未及公子反國而已前死."云:"曷
徵乎爾?" "徵諸文六年趙孟之言. 古者諸侯娶有九女. 文贏嫡也, 班第一; 偪
姞, 世子母也, 班第二; 季隗, 文公託狄時妻, 班第三. 杜祁以讓此二人也, 故
班在四. 然則趙孟獨不曰 '以齊故, 讓姜氏而已又次之, 故班在五', 則姜氏不
在九人之列可知. 其不在九人之列, 意其蚤死也. 不然, 文公豈得寵而忘舊者,
不一迎歸之乎? 姜豈不若季隗請待子而不嫁乎? 齊侯若蔡嫁蔡姬, 晉不興師
伐之乎? 此等須從空中看出, 方識《左氏》文章之密. 劉向《列女傳》稱晉文迎
之以歸爲夫人, 果爾, 置文嬴何地? 不足據."

번역 우안又按

마을에 사는 고시顧諟, 자 재첨(在瞻)[46]가 물었다.

진晉문공文公은 제齊에 있으면서 강씨姜氏를 처로 맞이하였으나 기록이
보이지 않고, 진秦문영文嬴, 적계외狄季隗를 맞이하여 돌아오게 한 것과는
같지 않으니,[47] 어째서인가?

나는 대답하였다.

대체로 공자公子가 진晉으로 돌아오기 전에 이미 죽었기 때문이다.

고시가 물었다.

어떻게 징험할 수 있는가?"

---

46 청(淸) 진강기(陳康祺)《낭잠기문(郎潛紀聞)》권5 : 淮上 顧諟 在瞻, 楊開沅 禹江, 戴晟 晦
夫, 皆國初闇修靜學之士.

47 《좌전·희공24년》에 보인다. "晉侯逆夫人嬴氏以歸. …… 狄人歸季隗于晉, 而請其二子, 文公
妻趙衰, 生原同, 屏括, 摟嬰, 趙姬請逆盾, 與其母, 子餘辭, 姬曰, 得寵而忘舊, 何以使人, 必逆之,
固請, 許之, 來, 以盾爲才, 固請于公, 以爲嫡子, 而使其三子下之, 以叔隗爲內子, 而己下之.

나는 대답하였다.

노 문공 6년 조맹趙孟의 말로 징험할 수 있다. 옛날 제후는 아홉명의 여자에게 장가들었다. 문영文嬴은 정실로서 제1서열이다. 핍길偪姞은 세자世子의 어머니이므로 제2서열이다. 계외季隗는 문공이 적狄에 의탁할 때에 처로 맞이하였으니 제3서열이다. 두기杜祁는 핍길과 계외에게 양보하였으므로 제4서열이다. 그런데 조맹趙孟은 유독 "제齊나라 때문에 강씨에게 양보하였으므로 이미 그 다음의 차례로서 제5서열이다以齊故, 讓姜氏而已又次之, 故班在五"고 말하지 않았으므로, 강씨姜氏는 아홉 명의 반열에 있지 않음을 알 수 있다. 강씨가 아홉 명의 반열에 있지 않은 것은 아마도 그녀가 빨리 죽었기 때문일 것이다. 그렇지 않다면, 문공이 어찌 총애하는 여자를 구했다고 해서 옛날을 망각하고 맞이하여 돌아오지 않았겠는가? 강씨가 어찌 계외와 같이 공자를 기다리며 시집가지 않은 것[48]과 같지 않았겠는가? 제환공과 같이 채蔡 목공이 채희蔡姬를 시집보낸 것[49]과 같았다면, 진晉나라는 군대를 일으켜 제나라를 공격하지 않았겠는가? 이런 것

---

[48] 《좌전·희공23년》에 보인다. 중이(重耳)가 제나라로 가려 할 때 계외에게 이르기를, "나를 25년 동안 기다렸다가 돌아오지 않거든 시집가라"고 하였다. 계외가 대답하기를 "내나이 지금 25세인데 다시 25년이 지난 뒤에 시집간다면 관(棺)에 들어갈 때가 될 것이니, 공자를 기다리겠습니다"라고 하였다. 중이는 적(狄)에 머문 지 12년 만에 적을 떠났다. (將適齊, 謂季隗曰, 待我二十五年不來而後嫁, 對曰, 我二十五年矣, 又如是而嫁, 則就木焉, 請待子, 處狄十二年而行)

[49] 《좌전·희공3년》에 보인다. 제(齊) 환공(桓公)의 셋째 부인인 채희(蔡姬)는 채 목공(穆公)의 누이동생이었다. 어느 날 환공과 뱃놀이를 할 때 놀이에 취하여 환공에게 물을 끼얹고 배를 흔들어 환공이 두려워 그치라고 하였으나 그치지 않았다. 화가 난 환공이 채희를 본국으로 쫓았으나 끊을 생각이 있었던 것은 아니었다. 화가 난 채 목공은 동생 초(楚) 성왕(成王)에게 다시 시집보냈다. (齊侯與蔡姬乘舟于囿, 蕩公, 公懼, 變色, 禁之不可, 公怒, 歸之, 未絶之也, 蔡人嫁之) 이후 화가 난 환공이 초를 친다는 명목을 내세워 채를 없애버렸고, 이후 패자가 되었다.

들은 반드시 보이지 않는 것으로부터 봐야하니, 바야흐로《좌씨》문장의 엄밀함을 알게 된다. 유향《열녀전》에 진문공이 제강齊姜을 맞이하여 돌아와 부인으로 삼았다[50]고 했는데, 과연 그렇다면 문영文嬴이 있을 곳은 어디인가? 근거로 삼기에 부족하다.

원문

又按：秀水朱彝尊錫鬯告予：宋胡洵直亦有考定《武成》次第，移"既生魄庶邦冢君暨百工受命于周"一十四字于"于征伐商"之下，　仍在"王若曰"之上；移"厥四月哉生明"二節于"列爵惟五"之上. 曰："洵直以《樂記》攷之，孔子告賓牟賈以《大武》遲久之意，言初久立於綴以待諸侯之至，則庶邦冢君受伐商之命于周，乃其時也. 故克商也，有未及下車爲之者，有下車爲之者，有濟河而西然後爲之者云云，其先後有倫如此，則《武成》之次序可概見矣." 予曰"既生魄，據《漢志》爲四月十六日甲辰望方協，忽移作正月十六日丙午望. 是日武王逮師去鎬京已五百七十里，未至孟津者三百三十里，在途之中，豈得謂其初時乎? 且綴者南頭之初位，久立於綴，蓋未舞之前，舞者持盾屹立，象武王待諸侯之至. 計其日尙當在戊子師初發，癸巳武王始發之先，斷不在既望丙午." 大抵錫鬯平生不敢疑古文，見諸贈余詩，所援引每如此.

번역 우안又按

수수秀水의 주이준朱彝尊, 1629~1709, 자 석창(錫鬯)[51]이 나에게 다음과 같이 알

---

50 《열녀전 · 진문제강(晉文齊姜)》秦穆公乃以兵內之於晉，晉人殺懷公而立公子重耳，是爲文公. 迎齊姜以爲夫人. 遂霸天下，爲諸侯盟主.

려왔다.

　宋송의 호순직胡淘直[52]도 《무성》의 차례를 고정하였다. "기생백에 여러 나라의 총군과 백공들이 주나라에서 명을 받았다既生魄, 庶邦冢君, 暨百工受命于周." 14자를 "가서 상나라를 정벌하였다于征伐商" 다음으로 옮겼는데, 여전히 "왕약왈王若曰" 앞에 위치하였다. "4월 재생명厥四月哉生明" 두 구절을 "관작官爵을 나열함은 다섯 등급으로 하다." 앞으로 옮겼다. 그리고 말하였다. "내胡淘直가 《악기樂記》로 고정해보니, 공자가 빈무가賓牟賈에게 《태무大武》의 더디고 오래 기다리는 의미라고 알려준 것[53]은 처음에 철綴의 자리에 오랫동안 서서 제후들이 오기를 기다렸다는 것을 말한 것이니, 여러 나라 총군이 주나라에서 상을 정벌하라는 명을 받은 바로 그 시기이다. 그러므로 상을 이기고 수레에서 미처 내리기 전에 한 일이 있었고, 수레

51　주이준(朱彝尊) : 자 석창(錫鬯), 호 죽택(竹垞), 어방(醧舫)이다. 절강(浙江) 수수(秀水, 지금의 가흥시(嘉興市)) 출신이다. 청대의 학자, 장서가이다. 저서에는 《폭서정집(曝書亭集)》 80권, 《일하구문(日下舊聞)》 42권, 《경의고(經義考)》 300권이 있다. 《명시종(明詩綜)》 100권과 《사종(詞綜)》 36권을 선집(選輯)하였다. 특히 《사종(詞綜)》은 중국 사학(詞學)의 중요 선본(選本)으로 꼽힌다.

52　호순직(胡淘直) : 자 차어(次魚). 임강군(臨江軍) 신유(新喻)(지금의 강서(江西) 신여(新余)이다) 출신이다. 송(宋)고종(高宗) 소흥(紹興)15년(1145) 을축과(乙丑科) 급제하였다. 저서에 《蘭嚺集》 10권이 있다.

53　《예기·악기(樂記)》빈무가가 일어나서 자리를 피하여 청하기를 "〈무〉에서 먼저 북을 쳐서 대비하고 경계하기를 매우 오래 하는 것은 이미 가르침을 들었습니다만 감히 묻겠습니다. 오랫동안 춤추는 자리에 서서 더디고 더디며 또 오래 하는 것은 어째서입니까?" 공자께서 말씀하셨다. "앉거라. 내 너에게 말해 주겠다. 악은 성공을 형상한 것이니, 방패를 잡고 산처럼 우뚝이 서 있는 것은 무왕이 제후를 기다린 일을 형상한 것이고, 손과 발을 세차게 놀려서 땅을 밟고 뛰기를 맹렬히 하는 것은 태공(太公)의 위무(威武)를 떨치는 뜻을 형상한 것이고, 《무》가 끝날 때에 모두 무릎 꿇고 앉는 것은 주공과 소공의 문덕의 다스림을 형상한 것이다."(賓牟賈起, 免席而請曰 : "夫《武》之備戒之已久, 則旣聞命矣, 敢問遲之, 遲而又久, 何也?"子曰 : "居, 吾語汝. 夫樂者, 象成者也. 總干而山立, 武王之事也; 發揚蹈厲, 太公之志也;《武》亂皆坐, 周, 召之治也.")

에서 내려 한 일이 있었으며, 하수를 건너 서쪽을 간 이후에 한 일이 있었다고 말한 것이다.[54] 그 선후에 질서가 있는 것이 이와 같으니,《무성》의 차례를 대략적으로 볼 수 있게 되었다.”

나는 대답하였다.

기생백旣生魄은《한서·율력지》에 근거해보면, 4월 16일 갑진甲辰 망일望日과 맞아떨어지는데, 갑자기 옮겨서 정월正月 16일 병오丙午 망일望日이 되어버렸다. 이날은 무왕이 군대에 이르러 호경을 떠나온 거리가 이미 570리이고, 맹진에 아직 330리 못 미친 도중인데, 어찌 처음이라고 말할 수 있겠는가? 또한 “철綴”은 남쪽 끝의 첫 번째 자리를 말하는데, 오랫동안 철의 자리에 서 있는 것은 아직 춤을 추기 전에 방패를 쥐고 우두커니 서 있는 것으로 무왕이 제후들이 도착하기를 기다리는 형상이다. 그날을 헤아려보면, 무자일에 군대가 호경에서 처음 출발하였고, 계사일은 무왕이 비로소 출발하기 이전이므로 결코 기망旣望 병오일丙午日일 수 없다.

대저 석창錫鬯은 평생 동안 감히 고문을 의심하지 않았는데, 나에게 보낸 시를 보고서 그를 생각해냄이 매번 이와 같다.

---

54 《예기·악기(樂記)》공자께서 말씀하셨다. “또 너는 홀로 목야의 말을 듣지 못하였는가? 무왕이 은나라 군대를 이기고 상나라의 도성에 이르러서 미처 수레에서 내리기도 전에 황제(黃帝)의 후손을 계(薊)나라에 봉하고 요 임금의 후손을 축(祝)나라에 봉하고 순 임금의 후손을 진(陳)나라에 봉하였으며, 수레에서 내려서는 하후씨(夏后氏)의 후손을 기(杞)나라에 봉하고 은나라의 후손을 송(宋)나라로 옮기고 왕자 비간(比干)의 묘를 봉분하고 감옥에 갇혀 있던 기자(箕子)를 석방하여 상용(商容)에게 찾아가서 그 지위를 회복하게 하셨으며, 서민들은 포학한 정사를 풀어주고 서사(庶士)들은 녹(祿)을 배로 더 올려주셨다. (且女獨末聞牧野之語乎? 武王克殷(反)[及]商, 未及下車, 而封黃帝之後於薊, 封帝堯之後於祝, 封帝舜之後於陳, 下車而封夏后氏之後於杞, 投殷之後於宋, 封王子比干之墓, 釋箕子之囚, 使之行商容而復其位, 庶民弛政, 庶士倍祿)

又按 : 元熊朋來亦疑《武成》月日, 曰 : 武王以正月初三日癸巳起程, 再歷
庚戌方爲四月, 一百三十八日矣. 雖前十九日爲辛卯, 王來自商至于豐, 仍一
百十有九日. 克商之後, 逗留日久乃歸. 沛公欲留秦, 樊噲輩猶能勸以還軍,
豈武王反出其下? 可疑一也. 或云 : 死魄, 晦也, 非朔也, 朔則魄蘇矣. 上饒謝
氏疑壬辰爲正月二十九日, 癸巳爲二月朔. 若然, 癸亥陳于商郊移至三月一
日, 又與《國語》"二月癸亥夜陳未畢而雨"不合. 癸亥繫二月乃《左氏》正文,
未易改, 終無以釋在商淹久之疑耳. 予曰 : 此不必疑也. 武王往三十一日, 回
亦三十一日, 共六十二日. 仍餘五十七日在商. 熊氏徒見今《武成》所載"反商
政"至"大賚"數事, 以爲旬日可了, 不知《樂記》"未及下車而封黃帝之後於薊,
封帝堯之後於祝, 封帝舜之後於陳; 下車而封夏后氏之後於杞, 投殷之後於
宋", 正《論語》"興滅國, 繼絶世"者. 蓋或有子孫而無爵土, 或有爵土而無子
孫, 武王須求訪其後以來, 擇地以封之, 此豈旬日可了?《孟子》"滅國者五十",
與紂共爲亂政者五十國, 須及在商遣兵四出翦滅, 以遂救民取殘之志, 亦豈旬
日可了? 故五十七日, 人以爲久, 吾以爲速; 人以爲疑, 吾以爲決. 仁山《前
編》繫"封康叔于殷東"于是歲三月內, 曰 : "《康誥》云'在茲東土',《酒誥》云
'肇國在西土', 又云'我西土棐徂', 則此時武王似未來自商以前也. 蓋武王克
商, 留處三月而後反, 封康叔意此時與?"最合. 則《康誥》,《酒誥》兩篇並作
于在商日. 惜乎! 儒生所見于古人, 旣不能設身處地揣度事機, 又不能參考往
籍補經文之殘闕, 而反以後代君臣所饒爲者上疑三代, 過矣夫!

번역 우안又按

원대元代 웅붕래熊朋來[55]도 《무성》의 월일月日을 의심하면서 다음과 같이
말했다.

무왕은 정월 초3일 계사일[56]에 출정하여, 다시 경술일[57]에 무성武成을
고한 때는 4월로서 그 기간이 138일이다. 비록 경술일의 19일전인 신묘
일에 무왕이 상商에서 풍豐으로 돌아왔더라도 119일이 걸렸다. 상을 이
긴 이후, 몇 날을 오래 머문 후에 돌아왔다. 패공沛公 유방이 진秦에 머무
르고자 하였으나, 번쾌樊噲 등이 오히려 군사를 돌아가게 할 것을 권하였
으니, 오히려 무왕이 도리어 한고조 밑으로 들어갈 수 있겠는가? 의심할
만하다.

어떤 이가 물었다.

사백死魄은 그믐이며 초하루가 아니니, 초하루는 "백이 소생魄蘇"한다.
상요上饒사씨謝氏는 임진일壬辰日이 정월29일이 됨과 계사일癸巳日이 2월 초
하루가 됨을 의심하였다. 만약 그렇다면, 상교商郊에 진陳을 친 계해일癸亥
日은 3월 1일로 옮겨지고, 또한 《국어·주어하》의 "2월 계사일 밤에 진陳
을 미처 다 치지 않았는데 비가 왔다二月癸亥夜陳未畢而雨"와 맞지 않는다. 계
해일을 2월로 한 것은 바로 《좌씨》정문이니, 고치지 않는다면 끝내 상엄
商淹에 오래 머물렀다는 의심을 풀 수 없게 된다.

나는 대답하였다.

---

55 웅붕래(熊朋來) : 자 여가(與可). 남송(南宋) 함순(咸淳) 갑술(甲戌)(1274)년에 진사에
    급제하였다. 송 멸망 후 은거하며 유학을 전수하였다.
56 《武成》惟一月壬辰, 旁死魄. 越翼日癸巳, 王朝步自周, 于征伐商.
57 《武成》越三日庚戌, 柴望大告武成.

반드시 의심스러운 것은 아니다. 무왕이 상나라로 가는데 31일이 걸렸고, 돌아오는 것도 31일이 걸려 모두 62일이다. 나머지 57일은 상商에 있었다. 응붕래는 단지 지금《무성》에 실린 "상나라의 정사를 되돌리다反商政"에서 "사해에 크게 베풀다大賚"까지의 여러 가지 사건[58]만 보고 10일이면 될 것이라고 여겼지만, 《예기 · 악기》의 "미처 수레에서 내리기도 전에 황제黃帝의 후손을 계薊나라에 봉하고, 요 임금의 후손을 축祝나라에 봉하고, 순 임금의 후손을 진陳나라에 봉하였으며, 수레에서 내려서는 하후씨夏后氏의 후손을 기杞나라에 봉하고, 은나라의 후손을 송宋나라로 옮겼다未及下車而封黃帝之後於薊, 封帝堯之後於祝, 封帝舜之後於陳; 下車而封夏后氏之後於杞, 投殷之後於宋"는 것이 바로《논어 · 요왈》"멸망한 나라를 일으켜 주고, 끊어진 세대를 계승해 준다興滅國, 繼絶世"는 것임을 모른 것이다. 혹 자손은 있는데 관작과 토지가 없는 경우나, 관작과 토지는 있는데 자손이 없는 경우에, 무왕은 그 후손들을 찾아오게 해서 적당한 땅을 골라 책봉하였으니, 어찌 10일 내에 할 수 있는 일이겠는가?《맹자 · 등문공하》에 "나라를 멸한 것이 50개국이다滅國者五十"라고 한 것은 주紂와 더불어 정사를 어지럽힌 나라가 50개국이었다는 것이니, 반드시 상商에 있을 때 군대를 파견하여 사방으로 나가 섬멸하여 백성들을 구하고 잔당들을 잡아들이는 뜻을 보여야 했으므로 이 또한 어찌 10일 내에 할 수 있는 일이겠는가? 따라서 57일이

---

58 《武成》이에 상나라의 정사를 되돌려서 정사는 옛날을 따르고, 기자(箕子)를 가둔 것을 풀어주고 비간(比干)의 묘를 봉분(封墳)하고 상용(商容)의 마을에 경례하며, 녹대(鹿臺)의 재물을 흩어주고 거교(鉅橋)의 곡식을 풀어서 크게 사해(四海)에 주니, 만백성들이 기뻐하여 복종하였다. (乃反商政, 政由舊. 釋箕子囚, 封比干墓, 式商容閭. 散鹿臺之財, 發鉅橋之粟. 大賚于四海, 而萬姓悅服)

걸린 것이니, 사람들은 그것을 오래되었다고 여기지만 나는 빠르다고 생각하며, 사람들은 의심하지만 나는 매우 기쁘게 생각한다.

김이상金履祥, 호 인산(仁山)《자치통감전편資治通鑑前編》에서 3월에 "강숙은 은의 동쪽 땅에 봉하였다封康叔于殷東"고 한 곳에서 다음과 말했다.

《강고》에서 '(강숙이) 동쪽 땅에 있게 되었다在茲東土'고 하였고, 《주고》에서 '(문왕이) 처음 나라를 창건하여 서토에 계실 때肇國在西土'라고 하고, 또 '우리 서토를 도우러 왔던 (제후들)我西土棐祖'이라고 하였으니, 이 시기는 무왕이 아직 상商에서 돌아오기 이전이다. 대체로 무왕이 상商을 이기고 3개월을 머문 이후 돌아왔는데, 강숙을 봉한 때가 바로 이 시기인 것인가?

매우 적절한 지적이다. 그렇다면 《강고》와 《주고》 양편은 모두 무왕이 상商에 있을 때 작성된 것이다. 애석하다! 유생儒生이 옛사람을 만나봄에 있어 자신의 입장을 두고 사건의 기미를 마음대로 추단해서는 안 되며, 또한 지난날의 서적을 참고하여 경문의 빠진 것을 보충하려 해서도 안 되는데, 오히려 후대 군신이 넉넉히 할 수 있다는 것으로 삼대三代를 의심하는 것은 잘못인 것이다!

원문

又按：《武成》聞有錯簡, 未聞有錯句. 如《前編》,《武成》次第一依蔡本, 獨移"底商之罪"四字于"大邑周"之下, 曰"從子王子參訂, 粗爲可讀". 是有錯句矣, 殆不足辨者.

《무성》에 착간錯簡이 있다는 것은 들었어도 착구錯句가 있다는 말은 듣지 못했다. 《자치통감전편》의 경우, 《무성》 차례를 채본蔡本에 의거하였는데, 유독 "상나라의 죄를 지극히 하다底商之罪." 4자를 "우리 큰 읍 주에 귀의하였다用附我大邑周大邑周." 아래로 옮기고, "자왕자子王子를 참고하여 수정한 것으로, 거칠지만 읽을 수 있다從子王子參訂, 粗爲可讀"고 하였다. 여기에 착구錯句가 있다는 것은 아마도 변론하기에는 충분치 않은 것 같다.

제68. 고문《필명》이《삼통력》에 보이는데, 합치하지 않는 말구末句를 없애버렸음을 논함

원문

嘗疑劉歆《三統曆》末又引《畢命豐刑》, 曰"惟十有二年六月庚午朏, 王命作策《豐刑》", 凡十有六字, 今古文皆無, 不知歆從何處得之而載于此. 既而思《書大傳》有《九共》,《帝告》篇之文, 安知非安國所得壁中《書》整篇外零章剩句, 如伏生所傳者乎? 歆去安國未遠, 流傳定眞, 而所載康王年月日復關于曆法, 故不忍棄之. 僞作古文者以"王命作策《豐刑》"與己不合, 特爾遺去, 亦猶作《伊訓》者遺"誕資有牧方明", 作《武成》者遺"粵若來二月"以下之辭, 爲露其肘也.

번역

일찍이 유흠《삼통력》끝에 인용된《필명풍형畢命豐刑》을 의심하였는데,《필명풍형》의 "12년 6월 경오일 초승달 뜬 날, 왕이 명하여 책명하는《풍형》을 지었다惟十有二年六月庚午朏, 王命作策《豐刑》." 16자는 금문과 고문에 모두 없는데, 유흠이 어디에서 이것을 얻어《삼통력》에 기록했는지 알 수 없다.《서대전書大傳》에《구공九共》과《제고帝告》편의 문장이 있는 것으로 생각해보건대, 공안국이 얻은 벽중《서》의 편외에 낙질되고 떨어진 편구篇句로서 복생이 전한 것과 같은 것이 아님을 어찌 알겠는가? 유흠은 공안국이 살았던 시대와 멀지 않아 전해진 것이 진짜임을 상정할 수 있고, 기록된 강왕康王 시대 연월일年月日이 역법과 관련 있었기 때문에 차마 버릴 수 없었던 것이다. 고문을 위작한 자는 "왕이 명하여 책명하는《풍형》을 지었다王命作策《豐刑》"가 위고문편과 맞지 않았으므로 버린 것일 뿐이니, 이 또한《이훈》을 지은 자가 "방명方明에서 유목有牧에게 크게 물었다誕資有牧方明"를 버리고,[59]《무성》을 지은 자가 "월약래 2월粵若來二月"이하의 문장을 버린 것[60]과 같으니, 위작의 일부를 드러낸 것이다.

원문

按 : 朱彝尊錫鬯謂予 : "子欲集先儒疑古文 《尙書》者, 曷不及元儒陳師凱?" 予請徵其說. 曰 : "'旣歷三紀', 當三十六年. 今自成王七年周公留治洛, 公薨, 君陳繼之, 君陳卒, 然後命畢公, 是爲康王十二年, 逆數至成王七年, 已四十有三年. 言三紀者, 擧大數, 固不必一一脗合." 予曰 : "然. 然別有說. 《三統曆》載周公攝政七年, 作《召誥》,《洛誥》, 此七年在武王崩之後, 成王未立之先, 故下載成王僅三十年, 邵子'皇極數'始通以此七年繫于成王之下, 成王爲三十七年, 邵子曆是也. 陳師凱以邵子曆推之, 自覺三紀不合. 僞作古文者却似誤讀《三統曆》之攝政七年, 以爲卽在成王三十年之內. 成王七年作《召誥》,《洛誥》, 三十年作《顧命》, 凡二十四年. 接以康王十二年作《畢命》, 正得三十六年, 故曰'旣歷三紀'. 若使知攝政在外, 旣逾三紀, 何難變其文以求合, 而敢故與曆背馳哉? 此誤所由來也. 凡欲攻古文, 譬若攻病, 須洞見癥結, 方克直陳其狀. 不然, 大樹也, 豈蚍蜉所能撼與?"

---

59 제6. 고문(古文)《이훈(伊訓)》이《삼통력》및 정주(鄭注)에 남겨져 있음을 논함에 보인다.
60 제5. 유흠《삼통력(三統曆)》에 보이는 고문《무성(武成)》이 지금의 고문과 다름을 논함에 보인다.

번역 **안按**

주이준朱彝尊, 자 석창(錫鬯)이 나에게 말했다. "그대는 선유들의 고문《상서》를 의심한 것들을 모으고자 하면서 어찌 원대의 진사개陳師凱[61]는 언급하지 않는가?" 나는 그의 설을 징험해줄 것을 요청하였다. 진사개의 설은 다음과 같다.

"《필명》의 '이미 삼기가 지났다既歷三紀'는 36년에 해당된다. 지금 성왕 7년 주공이 낙읍에 머문 때로부터 주공이 죽고, 군진君陳이 계승하였고, 군진이 죽은 이후에 필공에 명하였는데 이때가 강왕 12년이니, 거꾸로 성왕 7년까지 계산해보면 이미 43년이 된다. 삼기三紀라고 한 것은 대수大數를 든 것이지 반드시 하나하나 꼭 들어맞을 필요는 없다."

나는 대답하였다.

"그렇다. 그러나 별개의 설이 있다.《삼통력》에 주공 섭정 7년에《소고》와《낙고》를 지었다고 하였는데, 이 7년은 무왕이 붕어한 이후이자 성왕이 제위에 오르기 전이므로 그 아래에 다만 성왕 30년이라고 기록

---

61 진사개(陳師凱) : 자 도용(道勇). 팽려(彭蠡) 출신이다.《서채전방통(書蔡傳旁通)》6권을 지었다. 이 책은 원 영종(英宗) 지치(至治) 신유년(辛酉年)(1321)에 완성된 것으로, 동정(董鼎)의《서전집록찬주(書傳輯錄纂注)》를 바탕으로 송학으로 의리를 밝힌 것이다. 진사개는《상서》내용과 관련된 천문·지리·예악·병제·관제·봉건과 같은 역사사실이 아직 밝혀지지 않았고 이학자(理學者)들이 선양하던 '하도'·'낙서'가 과연 어떤 것인지 확실하지 않아서 독자들이 이해할 수 없었기 때문에 이 책을 지어 그것을 해석하였다고 밝혔다.《사고전서총목》에서는 이 책이 "소(疏)는 주(注)를 벗어나지 않는다"라는 원칙에 충실하여《채전》에 인용되었으면서도 상세하지 않은 명물(名物)을 하나하나 번거롭게 거론하여 그 시말(始末)을 분석했을 뿐《채전》의 잘못된 부분에 대해서는 교정하지 않았다"라고 지적하고 있다. 그러나 이 책은《채전》의 부족한 지식을 보충해 주는 유용한 자료이다. 따라서 이후 명대에 편찬된《서전대전(書傳大全)》은 진력의 책과 이 책을 주요 참고자료로 삼았다.

한 것이다. 소자^{邵子}의 '황극수^{皇極數}'에서 비로소 이 7년을 성왕 아래로 달아놓은 것이니, 성왕 37년이 된 것은 소자력^{邵子曆} 때문이다. 진사개^{陳師凱}는 소자력으로 추산하여 삼기^{三紀}와 합치하지 않는다고 깨달은 것이다. 고문을 위작한 자는 오히려《삼통력》의 섭정 7년을 오독^{誤讀}하여 성왕 37년 안에 넣어버린 것 같다. 성왕 7년에《소고》와《낙고》를 지었고, 30년에《고명》을 지었으므로 모두 24년이다. 강왕 12년에《필명》을 지은 것과 연결하면 딱 36년이 되므로 이미 삼기가 지났다^{既歷三紀}'고 한 것이다. 만약 섭정이 30년 이외에 있었다는 것을 알았다면, 이미 삼기^{三紀}를 넘겨버리니, 어찌 그 문장을 어렵게 바꾸어 합치되기를 구하면서도 감히 삼통력과 배치되게 했겠는가? 이것이 오류가 유래하는 바이다. 대체로 고문을 공박하고 하는 것은 비유하자면 병을 다스리는 것과 같아서, 모름지기 오래된 병이 퍼져있는 바를 통찰해야 그 상황으로 곧바로 나아갈 수 있는 것이다. 그렇지 않으면, 큰 나무를 어찌 개미나 하루살이가 흔들 수 있겠는가?"

원문

或曰：《三統曆》載成王元年命伯禽侯于魯, 後三十年有《顧命》作, 則成王在位乃三十一年. 予曰：下文云推伯禽即位四十六年, 至康王十六年薨. 以此證之, 成非三十年而何? 所云"後三十年", 乃實指其紀數之年, 非離元年而數者.

번역 **어떤 이가 말했다**

《삼통력》에 성왕 원년 백금^{伯禽}을 노^魯의 후^侯로 명하였고, 이후 30년에

《고명》을 지었다고 기록하였으니, 성왕의 재위기간은 31년이다.

나는 대답하였다.

아래에서 백금伯禽은 즉위한지 46년 만인 강왕 16년에 죽었다고 하였다. 이것으로 증명해보면, 성왕의 재위기간이 30년이 아니면 무엇인가? 《삼통력》에서 말한 "이후 30년後三十年"은 곧 실제 성왕의 재위 기년紀年을 가리키는 것이지 원년으로부터 센 것이 아니다.

或又問曰：子於古人有信有疑, 何此書惟劉歆之是信? 余曰：歆之人雖非, 而于經學也甚精. 適當王莽委任之日, 諸所建立亦甚正, 反惜建武中興, 一切以人廢耳. 然其于曆法, 亦有未盡. 如推《洛誥》戊辰爲十二月晦日, 又曰是歲三月甲辰朔. 予以三月甲辰朔推之, 須三月後十二月前置一閏方合, 猶《武成》欲四月有庚戌,辛亥, 亦必至閏于二月方得. 不然, 戊辰那得在亥月盡耶? 要爲脫漏一筆. 《顧命》"惟四月哉生魄, 王不懌", 成王蓋自望日始病, 不知幾日至甲子大漸, 乙丑遂崩. 今曆以甲子爲十五日, 推是月庚戌朔, 是誤會經文, 而並曆法亦錯算矣. 凡古人不能有得而無失, 故予因有信復有疑, 予豈一槩信劉歆者哉?

번역 어떤 이가 또 물었다

그대는 옛사람들에 대해 믿음도 있고 의심도 있는데, 어찌 이 책에서는 오직 유흠을 믿는 것인가?

나는 대답하였다.

유흠의 사람됨이 비록 그릇되지만, 경학經學에 있어서는 매우 정밀하였다. 왕망王莽이 한漢을 대신하여 위임받았을 때에 건립하고자 했던 제반 고문학도 매우 옳았지만, 애석하게도 광무光武[62] 중흥中興, 25~57 때 일체의 고문박사들이 폐지되었던 것이다. 그러나 유흠은 역법曆法에 있어서도 미진한 점이 있었다. 가령 《낙고》의 무진戊辰일[63]을 12월 그믐으로 추단하고, 또 그해 3월 갑진일을 삭朔이라고 한 것이다. 내가 3월 갑진삭甲辰朔으로 추산해보니, 마땅히 3월과 12월 사이에 윤달을 넣어야 합치하게 되니, 이는 《무성》에서 4월에 경술일庚戌日과 신해일辛亥日이 있으려면 또한 반드시 2월에 윤달이 있어야 하는 것과 같다. 그렇지 않다면, 무진일이 어찌 해월亥月, 하력10월의 끝에 오도록 하겠는가? 반드시 빠진 글자가 있을 것이다. 《고명》에 "4월 재생백16일에 왕이 기쁘지 않았다惟四月哉生魄, 王不懌"고 하였으므로, 성왕은 아마 보름 즈음부터 병이 났고, 몇 일이 흘렀는지는 모르지만 갑자甲子일에 이르러 크게 위독해졌고,[64] 을축일에 마침내 붕어하였다.[65] 지금 역법으로는 갑자일은 15일이 되고, 그 달의 경술삭庚戌朔으로 추산해보면, 경문을 잘못 이해하게 되고 또한 역법계산도 어긋나게 된다. 대저 옛사람들의 실수가 없을 수 없으므로 나는 믿음이 있으면서도 다시 의심도 가지니, 내 어찌 한결같이 유흠을 믿겠는가?

---

62 원문은 "建武"로 되어 있다.
63 《낙고》戊辰, 王在新邑, 烝祭歲, 文王騂牛一, 武王騂牛一, 王命作册. 逸祝册. 惟告周公其後. 王賓, 殺禋咸格. 王入太室祼.
64 《고명》甲子, 王乃洮頮水, 相被冕服, 憑玉几.
65 《고명》越翼日乙丑, 王崩.

원문

又按：唐孔氏《疏》引"《畢命豐刑》曰"云云, 于"策"字下增一"書"字, 今《漢書》本闕.

번역 **우안又按**

당唐《공소》에 "《필명풍형畢命豐刑》에서 이르기를"을 인용하였는데, "책策"자 다음에 "서書" 자가 더 있으며,[66] 지금의《한서》본에서는 빠진 것이다.

원문

又按：姚際恒立方曰："今《畢命》較《三統曆》所引增'至于豐'者. 案宅洛係大事, 須告文王之廟, 故言'至于豐'. 命畢公何必爾? 且君陳,畢公等果至豐告廟, 兩人自當一例, 而獨《畢命》云然者, 蓋因逸《書·畢命》有'豐刑'二字, 既不可解, 故就用其'豐'字傅會, 以爲'至于豐'. 亦猶今《伊訓》以逸《書·伊訓》'方明'作'乃明'耳."

번역 **우안又按**

요제항자 입방이 다음과 같이 말했다.

"지금의《필명》은《삼통력》에 인용된 것과 비교해서 '풍에 이르렀다至于豐'는 말이 더 있다. 살펴보건대, 낙읍에 거처를 정하는 일은 큰 일에 해당되므로 반드시 문왕의 사당에 고해야 했다. 따라서 '풍에 이르렀다至于

---

66 《필명·정의》《畢命豐刑》曰'惟十有二年六月庚午朏, 王命作策書《豐刑》'.

豐"고 한 것이다.[67] 필공에게 명하는데 있어서는 어찌 반드시 그러했겠는가? 또한 군진君陳과 필공畢公이 같이 과연 풍豐에 와서 사당에 고했다면 두 사람은 같은 사례에 해당하는데, 유독 《필명》에서만 '풍에 이르렀다'고 한 것은 아마도 일逸《서 · 필명畢命》의 '풍형豐刑' 두 글자를 이해하지 못하였으므로 '풍豐'자를 견강부회하여 '지우풍至于豐'이라고 했던 것이다. 이 또한 지금의 《이훈》에서 일逸《서 · 이훈》의 '방명方明'을 '내명乃明'으로 쓴 것과 같을 뿐이다."

又按 : 孔《疏》引鄭康成曰 : "今其逸篇有冊命霍侯之事, 不同與此《序》相應, 非也." "此《序》", 指《畢命》書小序言. 予考之《周書》七十篇, 無冊命霍侯, 而齊梁間所出康成又不及見. 然則其所謂"逸篇"者必另有一書, 今不可見. 李氏燾,陳氏振孫謂《周書》戰國人撰, 予又考之《戰國策》荀息引《周書》曰 "美女破舌, 美男破老", 蘇秦引《周書》曰"綿綿不絕, 蔓蔓若何? 毫毛不拔, 將成斧柯", 《左傳》狼瞫引《周志》曰"勇則害上, 不登於明堂", 皆見七十篇內. 則此書不惟高戰國, 抑突出春秋前矣.

우안又按

《공소》에 정강성의 설을 인용하여 "지금 일편逸篇에는 곽후霍侯에게 책명한 사실이 있는데, 이 《서序》와 상응함이 같지 않으니, 틀렸다今其逸篇有冊

---

67 《소고》惟二月既望, 越六日乙未, 王朝步自周, 則至于豐.

命霍侯之事, 不同與此《序》相應, 非也"고 하였다. "이《서序》"는《필명》의 서書 소서小序
를 가리켜 말한 것이다. 내가《(일)주서(逸)周書》70편을 고찰해보니, 곽후
霍侯에게 책명한 것은 없고, 제齊 · 양梁 연간에 출현한 고문은 정강성이 미
처 보지 못하였다. 그렇다면 그가 말한 "일편逸篇"은 반드시 별개의 책으
로서 지금은 볼 수 없다. 이도李燾, 1115~1184[68]와 진진손陳振孫, 1183?~?은《(일)
주서(逸)周書》는 전국시대 사람의 편찬한 것이라고 하였는데, 내가 다시
고찰해보니,《전국책》에 순식苟息이《주서周書》를 인용하여 "미녀는 (간언
하는 자의) 혀를 이기고, 미남은 노인(의 지혜)을 이긴다美女破舌, 美男破老"라
하였고, 소진蘇秦이《주서》를 인용하여 "면면히 이어져 끊어지지 않고 자
꾸 번져나가니 어쩌면 좋은가? 티끌처럼 작다고 뽑지 않고 두었다가 장
차 도끼자루 만큼이나 자라리라綿綿不絶, 蔓蔓若何? 毫毛不拔, 將成斧柯"고 하였고,
《좌전 · 문공2년》낭심狼瞫이《주지周志》를 인용하여 "용맹하다 하여 윗사
람을 해친다면 죽어서 명당에 오르지 못한다勇則害上, 不登於明堂"고 하였는
데, 모두 70편 내에 보인다. 그렇다면 정강성이 말한 "일편逸篇"은 전국시
대 이전에 나온 것일 뿐만 아니라 아마도 춘추시대 이전에 갑자기 출현
했을 것이다.

---

68 이도(李燾) : 자 인보(仁甫), 자진(子眞). 호 손암(巽岩). 남송시대 사학자, 목록학자이
다. 저서에는《손암문집(巽岩文集)》,《사조통사(四朝通史)》,《춘추학(春秋學)》등 50여
종이 있었으나, 대부분 망실되었다. 현재《속자치통감장편(續資治通鑒長編)》520권,《육
조제적득실통감박의(六朝制敵得失通鑒博議)》10권,《설문해자오음운보(說文解字五音
韻譜)》10권은《사고전서》에 편입되었다.

又按：孔《疏》云：“此歲入戊午蔀五十六年”, “三月甲辰朔大”, “九月辛丑
朔大, 又有閏九月辛未朔小”, “十二月己亥朔大”, 故戊辰爲三十日. 可補《漢
志》之闕.

번역 **우안又按**

《공소》에서 “이 해낙읍을 신도읍으로 정한 해는 무오戊午부蔀[69] 56년에 들며此歲
入戊午蔀五十六年”, “3월 갑진삭은 크고三月甲辰朔大”, “9월 신축삭은 크고, 또 윤
9월 신미삭은 작고九月辛丑朔大, 又有閏九月辛未朔小”, “12월 기해삭己亥朔은 크다十
二月己亥朔大”고 하였으므로,[70] 무진戊辰일은 30일이 된다. 《한서 · 율력지》의
빠진 부분을 보충할 수 있다.

원문

又按：余嘗有感南沙熊氏將注《春秋》, 先求明曆. 其《明志錄序》曰：“於
是問曆於劉仲敬, 以正諸家之失, 並列所課而正之.” 癸亥三載, 于京師就吳任
臣志伊學曆歸, 而交秦淵雲九里中, 益研窮之, 久之始通其術. 案《漢志》成王
元年癸巳歲正月己巳朔, 壬申日南至, 步至成王三十年壬戌歲正月辛巳朔, 甲

69　부(蔀) “고대 역법 용어이다. 한대 초기에 6가지 고대역법이 전했는데, 90년(年)이 1장
　　(章)이 되고, 1장(章)에는 7윤(閏)이 있게 된다. 4장(章)은 1부(蔀)가 되고, 20부(蔀)는
　　1기(紀)가 되며, 60부(蔀)는 1원(元)이 된다. 동지(冬至)가 월삭(月朔)과 동일(同日)이
　　면 장수(章首)가 되고, 동지가 연초에 있으면 부수(蔀首)가 된다.《後漢書 · 律曆志下》：
　　“月分成閏, 閏七而盡, 其歲十九, 名之曰章. 章首分盡, 四之俱終, 名之曰蔀.
70　《낙고》戊辰, 王在新邑. (傳)成王既受周公誥, 遂就居洛邑, 以十二月戊辰晦到. 아래《공소》
　　에 보인다.

辰日南至. 以《授時》法通漢《三統曆》推算之, 自元年正月日南至至三十年正月日南至, 中積一萬〇五百九十二日〇三刻二十五分, 加氣應八日三十一刻四十分, 爲通積. 滿旬周去之, 不盡四十〇日〇三刻四十六分五十秒, 爲甲辰日南至. 又置中積, 加閏應二日七十一刻八十八分四十二秒, 爲閏積. 滿朔實去之, 不盡爲閏餘二十二日七十九刻九十〇分四十八秒, 以減冬至分, 餘一十七日二十三刻五十六分〇二秒, 爲正月經朔辛巳日. 累加朔策二十九日五十三刻〇五分九十三秒, 得二月經朔庚戌日四十六日七十六刻六十一分, 三月經朔庚辰日一十六日二十九刻六十七分, 四月經朔己酉日四十五日八十二刻七十三分. 加一望策一十四日七十六刻五十二分九十六秒, 得四月經望甲子日〇日五十八刻七十九分. 減去太陰疾差六十二刻七十一分, 得四月定望癸亥日五十九日九十六刻〇八分. 則"惟四月哉生魄王不懌", 十五日也; "甲子王乃洮頮水", 十六日也; "越翼日乙丑王崩", 十七日也. 益覺歆倂"哉生霸"與"甲子"爲一日非是. 此足正《漢志》之失.

번역 **우안又按**

나는 일찍이 남사南沙 웅씨熊氏[71]의 《춘추》 주해에서 앞서 역법을 구하여 밝혀놓은 것에 감흥을 받았다. 그의 《명지록明志錄·서序》에서 "이에 유중경劉仲敬에게 역법을 물어 제가諸家의 실수를 바로잡았고 아울러 수업받은 것을 나열하여 바로잡았다於是問曆於劉仲敬, 以正諸家之失, 並列所課而正之"고 하였다.

---

71 웅과(熊過): 1543년 전후로 생존한 것으로 알려져 있다. 자 숙인(叔仁). 저서에는 《웅남사문집(熊南沙文集)》 8권, 《주역상지결록(周易象旨決錄)》, 《춘추명지록(春秋明志錄)》 등이 모두 《사고총목(四庫總目)》에 기록되었다.

계해년1683, 염약거 47세에 3년 동안 경사京師에서 오임신吳任臣, ?~1689 자 지이(志伊)[72]에게서 역법을 배워 돌아왔고, 마을의 진연秦渊, 자 운구(雲九)과 교제하며 더욱 역법을 연마하고 궁구하기를 오래한 끝에 비로소 역술에 통하였다.

《한서 · 율력지》를 살펴보건대, 성왕成王 원년元年 계사세癸巳歲의 정월正月 기사삭己巳朔이었고, 임신壬申 일日 남지南至한 이래로 성왕成王 30년 임술세壬戌歲 정월正月 신사삭辛巳朔이었고, 갑진甲辰 일日 남지南至하기 까지였다. 《수시력授時》 역법으로 한漢 《삼통력》을 통해 추산해보니, 원년元年 정월正月 일日 남지南至에서 30년 정월正月 일日 남지南至까지, 중적中積 10592일 03각 25분이고, 기응氣應 8일 31각 40분을 더하면 통적通積이 된다. 통적에서 순주旬周를 거듭 덜어내고, 40일 03각 46분 50초를 남기면 갑진 일日 남지南至가 된다. 다시 중적中積을 놓고, 윤응閏應 2일 71각 88분 42초를 더하면 윤적閏積이 된다. 윤적에서 삭실朔實을 거듭 덜어내고, 윤여閏餘 22일 79각 90분 48초를 남기고, 동지분을 빼면, 17일 23각 56분 02초가 남아 정월경삭正月經朔 신사일辛巳日이 된다. 삭책朔策 29일 53각 05분 93초를 거듭 더하면, 2월경삭 경술일庚戌日 46일 76각 61분, 3월경삭 임진일庚辰日 16일 29각 67분, 4월경삭 기유일己酉日 45일 82각 73분을 얻는다. 망책望策 14일 76각 52분 96초를 더하면, 4월경망經望 갑자일甲子日 0일 58각 79분을 얻는다. 태음질차太陰疾差 62각 71분을 덜어 버리면, 4월정망定望 계해일癸亥日 59일 96각 08분을 얻는다. 그렇다면 《고명》의 "4월 재생백에

---

72 오임신(吳任臣) : 본명은 지이(志伊)였으나 그의 자로 삼았다. 호 탁원(托園). 청대 문학가, 장서가이다. 저서에는 《주례대의(周禮大義)》, 《자휘보(字彙補)》, 《춘추정삭고변(春秋正朔考辨)》, 《예통(禮通)》, 《탁원시문집(托園詩文集)》와 《산해경광주(山海經廣注)》 등이 있다.

왕이 기쁘지 않았다惟四月哉生魄王不懌"는 15일이며, "갑자일에 왕이 물로 손을 씻고 얼굴을 씻었다甲子王乃洮頮水"는 15일이며, "다음날 을축일에 왕이 붕어하였다越翼日乙丑王崩"는 17일이다. 유흠이 "재생패哉生霸"를 "갑자甲子"와 아울러 같은 날이라고 한 것이 틀렸다는 것을 더욱 깨닫게 되었다. 이것은《한서 · 예문지》의 잘못을 바로잡기에 충분하다.

又按 : 經世之書莫尙《通典》. 其門凡八 : 曰《食貨》,曰《選擧》,曰《職官》, 曰《禮》,曰《樂》,曰《刑》[大刑用甲兵, 其次五刑],曰《州郡》,曰《邊防》.《文獻通考》就其八門析而爲十九 : 曰《田賦》,曰《錢幣》,曰《戶口》,曰《賦役》, 曰《征榷》,曰《市糴》,曰《土貢》,曰《國用》,曰《選擧》,曰《學校》,曰《職官》, 曰《郊祀》,曰《宗廟》,曰《王禮》,曰《樂》,曰《兵》,曰《刑》,曰《輿地》,曰《四裔》. 又補其闕者五門 : 曰《經籍》,曰《帝系》,曰《封建》,曰《象緯》,曰《物異》. 嘗擧似吳志伊, 志伊曰 : "尙闕一門, 曰《曆》." 予曰 : "仍闕一門, 曰《河渠》. 蓋自遷書《河渠》,漢志《溝洫》, 厥後一統之世之史無《河渠》者, 東漢, 晉,隋及唐. 偏安之世史獨有《河渠》者金. 唐無《河渠》, 說有二 : 一程子曰 : '漢火德, 多水災. 唐土德, 少河患.' 一宋敏求曰 : '唐河朔地天寶後久屬藩臣, 縱有河事, 不聞朝廷, 故一部《唐書》僅載者薛平爲鄭滑節度使, 河決瓠子一事耳.'[又《裴耀卿傳》爲濟州刺史,《蕭俶傳》爲義成軍節度使, 皆有治河事.] 金有《河渠》, 則《宋史 · 序論》所謂'始自滑臺,大伾嘗兩經汎溢, 復禹蹟矣. 一時姦臣建議必欲回之, 俾復故流, 竭天下之力以塞之. 屢塞屢決. 至南渡而後貽其禍於金源氏'是也. 馬端臨生于晚宋, 僻處鄱陽, 目不覩中原河流決溢之患, 遂闕此考. 要須亟補之." 志伊曰 : "弟補《曆考》, 子補《河渠考》, 可也."

세상을 다스리는 글 가운데 《통전通典》보다 더 위에 있는 것은 없다. 모두 8문목門目이니, 《식화食貨》, 《선거選擧》, 《직관職官》, 《예禮》, 《악樂》, 《형刑》[대형大刑은 갑병甲兵을 쓰는 것이고, 그다음은 오형五刑이다.], 《주군州郡》, 《변방邊防》이다. 《문헌통고文獻通考》는 이 8문목을 나누어 19개로 만들었으니, 《전부田賦》, 《전폐錢幣》, 《호구戶口》, 《부역賦役》, 《정각征榷》, 《시적市糴》, 《토공土貢》, 《국용國用》, 《선거選擧》, 《학교學校》, 《직관職官》, 《교사郊祀》, 《종묘宗廟》, 《왕례王禮》, 《악樂》, 《병兵》, 《형刑》, 《여지輿地》, 《사예四裔》이다. 또 빠진 5문목을 보충하였으니, 《경적經籍》, 《제계帝系》, 《봉건封建》, 《상위象緯》, 《물이物異》이다. 일찍이 오임신吳任臣, 자 지이(志伊)에게 들어보였는데, 지이志伊는 "오히려 한 문목이 빠졌으니, 《역曆》이다"고 하였다.

나는 대답하였다.

또한 한 문목이 빠졌으니, 《하거河渠》이다. 대체로 《사기》의 《하거》와 《한서》의 《구혁지溝洫志》로부터, 이후 일통一統의 시대 역사에 《하거河渠》가 없었던 것이 동한東漢, 진晉, 수隋와 당唐에 이른다. 일부만 다스렸던 시대의 역사 가운데 《하거河渠》가 있는 것은 오직 금金 왕조뿐이다. 당대唐代에 《하거河渠》가 없는 것에는 두 가지 설이 있다. 첫째, 정자程子는 '한漢은 화덕火德이었으므로 수재水災가 많았다. 당唐은 토덕土德이었으므로, 하환河患이 적었다漢火德, 多水災. 唐土德, 少河患'고 하였다. 둘째, 송민구宋敏求, 1019~1079[73]는 '당대의 하삭河朔, 범람이 잦았던 하수의 북쪽지역은 천보天寶, 742~756 이후 오랫동안 번신藩臣, 국경을 담당하는 신하이 맡았고, 비록 하수의 일이 있었으나 조정에 까지 들리지 않았기 때문에《당서唐書》에 겨우 실린 것은 설평薛平이 정활 절도사鄭滑節度使가 된 것과 하수가 호자瓠子에서 터진 일뿐이다唐河朔地天寶後久 屬藩臣, 縱有河事, 不聞朝廷, 故一部《唐書》僅載者薛平爲鄭滑節度使, 河決瓠子一事耳'고 하였다.[또한《신당서 · 배요경전裴耀卿傳》에 배요경이 제주자사濟州刺史가 되었고,《소방전蕭倣傳》에 소방이 성군절도사義成軍節度使가 되었는데, 모두 하수를 다스리는 일을 맡았다.] 금金에는《하거河渠》가 있었으니,《송사宋史 · 하거 · 서론序論》에서 말한 '활대滑臺와 대비大伾에 일찍이 두 번의 범람을 거쳐 우禹의 공적을 회복하였다. 한때 간신의 건의로 원래대로 되돌려 옛날의 흐름을 회복시키고자 하였으나, 천하 사람들의 힘을 다해 막았다. 막고 터지기를 여러 번 하였는데, 남도南渡 이후에 그 화禍가 금원씨金源氏에게 미쳤다始自滑臺, 大伾嘗兩經汎溢, 復禹蹟矣. 一時姦臣建議必欲回之, 俾復故流, 竭天下之力以塞之. 屢塞屢決. 至南渡而後貽其禍於金源氏'가 이것이다. 마단림馬端臨, 1254~1323[74]은 만송晚宋 시대에 태어나 파양鄱陽지역 후미진 곳에 살았으므로, 자기 눈으로 중원의 하수가 터져 넘치는 환난을 보지 못했으므로 마침내 그 고찰을 빠뜨렸다. 반드시 빨리 보충해야 할 것이다.

지이志伊가 말했다.

"아우가《역고曆考》를 보충하고, 내가《하거고河渠考》를 보충하는 것이 옳다."

---

73 송민구(宋敏求) : 자 차도(次道). 북송의 사지(史地)학자, 장서가.《당대조령집(唐大詔令集)》과《장안지(長安志)》를 편찬하였다.
74 마단림(馬端臨) : 자 귀여(貴興). 호 죽주(竹洲). 송원(宋元)교체기의 사학자이다. 저술에는《문헌통고》,《대학집주(大學集注)》,《다식록(多識錄)》등이 있다.

又按：羅敦仁《尙書是正》極闢古文《書》, 其于《堯典》有言："古今不同
有三大事：一者治邊. 古人薄伐粗安, 不與人爭命；今也防之逾深, 增亭隧者
數矣, 亦不能制其入也. 一者治河. 古人因便利導, 不與地爭勢；今也持之逾
急, 沈璧馬者數矣, 亦不能制其徙也. 一者治曆. 古人隨宜修改, 不與天爭時；
今也求之逾密, 具表漏者數矣, 亦不能制其差也. 《易》曰：'易簡而天下之理
得.'《詩》曰：'我思古人, 實獲我心.'" 嘗舉似秦雲九, 雲九曰："治曆, '隨宜
修改, 不與天爭時'是已. 但隨時修改, 與天相應, 舍表, 漏, 其奚從也？曆家首
重日至；欲得日至眞時刻, 必取日景爲據. 次驗交食；欲知交食眞時刻, 必以
水漏爲據. 是表, 漏者治曆之規矩準繩也. 乃云'不能制其差', 何哉？以弟意,
改作'測轉交者數矣, 亦不能制其差也'庶乎可." 余曰："然. 儒者鮮通曆, 故有
所撰述輒舛. 以'我思古人, 實獲我心'貼治曆, 說亦未允. 蓋古曆疏, 不比今
人. 如日食有推術謬誤, 至期不驗者, 若《劉劭傳》論建安中正旦當日蝕是. 亦
有卒暴有之, 官不及覺, 天子, 諸侯仍行禮者, 若《曾子問》以日食與大廟火, 后
之喪, 雨霑服失容一例是. 皆因加時早晚, 食分淺深, 以致立法疏闊, 不能預
推. 若論其理, 豈有當食不食與？今時法豈有卒暴不可知之事哉？蓋曆至元郭
守敬得其七分, 西法入中國得其九, 僅有火星半度之差. 譬猶圍棋者, 實高古
人四子, 豈非今有勝古處？" 雲九曰："頃與子遊, 覺考核之學今亦有密於古人
處." 予笑而不敢答.

　나돈인羅敦仁의 《상서시정尙書是正》은 고문 《서》를 극력 배척하였는데,

《요전》에서 다음과 같이 말하였다.

"고금古今이 같지 않은 세 가지 대사大事가 있다. 하나는 치변治邊, 변방을 다스리는 것이다. 옛사람은 잠깐 정벌하고 다소의 편안함을 구하였고 인명人命을 다투지 않았는데, 지금은 방어하는 것이 더욱 깊어지고 수십개의 망대를 증가하여도 침입을 막지 못한다. 다른 하나는 치하治河, 하수를 다스리는 것이다. 옛사람은 편리함으로 물길을 이끌어 지세地勢와 다투지 않았는데, 지금은 그 물길을 지키고자 함이 더욱 급해지고, 수많은 벽옥과 양마良馬를 가라앉혔는데도 그 물길의 흐름을 막지 못한다. 다른 하나는 치력治曆, 역법을 다스리는 것이다. 옛사람은 마땅함을 따라 고치며 천시天時와 다투지 않았는데, 지금은 구하고 함이 더욱 정밀해지고 수개의 표루表漏를 갖추고도 그 차이를 없애지 못한다. 《역 · 계사상》에 '쉽고 간단한 가운데 천하의 이치가 얻어진다易簡而天下之理得'고 하였고, 《시 · 패풍 · 녹의綠衣》에 '내가 옛사람을 생각하니, 진실로 내 마음을 알아주네我思古人, 實獲我心'라고 하였다."

일찍이 진운구秦雲九에게 들어보이니, 운구雲九가 말하였다.

"치력治曆은 '마땅함을 따라 고쳐서 천시天時와 다투지 않는 것隨宜修改, 不與天爭時'일 뿐이다. 다만 때에 따라서 고침에 하늘과 상응하게 하는 것을 표表와 누漏를 버리면 무엇을 따르겠는가? 역법가는 우선 일지日至를 중요하게 생각하니, 일지日至의 진시각眞時刻을 얻고자 한다면 반드시 일경日景을 취하여 근거로 삼아야 한다. 다음은 일월의 휴식虧蝕을 징험하는 것이니, 일월 휴식虧蝕의 진시각眞時刻을 얻고자 한다면 반드시 수루水漏를 가지고 근거로 삼아야 한다. 이 표表와 누漏는 치력治曆의 규구規矩이자 준승準繩이다. 그런데 '그 차이를 없애지 못한다不能制其差'는 것은 무엇인가? 나의 생각으로는 '돌려가며 측정하기를 여러 번 하더라도 그 차이를 없애지 못한다測轉交者數矣, 亦不能制其差也'고 해야 옳을 것이다."

나는 대답하였다.

"그렇다. 유자儒者들 가운데 역법에 통달한 이가 적으므로 찬술한 바가 번번이 잡된 것이 있다. '내가 옛사람을 생각하여, 나의 허물이 없게 하는 것'으로 치력治曆에 미친다는 말도 여전히 진실되지 않는다. 대체로 고력古曆은 소략하여 지금에 비할 바가 아니다. 가령 일식日食 계산에 오류가 있어 기일이 되도록 일어나지 않았던 경우가 있었으니, 《위지魏志 · 유소전劉劭傳》에 건안建安, 196~220 연간 정단正旦에 일식이 있을 것이라고 논정한 것이다. 또한 갑자기 일이 벌어져 관리들이 깨닫기도 전에 천자와 제후가 예를 행한 경우가 있었으니, 《예기 · 증자문曾子問》에 일식日食과 태묘太廟의 화재, 왕의 죽음, 비에 옷이 젖어 용의가 바르지 않았을 때가 그것이다. 이 모두는 시간의 빠름과 느림, 식분食分의 천심淺深을 더함으로써 입법의 소활함에 이르러 미리 추산할 수 없었던 것이다. 그 이치로 논할 것 같으면, 어찌 일식이 일어나야 할 때 일식이 일어나지 않음이 있겠는가? 지금의 역법에서 어찌 갑자기 일어나는 일을 알 수 없는 일이 있겠는가? 대체로 역법은 원대 곽수경郭守敬, 1231~1316[75]에 이르러 칠분七分을 얻었고, 서양의 역법이 중국에 들어와 구분九分을 얻어, 겨우 화성火星 반도半度의 차이만 있을 뿐이다. 바둑으로 비유하자면, 실로 옛사람이 4점을 깔고 두어도 지금 사람이 옛사람을 이기는 곳이 아니겠는가?"

---

75 곽수경(郭守敬) : 자 약사(若思), 원(元)의 천문학자, 수학자. 《수시력(授時曆)》을 제작 하였다. 저서에는 《추보(推步)》, 《입성(立成)》 등 14종의 천문역법저작이 있다.

운구雲九가 말하였다.

"잠깐 그대와 노닐었는데, 핵실을 고찰하는 학문에 있어서도 지금이 옛사람보다 정밀한 곳이 있음을 깨달았다."

나는 웃을 뿐 감히 대답하지 못했다.

제69. 공안국 《전》을 경문經文 아래에 썼는데, 한무제 시기에 이런 예가 없음을 논함

원문

傳注之起, 實自孔子之于《易》. 孔子自卑, 退不敢干亂先聖正經之辭, 故以己所作《十翼》附于後. 《漢·藝文志》, 《易經》十二篇. 十二篇者, 經分上, 下二篇, 餘則《十翼》是也. 一亂于費直, 再亂于王弼, 而古十二篇之《易》遂亡. 有宋諸儒出, 始一一復古. 唐孔氏《詩》疏謂漢初爲傳訓者, 猶與經別行, 三傳之文不與經連, 故石經書《公羊傳》, 皆無經文. 而《藝文志》所載《毛詩故訓傳》亦與經別. 及馬融爲《周禮》注, 乃云"欲省學者兩讀, 故具載本文", 而就經爲注. 朱子曰: "據此, 則古之經傳本皆自爲一書, 故高貴鄕公所謂《彖》, 《象》不連經文'者, 十二卷之古經傳也. 所謂'注連之'者, 鄭氏之注具載本經, 而附以《彖》, 《象》, 如馬融之《周禮》也." 愚考諸《藝文志》, 《周官》經六篇, 《周官》傳四篇, 果各自爲書. 然則馬融以前, 不得有就經爲注之事決矣. 今安國《傳》出武帝時, 詳其文義, 明是就經下爲之, 與《毛詩》引經附《傳》出後人手者不同, 豈得謂武帝時輒有此耶? 善乎! 史鑑明古《趙秉文書跋考》云: "世之作僞者, 幸其淺陋不學, 故人得而議之. 使其稍知時世先後, 而飾詞以實之, 尙何辨哉?" 噫! 明古之論, 殆爲斯《傳》發歟!

번역

전주傳注가 시작된 것은 실로 공자의 《역》으로부터이다. 공자는 스스로 낮추었고, 선성정경先聖正經의 말을 감히 어지럽힐 수 없었기 때문에 자

신이 지은 《십익十翼》을 경문 뒤에 붙였다. 《한서 · 예문지》에 《역경》 12
편이라 하였다. 12편은 경經이 상하 두 편으로 나뉘니, 나머지는 《십익》
이다. 처음 비직費直[76]에게 어지럽혀졌고 재차 왕필에게 어지럽혀져 고古
12편 《역》은 마침내 망실되었다. 송宋의 제유諸儒들이 출현하면서, 비로
소 하나하나 옛 모습을 회복하게 되었다. 당唐 공영달 《시詩 · 소疏》에서
한漢 초기에 전훈傳訓할 때는 오히려 경經과 별행別行으로 하였으니, 《춘추》
삼전三傳의 문장이 경문과 이어지지 않았으므로 석경石經에 쓴 《공양전》에
는 모두 경문經文이 없었다고 하였다. 그리고 《예문지》에 실린 《모시고훈
전毛詩故訓傳》도 경經과 구별하였다. 마융馬融이 《주례》주注를 지음에 이르러
"배우는 자들이 두 번 읽는 것을 덜어주고자 본문을 갖추어 실었다欲省學者
兩讀, 故具載本文"고 하여 경經에 나아가 주注를 달았다.

주자는 말하였다. "이를 근거해보면, 옛날의 경전經傳은 본래 모두 하
나의 책으로부터 된 것이므로 고귀경공高貴鄕公, 241~260[77]이 말한 '《단彖》,
《상象》이 경문과 이어지지 않았다'는 것은 12권의 고古경전經傳이다. 이른
바 '주注가 경문에 이어졌다'는 것은 정현의 주注가 본경本經을 같이 실어
《단》과 《상》에 붙인 것으로, 마융馬融의 《주례》와 같은 것이다."[78]

내가 제사諸史 《예문지》를 고찰해보니, 《주관周官》즉 주례 경經은 6편, 《주
관》 전傳은 4편으로 과연 각각 별도의 책이었다. 그렇다면 마융馬融 이전

---

76 비직(費直) : 자 장옹(長翁), 동래(東萊)(지금의 내주시(萊州市) 관할) 출신이다. 서한
    (西漢) 고문역학(古文易學) "비씨학(費氏學)"의 개창자이다.
77 고귀경공(高貴鄕公) : 이름은 모(髦). 자 언사(彦士). 삼국시대 위(魏)나라 문제(文帝)
    조비(曹丕)의 손자이자, 동해정왕(東海定王) 조림(曹霖)의 아들이다. 정시(正始) 연간에
    담현(郯縣) 고귀향공(高貴鄕公)에 봉해진 것에서 유래한 것이다.
78 《회암집(晦庵集)》 권66. 《기숭산조씨괘효단상설(記嵩山晁氏卦爻彖象說)》.

에는 경문에 나아가 주注를 단 일이 없었다는 것이 확실하다. 지금 공안국의 《전》은 무제武帝 때 나온 것이라고 하는데, 그 문의文義를 상고해보면 명확히 경문에 나아가 그 아래에 주해를 한 것이며, 《모시》에서 경문을 인용하여 《전》에 붙인 것이 후대사람의 손에서 나온 것과 같지 않으니, 어찌 무제 시기에 갑자기 이런 것이 있었겠는가? 훌륭하다! 사감史鑑, 1434~1496, 자 명고(明古)[79]은 《조병문화발고趙秉文書跋考》에서 "세상에 거짓을 지어내는 자는 다행히도 천박하고 식견이 좁고 배우지 않았기 때문에 사람들이 그 거짓을 알아낼 수 있다. 만약 그들로 하여금 당시의 선후를 알게 하여 문장을 꾸밈에 실제에 가깝게 하였다면 어찌 분별할 수 있겠는가? 世之作僞者, 幸其淺陋不學, 故人得而議之. 使其稍知時世先後, 而飾詞以實之, 尙何辨哉" 하였다. 아! 명고明古의 논의가 아마도 이 《공전》에서 시작된 것이다!

원문

按 : 朱子《周易本義》本十二卷, 經二卷, 傳十卷, 盡復孔氏之舊. 乃爲永樂中輯《大全》者所殽亂, 後又從《大全》提出《本義》單行, 仍是王弼次序, 非朱子書. 顧炎武寧人告予, 當覓宋版翻刻, 以頒示學官, 甚盛心也.

번역 안按

주자 《주역본의》는 본래 12권인데, 경經 2권과 전傳 10권은 공자의 옛 모습을 다 회복한 것이다. 이후 영락永樂 연간에 《대전大全》을 편집한 자가

79　사감(史鑑) : 자 明古. 호 서촌(西村).

뒤섞어 어지럽혔고, 이후 다시 《대전》을 따라 《본의本義》의 단행본을 만든 것은 왕필의 차례였으니, 주자의 책이 아니다. 고염무顧炎武, 1613~1682, 자 영인(寧人)가 나에게 고하기를 마땅히 송판宋版 번각본翻刻本을 찾아 학관에 반포해야 한다고 했으니, 매우 깊고 아름다운 마음이다.

又按：《子夏易傳》十卷, 今不傳, 陳氏振孫以其經文, 《彖》, 《象》, 爻辭相錯, 正用王弼本, 決非漢代古書, 最妙. 或曰：唐張弧作也. 余因思關子明《易傳》爲阮逸僞作, 麻衣道者《正易心法》爲戴師愈僞作, 皆歷有確據, 而世之好異者猶不能舍以從之, 謂之何哉?

우안又按

《자하역전子夏易傳》 10권은 지금 전하지 않는데, 진진손陳振孫은 그 경문이 《단》, 《상》, 효사爻辭가 서로 뒤섞였으니, 바로 왕필본을 차용한 것으로 결코 한대漢代의 고서古書가 아니라고 했다. 그 논의가 가장 신묘하다. 어떤 이는 당唐 장호張弧의 저작이라고 하였다. 관랑關朗, 자 자명(子明)[80]의 《역전易傳》은 완일阮逸[81]의 위작僞作이고 마의도자麻衣道者의 《정역심법正易心法》은 대사유戴師愈[82]의 위작인 것이 모두 확실한 근거가 있다는 것을 생각해보

---

80 관랑(關朗)：생졸년 미상. 자 자명(子明). 북위(北魏) 하동(河東) 해주(解州)출신으로 동한말 관우(關羽)의 현손(玄孫)으로 알려져 있다. 경사자(經史子)에 능통하였으나 관직에 뜻을 두지 않고 은둔하였다. 저서에는 《관씨역전(關氏易傳)》 1권이 있다.
81 완일(阮逸)：자 천은(天隱). 북송의 음악가로서 경학에 밝았다고 한다. 천성(天聖)5년(1027) 진사급제.
82 대사유(戴師愈)：남송의 인물로 주자의 문인으로 알려져 있다.

면, 세상에 이상한 것을 좋아하는 자들이 버리지 못하고 따르는 것은 무엇을 말하는 것이겠는가?

원문

又按：陸德明《釋文》有“王云”者, 王肅之《注》；“馬云”者. 馬融之《注》. 今監本《舜典》“肆類于上帝”下《傳》引“王云”, “馬云”, 明是誤刊《釋文》入《傳》中, 非《傳》本然. 雖相承云梅獻孔《書》亡《舜典》一篇, 時以王肅《注》頗類孔氏, 遂從“愼徽五典”以下爲《舜典》, 用王肅《注》以補之, 不應復標“王云”. 讀者宜辨之.

번역 우안又按

육덕명《석문》에 “왕운王云”이라고 한 것은 왕숙의 주해이고, “마운馬云”이라고 한 것은 마융의 주해이다. 지금 감본監本《순전》“드디어 상제에게 유類제사를 지내다肆類于上帝.” 아래《공전》에서 인용하고 있는 “왕운王云”, “마운馬云”[83]은 명백히《석문》의 글이《공전》에 들어가 잘못 간행된 것으로《공전》이 본래 그러했던 것이 아니다. 비록 서로 이어놓았더라도 매색이 헌상한 공안국《서》에는《순전》1편이 없었다고 하였고, 당시 왕숙《주》가 공안국의 것과 제법 유사하였기 때문에 마침내 “신휘오전愼徽五典”이하를《순전》으로 하고 왕숙《주》를 이용해 보충한 것이니, 다시 “왕운王云”이라고 표기하지 않아야 한다. 읽는 자들이 마땅히 변별해야 할 것이다.

---

83 《순전·공전》王云 上帝, 天也. 馬云 上帝, 太神在紫微宮, 天之最尊者.

又按 : 愚嘗言十三經, 經皆有傳, 傳即在經之中, 不必外求. 如《十翼》傳
《易》, 三《傳》傳《春秋》, 皆不待言.《爾雅》,《書》,《詩》傳也;《戴記》,《儀
禮》傳也.《儀禮》, 又自有子夏《喪服傳》.《孟子》, 即謂《論語》之傳也可.《孝
經》內有經有傳. 其無傳者獨《周官》耳. 又思子夏《喪服傳》初必另爲卷帙,
不插入經. 何者? 傳固自有體也. 毛公學自謂出于子夏, 傳與經別; 公羊高,穀
梁赤親受經子夏, 作傳皆無經文. 且人以《喪服傳》爲子夏所作者, 特以語勢
相連, 與《公羊》體類. 因弟子而決先師, 其淵源如此. 何獨至《喪服傳》子夏
輒自亂其例乎? 必不爾矣. 是宜心通其意焉可矣.

우안又按

  나는 일찍이 십삼경의 경經에는 모두 전傳이 있고, 전은 곧 경 안에 있
으니 반드시 바깥에서 찾을 것은 없다고 생각했다. 가령《십익》은《역》
을 전주傳注한 것이고, 삼전三傳은《춘추》를 전주한 것이라는 것은 모두 더
말할 것도 없다.《이아》는《서》와《시》의 전傳이며,《대기戴記》禮記는《의
례》의 전이다.《의례》는 또 자하《상복전喪服傳》이 따로 있다.《맹자》는
곧《논어》의 전傳이라는 말도 옳다.《효경》안에는 경經이 있고 전傳도 있
다. 전傳이 없는 것은 오직《주관周官》周禮뿐이다. 또한 내 생각에 자하《상
복전》은 처음에는 반드시 별개의 권질卷帙로 되었고, 경문을 삽입하지 않
았을 것이다. 왜 그런가? 전傳은 본래의 문체가 있기 때문이다. 모공[84]학

---

84 모공(毛公) : 대모공(大毛公) 모형(毛亨) 혹은 소모공(小毛公) 모장(毛萇)을 일컫는다.
두 사람의 전승한《시경》즉《모시(毛詩)》가 오늘까지 전한다. 모형(毛亨)은 전국시대

毛公學은 자신이 자하子夏로부터 나왔다고 하였고, 전傳은 경經과 별개였다. 공양고公羊高와 곡량적穀梁赤은 자하에게서 직접 경經을 전수받았으나, 전傳을 지음에 모두 경문은 없었다. 또 사람들이 《상복전喪服傳》을 자하가 지은 것이라고 여기는 것은 단지 어세語勢가 서로 이어지기 때문이며, 《공양》체와 유사하다. 제자이기 때문에 선사先師를 따른 것이니, 그 연원이 이와 같다. 어찌 유독 《상복전喪服傳》에 있어서만 자하가 갑자기 스스로 경과 전을 분리한 법례를 어지럽혔단 말인가? 반드시 그렇지 않았을 것이다. 이는 마땅히 마음으로 그 의미를 통해야 옳을 것이다.

又按 : 馬端臨之父碧梧先生言 : "朱文公於 《易》, 《書》之合者離之, 於 《禮》, 《書》之離者, 合之, 皆學者所當知也." 余謂合者離之, 即上經二卷, 傳十卷, 悉還孔氏之舊者是; 離者合之, 則《答應仁仲書》謂"《儀禮》難讀, 只是經不分章, 記不隨經, 而注疏各爲一書"者是. 近時馬公驌著《繹史》內《儀禮》十七篇分章句附傳記, 又兼及大小戴諸書, 眞是繭絲牛毛, 讀之每令人心氣俱盡. 復叩其家, 公生長北方, 實不曾見朱子《古禮經傳通解》, 但以其《答應氏書》二語依義編次, 凡五年而告竣, 尤可嘉嘆云.

말엽 노국(魯國)사람으로 진시황(秦始皇時) 시절 피난하여 무원현(武垣縣)(지금의 창주시(滄州市)하간시(河間市))에 은거했다고 한다. 그의 시학(詩學)은 자하(子夏)로부터 나왔다고 하며, 《모시고훈전(毛詩古訓傳)》을 지어 그의 질자(侄子) 모장(毛萇)에게 전했다. 모장(毛萇)은 서한(西漢) 조국(趙國) 사람이다.

번역 우안又按

마단림馬端臨, 1254~1323의 부친 벽오선생碧梧先生, 1222~1289[85]이 말하였다.

"주문공은 《역易》과 《서》에서 합해져 있는 것을 분리하였고, 《예禮》와 《서》에서 떨어져 있는 것을 합친 것은 학자들이 모두 당연히 아는 바이다."

내 생각에 합해져 있는 것을 분리한 것은 곧 상하 경經 2권과 전傳 10권이니, 모두 공자의 옛것으로 되돌린 것이다. 떨어져 있는 것을 합한 것은 《답응인중서答應仁仲書》에서 말한 "《의례》가 읽기 어려운 이유는 단지 경經에 장章이 나뉘지 않고 기記가 경經을 따르지 않아 주소注疏가 각각 하나의 책이기 때문이다《儀禮》難讀, 只是經不分章, 記不隨經, 而注疏各爲一書"[86]가 그것이다. 근래 마소馬驌, 1621~1673[87]가 지은 《역사繹史》에서 《의례儀禮》 17편을 장구章句로 나누고 전기傳記를 부록하였고, 또한 대·소대大·小戴[88]의 제서諸書를 아울러 언급하여 진실로 세밀하여 그것을 읽을 때마다 사람들의 심기를 다하게 한다. 그 집안을 다시 살펴보니, 마소공馬驌公은 북쪽에서 자랐으므

---

85 마정란(馬廷鸞) : 자 상중(翔仲). 호 벽오(碧梧). 남송말기 간신들의 전횡에 관직을 버렸고, 이후 원(元)에도 협조하지 않았다. 저서에는 《완방집(玩芳集)》, 《목심집(木心集)》이 있다.

86 《회암집(晦庵集)》 권54. 《답응인중서(答應仁仲書)》

87 마소(馬驌) : 자 총경(驄卿), 원사(宛斯). 산동(山東) 추평(鄒平)출신이다. 청대 초기 고사학가(古史學家)로서 평생 경사(經史)를 연구하였다. 특히 《좌전》을 좋아하였다고 전해진다. 저서에는 《좌전사위(左傳事緯)》 20권, 《역사(繹史)》 160권, 《십삼대위서(十三代瑋書)》 수백 권이 있다.

88 대·소대(大·小戴) : 서한(西漢) 양국(梁國)의 대덕(戴德), 대성(戴聖)이다. 대덕(戴德)의 자는 연군(延君)이다. 금문예학(今文禮學) "대대학(大戴學)"의 개창자이다. 선제(宣帝) 때 박사(博士)가 되었고 "대대(大戴)"로 불린다. 고대 예의(禮儀) 관련 논술을 모아 《대대례기(大戴禮記)》 85권을 편찬하였고, 지금 잔편이 남아있다. 대성(戴聖)의 자는 차군(次君)이다. 대덕(戴德)의 질자(姪子)이다. 금문예학(今文禮學)의 대사(大師)로서 "소대(小戴)"로 불린다. 《소대례기(小戴禮記)》를 편찬하였는데, 오늘날 전하는 《예기(禮記)》이다.

로 실로 일찍이 주자의 《고례경전통해古禮經傳通解》를 보지 못했을 것인데, 다만 주자 《답응씨서答應氏書》의 두 마디를 가지고 의리에 따라 편차하여 5년 만에 완성하였으니 더욱 찬탄할 만하다.

又按:《書序》引之各冠其篇首者, 魏晉間孔安國本然也, 亦從毛公分《詩序》以寘諸篇之首學來. 朱子出, 始復併爲一編, 各綴于經後, 曰以存古, 曰以還其舊. 離者合之, 是又學者所當知也.

우안又按

《서서書序》를 각 편의 맨 앞에 끌어다 놓은 것은 위진 연간의 공안국《서》가 본래 그러했는데, 이 또한 모공毛公이 《시서詩序》를 나누어 각 편의 앞에 위치시킨 것에서 유래한 것이다. 주자가 출현하여 비로소 다시 《서序》편을 하나의 편으로 합치고 각각 경문 뒤에 이어지게 하고는 "옛것을 보존한 것曰以存古"이라 하였고, "옛 모습으로 되돌린 것曰以還其舊"이라고 하였다. 이 또한 떨어진 것을 합친 것이니 학자들이 마땅히 알아야 할 것이다.

又按: 余謂《喪服傳》初必另爲卷帙, 不插入經. 後讀元敖氏《儀禮集說》辨之尤悉, 遂備載其辭曰:"他篇之有記者多矣, 未有有傳者也. 有記而復有傳者惟《喪服》此篇耳. 先儒以《傳》爲子夏所作, 未必然也. 今且以記明之:《漢·藝文志》言《禮經》之記, 顏師古以爲'七十子後學者所記'是也. 而此

《傳》則不特釋經文而已, 亦有釋記文者焉. 則是作 《傳》者又在於作記者之後
明矣. 今考《傳》文, 其發明禮意者固多, 而其違悖經義者亦不少. 然則此《傳》
亦豈必皆知禮者之所爲乎? 而先儒乃歸之子夏, 過矣. 夫傳者之於經, 記固不盡
釋之也. 苟不盡釋之, 則必間引其文而釋之也. 夫如是, 則其始也必自爲一編,
而置於記後, 蓋不敢與經, 記相雜也. 後之儒者見其爲經, 記作傳而別居一處,
憚於尋求, 而欲從簡便, 故分散傳文, 而移之於經, 記每條之下焉. 此於義理雖
無甚害, 然使初學者讀之, 必將以其序爲先後, 反謂作經之後即有傳, 作傳之
後方有記, 作記之後又有傳. 先後紊亂, 轉生迷惑, 則亦未爲得也. 但其從來
既久, 某亦未敢妄有釐正, 姑識于此, 以俟後之君子云." 案《漢志》《記》百三
十一篇", 下注"七十子後學者所記也", 乃班固語, 非小顔, 繼公認頗誤.

내 생각에 《상복전喪服傳》은 처음에 반드시 별개의 권질로 되었고, 경문
을 삽입하지 않았다. 이후 원元오씨敖氏[89]의 《의례집설儀禮集說》을 읽고, 변
론해 놓은 것이 더욱 자세하여 마침내 여기에 기록해 둔다.

"다른 편篇에 기記가 있는 것은 많으나, 전傳이 있는 것은 없었다. 기記가
있는데 다시 전傳이 있는 것은 오직 《상복喪服》편뿐이다. 선유들은 《상복
전》을 자하子夏가 지은 것이라고 여겼는데, 꼭 그렇지 않을 것이다. 지금
기록하여 밝혀둔다. 《한서·예문지》에서 말한 《예경禮經》의 기記에 대해
안사고顔師古는 '칠십자七十子 후학이 기록한 것七十子後學者所記'이라고 했다.

---

89 오계공(敖繼公) : 자 군선(君善), 장락(長樂)(지금의 복건성(福建省) 복주시(福州市))사
   람이다. 조맹부(趙孟頫)가 오계공에게서 수업을 받았다.

그러나 이《상복전》은 단지 경문經文만을 해석한 것에 그친 것이 아니라 또한 기문記文을 해석한 것도 있다. 그렇다면 이《상복전》을 지은 자는 기記를 지은 사람 이후 사람임이 명백하다. 지금《상복전》의 문장을 고찰해 보면, 예의禮意를 밝혀 놓은 것이 진실로 많으나 경의經義를 위반하는 것도 적지 않다. 그렇다면 이《상복전》이 어찌 반드시 예를 아는 사람이 다 지은 것이라고 할 수 있겠는가? 따라서 선유들이 자하의 저작으로 돌리는 것은 잘못이다. 대저 경經과 기記를 전주傳注할 때에는 진실로 경經과 기記를 다 해석하지 않는다. 진실로 다 해석하지 않으므로 반드시 중간에 그 경經과 기記의 문장을 인용하여 해석하는 것이다. 이와 같이 하면, 그 처음에는 반드시 전주傳注한 것으로 한 편을 만들어 기記 뒤에 두게 되니, 경經과 기記와 감히 서로 섞이지 않게 된다. 후대의 유자들이 경經과 기記를 위해 전傳을 지은 것이 다른 곳에 위치하여 찾아보기가 번거로움을 보고 간편함을 쫓고자 하였으므로 전문傳文을 분산하여 경經과 기記의 매 조목 아래에 옮겨놓은 것이다. 이것이 의리義理에 있어서는 비록 심한 해로움은 없으나, 초학자들에게 그것을 읽게 하면 반드시 그 순서의 선후를 가지고 오히려 경經을 지은 후에 곧 전傳이 있게 되었고, 전傳을 지은 후에 곧 기記가 있게 되었으며, 기記를 지은 이후에 또 전傳이 있다고 말하게 된다. 선후가 문란하게 되면 다시 태어나도 미혹되니 이 또한 옳다고 할 수 없다. 다만 그렇게 되어 온 지가 이미 오래되었고, 나 또한 감히 함부로 바로잡을 수 없으므로, 여기에 기록하여 후대의 군자를 기다리는 바이다.”

《한서·예문지》를 살펴보니, “《기記》 131편”이라 하였고, 아래 주注에 “칠십자七子 후학이 기록한 것이다七十子後學者所記也”고 한 것은 반고班固의 말이지 안사고의 말이 아니니, 오계공이 잘못 알았던 것 같다.

원문

又按：有僞書出，近代證佐分明，苟一言及，輒嘩然起，被以大不韙之名．
且以寧可信其有者，莫過史彬之《致身錄》，鄭所南之《心史》，一爲史兆斗所
撰，一爲姚士粦所撰．前說余徵諸牧齋，後說聞諸曹秋岳云．

번역 우안又按

위서僞書가 출현하게 되면, 요즘에는 증거가 분명하여 진실로 한 마디
만 언급해도 떠들썩하게 들고 일어나 "매우 나쁜 것"이라는 오명을 입게
된다. 또한 정녕 그 존재를 믿을 만하다고 여기는 사람들 가운데 사빈史
彬[90]의 《치신록致身錄》과 정소남鄭所南, 1241~1318[91]의 《심사心史》만한 것이 없으
니, 하나는 사조두史兆斗, ?~1663[92]가 지은 것이고, 하나는 요사린姚士粦, 155
9~?[93]이 지은 것이다. 앞의 설은 내가 전겸익錢謙益, 1582~1664, 호 목재(牧齋)에게
증명한 것이고, 뒤의 설은 조용曹溶, 1613~1685, 자 추악(秋嶽)[94]에게서 들었다.

---

90 사빈(史彬, ?~?) : 자 유중(惟中). 명초의 관리로서 영락(永樂)2년(1404)에 진사급제하
    였고, 관직은 하남(河南) 정주지주(鄭州知州)에 이르렀다. 청(淸) 광서(光緒)《율양현지
    (溧陽縣志)》에 전(傳)이 기록되어 있다.
91 정사초(鄭思肖) : 자 억옹(憶翁), 호 소남(所南). 송말(宋末)의 시인, 화가. 원명(原名)은
    지인(之因)이었으나, 송이 망하자 사초(思肖)로 개명하였다.
92 사조두(史兆斗) : 자 진백(辰伯). 사감(史鑒)의 손자이다. 명말청초의 장서가.
93 요사린(姚士粦) : 자 숙군(叔群). 절강(浙江) 해염(海鹽)(지금의 가흥시(嘉興市))출신이
    다. 명대인(明代人).
94 조용(曹溶) : 자 추악(秋嶽), 결궁(潔躬), 호 권포(倦圃), 서채옹(鉏菜翁). 절강(浙江) 수
    수(秀水)(지금의 가흥시(嘉興市)) 출신이다. 저서에는 《정척당시사집(靜惕堂詩詞集)》
    등이 있다.

제70. 공안국《전》은 관제官制에 매우 통달하지 못함을 논함

《顧命·正義》曰：“其人高官兼攝下司者, 漢世以來謂之爲領.”余謂霍光以大將軍領尙書事, 張安世以車騎將軍領光祿勳事是也.“其人職卑, 上攝高官者謂之爲行.”杜君卿謂韓安國爲御史大夫行丞相事, 太常周澤行司徒事如眞是也. 余向論《周官》六卿是實職, 三公繫其兼官. 成王當疾困將發顧命, 乃同召實職之六卿. 觀其次第, 一以六卿爲序, 不重在三公. 孔安國作《傳》, 當云“冢宰第一, 召公爲之, 兼太保; 司徒第二, 芮伯爲之; 宗伯第三, 彤伯爲之; 司馬第四, 畢公爲之, 兼太師; 司寇第五, 衛侯爲之; 司空第六, 毛公爲之, 兼太傅”. 如此. 于“奭”上之“太保”字, “畢”, “毛”下二“公”字, 亦無不瞭然. 不當云“冢宰第一, 召公領之; 司徒第二, 芮伯爲之”云云. 必以三公爲高官而視六卿爲下司, 非此經正旨. 大抵國家設官, 各有攸司, 當坐而論道之時, 自畢公第一, 毛公次之, 召公又次之. 及作而行之之時, 又召公第一, 芮伯次之, 以至毛公終焉. 更觀《康王之誥》, 周中分天下, 諸侯主以二伯：召公, 西伯也, 率西方諸侯入應門左, 將立王之右; 畢公, 東伯也, 率東方諸侯入應門右, 將立王之左. 右尊於左, 亦不以師屈保下爲嫌. 及王答拜, 太保暨芮伯咸進, 相揖陳戒于王, 又一依六卿之位, 不復紊, 與同召時同, 豈非各有攸司? 唯坐而論道, 方重在三公, 而其餘實職之所繫, 有不盡拘以師保之尊哉. 余向嗤蔡《傳》不甚通古今官制, 每每舛, 茲讀安國《傳》亦然, 故不憚委折論之云.

《고명·정의》에 "그 사람이 고관이면서 아래 벼슬을 아울러 섭행하는 것을 한대 이래로 영領이라고 하였다其人高官兼攝下司者, 漢世以來謂之爲領"고 하였다. 내가 보니, 곽광霍光, ?~BC68은 대장군大將軍영領상서尙書였고, 장안세張安世, ?~BC62[95]는 거기장군車騎將軍영領광록훈光祿勳이었다. "그 사람의 직관이 낮으면서 위로 고관을 섭행하는 것을 행行이라고 하였다其人職卑, 上攝高官者謂之爲行." 두우杜佑, 735~812, 자 군경(君卿)[96]는 한안국韓安國, ?~BC127[97]을 어사대부御史大夫行행승상丞相이라 하였고, 태상太常 주택周澤[98]이 행行사도司徒였던 것이 진실로 이와 같다. 나는 예전에 《주관》 육경六卿은 실제의 관직實職이며 삼공三公은 그들이 겸관兼官하는 것임을 논한 바 있다. 성왕成王이 질환으로 인해 장차 고명顧命을 발표함에 있어, 이에 실직實職인 육경六卿 을 함께 불렀다.[99] 그 차례를 살펴보면, 한결같이 육경六卿을 순서대로 하였고 삼공三公을 중복하지 않았다. 공안국이 《전》을 지음에 있어, 마땅히 다음과 같이 말했어야 했다. "총재冢宰가 제일第一이니 소공김公이 맡았고 태보太保를 겸하였다. 사도司徒가 제이第二이니 예백이 맡았다. 종백宗伯이 제삼第三이니

---

95 장안세(張安世) : 자 자유(子儒). 서한(西漢)의 대신(大臣)이다.

96 두우(杜佑) : 자 군경(君卿). 당대(唐代) 정치가, 사학가이다. 36년에 걸쳐 《통전(通典)》 2백권을 완성하였다. 《통전》은 사서편찬의 신체제를 제창하였고 아울러 중국 사학사(史學史)의 선하로 평가받는다.

97 한안국(韓安國) : 양국(梁國) 성안현(成安縣) (지금의 상구시(商丘市) 민권현(民權縣)) 출신으로, 이후 휴양(睢陽) (지금의 상구시(商丘市) 휴양구(睢陽區))로 이주하였다. 서한(西漢)시기의 명신(名臣)이자 장령(將領)이다.

98 주택(周澤)(?~?) : 자 치도(稺都). 동한의 대신이다. 《공양춘추(公羊春秋)》에 능통하였다. 중원(中元)원년(56), 민지현령(澠池縣令)이 되었고, 영평(永平)5년(62)에 우중랑장(右中郎將)으로 옮겼고, 중원(中元)10년(67)에 태상(太常)이 되었다.

99 《고명》 乃同召太保奭, 芮伯, 彤伯, 畢公, 衛侯, 毛公, 師氏, 虎臣, 百尹, 御事.

동백彤伯이 맡았다. 사마司馬가 제사第四이니 필공畢公이 맡았고 태사太師를 겸하였다. 사구司寇가 제오第五이니 위후衛侯가 맡았다. 사공司空이 제육第六이니 모공毛公이 맡았고 태부太傅를 겸하였다冢宰第一, 召公爲之, 兼太保; 司徒第二, 芮伯爲之; 宗伯第三, 彤伯爲之; 司馬第四, 畢公爲之, 兼太師; 司寇第五, 衛侯爲之; 司空第六, 毛公爲之, 兼太傅." 이와 같아야 "석奭"자 위에 "태보太保"자와 "필畢"과 "모毛" 아래의 두 "공公"자 역시 명백하지 않음이 없게 된다. "총재가 제일이니 소공이 겸하였고領之, 사도司徒가 제이第二이니 예백이芮伯이 맡았다冢宰第一, 召公領之; 司徒第二, 芮伯爲之"라고 해서는 안된다.[100] 반드시 삼공三公을 고관高官으로 해서 육경六卿을 아래의 벼슬로 보고자 하는 것은 이 경문의 올바른 뜻이 아니다. 대저 국가의 관직을 설치함에 각각 맡은 바의 일이 있으니, 마땅히 앉아서 도道를 논할 때는 필공畢公으로부터 제일第一이 되고, 모공毛公이 그 다음이며, 소공召公이 또 그 다음이 된다. 일을 일으켜 행하는 시기에 이르러서는 다시 소공이 제일이 되며, 예백芮伯이 그 다음이며, 모공毛公에 이르러 끝난다. 《강왕지고》를 더 살펴보면, 주나라는 천하의 제후를 반으로 나누어 두 백伯에게 주관하게 하였다. 소공召公은 서백西伯으로 서방의 제후를 이끌고 응문應門으로 들어와 왼쪽에 서니 왕의 오른쪽에 서게 되며, 필공畢公은 동백東伯으로 동방의 제후를 이끌고 응문으로 들어와 오른쪽에 서니 왕의 왼쪽에 서게 된다. 오른쪽이 왼쪽보다 높으니, 이 또한 태사를 태보 아래에 두었다는 혐의가 없는 것이다. 왕이 답배答拜함에 이르러, 태보太保 및 예백芮伯이 함께 나아가 서로 읍하고 왕에게 진계陳戒하는 것도

---

100 《고명·공전》此先後六卿次第, 冢宰第一, 召公領之, 司徒第二, 芮伯爲之, 宗伯第三, 彤伯爲之. 司馬第四, 畢公領之. 司寇第五, 衛侯爲之. 司空第六, 毛公領之.

또한 육경의 지위에 의거한 것으로 문란하지 않고 고명 할 때 함께 불렀던 때와 같으니, 어찌 각각 맡은 바 있는 것이 아니겠는가? 오직 앉아서 도를 논할 때에만 그 중요함이 삼공에 있었고, 그 나머지는 실직實職에 의거하였으니, 사보師保의 존귀함에 다 구애받지는 않았다. 나는 예전에 《채전》이 고금의 관제官制에 매우 통달하지 못하여 매번 잘못 이해한 것을 비웃었는데, 이제 공안국《전》을 읽음에도 그러하므로 번거로움을 마다하지 않고 논하는 바이다.

원문

按：《春秋胡氏傳》云：“古者三公無其人，則以六卿之有道者上兼師保之任. 冢宰或闕, 亦以三公下行端揆之職. 禹自司空進宅百揆, 又曰‘作朕股肱耳目’, 是以宰臣上兼師保之任也. 周公爲師, 又曰‘位冢宰, 正百工’, 是以三公下行端揆之職也.” 予謂“作朕股肱耳目”, 蓋君資臣以爲助, 猶元首須股肱耳目以爲用, 乃泛論臣義, 不貼坐而論道. 虞縱有師保, 未見伯禹爲之, 頗不確. 周公爲師見《君奭》《書序》第十八, “位冢宰, 正百工”見《蔡仲之命》第十九, 遂以周公爲先三公而後端揆也者. 毋論此僞《書》次第不足準, 而即以《孟子》徵之, “周公相武王”, 武王時周公已位冢宰, 下及成王, 始兼太傅, 既遷太師, 武王時太師則太公望爲之, 所謂“維師尙父, 時維鷹揚”, 此豈周公先居是任哉？益不確. 康侯不惟不善會經旨, 而並引事亦輒誤.

번역 안按

《춘추호씨전春秋胡氏傳》에 다음과 같이 말하였다. “옛날 삼공의 자리가 공석일 때는, 육경六卿 가운데 도가 있는 자를 위로 사보師保의 직임을 겸兼하게 하였다. 총재冢宰가 궐석일 경우에도 삼공三公이 아래로 백관을 아우르는 직임을 행行하였다. 우禹가 사공司空에서 백규百揆의 자리에 나아가 있었고, 또한 '짐의 팔다리와 눈과 귀가 되어야 한다作朕股肱耳目'[101]라고 하였으니, 이는 재상의 자리에서 위로 사보師保의 직임을 겸兼한 것이다. 주공周公은 사師였는데, 또한 '총재의 자리에 있으면서 백공을 바로 잡았다位冢宰, 正百工'고 하였으니, 이는 삼공三公의 자리에서 아래로 백관을 아우르는 직임을 행行한 것이다."

내 생각에 "짐의 팔다리와 눈과 귀가 되어야 한다作朕股肱耳目"는 말은, 군주가 신하에게 의뢰하여 도움으로 삼음이 마치 머리가 팔다리와 눈과 귀를 필요로 사용하는 것과 같은 것으로 곧 신하의 의리를 범론泛論한 것이지 특정 자리에 한정해서 논한 말은 아니다. 우虞의 시대에 비록 사보師保가 있었다고 하더라도, 백우伯禹가 그 자리를 맡았다는 것은 보이지 않으니 확실하지 않은 것 같다. 주공周公이 사師를 맡은 것은《주서周書》제18《군석》《서서書序》[102]에 보이고, "총재의 자리에 있으면서 백공을 바르게 한 것位冢宰正百工"은《주서周書》제19《채중지명》[103]에 보이니, 마침내 주공을 삼공三公을 먼저 한 이후에 백공을 아우른 것이다. 이 위僞《서》의 차례를 준거로 삼기에 부족한 것은 말할 것도 없으므로《맹자》로 징험해보면, "주공이 무왕을 도왔다周公相武王"[104]는 것은 무왕 때에 주공은 이미 총

---

101 《익직》.
102 《군석 · 서서(書序)》召公爲保, 周公爲師, 相成王爲左右. 召公不說, 周公作《君奭》.
103 《채중지명》惟周公位冢宰, 正百工, 群叔流言, 乃致辟管叔于商；囚蔡叔于郭鄰, 以車七乘；降霍叔于庶人, 三年不齒.

재의 지위에 있었고 이후 성왕 때까지 이어졌다. 처음에 태부太傅를 겸兼하다 태사太師로 옮겼는데, 무왕 때 태사太師는 태공망太公望이 그 일을 맡았으니, 이른바 "이때 태사 상보가 마치 매가 날 듯하였네維師尙父, 時維鷹揚"[105]이다. 이 어찌 주공이 먼저 태사의 직임에 맡은 것이겠는가? 더욱 확실하지 않다. 호안국胡安國, 1074~1138, 자 강후(康侯)은 경지經旨를 잘 이해하지 못했을 뿐만 아니라 사적을 인용함에도 오류를 범하였다.

又按：李燾仁父言："古之所謂相者，一而已，初未嘗使它人參貳乎其間. 堯相舜, 舜相禹, 禹相皋陶. 皋陶既沒乃相益. 湯相伊尹,《傳》所謂仲虺爲湯左相者, 不足信也."案仲虺爲湯左相, 見定元年薛宰自述其皇祖曾居是官, 或出成湯一時之權制, 非恒法. 下至襄二十五年, 慶封爲齊左相, 雖亂人, 亦或有因于古未可知. 惟《通典》本《管子》稱黃帝置六相, 文十八年大史克稱舜擧十六相, 相則輔助之名, 非仁父所謂一相之任之相. 善夫! 王華歎曰："宰相頓有數人, 天下何由得安?"彼六朝人且知之, 況黃, 虞盛世哉?

우안又按

이도李燾, 1115~1184, 자 인보(仁父)가 말하였다. "옛날의 이른바 상相이라는 것은 한 명 뿐이었으며, 애초에 일찍이 다른 사람들을 나란히 두지 않았다. 요堯임금의 상相은 순舜이었고, 순임금의 상은 우禹였으며, 우임금의

---

104 《맹자 · 등문공하》.
105 《시 · 대아 · 대명(大明)》.

상은 고요皐陶였다. 고요가 죽자 익益을 상으로 하였다. 탕湯임금의 상은 이윤伊尹이었는데, 《공전》에서 중훼仲虺가 탕湯의 좌상左相이 되었다고 한 것[106]은 신뢰하기 부족하다."

살펴보건대, 중훼가 탕湯의 좌상左相이 되었다는 것은 정공 원년에 설薛의 재상이 자기의 황조皇祖가 일찍이 재상의 관직에 있었다고 진술한 것[107]에 보이는데, 아마도 성탕成湯 그 당시의 권제權制로서 항법恒法은 아닐 것이다. 이후 양공 25년에 이르러, 경봉慶封이 제齊의 좌상左相이 되었는데,[108] 비록 난인亂人이었지만 혹 옛것에 기인한 것이 있었는지는 알 수 없다. 오직 《통전》에서는 《관자管子 · 오행五行》에 근거하여 황제黃帝가 육상六相을 설치했다고 했고, 문공 18년에 태사大史 극극克이 순舜임금은 16명의 상相을 등용했다고 했는데, 이때의 상相은 보조輔助하는 이름으로 인보仁父가 말한 한 명의 상相이 직임을 행하는 그런 상相은 아니다. 훌륭하다! 왕화王華, 384~427[109]가 "재상이 한 순간에 수십명이 되면, 천하가 어떻게 편안할 수 있겠는가?宰相頓有數人, 天下何由得安"라고 탄식하였는데, 저 육조시대의 사람도 그것을 알고 있었거늘, 하물며 황제黃帝, 우虞의 성세盛世에 있어서랴?

---

106 《중훼지고 · 서서(書序)》湯歸自夏, 至于大坰, 仲虺作誥. 《공전》"自三朡而還. 大坰, 地名. 爲湯左相, 奚仲之後.

107 《좌전 · 정공원년》薛宰曰, 薛之皇祖奚仲居薛, 以爲夏車正, 奚仲遷于邳, 仲虺居薛, 以爲湯左相, 若復舊職, 將承王官, 何故以役諸侯.

108 《좌전 · 양공25년》丁丑, 崔杼立而相之, 慶封爲左相.

109 왕화(王華) : 자 자릉(子陵), 낭야(琅邪) 임기(臨沂)(지금의 산동 임기시(臨沂市)) 출신이다. 남조(南朝) 송(宋)의 대신(大臣)이다.

又按：六卿中惟肜爲妟姓, 餘皆姬; 惟衛在畿外, 餘皆畿內. 知其名者半, 奭也, 高也, 封也; 其不知名者亦半. 或曰：毛公非即毛叔鄭耶? 余曰：恐未然. 定四年祝佗曰："武王之母弟八人, 周公爲太宰, 康叔爲司寇, 聃季爲司空, 五叔無官." 五叔者, 鮮也, 度也, 武也, 處也, 鄭也. 鄭果毛公, 安得謂無官? 且佗亦何故諱言之? 嘗思毛爲畿內之國伯爵, 爲天子公卿固其常, 不得如孔, 蔡二《傳》云"入"."入", 則須畿外別有一國方可. 若韓, 非屬韓原, 乃遠謂涿郡方城縣有韓侯城, 故詩人于其覲王也曰"入", "入"字不苟下. 不然, 仍毛叔鄭之子嗣爵者, 以有道上兼乎公. 王肅曰："毛, 文王庶子." 毋論此非鄭, 不從《左氏》富辰之言, 而從《管蔡世家》之文, 黜之于同母兄弟十人外, 何哉?

《고명》의 육경六卿 가운데 오직 동백肜伯만 사성妟姓이고, 나머지는 모두 희성姬姓이다. 오직 위衛만 기외畿外에 있었고, 나머지는 모두 기내畿內이다. 그 이름을 알 수 있는 것이 절반인데, (태보) 석奭, (필공) 고高, (위숙) 봉封이며, 그 이름을 알 수 없는 것도 절반이다.

어떤 이가 물었다.

모공毛公은 곧 모숙毛叔 정鄭이 아닌가?

나는 대답하였다.

아마도 그렇지 않을 것이다. 정공 4년 축타祝佗가 말하길 "무왕의 동모제同母弟 8명 가운데, 주공이 태재가 되고, 강숙이 사구가 되고, 담계가 사공이 되었을 뿐이고 나머지 오숙五叔은 관직이 없었다武王之母弟八人, 周公爲太宰,

康叔爲司寇, 耼季爲司空, 五叔無官"고 하였다. 오숙五叔은 선鮮, 탁度, 무武, 처處, 정鄭이다. 정鄭이 과연 모공毛公이라면 어찌 관직이 없었다고 말했겠는가? 또한 축타가 무슨 연고로 휘諱하여 말했겠는가? 일찍이 생각해보건대, 모毛는 기내畿內 국國의 백작伯爵이자 천자天子의 공경公卿인 것이 진실로 상법이었으므로, 공孔, 채蔡 두《전》에서 말한 "들어와서 (공경이 되다)入"와 같을 수 없다. "입入"이라고 하려면 반드시 기외畿外에 별개의 일국이 있어야 옳을 것이다. 만약 한韓이 한원韓原에 속하는 것이 아니면 곧 멀리 탁군涿郡 방성현方城縣에 있는 한후성韓侯城을 이르는 것이니, 시인詩人이 한후韓侯가 왕을 뵙는 것을 "입入"이라고 한 것이며,[110] "입入"자를 함부로 쓸 수 없는 것이다. 그렇지 않다면, 모숙정毛叔鄭의 아들 중 관작을 이은 자가 도道가 있어서 위로 삼공을 겸兼했을 것이다. 왕숙王肅은 "모毛는 문왕의 서자이다毛, 文王庶子"고 했는데, 이는 정현의 설이 아님은 물론이고《좌씨 · 희공24년》 부진富辰의 말[111]을 따르지 않고《관채세가管蔡世家》의 문장[112]을 따른 것인데, 모공을 동모형제同母兄弟 10인에서 축출해버린 것은 어째서인가?

원문

又按 : 富辰之言見僖二十四年, 杜《注》曰 : "畢國在長安縣西北." 余謂此

---

110 《시 · 대아 · 한혁(韓奕)》 韓侯入覲, 以其介圭, 入覲于王.
111 《좌전 · 희공24년》 以蕃屏周, 管, 蔡, 郕, 霍, 魯, 衛, 毛, 耼, 郜, 雍, 曹, 滕, 畢, 原, 酆, 郇, 文之昭也, 邘, 晉, 應, 韓, 武之穆也, 凡, 蔣, 邢, 茅, 胙, 祭, 周公之胤也.
112 《사기 · 관채세가(管蔡世家)》 管叔鮮, 蔡叔度者, 周文王子而武王弟也. 武王同母兄弟十人. 母曰太姒, 文王正妃也. 其長子曰伯邑考, 次曰武王發, 次曰管叔鮮, 次曰周公旦, 次曰蔡叔度, 次曰曹叔振鐸, 次曰成叔武, 次曰霍叔處, 次曰康叔封, 次曰冉季載. 冉季載最少. 同母昆弟十人, 唯發, 旦賢, 左右輔文王, 故文王舍伯邑考而以發爲太子.

名畢原, 非畢陌之在渭水之北者. 癸丑秋, 曾經過其地, 正周畿內國. 彤, 孔
《疏》, 蔡《傳》並失所在, 惟《通鑑 · 周紀》注:"其地當在漢京兆鄭縣界, 國于
王畿之內." 此二者皆不得云"入爲天子公卿", 與召芮, 毛國同.

번역 **우안又按**

부진富辰의 말은 희공 24년에 보이고, 두예《주》에 "필국畢國은 장안현長
安縣 서북에 있다畢國在長安縣西北"고 하였다.

내 생각에 그곳의 이름은 필원畢原이며, 위수渭水의 북쪽에 있는 필맥畢陌
이 아니다. 계축년1673, 37세 가을에 일찍이 그곳을 지났는데, 바로 주周 기
내국畿內國이었다. 동彤은 《공소》와 《채전》에 모두 그 위치를 빠뜨렸는데,
오직 《통감通鑑 · 주기周紀》 주注에서 "그 지역은 한경漢京 조정현兆鄭縣경계에
있었고, 국國은 왕기내王畿內이다其地當在漢京兆鄭縣界, 國于王畿之內"고 하였다. 이
들 두 나라는 모두 "들어와 천자의 공경이 되었다入爲天子公卿"라고 말할 수
없으며, 예芮, 모국毛國을 부른 것과 동일하였다.

원문

或謂:孔《疏》解周公"封建親戚以蕃屏周"是"分地以建諸侯, 使與京師作
蕃籬屏扞", 國並屬王畿外. 若下二十六國是, 非同縣內諸侯食采邑者比. 僅食
采邑, 自不足當蕃屏, 故解祭伯,原伯,毛伯三國名在二十六國內者曰:"初悉
封畿外, 後不知何年本封絶滅, 還受采邑爲王卿士." 果爾, 則《顧命》當周盛
時, 若畢, 若毛, 豈有本封絶滅之事? 仍存向畿外, 孔《傳》云"入", 似非無據.
余曰:亦泥看"蕃屏"二字. 昭九年"文,武,成,康之建母弟以蕃屏周", 下繫晉;

定四年"昔武王克商, 成王定之, 選建明德以蕃屏周", 下繫魯, 衛, 唐. 昭二十六年"昔武王克殷, 成王靖四方, 康王息民, 並建母弟以蕃屏周", 下文一則曰"諸侯莫不並走其望". 固指畿外諸侯. 蓋諸侯祭名山大川之在其國者曰望. 再則曰"諸侯釋位, 以間王政", 却又指周, 召二公號共和者, "諸侯"豈非畿內乎? 且成十一年"昔周克商, 使諸侯撫封, 蘇忿生以溫爲司寇", 溫今懷慶所領縣. 僖二十四年"扞禦侮者莫如親親, 故以親屏周", 亦承鄭言. 鄭初封在今之華州, 並畿內國. 至杜《注》管, 雍, 畢, 酆等十國, 十已得其四, 曰: "雍國在河內山陽縣西, 畢國在長安縣西北, 酆國在始平鄠縣東." "河內野王縣西北有邗城." 或雒邑, 或宗周, 並屬短長千里之內, 豈得盡謂是本封絕滅, 還食采地者乎? 或曰: 祭, 周公季子, 今河南開封府鄭州東北十五里有祭城, 爲其封, 杜氏《釋例》所謂"祭城在河南, 上有敖倉"者是. 春秋以還, 淪爲鄭地, 而王畿見有祭伯, 祭公, 以伯爵上兼公, 非孔《疏》解之大申證乎? 余曰: 祭畢竟初封在周之畿內矣, 豈不足當封建當蕃屏? 子奈何泥一二字面, 而害通部書之故實也耶?

번역 어떤 이가 말했다.

《좌전 · 희공24년》의 주공이 "친척을 책봉하여 제후로 세워 주나라의 울타리로 삼았다封建親戚以蕃屏周"의 《공소》는 "땅을 나누어 제후로 세워, 그들로 하여금 경사京師와 더불어 울타리와 병풍막이를 만들게 하였다分地以建諸侯, 使與京師作蕃籬屏扞"라고 주해하였는데, 국國은 왕기王畿 밖에 속한 것도 아울렀다. 만약 그 아래의 26개국[113]이 맞다면, 같은 현내縣內의 제후諸侯

---

113 《좌전 · 희공24년》 以蕃屏周, 管, 蔡, 郕, 霍, 魯, 衛, 毛, 聃, 郜, 雍, 曹, 滕, 畢, 原, 酆, 郇, 文之昭也, 邘, 晉, 應, 韓, 武之穆也, 凡, 蔣, 邢, 茅, 胙, 祭, 周公之胤也.

의 식채읍食采邑과 같은 것이 아니다. 겨우 식채읍으로는 주나라의 울타리를 담당하기에 부족했으므로 채백祭伯, 원백原伯, 모백毛伯 삼국三國의 이름이 26국 안에 포함되어 있는 것을 설명하기를 "처음에 다 기외畿外에 책봉되었고初悉封畿外", "이후 언제 책봉이 멸절되었는지 알지 못하고後不知何年本封絶滅", "다시 채읍을 받아 왕의 경사가 되었다還受采邑爲王卿士"라고 한 것이다.[114] 과연 그렇다면, 《고명》은 주나라가 왕성한 시기이므로 필畢과 모毛와 같은 나라가 어찌 본봉이 멸절된 일이 있었겠는가? 일찍이 기외畿外에 존재했었으므로 인해 《공전》에서 "입入"이라고 한 것도 근거가 없는 것은 아닐 것이다.

나는 대답하였다.

이 또한 "번병蕃屏" 두 글자에 집착한 것이다. 소공 9년 "문왕·무왕·성왕·강왕께서 모제母弟를 제후로 세워 주나라의 울타리로 삼다文, 武, 成, 康之建母弟以蕃屏周"는 아래로 진晉과 관련 있다. 정공 4년 "옛날에 무왕이 상나라를 이기고 성왕이 천하를 안정시킬 때 밝은 덕이 있는 사람을 선발해 제후로 세워서 주나라의 울타리가 되게 하였다昔武王克商, 成王定之, 選建明德以蕃屏周"는 아래로 노魯, 위衛, 당唐과 관련 있다. 소공 26년 "옛날 무왕이 은나라를 정벌해 승리하고, 성왕이 사방을 안정시키고, 강왕이 백성을 휴식시키고서 모든 모제母弟들을 제후로 세워 주나라의 울타리로 삼았다昔武王克殷, 成王靖四方, 康王息民, 並建母弟以蕃屏周"의 아래 문장에서 (夷王의 병이 나자) 제일

---

114 이 해설은 《좌전·은공원년·공소》에 보인다. "正義曰 : 僖二十四年傳, 富辰說周公封建親戚以蕃屏周, 而云"邢茅胙祭", 則祭之初封畿外之國也. 穆王之時有祭公謀父, 今有祭伯, 世仕王朝, 蓋本封絶滅, 食采於王畿也. 莊二十三年, "祭叔來聘", 注"以爲祭叔爲祭公, 來聘魯. 天子內臣, 不得外交". 是祭於此時爲畿內之國, 仍有封爵, 故言諸侯爲王卿士也.

먼저 "제후들 가운데 아울러 달려가 망望 제사 지내지 않은 이가 없었다"고 하였으니, 진실로 기외畿外의 제후를 가리킨다. 대체로 제후가 자기 나라의 명산대천에 제사지내는 것을 망望이라고 한다. 그 다음으로 "제후들은 자기의 군위君位는 버려두고 와서 왕정에 참여하였다諸侯釋位, 以間王政"고 한 것은, 또한 주공과 소공의 공화共和를 가리키는 것으로 이 "제후"는 어찌 기내畿內의 제후가 아니겠는가? 또 성공 11년 "예전에 주나라가 상나라를 이기고 제후들에게 봉지를 점유하게 하였는데, 소분생이 온溫땅을 받아 사구司寇가 되었다昔周克商, 使諸侯撫封, 蘇忿生以溫爲司寇"고 하였는데, 온溫은 지금의 회경懷慶¹¹⁵관할의 현縣이다. 희공 24년 "외모外侮를 막는 데는 친속을 친애하는 것만한 게 없으므로 친속을 제후로 봉해 주나라의 울타리로 삼았다扞禦侮者莫如親親, 故以親屛周"고 한 것도 정鄭나라를 두고 한 말이다. 정鄭은 처음 지금의 화주華州에 봉해졌고 또한 기내국畿內國이었다. 두예가 관管, 옹雍, 필畢, 풍酆 등 10국을 주해함에 있어 10개국 가운데 이미 4개국이 들어가니, "옹雍은 하내河內 산양현山陽縣 서쪽에 있고, 필畢은 장안현長安縣 서북에 있고, 풍酆은 시평호현始平酆縣 동쪽에 있다雍國在河內山陽縣西, 畢國在長安縣西北, 酆國在始平酆縣東"고 하였고, "하내河內 야왕현野王縣 서북西北에 우성邢城이 있다河內野王縣西北有邢城"고 하였다. 낙읍雒邑이든 종주宗周든 사방 천리千里 내에 속하는데 어찌 본래의 봉건이 멸절되어 식채食采의 땅을 돌려받았다고 할 수 있겠는가?

어떤 이가 물었다.

---

115 현재의 하남성(河南省) 심양시(沁陽市)이다.

채蔡는 주공의 막내 아들이다. 지금의 하남河南 개봉부開封府 정주鄭州 동북東北 15리에 채성蔡城이 있는데, 그곳에 봉해졌다. 두예의 《석례釋例》에서 말한 "채성蔡城은 하남에 있는데, 북쪽에 오창敖倉이 있다蔡城在河南, 上有敖倉"고 한 곳이 이곳이다. 춘추시대로 돌아가면 뒤섞여 정鄭나라의 땅이 되어버리고, 왕기王畿가 채백蔡伯과 채공蔡公의 소유가 되어 백작伯爵의 신분으로 위로 공公을 겸兼하게 되니, 《공소孔疏》의 명백한 증거가 아니겠는가?

나는 대답하였다.

채蔡는 필경 처음에 주周의 기내에 봉해졌다. 봉건되어 제후가 되고 울타리가 되는 것에 어찌 부족함이 있겠는가? 그대는 어찌 한두 글자에 빠져서 경서를 관통하고 있는 실체를 해치는 것인가?

원문

又按：余謂孔《傳》, 蔡《傳》不甚通官制, 不獨是, 《孟子》注亦然. "范氏曰：'孟子於齊, 蓋處賓師之位.'" 有執此以問者, 其說可得而信乎？ 曰：否！ 孟子爲卿於齊. "孟子致爲臣而歸", 烏有所謂"賓師之位"哉？ 然則既不處賓師之位, 何召之則不往見之？ 曰：古有可召之臣, 有不可召之臣, 孟子蓋欲以不可召之臣自處, 非眞師也. 若果師, 則吾聞"天子不召師, 而況諸侯乎？" 齊宣王自不敢來召, 又不待其召而後不往也. 或曰：孟子既不可召矣, 不識齊宣可就見否乎？ 曰：於將歸, 始就見之, 前此無聞焉. 則齊宣之不足與有爲可知, 孟子所以終去也. 此關聖賢出處大者, 不可以不論.

나는 《공전》과 《채전》이 관제官制에 매우 통달하지 못했다고 했는데, 유독 이들뿐만이 아니라 《맹자》주注도 그러하다. 《맹자·공손추하·집주》에 "범씨가 말하였다. '맹자가 제나라에서 빈사賓師의 지위에 있었다范氏曰:'孟子於齊, 蓋處賓師之位'"고 하였다.

이것을 가지고 묻는 자가 있었다. "그 설을 믿을 수 있는가?"

나는 대답하였다.

아니다! 맹자는 제나라에서 경卿이었다. 《맹자·공손추하》에서 "맹자가 신하됨을 내놓고 떠났다孟子致爲臣而歸"고 하였으니, 어찌 "빈사의 지위賓師之位"에 있었다고 할 수 있겠는가? 그렇다면 이미 빈사의 지위에 있었던 것이 아닌데, 어찌 왕이 불러도 가서 뵙지 않았던 것인가? 그것은 옛날에는 부를 수 있는 신하가 있었고 부를 수 없는 신하가 있었는데, 맹자가 대체로 부를 수 없는 신하로 자처하고자 한 것은 진정한 스승으로 부른 것이 아니기 때문이었다. 만약 스승이었다면, "천자도 스승을 부르지 않는다고 했으니, 하물며 제후에 있어서랴?天子不召師, 而況諸侯乎"[116]라 알고 있으니, 제선왕 스스로 부르지 않았으므로 또한 그 부름을 기다리지 않았고 가지도 않았다.

어떤 이가 물었다.

맹자를 이미 부를 수 없었는데, 모르겠지만 제선왕을 가서 뵙지는 못했던 것인가?

---

116 《맹자·만장하》.

대답하였다.

장차 신하됨을 내놓고 떠날 때에 비로소 나아가 뵙는 것을 알 수 있으니, 이전에는 들은 바가 없다. 그렇다면 제선왕과는 더불어 하기에는 충분하지 않았다는 것을 알 수 있고, 맹자가 이 때문에 끝내 떠난 것이다. 이 부분은 성현이 나아가고 머묾의 큰 관건이므로 논하지 않을 수 없다.

원문

或問：孟子旣爲卿爲臣，又曰"仕而不受祿"，是所異於人者僅不受祿一節耳，何以遂云"我無官守，我無言責"，豈當日客卿竟若此與？考諸秦惠王以張儀爲客卿，與謀伐諸侯；昭襄王拜范雎爲客卿，謀兵事. 當時客卿, 固非無所事事者, 何獨孟子而若此與？曰：此蓋齊之官制, 而非所論于他國也. 亦蓋齊宣王之官制, 而非所論于他王也. 何以見之？見之《田敬仲完世家》也.《世家》云："宣王喜文學游說之士, 自如騶衍, 淳于髡,田駢, 接子, 愼到, 環淵之徒七十六人, 皆賜列第, 爲上大夫, 不治而議論. 是以齊稷下學士復盛, 且數百千人."不治而議論者, 謂不治政事而各以議論相尚. 如騶衍則談天也, 淳于髡則滑稽也, 田駢,接子,愼到,環淵則論黃老道德也. 而孟子於其間又述唐虞三代之德, 是皆所爲"無官守","無言責"者. 孟子之言, 詎不信哉？或曰：孟子於諸游士, 若是其班乎？曰：自今日論之, 孟子則大賢也；自當日齊梁諸君之遇孟子, 固未見甚異于游士也. 故齊宣王欲授孟子室, 餽萬鍾, 使臣民皆矜式, 可謂極其隆禮者. 然考之《孟子荀卿列傳》云："騶奭者, 齊王嘉之, 自如淳于髡以下, 皆命曰列大夫, 爲開第康莊之衢,高門大屋, 尊寵之, 覽天下諸侯賓客."言齊能致天下賢士也. 是固以此禮處騶奭輩矣, 曷足異乎？且史遷明云

"孟子所如者不合", 又云"困於齊梁", 較之騶衍所至見尊禮者爲不侔, 安在其能識賢而獨尊之也? 遷生當西漢, 上距戰國不甚遠, 故得于聞見者如此. 然能于齊稷下諸游士獨推孟子, 俾上與孔子並, 而知其不阿世俗, 苟合如騶衍之所爲, 此所以爲千載隻眼之人與! 愚嘗謂《左傳》足以證《論語》,《史記》足以證《孟子》, 茲固其一端爾.

번역 어떤 이가 물었다

맹자는 이미 경卿이었고 신하였는데, 또 말하기를 "벼슬하면서 녹을 받지 않는다仕而不受祿"[117]고 하여 다른 사람과 다른 것이 오직 녹을 받지 않는다는 한 구절 뿐이면서, 어찌 마침내 "나는 관수官守가 없으며 나는 언책言責이 없다我無官守, 我無言責"[118]라고 하였는가? 어찌 당시의 객경客卿이 필경 이와 같았겠는가? 진秦 혜왕惠王이 장의張儀를 객경으로 삼아 더불어 제후를 정벌한 것을 도모한 것과 진秦 소양왕昭襄王이 범수范睢에게 절하고 그를 객경客卿으로 삼아 병사兵事를 도모했던 것으로 고찰해 보건대, 당시의 객경은 진실로 일삼는 바가 없는 것이 아니었는데 어찌 유독 맹자에 있어서는 이와 같은가?

대답하였다.

이는 대체로 제齊나라의 관제 때문이니, 다른 나라와 비교해서 논할 것이 아니다. 또한 제선왕齊宣王 때의 관제官制이므로 다른 왕과 비교해서 논할 것이 아니다. 무엇으로 알 수 있는가?《사기 · 전경중완세가田敬仲完世家》

117《맹자 · 공손추하》.
118《맹자 · 공손추하》.

에 보인다. 《세가》에 "선왕宣王이 문학유세의 선비들을 좋아하여, 추연, 순우곤, 전병, 접자, 신도, 환연 같은 무리들 76명 모두에게 집을 하사하고 상대부로 삼아 다스리는 일을 하지 않고 의론을 일삼게 하였다. 이로써 제나라 직하稷下 학자들이 다시 많아져서, 그 수가 수백 수천 명을 헤아렸다宣王喜文學游說之士, 自如騶衍, 淳于髡, 田駢, 接子, 慎到, 環淵之徒七十六人, 皆賜列第, 爲上大夫, 不治而議論. 是以齊稷下學士復盛, 且數百千人"고 하였다. "다스리는 일을 하지 않고 의론을 일삼았다不治而議論"는 것은 정사를 담당하지 않고 각각 의론하는 것을 존중했다는 말이다. 가령 추연은 하늘을 담론하였고, 순우곤은 언변이 유려하였고, 전병, 접자, 신도, 환연은 황로도덕黃老道德을 논하였다. 그리고 맹자는 그들 사이에서 당우唐虞 삼대三代의 덕을 서술하였으니, 이런 것들이 모두 "관수가 없는 것無官守"과, "언책이 없는 것無言責"이다. 맹자의 말을 어찌 믿지 않겠는가?

어떤 이가 물었다.

맹자를 여러 유세하는 선비들과 같은 반열로 놓아도 되는 것인가?

대답하였다.

오늘날 논함에 있어서는 맹자는 대현大賢이지만, 당시 제양齊梁의 군주들이 맹자를 만나는 것과 같아서는 진실로 유사游士들과 크게 다른 점이 보이지 않는다. 따라서 제선왕齊宣王이 국중國中에 맹자에게 집을 지어주고 제자들을 만종록萬鍾祿으로 길러 여러 대부들과 백성들로 하여금 모두 공경하고 본받는 바가 있게 하려고 했던 것[119]은 매우 극진한 예우라고 할

---

119 《맹자·공손추하》他日, 王謂時子曰:「我欲中國而授孟子室, 養弟子以萬鍾, 使諸大夫國人皆有所矜式. 子盍爲我言之?」

수 있다. 그러나 《사기 · 맹자순경열전孟子荀卿列傳》을 고찰해보면, "제나라 왕이 추석騶奭[120]의 학설을 좋아하여 순우곤으로부터 그 이하 여러 사람들을 다 열대부列大夫로 명하고, 그들을 위하여 번화한 거리에 저택을 짓고 높은 문과 커다란 집에 살게 하면서 그들을 존경하고 총애하였고, 이것을 천하의 제후들과 빈객들에게 보여주었다騶奭者, 齊王嘉之, 自如淳于髡以下, 皆命曰列大夫, 爲開第康莊之衢, 高門大屋, 尊寵之, 覽天下諸侯賓客"고 하였다. 제나라가 천하天下의 현사들을 잘 대우했다는 것을 말해준다. 진실로 이런 예로써 추석의 무리들을 대우했다면 어찌 다른 점이 있겠는가? 또 사마천이 명백하게 "맹자는 가는 곳마다 뜻이 합하지 못하였다孟子所如者不合"라고 말했고, 또 "제나라와 양나라에서 곤란을 겪었다困於齊梁"고 하여, 추연騶衍이 지극한 존대를 받은 것과 비교해서는 같지 않으니, 어진이를 식별해서 특별히 존경함이 어디에 있는가? 사마천은 서한시대에 태어나 위로 전국시대와 멀지 않았기 때문에 보고 들은 것이 이와 같았다. 그러나 사마천은 제나라 직하의 여러 유사遊士 가운데서 유독 맹자를 뽑아내어 위로 공자와 나란하게 하고, 맹자가 세속에 아첨하지 않아 진실로 추연이 행한 바의 것과 합치됨을 알았던 것이니, 이것이 바로 천년의 척안隻眼을 가진 사람이 되는 이유일 것이다! 나는 일찍이 《좌전》은 《논어》를 증명하기에 충분하고, 《사기》는 《맹자》를 증명하기 충분하다고 했었는데, 진실로 이 논의가 그 일단一端일 것이다.

---

120 추석(騶奭) : 직하학자(稷下學者). 음양가(陰陽家)로서 제(齊)의 삼추자(三騶子) 가운데 한명이다. 《추석자(騶奭子)》 12편이 있었지만, 실전되었다.

원문

又按: 司馬溫公《諫院題名記》: "古者諫無官, 自公卿大夫至於工商, 無不得諫者. 漢興以來, 始置官. 案《漢‧百官公卿表》'武帝元狩五年初置諫大夫', 諫官始此." 其實《通典》云: "諫議大夫秦置, 掌議論, 無常員, 多至數十人." 武帝乃更置, 非初置, 溫公亦考未詳. 余以《孟子》"有言責者, 不得其言則去"徵之, 似齊已先有是官, 唯未知官何名. 後讀《管子》書"使鮑叔牙爲大諫", 又云"犯君顏色, 進諫必忠, 不辟死亡, 不撓富貴, 臣不如東郭牙, 請立以爲大諫之官". 躍然曰此卽漢鄭昌所謂"官以諫爲名", 鮑宣所謂"官以諫爭爲職"者與! 眞令人聞名知警, 而《孟子》徵實齊官制處又不待云.

번역 우안又按

사마광司馬光, 1019~1086의 《간원제명기諫院題名記》에서 "옛날에 간언하는 관직은 없었으니, 공경대부에서 공상工商에 이르기까지 간언하지 못하는 이는 없었다. 한漢나라가 흥기한 이래로 비로소 간관諫官이 설치되었다. 살펴보건대, 《한서‧백관공경표百官公卿表》의 '무제 원수元狩 5년BC118에 처음 간대부諫大夫를 설치하였다'고 하였으니, 간관은 여기에서 시작되었다古者諫無官, 自公卿大夫至於工商, 無不得諫者. 漢興以來, 始置官. 案《漢‧百官公卿表》'武帝元狩五年初置諫大夫', 諫官始此"고 하였다. 사실《통전》에서 "간의대부諫議大夫는 진秦나라 때 설치되었는데, 의론議論을 담당하였고, 전담하는 관원은 없었지만 많게는 수십명에 달했다諫議大夫秦置, 掌議論, 無常員, 多至數十人"고 하였으니, 무제 때 다시 설치한 것이지 처음 설치한 것이 아니므로 온공溫公의 고찰 또한 정밀하지 못하다. 내가《맹자‧공손추하》의 "언책言責을 지고 있는 자가 그 말을 할 수 없으면 떠난다有言責者, 不得其言則去"는 말로 징험해보니, 제齊나라에 이미 먼저 이런 간관이 있었는데, 오직 그 관직의 이름이 무엇인지는 알 수 없다. 이후 《관자 · 소광小匡》의 "포숙아를 대간大諫으로 삼았다使鮑叔牙爲大諫", 또 "군주의 안색을 범하고, 간언할 때는 반드시 충성껏 하여 죽음을 피하지 않으며, 부귀를 중히 여기지 않음은 신臣, 관중이 동곽아東郭牙만 못하니, 청컨대 그를 대간大諫의 관직에 세우소서犯君顏色, 進諫必忠, 不辟死亡, 不撓富貴, 臣不如東郭牙, 請立以爲大諫之官"를 읽었다. 놀랍게도 이것이 곧 한漢의 정창鄭昌[121]이 말한 "관직은 간諫으로 이름하였다官以諫爲名"는 것이며, 포선鮑宣, BC30~3[122]이 말한 "관직은 간쟁諫爭을 직무로 삼는다官以諫爭爲職"는 것이다! 진실로 사람으로 하여금 이름만 들어도 경계할 줄 알게 하는 것이 있으니, 《맹자》가 실제의 제나라 관직을 징험한 곳 또한 더 말할 것도 없다.

원문

又按 : 上所論右尊於左, 白樂天制曰 : "魏晉以還, 右卑於左." 是古者尚右, 今者尚左. 然亦僅得謂官職名號, 至於他事, 或尚左或尚右, 初不可以一槩論者. 錢塘馮景山公以何休《公羊傳》注來問 : "隱公元年'立適以長不以賢, 立子以貴不以長', 《注》云 : '禮, 適夫人無子, 立右媵; 右媵無子, 立左媵; 左媵無子, 立嫡姪娣; 嫡姪娣無子, 立右媵姪娣; 右媵姪娣無子, 立左媵姪娣.'

---

121 정창(鄭昌) : 자 차경(次卿). 정창(鄭昌), 정호(鄭弘) 형제는 서한 태산강(泰山剛, 금의 영양현(寧陽縣) 강성진(堽城鎮)) 출신이다. 한선제(漢宣帝, BC74~BC48 재위) 때, 태원(太原), 탁군(涿郡) 태수(太守)를 지냈다.
122 포선(鮑宣) : 자 자도(子都). 서한 말엽의 대부(大夫)이다. 사체교위(司隷校尉)를 역임하였다. 청빈한 삶을 살았고, 왕망의 집정에 반대하여 자살하였다.

是固尙右之說也. 至成公二年鞌之戰, 《傳》'逢丑父者, 頃公之車右也. 面目衣服與頃公相似, 代公當左', 《注》曰:'陽道尙左, 故人君居左, 臣居右.' 信是說, 不又貴左而賤右邪? 何前後參錯乃爾?" 余曰:"前說是, 後說不. 豈惟何休, 並《傳》文亦謬矣. 案《禮記》疏:'乘車則君皆在左, 若兵戎革路, 則君在中央, 御者居左.' 又云:'元帥與諸將不同, 及君皆宜在中.' 果爾, 則鞌之戰頃公自居中央, 安得居左? 所以《左氏》止言逢丑父與公易位, 不言代當左. 《左氏》長於公羊, 則杜預確于何休, 豈待辯也? 子不記牧齋詩'定以孤行推杜預, 每於敗績笑何休'之句乎?" 山公爲解頤.

번역 우안又按

앞에서 오른쪽이 왼쪽보다 높다右尊於左고 논의했는데, 백거이白居易, 772~846, 자 낙천(樂天)의《백씨장경집 · 공규수상서좌승제孔戣授尙書左丞制》에서 "위진 이래로 오른쪽이 왼쪽보다 낮았다魏晉以還, 右卑於左"고 하였다. 이는 옛날에는 오른쪽을 숭상하였고, 지금은 왼쪽을 숭상한다는 말이다. 그러나 이 또한 겨우 관직의 명칭을 말할 때만 그러하고 다른 부분에 이르러서는 왼쪽을 숭상하기도 하고 오른쪽을 숭상하기도 하므로 애초에 한 가지로 개괄할 수 없다.

전당錢塘, 지금의 절강(浙江) 항주(杭州) 관할의 풍경馮景, 1652~1715, 자 산공(山公)[123]이 하휴何休《공양전》주注를 가지고 와서 물었다.

---

[123] 풍경(馮景) : 자 산공(山公), 소거(少渠). 절강(浙江) 전당(錢塘) 출신. 저서에는《행초(幸草)》12권,《번중집(樊中集)》10권,《해용집(解舂集)》14권이 있었으나 대부분 망실되었다.

은공隱公 원년元年 "적適을 세울 때는 나이로 하고 현명함으로 하지 않고, 자子를 세울 때는 귀함으로 하고 나이로 하지 않는다立適以長不以賢, 立子以貴不以長"고 하였고, 《주》에 "예에 적부인適夫人이 아들이 없으면 우잉右媵의 아들을 세우고, 우잉의 아들이 없으면 좌잉左媵의 아들을 세우고, 좌잉의 아들이 없으면 적부인 질제姪娣, 여자조카 혹은 여동생의 아들을 세우고, 적부인 질제의 아들이 없으면 우잉 질제의 아들을 세우고, 우잉 질제의 아들이 없으면 좌잉 질제의 아들을 세운다禮, 適夫人無子, 立右媵; 右媵無子, 立左媵; 左媵無子, 立嫡姪娣; 嫡姪娣無子, 立右媵姪娣; 右媵姪娣無子, 立左媵姪娣"고 하였다. 이것이 진실로 오른쪽을 숭상한 설이다. 성공 2년 안鞌의 전투에 이르러, 《전》에 "봉축보逢丑父는 경공頃公의 거우車右였다. 생김새와 의복이 경공과 비슷하였으므로 공을 대신해 왼쪽에 있었다逢丑父者, 頃公之車右也. 面目衣服與頃公相似, 代公當左"고 하였고, 《주》에 "양도陽道는 왼쪽을 높이므로 인군人君은 왼쪽에 자리하고 신하는 오른쪽에 자리한다陽道尙左, 故人君居左, 臣居右"고 하였다. 이 설을 믿는다면, 또한 왼쪽이 존귀하고 오른쪽이 천한 것이 아니겠는가? 어찌 앞뒤의 설이 뒤죽박죽인 것인가?

나는 대답하였다.

앞의 설이 옳고 뒤의 설이 옳지 않다. 하휴의 주뿐만 아니라 《전》의 문장도 틀렸다. 살펴보건대, 《예기》 소疏에 "수레를 탈 때는 임금은 왼쪽에 자리하고, 전쟁용 혁거革車인 경우에는 임금은 중앙에 자리하고 어자御者가 왼쪽에 자리한다乘車則君皆在左, 若兵戎革路, 則君在中央, 御者居左"고 하였고, 또 "원수元帥는 뭇 장수들과 같지 않으니, 임금은 모두 가운데 자리한다元帥與諸將不同, 及君皆宜在中"고 하였다. 과연 이와 같다면, 안鞌의 전투에서 경공頃公은 중앙에 자리한 것이 되는데, 어찌 왼쪽에 있었겠는가? 따라서 《좌씨》는 단지 봉축보逄丑父가 경공과 자리를 바꾸었다고만 말하고 경공을 대신해서 왼쪽에 자리했다는 말은 하지 않았다. 《좌씨》가 공양보다 나은 점은 곧 두예가 하휴보다 확실한 것이니, 어찌 다른 변론이 필요하겠는가? 그대는 목재牧齋의 "외로울 때는 두예를 헤아려보고, 실수를 할 때마다 하휴를 실소하네定以孤行推杜預, 每於敗績笑何休"라는 시구[124]를 잊었는가?

산공山公은 옛일을 회상하며 고개를 끄덕였다.

원문

又按 : 嘗語馮山公"吉事尙左, 凶事尙右", 亦僅謂其綱耳. 其細目頗不盡然, 如用兵, 凶事, 偏將軍居左, 上將軍居右, 固是以喪禮處之. 若行伍, 則又軍尙左, 卒尙右. 《少牢饋食禮》, 吉也, 宜升左胖, 却升右胖, 曰"周所貴也". 《有司徹》爲其下篇, 侑俎皆用左體, 曰"侑賤也." 凶拜尙右手, 而聞遠兄弟之喪, 拜賓則尙左手. 凶冠縫嚮右, 而小功以下縫同吉嚮左. 至席, 一也, 東向, 南向席皆尙右, 西向, 北向席皆尙左. 所以者何? 坐在陽則上左, 坐在陰則上右也. 生人陽, 長左, 鬼神陰, 長右, 却又天道尙右, 地道尙左. 所以者何? 日月西移, 水道東流, 則知以所趨爲上也. 信眞不可以一槪論.

---

124 전겸익(錢謙益)의 《유학집(有學集)》 권13에 있는 《병탑소한잡영(病榻消寒雜詠)》 46수 가운데 제6수이다. "稚孫仍讀魯春秋, 蠹簡還從屋角搜. 定以孤行推杜預, 每於敗績喚何休. 縣車束馬令支捷, 蔽海牢山仲父謀. 聊與兒曹攤故紙, 百年指掌話神州."

일찍이 풍경馮景, 자 산공(山公)에게 말한 "길사는 왼쪽을 높이고, 흉사는 오른쪽을 높인다吉事尚左, 凶事尚右"는 것도 다만 그 대강을 말한 것일 뿐이다. 그 세목은 모두 그렇지는 않다. 가령 군대를 운용함은 흉사로서, 편장군偏將軍은 왼쪽에 자리 하고 상장군上將軍은 오른쪽에 자리 하니, 진실로 상례喪禮로 처리한 것이다. 만약 항오行伍의 경우는 또한 장군은 왼쪽을 높이고, 사졸은 오른쪽을 높인다. 《의례·소뢰궤식례少牢饋食禮》는 길사이니, 좌판左胖을 올리는 것이 마땅하며, 도리어 우판右胖을 올리는 것은 "주나라에서 귀하게 여긴 바이다周所貴也"라고 한다. 《의례·유사철有司徹》은 《소뢰궤식례少牢饋食禮》 다음편인데, 유조侑俎가 모두 좌체左體를 사용하는 것은 "유가 미천한 것侑賤也"이기 때문이다. 흉배凶拜는 오른손을 위로 하지만, 먼 형제의 상喪을 듣고 빈객에게 절할 때는 왼손을 위로한다. 흉관凶冠은 오른쪽으로 재봉하는데, 소공小功 이하의 재봉은 길사와 같이 왼쪽으로 재봉한다. 자리에 있어서는 한결같으니, 동향과 남향의 자리는 모두 오른쪽을 높이고, 서향과 북향의 자리는 모두 왼쪽을 높인다. 그 이유는 무엇인가? 양陽의 자리에 앉으면 왼쪽을 상석으로 하고, 음陰의 자리에 앉으면 오른쪽을 상석으로 하기 때문이다. 살아있는 사람은 양陽이니 왼쪽이 높고, 귀신은 음陰이니 오른쪽이 높은데, 도리어 천도天道는 오른쪽을 높이고, 지도는 왼쪽을 높인다. 그 이유는 무엇인가? 해와 달은 서쪽으로 이동하고 물길은 동쪽으로 흐르므로 그 옮겨가는 곳이 높은 곳이 됨을 아는 것이다. 참으로 한 가지로 개괄할 수 없다.

又按:《玉海》云:"秦以左爲上, 漢以右爲尊." 其說不知何所本. 案《秦本紀》:"武王二年, 初置丞相. 樗里疾, 甘茂爲左右丞相."《樗里子傳》:"以樗里子,甘茂爲左右丞相." 似疾左而茂右.《甘茂傳》則云:"秦使甘茂定蜀, 還而以茂爲左丞相, 以樗里子爲右丞相." 然亦未定孰尊也. 考秦爵二十級, 十曰左庶長, 十一曰右庶長, 十二曰左更, 十三曰中更, 十四曰右更, 十五曰少上造, 十六曰大上造, 仍以右爲尊. 參以《二世本紀》先敍右丞相去疾, 次及左丞相斯, 又次將軍馮劫, 其尙右奚疑?

번역 **우안又按**

《옥해玉海》에 "진秦나라는 왼쪽을 숭상하였고, 한漢나라는 오른쪽을 존숭하였다秦以左爲上, 漢以右爲尊"고 하였는데, 그 설이 무엇을 근거로 한 것인지 알 수 없다. 살펴보건대,《사기·진본기秦本紀》에 "무왕 2년, 처음 승상丞相을 두었다. 저리질樗里疾, 감무甘茂가 좌우左右 승상丞相이 되었다武王二年, 初置丞相. 樗里疾, 甘茂爲左右丞相"고 하였고,《사기·저리자전樗里子傳》에 "저리자樗里子, 감무甘茂를 좌우左右 승상丞相으로 삼았다以樗里子, 甘茂爲左右丞相"고 하였으므로, 저리질이 좌승상이 되고 감무가 우승상이 된 것 같다.《사기·감무전甘茂傳》에는 "진秦나라는 감무甘茂로 촉蜀을 평정하게 하고, 돌아오자 감무를 좌승상으로 삼고, 저리자를 우승상으로 삼았다秦使甘茂定蜀, 還而以茂爲左丞相, 以樗里子爲右丞相"고 하였다. 그러나 어떤 것이 더 높은 것인지 아직 정해지지 않았다. 진秦나라의 관작 20급을 고찰해보건대, 10번째는 좌서장左庶長, 11번째는 우서장右庶長, 12번째는 좌경左更, 13번째는 중경中更, 14번째는 우경右更, 15번째는 소상조少上造, 16번째는 대상조大上造라 하였으니, 이는 오른쪽을 높은 것으로 삼은 것이다. 《사기·이세본기二世本紀》를 보면, 먼저 우승상右丞相 풍거질馮去疾을 서술하고, 다음으로 좌승상左丞相 이사李斯를 언급하고, 그 다음이 장군將軍 풍겁馮劫이니 진秦나라가 오른쪽을 높인 것을 어찌 의심할 수 있겠는가?

제71. 공영달《소疏》가 가장 좋지 않음을《무성》으로 증명함

원문

朱子謂五經疏《周禮》最好,《詩》,《禮記》次之,《易》,《書》爲下. 旨哉, 言也! 今姑以《武成》疏證之：孔穎達于"式商容閭"之下引《帝王世紀》云："商容及殷民觀周軍之入, 見畢公至"云云. 旋又于"而萬姓悅服"之下引《帝王世紀》云："王之於賢人也, 亡者猶表其閭, 況存者乎?" 是商容既已前卒矣. 竊意相隔僅四句, 而所引之義則違反, 文則遺忘至此, 怪矣! 尤怪者,《帝王世紀》出皇甫謐一人手, 而若此. 此等識見, 豈不爲古文《書》所惑? 又怪蔡氏亦引"亡者猶表其閭"于《集傳》, 豈不記《樂記》有"行商容而復其位", 孔《傳》有"商容, 賢人, 紂所貶退. 式其閭巷, 以禮賢", 及《韓詩外傳》載"武王欲以商容爲三公, 商容固辭不受命"之事乎? 或曰：《史記‧殷,周本紀》乃是命畢公表商容之閭, 無武王親式事, "式"字何出? 余曰：此則出《留侯世家》"式智者之門", 謂箕子;《呂覽》"表商容之閭, 士過者趨, 車過者下", 兼攝二義, 故曰"式商容閭". 雖一字, 必有依據如此. 此豈皇甫謐,孔穎達,蔡沈所能窺其涯際哉? 其信之也固宜.

번역

주자는 오경五經의 소疏 가운데《주례》가 가장 좋고,《시》와《예기》가 그 다음이며,《역》과《서》가 가장 좋지 않다고 하였다. 아름답다, 그 말씀이여! 지금《무성》소疏로 증명해보겠다.

공영달은 "상용의 정려에 식式의 예를 표하다式商容閭." 아래에서《제왕세기^{帝王世紀}》를 인용하여 "상용과 은민^{殷民}이 주나라 군대가 들어오는 것을 보고 있었는데, 필공^{畢公}이 도착한 것을 보았다^{商容及殷民觀周軍之入, 見畢公至}"라고 하였다. 또 아래 "만백성이 기뻐하며 복종하였다^{而萬姓悅服}"에 와서는, 그 아래에 《제왕세기》를 인용하여 "왕이 어진이를 대함에 있어서, 죽은 자도 오히려 그 정려에 예를 표하는데, 하물며 살아 있는 사람에게 있어서랴?^{王之於賢人也, 亡者猶表其閭, 況存者乎}"라고 하였다. 이 말은 상용은 이미 이전에 죽었다는 것이다. 겨우 경문 네 구절 떨어졌을 뿐인데, 인용한 의의가 위반되고, 문장을 잊어버림이 이와 같으니 괴이하다! 더욱 이상한 것은 《제왕세기》가 황보밀^{皇甫謐} 한 사람의 손에서 나왔음에도 이와 같다는 것이다. 이 같은 식견을 가지고 있으니 어찌 고문《서》에 의혹을 품지 않을 수 있겠는가? 또 괴이하게도 채침도《집전》에 "죽은 자도 오히려 그 정려에 예를 표한다^{亡者猶表其閭}"를 인용하면서, 어찌 《예기 · 악기》에 있는 "상용에게 찾아가서 그 지위를 회복시켜주다^{行商容而復其位}"와 《공전》의 "상용은 현인^{賢人}으로 주^紂의 핍박으로 물러났다. 그의 정려에 식식의 예를 표한 것은 어진이를 예우한 것이다^{商容, 賢人, 紂所貶退. 式其閭巷, 以禮賢}." 및 《한시외전》에 실린 "무왕이 상용을 삼공에 삼고자 했으나, 상용은 굳이 사양하고 명을 받지 않았다^{武王欲以商容爲三公, 商容固辭不受命}"와 같은 일은 기록하지 않은 것인가?

어떤 이가 물었다.

《사기 · 은, 주본기》에는 필공^{畢公}에서 명하여 상용^{商容}의 정려에 예를 표하게 하였다고 했고, 무왕이 직접 식식의 예를 표한 사실은 없으니, "식식"자는 어디에서 나온 것인가?

나는 대답하였다.

이는 《사기·유후세가留侯世家》의 "지자智者의 문門에 식式의 예를 표하다式智者之門"에서 기자箕子를 이른 것과 《여씨춘추·신대愼大》에 "상용의 정려에 예를 표하니, 선비들은 지나가다 모여들고, 수레는 지나가다 수레를 내렸다表商容之閭, 士過者趨, 車過者下"에서 나온 것으로, 두 의미를 아울러 취했으므로 "상용의 정려에 식式의 예를 표하다式商容閭"라고 한 것이다. 비록 한 글자이지만, 반드시 의거한 바가 있는 것이 이와 같다. 이 어찌 황보밀, 공영달, 채침이 그 귀퉁이만 엿볼 수 있는 것과 같은 것이겠는가? 고문을 믿는 것도 진실로 당연하다 할 것이다.

按: 《殷本紀》, 《宋微子世家》並載 "紂怒曰 '吾聞聖人心有七竅', 剖比干觀其心", 《龜策列傳》亦同. 《泰誓下》易 "聖人" 爲 "賢人". 嘗擧問友人, 或對曰: 得毋以孟子皆賢人也, 遂謂比干爲賢乎! 余曰: 固然, 却是眞用《淮南子·俶眞訓》"剖賢人之心". 或曰: 既用其上語, 何不並用下語 "斮才士之脛"? 余曰: 亦是用《淮南子·主術訓》"斮朝涉者之脛而萬民叛".

안按

《사기·은본기》, 《송미자세가》에 모두 "주紂가 노하여 말하기를 '내가 듣기에 성인聖人의 심장은 일곱 개의 구멍이 있다고 하였다' 하고 비간을 베어 그의 심장을 봤다紂怒曰 '吾聞聖人心有七竅', 剖比干觀其心"고 하였고, 《귀책열전龜策列傳》에도 같다. 《태서하》는 "성인聖人"을 "현인賢人"으로 바꾸었다.[125]

일찍이 이를 들어 우인友人에게 물었다.

어떤 이가 대답하였다.

"어찌 맹자를 모두 현인이라고 하지 않겠는가마는 마침내 비간을 현인이라고 하는구나!"

나는 말하였다.

"진실로 그러하니, 도리어 고문은 진실로《회남자 · 숙진훈叔眞訓》의 '현인의 심장을 갈랐다剖賢人之心'를 습용한 것이다."

어떤 이가 물었다.

"이미《회남자 · 숙진훈叔眞訓》에서 앞의 말을 습용하면서, 어찌 다음에 나온 '재사才士의 정강이를 잘랐다斫才士之脛'는 말은 함께 습용하지 않았는가?"

나는 대답하였다.

"고문은 또한《회남자 · 주술훈主術訓》의 "아침에 물을 건너는 자의 정강이를 자르자 만백성이 이반하였다斷朝涉者之脛而萬民叛"를 습용한 것이다.

원문

　或問 : "紂有億兆夷人, 亦有離德; 余有亂臣十人, 同心同德", 見《左氏》; "紂有臣億萬人, 亦有億萬之心, 武王有臣三千而一心", 見《管子》; 其爲古《泰誓》辭無疑. 但"有臣三千"注, 疏及蔡《傳》俱未注明, 得毋卽《孟子》所稱虎賁之數乎? 余曰 : 然, 此古天子親兵也. 當武王初克商, 數至三千. 及摺笏說劍之後, 定其數八百. 故《周禮》虎賁氏屬有虎士八百人是也.《康王之誥》

125《泰誓下》斷朝涉之脛, 剖賢人之心.

曰"昔君文武, 則亦有熊羆之士, 不二心之臣", "熊羆"言其武, "不二心"言其忠.
武且忠, 其亦不離向之所謂虎賁三千人, 人惟一心者與.

번역 **어떤 이가 물었다**

"주紂에게는 억조의 이인夷人이 있으나 덕이 같지 않고, 나무왕에게는 난
신亂臣 10인이 있으나 마음이 같고 덕이 같다紂有億兆夷人, 亦有離德; 余有亂臣十人,
同心同德"는《좌씨·소공24년》에 보인다. "주紂는 신하 억만인이 있어도 억
만億萬의 마음을 가졌고, 무왕은 3천 명의 신하가 있으나 하나의 마음이
다紂有臣億萬人, 亦有億萬之心, 武王有臣三千而一心"는《관자·법금法禁》에 보인다. 그것
들이 고古《태서》의 말임에는 의심의 여지가 없다. 다만 "삼천명의 신하
가 있다有臣三千"는 주注, 소疏 및《채전》에 모두 주해를 밝히지 않았는데,
곧《맹자》에서 말한 호분虎賁의 수數[126]가 아니겠는가?

나는 대답하였다余曰.

그러하니, 이는 옛날 천자의 친병親兵이다. 무왕이 처음 상을 이길 당시
에 수가 삼천에 이르렀다. 홀笏을 꽂고 칼을 풀어놓은[127]이후에는, 그 수

---

[126] 《맹자·진심하》國君好仁, 天下無敵焉. 南面而征北狄怨, 東面而征西夷怨. 曰奚爲後我? 武
王之伐殷也, 革車三百兩, 虎賁三千人.

[127] 진홀탈검(搢笏說劍):《예기·악기》군대를 해산하고 교외의 학교에서 활쏘기를 익히되
동학東學에서 활을 쏠 적에는《이수(貍首)》를 절주(節奏)로 삼고 서학(西學)에서 활을
쏠 적에는《추우(騶虞)》를 절주로 삼으니 가죽을 관통하는 활쏘기가 종식되었으며, 비의
(裨衣)를 입고 면류관을 쓰고 홀을 꽂으시니 호분(虎賁)의 용사들이 차고 있던 검을 풀어
놓았으며, 명당(明堂)에서 제사하시니 백성들이 효도할 줄을 알았으며, 조근(朝覲)을 하
게 하니 그런 뒤에 제후들이 신하노릇할 줄을 알았으며, 적전(藉田)을 경작하니 그런 뒤
에 제후들이 공경할 줄을 알게 되었다. 이 다섯 가지는 천하의 큰 가르침이다. (散軍而郊
射, 左射,《貍首》, 右射,《騶虞》, 而貫革之射息也. 裨冕搢笏, 而虎賁之士說劍也. 祀乎明堂, 而
民知孝. 朝覲, 然後諸侯知所以臣; 耕藉, 然後諸侯知所以敬. 五者, 天下之大教也)

가 8백으로 정해졌다. 따라서 《주례》 호분씨虎賁氏에 속한 호사虎士 8백인[128]이 이것이다. 《강왕지고》의 "옛날 임금 문왕과 문왕도 웅비熊羆와 같은 용사와 두 마음을 품지 않은 신하들이 있었다昔君文武, 則亦有熊羆之士, 不二心之臣"[129]의 "웅비熊羆"는 그들의 무武를 말한 것이고, "두 마음을 품지 않다不二心"는 그들의 충忠을 말한 것이다. 무武와 충忠은 앞에서 말한 호분 3천인과도 떨어질 수 없으니, 그 사람들이 오직 하나의 마음이었다.

원문

又按 : 丙子夏, 馮山公寄余書云 : "'亡者猶表其閭, 況存者乎', 亡存俱指位言, 非身也. 請證以 《晉語》 : 叔向賀韓宣子貧, 宣子拜曰 : '起也將亡, 賴子存之.' '亡'上文'欒懷子亡於楚'之'亡' 《注》 : '亡, 奔也.'" 是解最確, 喜而亟錄之.

번역 우안又按

병자년1696, 염약거 60세 여름, 풍경馮景, 자 산공(山公)이 나에게 편지를 부쳐왔다. "'자리에 없는 자亡者도 오히려 그 정려에 예를 표하는데, 하물며 자리에 있는 사람存者에게 있어서랴!亡者猶表其閭, 況存者乎'의 망존亡存은 모두 그 자리位를 가리켜 말한 것이지, 신체의 존망을 가리키는 것이 아니다. 청컨대 《국어 · 진어晉語》로 증명하겠다. 숙향叔向이 한선자韓宣子의 가난을 축하

---

128 《주례 · 하관사마 · 호분씨(虎賁氏)》下大夫二十人, 中士十有二人, 府二人, 史八人, 胥八十人, 虎士八百人.

129 《강왕지고》昔君文武丕平富, 不務咎, 底至齊信, 用昭明于天下. 則亦有熊羆之士, 不二心之臣, 保乂王家.

하니, 선자가 절하며 말하기를 '제가 장차 도망하려는 순간에 그대의 힘을 입어 보존하게 되었다起也將亡, 賴子存之'라 하였다. '망亡'은 앞에서 '난회자欒懷子가 초나라로 도망갔다欒懷子亡於楚'의 '망亡'이니, 《주》에 '망亡은 달아남이다亡, 奔也'고 하였다."

이 해설이 가장 확실하여, 기뻐하며 빨리 채록해 두었다.

제72. 백거이가 보정한《탕정》서書가 오랫동안 진서眞書를 어지럽혔음을 논함

원문

古僞詩文有二:一是明掩己之姓名以欺後世, 一是擬古某文,和古某詩, 傳之既久, 忘其所出, 世以爲眞某古人矣. 如江淹《陶徵君田居詩》一篇, 東坡和陶偶並和其韻,後刻《陶集》者且竄入, 以爲眞陶詩. 竊謂白居易有《補逸書》一篇, 幸皆知爲白作耳. 若世遠言湮, 姓名莫得, 其摹孔《書》處亦幾亂眞, 安知不更以爲二十五篇之儔乎? 愚故列之, 以爲觀者一笑云. 其文曰:"湯征諸侯, 葛伯不祀, 湯始征之, 作《湯征》",《湯征》:"葛伯荒怠, 敗禮廢祀, 湯專征諸侯, 肇徂征之. 湯若曰:'格爾三事之人, 逮于百衆, 啟乃心, 正乃容, 明聽予言. 咨! 先格王有彝訓, 曰「祿無常荷, 荷于仁;福無常享, 享于敬.」惠乃道, 保厥邦;覆乃德, 殄厥世. 惟葛伯反易天道, 怠棄邦本, 虐于民, 慢于神, 惟社稷宗廟罔克尊奉. 曁山川鬼神, 亦靡禋祀. 告曰「罔犧牲以共俎羞.」予介厥牛羊, 乃曁于盜食, 曰「罔黍稷以奉粢盛.」予佑厥稼穡, 乃困于仇餉. 今爾衆曰「葛罪其如予聞.」予聞曰「爲邦者祇奉明神, 撫綏蒸民.」二者克備, 尙克保厥家邦. 吁! 廢于祀, 神震怒;肆于虐, 民離心. 自繩契已降, 曁于百代, 神亟民叛而不顚隮者, 匪我攸聞. 小子履以涼德欽奉天威, 肇征有葛, 咨爾有衆, 克濟厥功. 其有徽師徒, 戒車乘, 敬君事者有明賞. 其有罔率職, 罔戮力, 不龏命者有常刑. 明賞不僭, 常刑無赦. 嗚呼! 朕告汝衆, 君子鑒于茲, 欽哉! 懋哉! 罰及乃躬, 不可悔.'"

옛날의 위僞 시문詩文에는 두 종류가 있다. 하나는 확실히 자기의 성명을 숨겨 후세를 속이는 경우이고, 다른 하나는 옛날의 어떤 글을 흉내 내거나 어떤 시와 어울리게和 지어, 오랫동안 전해지면서 그 출처를 잊게 되면 세상 사람들이 진짜 어떤 옛날 사람이 지은 것으로 여기게 되는 경우이다. 가령 강엄江淹, 444~505의 《도징군전거시陶徵君田居詩》 1편은 소식蘇軾, 1037~1101, 호 동파(東坡)[130]이 화도和陶[131] 시와 우연히 운韻이 어울렸고, 이후 《도연명집陶淵明集》을 만든 자가 또 찬입竄入시켜 진짜 도연명의 시로 여기게 되었다.[132]

백거이白居易의 《보일서補逸書》 1편에 대해서 이야기해 보건대, 다행스럽게도 모두가 백거이가 지은 것임을 안다. 만약 세대가 멀어지고 전하는 말이 없어져 지은이의 성명을 알 수 없게 되면, 그것이 공안국《서》를 모방한 곳도 또한 진짜를 어지럽힐 것인데, 다시 고문 25편의 하나로 여기게 되지 않을지 어찌 알겠는가? 그런 까닭으로 내가 여기에 적어, 보는 사람들의 웃음거리로 만들고자 한다. 그 문장은 다음과 같다.

"탕이 제후를 정벌하였는데, 갈백葛伯이 제사를 지내지 않으므로 탕이

---

130 소식(蘇軾) : 자 자첨(子瞻), 화중(和仲), 호 철관도인(鐵冠道人), 동파거사(東坡居士). 북송 문학가.

131 소식의 문학은 도잠(陶潛)의 영향을 많이 많은 것으로 평가받는데, 《화도지주(和陶止酒)》, 《화도련우독음이수(和陶連雨獨飮二首)》, 《화도권농육수(和陶勸農六首)》, 《화도구일한거(和陶九日閑居)》, 《화도의고구수(和陶擬古九首)》, 《화도잡시십일수(和陶雜詩十一首)》, 《화도증양장리(和陶贈羊長吏)》, 《화도정운사수(和陶停雲四首)》, 《화도형증영(和陶形贈影)》, 《화도영답형(和陶影答形)》, 《화도류시상(和陶劉柴桑)》, 《화도수류시상(和陶酬劉柴桑)》, 《화도곽주부(和陶郭主簿)》 등 109편의 화도시(和陶詩)를 지었다.

132 《귀원전거(歸園田居)》는 5수 혹은 6수라고 전해지는데, 제6수가 강엄의 《도징군전거시(陶徵君田居詩)》이다. 소식은 제6수를 도연명이 지은 것이라고 여겼다.

처음 갈백을 정벌하면서 《탕정湯征》을 지었다.”

　《탕정湯征》: 갈백葛伯이 방종하고 태만하고荒怠,[133] 예를 무너뜨리고敗禮[134] 제사를 폐기하니廢祀,[135] 탕이 오로지 제후를 정벌하면서 처음 가서 갈백을 정벌하였다. 탕이 다음과 같이 말하였다.

　“이리오라, 너희 삼사三事[136]인들아! 백중百衆들에 이르러, 너의 마음을 열고 너의 용모를 바르게 하고 나의 말을 똑똑히 들어라. 아! 선대의 왕을 바로잡는格王[137] 이훈彝訓[138]에 이르길 ‘봉녹은 항상 있는 것이 아니라 인仁함에 달렸고, 복福은 항상 향유할 수 있는 것이 아니라 공경함에 향유할 수 있다祿無常荷, 荷于仁; 福無常享, 享于敬’[139]고 하였다. 그 도를 따르면 그 나라를 보존하지만, 그 덕을 엎으면 그 세대가 끊긴다. 저 갈백은 도리어 천도天道를 바꾸어 나라의 근본을 태만히 하고 버리고怠棄邦本,[140] 백성을 학대하고 귀신을 업신여겨, 사직과 종묘를 존경하고 받들지 못하였다. 또한 산천山川과 귀신鬼神도 인사禮祀를 받지 못하였다. 갈백이 고告하기를 ‘희생이 없어 제수를 올릴 수 없다’하여, 내가 그 희생에 쓸 우양牛羊을 도와주니, 이에 훔쳐먹고 말하기를 ‘서직이 없어 제수를 올릴 수 없다’하여, 내가 그 곡식을 도와주니, 이에 그로 인해 밥 먹여주는 자를 원수로 여겼다.[141] 지

---

133 《태서하》今商王受, 狎侮五常, 荒怠弗敬, 自絶于天, 結怨于民.
134 《태갑중》欲敗度, 縱敗禮, 以速戾于厥躬.
135 《맹자·등문공하》葛伯, 放而不祀.
136 《입정》立政任人·準夫·牧, 作三事.
137 《고종융일》祖己曰, 惟先格王, 正厥事.
138 《주고》聽聽祖考之彝訓, 越小大德, 小子惟一.
139 《태갑하》伊尹申誥于王曰, 嗚呼惟天無親. 克敬惟親. 民罔常懷. 懷于有仁. 鬼神無常享. 享于克誠. 天位艱哉.
140 《감서》有扈氏, 威侮五行, 怠棄三正.
141 《맹자·등문공하》孟子曰 : 「湯居亳, 與葛爲鄰, 葛伯放而不祀. 湯使人間之曰 : 《何爲不祀?》」

금 너희 무리들이 '갈백의 죄를 우리가 들어서 어쩌겠는가?葛罪其如予聞'[142] 하는데, 내가 듣기予聞[143]에 '나라를 위하는 자는 공경스럽게 밝은 신을 받들고, 백성을 어루만져 편하게 한다撫綏蒸民[144]'고 하였다. 이 두 가지를 갖출 수 있다면, 집안과 나라를 보존할 수 있을 것이다. 아! 제사를 폐기하니 신이 진노하고, 이에 학대하니 백성의 마음이 떠났다. 역사 이래 백대百代 동안, 신이 떠나고 백성이 배반하고도 무너지지 않는 자를 나는 아직 듣지 못했다. 소자小子 리履는 양덕涼德으로 하늘의 위엄을 삼가 받들어 비로소 갈을 정벌하니, 아! 너희 백성들은 그 공을 이룰 수 있으리라. 군대를 따르고 전차를 따라서 임금의 일을 공경히 하는 자에게는 상이 있을 것이다. 직분을 망각하고 힘을 쓰지 않아서 명령을 어기는 자는 형벌이 있을 것이다. 상을 밝힘을 참람되게 하지 않으며 형벌에 내림에 용서가 없을 것이다.[145] 아! 짐이 너희들에게 고하니, 군자는 이것을 본보기로 삼아 공경하고 힘쓸지어다! 벌이 너의 몸에 이르더라도 후회하지 말라."[146]

"湯征諸侯, 葛伯不祀, 湯始征之, 作《湯征》",《湯征》: "葛伯荒怠, 敗禮廢祀, 湯專征諸侯, 肇徂征之. 湯若曰: '格爾三事之人, 逮于百衆, 啟乃心, 正乃容, 明聽予言. 咨! 先格王有彝訓, 曰「祿無常荷, 荷于仁; 福無常享, 享于敬.」惠乃道, 保厥邦; 覆乃德, 殄厥世. 惟葛伯反易天道, 怠棄邦本, 虐于民, 慢于神, 惟社稷宗廟罔克尊奉.

曰:《無以供犧牲也.》湯使遺之牛羊. 葛伯食之, 又不以祀. 湯又使人問之曰:《何爲不祀?》曰:《無以供粢盛也.》湯使亳衆往爲之耕, 老弱饋食. 葛伯率其民, 要其有酒食黍稻者奪之, 不授者殺之. 有童子以黍肉餉, 殺而奪之.《書》曰:《葛伯仇餉.》此之謂也.

142 《탕서》今汝其曰, 夏罪其如台.
143 《백씨장경집 · 보유서(補遺書)》에는 "葛罪其如. 予聞曰"로 되어 있고,《소증(疏證)》에 "予聞"이 중복되어 있다.
144 《태갑상》天監厥德, 用集大命, 撫綏萬方.
145 《감서》用命賞于祖. 弗用命戮于社. 予則孥戮汝.《탕서》爾無不信. 朕不食言. 爾不從誓言, 予則孥戮汝. 罔有攸赦.
146 《반경상》凡爾衆, 其惟致告. 自今至于後日, 各恭爾事, 齊乃位, 度乃口. 罰及爾身, 弗可悔.

暨山川鬼神, 亦罔祀祀. 告曰:「罔犧牲以共俎羞.」予介厥牛羊, 乃暨于盜食, 曰:「罔黍稷以奉粢盛.」予佑厥稼

穡, 乃因于仇餉. 今爾衆曰:「葛罪其如予聞.」予聞曰:「爲邦者祗奉明神, 撫綏蒸民.」二者克備, 尙克保厥家邦.

吁! 廢于祀, 神震怒; 肆于虐, 民離心. 自繩契已降, 暨于百代, 神咜民叛而不顓齊者, 匪我攸聞. 小子履以涼德欽

奉天威, 肇征有葛, 咨爾有衆, 克濟厥功. 其有傲師徒, 戒車乘, 敬君事者有明賞. 其有罔率職, 罔戮力, 不襲命者

有常刑. 明賞不僭, 常刑無赦. 嗚呼! 朕告汝衆, 君子鑒于玆, 欽哉! 懋哉! 罰及乃躬, 不可悔.'"

원문

按：劉敞原父有《士相見義》,《公食大夫義》二篇, 朱子取以補《儀禮》, 爲
《鄕禮一之下》,《邦國禮四之下》. 愚最愛其古雋之致在溫醇爾雅中, 氣味自不
涉秦以後. 摹古至此, 可無毫髮之恨. 旣而, 思《禮記》畢竟出七十子後之學者
及漢儒所共作, 故劉原父筆力高, 復寢食行走浸灌于經學中, 放筆摹擬尙可得
其神. 若百篇《書》爲三代上語, 又親經聖人所手定, 豈容臨摹者能亂眞邪?
譬諸有明人古文學唐宋者或得其眞, 學秦漢者輒得其贗. 此有可學不可學之
別也.

번역 **안按**

유창劉敞, 1019~1068, 자 원보(原父)의 《사상견의士相見義》, 《공식대부의公食大夫
義》 2편을 주자가 취하여 《의례》를 보충하고, 각각 《의례경전통해儀禮經傳
通解》의 《향례일지하鄕禮一之下》와 《방국례사지상邦國禮四之上》에 편제하였다.

　내가 가장 아끼는 고풍의 지극함은 순박하고 돈후하며 우아하고 올바
름 가운데 있는데, 그 기풍과 풍미는 진秦 이후 사람들이 미칠 수 없는 곳
이다. 옛것을 모방함이 여기에 이른다면 털 한올의 여한도 없을 것이다.

이미 《예기》가 필경 칠십자七十子 이후 학자 및 한유漢儒가 함께 쓴 것이라고 했다. 따라서 유원보劉原父의 필력筆力이 높았고, 경학에 빠져 침식寢食하고 내달리기를 반복하여, 붓을 놀려 옛 것을 모방함이 가히 신의 경지를 얻었다 할 수 있을 것이다. 백편 《서》가 삼대三代 이전의 말로 되어 있고, 또한 성인의 손을 직접 거친 것이라면, 어찌 모방한 자가 진짜를 어지럽힘을 용납할 수 있겠는가? 비유하자면, 명대 사람 가운데 당송唐宋의 고문을 좋아하는 자가 혹 그 진짜를 얻었다고 하더라도 진한秦漢을 배운 자는 문득 그것의 가짜임을 알게 된다. 여기에 배워야 하는 것과 배우지 말아야 하는 것의 구별이 있다.

又按：《史通》"尙書家"云："晉魯國孔衍以爲國史, 所以表言行,昭法式. 至於人理常事不足備列, 乃刪漢魏諸史, 取其美詞典言足爲龜鏡者, 定以篇第, 纂成一家. 由是有《漢尙書》,《後漢尙書》,《後魏尙書》, 凡二十六卷. 隋太原王劭又錄開皇,仁壽時事, 編而次之, 以類相從, 各爲其目, 勒成《隋書》八十卷. 尋其義例, 皆準《尙書》.《唐書·王勃傳》云：'初, 祖通隋末居白牛溪, 教授門人甚衆. 嘗起漢魏盡晉, 作《書》百二十篇, 以續古《尙書》.' 今諸《書》皆不傳, 良可悼惜." 愚因之忽悟六朝學士家原有此種撰著, 文章家原有此種體制, 故魏晉間人遂有假古題運古事, 以撰成二十五篇《書》, 以與眞《書》相亂, 亦其時風尙所致, 非特能鑿空者然. 其源亦自王莽之作《金縢》焉.《漢書》平帝元始五年冬,"帝有疾, 莽作策, 請命於泰時, 戴璧秉圭, 願以身代. 藏策金縢, 置于前殿, 敕諸公勿敢言". 今此篇亦不傳, 若傳, 必有酷於摹擬處. 宋世嘗目王通孔門之王莽, 愚則謂孔《書》聖經之王莽, 殆亦確對云.

《사통史通》 "상서가尚書家"에서 다음과 같이 말했다.

"진晉 때, 노국魯國의 공연孔衍, 268~320[147]을 국사國史로 삼은 것은 언행言行을 표창하고 법식法式을 밝히고자 함이었다. 인륜人理의 상사常事가 갖추어지기에 충분치 않음에 있어서는 한위漢魏의 제사諸史를 삭제하고, 아름다운 말씀과 전언典言이 귀감이 되기에 충분한 것을 취하여 편제에 정하여 일가一家를 편성하였다. 이로부터 《한상서漢尚書》, 《후한상서後漢尚書》, 《후위상서後魏尚書》 총 26권이 완성되었다. 수隋 태원太原의 왕소王劭[148]는 다시 개황開皇, 581~600, 인수仁壽, 601~604 시대의 사건을 채록하여 유類별로 편차編次하고, 그 각각 목目을 만들어 《수서隋書》 80권을 편성하였다. 그 의의와 체제를 탐구해보면, 모두 《상서尚書》를 준거하였다. 《당서唐書‧왕발전王勃傳》 '애초에, 왕발의 조부 왕통王通, 584~617[149]은 수隋 말엽 백우계白牛溪에 살

---

147 공연(孔衍) : 자 서원(舒元), 혹은 원서(元舒). 공자의 22대손으로 알려져 있다. 《태평어람》에서는 공연(孔演)이라 적었고, 《책부원귀(冊府元龜)》에서는 손서원(孫舒元)으로 적었다. 저서에는 《춘추시국어(春秋時國語)》 10권, 《춘추후국어(春秋後國語)》 10권, 《한상서(漢尚書)》 10권, 《한춘추(漢春秋)》 10권, 《후한상서(後漢尚書)》 6권, 《후한춘추(後漢春秋)》 6권, 《후위상서(後魏尚書)》 14권, 《후위춘추(後魏春秋)》 9권, 《한위춘추(漢魏春秋)》 9권, 《공양집해(公羊集解)》 14권이 있는데, 청(淸) 엄가균(嚴可均)이 《전상고진한삼국육조문(全上古秦漢三國六朝文)》에 교집(校輯)하였다.
148 왕소(王劭)(?~?) : 자 군무(君懋). 태원(太原) 진양(晉陽)(지금의 산서(山西) 태원(太原)) 출신이다. 수대(隋代)의 역사학자이다. 양제(煬帝) 즉위 이후 비서소감(秘書少監)으로 20년 있으면서 국사(國史)를 담당하였다. 《수서(隋書)》 80권, 편년체로 된 《제지(齊志)》 20권, 《제서기전(齊書紀傳)》 100권, 《평적기(平賊記)》 3권 등을 찬술하였다.
149 왕통(王通) : 자 중엄(仲淹). 수(隋)의 대신(大臣).

면서 학생들을 가르쳤는데, 문인이 매우 많았다. 일찍이 한위漢魏로부터 진晉에 이르기까지 《서書》 120편을 지어 고古 《상서》를 이었다初, 祖通隋末居 白牛溪, 教授門人甚衆. 嘗起漢魏盡晉, 作《書》百二十篇, 以續古《尚書》'고 하였다. 지금 제諸《서》가 모두 전하지 않으니 참으로 애석하다."

나는 이로 인해 문득 육조六朝의 학사가學士家들에 원래 이런 종류의 편저가 있고, 문장가文章家들에 원래 이런 종류의 체제體制가 있었기 때문에 위진魏晉시대의 사람들이 마침내 옛 제목을 거짓으로 꾸미고, 옛 일을 운용하여 25편 《서》를 찬성하고 진眞《서》를 어지럽혔던 것이니, 이 또한 당시의 풍조가 이렇게 만든 것이지 아무 근거 없이 그렇게 된 것이 아님을 깨닫게 되었다. 그 근원은 또한 왕망王莽이 지은 《금등金縢》에서 시작되었다. 《한서》 평제平帝 원시元始 5년AD5 겨울, "황제가 병이 나자, 왕망이 책문을 지어 태치泰畤, 천자가 제천(祭天)하는 곳에서 명命을 청하였는데, 벽옥을 두루고 규옥을 잡고 자신의 몸으로 황제의 병을 대신하고자 하였다. 책문을 쇠로 두른 궤에 감추어 전전前殿에 두고는 제공諸公들에게 감히 발설하지 말라고 명하였다帝有疾, 莽作策, 請命於泰畤, 戴璧秉圭, 願以身代. 藏策金縢, 置于前殿, 勅諸公勿敢言." 지금 이 편 역시 전하지 않는데, 만약 전했다면, 반드시 모방하여 베낀 곳이 매우 많았을 것이다. 송宋나라 때 일찍이 왕통王通을 공문孔門의 왕망王莽으로 지목한 적이 있는데, 나는 공안국《서》를 성경聖經의 왕망王莽이라고 말하는 것도 확실한 대답일 것이다.

원문

又按 : 《晉 · 虞溥傳》 "作《學誥》", 《宋 · 顏延之傳》 "作《庭誥》", 雖以誥名,

非誥之體. 獨《晉·夏侯湛傳》"作《昆弟誥》", 辭旨深拗可喜; 而末幅着意學
二《謨》, 殊可厭. 漢武帝元狩六年夏四月乙巳, "廟立皇子閎爲齊王, 旦爲燕
王, 胥爲廣陵王, 初作誥". 誥即《武五子傳》所載"賜策三篇, 各以國土風俗申
戒"者. 縱亦規摹訓誥, 而深穆簡重氣味自是近古, 與後代手筆不同. 譬諸世胄
子弟, 即不肖乃祖父, 而大家風度自存. 若優孟衣冠, 終僞而已. 作僞《尙書》
者能毫不異古, 尙屬優孟, 況乎其不能耶?

번역 우안又按

《진서 · 우부전虞溥傳》의 "《학고學誥》"와 《송사 · 안연지전顔延之傳》의 "《정
고庭誥》"는 비록 고誥라는 이름이 붙었으나 고체誥體는 아니다. 오직 《진서
· 하후담전夏侯湛傳》의 "《곤제어昆弟誥》"는 문장의 뜻이 깊고 곡절이 있어
좋아할 만 하지만, 끝부분은 이二《모謨》를 배우려는데 뜻을 두고 있어
(그 모방함을) 매우 싫어할 만 하다. 한漢무제武帝 원수元狩 6년BC117 여름 4
월 을사일에 "묘廟에서 황자皇子 굉閎을 제왕齊王에, 단旦을 연왕燕王에, 서胥
를 광릉왕廣陵王에 세우고, 처음 고誥를 지었다廟立皇子閎爲齊王, 旦爲燕王, 胥爲廣陵王,
初作誥"고 하였다. 고誥는 이미 《한서 · 무오자전武五子傳》에 실린 "책명策命 3
편을 내려 각각 국토國土의 풍속으로 경계시켰다賜策三篇, 各以國土風俗申戒"는
것이다. 훈고訓誥체의 법식을 따랐으므로 깊이 있고 공경스럽고 장엄하고
중후한 기풍이 저절로 옛것에 가까웠고 후대의 수필手筆과는 같지 않았
다. 대대로 녹을 받는 제후의 자제들에게 그 조상만 못하다는 것을 깨우
쳐 준 것이니, 대가大家의 법도가 그 속에 남아 있다. 그러나 우맹의관優孟
衣冠[150]과 같아서 결국은 가짜일 뿐이다. 위僞《상서》를 지은 자는 조금도

옛것과 다름이 없게 할 수 있었으므로 오히려 우맹에 맡긴다고는 하지만, 하물며 그렇게 할 수 없는 것에 있어서랴?

원문

又按：余嘗語人："古文《書》頗易撰" 人多未信. 玆讀蘇伯衡《平仲集》, 首載《周書補亡三篇》, 曰《獻禾》, 曰《歸禾》, 曰《嘉禾》, 自云效白居易《湯征》之作, 手筆較白實高, 而末一篇尤佳, 但惜不知采獲傳記中逸《書》以爲之骨, 然已足大亂眞, 故並列之, 以俟觀者焉. 其文曰："周公旣得命禾, 庸作書以誥, 曰：俘來乃命賚予以嘉禾, 曰臻玆在予旦. 嗚呼! 予旦尙懼弗克恭于王, 以獲戾于天, 夙夜不自皇. 其皇敢行貪天之功. 曰'厥休旦之休'? 其惟王克嗣文·武德, 天乃用申厥眷命, 休祥收集. 嗚呼! 時則大可慶, 亦大可恤. 我思夫人未遘祥, 乃罔不畏; 旣遘祥, 乃罔或畏. 惟不畏畏, 乃誕縱厥淫泆怠傲, 以速厥辜. 故自古小大邦罔不用降災曰興, 罔不用降祥曰亂. 嗚呼! 王尙永寅念于玆哉! 王尙若商王中宗之祗謹于桑穀哉! 王克謹, 惟天眷命有申; 王惟不謹, 天不惟不有申命, 亦作孽, 王亦入于畏. 我非敢多誥. 王惟心, 我惟股肱. 心不覆, 股肱克有濟, 鮮哉! 嗚呼! 圖惟厥終, 永保玆顯休命."

번역 우안又按

나는 일찍이 사람들에게 "고문《서》는 제법 쉽게 지을 수 있다"고 말

---

150 우맹의관(優孟衣冠)：우맹(優孟)은 전국시대 예인(藝人)으로 초장왕(楚莊王)을 섬겼
   다. 손숙오가 죽고 그 아들이 빈곤하여 나무꾼이 되자, 우맹은 거짓 손숙오가 되어 그
   의관을 착용하고 명재상의 아들이 가난하게 살고 있다는 노래를 불러 초장왕을 감동시켰
   고, 손숙오의 아들이 벼슬을 얻게 하였다.《사기·골계전(滑稽傳)》

했었는데, 사람들은 대부분 믿지 않았다. 이제 소백형蘇伯衡[151]의 《평중집平仲集》을 읽어보니, 앞머리에 《주서보망삼편周書補亡三篇》이 실려 있는데, 《헌화獻禾》, 《귀화歸禾》,[152] 《가화嘉禾》[153]라고 하였다. 스스로 백거이白居易 《탕정湯征》을 본보기로 지었다고 했는데, 필력은 백거이에 비해 더 높았고 마지막 1편은 더욱 가작佳作이다. 하지만 애석하게도 전하는 기록 가운데 일逸 《서》를 채록하여 골격으로 삼을 줄을 몰랐다. 그러나 이미 진짜를 크게 어지럽히기에 충분하므로 아울러 여기에 기록하여 후대에 볼 사람들을 기다린다. 그 문장은 다음과 같다.

주공이 이미 명화命禾, 왕이 하사한 벼를 얻고서, 서書를 지어 고誥하였다. "사람을 보내오셔서 저에게 가화를 주시며 명하시니 여기에 저 단旦이 있습니다. 아! 저 단旦은 오히려 왕에게 공손치 못하고 하늘에 죄를 얻을까 두려워 밤낮으로 한가함이 없습니다. 크게 감히 탐천貪天의 공을 행할 뿐입니다. '그 아름다움이 단旦의 아름다움이겠습니까?' 그것은 오직 왕께서 문왕과 무왕의 덕을 이으사 하늘이 그 명을 돌아보고 펴시니 아름다움과 상서로움이 모였습니다. 아! 때는 크게 경사로우니 또한 크게 구휼할 만합니다. 제가 생각해보건대, 사람이 아직 상서로움을 만나지 못하면 두렵지 않음이 없고, 이미 상서로움을 만나면 두려움이 없어집니다. 두려

---

151 소백형(蘇伯衡) : 생몰년은 미상이며 원말명초에 활동했다. 자 평중(平仲). 소철(蘇轍)의 9세손이다. 저서에는 《소평중문집(蘇平仲文集)》 16권이 있다.

152 《서서(書序)》에 "당숙이 이상한 벼를 얻었는데, 이랑은 달랐지만 이삭은 같았다. 천자에게 헌상하였다. 왕이 당숙에게 명하여 주공을 동에서 돌아오게 하고 《귀화(歸禾)》를 지었다"(唐叔得禾, 異畝同穎. 獻諸天子. 王命唐叔歸周公于東, 作《歸禾》)고 하였다. 《헌화(獻禾)》는 천자에게 헌상한 내용일 것이다.

153 《서서(書序)》에 "주공이 이미 명화(命禾)를 받고, 천자의 명을 진술하여 《가화(嘉禾)》를 지었다"(周公旣得命禾, 旅天子之命, 作《嘉禾》)고 하였다.

움과 두렵지 않음은 크게 음일하고 나태함으로부터 나와 빠르게 허물이 됩니다. 따라서 예로부터 크고 작은 나라가 재난이 내림에 날로 흥해지지 않음이 없었고, 상서로움이 내림에 날로 혼란해지지 않음이 없었습니다. 아! 왕께서는 오히려 이것을 길이 공경히 생각해야 할 것입니다! 왕께서는 오히려 상왕商王 중종中宗이 상곡桑穀의 변고[154]에 삼가 공경한 것과 같이 할 것입니다! 왕께서 삼가면 하늘이 명을 돌아보고 펼치지만, 왕께서 삼가지 않으면 하늘이 명을 펼치지 않을 뿐만 아니라 재앙을 짓게 되니 왕께서도 두려움에 들 것입니다. 저는 감히 많이 고하지 못합니다. 왕은 마음이며, 저는 고갱股肱, 팔다리입니다. 마음 힘쓰지 않으면 고갱股肱이 이루어 냄이 드물게 됩니다! 아! 그 마침을 도모하여 그 드러난 아름다운 명을 영원히 보존하소서周公既得命禾, 庸作書以誥, 曰：伻來乃命寧予以嘉禾, 曰臻兹在予旦. 嗚呼! 予旦尙懼弗克恭于王, 以獲戾于天, 夙夜不自皇. 其皇敢行貪天之功. 曰'厥休旦之休'? 其惟王克嗣文, 武德, 天乃用申厥眷命, 休祥攸集. 嗚呼! 時則大可慶, 亦大可恤. 我思夫人未遘祥, 乃罔不畏; 既遘祥, 乃罔或畏. 惟不畏畏, 乃誕縱厥逸至泆怠傲, 以速厥辜. 故自古小大邦罔不用降災日興, 罔不用降祥日亂. 嗚呼! 王尙永寅念于兹哉! 王尙若商王中宗之祗謹于桑穀哉! 王克謹, 惟天眷命有申; 王惟不謹, 天不惟不有申命, 亦作孽, 王亦入于畏. 我非敢多誥. 王惟心, 我惟股肱. 心不蔑, 股肱克有濟, 鮮哉! 嗚呼! 圖惟厥終, 永保兹顯休命."

원문

又按：《唐文粹》有陳黯《禹誥》一篇, 亦自以補《尙書》. 此則如蘇伯衡所謂"《陶甄缶》與《及丁卣》,《父辛爵》,《屈生敦》,《台夫鼎》比姸其眞, 不知量

154 상곡(桑穀)：뽕나무와 닥나무. 은 중종 때 조정에 뽕나무와 닥나무가 같이 생긴 변고가 있었다. 《함유일덕》부(附)《망서(亡書)서(序)》："伊陟相大戊, 亳有祥, 桑穀共生於朝."

哉! 其亦大可哂哉"者也. 隋杜正藏擧秀才試, 擬《尙書‧湯誓》, 此擬題試士
之始也. 文今不傳.

번역 우안又按

《당문수唐文粹》에 진암陳黯, 805?~877[155]의 《우고禹誥》 1편이 있는데, 또한
스스로 이 편으로 《상서》를 보충하다고 하였다. 이와 같다면 소백형蘇伯衡
이 말한 "《도유부陶甤缶》를 《수정유殳丁卣》, 《부신작父辛爵》, 《굴생돈屈生敦》,
《이부정台夫鼎》에 비하여 진짜보다 더 예쁘다고 하는 것은 제 분수를 모르
는 것이다! 그 또한 큰 비웃음을 살만한 것"이다. 수隋 두정장杜正藏[156]은
수재시秀才試로 천거될 때, 《상서尙書‧탕서湯誓》를 모방하였는데, 이것이
의제시사擬題試士의 시초이다. 문장은 지금 전하지 않는다.

상서고문소증 권5 상上 종終

---

155 진암(陳黯) : 자 희유(希儒), 호 창회(昌晦). 당(唐)의 문학가.
156 두정장(杜正藏) : 자 위선(爲善). 수양제(隋煬帝) 대업(大業) 13년(617) 전후에 활동하였다.

권5 하下

제73.《오자지가》가 하대夏代의 시詩와 같지 않음을 논함

歌詩之見于經者, 舜, 皐陶《賡歌》三章以下,《商頌》五篇以上, 莫高于夏《五子之歌》. 計其詩或如蘇子由所稱, 商人之詩駿發而嚴厲, 尚庶幾焉. 乃每取而讀, 彌覺辭意淺近, 音節嘽緩, 此豈眞出渾渾無涯之代與親遭喪亂者之手哉? 猶憶少嘗愛竟陵鍾惺論《三百篇》後四言之法有二種: 韋孟《風諫》其氣和, 去《三百篇》近, 而近有近之離; 魏武《短歌》其調高, 去《三百篇》遠, 而遠有遠之合. 後代作者各領一派. 竊意此僞作者生于魏晉間, 才旣不逮魏武, 自不能如其氣韻沈雄; 學復不逮韋孟, 又不能爲其訓辭深厚. 且除"一人三失", "惟彼陶唐", "關石和鈞"等句之襲內, 外傳者, 餘只謂之枵然無所有而已矣. 蘇子瞻讀蔡琰《悲憤詩》, 以爲: "其辭明白感慨, 類世所傳《木蘭詩》, 東京無此格也. 建安七子含養圭角, 猶不盡發見, 況伯喈女乎?" 夫縱不出伯喈女, 亦必晉人擬作, 故范史收入. 子瞻爲分別微芒, 不欲其亂眞, 況赫然詩之載于經者哉? 要當與千古知詩者一共評之.

경經에 보이는 가시歌詩는 순舜, 고요皐陶의《갱가賡歌》3장[1]부터《상송商

頌》5편까지인데, 하夏《오자지가五子之歌》보다 더 오래된 것은 없다. 시詩들을 헤아려보건대, 가령 소철蘇轍, 1039~1112, 자 자유(子由)[2]의 "상나라 사람들의 시는 준발駿發하면서 엄려嚴厲하다商人之詩駿發而嚴厲"는 말이 거의 맞을 것이다. 이에《오자지가》를 가져다 읽어볼 때마다 단어의 의미가 천근淺近하고 음절이 느슨함을 더 깨닫게 되니, 이 어찌 진정 아득한 삼대三代 시대에 직접 상란喪亂을 만난 사람의 손에서 나온 것이겠는가? 이로부터 어렸을 때 일찍이 즐겼던 경릉竟陵의 종성鍾惺, 1574~1624[3]이《삼백편》을 논하고 뒤에 4언을 쓴 방식에 두 종류가 있었다는 것을 기억해본다. 위맹韋孟, BC228?~BC156[4]의《풍간風諫》시는 그 기운이 온화한데, 《삼백편三百篇》과의 거리가 가깝기는 가깝지만 가까움 속에 거리감이 있고, 위무魏武, 155~220[5]의《단가短歌》는 그 곡조가 고상한데, 《삼백편》과의 거리가 멀긴 멀지만

---

1 《갱가(賡歌)》股肱喜哉, 元首起哉, 百工熙哉. 元首明哉, 股肱良哉, 庶事康哉. 元首叢脞哉, 股肱惰哉, 萬事墮哉. 《익직》에 보인다. 帝庸作歌曰, 勑天之命, 惟時惟幾. 乃歌曰, 股肱喜哉, 元首起哉, 百工熙哉. 皐陶拜手稽首, 颺言曰, 念哉. 率作興事, 愼乃憲. 欽哉. 屢省乃成, 欽哉. 乃賡載歌曰, 元首明哉, 股肱良哉, 庶事康哉. 又歌曰, 元首叢脞哉, 股肱惰哉, 萬事墮哉. 帝拜曰, 兪, 往欽哉.

2 소철(蘇轍) : 자 자유(子由), 동숙(同叔). 만호(晚號) 영빈유로(潁濱遺老). 북송 문학가, 재상(宰相), "당송팔대가(唐宋八大家)"의 한 명이다. 저서에는《난성집(欒城集)》《시집전(詩集傳)》《용천략지(龍川略志)》《논어습유(論語拾遺)》《고사(古史)》.

3 종성(鍾惺) : 자 백경(伯敬), 호 퇴곡(退穀). 명대 문학가. 만력(萬曆) 38년(1610) 진사급제 하였다. 같은 지역의 담원춘(譚元春)과 함께《당시귀(唐詩歸)》와《고시귀(古詩歸)》를 편찬하여 명성을 얻었고, "경릉파(竟陵派)"를 형성하였다.

4 위맹(韋孟) : 서한 초기의 시인. 한고조(漢高帝)6년(BC201) 초원왕(楚元王)의 사부가 되었고, 그의 아들 초이왕(楚夷王) 유영객(劉郢客)과 손자 유무(劉戊)를 보좌하였다. 유무(劉戊)가 간사하고 무도하여 한경제(漢景帝)2년(BC155)에 왕을 삭탈당하자, 오왕(吳王) 유비(劉濞)와 반란을 도모하다가 자살하였다. 위맹(韋孟)은 유무(劉戊)의 반란 이전에 풍간(諷諫)시를 지었고 이후 관직을 버리고 떠났다.

5 위무(魏武) : 위무제(魏武帝) 조조(曹操)이다. 본명 길리(吉利). 자 맹덕(孟德). 동한 말의 정치가, 문학가. 조위(曹魏)를 창업하였다.

먼 가운데 합치됨이 있다. 후대의 작자들은 각각의 시파를 이루었는데, 가만히 생각해보면 이 시를 위작한 자는 위진魏晉 연간에 태어나 재능은 위무에 미치지 못하여 저절로 그 문장의 기세와 풍미가 웅건할 수 없었고, 학문 또한 위맹에 미치지 못하여 그 훈사訓辭가 심후할 수 없었다. 또한 《오자지가》 "한 사람이 세 가지 잘못을 저지르다一人三失", "저 요임금으로부터惟彼陶唐", "어디서나 통하는 석石과 공평한 균鈞關石和鈞" 등의 구절이 내內, 외전外傳을 습용한 것을 제외하고, 나머지는 단지 텅텅비어 아무것도 없는 것일 뿐이다. 소식蘇軾, 1037~1101, 자 자첨(子瞻)이 채염蔡琰**6**의 《비분시悲憤詩》**7**를 읽고는 "그 시사詩辭가 명백히 감개무량하여 세상에 전하는 《목란시木蘭詩》와 유사한데, 동경東京**8**에는 이런 격식이 없다. 건안칠자建安七子**9**가 규각圭角을 함양했음에도 오히려 다 발현하지 못했는데, 하물며 백개伯喈, 채옹의 자(字)의 딸에 있어서랴?其辭明白感慨, 類世所傳《木蘭詩》, 東京無此格也. 建安七子含養圭角, 猶不盡發見, 況伯喈女乎?"라고 하였다. 아마도 백개伯喈의 딸에게서 나온

---

6 채염(蔡琰) : 자 문희(文姬), 소희(昭姬). 동한 말 삼국 초기의 여성 문학가. 채옹(蔡邕, 133~192)의 딸이다. 위중도(衛仲道)에게 시집갔다가 사별한 뒤 전쟁 때 흉노(匈奴)에게 납치되어 두 아들을 낳고 살았는데, 조조(曹操)가 데려와 동사(董祀)에게 시집보냈다고 전하다. 《수서·경적지》에 《채문희집(蔡文姬集)》 1권이 채록되어 있으나, 전하지 않는다. 오직 《비분시(悲憤詩)》 두 수와 《호가십팔박(胡笳十八拍)》이 전한다.

7 《목란시(木蘭詩)》 : 북조(北朝)의 민가(民歌)로 송(宋) 곽무천(郭茂倩) 《악부시집(樂府詩集)》의 《횡취곡사·양고각횡취곡(橫吹曲辭·梁鼓角橫吹曲)》에 수록되어 있다. 목란은 전쟁터에 나가게 된 아버지를 대신해서 남장(男裝)을 하고 전쟁터에 나가 12년 동안을 종군하면서 전공(戰功)을 세운 여자이다.

8 동경(東京) : 북송시대에 사경(四京)이 있었다. 동경(東京)은 개봉부(開封府)(변량, 변주, 변경)(汴梁, 汴州, 汴京), 서경은 하남부(河南府)(하남낙양)(河南洛陽), 남경(南京)은 응천부(應天府)(하남상구)(河南商丘), 북경(北京)은 대명부(大名府)(하북대명)(河北大名).

9 건안칠자(建安七子) : 동한 건안(建安, 196~220) 연간의 대표적 문학가 조씨 부자(曹氏父子)(조조(曹操), 조비(曹丕), 조식(曹植))를 제외한 일곱 명의 문학가, 공융(孔融), 진림(陳琳), 왕찬(王粲), 서간(徐幹), 완우(阮瑀), 응창(應瑒), 유정(劉楨)을 가리킨다.

것이 아니면, 필시 진인晉人이 모방한 것이므로 《후한서》에 수록된 것이라고 여겼다.[10] 자첨子瞻은 애매모호함을 분별하여 진짜를 어지럽히지 않고자 하였는데, 하물며 확실히 시가 경經에 수록된 것에 있어서랴? 마땅히 천고千古의 시를 아는 자와 더불어 함께 평론해야 할 것이다.

원문

按: 胡渭生朏明, 予與論《五子之歌》, 退而作辯一篇遺予, 今載于此. 曰: "詩歌之名, 肇見於命夔. 然《南風》, 《卿雲》, 《康衢》之類, 辭不經見, 未足爲據. 其可據者, 惟'股肱', '元首'三章耳. 夏后氏詩歌絶少, 塗山及夏臣相持而歌之作, 皆不足信. 而《周禮》所謂《九德之歌》, 《離騷》所謂'啓《九辯》與《九歌》'者, 泯滅無遺. 其見於經, 唯《五子之歌》及《孟子》所引《夏諺》而已. 《五子之歌》今文無, 古文有, 識者謂其剽竊傳記, 氣體卑近, 殊不類五子語. 說已詳, 某不復及. 姑舉明白易曉者言之, 以決其僞, 則莫如韻句之寥寥爲可怪也. 《詩·大序》云: '情發於聲, 聲成文謂之音.' 古無所謂韻, 韻卽音之相應者. 聖主賢臣, 聲出爲律; 兒童婦女, 觸物成謳. 要皆有天籟以行乎其間, 非若後世之詞人按部尋聲, 韻句惟艱也. 故《賡歌》三章, 章三句, 句必韻; 《夏諺》六句, 句無不韻, 當時之歌體有然. 下逮春秋以迄漢魏, 凡屬歌辭, 韻句最密. 延及唐人, 亦遵斯軌, 況虞夏之民各言其志, 出自天籟者乎? 而《五子之歌》不然. 大率首二句連韻, 餘則二句一韻, 而第一章之韻句尤疎, 殆不可誦. 章十五句, 其協者裁四五句耳. 豈作僞《書》者但以掇拾補綴爲工, 而竟忘其爲

---

10 《동파문집(東坡文集)·유자현변문선(劉子玄辯文選)》.

當韻也耶? 且古者《易》象龜占, 句必有協, 百家書語, 間作鏗鏘. 然則韻句而非歌者有之矣, 未有歌而韻句之寥寥者也. 即以《書》論,《孟子》引《太誓》‘我武惟揚’之文, 五句四韻;《左氏》引《夏書》‘惟彼陶唐’之文, 六句六韻.《太誓》非歌, 則《左氏》所引亦未必是歌. 今第三章乃襲取爲之, 芟‘帥彼天常’, 而改‘其行’爲‘厥道’, 則又減却二韻矣. 噫! 既用作歌, 抑何惡韻之若此也?”

번역 **안按**

  호위胡渭, 1633~1714, 자 비명(朏明)가 나와 《오자지가》를 논의하고 돌아간 후, 1편의 변론을 지어 나에게 보내왔는데, 여기에 기록해 둔다.

  “시가詩歌의 명칭은 기夔에게 명命한데서 처음 보인다. 그러나 《남풍南風》,《경운卿雲》,《강구康衢》와 같은 것은 시사詩辭가 경문에 보이지 않으므로 근거로 삼기에 부족하다. 근거로 들만한 것은 ‘고갱股肱’, 원수‘元首’ 3장 뿐이다. 하후씨夏后氏의 시가는 극히 적은데, 도산씨塗山氏 및 하신夏臣이 서로 의지하며 노래 지은 것은 모두 믿기 어렵다. 그러나 《주례 · 춘관종백 · 대사악大司樂》에서 말한 《구덕지가九德之歌》와 《이소離騷》에서 말한 ‘계啟의 《구변》과 《구가》啟《九辯》與《九歌》’는 없어져 남아있지 않다. 경문에 보이는 것은 오직 《오자지가》 및 《맹자 · 양혜왕하》에 인용된 《하언夏諺》[11]뿐이다. 《오자지가》는 금문은 없고 고문은 있는데, 식자識者들은 그것이 전기傳記를 표절하여 기풍과 문체가 천근하니 절대 오자五子의 말과 같지 않다고 말한다. 그 설이 이미 상세하므로 나는 중복해서 언급하지 않겠다. 잠

---

11 《맹자 · 양혜왕하》《夏諺》曰 :「吾王不遊, 吾何以休?吾王不豫, 吾何以助?一遊一豫, 爲諸侯度.」

시 명백하면서 쉽게 이해할 수 있는 것을 들어 그 위작을 밝힌다면, 운구韻句의 쓸쓸함寥寥이 괴이하다는 것만 한 것이 없다. 《시·대서大序》에 '정情은 소리로 드러나고, 소리가 글로 된 것을 음이라고 한다情發於聲, 聲成文謂之音'하였으니, 옛날에는 이른바 운韻이라는 것이 없었고, 운韻은 곧 음音이 상응相應한 것이다. 성주聖主와 현신賢臣이 소리聲를 내어 음율로 삼으면, 아동兒童과 부녀婦女가 사물에 감촉되어 노래를 완성하였다. 요컨대 모두 천뢰天籟를 가지고 그 사이에 운행하는 것으로, 후대의 사인詞人들이 성부聲部를 살펴 찾아 운구韻句가 오히려 어렵게 되는 것과 같은 것이 아니다. 따라서 《갱가》 3장, 장 3구句의 구는 반드시 운韻이 맞으며, 《하언》 6구의 구는 운이 맞지 않음이 없으니, 당시 시가의 문체가 그러하였다. 이후 춘추시대로부터 한위漢魏에 이르기까지, 모든 가사歌辭에 속하는 것은 운구韻句가 가장 정밀하였다. 그것은 당인唐人에게까지 이어져 또한 그와 같은 법도를 따랐는데, 하물며 우하虞夏의 백성이 자신의 뜻을 말하여 천뢰天籟로부터 나온 것에 있어서랴? 그러나 《오자지가》는 그렇지 않다. 대체로 수首 이구二句는 연운連韻이고 나머지는 이구二句 일운一韻이고, 제1장의 운구韻句는 더욱 엉성하여 거의 읊을 수 없다. 장15구에 운구가 들어맞는 것은 네다섯 구만 실려 있을 뿐이다. 어찌 위僞《서》를 지은 자는 단지 주워서 메꾸는 일만 하였고, 끝내 그 시구의 운이 맞아야 한다는 것을 망각했던 것인가? 또한 옛날의 《역》 상象과 귀점龜占의 구절도 반드시 운이 맞았고, 백가百家의 문장에서도 간간이 소리를 맞추었다. 그렇다면 운구韻句라는 것은 노래가 아니어도 있는 것이거늘 노래이면서 운구韻句가 텅텅 빈 것은 있지 않았다. 《서書》를 가지고 논의해보면, 《맹자·등문공하》에 인용된 《태서太誓》 '우리의 위엄을 떨치다我武惟揚'[12]의 문장은 5구4운이며, 《좌씨 · 애공6년》에 인용된 《하서夏書》 '저 요임금으로부터惟彼陶唐'[13]의 문장은 6구 6운이다. 《태서太誓》는 노래가 아니니, 《좌씨》에 인용된 것도 결코 노래가 아닐 것이다. 지금의 《오자지가》 제3장[14]은 이를 습용해서 만든 것으로 '저 하늘의 상도를 따라帥彼天常'를 삭제해버리고, '기행其行'을 '궐도厥道'로 바꿔버리니, 다시 2운韻이 없어져 버렸다. 아! 끝내 노래를 지음에 운韻을 망가뜨림이 이와 같은 것인가?"

원문

又按 : 古無平, 上, 去, 入四聲, 通爲一音, 故帝舜歌以"熙"韻"喜", 韻"起", 其證也. 《五子之歌》亦以"圖"韻"下", 韻"予", 韻"馬", 蓋古法也. 字有古音, 與後代頗不同. 如皐陶歌"明"音"芒", 與"良", "康"爲韻. 《五子之歌》其一"兩"下"字音"戶", "馬"音"姥", 與"予"爲韻; 其四"有"音"以", 與"祀"爲韻, 皆古音也. 此僞作古文者幸其生於魏晉之間, 去古未遠, 尙知此等. 若浸降而下, 並此亦弗識矣.

번역 우안又按

옛날에는 평平, 상上, 거去, 입入의 사성四聲이 없이 모두 일음一音이었으므로 순임금이 노래함에 "희熙"를 가지고 "희喜"와 "기起"로 화운和韻한 것[15]

---

12 《맹자 · 등문공하》《太誓》曰 : 「我武惟揚, 侵于之疆, 則取于殘, 殺伐用張, 于湯有光.」
13 《좌전 · 애공6년》《夏書》曰 : 「惟彼陶唐, 帥彼天常, 有此冀方, 今失其行, 亂其紀綱, 乃滅而亡.」
14 《오자지가》 其三曰 : 「惟彼陶唐, 有此冀方. 今失厥道, 亂其紀綱. 乃底滅亡.」
15 《갱가(賡歌)》股肱喜哉, 元首起哉, 百工熙哉.

이 그 증거이다. 《오자지가》에서도 "도圖"를 가지고 "하下", "여予", "마馬"로 화운한 것[16]은 고법古法이다. 자字는 고음古音이 있었는데, 후대後代의 음과는 사뭇 달랐다. 가령 고요皐陶가 부른 "明"의 음은 "망芒"으로 "량良", "강康"과 운韻이 된다.[17] 《오자지가》제1수의 두 개의 "下"자의 음은 "호戶"이고, "馬"음은 "모姥"로서 "여予"와 운韻이 되고; 제4수[18]의 "有"는 음이 "이以"로서 "사祀"와 운韻이 되는 것은 모두 고음古音이다. 이것은 고문을 위작한 자가 다행스럽게도 위진 연간에 태어나 고대와의 거리가 멀지 않았으므로 이와 같음을 알고 있었던 것이다. 만약 그 이후로 내려갔다면 이 또한 몰랐을 것이다.

원문

又按:《漢書·韋賢傳》首載四世祖孟《諫詩》,《在鄒詩》二篇, 卽繼以"或曰其子孫好事, 述先人之志而作是詩也", 此班固存疑之意. 然予讀後玄成《自劾責戒》,《示子孫》二詩, 殊弗如前. 蓋孟詩古奧, 變化不逮二《雅》, 而纏綿悱惻之致溢於言表, 猶《三百篇》遺則. 玄成號爲有文采者, 詩僅如彼, 豈他子孫所能代作乎? 爲孟作無疑. 雖然, 班固存疑, 示愼也. 較之范曄, 竟以《悲憤》二章載入《蔡琰傳》末, 不復區別, 東坡謂之荒淺, 不亦宜乎?

---

16 《오자지가》其一曰:「皇祖有訓, 民可近, 不可下. 民惟邦本, 本固邦寧. 予視天下愚夫愚婦一能勝予, 一人三失, 怨豈在明, 不見是圖. 予臨兆民, 懍乎若朽索之馭六馬. 爲人上者, 柰何不敬?」

17 《갱가(賡歌)》元首明哉, 股肱良哉, 庶事康哉.

18 《오자지가》其四曰:「明明我祖, 萬邦之君. 有典有則, 貽厥子孫. 關石和鈞, 王府則有. 荒墜厥緖, 覆宗絶祀!」

번역 우안又按

《한서 · 위현전韋賢[19]傳》 앞머리에 4세조 위맹韋孟의 《간시諫詩》, 《재추시在鄒詩》 2편二篇을 싣고, 이어서 "혹자는 그 자손 가운데 호사가가 선조의 뜻을 기술하여 이 시를 지은 것이라고 한다或曰其子孫好事, 述先人之志而作是詩也"라고 하였으니, 이는 반고가 의심을 품었다는 뜻이다. 그러나 내가 후손 위현성韋玄成[20]의 《자핵책계自劾責戒》, 《시자손示子孫》 두 시를 읽어보니, 선조들과는 전혀 달랐다. 대체로 위맹의 시는 고오古奧하고 변화가 이二《아雅》에는 미치지 못하나, 확고하고 간곡함의 지극함이 시사에 넘쳐나니, 《삼백편三百篇》의 유칙遺則이라 할 만하다. 위현성은 문채가 있었다는 칭호가 있었으나 시는 다만 저와 같았으니, 어찌 다른 자손이 대신해서 지을 수 있었겠는가? 위맹의 시임에 의심의 여지가 없다. 비록 그렇지만, 반고가 의심을 둔 것은 신중함을 보인 것이다. 범엽范曄, 398~445[21]의 《후한서》와 비교해보면, 《비분悲憤》 2장章을 《후한서 · 채염전蔡琰傳》[22] 끝에 싣고 구별을 하지 않았으니, 동파東坡가 거칠고 천근하다고 한 것도 또한 마땅하지 않은가?

원문

又按：予嘗謂事有實證, 有虛會, 虛會者可以曉上智, 實證者雖中人以下可

---

19 위현(韋賢)(BC148?~BC67) 자 장유(長孺).
20 위현성(韋玄成)(?~BC36) 자 소옹(少翁). 위현(韋賢)의 아들.
21 범엽(范曄) : 자 울종(蔚宗). 남조(南朝) 송(宋)의 사학가(史學家), 문학가(文學家).《후한서》를 편찬하였다.
22 《후한서》권114《열녀전 · 동사처(董祀妻)》이다.

상서고문소증 권5 하 159

也. 如東坡謂蔡琰二詩東京無此格, 此虛會也. 謂琰流落在董卓既誅, 父被禍之
後, 今詩乃云爲董卓所驅掠入胡, 尤知非眞, 此實證也.《傳》本云:"興平中天
下喪亂, 文姬爲胡騎所獲, 沒於胡中者十二年始贖歸."興平凡二年, 甲戌, 乙亥,
距卓誅於初平三年壬申已後兩三載, 坡說是也. 但既沒胡中十二年而歸, 歸當
在建安十年乙酉或十一年丙戌.《傳》云:"後感傷亂離, 追懷悲憤, 作詩二章."
信若范氏言, 琰正作於建安中, 詩正謂之建安體, 豈得謂伯喈女筆尙高於七子
乎? 坡析猶未精. 嘗熟馮氏言蘇家論事少討論一層工夫, 亦殆有以也.

번역 우안又按

  나는 일찍이 일에는 실증實證이 있고 허회虛會가 있다고 말했었는데, 허
회는 상지上智라야 깨달을 수 있지만, 실증實證은 비록 중인中人 이하라도
할 수 있는 것이다. 가령 동파가 채염蔡琰의 두 시를 두고 동경東京에는 이
런 격식이 없다고 한 것이 바로 이 허회이다. 말하길 채염이 외지를 떠돌
게 된 것은 동탁董卓은 이미 주살당하고 아버지가 화를 당한 이후인데, 지
금 시에서는 동탁에 쫓겨 오랑캐 땅으로 들어갔다고 하니, 더욱 진실이
아님을 알 수 있고 이것이 실증이다. 본래《후한서 · 채염전》에는 "홍평興平
연간에 천하가 어지러워졌는데, 문희文姬가 오랑캐 부대에 포획당해, 흉
노의 군중에서 12년을 보내고 비로소 속환贖還하였다興平中天下喪亂, 文姬爲胡騎
所獲, 沒於胡中者十二年始贖歸"고 하였다. 홍평은 갑술甲戌, 194, 을해乙亥, 195 2년간
으로 초평初平 3년임신, 192에 동탁이 주살당한 이후 2~3년이 지난 때로 이
설은 맞는 것 같다. 다만 흉노의 군중에서 12년을 보내고 돌아왔으니,
돌아온 때는 마땅히 건안建安 10년을유, 205 혹은 11년병술, 206이어야 한다.

《후한서 · 채염전》에서 "이후 난리로 떨어져 지낸 것을 아파하며 비분함을 돌이켜 생각하여 시 2장章을 지었다後感傷亂離, 追懷悲憤, 作詩二章"고 하였다. 만약 범엽의 말을 믿는다면, 채염은 바로 건안 연간에 시를 지었으므로 그 시는 바로 건안체建安體라고 할 것인데, 어찌 백개伯喈의 딸의 필력이 건안칠자보다 높다고 할 수 있겠는가? 동파의 분석이 오히려 정밀하지 못하다. 상숙嘗熟 풍씨馮氏가 말하길 소식은 일은 논하되 토론을 적게 하는 일층공부라 하였으니 그런 이유인 듯하다.

又按 :《木蘭詩》有謂必出晉人者. 或曰 : 自是齊梁本色, 惟《文苑英華》作唐韋元甫. 余謂唐是也, 亦以實證 :《唐書 · 百官志》司勳掌官吏勳級, "凡十有二轉爲上柱國, 十有一轉爲柱國", 以至"一轉爲武騎尉", 皆以授軍功. 詩云"策勳十二轉", 非作於唐人而何? 要木蘭之人與事, 則或出代魏間.

번역 우안又按

《목란시木蘭詩》는 반드시 진인晉人에게서 나온 것이라 말하는 자가 있다.

어떤 이가 말했다.

이로부터 제량齊梁의 본색이 시작되었는데, 오직 《문원영화文苑英華》에서는 당唐의 위원보韋元甫가 지은 것이라고 하였다.

나는 당唐이 맞다고 생각하니, 이것도 실증할 수 있다. 《신당서新唐書 · 백관지百官志》에 사훈司勳은 관리官吏의 훈급勳級을 관장하였는데, "무릇 공훈이 12전轉이면 상주국上柱國이 되고, 11전은 주국柱國이 된다凡十有二轉爲上柱

國", 十有一轉爲柱國"고 하였고, "1전은 무기위^{武騎尉}가 된다"까지 모두 군공^{軍功}을 받는 것으로 한 것이다. 《목란시》에서 "공을 세우기를 12전^轉하다^{策勳十二轉}"고 하였으니, 당인^{唐人}이 지은 것이 아니면 무엇이겠는가? 목란의 인물이 사건에 관여하기 위해서는 아마도 세대가 위^魏 연간에 나왔을 것이다.

원문

又按:《戰國策》梁王魏嬰觴諸侯於范臺, 酒酣, 魯君避席擇言曰: "昔者帝女令儀狄作酒而美, 進之禹. 禹飲而甘之, 遂疏儀狄, 絶旨酒, 曰: '後世必有以酒亡其國者.' 又齊桓公曰: '後世必有以味亡其國者.' 晉文公曰: '後世必有以色亡其國者.' 楚王曰: '後世必有以高臺陂池亡其國者.' 今主君之尊儀狄之酒也云云, 有一於此, 足以亡其國. 今主君兼此四者, 可無戒與?" 此卽第二章歌所自出. 然雖檃括彼語, 而平列直收, 訖然而止, 無復悠揚之韻, 故每讀《策》文輒覺敷腴婉入, 易足感人, 不似僞作者之寥寂. 蓋僞作者謂代高文簡, 只以刪節爲能事, 不知劉勰有云: "善刪者字去而意留." 今第見其字去耳, 豈曾覺其意之留也與?

번역 우안^{又按}

《전국책·위책^{魏策}》에 양왕^{梁王} 위영^{魏嬰}이 범대^{范臺}에서 제후들에게 주연을 베풀었는데, 술기운이 오르자, 노군^{魯君}이 자리를 피하며 말을 가려하였다.

"옛날 제^帝의 딸이 의적^{儀狄}에게 명하여 술을 빚게 하였는데 맛이 아주 좋아 우왕禹王에게 바쳤다. 우왕이 마셔보고 달다고 여기면서도 끝내 의적을 멀리하고 그 맛있는 술을 끊어 버리고 말하길, '후세에 반드시 이 술 때문에 나라를 망치는 자가 있을 것이다'라고 하였다. 또 제齊환공桓公은 '후세에 반드시 이런 맛 때문에 나라를 망치는 자가 있을 것이다'라고 하였다. 진晉문공文公은 '후세에 반드시 여색 때문에 나라를 망치는 자가 있을 것이다'라고 하였다. 초왕楚王은 '후세에 반드시 높은 누대와 화려하게 꾸민 연못 때문에 나라를 망하게 하는 자가 있을 것이다'라고 하였다. 지금 주군主君 술잔의 술은 의적의 술이다. (…중략…) 이 가운데 하나만 있어도 충분히 그 나라를 망하게 할 수 있다. 지금 주군은 이 네 가지를 겸하였으니, 경계하지 않을 수 있겠는가?昔者帝女令儀狄作酒而美, 進之禹. 禹飮而甘之, 遂疏儀狄, 絶旨酒, 曰 : '後世必有以酒亡其國者.' 又齊桓公曰 : '後世必有以味亡其國者.' 晉文公曰 : '後世必有以色亡其國者.' 楚王曰 : '後世必有以高臺陂池亡其國者.' 今主君之尊儀狄之酒也云云, 有一於此, 足以亡其國. 今主君兼此四者, 可無戒與?"

이것이 곧《오자지가》제2장[23] 노래가 유래한 바이다. 그러나 비록 저 말들을 완곡하게 하여 차례로 배열하다가 도리어 멈춰버려 완만한 운이 다시 없게 되었다. 따라서《전국책》의 문장을 읽을 때마다 기쁘게 몰입하게 되어 사람들을 쉽게 감동시키는 것이 위작자의 공허함과는 같지 않다. 대체로 위작자는 시대가 올라갈수록 문장이 간단하다고 말하며, 오직 자르고 나누는 것을 능사로 여겼으니, 유협劉勰, 465?~520?[24]이 말한 "좋

---

23 《오자지가》其二曰 : 「訓有之, 內作色荒, 外作禽荒. 甘酒嗜音, 峻宇彫牆. 有一于此, 未或不亡.」
24 유협(劉勰) : 자 언화(彦和). 남조(南朝) 양(梁)의 문학이론가(文學理論家)이자 문학비평가이다. 그의 저서《문심조룡(文心雕龍)》은 50편으로 구성되어 있는데, 전반부 25편에서는 문학의 근본원리와 문체론을, 후반부 25편에서는 창작·감상·표현기법 등을 다

은 산삭은 글자는 없어져도 뜻은 남는다^{善刪者字去而意留}"는 말을 모른 것이다. 지금《오자지가》는 그 글자만 없어진 것이 보일 뿐, 어찌 그 의미가 남아 있음이 느껴지는가?

원문

又按：邦之六典, 八則, 首見《天官 · 大宰》《小宰》之職, 又見《司會》,《司書》及《大史》. 乃第四章歌已詠大禹曰"有典有則", 豈果周因於夏禮與? 抑夏《歌》襲《周禮》也?

번역 우안又按

나라의 육전^{六典25}과 팔칙^{八則26}은 맨 먼저《주례 · 천관 · 태재^{大宰}》와《소재^{小宰}》의 직직職에 보이고, 또한《사회^{司會}》,《사서^{司書}》및《태사^{大史}》에도 보인다. 이것이 곧《오자지가》제4장에서 노래한 대우^{大禹}의 "유전유칙^{有典有則}"이니, 어찌 과연 주周나라가 하례^{夏禮}에 인因한 것이겠는가? 아니면 하

루었다. 같은 시대 종영(鍾嶸)의《시품(詩品)》, 소명태자(昭明太子)의《문선(文選)》과 함께 중국문화론 연구의 교과서이다.

25 육전(六典)：치전(治典), 교전(敎典), 예전(禮典), 정전(政典), 형전(刑典), 사전(事典)이다.《周禮 · 天官 · 大宰》："大宰之職, 掌建邦之六典, 以佐王治邦國：一曰治典, 以經邦國, 以治官府, 以紀萬民；二曰敎典, 以安邦國, 以敎官府, 以擾萬民；三曰禮典, 以和邦國, 以統百官, 以諧萬民；四曰政典, 以平邦國, 以正百官, 以均萬民；五曰刑典, 以詰邦國, 以刑百官, 以糾萬民；六曰事典, 以富邦國, 以任百官, 以生萬民.

26 팔칙(八則)：제사(祭祀), 법칙(法則), 폐치(廢置), 녹위(祿位), 부공(賦貢), 예속(禮俗), 형상(刑賞), 전역(田役)이다.《周禮 · 天官 · 大宰》："以八則治都鄙：一曰祭祀, 以馭其神；二曰法則, 以馭其官；三曰廢置, 以馭其吏；四曰祿位, 以馭其士；五曰賦貢, 以馭其用；六曰禮俗, 以馭其民；七曰刑賞, 以馭其威；八曰田役, 以馭其衆.

나라의 《오자지가》가 《주례周禮》를 습용한 것인가?

又按：逸《書》原有《五子之歌》, 今不得見. 予嘗妄意其書必不似今襲《左
傳》哀六年所引《夏書》之文, 何則? 賈逵注彼文爲“夏桀之時”, 不言太康. 逵
固從父徽受眞《書》, 云“十六篇逸”, 則可知其無矣. 又必不似今太康爲久畋失
國. 何則? 《離騷經》：“啓《九辯》與《九歌》兮, 夏康娛以自縱. 不顧難以圖後
兮, 五子用失乎家巷.” 王逸注：“言太康不遵禹, 啓之樂, 而更作淫聲, 放縱情
慾以自娛樂, 不顧患難, 不謀後世, 卒以失國. 兄弟五人家居閭巷, 失尊位也.”
屈去古未遠, 猶見百篇全《書》, 故述其亡由此. 又必不似今昆弟五人, 人各賦
一章. 何則? 《凱風》七子之詩, 詩止四章, 仍出一人手；《頍弁》諸公刺幽王之
詩, 孔氏以爲“作詩者一人耳. 言諸公, 以作者在諸公之中, 稱諸公意以刺之.”
豈有篇名《五子之歌》, 而遂五子排排作歌, 以應其名者乎? 當是時, 哀宗國
之顚覆, 痛社稷之淪亡, 親親之愛, 五子皆然, 而中有一人焉發爲詩歌, 或情
不自已, 溢而爲二章, 爲三章, 亦可, 而必如後代之分題授簡, 人限一詩者, 恐
無此事. 縱五子盡嫺文辭, 雜然有作, 而必如此歌之首尾相應, 從輕至甚者,
亦恐無此事. 或曰：《疏》亦以其一, 其二是作歌之次, 不必屬長幼矣. 予曰：
篇明言“五子咸怨, 述大禹之戒以作歌”, 非齊作乎? 凡《疏》及蔡《傳》曲爲孔
《書》解者, 吾皆無取.

우안又按

일逸《서》에 원래 《오자지가》가 있었는데 지금은 볼 수 없다. 나는 일찍이 함부로 생각하기를 일逸《오자지가》는 필시 지금의 고문이 《좌전》 애공 6년에 인용된 《하서》의 문장을 습용한 것과는 같지 않을 것이라고 하였다. 어째서인가? 가규賈逵는 《좌전》 애공 6년의 문장을 주해하기를 "하걸의 시대夏桀之時"라고 하였고, 태강을 말하지 않았다. 가규는 진실로 부친 가휘賈徽를 종사하여 진眞《서》를 받았고, 말하길 "16편 일十六篇逸"이라고 하였으니 《좌전》의 문장이 《서》에 없었다는 것을 알았다.

또한 필시 지금 고문에서 태강이 사냥 즐기기를 오래하여 나라를 잃었다고 한 것과는 다르다고 생각하였다. 어째서인가? 《이소경》에 "계啓는 《구변》과 《구가》를 얻었건만, 하夏 태강은 즐거움에 빠져 스스로 방종하였네. 환난도 돌보지 않고 후일을 도모하지 않아, 다섯 형제 집안을 잃고 거리에 나앉았네啓《九辯》與《九歌》兮, 夏康娛以自縱. 不顧難以圖後兮, 五子用失乎家巷"라고 하였고, 왕일王逸 주注에 "태강이 우禹와 계啓의 즐거움을 따르지 않고, 곧 음탕한 소리에 빠져 정욕을 방종하게 하는 것으로 자기의 즐거움으로 삼고 환난을 돌보지 않고 후세를 도모하지 않아 마침내 나라를 잃게 되었다. 형제 5인이 마을을 거처로 삼은 것은 존위를 잃은 것이다言太康不遵禹, 啓之樂, 而更作淫聲, 放縱情慾以自娛樂, 不顧患難, 不謀後世, 卒以失國. 兄弟五人家居閭巷, 失尊位也"라고 하였다. 굴원은 고대와 시간차가 멀지 않았으므로 오히려 백편百篇의 전全《서書》를 보았기 때문에 그 빠진 것을 이로부터 기술한 것이다.

또한 필시 지금 고문의 형제 5인이 각각 1장을 부賦한 것과 같지 않을 것이라고 생각하였다. 어째서인가? 《패풍 · 개풍凱風》은 일곱 자식의 시인데, 시는 단지 4장章이며 한 사람의 손에서 나온 것 같다. 《소아 · 규변頍弁》은 제공諸公이 유왕幽王을 풍자한 시인데, 공영달《소》는 "시를 지은 자는 한 사람일 뿐이다. '제공諸公'이라고 한 것은 작자가 제공諸公들 중에 있다는 것으로 제공의 뜻을 칭하여 풍자한 것이다作詩者一人耳. 言諸公, 以作者在諸公之中, 稱諸公意以刺之"고 하였다. 어찌 편명이 《오자지가》라 하여 마침내 다섯 형제가 각각 차례로 노래를 지어 그 이름에 응한 것이겠는가? 당시 종국宗國의 전복顛覆을 슬퍼하고 사직社稷의 멸망을 아파하며, 친속을 사랑하는 마음은 다섯 형제가 모두 그러하였고, 그 가운데 한 명이 이에 시가를 지었는데, 혹 감정이 그치지 않고 넘쳐서 2장이 되고, 3장이 된 것도 가능하니, 필시 후대에 제목을 나누고 책간을 주면서 한 사람에 한 편의 시를 한정시킨 것과 같은 일은 아마도 없었을 것이다. 설령 다섯 형제가 다 문사文辭에 익숙하다 하더라도 뒤섞어 지은 것이니, 필시 이 노래의 수미首尾가 상응하며 가벼운 것으로부터 무거운 것에 이른 것과 같은 것도 없었을 것이다.

어떤 이가 말했다.

《오자지가·공소》에서도 기일其一, 기이其二라고 한 것은 노래를 지은 차례로서 반드시 장유長幼의 귀속되는 것은 아니라고 하였다.

나는 대답하였다.

경문에서 명백히 "다섯 형제가 모두 원망하여 대우大禹의 경계警戒를 기술해 노래를 지었다五子咸怨, 述大禹之戒以作歌"고 하였으니, 다섯 명 모두가 지은 것이 아니겠는가? 무릇 《공소》 및 《채전》에서 《공서》를 곡해한 것들을 내가 모두 다 취하지 않았다.

又按：詩以時代而分，固已．然亦有不必分與分之實舛誤者，莫若唐詩之初,盛,中,晚．錢牧齋嘗有序言："初,盛,中,晚，蓋創于宋季之嚴儀，而成于國初之高棅，承譌踵謬，三百年于此矣．夫所謂初,盛,中,晚者，論其世也，論其人也．以人論世，張燕公,曲江，世所稱初唐宗匠也．燕公自岳州以後，詩章棲婉，傳得江山之助，則燕公亦初亦盛．曲江自荊州已後，同調諷詠，尤多暮年之作，則曲江亦初亦盛．以燕公系初唐也，溯岳陽唱和之什，則孟浩然應亦盛亦初．以王右丞系盛唐也，訓《春夜竹亭》之贈，同《左掖梨花》之詠，則錢起,皇甫冉應亦中亦盛．一人之身更歷二時，將詩以人次耶，抑人以時降耶?"愚謂牧齋猶文言之．請以質論之：張九齡卒於開元二十八年，孟浩然亦是年卒，而分初,盛，何也? 劉長卿開元二十一年進士．以《杜詩年譜》考之，所謂"快意八九年，西歸到咸陽"者，天寶五載，上溯其"忤下考功第，獨辭京尹堂"，當在開元二十六年,二十七年，縱甫登第於是時，亦劉長卿之後輩矣．而分劉爲中，何也? 原其故，蓋棅誤認《中興間氣集》錢起,劉長卿等二十六人以爲中唐，不知《集》序明言起自至德元載，終於大曆末年，選此二十四年之詩．大曆末固爲中唐，然詩出於大曆前者尙多，今亦未可彊分．竊以《集》中如錢起,李嘉祐,皇甫冉,韓翃,郎士元,張繼,皇甫曾，確知其天寶間進士者，當升爲盛唐．《集》中惟孟雲卿爲盛唐，則以《篋中集》載其人，不知《篋中集》亦編次於乾元三年，較《中興間氣集》年數亦得其五之一．《篋中集》七人盡爲盛唐，並孟雲卿亦盛之;《中興間氣集》爲中唐，並劉長卿亦中之．何其有幸不幸與? 而不幸者能屈其終莫伸與? 又棅斷自大曆至元和末爲中唐，自開成至五季爲晚唐，不知元和後尙有穆宗長慶四年,敬宗寶曆二年,文宗太和九年，共十有五年，竟脫

去不數. 然則元,白何以"長慶"名其集, 而杜牧,許渾輩又何登第於太和耶? 舛
陋寡稽, 莫此爲甚. 善乎! 唐玄宗開元二十五年勅曰:"進士以聲韻爲學, 多
昧古今." 此謂唐之進士也. 唐進士尙云爾, 況明之進士哉!

시詩는 시대로 구분할 뿐이다. 그러나 그 또한 꼭 나누지 않아도 되는
것과 나누는 것의 실제의 오류가 있게 되는데, 당시唐詩의 초初, 성盛, 중中,
만晚과 같은 것이 없다.

전겸익錢謙益, 1582~1664, 호 목재(牧齋)은 일찍이 서언序言에서 다음과 같이 말
했다.

"초당, 성당, 중당, 만당의 구분은 대체로 송말의 엄의경嚴儀卿, 1197?~1245?[27]
이 개창하고 명초의 고병高棅, 1350~1423[28]에게서 완성되었는데, 거짓을 계
승하고 오류를 쫓은 것이 지금까지 삼백 년이 되었다. 이른바 초, 성, 중,
만의 구분은 그 세대를 논하고 그 인물을 논한 것이다. 인물로 세대를 논
한 것은 장연공張燕公, 667~730,[29] 장곡강張曲江, 673?~740[30]으로, 세칭 초당初唐
의 종장宗匠이다. 연공燕公은 악주岳州 자사로 옮겨간 이후에 시장詩章이 처

---

27 엄우(嚴羽) : 자 단구(丹丘), 의경(儀卿). 호 창랑포객(滄浪逋客). 남송의 시론가(詩論家).
    시인. 한위(漢魏) 성당(盛唐)의 시론을 추숭하였다. 그의 저서《창랑시화(滄浪詩話)》는
    명대의 문학비평가 고병(高棅) 등에 큰 영향을 끼쳤다.
28 고병(高棅) : 자 언회(彦恢), 호 만사(漫士). 저서《당시품휘(唐詩品彙)》는 명초에 시가
    복고(復古)를 주장하였고 또한 중국 문학의 주요한 평론저작으로 평가받는다.
29 장열(張說) : 자 도재(道濟), 열지(說之). 하남(河南) 낙양인(洛陽人). 당(唐)의 정치가,
    문학가.《장연공집(張燕公集)》이 있다.
30 장구령(張九齡) : 자 자수(子壽). 시호 문헌(文獻). 소주(韶州) 곡강인(曲江人)(지금의
    광동(廣東) 소관(韶關)). "장곡강(張曲江)" 혹은 "문헌공(文獻公)"으로 불린다. 주요 작
    품에는《감우시(感遇詩)》12수가 있다.

량해져 강산지조江山之助를 얻었다 전해지니 연공燕公은 초당初唐이면서 성
당盛唐이다. 곡강曲江은 형주荊州 좌천 이후로 (장연공과) 같은 음조로 시를
읊었는데, 더욱 말년의 작품에 많이 그러하니, 곡강도 초당이면서 성당
이다. 연공을 초당初唐에 분류하는 것은 악양岳陽에서 수창한 작품으로 거
슬러 올라가니, 맹호연孟浩然도 응당 성당이면서 초당이다. 왕우승王右丞,
701?~761[31]을 성당盛唐으로 분류하는 것은 《춘야죽정春夜竹亭》에 수창하여
주고, 함께 《좌액리화左掖梨花》를 지어 읊었으니, 전기錢起, 722?~780[32]와 황
보염皇甫冉, 717?~771?[33]도 응당 중당이면서 성당이 된다. 한 사람이 다시 두
세대에 걸쳐 있으니, 장차 시를 가지고 사람의 순서를 매겨야 하는 것인
가? 아니면 사람으로 시대를 내려야 하는가?"

나는 목재牧齋에게 문장의 형식으로 말할 것이니, 청컨대 질의로서 논의
하고자 한다. 장구령은 개원開元 28년740에 죽었고, 맹호연 역시 그 해에
죽었는데, 초당과 성당으로 나눈 것은 어째서 인가? 유장경劉長卿, 709~789[34]
은 개원開元 21년733에 진사에 급제하였다. 《두시연보杜詩年譜》를 고증해보
면, 이른바 "뜻을 품은 지 8, 9년 만에 서쪽으로 돌아와 함양에 도착하였
네快意八九年, 西歸到咸陽"는 천보天寶 5년746이며, 위로 거슬러 올라가 "미움을

---

31 왕유(王維) : 자 마힐(摩詰). 호 마힐거사(摩詰居士). 하동(河東) 포주인(蒲州人)(지금의
    산서(山西) 운성(運城)) 당 숙종(肅宗) 건원(乾元) 연간에 상서우승(尚書右丞)을 역임하
    여 "왕우승(王右丞)"으로 불린다. 대표시에는《상사(相思)》,《산거추명(山居秋暝)》등이
    있다. 저서에는《왕우승집(王右丞集)》,《화학비결(畫學秘訣)》등이 있다.
32 전기(錢起) : 자 중문(仲文), 오흥인(吳興人)(지금의 절강(浙江) 호주시(湖州市)). 주요
    작품으로는《상령고슬(湘靈鼓瑟)》,《과온일인구거(過溫逸人舊居)》등이 있다.
33 황보염(皇甫冉) : 자 무정(茂政). 윤주(潤州) 단양인(丹陽人)(지금의 강소(江蘇) 진강(鎮
    江)). 주요 작품으로는《무산협(巫山峽)》,《춘사(春思)》등이 있다.
34 유장경(劉長卿) : 자 문방(文房). 주요 작품으로는《봉설숙부용산주인(逢雪宿芙蓉山主
    人)》,《송영철상인(送靈澈上人)》등이 있다.

사 고공의 시험에 떨어져, 홀로 경윤의 관직을 사양했네忤下考功第, 獨辭京尹堂"
는 개원 26년738, 27년739에 해당하니, 만약 두보杜甫, 712~770[35]가 이 때에
등제했더라도 유장경의 후배가 된다. 그런데 유장경을 중당으로 나누는
것은 어째서인가? 그 까닭을 찾아보면, 대체로 고병高棅이《중흥간기집中興
間氣集》을 잘못 이해하여 전기錢起와 유장경劉長卿 등 26인을 중당이라고 하
였는데, 이는《중흥간기집》서序에서 지덕至德 원년756부터 시작하여 대력
大曆 말년779에 끝나기까지 24년의 시를 선별했다고 명백하게 말한 것을
몰랐던 것이다. 대력 말년은 진실로 중당이지만, 시詩 가운데는 대력 이전
에 나온 것이 더 많으므로 지금도 억지로 나눌 수 없다.《중흥간기집》을
살펴보면, 그 안의 전기錢起, 이가우李嘉祐, 황보염皇甫冉, 한굉韓翃, 낭사원郎士
元, 장계張繼, 황보증皇甫曾과 같은 이들은 확실히 천보742~756 연간에 진사에
급제했으므로 올려서 성당으로 삼는 것이 당연하다.《중흥간기집》가운
데 오직 맹운경孟雲卿, 725~781[36]만 성당盛唐인 것은《협중집篋中集》[37]에 맹운경
이 실려있기 때문인데, 이는《협중집》또한 건원乾元 3년760에 편성되었고,
《중흥간기집》과 비교해서 년수年數 또한 5분의 1밖에 되지 않음을 모른
것이다.《협중집》의 7인은 다 성당이므로 맹운경도 성당이 된 것이고,
《중흥간기집》이 중당이므로 유장경劉長卿도 중당이 된 것이다. 시대를 구

---

35 두보(杜甫) : 자 자미(子美). 호 소릉야노(少陵野老)으로 불린다. 주요 작품
으로는《망악(望嶽)》,《등고(登高)》,《춘망(春望)》,《삼리(三吏)》,《삼별(三別)》,《모옥
위추풍소파가(茅屋爲秋風所破歌)》등이 있다.
36 맹운경(孟雲卿) : 자 승지(升之). 산동(山東) 평창인(平昌人)(지금의 산동 상하(商河) 서북)
37 《협중집(篋中集)》: 원결(元結)이 편찬한 시집. 심천운(沈千運), 왕계우(王季友), 우적
(于逖), 맹운경(孟雲卿), 장표(張彪), 조미명(趙微明), 원계천(元季川) 등 7인, 24수의 시
를 수록하였다.

분하는 데 어찌 운이 있고 없는 것으로 나눌 수 있는가? 좌천되어 불행한 사람은 끝내 그의 시재를 펼 수 없다는 것인가? 또한 고병高棅은 대력大曆에서 원화元和, 806~820 말까지를 중당中唐으로, 개성開成, 836~840에서 오대五代까지를 만당晚唐이라고 단정했는데, 원화 이후에도 목종穆宗 장경長慶, 821~824 4년과 경종敬宗 보력寶曆, 825~826 2년, 문종文宗 태화太和, 827~835 9년, 총 15년이 있다는 것을 모른 것이니, 필경 빼버리고 세지 않은 것이다. 그렇다면 어찌 원진元稹, 779~831, [38] 백거이白居易의 "장경長慶"을 이름으로 하는 시집[39]이 있는 것이며, 두목杜牧, 803~852?, [40] 허혼許渾, 791?~858?[41] 등이 또 어찌 태화연간에 등제登第했던 것인가? 잘못된 식견이 쌓이게 되면 이보다 더 심한 것이 없게 된다. 훌륭하다! 당唐 현종玄宗 개원開元 25년737의 조칙에서 "진사는 성운聲韻만을 학문으로 하여 고금古今 역사에 밝지 못하다進士以聲韻爲學, 多昧古今"고 하였는데, 이는 당의 진사를 말한 것이다. 당唐의 진사進士도 오히려 이러했는데, 하물며 명明의 진사들이랴!

---

38 원진(元稹) : 자 미지(微之), 위명(威明). 하남(河南) 낙양인(洛陽人).

39 《원백장경집(元白長慶集)》: 명(明) 마원조(馬元調)가 편찬한 시집. 당(唐) 원진(元稹), 백거이(白居易)을 편집하여 《원씨장경집(元氏長慶集)》60권, 보유(補遺) 6권, 부록(附錄) 1권,《백씨장경집(白氏長慶集)》71권, 목록 2권, 부록 1권으로 하였다. 이와 별개로 명(明) 서수명(徐守銘)이 편성한 《원백장경집(元白長慶集)》31권도 있다.

40 두목(杜牧) : 자 목지(牧之), 호 번천거사(樊川居士). 경조(京兆) 만년인(萬年人)(지금의 섬서(陝西) 서안(西安)). 주요 작품으로는 《아방궁부(阿房宮賦)》,《견회(遣懷)》,《번천문집(樊川文集)》등이 있다.

41 허혼(許渾) : 자 용회(用晦)(혹은 중회(仲晦)) 윤주(潤州) 단양인(丹陽人)(지금의 강소(江蘇) 단양(丹陽)). 주요 작품으로는 《함양성동루(咸陽城東樓)》,《고낙성(故洛城)》, 《고소회고(姑蘇懷古)》등이 있다.

又按：錢牧齋極詆近日鍾譚所撰《詩歸》. 舉其初唐朱仲晦《答王無功思故
園見鄉人問》詩, 云出《朱子大全集》卷第四之首, 注並載王無功原詩, 鍾批以
爲：“此人不凡. 因思古人雖居村僻, 皆有此等素友作鄉人.” 其舛至此. 亡友
趙琳石寅亦舉宋之問《梁宣王挽詞》,《魯忠王挽詞》有“存沒貴忠良”句, 鍾批
云：“存不必言說, 到沒處方知忠良關系. 此武三思, 崇訓父子爲太子重俊誅死
者也.” 其不考至此, 殆文出稊之下云.

우안又按

전겸익이 근래 종담鍾譚[42]이 지은 《시귀詩歸》를 극렬히 비난하였다. 종
담은 초당初唐의 주중회朱仲晦[43]의 《답왕무공[44]사고원견향인문答王無功思故園見
鄉人問》 시를 들어 《주자대전집朱子大全集》 권4 맨 앞에 나오며 주注에 왕무공
王無功의 원시原詩를 수록하였다고 하고는 다음과 같이 비평하였다. "이 사
람은 평범하지 않다. 비록 후미진 촌에 살면서도 옛사람을 생각함으로
인해 모두 이 같은 평소의 친구들을 향인으로 만들었다此人不凡. 因思古人雖居村
僻, 皆有此等素友作鄉人." 그 잘못됨이 이와 같았다. 세상을 떠난 친구 조림趙琳,

---

42 종담(鍾譚) : 호북(湖北) 경릉인(竟陵人)(지금의 천문시(天门市)). 경릉파(竟陵派)의 대
 표인물이다. 명(明) 만력(萬曆)(1573~1620) 연간에 공안파(公安派)와 경릉파(竟陵派)
 가 출현하게 되는데, 그들의 시풍은 사상적으로 유학적 전통을, 문학적으로는 복고적인
 전통을 거부하였다.
43 주중회(朱仲晦)는 주희(朱熹)(1130~1200)이다. 종담의 오류이다.
44 왕적(王績)(589?~644) 자 무공(無功), 호 동고자(東皋子). 강주(絳州) 용문현인(龍門縣
 人)(지금의 산서(山西) 만영현(萬榮縣) 통화진(通化鎭)). 수(隋) 왕통(王通)의 아우이
 다. 초당(初唐)의 시인이다. 왕적의 《재경사고원견향인문(在京思故園見鄉人問)》의 시에
 대하여 주희(朱熹)가 《답왕무공문고원(答王無功問故園)》을 지었다.

자 석인(石寅)도 송지문宋之問, 656?~712?⁴⁵의 《양선왕만사梁宣王挽詞》, 《노충왕만사魯忠王挽詞》를 근거로 "귀한 충량은 죽었는가存沒貴忠良" 구절을 지었는데, 종담은 다음과 같이 비평하였다. "존存을 꼭 말할 필요는 없으니, 없어진 때에 이르러 충량이 관계되었음을 알 수 있다. 이 무삼사武三思, 649~707,⁴⁶ 무숭훈武崇訓 부자父子는 태자太子 중준重俊에 피살당한 자들이다存不必言說, 到沒處方知忠良關系, 此武三思, 崇訓父子爲太子重俊誅死者也." 종담이 자세히 살피지 못함이 이와 같은 것은 아마도 고병高秉에게서 나왔을 것이다.

원문

又按 : 吾友胡朏明讀至此, 謂余 : "朱子原來生唐初, 與王無功相酬答, 抑知宋胡安定至南渡後尙未死, 受業朱子之門乎?" 余問故. 曰 : "《宋 · 理宗本紀》'淳祐六年, 詔朱熹門人胡安定, 呂燾, 蔡模並迪功郞, 本州州學教授.' 此自姓胡名安定其人者. 薛方山編集 《通鑑》認作胡翼之, 改曰'詔授朱熹門人胡瑗'云云, 不大可笑乎! 子嘗詆三百年人學殖荒陋至極, 惟陋則妄矣."

번역 우안又按

내 친구 호위胡渭, 1633~1714, 자 비명(朏明)가 여기까지 읽고 나에게 말하였다. "주자朱子가 원래 당唐 초기에 태어나 왕무공王無功과 서로 수답酬答을 했

---

45 송지문(宋之問) : 자 연청(延淸). 이름은 소련(少連)이다. 초당(初唐)의 시인으로 심전기(沈佺期)(656?~715?)와 함께 "심송(沈宋)"으로 불린다. 주요 작품으로는 《탁대유령(度大庾嶺)》 등이 있다.

46 무삼사(武三思) : 무측천(武則天)의 조카이다. 무측천이 칭제(稱帝)하여 무씨(武氏) 종족(宗族)을 왕으로 봉할 때, 무삼사는 양왕(梁王)이 되었다. 신룡(神龍)3년(707) 태자(太子) 이중준(李重俊)의 폐위를 모의하다 피살되었다.

다고 했는데, 혹 송宋 호안정胡安定, 993~1059[47]이 남도南渡, 1127 이후에 아직 죽지 않고 주자朱子의 문하에 수업했음을 알았던 것인가?"

내가 그 까닭을 물었다. 호위가 다음과 같이 말하였다.

"《송사 · 이종본기理宗本紀》에 '순우淳祐 6년1246에 조칙하여 주희朱熹 문인 호안정胡安定, 여도呂燾, 채모蔡模를 적공랑迪功郎으로 삼음과 아울러, 본주本州 주학州學 교수教授로 삼았다淳祐六年, 詔朱熹門人胡安定, 呂燾, 蔡模並迪功郎, 本州州學教授'고 하였다. 여기에서 성姓이 호胡이고 이름은 안정安定인 그 사람은 설응기薛應旂, 1500~1575, 호 방산(方山)[48]가 편집한 《통감通鑑》에서부터 호익지胡翼之로 취급 되어 '주희 문인 호원胡瑗에게 조칙을 내리다詔授朱熹門人胡瑗 (…중략…)'로 고쳐졌으니, 매우 가소롭지 않은가! 그대는 일찍이 명조明朝 삼백 년의 학자들이 거칠고 비루함荒陋을 번성시킴이 매우 극성이라고 비난하였는 데, 비루하다고만 하면 망령된 것이다."

원문

又按 : 朱子此詩云 : "我從銅川來, 見子上京客." 銅川, 見《隋 · 地理志》秀容縣下, 爲今忻州, 王無功之父宦遊地, 兄文中子所謂"銅川府君"者. 人自屬絳州龍門, 爲今河津縣. 其故園即《傳》謂"乃還鄕里, 有田十六頃在河渚間", 是豈銅川乎? 以朱子博洽, 追代隋,唐人語, 猶不免開口便錯, 況魏晉間人追

---

47 호원(胡瑗) : 자 익지(翼之). 안정선생(安定先生)으로 불린다. 북송의 학자로 이학(理學) 의 선구(先驅)이다. 저술에는 《송자현학기(松滋縣學記)》, 《주역구의(周易口義)》, 《홍범 구의(洪範口義)》, 《논어설(論語說)》 등이 있다.

48 설응기(薛應旂) : 자 중상(仲常). 호 방산(方山). 명대의 장서가. 《송원자치통감(宋元資 治通鑑)》을 지었다.

代三代以上人語者哉?

주자朱子는 《답왕무공문고원答王無功問故園》에서 "내가 동천銅川에서 와서 경도京都의 나그네인 그대를 만났네我從銅川來, 見子上京客"라고 하였다. 동천銅川은 《수서 · 지리지》 수용현秀容縣 아래에 보이는데, 지금의 흔주忻州, 현재 산서성(山西省) 지급시(地级市)로서 왕무공王無功의 부친 왕융이 관리를 지냈던 곳이고, 형 문중자文中子王通의 이른바 "동천부군銅川府君"이다. 그 사람들은 강주絳州 용문龍門 출신으로 지금 산서 하진현河津縣이다. 그들의 고원故園고향은 곧 《신당서 · 은일열전隱逸列傳 · 왕적王績》에서 "고향으로 돌아오니, 황하의 모래톱에 전田 16경頃이 있었다乃還鄉里, 有田十六頃在河渚間"고 하였으니, 어찌 동천銅川이겠는가? 주자의 박학다식으로도 수당隋唐사람의 말을 바꿈에 오히려 잘못 말함을 면치 못하는데 하물며 위진 연간의 사람이 삼대 이전의 말을 바꿈에 있어서랴?

又按:崑山吳喬先生, 當代之善論詩者也. 或問曰:"初, 盛, 中, 晩之界如何?" 答曰:"商, 周, 魯之詩同在《頌》, 文王, 厲王之詩同在《大雅》, 閔管, 蔡之《常棣》與刺幽王之《旻》,《宛》同在《小雅》, 述后稷, 公劉與刺衛宣, 鄭莊之篇同在《國風》, 不分時世. 惟夫意之無邪, 辭之溫柔敦厚而已. 如是以論唐詩, 則初, 盛, 中, 晩, 不過嚴羽皮毛之見, 不惟唐人選唐詩不序世次前後, 即宋人之《萬首絕句》, 金人之《鼓吹》猶不論也. 高棅無識, 不論神意, 秪論皮毛, 奉嚴羽之說以選《品彙》, 又立‘正始’, ‘正宗’, ‘大家’, ‘名家’, 以致‘餘響’, ‘旁流’諸名目, 貽毒李, 何, 以成異物.《品彙》又多收景龍應制詩, 立初唐‘高華典重’之說. 錢牧齋謂其人介乎兩間, 不可截然畫斷, 是矣, 猶未窮源. 蓋唐人作詩, 隨題成體, 非有定體. 沈, 宋諸公七律之高華典重, 以應制故, 然非諸詩皆然, 而可立爲初唐之體也. 如南宋兩宮遊宴, 張掄, 康與之輩小詞多頌聖德, 祝昇平, 豈可謂爲南宋詞體邪? 詩乃心聲, 心由境起. 境不一則心亦不一. 言心之辭豈能盡出一途? 是以宋之問《遇佳人》有‘姹女猶憐鏡中髮, 侍兒堪感路旁人’. 徐安貞《聞箏》有‘曲成虛憶青蛾斂, 調急遙憐玉指寒’, 杜審言《春日言懷》有‘寄語洛城風日道, 明年春色倍還人’,《大酺》有‘梅花落處疑殘雪, 柳葉開時任好風’, 沈佺期《迎春》有‘林間覓草纔生蕙, 殿裏爭花併是梅’,《應制》有‘山鳥初來猶怯囀, 林花未發已偷新’, 郭元振《寄人》有‘才微易向風塵老, 身賤難酬知己恩’, 張說《幸望春宮》有‘繞殿流鶯凡幾樹, 當蹊亂蝶許多叢’, 蘇頲《扈從鄠杜間》有‘雲山一一看皆美, 竹樹蕭蕭畫不成’. 諸公七律不多, 而清新穎脫之句已爾, 使如中, 晚之多, 更何如邪?《大酺》,《扈從》本是典重之題, 而‘梅花落處’, ‘雲山一一’等猶自忍俊不禁, 況他題而肯盡作‘伐鼓撞鍾驚海上’, ‘城上平臨北斗懸’等語耶? 劉得仁, 晚唐也,《禁署早春》亦用應制之體. 使大曆, 開成人不作他詩, 只作應制詩, 某保其無不高華典重者也. 況景龍應制之詩雖多, 而命意, 布格, 使事無不相同. 則多人只一人, 多篇只一篇, 安可以一人一篇立體? 詩既雷同, 則與今世應酬俗學無異, 何足貴哉? 盛唐‘博大沈雄’亦然. 孟浩然有‘坐時衣帶縈纖草, 行即裙裾掃落梅’, 張謂有‘櫻桃解結垂簷子, 楊柳能低入戶枝’, 王灣有‘月華照杵空隨妾, 風響傳砧不到君’, 萬楚有‘眉黛奪將萱草色, 紅裙妒殺石榴花. 誰道五絲能續命, 却令今日死君

家', 子美之'却繞井欄添箇箇, 偶經花蕊弄輝輝'等, 不可枚舉, 皆是隨題成體,
不作死套子語. 故詩必隨題成體, 而後臺閣,山林,閨房,邊塞,旅邸,道路,方外,
青樓,處處有詩. 子美備矣, 太白已有所偏, 餘人之偏更甚, 絶無只走一路者
也. 弘,嘉瞎盛唐只走一路, 學成空殼生硬套子, 不問何題, 一槩用之, 詩道遂
成異物. 七律盛唐極高, 而篇數不多, 未得盡態極姸, 猶《三百篇》之正雅,正
風也. 大曆已多, 開成後尤多, 盡態極姸, 猶變風, 變雅也. 夫子存二變, 而弘
嘉人嚴擯大曆, 開成, 識見高於聖人矣."或曰:"君故護中,晚, 何耶?"答曰:
"七百年來, 學盛唐者未見一人有成. 大曆, 開成之詩瑕瑜不掩, 何須護得? 至
於瞎盛唐詩, 老夫六十年前十五六歲時, 腳夾筆曾敵數十輩."或又曰:"三唐
變而益下, 何也?"答曰:"須於此中識其好處而戒其不好處, 方脫二李惡習,
得有進步.《左傳》一人所作, 而前厚重後流麗, 豈必前高于後乎? 詩貴有生機
一路, 乃發於自心者也. 三唐人詩各自用心, 寧使體格少落, 不屑襲前人殘唾,
是其好處. 識此, 自眼方開. 惟以爲病, 必受瞎盛唐之惑. 忠不可以常忠, 轉爲
質文; 春不可以常春, 轉爲夏秋; 初唐不可以常初唐, 轉爲盛唐. 盛唐獨可以
七八百年常爲盛唐乎? 活人有少,壯,老, 土木偶人千年如一日."

번역 우안又按

곤산崑山 오교吳喬, 1611~1695[49] 선생先生은 당대當代에 시를 잘 논하는 분이다.
어떤 이가 물었다. "초당, 성당, 중당, 만당의 경계는 무엇인가?"
오교가 대답하였다.

---

[49] 오교(吳喬) : 원명(原名)은 수(殳), 자 수령(修齡). 강남(江南) 태창인(太倉人)(지금의
강소(江蘇))인데, 처가가 있는 곤산(崑山)으로 옮겼다.

"상商, 주周, 노魯의 시는 모두《송頌》에 있고, 문왕文王, 여왕厲王의 시는 모두《대아》에 있으며, 관숙과 채숙을 민망하게 여긴《상체常棣》와 유왕幽王을 풍자한《민뢰》과《원宛》은 모두《소아》에 있으며, 후직后稷과 공류公劉를 서술한 것과 위衛 선공宣公과 정鄭 장공莊公을 풍자한 편들은 모두《국풍》에 있으니 시대로 나누지 않았다. 오직 생각에 사악함이 없는 것과 문사文辭의 온유溫柔돈후敦厚함이 있을 뿐이다. 만약 이것으로 당시唐詩를 논한다면, 초初, 성盛, 중中, 만晩의 구별은 엄우嚴羽가 껍데기만 본 것이며, 당인唐人이 당시唐詩를 가린 것으로 세대의 전후로 순서를 삼지 않음이 없는 송인宋人의《만수절구萬首絶句》와 금인金人의《고취鼓吹》등도 논할 것이 없다. 고병高棅은 무식하여 신령한 뜻을 논하지 않고, 껍데기를 논한 것을 기반으로 엄우嚴羽의 설을 받들어《당시품휘唐詩品彙》를 편찬하였다. 또한 '정시正始', '정종正宗', '대가大家', '명가名家'에서 '여향餘響', '방류旁流' 등에 이르는 명목名目을 세워,[50] 이몽양李夢陽, 하경명何景明에 독을 끼치며 괴이한 것을 완성하게 하였다.《품휘品彙》는 또한 경룡景龍[51] 응제시應制詩를 많이 수록하여 초당初唐의 '고화전중高華典重'의 설을 수립하였다. 전목재錢牧齋가 말하길 그 시인들은 시대 구분한 사이에 끼어서 확실히 나눌 수 없다고 하였는데 그 말이 옳으나 여전히 근원에 닿지 못하였다. 대체로 당인唐人이 시를 지음에 시제詩題를 따라 체體를 완성하였지, 정해진 체體가 있었던

---

50 《당시품휘(唐詩品彙)》에서는 당시(唐詩)를 초(初), 성(盛), 중(中), 만(晩) 사기(四期)로 명확하게 구분하면서, 특히 성당(盛唐)을 중시하였다. 각 종(種)의 시체(詩體) 내에 다시 구격(九格)을 나누어 초당(初唐)을 정시(正始), 성당(盛唐)을 정종(正宗), 대가(大家), 명가(名家), 우익(羽翼), 중당(中唐)을 접부(接武), 만당(晩唐)을 정변(正變), 여향(餘響)으로 하였고, 방외(方外)의 이인(異人)들은 방류(旁流)로 삼았다.

51 경룡(景龍): 당(唐) 제4대 중종(中宗) 때의 연호(707~709).

것이 아니다. 심전기沈佺期, 송지문宋之問 제공諸公의 칠률七律의 고화전중高華典重함은 응제應制 때문인 것이나, 그들의 시가 모두 그런 것은 아니므로 초당初唐의 체體를 세울 만하다. 가령 남송南宋의 양궁兩宮 유연遊宴에서, 장륜張掄,[52] 강여지康與之[53] 등의 소사小詞의 대부분이 성덕聖德을 칭송하고 승평昇平을 축원한 것인데, 그것을 어찌 남송의 사체詞體라 할 수 있겠는가? 시란 곧 마음의 소리心聲이니, 마음은 경계로 말미암아 일어난다. 경계가 하나일 수 없으니 마음 또한 하나일 수 없다. 마음의 말이 어찌 하나의 길에서 다 나온다고 말할 수 있겠는가? 이 때문에 송지문宋之問의《우가인遇佳人-원제 : 和趙員外桂陽橋遇佳人》에 '시샘하는 여인은 거울 속 (자기)머리칼 가련히 여기고, 시중드는 아이는 길거리 사람시선 견뎌내네妬女猶憐鏡中髮, 侍兒堪感路旁人'라 하였고, 서안정徐安貞, 698~784[54]의《문쟁聞箏-원제 : 聞鄰家理箏》에 '곡이 끝나자 헛되이 여인의 추억 사라지고, 빠른 곡조에 차가운 여인의 손가락 안타깝네曲成虛憶靑蛾斂, 調急遙憐玉指寒'라 하였고, 두심언杜審言, 645?~708?[55]의《춘일언회春日言懷-원제 : 春日京中有懷》에 '낙양으로 봄 경치 읊은 편지 부치니, 내년 봄빛은 돌아오는 친구와 곱절이겠군寄語洛城風日道, 明年春色倍還人'라 하였고,《대포大酺》에 '매화 떨어진 곳 잔설이 아닌가 의심하고, 버들잎 싹틀 때 봄바람 좋구나梅花落處疑殘雪, 柳葉開時任好風'라 하였고, 심전기沈佺期의

---

52 장륜(張掄) : 1162년 전후 활동. 자 재보(才甫), 호 연사거사(蓮社居士). 개봉인(開封人).
53 강여지(康與之)(?~1158) : 자 백가(伯可), 호 순암(順庵). 낙양인(洛陽人).
54 서안정(徐安貞) : 초명(初名)은 초벽(楚璧). 자 자진(子珍). 신안(信安) 용구인(龍丘人)(지금의 절강(浙江) 용유(龍遊))
55 두심언(杜審言) : 자 필간(必簡). 하남(河南) 공현인(鞏縣人)(지금의 하남성(河南省) 공의시(鞏義市)) "시성(詩聖)"두보(杜甫)의 조부이다. 후인(後人)이 집록한《두심언시집(杜審言詩集)》이 있다.

《영춘迎春-원제:奉和立春游苑迎春》에 '숲속에서 찾는 풀은 막 돋은 혜초요, 전각 안의 꽃 다툼은 매화가 으뜸이네林間覓草纔生蕙, 殿裏爭花並是梅'라고 하였고, 《응제應制-원제:人日重宴大明宮賜綵縷人勝應制》에 '산새가 처음 옴에 오히려 겁내며 지저귀고, 숲 속의 꽃은 아직 피지 않았으나 이미 새것을 훔쳤네山鳥初來猶怯囀, 林花未發已偸新'라 하였고, 곽원진郭元振, 656~713[56]의 《기인寄人-원제:寄劉校書》에 '재주가 미약하면 속세의 노인이 되기 쉽고, 몸이 미천하면 자기를 알아주는 은혜를 보답하기 어렵네才微易向風塵老, 身賤難酬知己恩'라고 하였고, 장열張說의 《행망춘궁幸望春宮-원제:奉和聖制春日幸望春宮》에 '궁궐을 둘러 나는 꾀꼬리 모두 몇 나무인가? 오솔길에 어지러이 나는 나비 무수히 많네繞殿流鶯凡幾樹, 當蹊亂蝶許多叢'라 하였고, 소정蘇頲, 670~727[57]의 《호종호두간扈從鄠杜間-원제:扈從鄠杜間奉呈刑部尙書舅崔黃門馬常侍》에 '구름 낀 산 하나하나 다 아름답고, 쏴쏴 대숲소리 이루 다 그릴 수 없네雲山一一看皆美, 竹樹蕭蕭畫不成'라고 하였다. 제공諸公의 칠율七律은 많지 않으나 새롭게 출현한 구절일 뿐이니, 설령 중당과 만당의 칠율이 많다고 하더라도 이와 같겠는가? 《대포大酺》·《호종扈從》은 본래 전중典重한 시제詩題였으나 '매화 떨어진 곳梅花落處', '구름 낀 산 하나하나雲山一一' 등은 오히려 스스로를 통제할 수 없게 되었는데, 하물며 다른 시제詩題로 하여 '북을 치고 종을 울려 바다를 진동시키네伐鼓撞鍾驚海上'와 '성위에 광활하게 북두성이 걸려있네城上平臨北斗懸' 등의 말을 다 지어냄에 있어서랴? 유득인劉得仁[58]은 만당晩唐의 인물로서 《금서조춘禁署早

---

56 곽원진(郭元振) : 이름은 진(震). 자 원진(元振). 위주(魏州) 귀향인(貴鄕人)(지금의 하북성(河北省) 한단시(邯鄲市) 대명현(大名縣))
57 소정(蘇頲) : 자 정석(廷碩). 경조(京兆) 무공인(武功人)(지금의 섬서(陝西) 무공(武功))
58 유득인(劉得仁)(838년 전후 활동) 생졸년과 신상에 대해서는 알려지지 않았다.《신당서

春-원제 : 禁署早春晴望》도 응제체應制體를 사용하였다. 대력大曆 · 개성開成시대의 사람들에게 다른 시를 짓지 못하게 하고 오직 응제시應制詩만 짓게 하였다 면, 누구든 고화전중高華典重함을 보전하지 않음이 없었을 것이다. 오히려 경룡 연간의 응제시景龍應制詩는 비록 많으나 명의命意, 포격布格, 사사使事[59]가 서로 같지 않음이 없다. 곧 여러 사람이 단지 한 사람과 같고, 여러 편이 단지 하나의 편과 같으니, 어찌 한 사람의 한 편으로 체體를 세울 수 있겠 는가? 시가 이미 부화뇌동이 되었으므로, 지금 세대에서 세속에 응답하 는 것과 다름이 없으니 어찌 귀해질 수 있겠는가? 성당盛唐의 '박대침웅博 大沈雄'도 마찬가지이다. 맹호연孟浩然은 '앉을 때 의대는 가는 풀을 두르고, 움직임에 치맛자락은 떨어진 매화를 쓰네坐時衣帶縈纖草, 行即裙裾掃落梅'라 하였 고, 장위張謂[60]는 '앵도나무 매듭 풀려 처마를 드리우고, 버드나무 가지 늘 어져 집으로 들어오네櫻桃解結垂簷子, 楊柳能低入戶枝'라 하였고, 왕만王灣, 693?~751?[61] 은 '달꽃은 절굿공이를 비추어 속절없이 첩을 따르고, 바람에 다듬돌소 리 전하나 그대는 오지 않네月華照杵空隨妾, 風響傳砧不到君'라 하였고, 만초萬楚[62] 는 '짙은 눈썹은 원추리 꽃 무색케 하고, 붉은 치마는 석류꽃도 시샘케

· 예문지》를 편찬하였다. 시집(詩集) 1권이 전한다.

59 명의(命意)는 시문을 지음에 주제를 확립하는 것, 포격(布格)은 시를 지을 때 격률(格 律)(평측(平仄), 음운(音韻), 자수(字數), 구수(句數))을 적절히 사용하는 것, 사사(使 事)는 시문(詩文)에서 전고(典故)를 인용하는 것이다.

60 장위(張謂) : 생졸년미상. 자 정언(正言). 하내인(河內人)(지금의 하남(河南) 심양시(沁 陽市)). 천보(天寶)2년(743) 진사에 급제하였다. 주요 작품으로는《조매(早梅)》가 있다.

61 왕만(王灣) : 자호(字號)는 알려져 있지 않다. 낙양인(洛陽人)이다. 현종(玄宗) 선천(先 天) 연간(712)에 진사급제하였다.

62 만초(萬楚) : 개원(開元)(713~741) 연간에 진사급제하였다. 주요 작품으로는《수유녀 (茱萸女)》,《영렴(詠簾)》,《소산가(小山歌)》,《하상봉락화(河上逢落花)》,《총마(驄馬)》 등이 있다.

하네. 그 누가 말했나 오사五絲가 명을 잇는다고, 도리어 내가 오늘 그대 집에서 죽을 것 같네眉黛奪將萱草色, 紅裙妒殺石榴花. 誰道五絲能續命, 却令今日死君家'라고 하였고, 두자미杜子美의 '다시 우물을 둘러싸 하나씩 늘어나고, 우연히 꽃술을 지나며 반짝반짝 희롱하네却繞井欄添箇箇, 偶經花蕊弄輝輝'등을 다 열거할 수 없으나, 모두 시제詩題를 따라 체體를 완성한 것이며, 죽은 격식어를 짓지 않았다. 따라서 시는 반드시 시제詩題를 따라 체體를 완성해야 하는 것이고, 그 이후에 대각臺閣·산림山林·규방閨房·변색邊塞·여저旅邸·도로道路·방외方外·청루青樓 곳곳에 시가 있게 된다. 두자미는 갖추었고, 이태백은 이미 치우침이 있으며, 나머지 사람들은 치우침이 더욱 심하였으니, (두보는) 절대 오직 한 길로만 가지 않은 사람이었다. 명대 홍치弘治, 1488~1505·가정嘉靖, 1522~1566 연간에 성당盛唐을 한 눈으로만 보고 오직 한 길로 내달려, 학문을 이룸이 빈 껍질에서 딱딱한 격식어를 만들고, 어떤 시제詩題인지를 불문하고 한 가지로만 개괄해 사용하였으므로 시도詩道가 마침내 괴이한 물건을 완성하게 되었다. 칠율七律은 성당盛唐이 가장 높았는데 편수는 많지 않았으므로 극진한 아름다움을 다 할 수 없었으나, 오히려《삼백편三百篇》의 정아正雅, 정풍正風과 같았다. 대력大曆연간에 이미 많아졌고, 개성開成 이후에는 더욱 많아져, 극진한 아름다움을 다 하였으니, 변풍變風·변아變雅와 같았다. 그대가 이변二變을 보존하고, 명대明代인들이 엄격하게 대력大曆, 개성開成을 물리친다면, 식견이 성인보다 더 높아질 것이다.”

어떤 이가 물었다.

“그대가 중당과 만당을 옹호하는 까닭은 어째서인가?”

오교가 대답하였다.

"7백 년 동안, 성당을 공부한 자 가운데 한 사람도 완성한 것을 보지 못했다. 대력大曆·개성開成의 시는 옥에 티가 있는 것을 가릴 수 없는데, 어찌 옹호할 수 있겠는가? 성당시를 한쪽 눈으로만 봄에 있어서, 늙은이가 60년 전 15,6세 때, 다리에 붓을 끼우고 일찍이 수십인들을 대적하였다."

어떤 이가 또 물었다.

"삼당三唐, 초당·성당·중당·만당의 분류에서 세 번째 중당의 변變이 더욱 심해지는 것은 어째서인가?"

오교가 대답하였다.

"모름지기 그 가운데서 좋은 곳을 알고 좋지 않은 곳을 경계하면, 바야흐로 이이二李李白, 字太白과 李賀, 字長吉의 악습惡習을 벗을 수 있다. 《좌전》은 한 사람이 지은 것이지만, 앞은 후중厚重하고 뒤는 유려流麗하니 어찌 반드시 앞이 뒤보다 더 고상하겠는가? 시는 한 길을 따라 생겨남을 귀하게 여기니, 곧 마음으로부터 생겨나는 것이다. 삼당인三唐人의 시詩는 각자가 마음을 쓰니, 차라리 체격體格이 조금 떨어지더라도 전인들이 내뱉은 침을 달갑게 습용하지 않으니 이것이 좋은 곳이다. 이를 안다면, 저절로 눈이 떠지게 된다. 오직 병통으로 여겨야 할 것은 반드시 한쪽 눈으로 성당의 의혹됨을 받아들이는 것이다. 충忠은 항상 충忠일 수 없으니 질박함과 문채로 바뀌며, 봄은 언제나 봄일 수 없으니 여름과 가을로 바뀌며, 초당初唐은 언제나 초당일 수 없으니 성당盛唐으로 바뀐다. 성당盛唐만 유독 7백 년 동안 성당일 수 있겠는가? 살아있는 사람은 소少·장壯·노老가 있고, 토목土木으로 된 인형이라야 천 년이 하루와 같다."

제74. 옛 사람은 운韻으로 문장을 완성하였는데, 《대우모》와《태서》는 그 사실을 몰랐음을 논함

古人文字多用韻, 不獨《周易》,《老子》爲然. 其與人面語, 亦間以韻成文. 《堯曰》:"咨爾舜"一段, "躬", "中", "窮", "終"韻協;《太誓》曰"我武惟揚", "揚", "疆", "張", "光", 韻協;《墨子》引《太誓》之言, 於《去發》曰:"惡乎君子, 天有顯德, 其行甚章; 爲鑑不遠, 在彼殷王. 謂人有命, 謂敬不可行, 謂祭無益, 謂暴無傷. 上帝不常, 九有以亡. 上帝不順, 祝降其喪. 惟我有周, 受之大帝." 亦有韻之文. 竊意當日舜亦以命禹, 原未嘗增減堯一字. 而僞作《大禹謨》者於呼禹之下增十三句而至"天之歷數在汝躬", 增四句而至"允執厥中", 增九句而至"四海困窮, 天祿永終", 又溢以二句而止, 不惟其辭之費, 意之重, 而于古人以韻成文之體亦大不識之矣. 至《墨子》所引, 以"惡乎君子, 天有顯德, 其行甚章"竄入《泰誓下》篇首, 以"爲鑑不遠, 在彼殷王"六句倒置之竄入中篇中, 又以"上帝不常", "九有以亡"二句爲重出《伊訓》,《咸有一德》所用而滅去之, 止留其後之語. 反似《墨子》當日將古《泰誓》篇凡韻相協者采集成之而後引之, 而古人原未嘗有以韻成文之體也.

옛 사람의 문장은 운韻을 많이 사용했는데, 오직《주역》,《노자》만 그런 것이 아니었다. 사람과 대면하여 말할 때에도 그 사이에 운韻으로 문장을 완성하였다.《논어·요왈》의 "아! 너 순아咨爾舜" 일단[63]의 "궁躬", "중

中", "궁궁窮窮", "종종終終"이 협운協韻이고, 《태서太誓》에 이르길 "우리의 위엄을 떨치다我武惟揚"64의 "양揚", "강疆", "장張", "광光"이 협운이고, 《묵자》에 인용된 《태서太誓》의 말 가운데 《거발去發》에 이르기를 "아 군자여, 하늘은 밝은 덕을 소유하였으니 그 행동이 매우 분명하다. 그 거울은 멀리 있지 않고 바로 저 은왕에게 있다. 그는 사람에게 천명이 있다고 하였고 공경스런 행동을 행하지 말라고 하였으며, 제사는 아무런 이익이 없는 것이라고 하였고, 포악한 짓을 해도 해로울 것이 없다고 하였다. 상제는 일정치 않아 구주는 망하였고, 상제가 따르지 않아 죽음을 내렸다. 우리 주나라가 하늘의 명을 받았다惡乎君子, 天有顯德, 其行甚章; 爲鑑不遠, 在彼殷王. 謂人有命, 謂敬不可行, 謂祭無益, 謂暴無傷. 上帝不常, 九有以亡. 上帝不順, 祝降其喪. 惟我有周, 受之大帝 ." 또한 운韻이 있는 문장이다. 가만히 생각해보건대, 순임금 역시 우에게 명할 당시에도 원래는 한 글자의 증감도 없었을 것이다. 그러나 《대우모》를 위작한 자는 순임금이 우禹를 부른 다음에 13구절을 더하여 "하늘의 역수가 너의 몸에 있다天之歷數在汝躬"에 이르렀고, 다시 4구절을 더하여 "진실로 그 중을 잡아라允執厥中"에 이르렀으며, 다시 9구절을 더하여 "사해가 곤궁하면 천록이 영원히 끊어질 것이다四海困窮, 天祿永終"에 이르렀고, 다시 두 구절을 더한 다음에 끝나게 했으니,65 문장을 낭비하고 의미를 중복시킬 뿐만 아

---

63 《논어·요왈》요임금이 말하였다. "아! 너 순(舜)아, 하늘의 역수(曆數)가 너의 몸에 있으니, 진실로 그 중(中)을 잡도록 하라. 사해(四海)가 곤궁하면 천록(天祿)이 영원히 끊어질 것이다."(堯曰 咨爾舜! 天之曆數在爾躬, 允執其中. 四海困窮, 天祿, 永終)

64 《맹자·등문공하》《태서》에 이르기를 '우리의 위엄을 떨쳐 저들의 국경을 침략하여 잔학한 자를 취함으로써 살벌(殺伐)의 공(功)이 크게 베풀어지니, 탕왕(湯王)보다 더욱 빛이 있다' 하였다.(《太誓》曰 我武惟揚, 侵于之疆, 則取于殘, 殺伐用張, 于湯有光)

65 《대우모》帝曰:「來, 禹!降水儆予, 成允成功, 惟汝賢. 克勤于邦, 克儉于家, 不自滿假, 惟汝賢. 汝惟不矜, 天下莫與汝爭能. 汝惟不伐, 天下莫與汝爭功. 予懋乃德, 嘉乃丕績, 天之歷數在

니라 옛사람들이 운으로 문장을 완성하던 문체에 대해서도 매우 알지 못했던 것이다. 《묵자》를 인용함에 있어서는 "아 군자여, 하늘은 밝은 덕을 소유하였으니 그 행동이 매우 분명하다惡乎君子, 天有顯德, 其行甚章"는 《태서하》편 맨 앞에 찬입하고, "그 거울은 멀리 있지 않고 바로 저 은왕에게 있다爲鑑不遠, 在彼殷王"의 6구절은 《태서중》편에 거꾸로 찬입하였으며, 또 "상제는 일정치 않아上帝不常", "구주는 망하였고九有以亡" 두 구절은 《이훈》과 《함유일덕》에 중복되므로 삭제해버리고, 그 뒤의 말만 남겨 놓았다. 오히려 《묵자》가 당시에 고古《태서》편을 가지고 운이 서로 어울리는 것을 채집하여 편을 완성한 이후에 인용하였으니, 옛사람들은 원래 운으로 문장을 완성하는 문체가 없었던 것만 같다.

원문

按 : 《墨子》原文 "爲鑑不遠, 在彼殷王" 下卽繫以殷王所謂四語, 今《泰誓》既云 "商王受力行無度", 又更端云 "受罪浮于桀", 自不得用 "爲鑑不遠, 在彼殷王", 故遂易 "殷王" 爲 "夏王", 以作照應前面之辭. 此其遷就之本懷云.

번역 안按

《묵자》 원문 "그 거울은 멀리 있지 않고 바로 저 은왕에게 있다爲鑑不遠, 在彼殷王." 다음에 바로 은왕이 말한 4가지가 이어지는데, 지금의 《태서》는

汝躬, 汝終陟元后, 人心惟危, 道心惟微, 惟精惟一, 允執厥中. 無稽之言勿聽, 弗詢之謀勿庸. 可愛非君? 可畏非民? 衆非元后, 何戴? 后非衆, 罔與守邦? 欽哉!! 愼乃有位, 敬修其可願, 四海困窮, 天祿永終. 惟口出好興戎, 朕言不再.」

"은왕 수가 법도가 없는 일을 힘써 행하다商王受力行無度"라고 하였고, 다시 다른 일로 "수는 죄악이 걸왕보다 더하다受罪浮于桀"고 하였으므로, 저절로 "그 거울은 멀리 있지 않고 바로 저 은왕에게 있다厥鑑不遠, 在彼殷王"는 말을 쓰지 못하고, 마침내 "은왕殷王"을 "하왕夏王"으로 바꾸어 앞의 문장에 응하게 한 것이다.[66] 이것이 뒤바뀐 것의 본모습이다.

又按：梅鷟幼穌又謂古文《尙書》東晉上者, 較前僞《泰誓》引《書》加詳, 故遂亂本經, 然尙幸其有紕漏顯然, 以可指議者, 如改"今失其行"爲"今失厥道", 不與"唐", "常", "方", "綱", "亡"協, 則昧經書用韻之體矣. 離《堯曰》首節爲三段, 而增加其上, 則非舜亦以命禹之文矣. 正與余互相發.

우안又按

매악梅鷟, 자 유화(幼穌)[67]이 또 말하였다.

동진 때 헌상된 고문《상서》는 이전의 위僞《태서》와 비교해서 《서》를 인용함이 더욱 상세하므로 마침내 본경本經을 어지럽혔다. 그러나 다행스럽게도 그 오류와 소략함이 확실하여 지목해서 의논할 수 있는데, 가령 "금실기행今失其行"[68]을 "금실궐도今失厥道"[69]로 고쳐 "당唐", "상常", "방方", "강

---

66 《태서중》惟受罪浮于桀. 剝喪元良, 賊虐諫輔. 謂己有天命, 謂敬不足行, 謂祭無益, 謂暴無傷. 厥鑑惟不遠, 在彼夏王. 天其以予乂民. 朕夢協朕卜, 襲于休祥. 戎商必克.

67 매악(梅鷟) : (?~?) 본서 제31.에서 매악(梅鷟, 자 백일(百一))을 언급하고 있다. 같은 인물로 보인다. 직예(直隸) 영국부(寧國府) 정덕현(旌德縣)(지금의 안휘성(安徽省) 선성시(宣城市))출신. 명대 관료. 정덕(正德)12년(1517) 진사(進士)에 급제하였다. 매작(梅鷟)의 형이다.

綱", "망亡"과 협운이 되지 않으니, 경서經書의 용운用韻하는 문체에 어두웠던 것이다. (《대우모》는) 《요왈》 첫 구절을 3단으로 나누어 그 앞에 문장을 덧붙였으니, 또한 순임금이 우에게 명한 문장이 아니다.

꼭 나의 의견과 더불어 서로 밝혀주는 논의이다.

又按 : 梅氏鷟亦謂 《堯曰》"咨爾舜"僅五句, 《大禹謨》于五句上下輒益之, 共三十三句, 是在堯爲寂寥乎短章, 在舜爲春容乎大篇矣. 亦可絶倒. 又謂孔安國注 《論語》"舜亦以命禹"曰 : "舜亦以堯命己之辭命禹." 不言"今見《大禹謨》, 比此加詳", 則可證東晉時古文非西漢時安國所見之古文決矣. 又謂《集解》所引"孔曰"者乃安國之手筆. 擧安國之手筆爲證, 則晉人將何辭以對? 皆與余互相發.

우안又按

매작梅鷟, 1483?~1553도 다음과 같이 말하였다.

《논어 · 요왈》"아! 너 순아咨爾舜"는 단지 다섯 구절이지만, 《대우모》는 다섯 구절 앞뒤로 문구를 더하여 모두 33구이니, 요임금 때의 단장短章은 공허하고, 순임금 때의 장편長篇은 장중하다. 이 또한 거꾸러질만 하다.

또 말하였다. 《논어 · 요왈》"순임금도 이 말씀으로 우에게 명하였다舜亦以命禹"의 공안국孔安國 주注는 "순도 요임금이 자기를 명령한 말씀으로 우

---

68 《좌전 · 애공6년》夏書曰 惟彼陶唐, 帥彼天常, 有此冀方, 今失其行, 亂其紀綱, 乃滅而亡滅亡.
69 《오자지가》其三曰, 惟彼陶唐, 有此冀方. 今失厥道, 亂其紀綱. 乃底滅亡.

를 명한 것이다舜亦以堯命己之辭命禹"라고 하였고, "지금 《대우모》에 보이니,
여기에 비해 더욱 상세하다今見《大禹謨》, 比此加詳"라는 말은 하지 않았으니,
동진 때의 고문이 서한 때 공안국이 본 고문이 절대 아님을 증명한다.

또 말하였다. 《논어집해》에 인용된 "공왈孔曰"은 곧 공안국이 쓴 글이다.
공안국의 쓴 글을 들어 증명한다면 진인晉人은 장차 무슨 말로 대답할까?
모두 나의 의견과 더불어 서로 밝혀주는 논의이다.

원문

又按:《荀子》引《道經》四語, 亦是以"危", "微", "幾", "之"成韻.《論語》
"雖有周親"四語, 以"親", "人", "人"成韻. 僞作《大禹謨》,《泰誓中》者竟截去
一半, 間以"天視天聽"之語, 亦係不識文有用韻處.

번역 우안又按

《순자 · 해폐解蔽》편에서 인용한 《도경道經》 4구[70]도 "위危", "미微", "기幾",
"지之"로 운韻을 이룬다. 《논어 · 요왈》의 "비록 가까운 친척이 있으니雖有周
親" 4구[71]는 "친親", "인人", "인人"으로 운韻을 이룬다. 《대우모》와 《태서중
泰誓中》편을 위작한 자는 끝내 절반을 잘라버리고, 중간에 "천시天視"와 "천
청天聽"[72]의 말을 넣었으니, 이 또한 문장에 운韻을 사용하는 곳을 모른 것
이다.

---

70 《순자 · 해폐(解蔽)》故《道經》曰 : '人心之危, 道心之微.' 危微之幾, 唯明君子而後能知之.
71 《논어 · 요왈》雖有周親, 不如仁人, 百姓有過, 在于一人.
72 《태서중》天視自我民視. 天聽自我民聽. 百姓有過, 在予一人. 今朕必往.

又按 : 毛先舒稚黃曰 : "《易 · 小象》尤屬韻語, 大略句末 '也' 字前一字率是
韻.《小象》古本元不與爻相間, 自相連屬成文. 中有一《象》自爲韻者, 如《坤》
之初六《象》 '凝' 與 '冰' 韻, 六二《象》 '方' 與 '光' 韻. 有數《象》聯爲韻者, 如
《需》之六四, 九五《象》 '聽' 與 '正' 韻 ;《履》之六三, 九四, 九五, 上九《象》 '明'
與 '行', 與 '當', 與 '剛', 與 '行', 與 '當', 與 '慶' 韻 ;《同人》之九四, 九五, 上九
《象》 '克' 與 '則', 與 '直', 與 '克', 與 '得' 韻. 有通六《象》爲韻者, 則《噬嗑》之
《象》 '行' 與 '剛', 與 '當', 與 '光', 與 '當', 與 '明' 韻是也. 三代韻書不傳, 此等最
有資于考古. 自後人以《象》傅爻, 兩相間隔, 便乖古聖人諧聲摛文之意." 愚
嘗笑《詩》,《書》無口, 冤直難鳴, 不獨文義受人錯解, 並篇第任人移易. 此殆
其一事耳矣.

모선서毛先舒, 1620~1688, 자 치황(稚黃)[73]가 다음과 같이 말했다.

"《역 · 소상小象》은 특히 운어韻語에 속하는데, 대체로 구句 끝의 '야也' 자
앞 한 글자가 운韻이 된다.《소상小象》 고본古本은 원래 효爻와는 상관없이,
그 자체만으로 이어져 문장을 이루었다. 그 가운데 하나의《상象》에서 저
절로 운韻이 되는 것이 있으니, 예를 들면,《곤坤》초육《상》[74]의 '응凝'과
'빙冰'이 운이며, 육이《상》[75]의 '방方'과 '광光'이 운이다. 여러《상》이 이

---

[73] 모선서(毛先舒) : 원명은 규(驧), 자는 치황(馳黃)이었으나, 이후에 선서(先舒)로 개명
하고 자는 치황(稚黃)으로 고쳤다. 인화(仁和)(지금의 절강(浙江) 항주(杭州)) 사람이
다. 명말청초의 문학가. 음운학(音韻學)을 연구하였다.

[74] 《곤(坤)》초육《상》履霜堅冰, 陰始凝也. 馴致其道, 至堅冰也.

어지며 운이 되는 것이 있으니, 예를 들면, 《수需》육사와 구오《상》[76]의 '덕聽'과 '정正'이 운이 되고, 《리履》육삼, 구사, 구오, 상구《상》[77]의 '명明'은 '행行', '당當', '강剛', '행行', '당當', '경慶'과 운이 되며, 《동인同人》구사, 구오, 상구《상》[78]의 '극克'은 '즉則', '치直', '극克', '득得'과 운이 된다. 여섯 개의 《상》이 모두 운이 되는 것이 있으니, 《서합噬嗑》《상》[79]의 '행行', '강剛', '당當', '광光', '당當', '명明'이 운이 된다. 삼대三代의 운서韻書가 전하지 않으므로, 옛것을 상고함에 이와 같은 것에 가장 의뢰하게 된다. 이후에 후대인들이 《상》을 효爻에 부회하여, 상과 효 둘 사이에 간격이 생겼고, 곧 옛 성인의 소리를 화합하여 글을 지은 의미를 어지럽혔다.

일찍이 우스갯소리로 《시》와 《서》는 입이 없어서 억울함이 있어도 하소연할 수 없다고 한 것은 오직 문의文義를 사람들이 잘못 이해하여 받아들이는 것뿐만 아니라, 편제도 사람들 임의대로 옮겨 바꾸었기 때문이었다. 아마 이것도 같은 사안일 것이다.

원문

又按：傳記引《書》, 有本非韻語, 却被僞作者或增, 或刪, 或竄改, 以圖與韻

---

75 《곤(坤)》육이《상》六二之動, 直以方也. 不習无不利, 地道光也.
76 《수(需)》육사《상》需于血, 順以聽也.《수(需)》구오《상》酒食貞吉, 以中正也.
77 《리(履)》육삼《상》眇能視；不足以有明也. 跛能履；不足以與行也, 咥人之凶；位不當也. 武人爲于大君；志剛也.《리(履)》구사《상》愬愬終吉, 志行也.《리(履)》구오《상》夬履貞厲, 位正當也.《리(履)》상구《상》元吉在上, 大有慶也.
78 《동인(同人)》구사《상》乘其墉, 義弗克也, 其吉, 則困而反則也.《동인(同人)》구오《상》同人之先, 以中直也. 大師相遇, 言相克也.《동인(同人)》상구《상》同人于郊, 志未得也.
79 《서합(噬嗑)》초구《상》屨校滅趾, 不行也.《서합(噬嗑)》육이《상》噬膚滅鼻, 乘剛也.《서합(噬嗑)》육삼《상》遇毒, 位不當也.《서합(噬嗑)》구사《상》利艱貞吉, 未光也.《서합(噬嗑)》육오《상》貞厲无咎, 得當也.《서합(噬嗑)》상구《상》何校滅耳, 聰不明也.

叶, 若古人文實有如此協比其音者, 又得數條, 亦不可不察. 增者何?《呂氏春秋》《夏書》曰'天子之德廣運, 乃神, 乃武, 乃文'", 增"乃聖"二字于"乃神"上, 皆四字句, 以'神'與'文'叶. 刪者何?《荀子》"其在中蘬之言也, 曰'諸侯自爲得師者王, 得友者霸, 得疑者存, 自爲謀而莫己若者亡'". 刪"得友者霸"二句, 以"王"與"亡"叶. 竄改者何?《禮記》《兌命》曰'惟口起羞, 惟甲冑起兵, 惟衣裳在笥, 惟干戈省厥躬'", 改"兵"字爲"戎", 以下與"躬"叶. 此皆屬其狡獪處.

번역 우안又按

전기傳記에서《서》를 인용함에 있어 본래 운어韻語가 아니었는데, 도리어 위작자에 의해 더해지거나 혹은 삭제되거나 혹은 개찬改竄되어 운협韻叶이 도모된 것도 있었다. 옛 사람들이 실제 이와 같이 그 음을 어울리게 한 것과 같은 것도 몇 조목을 얻었으므로 고찰하지 않을 수 없다. 더해진 것은 무엇인가?《여씨춘추 · 유대편諭大篇》《하서》에 이르길 '천자의 덕은 넓게 운행되어, 신묘하고, 위엄있고, 문채난다'고 하였다《夏書》曰'天子之德廣運, 乃神, 乃武, 乃文'"에서 "내성乃聖" 두 글자를 "내신乃神"앞에 더하여 모두 4자구를 만들고 '신神'으로 '문文'과 운협韻叶이 되게 하였다.[80] 삭제한 것은 무엇인가?《순자 · 요문堯門》에 "그 중훼中蘬의 말에 이르길 '제후가 스스로 스승을 얻은 자는 왕자王者가 되고, 벗을 얻은 자는 패자霸者가 되며, 의심을 풀 수 있는 자를 얻으면 보존될 수 있으며, 스스로 계책을 세우되 자기만 같은 이가 없다고 여기는 자는 망한다'고 하였다其在中蘬之言也, 曰'諸侯

---

80 《大禹謨》益曰, 都, 帝德廣運. 乃聖乃神, 乃武乃文. 皇天眷命, 奄有四海, 爲天下君.

自爲得師者王, 得友者霸, 得疑者存, 自爲謀而莫己若者亡'"에서 "득우자패得友者霸" 2구를 삭제하여 "왕王"으로 "망亡"과 운협韻叶이 되게 하였다.[81] 개찬한 것은 무엇인가?《예기 · 치의緇衣》에《열명兌命》에 이르길 '말은 부끄러움을 일으키고 갑주甲胄는 군사兵를 일으키며, 의상衣裳을 상자에 잘 보관하되, 간과干戈를 그 몸에 살펴야 한다'고 하였다《兌命》曰'惟口起羞, 惟甲胄起兵, 惟衣裳在笥, 惟干戈省厥躬'"에서 "병兵"자를 "융戎"으로 고쳐 다음의 "궁躬"과 운협이 되게 하였다.[82] 이것은 모두 아이들 장난에 속한다.

원문

又按：顧氏《音學五書》言："文人言韻, 莫先於陸機《文賦》." 余謂《文心雕龍》"昔魏武論賦, 嫌於積韻, 而善於資代",《晉書 · 律曆志》"魏武時河南杜夔精識音韻, 爲雅樂郎中令". 二書雖一撰於梁, 一撰於唐, 要及魏武, 杜夔之事, 俱有韻字. 知此學之興, 蓋於漢建安中, 不待張華論韻, 何況士衡? 故止可曰古無韻字, 不得如顧氏云起晉宋以下也.

번역 **우안又按**

고염무顧炎武, 1613~1682의《음학오서音學五書》에서 "문인이 운韻을 말한 것 가운데 육기陸機, 261~303[83]의《문부文賦》보다 앞선 것은 없다文人言韻, 莫先於陸機

---

81 《仲虺之誥》予聞, 曰, 能自得師者王. 謂人莫己若者亡.
82 《說命中》惟口起羞, 惟甲胄起戎. 惟衣裳在笥, 惟干戈省厥躬.
83 육기(陸機) : 자 사형(士衡). 서진(西晉)의 문학가. 주요 저작에는《변망론(辨亡論)》,《평복첩(平復帖)》 등이 있다. 특히 문학이론서인《문부(文賦)》는 그의 나이 20세 때 부(賦)의 형식으로 문학의 이론을 논한 작품으로 중국문학 비평사에서 중요한 위치를 차지한다.

《文賦》"고 하였다.

나는 다음과 같이 생각한다.

《문심조룡文心雕龍》에 "옛날 위무제魏武帝曹操, 155~220가 부賦를 논함에 운韻 쌓는 것을 싫어하였으나 전환하는 것을 잘하였다昔魏武論賦, 嫌於積韻, 而善於資 代"고 하였고, 《진서晉書·율력지律曆志》에 "위무제 때 하남의 두기杜夔[84]는 음운音韻을 정밀하게 알아서 아악랑중령이 되었다魏武時河南杜夔精識音韻, 爲雅樂 郎中令"고 하였다. 두 책이 비록 하나는 양대梁代에 편찬되었고, 하나는 당 대唐代에 편찬되었지만, 반드시 위무제와 두기의 일을 언급함에 모두 운 자韻字를 말하였다. 이 음운학이 흥기한 때는 대체로 동한東漢 건안建安 (196~220) 연간임을 알 수 있으니, 장화張華, 232~300[85]가 운韻을 논함을 기다 릴 것도 없는데, 하물며 육기에 있어서랴? 따라서 단지 옛날에는 운자가 없었다고 말할 수는 있지만, 고염무와 같이 서진과 송宋 이후에 흥기했다 고는 할 수 없을 것이다.

원문

又按 :《音學五書》言古詩無叶音, 載陳第季立《序》言頗詳, 尙未及焦氏竑 《筆乘》一段. 余勸東海公補入, 諾而未行. 書已刊布, 今補於此, 亦大有裨益 韻學云.《筆乘》曰 : "詩有古韻, 今韻, 古韻久不傳, 學者于《毛詩》,《離騷》皆 以今韻讀之, 其有不合, 則彊爲之音, 曰此叶也. 某意不然, 如'騶虞'一'虞'也,

---

84 두기(杜夔) : 자 공량(公良). 각종 악기에 능하지 않는 바가 없었다고 한다.
85 장화(張華) : 자 무선(茂先). 서진의 문학가, 장서가. 박물학(博物學) 저작인《박물지(博 物志)》를 편찬하였다.《수서·경적지》에《장화집(張華集)》10권이 채록되어 있으나, 실 전되었다. 명대 장부(張溥)가 집록한《장무선집(張茂先集)》이 있다.

既音牙而叶'葭'與'豝', 又音五紅反而叶'蓬'與'豵'; '好仇'一'仇'也, 既音求而叶'鳩'與'洲', 又音渠之反而叶'逑'. 如此, 則'東'亦可音'西', '南'亦可音'北', '上'亦可音'下', '前'亦可音'後', 凡字皆無正呼, 凡《詩》皆無正字矣, 豈理也哉? 如'下'今在馬押, 而古皆作虎音.《擊鼓》云'于林之下', 上韻爲'爰居爰處';《凱風》云'在浚之下', 下韻爲'母氏勞苦';《大雅 · 縣》'至于岐下', 上韻爲'率西水滸'之類也. '服'今在屋押, 而古皆作迫音.《關雎》云'寤寐思服', 下韻'輾轉反側';《候人》云'不稱其服', 上韻爲'不濡其翼';《騷經》'非時俗之所服', 下韻爲'依彭咸之遺則';《大戴記》孝昭冠辭'始加昭明之元服', 下韻'崇積文武之寵德'之類也. '降'今在絳押, 而古皆作攻音.《草蟲》云'我心則降', 下韻爲'憂心忡忡';《騷經》'惟庚寅吾以降', 上韻爲'朕皇考曰伯庸'之類也. '澤'今在陌押, 而古皆作鐸音.《無衣》云'與子同澤', 下韻爲'與子偕作';《郊特牲》'草木歸其澤', 上韻爲'水歸其壑, 昆蟲毋作'之類也. 此等不可殫舉, 使非古韻而自以意叶之, 則'下'何皆音虎, '服'何皆音'迫', '降'何皆音'攻', '澤'何皆音鐸, 而無一字作他音者耶?《離騷》, 漢魏, 去詩人不遠, 故其用韻皆同. 世儒徒以耳目所不逮而鑿空傅會, 良可歎矣! 予兒朗生五歲時方誦《國風》, 問曰'然則「騶虞」, 「好仇」當作何音?' 某曰: '葭'與'豝'爲一韻, '蓬'與'豵'爲一韻. '于嗟乎騶虞'一句自爲餘音, 不必叶也. 如'麟之趾' '趾'與'子'爲韻, '麟之定' '定'與'姓'爲韻, '于嗟麟兮'一句亦不必叶也.《殷其靁》,《黍離》,《北門》章末語不入韻, 皆此例也.《兔罝》'仇'與'逑'同韻, 蓋'逑'古一音求. 王粲《從軍詩》'雞鳴達四境, 黍稷盈原疇. 館宅充鄽里, 士女滿莊馗', '馗'即'逵', 九交之道也. 不知'逑'亦音求, 而改'仇'爲渠之反以叶之, 遷就之曲說也." 愚按: 惟"逑"古音求說非是. 蓋"逑"雖亦作"馗", 不比"馗"有二音, 止音葵. 經文未嘗

作"馗", 豈容讀入"尤"韻? 毛氏先舒引《漢書》趙幽王歌"爲王餓死兮, 誰者憐
之? 呂氏絶理兮, 托天報仇", 云"仇"可與"之"叶, 自亦可與"逵"叶, 證朱子音
爲獨得也.

[번역] 우안又按

　《음학오서》에서 고시^{古詩}는 협음^{叶音}이 없다고 하면서, 진제^{陳第, 1541~1617,}
^{자 계립(季立)}의 《서序》를 기록한 것은 자못 상세했지만 오히려 초횡^{焦竑,}
^{1540~1620}의 《필승筆乘》 일단은 언급하지 않았다. 내가 동해공^{東海公}[86] 서건
학^{徐乾學, 1631~1694}을 도와 보충해 넣을 것을 승낙하였지만 실행하지 못했
다. 책은 이미 출간되어 배포되었으므로 지금 여기서 보충을 하니, 또한
운학^{韻學}에 더욱 유익함이 있을 것이다.

　《필승^{筆乘}》에 다음과 같이 말하였다.

　"시에는 고운^{古韻}과 금운^{今韻}이 있는데, 고운^{古韻}은 오랫동안 전해지지
못하여 학자들이 《모시》와 《이소^{離騷}》에서 모두 금운^{今韻}으로 읽고 합치되
지 않음이 있었으므로 억지로 그것을 음으로 삼고 이것이 협^叶이라고 하
였다. 내^{초횡} 생각에는 그렇지 않으니, 가령 '추아^{騶虞}'[87]의 '아^虞'는 이미 음
이 아^牙이므로 '가^葭' '파^豝'와 협^叶이 되고, 또한 음이 오홍의 반절^{五紅反}, 용
로 '봉^蓬' '종^豵'과 협^叶이 된다. '호구^{好仇}'의 '구仇^逑'는 이미 음이 구求이므

86　동해공(東海公) : 본서 제100.에 동해공(東海公)이 《고문연감(古文淵鑑)》을 편찬했다고
　　하였으므로, 동해공은 서건학(徐乾學)을 지칭한 것으로 보인다. 서건학(徐乾學)의 자는
　　원일(原一), 유혜(幼慧). 호는 건암(健庵)이다. 청대의 학자이자 장서가이다. 청초의 대
　　유(大儒) 고염무(顧炎武)의 외생(外甥)이다. 《명사(明史)》, 《대청일통지(大淸一統志)》,
　　《독예통고(讀禮通考)》 등을 편찬하였다.
87　《소남 · 추우(騶虞)》彼茁者葭, 壹發五豝, 於嗟乎騶虞! 彼茁者蓬, 壹發五豵, 於嗟乎騶虞!

로 '구鳩' '주洲'와 협叶이 되고,[88] 또한 거지의 반절渠之反, 기로 '규逵'와 협叶이 된다.[89] 이와 같다면, '동東'도 '서西'음이 될 수 있고, '남南'도 '북北'음이 될 수 있고, '상上'도 '하下'음이 될 수 있고, '전前'도 '후後'음이 될 수 있으니, 글자가 모두 정해진 바른 음이 없게 되고, 《시》가 모두 정해진 바른 글자가 없게 되니, 이런 이치가 어디에 있겠는가? 가령 '하下'는 지금 마압馬押에 있고 고음은 모두 호음虎音이었다. 《패풍· 격고擊鼓》의 '우림지호于林之下'는 위로 '원거원처爰居爰處'와 운韻이 되고,《패풍· 개풍凱風》의 '재준지호在浚之下'는 아래로 '모씨노고母氏勞苦'와 운이 되며, 《대아· 면緜》의 '지우기호至于岐下'는 위로 '솔서수호率西水滸'와 운이 되는 부류이다. '복服'은 지금 옥압屋押에 있고 고음은 모두 박음迫音이었다.《주남· 관저關雎》의 '오매사복寤寐思服'은 아래로 '전전반측輾轉反側'과 운이 되며,《조풍· 후인候人》의 '불칭기박不稱其服'은 위로 '불유기익不濡其翼'과 운이 되며, 《이소경》'비시속지소박非時俗之所服', 은 아래로 '의팽함지유칙依彭咸之遺則'과 운이 되며, 《대대기大戴記》 효소제孝昭帝 관사冠辭의 '시가소명지원복始加昭明之元服'은 아래로 '숭적문무지총덕崇積文武之寵德'과 운이 되는 부류이다. '강降'은 지금 강압絳押에 있고 고음은 모두 공음攻音이었다.《소남· 초충草蟲》의 '아심즉공我心則降'은 아래로 '우심충충憂心忡忡'과 운이 되며,《이소경》'유경인오이공惟庚寅吾以降'은 위로 '짐황고왈백용朕皇考曰伯庸'과 운이 되는 부류이다. '택澤'은 지금 맥압陌押에 있고 고음은 모두 탁음鐸音이었다.《진풍秦風· 무의無衣》의 '여자동탁與子同澤'은 아래로 '여자해작與子偕作'과 운이 되며,《예

---

88 《주남·관저(關雎)》關關雎鳩, 在河之洲. 窈窕淑女, 君子好逑.
89 《주남·토저(兔罝)》肅肅兔罝, 施於中逵. 赳赳武夫, 公侯好仇.

기 · 교특생郊特牲》의 '초목귀기탁草木歸其澤'은 위로 '수귀기학水歸其壑, 곤충무작昆蟲毋作'과 운이 되는 부류이다. 이와 같은 것을 다 열거할 수 없으니, 고운古韻이 아닌 것을 마음대로 협叶하게 하면, '하下'는 어찌 모두 호음虎音이 되며, '복服'은 어찌 모두 '박迫'음이 되며, '강降'은 어찌 모두 '공攻'음이 되며, '택澤'은 어찌 모두 '탁鐸'음이 되어, 한 글자도 다른 음이 됨이 없는 것인가? 《이소》와 한漢 · 위魏는 (《시경詩經》의) 시인들과 시대 차이가 멀지 않았으므로, 그 운韻을 운용함이 모두 같았다. 속유俗儒들이 단지 이 목耳目으로 미치지 않는 바를 가지고 억지로 견강부회하였으니, 참으로 탄식할 만하다!

내 아들 낭생朗生이 다섯 살 때 《국풍》을 외다가 '그렇다면 「騶虞」와 「好仇」는 무슨 음으로 읽어야 합니까?'라고 물었다.

나초횡는 대답하였다. '가葭'와 '파豝'는 한 운韻이 되며, '봉蓬'과 '종豵'은 한 운韻이 된다. '우차호추우于嗟乎騶虞'구절은 저절로 여음餘音이 되니, 반드시 협叶이 될 것은 없다. 가령 '인지지麟之趾'의 '지趾'와 '자子'는 운韻이 되고, '인지정麟之定'의 '정定'과 '성姓'이 운韻이 되므로, '우차린혜于嗟麟兮'구절도 반드시 협叶이 될 것은 없다.[90] 《소남 · 은기뢰殷其靁》,[91] 《왕풍 · 서리黍離》,[92] 《패풍 · 북문北門》[93] 장章 마지막 시어에는 운韻을 넣지 않은 것이 모

---

90 《주남 · 인지지(麟之趾)》麟之趾, 振振公子, 於嗟麟兮. 麟之定, 振振公姓, 於嗟麟兮. 麟之角, 振振公族, 於嗟麟兮.

91 《소남 · 은기뢰(殷其靁)》殷其雷, 在南山之陽. 何斯違斯, 莫敢或遑?振振君子, 歸哉歸哉!殷其雷, 在南山之側. 何斯違斯, 莫敢遑息?振振君子, 歸哉歸哉!殷其雷, 在南山之下. 何斯違斯, 莫或遑處??振振君子, 歸哉歸哉!

92 《왕풍 · 서리(黍離)》彼黍離離, 彼稷之苗. 行邁靡靡, 中心搖搖. 知我者, 謂我心憂, 不知我者, 謂我何求. 悠悠蒼天!此何人哉?彼黍離離, 彼稷之穗. 行邁靡靡, 中心如醉. 知我者, 謂我心憂, 不知我者, 謂我何求. 悠悠蒼天!此何人哉?彼黍離離, 彼稷之實. 行邁靡靡, 中心如噎. 知我者,

두 이 용례이다. 《주남·토저兔罝》의 '구仇'와 '규逵'는 동운同韻이니, 대체로 '규逵'의 고음古音은 구求였다. 왕찬王粲, 177~217의 《종군시從軍詩》에 '닭울음 소리 사방에 들리고 서직은 들판에 가득하네. 관택은 전리에 가득하고 젊은 남녀 번잡한 거리에 가득하네.雞鳴達四境, 黍稷盈原疇. 館宅充廛里, 士女滿莊逵'라고 했는데 '규馗'는 곧 '규逵'로서 아홉갈래로 교차하는 길이다. '규逵' 또한 음이 구求인 것을 알지 못하고 '구仇'를 고쳐 거지渠之의 반절渠之反, 기로 협叶한다고 하였으니, 곡설曲說로 나아간 것이다."

나는 다음과 같이 생각한다.

"규逵"의 고음이 구求라는 설은 틀렸다. "규逵"가 비록 "규馗"로도 쓰기도 하지만, "규馗"가 두 음을 가지는 것과 같지 않고 다만 "규逵"의 음은 규葵이다. 경문經文에서는 일찍이 "규馗"라고 쓴 적이 없는데, 어찌 "우尤"韻을 넣어 읽는 것을 용납하겠는가? 모선서毛先舒가 《한서》의 조趙유왕幽王의 노래 "왕이 되어 굶어 죽으니 누가 불쌍히 여기겠는가! 여씨는 천리天理를 끊었으니 하늘이 이 원수를 갚아주기를 바라노라爲王餓死兮, 誰者憐之? 呂氏絕理兮, 托天報仇"를 인용하고, "구仇"는 "지之"와 협叶이 될 수 있다고 하였으니, 저절로 "규逵"와 협叶이 될 수 있으므로 주자朱子의 음音이 가장 뛰어남을 증명한다.

謂我心憂, 不知我者, 謂我何求. 悠悠蒼天! 此何人哉?
93 《패풍·북문(北門)》出自北門, 憂心殷殷, 終窶且貧, 莫知我艱. 已焉哉! 天實爲之, 謂之何哉! 王事適我, 政事一埤益我. 我入自外, 室人交徧適我. 已焉哉! 天實爲之, 謂之何哉! 王事敦我, 政事一埤遺我. 我入自外, 室人交徧摧我. 已焉哉! 天實爲之, 謂之何哉!

又按: 人皆言今之韻書多沈約吳音, 眞屬奇冤. 約《四聲》一卷, 唐已不傳, 取士一以陸法言《切韻》五卷爲準. 今之韻書, 其部之倂, 則平水劉淵本也. 其字之省, 則景祐《禮部韻畧》本也. 而酌古沿今, 折衷於南北之音者, 則陸法言所撰本也. 人坐不讀陸法言《序》耳, 讀之自曉. 善乎! 馮氏班有言: "韻書定于陸法言, 廣于孫愐." 法言《序》云: "與儀同劉臻等夜集, 論南北取韻不同, 曰: 我輩數人定則定矣. 遂把筆記之." 洛下爲天下之中, 南北音詞于此取正. 永嘉南渡, 洛中君子多在金陵, 故音詞之正, 天下惟有金陵,洛下也. 然金陵襍吳語, 其音輕; 洛下染北音, 其音濁. 當法言定韻之夕, 如薛道衡北人也, 顏之推南人也, 當時已自參合南北而後定之, 故韻非南音也. 今人但知沈休文是吳興人耳, 抑尙有未盡者. 當開皇初, 劉臻等八人同詣法言門宿, 夜永酒闌, 商榷韻事, 不獨薛道衡北也, 魏淵,盧思道,李若,辛德源皆北人; 不獨顏之推南也, 劉臻, 蕭該皆南人. 法言亦魏郡臨漳人, 《序》云"蕭, 顏多所決定", 蓋蕭該撰《漢書》及《文選》音; 顏之推《家訓》有《音辭》之篇, 並深于小學者. 魏著作淵謂"我輩數人定則定矣", 蓋此八人乃極天下文人之選, 一席千載, 各各自任. 是以進書於朝則抱賞歸家, 人皆稱歎. 流傳于後, 則唐以施場屋, 號官韻; 宋以例九經, 令刊行. 其重如此, 豈若約獨得胸襟, 空矜入神, 梁天子竟不遵用者哉? 又人皆言約實創始, 曾無先覺, 亦緣過信其《謝靈運傳論》. 遂爾上掩周顒之美, 下來陸厥之攻. 英雄欺人, 誠亦有之. 駃舌蠻音, 嘻其甚矣!

사람들이 모두 지금의 운서韻書는 대부분 심약沈約, 441~513[94]의 오음吳音

이라고들 말하는데, 참으로 기이한 누명이 씌워진 것이다. 심약의《사성 四聲》1권은 당唐에 이미 전해지지 않았고, 과거科擧에는 오로지 육법언陸法言, 562?~?95의《절운切韻》96 5권을 기준으로 삼았다. 지금 운서韻書에 부部가 붙은 것은 평수平水 유연본劉淵97本이다. 글자가 생략된 것은 경우景祐《예부 운략禮部韻畧》본이다. 그리고 옛 것을 취하여 지금 그것을 따르고 남북의 음을 절충한 것은 육법언이 지은 본이다. 사람들이 결국 육법언의《서序》 를 읽지 않았을 뿐이니, 읽는다면 저절로 깨닫게 된다.

훌륭하다! 풍반馮班, 1602~1671이 말한 "운서韻書는 육법언陸法言에 이르러 정해졌고, 손면孫愐98에 이르러 넓어졌다韻書定于陸法言, 廣于孫愐"는 말이여. 육 법언의《서序》에 "의동儀同 유진劉臻, 527~59899 등과 더불어 밤에 모여 남북

---

94 심약(沈約) : 자 휴문(休文). 오흥군(吳興郡) 무강현(武康縣)(지금의 절강(浙江) 덕청현 (德淸縣)) 출신이다. 남조(南朝) 양(梁)의 개국공신이자, 문학가, 사학가이다.
95 육법언(陸法言) : 수(隋)의 음운학자. 수문제(隋文帝) 개황(開皇) 초기에 유진(劉臻), 소 해(蕭該), 안지추(顏之推), 노남도(盧思道), 이약(李若), 신덕원(辛德源), 설도형(薛道 衡), 위언연(魏彥淵) 등과 음운학을 토론하고 고금의 시비를 의논하였다.
96 《절운(切韻)》: 수(隋) 육법언(陸法言)의 저작이다. 수문제(隋文帝) 인수(仁壽) 원년(元 年)(601)에 완성되었는데, 총5권, 1.15만 자를 수록하였다. 193운(韻)(평성(平聲)54 운, 상성(上聲)51운, 거성(去聲)56운, 입성(入聲)32운)으로 나누었다. 당(唐) 초기에 관 운(官韻)으로 정해졌다.
97 유연(劉淵) : 금(金)의 인물로 생졸년은 미상이며, 강북(江北) 평수(平水)(지금의 산서 (山西) 임분(臨汾)) 출신이다. 북송(北宋) 인종(仁宗) 경우(景祐)4년(1037)에 반포된 206운(韻)의 과거용 관운(官韻)인《예부운략(禮部韻略)》이 있었는데, 유연이 새롭게 《임자신간예부운략(壬子新刊禮部韻略)》총107운(韻)을 다시 편찬하였다. 원(元) 초기 에 음시부(陰時夫)가 지은《운부군옥(韻府群玉)》에서 106운(韻)의 판본을 "평수운(平水 韻)"으로 명명하였다. 명대(明代) 이후 문인들은 이 106운(韻)을 그대로 사용하였다.
98 손면(孫愐) : 음운학자. 당 현종(玄宗) 천보(天寶) 연간에 진주(陳州)(지금의 하남성(河 南省) 회양현(淮陽縣))의 사마(司馬)가 되었다. 육법언의《절운(切韻)》을 보정하고 주해 를 더하여 천보(天寶)10년(751)《당운(唐韻)》5권을 완성하였다.
99 유진(劉臻) : 패국(沛國)(지금의 강소(江蘇) 패현(沛縣)) 출신. 양(梁), 후량(後梁), 북주 (北周)에서 벼슬하였고, 수(隋)에서 의동삼사(儀同三司)를 지냈다. 경사(經史)에 밝았

의 운韻 취함의 같지 않음을 논하며 말하기를 '우리들 여럿이 정하면 정해지는 것이다'고 하였다. 마침내 붓을 들어 기록하였다與儀同劉臻等夜集, 論南北取韻不同, 曰 : 我輩數人定則定矣. 遂把筆記之"고 하였다. 낙하洛下洛陽는 천하天下의 중심이니, 거기에서 남북南北의 음사音詞의 바름을 취하였다. 영가永嘉 남도南渡311 이후, 낙중洛中의 군자君子들이 대부분 금릉金陵에 있게 되었으므로, 음사音詞의 바름을 정하는 것은 천하의 오직 금릉金陵과 낙하洛下가 있게 되었다. 그러나 금릉金陵은 오어吳語가 잡섞여 그 음이 가벼웠고, 낙하洛下는 북음北音에 오염되어 그 음이 탁했다. 육법언이 운韻을 정하던 당일 밤에, 설도형薛道衡은 북인北人이었고 안지추顏之推는 남인南人이었으므로, 당시에 이미 자연스럽게 남북을 종합한 이후에 정하였기 때문에 운韻은 남음南音이 아니다. 지금 사람들은 단지 심약沈約, 자 휴문(休文)이 오흥吳興 사람이라는 사실만 알 뿐이니, 오히려 미진한 바가 있다. 개황開皇, 581~600 초기, 유진劉臻 등 8인이 함께 육법언의 집에 유숙하며 밤새도록 운韻을 토론하여 정할 때, 오직 설도형만 북인이 아니었으니, 위연魏淵, 노사도盧思道, 이약李若, 신덕원辛德源은 모두 북인이었고, 오직 안지추만 남인이 아니었으니, 유진劉臻, 소해蕭該가 모두 남인이었다. 육법언도 위군魏郡 임장臨漳, 지금의 하북성(河北省) 임장(臨漳) 사람이었다. 《서序》에 "소해, 안지추가 대부분 결정하였다蕭, 顏多所決定"고 한 것은, 소해는 《한서漢書》와 《문선文選》 음音을 찬撰하였고 안지추顏之推는 《가훈家訓》에 있는 《음사音辭》 편이 있었으므로 두 사람 모두 소학에 깊었기 때문이다. 위저작魏著作, 580~645, 자 언연(彦淵)[100]이 "우리들 여

고 특히 전후(前後) 《한서(漢書)》에 정밀하여 "한성(漢聖)"으로 불렸다. 《북사(北史)》에 보인다.

럿이 정하면 정해지는 것이다我董數人定則定矣"라고 하였는데, 이 8인이 곧 천하 최고의 문인 가운데 선발된 자로서, 한 번의 회합으로 천년을 도모함을 각각 자임한 것이다. 이로써 조정에 책을 진헌하니 포상을 받고 귀가하였고, 사람들이 모두 칭찬하였다. 후대에 유전流傳되었으니, 당조唐朝는 과장科場에 시행하여 관운官韻으로 불렀으며, 송조宋朝는 구경九經의 반열에 올려 간행케 하였다. 그 중대함이 이와 같은데, 어찌 심약이 홀로 가슴에 품어 홀연히 입신의 경지에 들었음에도 양梁 천자天子가 끝내 준용遵用하지 않았겠는가? 또한 사람들이 모두 심약이 실로 창시하였고 이전에 선각자가 없었다고 말하는 것도 심약이 쓴《사령운전론謝靈運傳論》[101]을 과신過信한데서 연유한 것이다. 마침내 심약은 위로는 주옹周顒[102]의 아름다움을 가리고 아래로는 육궐陸厥, 472~499[103]의 공격을 받게 되었다. 영웅이 사람을 속이는 일이 진실로 있는 것이다. 새소리 같은 남쪽 변방의 소리가 너무 심하다!

원문

又按 : 韻興於漢建安, 及齊梁間韻之變, 凡有二. 前此止論五音, 後方有四

---

100 위담(魏澹)(즉 위연(魏淵)) : 자 언연(彦淵)(이후 당고조(唐高祖)를 휘(諱)하여 언심(彦深)으로 고쳤다) 북제(北齊), 북주(北周)에서 벼슬하였다. 수(隋)에서는 산기상시(散騎常侍), 태자사인(太子舍人), 저백랑(著伯郎) 등의 관직에 올랐다.

101 《사령운전론(謝靈運傳論)》: 심약이《송사·사령운전(謝靈運傳)》을 편수하면서, 문장의 이해와 문사의 시비에 관하여 쓴 글이다.《문선(文選)》에 전한다.

102 주옹(周顒) : 자 언륜(彦倫). 남조(南朝) 제(齊)의 음운학가, 시인. 양(梁) 심약(沈約)이 쓴《사성보(四聲譜)》는 주옹이 지은《사성절운(四聲切韻)》을 모방한 것이라고 한다.

103 육궐(陸厥) : 자 한경(韓卿). 남조(南朝) 제(齊)의 시인(詩人). 영명(永明)(483~493) 말엽, 심약과 서신을 왕래하며 "영명체(永明體)"의 득실을 논하면서 지속적으로 반대의견을 피력하였다.

聲. 何謂五音? 魏左校令李登作《聲類》, 晉呂靜放登之法作《韻集》五卷, 使宮,商,緣,徵, 羽各爲一篇. 後魏崔光依宮, 商, 角, 徵, 羽本音爲《五韻詩》以贈李彪. 隋潘徽所謂"李登《聲類》, 呂靜《韻集》'始判清濁, 纔分宮羽'"者也. 何謂四聲?《南史·陸厥傳》"永明末盛爲文章, 沈約,謝朓,王融以氣類相推轂. 周顒善識聲韻. 約等文皆用宮,商, 將平, 上, 去, 入四聲, 以此制韻";《周顒傳》"始著《四聲切韻》, 行於時";《沈約傳》"撰《四聲譜》, 以爲在昔詞人累千載而不悟", 四聲實始于此. 不然, 有韻而即有四聲, 自梁天監上溯建安, 且三百有餘載矣, 何武帝尚問周捨以何謂四聲哉? 蓋此事初起不獨人莫之信, 如鍾嶸言"平, 上, 去, 入, 余病未能", 即已亦未嘗遵用. 約論四聲妙有詮辯, 而諸賦往往與聲韻乖是也.

번역 **우안又按**

　운韻은 한漢 건안建安 연간에 흥기하였고, 제齊·량梁 연간에 이르러 운韻이 변하였으니, 두 갈래이다. 앞서는 오음五音을 논의하는데 그쳤고, 이후에는 사성四聲이 있게 되었다.

　무엇을 오음五音이라고 하는가? 위魏의 좌교령左校令 이등李登이《성류聲類》를 지었고, 진晉의 여정呂靜이 이등李登의 법法을 모방하여《집운韻集》5권을 썼는데, 궁宮, 상商, 녹緣, 치徵, 우羽를 각각 1편이 되게 하였다. 이후 후위後魏北魏의 최광崔光. 450~523[104]이 궁宮, 상商, 각角, 치徵, 우羽 본음本音에 의거하여《오운시五韻詩》를 지어 이표李彪. 444~501[105]에게 보냈다. 수隋의 반휘潘

---

104 최광(崔光) : 본명은 효백(孝伯). 자 장인(長仁). 북위(北魏) 역사학자.
105 이표(李彪) : 자 도고(道固). 북위(北魏)의 대신(大臣).

휘(徽)[106]가 말한 "이등의 《설류聲類》와 여정呂靜의 《집운韻集》은 '비로소 청탁淸濁을 판단하여 겨우 궁우宮羽로 나누었다李登《聲類》, 呂靜《韻集》'始判淸濁, 纔分宮羽'"는 것이다.

무엇을 사성四聲이라고 하는가? 《남사南史 · 육궐전陸厥傳》에 "영명永明말에 문장 짓기가 성행하였는데, 심약, 사조謝朓, 왕융王融 등이 기운을 같이 하여 서로를 밀고 당겨주었다. 주옹周顒은 성운聲韻을 잘 알았다. 심약 등의 문장은 모두 궁宮, 상商을 사용하였는데, 평平, 상上, 거去, 입入 사성四聲을 가지고 운韻을 만들었다永明末盛爲文章, 沈約, 謝朓, 王融以氣類相推轂. 周顒善識聲韻. 約等文皆用宮, 商, 將平, 上, 去, 入四聲, 以此制韻"고 하였고, 《주옹전周顒傳》에 "비로소 《사성절운四聲切韻》을 지었는데, 당시에 유행하였다始著《四聲切韻》, 行於時"고 하였으며, 《심약전沈約傳》에 "《사성보四聲譜》를 찬하였는데, 옛날 사인詞人이 수천년이 지나도록 깨닫지 못한 것이라고 여겼다撰《四聲譜》, 以爲在昔詞人累千載而不悟"라 하였으니, 사성四聲은 실로 여기에서 시작되었다. 그렇지 않고 운韻이 있자 곧 사성四聲이 있게 되었다면, 양梁 천감天監, 502~519으로부터 위로 건안建安으로 거슬러 올라감이 또한 3백여 년인데, 어찌 양梁 무제武帝가 오히려 주사周捨, 469~524[107]에게 '무엇을 사성四聲이라고 하는지'[108]를 물었던 것인가? 대체로 이런 일이 처음 일어났을 때는 사람들이 그것을 믿는 자가 없었으니, 가령 종영鍾嶸, 468?~518?[109]이 말한 "평平, 상上, 거去, 입入을

---

106 반휘(潘徽) : 자 백언(伯彦). 수(隋) 문학가.
107 주사(周捨) : 자 승일(升逸). 남조(南朝) 양(梁)의 대신(大臣).
108 《양서 · 심약전(沈約傳)》 帝問周捨曰 : 「何謂四聲?」捨曰 : 「天子聖哲」是也, 然帝竟不遵用.
109 종영(鍾嶸) : 자 중위(仲偉). 남조(南朝)의 문학비평가. 시가(詩歌)평론(評論) 저작인 《시품(詩品)》을 편찬하였다.

잘하지 못함을 나는 병통으로 여긴다^{平, 上, 去, 入, 余病未能}"와 같았을 뿐만 아니라, 일찍이 준용되지도 않았다. 심약이 사성^{四聲}을 논함에 신묘하게도 사리를 잘 갖추어 변별하였으나, 부^賦를 지음에 왕왕 성운^{聲韻}에 어긋나는 것이 이것이다.

원문

又按：嗚呼! 始爲叶音之說者誰歟? 其亦可謂之不識字也矣. 字有古音, 以今音繩之, 祗覺其扞格不合. 猶語有北音, 以南音繩之, 扞格猶故也. 人知南北之音繫乎地, 不知古今之音繫乎時. 地隔數十百里音即變易, 而謂時歷數千百載音猶一律, 尙得謂之通人乎哉? 曷始乎? 始則自後周有沈重者音《毛詩》, 于"南"字下曰："協句, 宜乃林反." 陸德明從而和之, 籍於《漢》, 善於《選》亦各曰"合韻", "協韻". 自時厥後, 滔滔不返. 朱子作傳注, 益習爲固然, 幾無一不可叶者. 音之亡, 久矣! 天牖其衷, 音學復明, 發端于明之焦氏, 陳氏, 大備于近日柴氏, 毛氏, 顧氏之書. 試取所未及者言之：《穀梁傳》云："吳謂善伊, 謂稻緩." 今吳人無此音也.《唐韻》云："韓滅, 子孫分散江淮間, 音以'韓'爲'何'. 字隨音變, 遂爲何氏." 今江淮間無此音也.《呂氏春秋》云："君呿而不唫, 所言者莒也." 高誘《注》："呿, 開. 唫, 閉." 顔之推謂："北人之音多以'舉', '莒'爲'矩', 惟李季節云'齊桓公與管仲於臺上謀伐莒, 東郭牙望桓公口開而不閉, 故知所言者莒也. 然則, 莒, 矩必不同呼.' 此爲知音矣." 及予與莒州人遇, 叩其鄉貫呼"莒"爲俱雨切, 不爲居許切, 則音之變也. 然猶可諉曰：此方言也. 請證以《離騷》, 洪興祖本于"多艱", "夕替"之下引徐鉉曰："古之字音多與今異, 如'皐'亦音香, '乃'亦音仍, 蓋古今失傳, 不可詳究. 如'艱'與'替'

之類亦應叶, 但失其傳耳." 予謂此即古音也. 然又可誨曰 : 《楚辭》辭楚, 故
訛韻寔繁. 更證以《三百篇》. 《三百篇》"風"字凡六見, 皆在"侵"韻內. 今吾鄉
山西人讀"風"猶作方愔反, 不作方戎反, 正顏之推所謂"北方其辭多古語"是也.
予獨怪朱子于《九歌·國殤》"雄"與"淩"韻云 : "今閩人有謂'雄'爲'形'者, 正古
之遺聲." 夫既知爲古之遺聲, 不因以悟其餘而仍于其下注曰"雄叶音形", 抑
獨何哉?

번역 우안又按

아! 처음 협음^{叶音}의 설을 만든 사람은 누구인가? 그 역시 글자를 알지
못했다고 말할 수 있다. 글자^字에는 고음^{古音}이 있는데, 그것을 금음^{今音}으
로 마름해^繩버리면 저촉되어 합치되지 않음을 깨닫게 된다. 말^語에는 북
음^{北音}이 있는데, 그것을 남음^{南音}으로 마름해버리면 저촉되는 것과 비슷
한 이유이다. 사람들은 남북의 음이 지역에 달려있다는 것은 알지만, 고
금의 음이 시간에 달려있다는 것은 알지 못한다. 땅이 수백리 떨어지면
음이 곧 변하는데, 시대가 천 수백 년이 지났는데 음을 오히려 일률적이
라고 말한다면 학식있는 사람이라 할 수 있겠는가?

언제 시작되었는가? 시작은 북주^{北周}의 심중^{沈重, 500~583}[110]이라는 자가
《모시^{毛詩}》에 음^音을 다는 것으로 부터이니, "남^南"자 아래에 "협구^{協句}이

---

110 심중(沈重) : 자 자후(子厚). 처음에는 남조(南朝) 양(梁)에 벼슬하였다가, 후량(後梁)의
   소등(蕭登)에게 등용되었다. 북주(北周) 무제(武帝)가 그의 명성을 듣고 초빙하였다. 저
   서에는 《주례의(周禮義)》, 《의례의(儀禮義)》, 《예기의(禮記義)》, 《모시의(毛詩義)》, 《상
   복경의(喪服經義)》, 《주례음(周禮音)》, 《의례음(儀禮音)》, 《예기음(禮記音)》, 《모시음
   (毛詩音)》 등이 있다.

니, 마땅히 내乃와 림林의 반절이다協句, 宜乃㑣反"고 하였고, 육덕명이 그대로 쫓아 화답하였다. 안사고顔師古(顔籀)의《한서주》와 이선李善의《문선주》에서도 각각 "합운合韻", "협운協韻"이라고 하였다. 이후로 그 흐름을 돌이킬 수 없었다. 주자가 전주傳注를 지음에 더욱 익숙해져 고착되었으니, 거의 한 글자도 협叶이 되지 않음이 없게 되었다. 음音이 없어진 지가 오래되었다! 하늘이 그 속뜻을 열어줘, 음학音學이 다시 밝아졌으니, 명대의 초횡焦竑, 1540~1620과 진제陳第, 1541~1617에서 발단이 되어, 근래의 시소병柴紹炳, 1616~1670,[111] 모선서毛先舒, 1620~1688, 고염무顧炎武, 1613~1682의 책에서 크게 갖추어졌다. 아직 언급하지 않은 것을 취하여 한번 말해보기로 한다.

《곡량전 · 양공5년》에 "오吳에서는 선이善伊라고 하고, 도완稻緩이라고 한다吳謂善伊, 謂稻緩"고 하였다.[112] 지금 오인吳人에게 이 음音은 없다. 《당운唐韻》에 "한韓이 멸망하자, 자손들은 강회江淮[113] 사이 지역으로 흩어졌는데, 음音은 '한韓'을 '하何'로 하였다. 글자가 음을 따라 변하므로 마침내 하씨何氏가 되었다韓滅, 子孫分散江淮間, 音以'韓'爲'何'. 字隨音變, 遂爲何氏"고 하였다. 지금 강회江淮 지역에는 이 음이 없다. 《여씨춘추 · 중언重言》에 "임금이 입을 벌리고 다물지 않은 것은 말하는 바가 '거呿'이다君呿而不唫, 所言者莒也"고 하였고, 고유高誘《주》에 "거呿는 엶開의 뜻이다. 금唫은 닫음閉의 뜻이다呿, 開. 唫, 閉"하였다. 안지추顔之推는 "북인北人의 음은 대부분 '擧'와 '莒'를 '구矩'로 하

111 시소병(柴紹炳) : 자 호신(虎臣), 호 성헌(省軒). 저서에는《성헌문초(省軒文鈔)》,《청봉당시(青鳳堂詩)》,《고운통(古韻通)》,《백석헌잡고(白石軒雜稿)》,《고고류편(考古類編)》등이 있다.
112 《곡량전 · 양공5년》仲孫蔑, 衛孫林父會吳于善稻. 吳謂善伊謂稻緩, 號從中國, 名從主人.
113 강회(江淮) : 곧 장강(長江)과 회수(淮水) 일대를 가리키며, 지금의 강소(江蘇), 안휘(安徽) 중간 지역이다.

는데, 오직 이계절李季節은 말하길 '제환공齊桓公이 관중管仲과 더불어 대臺에서 거莒 정벌을 모의하였는데, 동곽아東郭牙가 환공桓公이 입을 벌리고 닫지 않는 것을 바라보았으므로, 말하는 바가 거莒임을 알았던 것이다. 그렇다면, 莒와 矩는 반드시 발음이 같지 않은 것이다!'고 하였다. 이것이 음을 안다는 것이다北人之音多以'舉', '莒'爲'矩', 惟李季節云'齊桓公與管仲於臺上謀伐莒, 東郭牙望桓公口開而不閉, 故知所言者莒也. 然則, 莒, 矩必不同呼.' 此爲知音矣"라 하였다. 내가 거주莒州 사람과 만나 그의 관향貫鄕을 물으니, "莒"발음을 구俱와 량兩의 반절음(궝)으로 하였고, 거居와 허許의 반절음(거)이 아니었으니, 음이 변한 것이다. 그러나 오히려 그것은 방언이라고 평계될 수 있다.《이소》로 증명해보면, 홍흥조洪興祖, 1090~1155[114] 본本의 "다간多艱", "석체夕替" 아래 서현徐鉉, 916~991[115]의 말을 인용하여 "고자古字의 음音이 오늘날과 많이 달랐는데, 가령 '皀'도 음이 향香이었고, '乃'도 음이 잉仍이었는데, 고금古今에 전하지 않아 자세히 궁구할 수 없다. 가령 '艱'과 '替'와 같은 것도 응협應叶이었지만, 그 전함이 없어졌을 뿐이다古之字音多與今異, 如'皀'亦音香, '乃'亦音仍, 蓋古今失傳, 不可詳究. 如'艱'與'替'之類亦應叶, 但失其傳耳"고 하였다. 내 생각에 이것이 곧 고음古音이다. 그러나 이 또한《초사》는 초楚나라 말을 사용하였으므로 와운訛韻이 이와 같이 번거롭다고 평계될 수도 있다. 다시《삼백편三百篇》으로 증명해 보이겠다.《삼백편》의 "풍風"자는 모두 6번 보이는데, 모두 "침侵"운韻 안에 있다.

---

114 홍흥조(洪興祖) : 자 경선(慶善). 호 연당(練塘). 송(宋) 정화(政和) 8년(1118) 상사(上舍)에 급제하였다. 어려서부터 《예기》, 《중용》을 정밀히 연구하였고, 이학(理學)에 깊었다. 저서에는 《초사고이(楚辭考異)》, 《초사보주(楚辭補注)》, 《논어설(論語說)》 등이 있다.

115 서현(徐鉉) : 자 정신(鼎臣). 오대(五代)에서 북송(北宋) 초기의 문학가이다. 주요 저서에는 《설문해자대서본(說文解字大徐本)》, 《계신록(稽神錄)》, 《문원영화(文苑英華)》, 《태평광기(太平廣記)》 등이 있다.

지금 내 고향 산서^{山西} 사람들은 "풍^風"을 방^方과 음^愔의 반절음과 유사하게 읽고, 방^方과 융^戎의 반절음으로 하지 않으니, 바로 안지추^{顏之推}가 말한 "북방의 말에는 고어가 많다^{北方其辭多古語}"는 것이다. 내가 유독 괴이하게 생각하는 것은 주자가 《구가^{九歌}·국상^{國殤}》의 "웅^雄"이 "능^淩"과 운^韻이라면서 "지금 민^閩지역의 사람들 가운데 '雄'을 '形'으로 말하는 이가 있는데, 바로 옛날의 유성^{遺聲}이다^{今閩人有謂'雄'爲'形'者, 正古之遺聲}"고 한 것이다. 이미 옛날의 유성^{遺聲}이 있는 것을 알았으면서도 그것으로 나머지는 깨닫지 못하고 아래 주에서 "웅^雄의 협음^{叶音}은 형^形이다^{雄叶音形}"고 한 것은 유독 어째서인가?

원문

又按 : 《漢書 · 東方朔傳》"郭舍人即妄爲諧語曰", 師古《注》: "諧者, 和韻之言也." 亦可證爾時無韻字.

번역 **우안又按**

《한서 · 동방삭전^{東方朔傳}》"곽사인이 곧 함부로 해어^{諧語}로 말했다^{郭舍人即妄爲諧語曰}"의 안사고《주》는 "해^諧는 운^韻을 맞춘 말이다^{諧者, 和韻之言也}"고 하였으므로, 이 또한 그 당시에 운자^{韻字}가 없었다는 것을 증명할 수 있다.

원문

又按 : 陸德明《經典釋文》于《士冠禮》祝辭三"服"字皆云"服, 叶蒲北反", 二"福"字皆云"福, 叶筆勒反", 獨三"德"字爲正音, 不知皆古正音也. "服"與

"福"音變, 而"德"音不曾變也. 使非音變, "服"原音馥, 周公當日既以此字爲韻首, 自以此爲主, 當叶下"德"字讀入一屋韻內, 不當以第二韻"德"字爲主, 反預叶上"服"字音匐, 入二十五德韻以就之矣. 此固情理易曉, 古今人所同然者, 何陸氏誤至此? 緣未有以焦氏《筆乘》等議論告之耳. 亦所謂恨古人不見我.

<mark>번역</mark> **우안又按**

육덕명《경전석문》은《의례 · 사관례士冠禮》축사祝辭[116]의 3개의 "복服"자는 모두 "복服은 협叶이니 포蒲와 북北의 반절음이다服, 叶蒲北反"고 하였고, 2개의 "복福"자는 모두 "복福은 협叶이니 필筆과 륵勒의 반절음이다福, 叶筆勒反"고 하였고, 3개의 "덕德"자는 정음正音이라고 하였는데, 모두 고古정음正音임을 모른 것이다. "복服"과 "복福"은 음이 변하였으나 "덕德"음은 일찍이 변하지 않았다. 설령 음변音變이 아니더라도, "복服"의 원음原音은 복馥이며, 주공周公 당시에 이미 이 글자를 운韻의 처음으로 삼아 저절로 이것이 위주가 되었으니, 아래의 "덕德"자를 입入 일층一屋 운韻 안에서 읽어야 하고, 제2 운韻인 "덕"자를 위주로 해서는 안되는데, 오히려 위의 "복服"의 음이 복匐이 되는 협叶을 예상하여, 입성入聲이십오二十五[117] 덕德운韻으로 나아간 것이다. 이것이 진실로 정리情理로 쉽게 이해할 수 있는 것으로 고금인古今人이 공통된 것인데, 어찌 육덕명의 오류가 이 지경에 이르게 되었는가? 초횡의《필승筆乘》등에서 아직 의론하지 않은 것이 있으므로 여기에 기

---

116 《의례 · 사관례(士冠禮)》始加, 祝曰:「令月吉日, 始加元服. 棄爾幼志, 順爾成德. 壽考惟祺, 介爾景福.」再加, 曰:「吉月令辰, 乃申爾服. 敬爾威儀, 淑愼爾德. 眉壽萬年, 永受胡福.」三加, 曰:「以歲之正, 以月之令, 咸加爾服. 兄弟具在, 以成厥德. 黃耇無疆, 受天之慶.」
117 《광운(廣韻)》운목(韻目)에 德은 入聲二十五이다.

록한 것뿐이다. 이 또한 이른바 옛사람이 나를 보지 못함을 한스럽게 여긴다는 것이다.

원문

又按: 初讀《尙書釋文》見《書序》"共"字云"王已勇反",《皐陶謨》"嚴"字云 "馬魚檢反",《益稷》"絺"字云"鄭陟裏反". 馬, 鄭, 王三家已俱有反語, 疑不始 自孫叔然, 顏之推, 張守節語並誤. 旣讀《崇文總目》云: "德明以南北異區, 音讀罕同, 乃集諸家之讀九經, 《論語》, 《爾雅》, 《老》, 《莊》者, 皆著其翻語, 以增損之." 是三家反語德明代作, 非三家本實然, 顏,張初不誤. 然《儀禮·士 昏禮》記注: "用昕, 使者. 用昏, 壻也. 壻, 悉計反, 從士, 從胥, 俗作'壻', 女 之夫." 鄭作反語, 有此一條.

번역 **우안又按**

처음 《상서석문尙書釋文》을 읽을 때, 《서서書序》 "공共"자에서 "왕숙음은 이已와 용勇의 반절음이다王已勇反"고 하였고, 《고요모》 "엄嚴" 자에서 "마융 음은 어魚와 검檢의 반절음이다馬魚檢反"고 하였으며, 《익직》 "치絺" 자에서 "정현음은 척陟과 리裏의 반절음이다鄭陟裏反"고 한 것을 보았다. 마융, 정현, 왕숙 삼가三家는 이미 반절음이 갖추어져 있었으므로, 아마도 손염孫炎, 자 숙연(叔然)으로 시작된 것이 아닐 것이니, 안지추와 장수절의 말이 모두 틀렸다. 《숭문총목崇文總目》의 "육덕명은 남북의 구역을 달리하여 음독音讀에 같은 것이 거의 없었으므로, 제가諸家들이 읽은 구경九經, 《논어》, 《이아》, 《노자》, 《장자》를 모두 모아 반절음으로 기록하면서, 더하고 덜어내었다德明以南北異區, 音讀罕同, 乃集諸家之讀九經, 《論語》, 《爾雅》, 《老》, 《莊》者, 皆著其翻語, 以 增損之"를 읽었다. 삼가의 반절음은 육덕명 시대에 지어진 것으로 삼가본 이 실제 그러했던 것이 아니니, 안지추와 장수절이 애초에 잘못하지 않 았다. 그러나 《의례·사혼례士昏禮》 기記[118] 주注에 "새벽을 사용하는 자는 사자使者이다. 해질녘을 사용하는 자는 사위壻이다. 서壻는 실悉과 계計의 반절음이고, 사士와 서胥를 따르며從, 세속에는 '서聓'로 쓰며, 여인의 지아 비이다用昕, 使者. 用昏, 壻也. 壻, 悉計反, 從士, 從胥, 俗作'聓', 女之夫"라 하였다. 정현이 만 든 반절음이 여기에 하나가 있다.

---

118 《의례·사혼례(士昏禮)》記士昏禮, 凡行事必用昏昕, 受諸襧廟, 辭無不腆, 無辱.

제75. 《여오》에서 마융과 정현은 "오獒"를 "호豪"로 읽었는데, 지금 고문은 본자本字를 그대로 따름을 논함

원문

古人字多假借, 某當讀爲某, 其類弗可悉數. 第以四子書證之: 有以形相近而讀者, "素隱"之爲"索隱"; 有以聲相近而讀者, "旣稟"之爲"餼稟"; 有以形聲俱相近而讀者, "親民"之爲"新民"; 有形旣不同聲亦各異, 徒以其義當讀作某者, "命也"之"命", 鄭氏以爲"慢", 程子以爲"怠", 是也. 安國壁中《書》原有《旅獒》篇, 馬融, 鄭康成親從講習, 知"旅獒"不得讀以本字, 故注《書序》馬云: "作豪, 酋豪也." 鄭云: "'獒'讀曰豪. 西戎無君名, 强大有政者爲酋豪, 國人遣其酋豪來獻見於周." 蓋從篇中文與義定之也. 僞作此篇者, 止見《書序》有"旅獒"字, 遂當以《左傳》"公嗾夫獒焉",《爾雅》"狗四尺爲獒"之"獒", 若似馬, 鄭爲不識字也者. 竊惟馬, 鄭兩大儒, 其理明義精之學或不如後代, 而博物洽聞迥非後代所能仿佛, 豈並"獒"字亦不識乎? 亦待之太薄矣.

번역

옛사람의 글자는 대부분 가차假借로 썼으니, 모某자는 마땅히 모某자로 읽는다와 같은 부류를 다 셀 수 없다. 잠시 사서四書로 증명해 보이겠다.

형태가 서로 비슷한 것으로 읽은 것에는 "소은素隱"을 "색은索隱"이라고 한 것이다.[119] 소리가 서로 비슷한 것으로 읽은 것에는 "기품旣稟"을 "희름

---

[119] 《중용》子曰 素(索)隱行怪, 後世有述焉, 吾弗爲之矣.

餼稟"이라고 한 것이다.[120] 형태와 소리가 모두 비슷한 것으로 읽은 것에는 "친민親民"을 "신민新民"이라고 한 것이다.[121] 형태가 같지 않고 소리도 각각 다른데, 다만 그 의미로 마땅히 어떤 글자로 읽어야 한다는 것은 "명야命也"의 "명命"인데, 정현은 "만慢"의 의미라고 하였고, 정자程子는 "태怠"의 의미라고 한 것이 이것이다.[122] 공안국의 벽중壁中 《서》에 원래 《여오》편이 있었는데, 마융과 정강성이 직접 강습하며 "여오旅獒"를 본자本字로 읽을 수 없다는 것을 알았으므로, 《서서書序》를 주해하면서 마융은 "호豪로 쓴 것이니, 추호酋豪이다作豪, 酋豪也"고 하였고, 정현은 "'獒'는 호豪로 읽는다. 서융西戎은 군명君名이 없었고, 강대해서 정권을 가진 자가 추호酋豪가 되었는데, 나라 사람이 그 추호를 보내와서 주나라에 바치고 알현한 것이다獒讀曰豪. 西戎無君名, 強大有政者爲酋豪, 國人遣其酋豪來獻見於周"고 하였다. 대체로 《여오》편의 문의文義를 따라 고정考定한 것이다. 이 편을 위작한 자는 단지 《서서書序》의 "여오旅獒"자만 보고는 마침내 《좌전·선공2년》"진晉영공靈公이 맹견獒을 풀어 (조순趙盾을) 물게 하다公嗾夫獒焉"와 《이아》"개의 크기가 4척이면 오獒이다狗四尺爲獒"의 "오獒"에 해당한다고 여긴 것이니, 마융과 정강성은 글자를 알지 못하는 사람으로 여긴 것과 같다. 가만히 생각해보건대, 마융과 정강성 두 대유大儒의 의리를 정밀히 밝히는 학문이 후대 사람만 못하고, 보고 들은 견문과 지식이 후대 사람과 같지 않다고 하더라도 어찌 "오獒"자도 몰랐겠는가? 또한 너무 야박하다는 말을 기다릴 뿐이다.

---

120 《중용》日省月試, 旣禀(餼稟)稱事, 所以勸百工也.
121 《대학》大學之道, 在明明德, 在親(新)民, 在止於至善.
122 《대학》見賢而不能擧, 擧而不能先, 命(慢, 怠)也, 見不善而不能退, 退而不能遠, 過也.

按：《書序》"西旅獻獒, 太保作《旅獒》", 孔穎達《疏》："上'旅'是國名, 下'旅'訓爲陳, 二'旅'字同而義異." 孔《傳》所謂"因獒而陳道義"是也. 此從下文"巢伯來朝, 芮伯作《旅巢命》"例出, 而蔡《傳》竟解作國名, 亦可謂字並不識矣.

《서서書序》"서려西旅가 큰 개를 바치자 태보가 《여오》를 지었다西旅獻獒, 太保作《旅獒》"고 하였고, 공영달《소》에 "앞 '려旅'는 국명이고, 뒤 '려旅'는 훈訓이 진陳펼치다으로, 두 '려旅'는 글자는 같지만 의미는 다르다上'旅'是國名, 下'旅'訓爲陳, 二'旅'字同而義異"고 하였다. 《공전》의 이른바 "큰 개로 인하여 도의를 펼친 것이다因獒而陳道義"이다. 이는 아래의 "소백巢伯이 와서 조회하니, 예백芮伯이 《여소명旅巢命》을 지었다巢伯來朝, 芮伯作《旅巢命》"의 예例로부터 나온 것이다. 그러나 《채전》은 끝내 국명國名으로 주해한 것이니, 이 또한 글자도 모른 것이라 할 수 있다.

又按："旅"者, 陳也, 因獒而陳道義, 此自史臣所命篇名, 非當日太保胸中有此二字以訓戒王. 二十八篇之《書》, 有整取篇中字面以名, 如《高宗肜日》,《西伯戡黎》之類; 有割取篇中字面以名, 如《甘誓》,《牧誓》之類, 皆篇成以後事. 今乃云"太保乃作《旅獒》, 用訓于王", 分明是既有篇名, 後按篇名以作《書》, 故不覺無意漏出. 或曰："惟克商"以下,《書》之本序; "太保乃作"云云, 亦史臣爲之辭耳. 余曰：然則《召誥》"太保乃以庶邦冢君出取幣, 乃復入錫周

公", 不曾有"召誥"字; 《呂刑》"惟呂命, 王享國百年耄荒, 度作刑以詰四方",
不曾云"作《呂刑》以詰四方", 何獨古文直罵題? 出論至此, 而人猶未悟, 則惟
《三國志》注有一譬, 曰"若不見亮, 正使刳心著地, 與數斤肉相似".

번역 우안又按

"려旅"는 진陳의 의미이고, 큰 개로 인하여 도의를 펼친 것인데, 이는
사신史臣이 명한 바로부터 편명篇名이 생긴 것이지 당시 태보의 마음 속에
이 두 글자를 가지고 왕을 훈계한 것이 아니다. 28편의 《서》에는, 편의
글자를 취하여 편명으로 삼은 것이 있으니 《고종융일》과 《서백감려》와
같은 것이며, 편의 글자를 나누어 취하여 편명으로 삼은 것이 있으니
《감서》와 《목서》와 같은 것인데, 모두 편이 완성된 이후의 일이다. 지금
의 고문은 "태보가 이에 《여오》를 지어 왕을 훈계하였다太保乃作《旅獒》, 用訓于
王"고 하였으니, 분명 이미 편명이 있었고, 이후에 편명에 따라서 《서》를
지은 것이다. 따라서 깨닫지 못하고 의도치 않게 누출이 되었다.

어떤 이가 말했다.

"상나라를 이기다惟克商"이하가 《서》의 본서本序이고 "태보가 《여오》를
지어太保乃作, (…중략…)"[123] 또한 사관이 쓴 말일 뿐이다.

나는 대답하였다.

그렇다면, 《소고》의 "태보가 서방庶邦의 총군冢君들과 나가서 폐백幣帛을
취하여 다시 들어와 주공에게 주었다太保乃以庶邦冢君出取幣, 乃復入錫周公"에 일찍

---

123 《여오》惟克商, 遂通道于九夷八蠻. 西旅底貢厥獒. 太保乃作旅獒, 用訓于王.

이 "소고召誥" 자가 없었고, 《여형》"여후呂侯에게 명하니, 왕이 나라를 누린 지 백 년에 모황耄荒하여, 헤아려 형벌을 만들어 사방을 다스렸다惟呂命, 王享國百年耄荒, 度作刑以詰四方"에 일찍이 "《여형》을 지어 사방을 다스렸다作《呂刑》以詰四方"고 하지 않았는데, 어찌 유독 고문만 제목을 덧붙인 것인가? 논의가 이와 같은데도 사람들은 아직 깨닫지 못하니, 《삼국지三國志》주注로 비유를 들겠다. "만약 신임을 받지 못한다면, 바로 심장을 갈라 땅에 떨어진 것이 수 근의 고기 덩어리와 같을 것이다若不見亮, 正使刳心著地, 與數斤肉相似."[124]

원문

又按 : 《國語》"仲尼在陳"一篇, 正《旅獒》之藍本. 但自"昔武在克商"至"分異姓以遠方之職貢, 使無忘服也", 皆孔子語. 今割"昔武王克商"二句爲《序》, 以"分同姓, 異姓"入召公口中, 亦所謂敍議錯雜者也. 《國語》指肅愼氏貢楛矢. 肅愼, 《內傳》稱爲"周北土", 《書序》爲"東夷", 韋昭則曰"東北夷之國". 予案之其地, 即今寧古塔, 謂東者是也. 今竄爲"西旅獻獒", 又所謂東西莫辨者矣. 予留京師久, 遇有從寧古塔來者, 詢其風土, 云東去一千里曰混同江. 江邊有楡樹, 松樹, 枝既枯墮入江爲波浪所激盪, 不知幾何年化爲石, 可取以爲箭鏃, 楡化者上, 松次之. 西南去六百里曰長白山, 山巓之陰及黑松林徧生楛木, 可取以爲矢, 質堅而直, 不爲燥濕所移. 又有鳥曰海東靑, 即隼也. 予固請得一石砮以歸, 因歎《禹貢》紀山川而不紀風俗, 紀物産而不紀人才, 以山川物産亘千年而不變者, 驗諸人言猶然. 然則《國語》既鑿可信, 而竄爲《旅獒》文者, 何爲也哉?

---

[124] 《삼국지 · 위서》 권16. 《두기전(杜畿傳)》 배송지(裴松之) 《주(注)》에 보인다.

《국어 · 노어하魯語下》 "중니재진仲尼在陳"편[125]이 바로《여오》의 저본이다. 다만 "옛날 무왕이 상을 이겼다昔武在克商"에서 "이성異姓에게 먼 지방의 직공職貢을 나누어 준 것은 일을 잊지 않게 한 것이다分異姓以遠方之職貢, 使無忘服也" 까지는 모두 공자의 말이다. 지금 고문은 "옛날 무왕이 상을 이겼다昔武王克商." 두 구절을 잘라《서序》로 삼고, "동성同姓과 이성異姓을 나누어分同姓, 異姓 (…중략…)"를 소공召公의 입에서 나온 것으로 한 것도 이른바 의론을 서술함이 뒤섞인 것이다. 《국어》에서는 숙신씨肅愼氏가 호시楛矢를 공납하였다고 했다. 숙신은《내전內傳》에서는 "주周북토北土"라고 칭했고, 《서서書序》에서는 "동이東夷"라고 하였으며, 위소韋昭는 "동북東北 이夷의 나라東北夷之國"라고 하였다. 내가 그 지역을 살펴보니 곧 지금의 영고탑寧古塔[126]으로 동東이라고 말한 것이 이것이다. 지금 고문은 이것을 개찬하여 "서려헌오西旅獻獒"라고 하였으니, 또한 이른바 동서를 분간하지 못한다는 것이다. 내가 경사京師에 오래 머물 때, 영고탑寧古塔에서 온 자를 만났는데, 그 지역의 풍토를 물어보니, 동쪽으로 1천 리를 가면 혼동강混同江이라고 하였다. 강변에는 느릅나무와 소나무가 있는데, 나뭇가지가 말라 강으로 떨어지면 물결이 격랑이 되는데, 몇 년이 되어야 변하여 돌이 되는지는 알 수 없지

---

125 《국어 · 노어하(魯語下)》 仲尼在陳, 有隼極于陳侯之庭而死, 楛矢貫之, 石砮其長尺有咫. 陳惠公使人以隼如仲尼之館聞之. 仲尼曰:「隼之來也遠矣!此肅慎氏之矢也. 昔武王克商, 通道于九夷, 百蠻, 使各以其方賄來貢, 使無忘職業. 于是肅慎氏貢楛矢, 石砮, 其長尺有咫. 先王欲昭其令德之致遠也, 以示後人, 使永監焉, 故銘其栝曰《肅慎氏之貢矢》, 以分大姬, 配虞胡公而封諸陳. 古者, 分同姓以珍玉, 展親也 ; 分異姓以遠方之職貢, 使無忘服也. 故分陳以肅慎氏之貢. 君若使有司求諸故府, 其可得也.」使求, 得之金櫝, 如之.
126 영고탑(寧古塔, 만어(滿語) : ᠨᡳᠩᡤᡠᡨᠠ, ningguta) : 흑룡강성(黑龍江省) 목단강시(牡丹江市) 해림시(海林市) 장정진(長汀鎮) 고성촌(古城村)이다.

만, 채취해서 화살촉을 만드는데 느릅나무가 돌로 변한 것이 상급이고 소나무는 그 다음이다. 서남쪽으로 6백 리를 가면 장백산^{長白山}인데, 산꼭대기의 음습함과 흑송림^{黑松林}이 고목^{楛木}을 두루 만들게 되는데, 채취하여 화살을 만들면 견고하고 곧아서 건조하거나 습한 곳에 옮기더라도 변하지 않는다. 또 새가 있는데 해동청^{海東靑}이라고 하니, 곧 새매이다. 내가 굳이 석로^{石砮} 하나를 얻기를 청하여 돌아왔다. 그로 인해 《우공》이 산천^{山川}을 기록하면서 풍속을 기록하지 않고, 물산^{物産}을 기록하면서 인재^{人才}를 기록하지 않음을 찬탄하였는데, 산천과 물산은 천년토록 변하지 않음을 사람들의 말로 증명함이 이와 같다. 그렇다면 《국어》는 이미 다 믿을 수 있는데, 개찬하여 만든 《여오》의 문장은 어떻게 해야 하는가?

원문

又按 : 《漢書·趙充國傳》注 "孟康曰 : '豪, 帥長也.'" 《傳》中先零豪名封煎, 罕開豪名靡當兒. 又有大豪, 中豪, 下豪之別. 乃知羌戎稱豪, 訖漢猶然.

번역 **우안又按**

《한서·조충국전^{趙充國傳}》 주^注에 "맹강^{孟康}[127]이 말하길 '호^豪는 수장^{帥長}이다. ^{豪, 帥長也}'고 하였다." 《조충국전》에서 선령^{先零}의 호^豪는 이름이 봉전^{封煎}이고, 한개^{罕開}의 호^豪 이름은 미당아^{靡當兒}이다. 또한 대호^{大豪}, 중호^{中豪}, 하호^{下豪}의 구별이 있었다. 이로써 강융^{羌戎}의 호^豪를 칭함이 한대^{漢代}에 이르

---

127 맹강(孟康) : 생졸년 미상. 자 공휴(公休). 삼국(三國) 조위(曹魏)시대의 학자. 저서에 《한서음의(漢書音義)》와 《노자주(老子注)》 2권이 있다.

기까지 그러했다는 것을 알 수 있다.

又按：姚際恒立方曰：“蔡氏解：‘西旅貢獒，召公以爲非所宜受，作訓以戒王.’竊以前此驅虎,豹,犀,象而遠之，此反有取於一獒，恐無是理.《武成》篇既言歸馬矣，此又慮其畜馬而諄戒，何耶？‘獒’當如馬,鄭二家作豪解，尙可.”

번역 우안又按

요제항姚際恒, 자 입방(立方)이 다음과 같이 말하였다.

“채침의 주해는 ‘서려西旅에서 큰 개를 바치자, 소공召公이 받아서는 안된다고 하여 이 글을 지어 왕을 경계하였다西旅貢獒, 召公以爲非所宜受, 作訓以戒王’고 하였다. 가만히 생각해보건대, 이전에 호랑이, 표범, 무소, 코끼리를 내몰아 멀리하였는데,[128] 여기에서는 오히려 큰 개 한 마리를 취했으니, 아마도 그런 이치는 없을 것이다. 《무성》편에 이미 말을 돌려보냈다고 말했는데,[129] 여기에서는 또한 말 기르는 것을 고려하는 것으로 공손히 경계시킨 것[130]은 어째서인가? ‘려獒’는 마땅히 마융과 정현이 호豪로 주해한 것이 옳을 것이다.”

---

[128] 《맹자·등문공하》周公相武王, 誅紂, 伐奄三年, 討其君, 驅飛廉於海隅而戮之, 滅國者五十, 驅虎豹犀象而遠之, 天下大悅. 書曰 丕顯哉! 文王謨, 丕承哉! 武王烈, 佑啓我後人, 咸以正無缺.

[129] 《무성》厥四月哉生明, 王來自商, 至于豐. 乃偃武修文, 歸馬于華山之陽, 放牛于桃林之野. 示天下弗服.

[130] 《여오》不作無益害有益, 功乃成. 不貴異物賤用物, 民乃足. 犬馬非其土性不畜, 珍禽奇獸, 不育于國, 不寶遠物, 則遠人格. 所寶惟賢, 則邇人安.

제76.《논어》의 비유문이 지금 고문에서는 다 정언正言으로 고쳐져 있음을 논함

원문

文有以譬喩出之, 而理愈顯, 而事愈著, 而意味愈深永. 若改而正言, 則反索然. 試一指陳誠有不能掩其改之迹者.《論語》"譬如爲山, 未成一簣, 止, 吾止也." 此譬喩文也, 今明明改之曰"爲山九仞, 功虧一簣", 猶以《論語》出于《旅獒》, 可乎? "人而不爲《周南》,《召南》, 其猶正牆面而立也與", "其猶"即譬如也. 今明明改之曰"不學牆面", 猶以《論語》爲出于《周官》, 可乎? "君子之德風, 小人之德草", 有"草上之風必偃", 而取譬意方見, 今改而截其半曰"爾惟風, 下民惟草", 將成王爲好作歇後之語, 而令君陳猜測之乎? 抑可乎? 不惟此也, "譬如爲山"出于《旅獒》, "譬如平地"又出何書乎? "君子德風, 小人德草", 出于《君陳》, 而"子帥以正, 孰敢不正"勢又必出《君牙》"爾身克正, 罔敢弗正", 將夫子爲不能自吐一語之人乎, 而必古文之是襲也? 亦待之太薄矣.

번역

문장에 비유를 들어 쓰면 이치가 더욱 드러나고 사안이 더욱 두드러지며 의미가 더욱 깊어진다. 만약 비유를 고쳐서 직설로 말하면正言 도리어 문장이 삭막해진다. 진실로 그 고쳐진 흔적을 덮을 수 없다는 것을 지적하여 말해보겠다.

《논어 · 자한》의 "(학문을) 비유하면 산을 만듦에 마지막 흙 한 삼태기를 (붓지 않아 산을) 못 이루고서 중지하는 것도 내 자신이 중지하는 것과 같다譬如爲山, 未成一簣, 止, 吾止也"131는 비유문인데, 지금 고문은 명백하게 이 문장을 고쳐서 "아홉 길의 산을 만드는데 공功이 한 삼태기로 무너지다爲 山九仞, 功虧一簣"132라고 하였고, 오히려 《논어》가 《여오》에서 나왔다고 하면 옳겠는가? 《논어·양화》의 "사람으로서 주남周南과 소남召南을 배우지 않 는다는 것은 비유하자면 담장을 정면으로 마주하고 서 있는 것과 같다!人 而不爲《周南》,《召南》, 其猶正牆面而立也與"의 "기유其猶"는 곧 비유이다. 지금 고문은 명백하게 이 문장을 고쳐서 "배우지 않으면 담장에 얼굴을 대고 서 있는 것과 같다不學牆面"133라고 하였고, 오히려 《논어》가 《주관》에서 나왔다고 하면 옳겠는가? 《논어·안연》의 "군자의 덕은 바람이요, 소인의 덕은 풀 이다君子之德風, 小人之德草"의 "풀에 바람이 가해지면 풀은 반드시 쓰러진다草 上之風必偃"는 비유의 의미를 취했음을 알 수 있는데, 지금 고문은 문장을 고치고 그 절반만을 잘라 "너는 바람이고 하민은 풀이다爾惟風, 下民惟草"134 라고 하여, 성왕成王이 생략하고 압축해서 의미를 감추는 말歇後語 짓기를 좋아해서 군진에게 자신을 의심하게 만들려고 했던 것인가? 아니면 그 래도 된다는 것인가? 이 뿐만이 아니니, "비유하면 산을 만듦에譬如爲山"가 《여오》에서 나온 것이라면, "비유하면 평지를 만듦에譬如平地"는 또 어떤 책에서 나온 것인가? "군자의 덕은 바람이요, 소인의 덕은 풀이다君子德風, 小人德草"가 《군진》에서 나온 것이라면, "그대가 바름으로써 솔선수범한다

---

131 《논어·자한》子曰：譬如爲山, 未成一簣, 止, 吾止也；譬如平地, 雖覆一簣, 進, 吾往也.
132 《여오》嗚呼夙夜罔或不勤. 不矜細行, 終累大德. 爲山九仞, 功虧一簣.
133 《주관》學古入官, 議事以制, 政乃不迷. 其爾典常作之師. 無以利口亂厥官. 蓄疑敗謀, 怠忽荒 政. 不學牆面, 莅事惟煩.
134 《군진》凡人未見聖, 若不克見. 旣見聖, 亦不克由聖. 爾其戒哉. 爾惟風. 下民惟草.

면 누가 감히 바르지 않겠는가?^{子帥以正, 孰敢不正"135}는 그 어세가 또한 반드시 《군아》의 "네 몸이 바르면 감히 바르지 않음이 없을 것이다^{爾身克正, 罔敢弗正}"에서 나온 것이니, 공자를 그 스스로 한 마디의 말도 못하고 반드시 고문을 베껴야만 하는 사람으로 만든 것인가? 이 또한 너무 야박하다는 말을 기다릴 뿐이다.

按 : 余嘗謂《左傳》左氏作, 非左邱明. 蓋左氏六國時人, 習聞闕里遺言而樂稱之, 故每于孔子前人不覺以《易》,《論語》之文散入其口中. 此自是其文之所至, 非當日本然也. 如襄九年, 穆姜擧"元, 體之長也", 已先《文言》有之, 豈孔子襲穆姜? 乃撰穆姜語者用孔子耳. 而代之後先, 事之虛實有不暇顧, 故曰左之失誣. 或者猶以歐陽公言爲據, 余請更以事徵之 : 千古聖人, 莫過孔子. 孔子所著書, 莫如《論語》.《論語》言學, 莫大于仁. 言仁, 莫精于顏淵, 仲弓問兩章. 據昭十二年, 則"克己復禮, 仁也"爲古志之語; 據僖三十三年, 則"出門如賓, 承事如祭, 仁之則也"爲臼季所聞. 皆先《論語》有之, 豈孔子于二子定規規然取陳言以應之乎? 必不爾也. 要在一反轉觀之, 而誣自見. 竊謂能移此法以讀古文, 則亦可無惑于《論語》矣.

안按

나는 일찍이 《좌전》은 좌씨가 쓴 것이지 좌구명^{左邱明}이 쓴 것이 아니라

---

135 《논어 · 안연》季康子問政於孔子. 孔子對曰 政者, 正也. 子帥以正, 孰敢不正.

고 말했었다. 대체로 좌씨左氏는 육국六國[136]시대 사람으로, 궐리闕里, 공자의
고향의 남겨진 말을 익히 들었고 즐겨 말하였다. 따라서 공자 이전 사람들
이 알지 못했던《역》과《논어》의 문장이 매번 그들의 말 속에 나누어 들
어가게 되었다. 그로부터 그 문장이 지금까지 오게 되었지만, 당시에 본
래 그러했던 것이 아니다. 예를 들면, 양공 9년BC564에 목강穆姜이 거론한
"원元은 몸의 우두머리이다元, 體之長也"는 이미《문언전》의 기록보다 앞서
게 되는데, 어찌 공자가 목강의 말을 베꼈겠는가? 곧 목강의 말을 지은
자가 공자의 말을 차용한 것일 뿐이다. 시대의 선후와 사실의 허실을 돌
아볼 겨를이 없었으므로 좌씨가 속였다고 말하는 것이다.

어떤 이가 구양수1007~1072의 말을 근거로 삼기에 내가 사안으로 징험
해 줄 것을 청하였다.

: 천고千古의 성인聖人가운데 공자보다 더 뛰어난 이는 없다. 공자의 저
서 가운데,《논어》만한 것이 없다.《논어》에서 학문을 말함에 인仁보다
더 큰 것이 없다. 인仁을 말함에 안연顔淵과 중궁仲弓이 질문한 두 장章보다
더 정밀한 것은 없다. 소공 12년을 근거로 들어보면, "극기복례는 인이
다克己復禮, 仁也"는 옛 기록古志의 말이며, 희공 33년을 근거로 들어보면, "문
을 나서면 손님을 대하듯이 하고, 일을 처리함에 제사를 받들 듯이 하는
것이 인仁의 준칙이다出門如賓, 承事如祭, 仁之則也"는 구계臼季가 들은 말이다. 모
두《논어》의 말보다 앞서는데, 어찌 공자가 두 제자들에게 반드시 까다

---

136 육국(六國) : 전국(戰國)시대 함곡관(函谷關) 동쪽의 제(齊), 초(楚), 제(燕), 한(韓), 조
(趙), 위(魏) 육국을 가리킨다.《戰國策·趙策二》: "故竊爲大王計, 莫如一韓, 魏, 齊, 楚, 燕,
趙, 六國從親以儐畔秦.

롭게 구설舊說을 취하여 대답했겠는가? 필시 그렇지 않았을 것이다. 한번 돌이켜 보면 무고임이 절로 드러난다.

이 법식을 그대로 옮겨서 고문을 읽을 수 있다면, 또한《논어》에 의혹을 품는 일은 없을 것이다.

원문

又按：梅氏騭亦謂"爲山九仞, 功虧一簣", 不特攘諸《論語》, 抑且攘《孟子》"掘井九軔""九仞"二字. 余謂掘井可以九仞言, 而爲山不可以九仞言. 觀《荀子》一書, 于山皆曰百仞, 于淵, 于谷亦曰百仞, 惟牆曰數仞, 木曰十仞. 下字細密如此, 豈似古文之駁且妄與?

번역 **우안又按**

매작梅騭도 다음과 같이 말하였다.

《여오》"아홉 길의 산을 만드는데 공功이 한 삼태기로 무너지다爲山九仞, 功虧一簣"는 단지 《논어》만 훔친 것이 아니라,《맹자·진심상》"우물을 아홉 길을 파다掘井九軔"의 "구인九仞" 두 자도 훔친 것이다.[137]

내 생각에 우물을 팔 때는 아홉 길을 판다고 말할 수 있지만, 산을 만듦에 아홉 길로 쌓는다고는 할 수 없다.《순자》를 보면, 산에 대해서는 모두 백인百仞이라고 하였고, 못과 계곡에 대해서도 백인百仞이라고 하였다. 오직 담장은 수인數仞이라 하였고, 나무는 십인十仞이라고 하였다. 글

---

137 《상서고이(尙書考異)》 권4.

자를 쓰는 세밀함이 이와 같은데, 어찌 고문의 어리석음과 망령됨과 같겠는가?

又按：梅氏鷟謂《中庸》"辟如行遠必自邇. 辟如登高必自卑", 古文以"若"代"辟如", 以"升"代"登"可也, 而以"陟"代"行"則不可. 何則?《書》"汝陟帝位",《詩》"陟彼崔嵬", 凡"陟"皆升高之義, 無有用在"遐"字上者. 竊以此亦殊不然. 今文《立政》篇"其克詰爾戎兵, 以陟禹之迹, 方行天下, 至于海表", 非陟遐之一注脚乎? 古人用字, 却又不盡拘拘.

우안又按

매작梅鷟이 다음과 같이 말하였다.

《중용》에 "비유하면 먼 곳을 가려면 반드시 가까운 데로부터 하며, 높은 데 오르려면 반드시 낮은 데로부터 함과 같다辟如行遠必自邇. 辟如登高必自卑"라고 하였는데, 고문古文이 "약若"으로 "비여辟如"를 대신하고, "승升"으로 "등登"을 대신한 것은 옳으나, "척陟"으로 "행行"을 대신한 것은 옳지 않다.[138] 왜 그런가?《서·요전》"네가 제위에 오르라汝陟帝位",《시·주남·권이卷耳》"저 높은 산에 오르려 하나陟彼崔嵬"의 모든 "척陟"자는 모두 높은 곳을 오르는 의미이지, "멀리가다遐" 글자 앞에 쓰지는 않았다.

내 생각에 이 또한 전혀 그렇지 않다. 금문今文《입정》의 "너의 융복戎服

138《태갑하》若升高, 必自下 ; 若陟遐, 必自邇를 두고 한 말이다.

과 병기를 다스려서 우禹의 옛 자취로 멀리 나아가陟 천하에 행하여 해외
海外에 이르게 하다其克詰爾戎兵, 以陟禹之迹, 方行天下, 至于海表"는 "척하陟遐, 멀리 가다"
의 주석注釋이 아니겠는가? 옛사람의 글자를 사용함이 도리어 구구하게
완전 얽매이지는 않았다.

원문

又按 : 《漢書 · 敍傳》云"我德如風, 民應如艸", 不曰"民德"曰"民應", "應"
字內含有草隨風偃之意, 且固自以身在《論語》後, 引《論語》可不備. 若《君
陳》欲作成王語, 豈容如是?

번역 우안又按

《한서 · 서전敍傳》의 "나의 덕이 바람과 같으면, 백성의 응함은 풀과 같
다我德如風, 民應如艸"에서 "민덕民德"이라 하지 않고 "민응民應"이라 하였는데,
"응應"자 안에는 풀이 바람을 따라 눕는다는 의미를 포함하고 있다. 이 또
한 반고 자신은 《논어》가 나온 이후에 살았기 때문에 《논어》를 인용했다
는 말을 갖추지 않을 수 있다. 《군진》에서와 같이 성왕의 말을 적고자 하
는데, 어찌 이와 같음을 용납할 수 있겠는가?

원문

又按 : 甚矣, 左之失誣也. 而《外傳》尤甚. 如《曹風 · 候人》之詩, "彼其之
子, 三百赤芾", 刺共公也. 共公二十一年, 爲《內傳》魯僖二十八年, 晉侯入
曹, 數其乘軒者三百人也, 正與詩合. 若前此六年, 爲共公十五年, 縱是詩已

有, 安得甫脫于曹風人之手, 而輒遠述于楚成王之口, 向其臣曰曹詩"彼己之子, 不遂其媾"乎? 誣莫甚于此, 又何尤乎穆姜?

좌씨의 속임이 심하나 《외전外傳》이 더 심하다. 예를 들어 《조풍曹風 · 후인候人》시의 "저 그 사람은 붉은 슬갑을 찬 자가 3백 명이나 되도다彼其之子, 三百赤芾"는 공공共公을 풍자한 것이다. 공공共公 21년은 《내전內傳》노魯희공僖 28년으로, 진후晉侯가 조曹에 쳐들어가, 대부의 지위로 수레를 타는 자가 3백 명임을 꾸짖은 것은 바로 시의 내용과 부합한다. 만약 6년 전이라면 공공共公 15년이 되는데, 설령 그 시가 이미 있었다고 하더라도 어찌 조曹 나라 사람의 손을 벗어나 갑자기 멀리 초성왕楚成王의 입으로 신하에게 말 하길 조曹나라 《후인候人》 시에 "저 그 사람이여, 그 총애에 걸맞지 않도 다!彼己之子, 不遂其媾"139라고 하였다고 했겠는가? 속임이 이보다 더 심한 것 이 없는데, 또 어찌 목강穆姜보다 심하겠는가?

---

139 《국어 · 진어(晉語)》에 보인다. 王曰 : 「不可. 曹詩曰 : 《彼己之子, 不遂其媾.》郵之也. 夫郵 而效之, 郵又甚焉. 效郵, 非禮也.」 于是懷公自秦逃歸. 秦伯召公子于楚, 楚子厚幣以送公子于 秦. 진회공(晉懷公)이 진(秦)나라에서 도망하여 진(晉)나라로 돌아온 사실은 《좌전 · 희 공22년》에 보이므로, 6년 전이라고 한 것이다.

제77. 《사기》의 《하서》 인용문을 지금 고문에서 채용하는 것을 망각했음을 논함

余向謂《史記》多古文說, 今異者不過字句間爾. 今且有顯然出太史公手, 標舉《書》目, 其辭至二十八字, 爲安國《書》所未載, 將太史公所從問, 乃另一棘下生子安國, 而安國所授本非復此二十五篇也, 然後可.《河渠書》首引《夏書》曰:"禹抑鴻水十三年, 過家不入門, 陸行載車, 水行載舟, 泥行蹈毳, 山行即橋." 余謂"禹抑鴻水"與《孟子》合, "十三年"與今文作"十有三載乃同"合, "過家不入門"與《孟子》及今文"啟呱呱而泣, 予弗子"合, "陸行載車"以下又與《尸子》及今文"予乘四載"合. 其事事有根據, 非苟作如此. 魏晉間人竟以世所童而習之之書, 書且開卷便見, 忘其采用, 豈非天奪之鑒, 褫其魄, 與吾今日以口實也哉?

나는 예전에 《사기》가 고문설을 많이 기록하였고, 지금 고문과 다른 것은 글자와 구두에 불과하다고 말했다. 지금 확실히 태사공의 손에서 나온 것으로 《서》의 제목을 열거하고 그 문장이 28자나 되지만, 공안국 《서》에 실리지 않은 것이 있으니, 태사공이 종유하며 들었던 바는 또 다른 극하생자棘下生子 안국安國이었고, 그 안국安國이 전수한 본本은 지금의 고문 25편이 아닌 연후에야 옳을 것이다. 《사기 · 하거서河渠書》 첫머리에 《하서》를 인용하여 "우는 13년 동안 홍수를 억제하느라, 자기 집 문 앞을 지나면서도 들어가지 못하였다. 육로에서는 수레를 타고 다녔고, 수로에서는 배를 타고 다녔으며, 진흙길에서는 취毳를 타고 다녔고, 산길에서는 교橋를 타고 다녔다禹抑鴻水十三年, 過家不入門, 陸行載車, 水行載舟, 泥行蹈毳, 山行即橋"고 하였다.

내 생각에 "우가 홍수를 억제한 것禹抑鴻水"은 《맹자》[140]와 합치하며, "13년十三年"은 금문 《우공》의 "13년이 되어서야 같아졌다十有三載乃同"와 합치하며, "자기 집 문 앞을 지나면서도 들어가지 못하였다過家不入門"는 《맹자》 및 금문 《고요모》 "계啓가 고고呱呱히 울었으나 나는 자식을 사랑하지 못하였다啓呱呱而泣, 予弗子"와 합치하며, "육로에서는 수레를 타다陸行載車" 이하는 《시자尸子》[141] 및 금문 《고요모》 "내가 네 가지 탈 것을 타다予乘四載"와 합치한다. 그 사안마다 근거가 있고 구차하게 지은 것이 아님이 이와 같다. 위진魏晉 연간의 사람은 필경 어려서부터 배우는 책을 가지고도, 또 그 책을 열면 바로 보이는 것도 채용采用하는 것을 잊어버렸으니, 이 어찌 하늘이 주는 거울을 잃고天奪之鑒[142] 자기의 혼을 빼앗겨 오늘날 나에게 구실을 주는 것이 아니겠는가?

---

140 《맹자·등문공상》禹疏九河, 瀹濟漯, 而注諸海 ; 決汝漢, 排淮泗, 而注之江, 然後中國可得而食也. 當是時也, 禹八年於外, 三過其門而不入, 雖欲耕, 得乎? 《맹자·등문공하》《書》曰 : 《洚水警余.》洚水者, 洪水也. 使禹治之, 禹掘地而注之海, 驅蛇龍而放之菹. 水由地中行, 江, 淮, 河, 漢是也. 險阻既遠, 鳥獸之害人者消, 然後人得平土而居之 등에 보인다.

141 《시자》行塗以楯, 行險以撮, 行沙以軌.

142 천탈지감(天奪之鑒) : 《좌전·희공2년》 괵(虢) 군주가 융(戎)을 상전(桑田)에서 쳐부수자, 진(晉)나라 복언(卜偃)이 "괵나라는 반드시 망할 것이다. 하양(下陽) 땅이 멸망을 당했는데도 그 일은 걱정하지 않고 다른 곳에서 공을 세우고 있다. 이것은 하늘이 자기 반성을 하게 하는 거울을 빼앗고 자기 나라를 망칠 병폐만 더하게 해 주는 것이다."(是天奪之鑒 而益其疾也)라고 하였다.

或問：子以"禹抑鴻水"魏晉間人忘其采用, 若采用, 當入何篇? 余曰：其
《大禹謨》乎! 或問：《大禹謨》在眞安國《書》爲《虞夏書》, 即假安國亦名
《虞書》, 何居而以《夏書》入《大禹謨》也? 余曰：以《左傳》例之, 蓋可入也.
文十八年三引《虞書》文, 皆在今《舜典》; 僖二十七年一引《夏書》文, 在今
《益稷》. 其引逸《夏書》者十有四, 一未采用, 二入《五子之歌》, 二入《胤征》,
餘則盡入《大禹謨》, 故以《夏書》入《大禹謨》以下篇者, 準僖二十七年例也,
非無稽也. 或曰：子於僞古文《尙書》學推見至隱如此, 得無亦勞而罔益乎?
予不覺失笑.

번역 **어떤 이가 물었다.**

　그대는 "우가 홍수를 억제하다禹抑鴻水"를 위진魏晉연간의 사람이 《서》에
채용하는 것을 망각하였다고 했는데, 만약 채용했다면 어느 편에 들어가
는 것이 마땅한가?

　나는 대답하였다.

　《대우모》일 것이다!

　어떤 이가 물었다.

　《대우모》는 진眞 안국《서》에 《우하서》에 속하고, 가假 안국《서》 또한
《우서虞書》라고 하였는데, 무슨 근거로 《하서夏書》의 내용을 《대우모》에
넣는 것인가?

　나는 대답하였다.

　《좌전》으로 예를 들어보면, 들어갈 수 있다. 문공 18년에 세 번 인용

된《우서虞書》 문장143은 모두 지금의《순전》에 들어가 있고, 희공 27년에

한번 인용된《하서》 문장144은 지금《익직益稷》145에 있다.《좌전》에 인용

된 일逸《하서》는 14개146인데, 하나는 채용되지 않았고, 두 개는《오자지

143《좌전·문공18년》故虞書數舜之功曰, 愼徽五典, 五典克從, 無違教也, 曰, 納于百揆, 百揆時序, 無廢事也, 曰賓于四門, 四門穆穆, 無凶人也.

144《좌전·희공27년》희공 27년 夏書曰 賦納以言, 明試以功, 車服以庸.

145《익직》敷納以言, 明庶以功, 車服以庸, 誰敢不讓, 敢不敬應.《요전(순전)》五載一巡守, 羣后四朝. 敷奏以言, 明試以功, 車服以庸에도 보인다.

146 1. 희공 24년 : "《하서》에 이르기를 '땅이 다스려지니 하늘의 일이 완성되었다' 하였다." (夏書曰, 地平天成)《대우모》.

2. 문공 7년 : "《하서》에 이르기를 '경계할 때는 넉넉하게 하시고 독려할 때는 위엄을 보이시며《구가(九歌)》로써 권장하여 무너지지 않게 하소서' 하였다."(夏書曰, 戒之用休, 董之用威, 勸之以九歌, 勿使壞)《대우모》.

3. 성공 16년 : "《하서》에 이르기를 '어찌 원망이 밝은 데에 있겠는가. 드러나지는 않지만 도모함이 있을 것이다' 하였다."(夏書曰, 怨豈在明, 不見是圖)《오자지가》.

4. 양공 5년 : "《하서》에 이르기를 '믿음을 다하여 공(功)을 이룬다' 하였다."(夏書曰, 成允成功)《대우모》.

5. 양공 14년 : "그러므로《하서》에 이르기를 '주인(遒人)은 목탁(木鐸)을 치면서 길거리를 순라하고, 관사(官師)는 서로 규찰하며, 백공(百工)은 예사(藝事)를 집행하여 간(諫)한다'라고 하였다."(故夏書曰, 遒人以木鐸徇於路, 官師相規, 工執藝事以諫)《윤정》.

6. 양공 21년 : "《하서》에 이르기를 '이(皋陶)를 생각하는 것도 이에 있으며, 이를 버리는 것도 이에 있으며, 이를 이름하여 말하는 것도 이에 있으며, 진실로 마음에서 나오는 것도 이에 있다' 하였다."(夏書曰, 念茲在茲, 釋茲在茲, 名言茲在茲, 允出茲在茲)《대우모》.

7. 양공 21년 : "《서》에 이르기를 '성인(聖人)은 모훈(謨訓)을 지녔으니, 밝게 징험하여 나라를 안정시키고 보존한다' 하였다."(書曰, 聖有謩勳, 明徵定保)《윤정》.

8. 양공 23년 : "《하서》에 이르기를 '이를 생각하는 것도 이에 있다' 하였다."(夏書曰, 念茲在茲)

9. 양공 26년 : "그러므로《하서(夏書)》에 이르기를 '무고한 사람을 죽이기보다는 차라리 법을 따르지 않는 과오를 범하겠다' 하였다."(故夏書曰, 與其殺不辜, 寧失不經)《대우모》.

10. 소공 14년 : "《하서》에 이르기를 '혼(昏), 묵(墨), 적(賊)은 죽이는 형벌이다' 하였다."(夏書曰, 昏墨賊, 殺)

11. 소공 17년 : "그러므로《하서》에 이르기를 '별자리가 제자리에 머물지 못하니, 악사(樂師)가 북을 울리고 색부(嗇夫)가 내달리며 서인(庶人)이 분주하였다'라고 하였다."(故夏書曰, 辰不集於房, 瞽奏鼓, 嗇夫馳, 庶人走)《윤정》.

12. 애공 6년 : "《하서》에 이르기를 '저 도당(陶唐)은 천도(天道)를 준수하여 이 기방(冀方)을 소유하였는데, 지금은 그 행실을 잃어버리고 기강이 문란해져 망하게 되었다' 하

가》에, 두 개는 《윤정胤征》에 들어갔으며, 나머지는 모두 《대우모》에 들어가 있다. 따라서 《하서》를 《대우모》 이하의 편에 넣은 것은 희공 27년의 예를 따른 것으로 근거가 없는 것이 아니다.

어떤 이가 말했다.

그대가 위고문僞古文 《상서》에 대해 지극히 은미한 뜻을 미루어 살핌이 이와 같은데, 또한 수고롭지만 유익한 바가 없지 않은가?

나는 실소를 금치 못했다.

원문

按:《夏本紀》稱禹爲人"敏給克勤". "克勤"二字爲《大禹謨》所采. 尙有二語甚精, 曰"聲爲律, 身爲度", 未經用. 予曾戲以《荀子》"聖也者, 盡倫者也; 王也者, 盡制者也"隱括爲"惟聖盡倫, 惟王盡制", 以語一酷信古文者云: "此古逸《書》." 其人欣相賞, 叩出何《書》, 而不悟其爲"君無口, 爲漢輔"之類也.

번역 안按

《사기 · 하본기》에서 우의 사람됨을 칭찬하기를 "민첩하고 넉넉하고 부지런하다敏給克勤"[147]고 하였다. "극근克勤" 두 글자는 《대우모》에 채용되었다. 오히려 이 두 글자보다 더욱 정밀한 말이 있으니, "소리는 율律이

였다."(夏書曰, 惟彼陶唐, 帥彼天常, 有此冀方, 今失其行, 亂其紀綱, 乃滅而亡)《오자지가》.

13. 애공 6년: "(《하서》에서) 또한 말하기를 '진실로 마음에서 나오는 것도 이에 있다'하였다."(又曰, 允出玆在玆)《대우모》.

14. 애공 18년: "《하서》에 이르기를 "관점(官占)은 오직 점치는 뜻을 간추리고 나서 큰 거북에게 명한다' 하였다."(夏書曰, 官占, 唯能蔽志, 昆命於元龜)《대우모》.

147 《사기 · 하본기》禹爲人敏給克勤, 其德不違, 其仁可親, 其言可信, 聲爲律, 身爲度.

되고, 몸은 도度가 되었다聲爲律, 身爲度"는 문장은 경문에 쓰이지 않았다.

나는 일찍이 재미 삼아《순자·해폐편》의 "성인이란 인륜을 극진히 한 사람이며, 왕자란 제도를 극진히 한 사람이다聖也者, 盡倫者也; 王也者, 盡制者也"를 "성인은 인륜을 극진히 하고 왕은 제도를 극진히 한다惟聖盡倫, 惟王盡制"로 은괄隱栝하여 어떤 고문을 맹신하는 자에게 "이것은 고古 일逸《서》이다"라고 말했다. 그 사람은 기쁘게 감상하며 어떤《서》에서 나온 것인지를 물어왔는데, "임금 군君자에 입 구口가 없는 자가 한나라의 재상이 될 것이다君無口, 爲漢輔"[148]와 같은 부류인지를 깨닫지 못한 것이다.

원문

又按:除太史公引逸《夏書》外,《商君傳》趙良引"《書》曰:'恃德者昌, 恃力者亡.'"《蔡澤傳》引"《書》曰:'成功之下, 不可久處.'" 此皆在秦未燔書之前, 意所引出全《書》百篇中. 其標名出引《周書》者, 則《楚世家》"欲起無先",

---

[148]《후한서·유림전》"윤민(尹敏)의 자는 계유(幼季)로, 남양(南陽) 도양(堵陽) 사람이다. (…중략…) 황제는 윤민이 박학하고 경서에 통달하였으므로, 도참(圖讖)을 교정하여 최박(崔發)이 왕망을 위해 지은 저술을 없애고 편차를 차례에 맞게 배열하도록 명했다. 이에 윤민이 대답하기르 '참서(讖書)는 성인이 지은 것이 아닙니다. 그 중 대부분은 비천하여 오자(誤字)가 많아, 세속에서 사용되는 단어와 비슷하오니, 후생들을 그릇된 길로 이끌까 염려됩니다.' 그러나 황제는 이를 받아들이지 않았다. 윤민이 참서의 빠진 글자만큼 글자를 보태어 다시 상주하였다. '임금 군(君)자에 입 구(口)가 없는 자가 한나라의 재상이 될 것이다.'(君無口, 爲漢輔) 황제가 이를 보고 괴이하게 생각하여 윤민을 불러 그 이유를 물었다. 윤민이 대답했다. '신이 옛사람들이 도서(圖書)를 빼고 더한 것을 살펴보았는데, 감히 미천한 제 능력은 돌아보지 않고 만일의 요행을 바라던 것입니다.' 황제가 매우 이를 비난하였고, 비록 죄를 짓지는 않았으나 오래도록 낮은 벼슬에 머무르게 하였다." (尹敏字幼季, 南陽堵陽人也. (…중략…) 帝以敏博通經記, 令校圖讖, 使蠲去崔發所爲王莽著錄次比. 敏對曰:「讖書非聖人所作, 其中多近鄙別字, 頗類世俗之辭, 恐疑誤後生.」帝不納. 敏因其闕文增之曰:「君無口, 爲漢輔」帝見而怪之, 召敏問其故. 敏對曰:「臣見前人增損圖書, 敢不自量, 竊幸萬一.」帝深非之, 雖竟不罪, 而亦以此沈滯)

《蘇秦傳》"緜緜弗絕, 蔓蔓奈何? 毫釐不伐, 將用斧柯", 《蒙恬傳》"必參而伍之", 《主父偃傳》"安危在出令, 存亡在所用", 《貨殖傳》"農不出則乏其食, 工不出則乏其事, 商不出則三寶絕, 虞不出則財匱少." 以《周書》七十篇按之, "緜緜弗絕", 《和寤解》也; "存亡在所用", 《王佩解》也. 意"欲起無先"至"農不出"等語, 亦出七十篇內, 但今已亡缺十有一篇, 不復可考見云.

번역 **우안又按**

태사공이 인용한 일逸《하서》이외에도, 《상군전商君傳》조량趙良이 인용한 "《서》에 이르길 '덕을 믿는 자는 번창하고 힘을 믿는 자는 망한다'고 하였다《書》曰: '恃德者昌, 恃力者亡'"와 《채택전蔡澤傳》에 인용된 "《서》에 이르길 '공을 이룬 자는 그곳에 오래 머물러서는 안 된다'고 하였다《書》曰: '成功之下, 不可久處'" 등은 모두 진秦의 분서焚書가 있기 전에 전全《서》백 편에서 인용한 것일 것이다. 《주서》에서 인용한 것임을 표기한 것으로는 《초세가楚世家》의 "일가를 세우려면 먼저 소요를 주동하지 않아야 한다欲起無先"와 《소진전蘇秦傳》의 "면면히 이어진 덩굴 끊어 버리지 않으면, 뻗고 뻗음을 어찌할 것인가? 털끝 같은 나무순을 베지 않으면 마침내 큰 도끼를 써야 하네緜緜弗絕, 蔓蔓奈何? 毫釐不伐, 將用斧柯"와 《몽염전蒙恬傳》의 "반드시 삼으로 세고 오로 센다必參而伍之"와 《주부언전主父偃傳》의 "안위安危는 명령을 내림에 달려 있고, 존망存亡은 인재를 등용하는데 달려 있다安危在出令, 存亡在所用"와 《화식전貨殖傳》의 "농부가 생산을 하지 않으면 식량이 부족하고, 기술자가 물건을 만들지 않으면 용품이 모자라게 되며, 상인이 장사를 하지 않으면 세 가지 귀한 것식량, 용품, 재물의 유통이 끊어지게 되고, 어부나 사냥

꾼이 생산을 하지 않으면 재물이 모자라게 된다農不出則乏其食, 工不出則乏其事, 商不出則三寶絶, 虞不出則財匱少"이다. 《(일)주서(逸)周書》 70편으로 살펴보니, "면면히 이어진 덩굴 끊어 버리지 않으면緜緜不絶" 문장은 《화오해和寤解》이고, "인재를 등용하는데 달려 있다存亡在所用" 문장은 《왕패해王佩解》이다. 아마도 "일가를 세우려면 먼저 소요를 주동하지 않아야 한다欲起無先"에서 "농부가 생산을 하지 않으면農不出" 등의 말도 《(일)주서(逸)周書》 70편 안에서 나온 것일 테지만, 지금은 11편이 망실되어 다시 고찰할 수 없다.

제78.《설문》의《우서》,《상서》,《주서》 인용문을 지금 고문에서 채용하는 것을 망각했음을 논함

余向謂《說文》皆古文, 今異者亦只字句間. 然從其異處論之, 已覺義理長, 非安國《書》可比. 今且有安國所不載辭至多, 其必出賈侍中所授二十四篇也可知, 故除名標《逸周書》者不錄, 錄《虞書》焉,《商書》焉,《周書》焉,《尙書》及《書》焉.《虞書》曰"仁閔覆下, 則稱旻天",《虞書》又曰"怨匹曰逑".《商書》曰"以相陵懱".《周書》曰"宮中之冗食", 讀若《周書》"若藥不瞑眩",《周書》曰"戔戔巧言",《周書》曰"來就惄惄",《周書》曰"豻有爪而不敢以撅",《周書》曰"王出涘",《周書》曰"伯絭",《周書》曰"師乃搯",《周書》曰"孜孜無怠",《周書》曰"惟緷有稽".《尙書》曰"圛圛升雲, 半有半無",《書》曰"竹箭如椲(楷)". 右皆魏晉間忘其采用者, 而宋洪邁反疑之爲不可曉. 善夫! 徐鉉《進說文表》云: "大抵此書務援古以正今, 不徇今而違古." 予謂賈, 許所授受, 古也; 魏晉間出, 今也. 徇今而違古, 洪氏之見也. 援古以正今, 予之見也. 噫! 果孰謂古今人不相及也.

나는 예전에《설문》은 모두 고문이며, 지금 고문과 다른 것 역시 단지 글자와 구두뿐이라고 말했었다. 그러나 그 다른 곳으로 논의해보면, 이미 의리가 더 뛰어남을 알게 되니 공안국《서》는 비할 것이 아니다. 지금 또한 공안국《서》에 기재되지 않은 것이 매우 많은데, 그것들은 필시 가

규賈逵, 30~101가 전해준 24편임을 알 수 있다. 따라서 《일주서逸周書》를 표기된 것은 제외하고 기록하지 않고, 《우서虞書》, 《상서商書》, 《주서周書》, 《상서尚書》 및 《서書》로 표기된 것은 기록한다.

《우서》의 "인함으로 불쌍히 여겨 아래를 덮어주는 것은 민천旻天이라 한다仁閔覆下, 則稱旻天".

《우서》의 "짝을 원망하는 것을 구逑라 한다怨匹曰逑".

《상서商書》의 "서로 능멸하다以相陵慢".

《주서》의 "궁중의 용식冗食이다宮中之冗食".

《주서》의 "만약 약을 먹어도 어지럽지 않으면若藥不暝眩"과 같이 읽는다.

《주서》의 "남을 해치는 교묘한 말이다炎炎巧言".

《주서》의 "와서 해롭게 하다來就惎惎".

《주서》의 "원獿은 손톱이 있으나 감히 할퀴지 않는다獿有爪而不敢以撅".

《주서》의 "왕이 물가로 나갔다王出涘".

《주서》의 "백경이다伯霁".

《주서》의 "군대가 곧 쳐들어왔다師乃揝".

《주서》의 "부지런히 부지런히 하여 게을리하지 않는다孜孜無怠".

《주서》의 "오직 가는 털을 헤아린다惟緇有稽".

《상서尚書》의 "돌고 돌아 오르는 구름이 반은 있고 반은 없다團團升雲, 半有半無".

《서書》의 "대 화살이 진楮과 같다竹箭如楮".

이상은 모두 위진 연간에 채용하는 것을 잃어버린 것으로, 송宋 홍매洪邁, 1123~1202는 도리어 의심은 했으나 깨닫지는 못했다. 훌륭하다! 서현徐鉉, 916~991은 《진설문표進說文表》에서 "대저 이 책《설문》은 옛 것고문을 취하여

지금의 것금문을 바로 잡으려고 힘썼고, 지금의 것금문을 주장하여 옛 것고
문을 어기지 않았다大抵此書務援古以正今, 不徇今而違古"라고 하였다. 내 생각에 가
규와 허신이 서로 전해주고 받은 것이 고문이며, 위진연간에 나온 것이
금문이다. 금문을 주장하여 고문을 어기는 것은 홍매의 견해이다. 고문
을 취하여 금문을 바로 잡는 것은 나의 견해이다. 아! 과연 누가 옛 사람
과 지금 사람이 서로 이어지지 않는다고 말하는가.

원문

按 : 伏生今文以下, 王肅, 鄭康成古文以上, 統名《虞夏書》, 無別而稱之者.
茲《說文》于引今《堯典》,《舜典》,《皐陶謨》,《益稷》之文, 皆曰《虞書》, 于引
《禹貢》,《甘誓》之文, 皆曰《夏書》. 固魏晉間本之所由分乎. 唯于今《舜典》
"五品不愻"作《唐書》, 與《大傳》說《堯典》謂之《唐傳》同. 四引《洪範》皆曰
《商書》, 與《左氏傳》同, 却與賈氏所奏異. 豈愼也自亂其例與? 抑有誤?

번역 안按

복생伏生금문 이후, 왕숙王肅과 정강성鄭康成의 고문古文 이전에 모두《우
하서虞夏書》라고 이름하였고 구별하여 부르지 않았다. 이《설문》에 인용
된 지금의《요전》,《순전》,《고요모》,《익직》의 문장은 모두《우서虞書》라
고 하였고,《우공》,《감서》의 문장은 모두《하서夏書》라고 하였다. 위진연
간의 판본이 나누어졌기 때문일 것이다! 오직 지금《순전》의 "오품이 순
하지 않다五品不愻"는《당서唐書》라고 한 것은《상서대전尙書大傳》에서《요전》
을《당전唐傳》이라고 한 것과 같다. 네 번 인용한《홍범》을 모두《상서商

書》라고 한 것은 《좌씨전》과 같은데, 도리어 가규가 상주上奏한 것과는 다르다. 어찌 허신許愼 스스로 그 법례를 어지럽힌 것인가? 아니면 오류가 있는 것인가?

원문

又按:"仁閔覆下, 則稱旻天",《毛詩》傳並同. 嘗意《孟子》"號泣于旻天"出古《舜典》, 則此亦應爲其文."怨匹曰述", 與桓二年"嘉耦曰妃, 怨耦曰仇, 古之命也"同. 凡《左氏》"古之命也"皆古有是言, 其即指《虞書》可知."伯冏"重今"冏命", 蓋鄭, 孔各有一《冏命》, 故其稱名同, 唯字別."孜孜無怠"出僞《泰誓》, 說見第三卷."王出涘"亦《泰誓》, 見《周頌》箋疏."獭有爪而不敢以撅"出《周書·周祝解》,《說文》脫"逸"字, 茲偶因仍, 未及削正云.

번역 우안又按

"인함으로 불쌍히 여겨 아래를 덮어주는 것은 민천旻天이라 한다仁閔覆下, 則稱旻天"는 《모시》전傳[149]과 같다. 일찍이 《맹자·만장상》"민천에 울부짖었다號泣于旻天"가 고古《순전》에서 나왔다고 생각했었는데, 이 또한 그 문장과 호응한다. "짝을 원망하는 것을 구述라 한다怨匹曰述"는 《좌전》환공 2년 "좋은 짝을 비妃라 하고 원수 같은 짝을 구仇라 하는 것이 고대의 명칭이다嘉耦曰妃, 怨耦曰仇, 古之命也"와 같다. 모든 《좌씨》의 "고지명야古之命也"는 모

---

[149] 《시·왕풍·서리(黍離)》모전(毛傳)에 보인다. "悠悠, 遠意. 蒼天, 以體言之. 尊而君之, 則稱皇天 ; 元氣廣大, 則稱昊天 ; 仁覆閔下, 則稱旻天 ; 自上降鑒, 則稱上天 ; 據遠視之蒼蒼然, 則稱蒼天. 箋雲 : 遠乎蒼天, 仰愬欲其察己言也. 此亡國之君, 何等人哉!疾之甚.

두 옛날에 그 말이 있었다는 말이니, 곧 《우서》를 가리킴을 알 수 있다. "백경伯囧"은 지금의 "경명囧命"과 중복되니, 아마도 정현 고문과 공안국 고문에 각각 같은 《경명囧命》편이 있었던 것이므로 그 명칭은 같으나 글자만 다른 것이다. "부지런히 부지런히 하여 게을리하지 않는다孜孜無怠"는 위僞《태서》에 나오며,[150] 변설이 제3권[151]에 보인다. "왕이 물가로 나갔다王出涘"도 《태서泰誓》에 나오는데, 《주송周頌》전소箋疏[152]에 보인다. "원獂은 손톱이 있으나 감히 할퀴지 않는다獂有爪而不敢以撅"는 《(일)주서(逸)周書·주축해周祝解》에 나온다. 《설문》에는 "일逸"자가 빠져 있는데, 그로 인해 미처 삭제하여 못한 것이다.

원문

又按：向以東京古文盛行, 推功于逵. 更以《帝紀》參之, 章帝建初八年詔曰："其令羣儒選高才生受學《左氏》,《穀梁春秋》, 古文《尙書》,《毛詩》, 以扶微學, 廣異義焉." 安帝延光二年詔："選三署郎及吏人能通古文《尙書》,《毛詩》,《穀梁春秋》各一人." 靈帝光和三年詔："擧能通《尙書》,[顧寧人曰："'《尙書》'上脫'古文'二字."]《毛詩》,《左氏》,《穀梁春秋》各一人."《儒林傳》云："古文《尙書》,《毛詩》,《穀梁》,《左氏春秋》雖不立學官, 然皆擢高

---

150 《태서하》上帝弗順, 祝降時喪. 爾其孜孜, 奉予一人, 恭行天罰.
151 본서 제3권은 전궐(全闕)이다. 제34. 言泰誓武成句有本으로 추측된다.
152 《시·주송·사문(思文)》소(疏)에 보인다. 《大誓》云："惟四月, 太子發上祭於畢, 下至於孟津之上."注云："孟津, 地名."又云："大子發升舟中流, 白魚入於王舟. 王跪取, 出涘以燎之."注云："白魚入舟, 天之瑞也. 魚無手足, 象紂無助, 白者, 殷正也. 天意若曰, 以殷予武王, 當待無助. 今尙仁人在位, 未可伐也. 得白魚之瑞, 卽變稱王應天命定號也. 涘, 涯也. 王出於岸上, 燔魚以祭, 變禮也."

第爲講郞, 給事近署, 所以網羅遺逸, 博存衆家." 其盛心如是, 故當時古文
《尙書》幾炳如日星, 目所共睹. 愼從遠受, 具載撰著, 得以上獻闕廷, 不以爲
諱. 若西京末, 以《尙書》爲備, 而古文舊《書》猥以不誦絶之者, 何啻莛楹? 學
固有幸不幸如是. 逮獻帝建安中, 士爕在交趾, 《尙書》兼通古今, 大義詳備.
袁徽與尙書令荀彧書曰:"聞京師古今之學是非忿爭, 爕欲條《尙書》長義上
之." 又以見爾時不獨一鄭氏家法, 且廣爲講肄, 徒衆盛甚. 奈何未及五紀, 王
肅旣薨, 輒星馳電逝, 埃滅無聞? 令人回思莫審厥由. 旣讀王荆公《論秦焚坑
之禍》曰:"而於是時, 始變古爲隷, 蓋天之喪斯文也. 不然, 則秦何力之能
爲?" 余亦謂蓋天之喪古文《書》也, 不然, 則漢曷嘗不力焉? 此所以每仰視而
不禁閔惜嗟痛也.

번역 우안又按

예전에 동한에 고문이 성행한 것에 대해 가규賈에게 공을 돌렸었다. 다
시 《제기帝紀》를 참고해보았다.

장제章帝 건초建初 8년[83]에 조칙詔勅하였다. "여러 유자들 가운데 재주가
뛰어난 자를 선발하여 《좌씨》, 《곡량춘추》, 고문《상서》, 《모시》를 배우
게 하여 미약해진 유학을 부양하고, 다른 논의들을 확대하게 하였다其令羣
儒選高才生受學《左氏》, 《穀梁春秋》, 古文《尙書》, 《毛詩》, 以扶微學, 廣異義焉."

안제安帝 연광延光 2년[123]에 조칙하였다. "삼서랑三署郎 및 이인吏人 가운데
고문《상서》, 《모시》, 《곡량춘추》에 능통한 각 1인을 선발하라選三署郎及吏
人能通古文《尙書》, 《毛詩》, 《穀梁春秋》各一人."

영제靈帝 광화 3년[180]에 조칙하였다. "거능통擧能通《상서》, [고염무는

244 상서고문소증 2

"'《상서》' 앞에 '고문古文' 두 글자가 탈락되었다"고 하였다顧寧人曰:"《尚書》上脫'古文'二字"] 《모시》, 《좌씨》, 《곡량춘추》에 능통한 각 1인을 천거하라擧能通《尚書》,《毛詩》,《左氏》,《穀梁春秋》各一人."

《후한서 · 유림전》에 다음과 같이 말하였다. "고문《상서》, 《모시》, 《곡량》, 《좌씨춘추》는 비록 학관에 세워지지 않았지만, 모두 뛰어난 제생을 뽑아 강랑講郎으로 삼고 근서近署, 황제 측근의 관서에서 일을 받들게 하였으니, 버려지고 숨은 학자들을 망라하여 제가의 설을 널리 보존하기 위함이었다古文《尚書》,《毛詩》,《穀梁》,《左氏春秋》雖不立學官, 然皆擢高第爲講郎, 給事近署, 所以網羅遺逸, 博存衆家."

그 성심이 이와 같았으므로 당시의 고문《상서》가 거의 해와 별처럼 빛남을 눈으로 볼 수 있었다. 허신이 가규를 따라 수업받은 것을 모두 저서에 수록하여 황제에서 헌상하면서 숨기지 않았다. 만약 서한 말엽이었다면, 금문《상서》가 학관에 갖추어져 있었으므로 고문 구舊《서》를 함부로 외울 수도 없었을 것이니, 어찌 다만 풀줄기와 기둥의 차이 뿐이었겠는가? 학문에 진실로 다행과 불행이 있음이 이와 같다. 헌제獻帝 건안建安, 196~220 연간에 이르러, 사섭士燮, 137~226[153]이 교지交趾, 지금의 월남(今越南) 북부의 태수로 있었는데, 고금古今《상서》에 겸통兼通하여 대의大義를 상세하게 갖추었다. 원휘袁徽[154]가 상서령尙書令 순욱荀彧, 163~212[155]에게 편지하기를 "경사京師에 고금古今학의 시비분쟁을 듣고, 사섭이 《상서》의 좋은 의의를 뽑

---

[153] 사섭(士燮) : 자 위언(威彦). 교지(交趾) 태수(太守)를 40년간 역임하였다. 저서에는《사섭집(士燮集)》,《춘추경주(春秋經注)》,《공양주(公羊注)》,《곡량주(穀梁注)》 등이 있었으나, 대부분 망실되었다.
[154] 원휘(袁徽) : 삼국시기의 은사(隱士)이다.《후한기(後漢紀)》에는 원미(袁微)로 되어 있다.
[155] 순욱(荀彧) : 자 문약(文若). 동한 말엽의 정치가, 전략가. 조조(曹操)가 북방을 통일하는 데 큰 공을 세웠다.

아 상주^{上奏}하고 싶어 한다^{聞京師古今之學是非忿爭, 變欲條《尙書》長義上之}"고 하였다. 또한 당시에 오직 정씨^{鄭氏} 가법만을 오로지 하지 않고, 폭넓게 강습하는 무리들이 매우 많았음을 알 수 있다. 어찌 아직 60년^{五紀}도 지나지 않았고, 왕숙^{王肅, 195~256}이 이미 죽었는데도, 별안간 유성처럼 내달리고 번개처럼 지나가 (고문상서에 대한) 티끌 하나 들리는 소문이 없어진 것인가?^{奈何未及五紀, 王肅旣薨, 輒星馳電逝, 埃滅無聞?} 사람으로 하여금 돌이켜 그 연유를 살피지 않을 수 없게 만든다^{令人回思莫審厥由}. 이미 왕안석^{1021~1086, 왕형공(王荊公)} 《논진분갱지화^{論秦焚坑之禍}》의 "이 당시에 비로소 고문이 예서^{隸書}로 변하였으니, 하늘이 사문^{斯文}을 없앤 것이다. 그렇지 않다면, 진^秦나라가 무슨 힘으로 그렇게 할 수 있었겠는가?^{而於是時, 始變古爲隸, 蓋天之喪斯文也. 不然, 則秦何力之能爲}"를 읽었다. 내 생각도 그러하다. 하늘이 고문《서》를 없앤 것이니, 그렇지 않다면 한^漢나라가 어찌 일찍이 고문《서》에 힘쓰지 않았겠는가? 이것이 매번 하늘을 우러러 애석함과 비통함을 금할 수 없는 까닭이다.

원문

又按：上悼古文二十四篇不傳，由于漢魏後. 陳第季立則以古文全經不傳，由秦漢間. 一歸諸天，一責諸人. 因並錄其辭云，曰："夫《書》之不全，皆委之秦火矣. 按《秦本紀》，始皇三十四年，令燒天下《詩》，《書》百家語. 越三年，始皇崩. 又越三年，二世滅. 越五年，漢高即皇帝位. 焚書之年歲戊子，漢高即位歲己亥，相去十二年耳. 張蒼，秦柱下史. 叔孫通，伏勝，高堂伯，秦之博士. 酈食其，陸賈，申公，楚元王輩，皆秦儒生. 豈以十二年之間，遂至一廢掃地?《莊子》云：'《詩》，《書》，《禮》，《樂》，鄒魯之士，搢紳先生多能明之.' 孟子，荀卿

述王道, 論《詩》,《書》, 其及門弟子往往散處列國. 戰國去秦何幾, 一經燄火,
遂爾澌滅, 何也? 豈秦及戰國功利之習浹人膚髓, 而士生其時惟學從橫長短
攻戰之術與? 夫尊秦禮儀之制, 而《尚書》古經無復有讀之者耶? 或曰：漢高
雖興, 挾書之律未除, 咸畏而莫敢出. 然伏生教于齊魯之間, 兵初定也. 至史
稱'高帝誅項籍, 引兵圍魯, 魯中諸儒尙講誦習禮, 絃歌之音不絕.' 此時去秦
逾近, 其徒最衆, 豈所講誦者, 都非《尚書》古文耶? 不然, 何泯泯也? 其故不
可知也. 漢武行幸河東, 嘗亡書三篋. 詔問莫能知, 唯張安世識之, 具作其事.
後購求得書, 以相校, 無所遺失. 秦漢之際, 遂無若人, 可悲也哉!"

번역 우안又按

위로 고문 24편이 전하지 않음을 애도하는 것은 한위漢魏 이후부터이
다. 진제陳第, 1541~1617, 자 계립(季立)는 고문 전경全經이 전하지 않은 것은 진
한秦漢 연간부터라고 하였다. 한 번은 하늘에 한 번은 사람에게 귀책歸責하
였다. 인하여 아울러 여기에 기록해 둔다.

"대저 《서》가 온전치 못한 것은 모두 진秦의 분서를 내버려 두었기 때
문이다. 《사기 · 진본기秦本紀》를 살펴보건대, 시황始皇 34년BC213 천하의
《시》,《서》 백가어百家語를 불사르도록 명령하였다. 3년이 지나 시황이 붕
어하였다. 또 3년이 지나 2세가 멸망했다. 5년이 지나 한고조가 황제에
즉위하였다. 분서焚書한 해는 무자년BC213이고, 한고조가 즉위한 해는 기
해년BC202으로 그 시간이 12년이 지났을 뿐이다. 장창張蒼, BC256~BC152[156]

---

[156] 장창(張蒼) : 하남군(河南郡) 양무현(陽武縣, 지금의 하남(河南) 원양현(原陽縣))출신이
다. 일찍이 《구장산술(九章算術)》을 교정하였고, 역법을 제정하였으며, 육형(肉刑)의 폐

이 진秦 주하사柱下史였다. 숙손통叔孫通, 복승伏勝, 고당백高堂伯은 진秦의 박사博士였다. 역이기酈食其, 육가陸賈, 신공申公, 초원왕楚元王 등이 모두 진秦 유생儒生이었다. 어찌 12년 사이에 마침내 한 번에 모두 없어지는 지경에 이르렀겠는가? 《장자 · 천하天下》에 '《시》, 《서》, 《예》, 《악》에 추로鄒魯의 선비들과 띠를 두른 선생 중에서 잘할 수 있는 이가 많다《詩》,《書》,《禮》,《樂》, 鄒魯之士, 搢紳先生多能明之'고 하였다. 맹자와 순경荀卿은 왕도를 서술하고 《시》와 《서》를 논하였는데, 그 급문 제자들이 열국에 흩어져 있었다. 전국戰國시대와 진秦과의 거리가 얼마이기에 한 번 불탐을 거침에 마침내 이렇게 다 없어진 것은 어째서인가? 어찌 진秦나라 및 전국戰國시대의 공리功利의 습관이 사람들의 피부와 골수에 젖어 들어 그 당시에 사생士生들이 종횡從橫, 장단長短, 공전攻戰의 기술만을 배웠기 때문이겠는가? 대저 진秦의 예의禮儀의 제도를 존숭하여 《상서》고경古經을 다시 읽은 사람이 없었겠는가? 어떤 이가 말하길, '한고조가 비록 일어났지만, 협서율挾書律이 아직 없어지지 않았으므로 모두 두려워 감히 밖으로 나오지 못하였다'고 하였다. 그러나 복생이 제노齊魯 지역에서 가르칠 때에는, 병란은 비로소 안정되었다. 《한서 · 유림전》에서 말한 '고제高帝가 항적項籍項羽을 죽이고 군대를 이끌고 노魯를 포위하였는데, 노魯의 제유諸儒들은 여전히 강송講誦하고 예를 익혔으며, 현가絃歌의 음이 끊이지 않았다高帝誅項籍, 引兵圍魯, 魯中諸儒尙講誦習禮, 絃歌之音不絶'는 지경에 이르렀다. 이 시기는 진秦과 가깝고, 그 무리가 가장 많았는데, 어찌 강송講誦하는 것이 비단 《상서》고문古文뿐이었겠는가? 그

지를 주장하였다.

렇지 않다면 어찌 이렇게 없어진 것인가? 그 연유를 알 수 없다. 한무제가 하동河東에 행행行幸했을 때, 일찍이 세 상자의 책이 없었다.亡書三篋 아는 자가 없는지를 물었는데, 오직 장안세張安世가 알았고, 그 없어진 책의 내용을 모두 적어 갖추었다. 이후 책을 구매하여 얻어 서로 대교해보니 유실된 바가 없었다.[157] 진한秦漢 연간에 마침내 이와 같은 인물이 없었음을 슬퍼하노라!"

원문

又按: 梅氏驚信伏生有壁藏《書》之事, 不信孔氏. 雖與史傳不合, 亦頗妙. 其辭曰: "今夫人情, 貯物於櫝, 猶不忘時加展省, 矧以土親聖經, 棄置如遺, 茫然弗覺, 豈理也哉?" 又曰: "孝文時, 伏生年九十餘, 老不可徵, 詔使晁錯往受《書》. 其所以尊榮之者, 至矣. 假令先聖之裔有能藏經屋壁, 取經以進, 吾不知帝宜何如尊崇之, 顯榮之. 乃孔氏之門, 卒無一人焉肯出其藏, 以應帝之求者, 何哉? 且距藏《書》, 初才三十五六年. 當時, 妻子奚奴目擊其事者尙存, 何不聚族而謀曰: '愛經之主不世出, 頃蒙主上尊榮伏生至此, 吾家經籍道興之日也. 壁經不發, 則與暴秦焚書同歸, 卒就滅亡, 奚貴於藏哉? 內愧本心, 上負聖主, 吾不忍爲也.' 今不見有一人, 不聞有一言, 蓋其先實無所藏, 故其後亦不知所發. 其先實不目擊斯事, 故其後亦寂無言及斯事者, 豈不較然明著也哉?" 余謂藏書有二說:《家語》作孔襄,《東觀漢記》作孔鮒. 鮒爲陳涉博士, 持孔子禮器以歸者, 孔鮒近是. 鮒卒與陳王俱死, 死之後, 藏書遂無傳

---

[157]《한서 · 장탕전(張湯傳)》에 보인다.

焉, 容事理之所有者.

번역 **우안又按**

　매작梅鷟은 복생伏生의 벽장壁藏《서書》 사건은 있었다고 믿었지만, 공안국은 믿지 않았다. 비록 역사 기록과는 합치하진 않지만, 이 또한 제법 신묘한 설이다. 그 내용은 다음과 같다.

　"지금 사람의 정서에 궤에 물건을 보관함에 있어 수시로 살펴봄을 잊지 않는데, 하물며 성경聖經을 흙 속에 둔 것을 버려두듯 방치하고 까마득하게 잃어버리는 이치가 어찌 있겠는가?" 또 "한漢 효문제BC180~BC157 때 복생伏生의 나이는 90여 세였는데, 늙어서 징용할 수 없었으므로 조착晁錯을 시켜 복생에게 가서《서》를 수업 받을 것을 명했다. 이는 복생을 존경하고 영화롭게 대함이 지극한 것이다. 가령 선성先聖의 후예가 집 벽에 경전을 감추었다가 경전을 취하여 바친다고 하면, 황제가 그를 존숭하고 영광스럽게 대함이 마땅히 어떠해야 하는지를 나는 알지 못하겠다. 곧 공씨의 가문에서 끝내 한 사람이라도 경전을 감춘 것을 꺼내 황제의 구함에 응한 자가 없었던 것은 어째서인가? 또한《서》를 감춘 지도 겨우 35, 36년이었다. 감출 당시, 처자들과 종복들이 그 일을 목격한 자가 여전히 있었을 텐데, 어찌 식술을 모아 도모하기를 '경전을 사랑하는 불세출의 군주가 나왔고, 주상이 복생을 존중하고 영광스럽게 여김이 이와 같음에 힘입어, 우리 집안의 경적이 흥할 날을 만났다. 벽 속의 경전이 나오지 않으면 진나라 분서 때와 같이 돌아가 마침내 없어지게 될 것이니, 어찌 감추는 것이 귀함이 되겠는가? 안으로는 본심에 부끄럽고 위로는 현명한 군주를 저버리는 일을 나는 차마 할 수 없다'라고 하지 않은 것인가? 지금 한 사람도 보이지 않고 한 마디의 말도 들리지 않는 것은 그 선조가 실제 소장한 것이 없었기 때문에 그 후손도 내놓을 것을 알지 못했던 것이다. 그 선조가 실로 그 일을 목격하지 않았기 때문에, 그 후손도 그 일을 언급함이 없는 것이니, 이 어찌 다소 자명한 일이 아니겠는가?"

내 생각에 장서藏書에 대한 두 가지 설이 있다. 《공자가어》에는 공양孔襄으로 되어 있고, 《동관한기東觀漢記》에는 공부孔鮒로 되어있다.[158] 공부孔鮒는 진섭陳涉, ?~BC208?[159]의 박사博士로서, 공자孔子의 예기禮器를 가지고 진섭에게 귀의한 자이니, 공부가 맞을 것이다. 공부는 끝내 진섭과 함께 죽었고, 죽은 후에 장서藏書가 마침내 전해지지 않은 것이니, 일리가 있다.

---

158 《동관한기 · 윤민(尹敏)》 孔鮒藏尙書, 孝經, 論語於夫子舊堂壁中.
159 진승(陳勝) : 자 섭(涉). 진(秦) 말에 농민반란 수령 가운데 한 명이다.

제79. 《좌전》에서 《하서》를 인용하고 해석한 말을 쓴 것은 《대우모》에 해당되지 않음을 논함

余向謂引古有例, 古人必不自亂其例. 如"《書》云"下, 不得自爲語氣. 《論語》"孝乎惟孝"是也. 《書》屬議論, 必不認爲敍事, 與或妄增其後其前, 《孟子》"一人衡行於天下", "有攸不爲臣"二處是也. 今更論之, 引《書》者必以《書》辭不甚明, 方從下詮釋, 一層未已, 復進一層. 若本辭已明, 其事實盡臚陳於前, 聞者自了, 引者奈何復屋下架屋乎? 茲且見《大禹謨》之于《左氏》矣. 《左氏》文七年郤缺引《夏書》曰: "戒之用休, 董之用威, 勸之以九歌, 勿使壞." 《書》辭止此. "九功之德, 皆可歌也, 謂之九歌; 六府, 三事, 謂之九功. 水, 火, 金, 木, 土, 穀, 謂之六府. 正德, 利用, 厚生, 謂之三事." 釋《書》辭如此. 僞作《大禹謨》者, 將援"戒之用休"三語, 自不得如缺作釋辭, 又恐"九歌"終未明也, 遂倒裝于前, 曰"水, 火, 金, 木, 土, 穀惟修; 正德, 利用, 厚生惟和; 九功惟敍, 九敍惟歌. 戒之用休"云云. 此在尋常書篇亦無不可, 特與《左氏》引古例不合耳. 或曰: 據子言, 《夏書》僅"戒之用休"三語, 終竟不知"九歌"何指矣. 余曰: 奚有於是? "愼徽五典, 五典克從", 大史克以父義, 母慈, 兄友, 弟共, 子孝當之, 未全. 至《孟子》始釋以"父子有親"等. 作《虞書》者, 豈料後有《孟子》代爲我釋也哉? 蓋當作《虞書》時"五典"字面, 作《夏書》時"九歌"字面, 人所通曉, 無煩注明. 下及郤缺, 孟子時, 便不得不費辭, 亦所謂周公而下其說長. 曾謂作《夏書》者, 置身三代首, 而即如後代之饒舌哉!

번역

　　나는 예전에 옛것을 인용하는 데는 법례가 있고, 옛사람들은 반드시 스스로 그 법례를 어지럽히지 않았다고 말했었다. 예를 들어 "《서》에 이르기를《書》云" 다음에는 저절로 어기사語氣詞가 되지 않으니, 《논어·위정》의 "효도여! 효도라는 것孝乎惟孝"이 그것이다.[160] 《서》가 의론議論에 속하고 반드시 서사임을 알지 못하여 《서》 앞뒤로 함부로 더한 것은, 《맹자》의 "한 사람이 천하에 횡행하다一人衡行於天下"[161]와 "신하로 복종하지 않는 자가 있다有攸不爲臣".[162] 두 곳이다. 지금 다시 논의해보면, 《서》를 인용함에 반드시 《서》의 문장이 매우 명확하지 않으면, 그 아래에 설명하고 해석하여 한 층에서 그치지 않고 다시 한 층을 나아간다. 만약 인용한 본 문장이 이미 명확하고 그 사실이 앞에 다 순서대로 진술되어 듣는 자가 다 이해한다면 인용한 것 아래에 다시 한 층을 만들 것이 있겠는가? 이 또한 《좌씨》에 인용된 《대우모》에 보인다. 《좌씨》 문공 7년 극결郤缺이 《하서》를 인용하여 "경계하고 깨우쳐서 아름답게 여기며, 죄가 있는 자는 형벌로 다스리며, 구가九歌로 권면하여 구공九功을 무너뜨리지 않도록 하라戒之用休, 董之用威, 勸之以九歌, 勿使壞"라고 하였다. 《서》의 문장은 여기에서 그친다. 이어지는 "구공九功의 덕을 모두 노래로 부를 만한 것을 '구가'라고 하고, 육부六府와 삼사三事를 '구공九功'이라 한다. 수·화·금·목·토·곡을

<hr>

160 제10.《논어》"효호유효(孝乎惟孝)" 구절이 지금 고문에 잘못 단구된 것을 논함에 보인다.
161 《맹자·양혜왕하》《書》曰 :《天降下民, 作之君, 作之師. 惟曰其助上帝, 寵之四方. 有罪無罪, 惟我在, 天下曷敢有越厥志?》一人衡行於天下, 武王恥之. 此武王之勇也. 而武王亦一怒而安天下之民. 今王亦一怒而安天下之民, 民惟恐王之不好勇也.」
162 《맹자·등문공하》《書》曰:《徯我后, 后來其無罰.》有攸不惟臣, 東征, 綏厥士女, 匪厥玄黃, 紹我周王見休, 惟臣附于大邑周.

'육부'라 하고, 정덕·이용·후생을 '삼사'라 한다九功之德, 皆可歌也, 謂之九歌; 六府, 三事, 謂之九功. 水, 火, 金, 木, 土, 穀, 謂之六府. 正德, 利用, 厚生, 謂之三事"는《서》를 해석한 말이 이와 같다.《대우모》를 위작한 자는 "경계하고 깨우쳐서 아름답게 여기다戒之用休" 등 세 문장을 취함에 스스로 해석하는 말을 빠지게 할 수는 없었고, 또한 "구가"가 끝내 밝혀지지 않을 것을 염려하여 마침내 그 앞에다 도치하여 "수·화·금·목·토와 곡식이 잘 닦이며, 정덕·이용·후생이 조화로우며, 아홉 가지 공功이 펴져서 구가로 읊거든 경계하고 깨우쳐서 아름답게 여기며水, 火, 金, 木, 土, 穀惟修; 正德, 利用, 厚生惟和; 九功惟敘, 九敘惟歌. 戒之用休 (…중략…)"라고 하였다. 이것이 일반적인 서편書篇이라면 또한 안 될 것이 없지만, 다만《좌씨》에서 옛 것을 인용한 법례와는 합치하지 않을 뿐이다.

어떤 이가 말했다.

그대의 말대로라면,《하서》는 겨우 "경계하고 깨우쳐서 아름답게 여기며, 죄가 있는 자는 형벌로 다스리며, 구가九歌로 권면하여 구공九功을 무너뜨리지 않도록 하라"뿐이며, 끝내 "구가九歌"가 무엇을 가리키는 것인지 알 수 없게 된다.

나는 대답하였다.

어찌《대우모》에만 있겠는가? "오전五典을 삼가 아름답게 하니 오전이 순하게 되었다愼徽五典, 五典克從"에서 태사大史가 부의父義, 모자母慈, 형우兄友, 제공弟共, 자효子孝로서 거기에 해당시켰지만 완전하지 않았다.[163]《맹자》

---

163 《좌전·문공18년》以至於堯, 堯不能擧, 舜臣堯, 擧八愷, 使主后土, 以揆百事, 莫不時序, 地平天成, 擧八元, 使布五教于四方, 父義, 母慈, 兄友, 弟共, 子孝, 內平, 外成.

에 이르러 비로소 "부모와 자식 사이에는 친함이 있다父子有親" 등으로 해석하였다.[164] 《우서》를 지은 자는 후대에 《맹자》가 자기를 대신해서 해석할 것이라는 것을 어찌 알았겠는가? 대체로 《우서》를 지을 당시의 "오전五典"과 《하서》를 지을 당시의 "구가九歌"는 그 글자만으로도 사람들은 이해할 수 있었으므로 번거롭게 주석으로 밝힐 것이 없었다. 이후 극결郤缺과 맹자孟子의 시대에 이르러서는 곧 말을 소비하지 않을 수 없었으니, 이 또한 이른바 주공 이후에는 그 말이 길어졌다는 것이다. 일찍이 말했었는데, 《하서》를 지은 자는 삼대三代의 초기에 살았었고, 곧 후대의 말 많은 사람과 같았을 것이다!

원문

按 : 《周禮》大司樂職 "九德之歌", 鄭司農以《春秋傳》"六府, 三事" 一段注之始明, 作《周禮》者不顧也. 足徵彼時其樂見存, 人所共曉云. 鄭司農引《春秋傳》不依郤缺次第, 乃倒次其文曰 : "水, 火, 金, 木, 土, 穀, 謂之六府; 正德, 利用, 厚生, 謂之三事. 六府, 三事, 謂之九功. 九功之德皆可歌也, 謂之九歌." 與《大禹謨》同, 又足徵注《書》者與作僞者, 其遷就之情頗相似.

번역 **안按**

《주례》 대사악大司樂이 맡은 "구덕지가九德之歌"와 정사농鄭司農, ?~83의 《춘추전春秋傳》 "육부六府와 삼사三事" 단락의 주해가 비로소 밝혀짐으로써, 《주

---

[164] 《맹자·등문공상》 聖人有憂之, 使契爲司徒, 教以人倫 : 父子有親, 君臣有義, 夫婦有別, 長幼有序, 朋友有信.

례》를 지은 자를 돌아보지 않게 되었다. 저 당시에 그 음악이 현존했음과 사람들이 모두 알고 있었다는 것을 충분히 징험해준다. 정사농은《춘추전》을 인용함에 극결郤缺의 차례에 의거하지 않고 그 문장의 차례를 바꾸어 "수, 화, 금, 목, 토, 곡을 육부라 하고, 정덕, 이용, 후생을 삼사라 한다. 육부와 삼사를 구공이라 하다. 구공의 덕을 모두 노래 부를 만하니, 그 노래를 구가라고 한다水, 火, 金, 木, 土, 穀, 謂之六府; 正德, 利用, 厚生, 謂之三事. 六府, 三事, 謂之九功. 九功之德皆可歌也, 謂之九歌"라고 하였다.《대우모》와 같으므로, 또한《서》를 주해한 자는 위작자와 더불어 옮겨가는 정서가 제법 서로 비슷하다는 것을 충분히 징험해준다.

又按 : 姚際恒立方曰 : "凡《左傳》文, 皆順釋於後者, 茲皆逆釋於前. 又藏却'六府三事'字面, 別出於下文帝舜口中. 至原有'義而行之, 謂之得禮', 亦係釋《書》辭, 竟忘着落. 且'戒之用休'三句文固聯貫, 而義自爲三. 據此, 旣將'九歌'之義層層逆釋, 下卽當接以'勸之以九歌'一句方直捷, 不得又照逸《書》原辭, 將'戒之用休'二句別自二義者夾於中間, 使'九歌'之義上下隔越, 悉欠文理也." 又曰 : "使《書》辭果有'水, 火, 金, 木, 土, 穀'等句,《左氏》不當屑屑釋之矣, 可不辨自明."

번역 **우안又按**

요제항姚際恒, 자 입방(立方)이 다음과 같이 말했다.

"무릇《좌전》문장은 모두 뒤에서 순석順釋하였는데,《고요모》는 모두 앞에서 역석逆釋하였다. 또한《좌전》은 '육부삼사六府三事' 글자 속에 감추어져 있으나,《고요모》는 별개로 아래 문장에서 순임금의 입속에서 나오게 하였다.《좌전》원 문장에 있는 '(육부와 삼사를) 사의事宜에 맞게 행하는 것을 덕과 예라고 한다義而行之, 謂之得禮"[165]에 있어서도 또한《서》를 해석한 문장에 해당되는데,《고요모》에서는 끝내 둘 곳을 잊어버리게 되었다. 또한《좌전》의 "경계하고 깨우쳐서 아름답게 여기며, 죄가 있는 자는 형벌로 다스리며, 구가九歌로 권면하라戒之用休, 董之用威, 勸之以九歌"의 문장은 진실로 하나로 이어져 있는데,《고요모》에서는 저절로 의미가 3가지가 되었다. 이를 근거로 해보면,《고요모》는 이미 '구가九歌'의 의미를 한층 한층 역석逆釋하면서 아래에 마땅히 '권면하되 구가로 하다勸之以九歌' 구절이 바로 이어져야 하는데, 일逸《서》의 원문장을 맞추어볼 수 없었으므로, '경계하고 깨우쳐서 아름답게 여기며, 죄가 있는 자는 형벌로 다스리다戒之用休, 董之用威'는 별개의 두 의미를 지닌 두 구절이 중간에 끼게되어 '구가'의 의미를 앞뒤로 떨어지게 만들어버렸으니, 모두 문리를 잃어버린 것이다."

또 말하였다. "《서》의 문장에 과연 '수, 화, 금, 목, 토, 곡水, 火, 金, 木, 土, 穀' 등의 구절이 있게 하려면,《좌씨》에서 한층 한층 해석한 것이 마땅하지 않음을 변론하지 않아도 자명해진다."

---

[165] 《좌전 · 문공7년》夏書曰 "戒之用休, 董之用威, 勸之以九歌, 勿使壞." 九功之德, 皆可歌也, 謂之九歌. 六府三事, 謂之九功. 水, 火, 金, 木, 土, 穀, 謂之六府, 正德, 利用, 厚生, 謂之三事, 義而行之, 謂之德禮.

원문

又按：《漢·藝文志》"六國之君魏文侯最爲好古, 孝文時得其樂人竇公獻其書, 乃《周官·大宗伯》之《大司樂》章也." 近日有人援此以表章爲古《樂經》, 與《禮經》並配, 亦小有致. 劉向校書得《樂記》二十三篇, 末篇曰《竇公》, 即載斯事, 惜不傳. 予獨歎南齊時雍州有盜發楚王冢獲科斗書《考工記》, 說者以證《考工記》非先秦人所作, 則魏文侯當六國初已寶愛《大司樂》章, 謂其爲六國陰謀之書者, 顧足與深辨與?

번역 우안又按

《한서·예문지》에 "전국시대 군주 가운데 위문후魏文侯가 가장 옛 것을 좋아했는데, 한 효문제 때 위魏의 악인樂人이었던 두공竇公이 책을 헌상하였으니, 곧 《주관·대종백》의 《대사악》 장이었다六國之君魏文侯最爲好古, 孝文時得其樂人竇公獻其書, 乃《周官·大宗伯》之《大司樂》章也"고 하였다. 근래 어떤 이가 이를 취하여 고古《악경樂經》으로 표장表章하고 《예경禮經》과 나란히 배열하였는데, 이 또한 옛 흥취가 조금 있다. 유향劉向이 교서校書할 때 《악기樂記》 23편을 얻었는데, 말편末篇이 《두공竇公》이었고 곧 이 일을 기록한 것인데 아쉽게도 전하지 않는다. 내가 오직 탄식하는 것은 남제南齊 때 옹주雍州에서 초왕총楚王冢을 도굴하여 과두科斗문자로 쓴 《고공기考工記》를 얻은 일이 있었는데, 말하는 자들이 그것으로 《고공기》가 선진先秦의 사람이 지은 것이 아니라고 하니, 위문후魏文侯가 전국 초기에 이미 《대사악》 장을 아끼고 보배로 여겼던 것을 육국의 음모를 기록한 책이라고 하는 것을 깊이 변론할 것이 있겠는가?

又按：吾友王弘撰無異述其鄕先生韓恭簡之言告予：“天下不治， 由聖人
不生; 聖人不生, 由元氣不復; 元氣不復, 由大樂不作. 大樂作則元氣復, 元氣
復則聖人生, 聖人生則天下治.” 予服爲一代偉論, 因謂功成作樂, 大樂不作,
亦由天下不治, 天下治則大樂作. 四者如環無端, 此上古之世長治而不卒衰
也, 盛哉!

우안又按

내 친구 왕홍찬王弘撰, 1620~1697?, 자 무이(無異)이 고향의 선생인 공간공恭簡公
한방기韓邦奇, 1479~1556**166**의 말을 기술하여 나에게 알려왔다.

"천하가 다스려지지 않는 것은 성인聖人이 태어나지 않기 때문이며, 성
인이 태어나지 않는 것은 원기元氣가 회복되지 않기 때문이며, 원기가 회
복되지 않는 것은 대악大樂이 일어나지 않기 때문이다. 대악이 일어나면
원기가 회복되고, 원기가 회복되면 성인이 태어나고, 성인이 태어나면
천하가 다스려진다."

나는 일대의 위대한 논의에 감복하여 말하길, 공업功業이 완성되면 악樂
을 일으키게 마련이니, 대악大樂이 일어나지 않는 것 또한 천하가 다스려
지지 않기 때문이며, 천하가 다스려지면 대악이 일어날 것이다. 이 네 가
지는 둥근 고리와 같아서 끝이 없으며, 이것이 상고의 시대가 오래 다스

---

166 한방기(韓邦奇) : 자 여절(汝節). 호 원락(苑洛). 시호는 공간(恭簡)이다. 섬서(陝西) 조
읍(朝邑)(지금의 섬서(陝西) 대려현(大荔縣) 조읍진(朝邑鎭)) 출신이다. 저서에는《지
악(志樂)》이 있다.

려지고 끝내 쇠하지 않은 이유이니, 성대하도다!

又按:《晉書》張華問李密:"孔明言教何碎?" 密曰:"昔舜,禹,皐陶相與語, 故得簡.《大雅》,《誥》與凡人言, 宜碎. 孔明與言者無已敵, 言教是以碎耳." 此 與陳壽議並同. 予著《疏證》亦知有言碎之病, 非卑視人, 實置己未高耳.

번역 우안又按

《진서晉書 · 효우전孝友傳》에서 장화張華, 232~300가 이밀李密, 224~287[167]에게
물었다. "공명孔明의 언교言教는 어찌 그리 번쇄한가?" 이밀이 대답하였다.
"옛날 순舜, 우禹, 고요皐陶가 서로 더불어 한 말이기 때문에 간단할 수 있
었다.《대아大雅》와《고誥》는 보통 사람들에게 한 말이므로 번쇄함이 마땅
하다. 공명孔明이 더불어 말한 자가 자기만한 이가 없었으므로 언교가 그
때문에 번쇄로운 것뿐이다." 이는 진수陳壽의 의론과 같다. 내가《소증疏
證》을 지음에, 말에 번거로운 병통이 있다는 것을 알고 있으니, 사람을
낮추어보는 것이 아니라, 실로 내가 위치한 곳이 아직 높지 않을 뿐인 것
이다.

---

167 이밀(李密) : 본명은 이건(李虔). 자 영백(令伯). 건위(犍爲) 무양(武陽) (지금의 사천성
(四川省) 팽산현(彭山縣)) 출신이다. 오경에 두루 밝았고, 특히《좌전》에 능통하였다. 저
서에는《술리론(述理論)》,《진정표(陳情表)》 등이 있다.

제80.《좌전》에서《채중지명》을 인용하고 그 일을 추서追敍한 내용을 지금 고문에서 반드시 기록할 필요가 없음을 논함

원문

更例以今文之例, 如武王命康叔爲衛侯, 作《康誥》, 直云"王若曰：'孟侯, 朕其弟, 小子封.'"平王以晉侯爲方伯, 作《文侯之命》直云"王若曰：'父義和'", 無所庸序也. 即古文《微子之命》,《君陳》亦爾. 讀《左氏》定四年《傳》, 祝佗述蔡仲之事, 其命書云："王曰：'胡, 無若爾考之違王命也.'"意此必古《蔡仲之命》發端第一語, 蓋若劈面一喝, 聞者心悸. 戮其父而用其子, 自與平常封褒者不同. 若將是語綴入篇之中, 勢便解其. 至以"乃祖文王"與"爾考"並提, 其無乃非類也乎! 在祝佗述其事, 自不得不追其巓末曰："昔周公相王室以尹天下, 管, 蔡啟商, 惎間王室. 王於是乎殺管叔而蔡蔡叔, 以車七乘, 徒七十人. 其子蔡仲改行帥德, 周公擧之以爲己卿士, 見諸王而命之以蔡." 而僞作是篇者亦如其例, 仿佛其辭曰："惟周公位冢宰正百工, 羣叔流言, 乃致辟管叔于商；囚蔡叔于郭鄰, 以車七乘；降霍叔于庶人, 三年不齒. 蔡仲克庸祗德, 周公以爲卿士. 叔卒, 乃命諸王, 邦之蔡." 以爲篇端之序. 學者試平心以思, 此爲《左氏》本《書》乎？ 抑《書》襲《左氏》也？ 或曰：據子言,《書》直以"爾考之違王命"起, 其蔡叔獲罪之由終且莫知矣. 余曰：朱子言古者有編年之史, 有每事別紀之史. 編年,《春秋》是也；每事別紀,《書》是也.《書》二《典》所載上下百有餘年, 而《武成》,《金縢》諸篇或更數月, 或歷數年, 其間豈無異事？ 蓋必具於編年之史, 而今不復見矣. 余亦謂蔡叔獲罪, 蓋必具於編年之史, 而不必贅序于《蔡仲之命》也. 或曰：子必以《書》無序而後可？ 余曰：是何言？《書》

有有序者, 無序則其指不見; 有不必序者, 彊序則祇覺其贅而已. 吾願學者以
《書》自《書》, 不必如引《書》者之追其事; 傳自傳, 亦無庸以《傳》之文闌入於
《書》而已矣.

번역

　　금문今文의 법례로 다시 나열해보면, 무왕이 강숙康叔을 위후衛侯로 명하
면서 《강고》를 짓고 바로 "왕이 다음과 같이 말씀하였다. '맹후인 짐의
아우 소자 봉아'王若曰: '孟侯, 朕其弟, 小子封'"라고 하였고, 평왕平王이 진후晉侯를
방백方伯으로 삼으면서 《문후지명》을 짓고 바로 "왕이 다음과 같이 말씀
하였다. '부父의 항렬인 의화義和여'王若曰: '父義和'"라고 한 것과 같이, 서문
을 사용하는 바가 없었다. 곧 고문 《미자지명》과 《군진》 또한 그러할 뿐
이다. 《좌씨》 정공 4년 《전傳》의 축타祝佗가 채중蔡仲의 일을 서술한 것을
읽어보면, 그 명서命書에 이르길 "왕께서 말씀하였다. '호胡야! 너의 아비
처럼 왕명을 어기지 말라'王曰: '胡, 無若爾考之違王命也'"고 하였다. 아마도 이 말
은 필시 고古 《채중지명》을 시작하는 첫 마디였을 것으로, 마치 얼굴을
붉히고 꾸짖는 것과 같아서 듣는 자가 두려움에 떨었을 것이다. 자기 아
비를 죽이고서 그 자식을 등용한 것은 일반적인 책봉과 체벌하는 것과는
같지 않다. 만약 장차 이 말을 편 가운데 잘라 넣는다면, 어세가 느슨해
짐이 더욱 심해진다. "네 할아버지인 문왕의 떳떳한 가르침을 따르라乃祖
文王之彝訓"를 "네 아비처럼 왕명을 어기지 말도록 하라無若爾考之違王命"와 함
께 나열함에 이르러서는 그 동류同類 아님이 없게 되었다! 축타가 그 일
을 서술함에 있어 그 전말을 서술하지 않을 수 없었으니, "옛날 주공이

왕실을 도와 천하를 다스릴 때, 관숙과 채숙이 상나라 사람들을 이끌어 왕실을 침범하기를 꾀하니, 왕께서 이에 관숙을 죽이고 채숙을 추방하되, 채숙에게 수레 일곱 대와 역도^{役徒} 70인을 주었습니다. 채숙의 아들 채중이 악행을 고치고 덕을 따르니 주공이 그를 등용하여 자기의 경사^卿^士로 삼고서, 그를 왕께 알현시켜 그를 임명하여 채후^{蔡侯}로 삼게 하였습니다^{昔周公相王室以尹天下, 管, 蔡啓商, 惎間王室. 王於是乎殺管叔而蔡蔡叔, 以車七乘, 徒七十人. 其子蔡仲改行帥德, 周公擧之以爲己卿士, 見諸王而命之以蔡}"라고 하였는데, 이 편을 위작한 자도 그 법례와 같이하고자 그 말을 모방하여 "주공이 총재로 있으면서 백관을 바로잡자, 여러 숙부^{群叔}들이 유언비어를 퍼뜨렸다. 이에 관숙을 상나라에서 주륙하고 채숙을 곽린^{郭鄰}에 가두되 수레 일곱 대를 따르게 하고, 곽숙^{霍叔}을 서인^{庶人}으로 강등시켜 3년 동안 끼지 못하게 하였다. 채중이 떳떳이 덕을 공경하므로 주공이 경사^{卿士}를 삼았는데, 그 후 채숙이 죽자 왕에게 명하여 채^蔡나라의 방군으로 삼았다^{惟周公位冢宰正百工, 羣叔流言, 乃致辟管叔于商; 囚蔡叔于郭鄰, 以車七乘; 降霍叔于庶人, 三年不齒. 蔡仲克庸祗德, 周公以爲卿士. 叔卒, 乃命諸王, 邦之}^蔡"라고 하고 편 앞의 서문으로 삼았다. 학자들이 마음을 가라앉히고 생각해보면, 이것은 《좌씨》가 《서》에 근본한 것인가? 아니면 《서》가 《좌씨》를 습용한 것인가?

어떤 이가 말했다.

그대의 말을 근거로 해보면, 《서》는 단지 "너의 아비처럼 왕명을 어기지 말라^{爾考之違王命}"로 시작되어, 채숙이 죄를 얻은 연유를 끝내 알 수 없게 된다.

나는 대답하였다.^{余曰}

주자는 옛날에 편년編年의 역사가 있었고, 매사每事마다 별기別紀한 역사
가 있었다고 하였다. 편년은 《춘추》이고, 매사每事마다 별기別紀한 것은
《서》이다. 《서》의 두 《전典》에 기록된 것은 위아래 백여 년이고, 《무성》
과 《금등》 제편은 수개월 혹은 수년에 걸쳐 있는데, 그 사이에 어찌 다른
일이 없었겠는가? 대체로 편년의 역사에 반드시 갖추어 놓았을 것이지
만, 지금 다시 볼 수 없다. 나 역시 채숙이 죄를 지은 것은 반드시 편년의
역사에 기록되었을 것이고, 반드시 《채중지명》의 서序에 군더더기로 달
것은 없다고 말하는 것이다.

어떤 이가 물었다.

그대는 《서》에는 반드시 서序가 없어야 된다는 것인가?

나는 대답하였다.

이 무슨 말인가? 《서》에 서序가 있는 이유는 서序가 없으면 그 요지가
드러나지 않기 때문이다. 반드시 서序를 쓰지 않아도 되는 이유는 억지로
서序를 쓰면 그것이 군더더기가 되는 것을 깨달았기 때문이다. 내가 바라
는 것은 학자들이 《서》를 《서》 자체로 여겨야 하지, 그 사건을 추술한 내
용을 《서》에 인용하지 말하야 하며, 《전傳》을 《전傳》 자체로 여겨야 하지,
《전傳》의 문장이 《서》에 찬입되지 않게 하는 것일 뿐이다.

원문

按 : 王伯厚以此 《傳》爲未足信, 云 : "考之 《春秋》, 是年三月會于召陵,
蔡侯已在衛侯之上. 五月盟于皋鼬, 不序諸侯, 經無長衛之文." 愚謂不爾. 僖
公二十有八年五月癸丑, 公會晉侯, 齊侯, 宋公, 蔡侯, 鄭伯, 衛子, 莒子盟于

踐土, 蔡侯次在第五, 衛子次在第七, 此會也. 祝佗述其載書"王若曰'晉重, 魯申, 衛武, 蔡甲午, 鄭捷, 齊潘, 宋王臣, 莒期'", 衛又在蔡上, 此盟也. 盟所以敬共明神, 本其始也, 較會之次爲重, 《傳》固云 :"乃長衛侯於盟", 不曾云"會", 何有誤? 或曰 :《左氏》竟如是其莫可擬議乎? 余曰 : 劉子玄評其工侔造化, 思涉鬼神, 此區區事實足徵, 曷足以盡之?

왕응린1223~1296, 자 백후(伯厚)은 이 《좌전》을 믿기에 부족하다면서 다음과 같이 말하였다. "《춘추》를 고찰해보면, 이 해 3월 소릉召陵에서의 회합에서, 채후蔡侯는 이미 위후衛侯의 앞에 있었다.[168] 5월五月 고유皋鼬에서 회맹 때는 제후를 차례짓지 않았으므로 경문에 위후에게 먼저 삽혈하게 했다는 문장이 없는 것이다."

내 생각은 그렇지 않다. 희공 28년 5월 계축일에 희공이 진후晉侯, 제후齊侯, 송공宋公, 채후蔡侯, 정백鄭伯, 위자衛子, 거자莒子와 천토踐土에 모여 회맹할 때, 채후蔡侯의 차례는 다섯 번째이고, 위자衛子의 차례는 일곱 번째였는데, 이것은 회합인 것이다. 축타祝佗가 그 재서載書의 "왕이 다음과 같이 말씀하였다. '진晉나라 중이重耳, 文公, 노魯나라 신申, 僖公, 위衛나라 무武武叔, 채蔡나라 갑오甲午莊侯, 정鄭나라 첩捷文公, 제齊나라 반潘昭公, 송宋나라 왕신王臣成公, 거莒나라 기期玆丕公이다'王若曰'晉重, 魯申, 衛武, 蔡甲午, 鄭捷, 齊潘, 宋王臣, 莒期'"를 기술할 때는, 또한 위衛나라는 채蔡나라앞에 있는데, 이것은 맹약인 것이

[168] 《춘추·정공4년》(經) 三月, 公會劉子·晉侯·宋公·蔡侯·衛侯·陳子·鄭伯·許男·曹伯·莒子·邾子·頓子·胡子·滕子·薛伯·杞伯·小邾子, 齊國夏于召陵, 侵楚.

다. 맹약은 명신明神을 공경하기 때문에 그 처음을 근본으로 삼으므로 비교적 회맹의 차례를 중요하게 여기니, 《좌전》에서 굳이 "마침내 맹약할 때 위후에게 먼저 삽혈하게 하였다乃長衛侯於盟"고 하였고, 일찍이 "회會"라고 하지 않은 것이니, 어찌 오류가 있겠는가?

어떤 이가 물었다.

《좌씨》는 끝내 이와 같이 따지고 들 수 없는 것인가?

나는 대답하였다.

유지기劉知幾, 661~721, 자 자현(子玄)[169]는 《좌전》을 평하기를 정교함이 자연의 조화와 짝하고 사상은 귀신에까지 미친다고 하였는데, 이와 같은 자잘한 사실의 징험을 어찌 다 기록할 수 있겠는가?

원문

又按:"囚蔡叔于郭鄰", 孔《傳》云:"郭鄰, 中國之外地名." 此臆說也. 郭鄰, 正作"郭淩", 出《周書‧作雒解》, 孔晁止云:"地名, 未詳所在", 洵是. 至蔡, 顯屬漢汝南郡上蔡縣, 爲其父子所封, 未聞別地, 《傳》却云:"叔之所封, 圻內之蔡. 仲之所封, 淮汝之間. 圻內之蔡名已滅, 故取其名以名新國, 欲以戒之." 異哉! 此唯周宣王弟友初封畿內咸林之地名鄭, 後徙溱,洧之間, 施舊號於新邑, 亦名鄭, 未聞蔡復爾爾. 不獨臆, 且瞀說矣. 緣其瞀說, 則誤讀《世

---

169 유지기(劉知幾) : 자 자현(子玄). 당(唐)의 사학가. 주경칙(朱敬則) 등과 《당서(唐書)》 80권을 찬수하였고, 서견(徐堅) 등과 《무후실록(武後實錄)》을 편수하였다. 현종(玄宗) 원천(先天) 원년(712) 유충(柳沖) 등과 《씨족지(氏族志)》를 개수하였고, 개원(開元)2년 (714)에 이르기까지 《성족계록(姓族系錄)》 200권을 편찬하였다. 사학(史學)이론서인 《사통(史通)》을 저술하였다.

本》"蔡叔居上蔡", 宋仲子《注》云"胡徙居新蔡", 不知《漢‧地理志》注"胡後
十八世, 平侯自上蔡徙新蔡", 非胡徙新蔡也.《後漢‧志》河內郡山陽邑有蔡
城, 劉昭《注》云："蔡叔邑此, 猶鄭管城之類乎."

"채숙을 곽린에 가두다囚蔡叔于郭鄰"의《공전》은 "곽린은 중국 밖의 지명
이다郭鄰, 中國之外地名"고 하였는데, 이는 억설이다. 곽린郭鄰을 바로 쓰면 "곽
릉郭淩"으로《주서周書‧작낙해作雒解》에 나온다. 공조孔晁는 단지 "지명으로
어디인지를 상고할 수 없다地名, 未詳所在"고만 하였으니, 참으로 옳다. 채蔡
에 있어서는 확실히 한漢의 여남군汝南郡 상채현上蔡縣에 속하며 채숙의 부
자가 봉해진 곳이고 다른 지역을 개척하지 않았는데, 도리어《공전》에서
는 "채숙이 봉해진 곳은 기내圻內의 채蔡이다. 채중이 봉해진 곳은 회수淮水
와 여수汝水의 사이 지역이다. 기내의 채蔡의 이름이 이미 없어졌기 때문
에, 그 이름을 취하여 새 나라를 이름지어 채중을 경계시키고자 하였다叔
之所封, 圻內之蔡. 仲之所封, 淮汝之間. 圻內之蔡名已滅, 故取其名以名新國, 欲以戒之"고 하였으니,
이상한 일이다! 이런 일은 오직 주周선왕宣王의 동생 우友鄭桓公가 처음 기
내畿內의 함림咸林의 땅에 봉해져 정鄭이라 이름하였고, 이후 진수溱水와 유
수洧水 사이로 옮겼으므로, 새 도읍에 옛 국호를 베풀어 또한 정鄭이라 이
름하였던 것이고, 채蔡에도 다시 이렇게 했다는 말은 들어보지 못했다.
억설일 뿐만 아니라 거짓의 설贅說이다. 이 거짓의 설로 인하여《세본世本》
의 "채숙蔡叔은 상채上蔡에 거주하였다蔡叔居上蔡"를 잘못 읽어, 송중자宋仲子
《주注》에 "호胡는 옮겨 신채新蔡에 거주하였다胡徙居新蔡"고 하였으니, 이는

《한서·지리지》주注의 "호胡 18세世 이후, 평후平侯가 상채上蔡에서 신채新蔡로 옮겼다胡後十八世, 平侯自上蔡徙新蔡"고 하였으므로, 호胡가 신채新蔡로 옮긴 것이 아님을 몰랐던 것이다. 《후한서·지리지》에 하내군河內郡 산양읍山陽邑에 채성蔡城이 있다고 하였고, 유소劉昭[170] 《주注》에 "채숙이 이 곳에 도읍하였는데, 정관성鄭管城의 부류와 유사하다蔡叔邑此, 猶鄭管城之類乎"고 하였다.

又按：孔《傳》以蔡圻內國名, 自非; 以《康誥》之康爲圻內國名, 却是, 遠勝鄭康成解作諡號者. 嘗證以二事：一定四年"命以《康誥》, 而封於殷虛", 當旣有誥文, 輒有篇名, 豈待身後之諡取以冠其篇乎? 一《史記·衛世家》"康叔卒, 子康伯代立". 父諡康, 子亦諡康, 將兩代同一易名之典乎? 故《世本》宋忠《注》曰："封從畿內之康徙封衛, 衛卽殷墟. 畿內之康不知所在." 良然. 《括地志》："故康城在許州陽翟縣西北三十五里."

우안又按

《공전》이 채蔡를 기내圻內의 국명國名이라고 한 것은 저절로 틀린 것이 되지만, 《강고》의 강康을 기내圻內의 국명國名이라고 한 것은 오히려 옳은 말로서, 정강성이 시호諡號라고 주해한 것보다 뛰어나다. 두 사안으로 증명하겠다. 첫째, 정공 4년 "《강고》로 명하고 은허殷虛에 책봉하였다命以《康

---

170 유소(劉昭)：남조(南朝) 양대(梁代)의 사학자. 자 선경(宣卿). 백부(伯父) 유융(劉肜)이 중가(衆家)의 《진서(晉書)》를 수집하여 간보(干寶) 《진기(晉紀)》를 주해하였고, 유소(劉昭)는 《후한서(後漢書)》 동이(同異) 제설을 수집하여 범엽(范曄) 《후한서(後漢書)》 130권을 주해하였다.

語》, 而封於殷虚"고 하였는데, 마땅히 이미 고문語文은 있었으므로 편명을 가지게 된 것이지, 어찌 죽은 이후의 시호를 기다려 그 편의 제목을 취했겠는가? 둘째,《사기·위세가衛世家》에 "강숙이 죽고 그의 아들 강백康伯이 자리를 대신하였다康叔卒, 子康伯代立"고 하였다. 아버지의 시호가 강康이고 아들도 시호가 강康이 되는데, 2대가 동일한 역명지전易名之典, 시호를 내려 받음인 것인가? 그러므로《세본》송충宋忠《주》에 "봉封은 기내의 강康에서 옮겨 위衛에 봉해졌는데, 위는 곧 은허이다. 기내의 강康은 어디에 있는지 알 수 없다封從畿內之康徙封衛, 衛即殷墟. 畿內之康不知所在"고 하였으니, 진실로 그러하다.《괄지지》에 "고故 강성康城은 허주許州 양적현陽翟縣 서북 35리에 있다故康城在許州陽翟縣西北三十五里"고 하였다.

원문

又按：祝佗言"文, 武, 成, 康之伯猶多", 孔《疏》云："文, 武, 成, 康, 皆以處長而立." 予不覺笑曰："武王不有伯邑考之壓其上乎?" 讀《管蔡世家》云："文王崩而發立, 是爲武王. 伯邑考既已前卒矣." 又云："伯邑考其後不知所封." 可知當時伯邑考固有子. 文王乃舍伯邑考之子而立次子發, 以遵殷禮, 實與引以况公儀仲子者一例. 鄒平馬公驌告予："衍似微子之次子, 故曰微仲, 非其弟." 亦以經爲例, 蓋不信《世家》與流俗本《家語》.

번역 우안又按

축타祝佗는 "문왕, 무왕, 성왕, 강왕의 아들 중에 나이가 더 많은 자가 많았다文, 武, 成, 康之伯猶多"고 하였는데,《공소》는 "문왕, 무왕, 성왕, 강왕의 아들은 모두 나이에 따라 세워졌다文, 武, 成, 康, 皆以處長而立"고 하였다. 나는 실소를 금치 못하고 말하길 "무왕의 경우는 그의 형 백읍고伯邑考를 누르지 않았던가?"하였다. 《사기 · 관채세가管蔡世家》의 "문왕이 붕어하고 발發이 세워졌으니, 그가 무왕이다. 백읍고는 이미 이전에 죽었다文王崩而發立, 是爲武王. 伯邑考既已前卒矣"고 한 것과, 또 "백읍고의 후손이 어디에 봉해졌는지 알 수 없다伯邑考其後不知所封"는 것을 읽어보면, 당시 백읍고에게 아들이 있었다는 것을 알 수 있다. 문왕은 백읍고의 아들을 버려두고 둘째 아들 발發을 왕위에 세워 은례殷禮를 따르도록 하였으니, 실로 이를 인용하면 공의중자公儀仲子의 일례[171]에 비길 수 있을 것이다.

추평鄒平의 마소馬驌,1621~1673가 나에게 알려왔다.

"연연衍이 미자微子의 둘째 아들이므로 미중微仲이라고 한 것이며 그의 동생이 아닌 것과 같다."

이 또한 경經으로 법례를 삼은 것으로 대체로 《세가世家》와 유속본流俗本 《가어家語》를 믿을 수 없는 것이다.

원문

又按 : 班氏 《古今人表》, 師古稱其"載古人名氏與諸書或不同". 余讀如 《顧命》肜伯"肜"作"師", 虎臣"虎"作"龍", 仲桓南宮毛"仲"作"中", "毛"作"髦". 此或出固見古文《書》未可知. 尤愛於"微子"下自注曰"紂兄", "宋微仲"下自注

---

171 《예기 · 단궁상(檀弓上)》 공의중자(公儀仲子)가 적손(嫡孫)을 버리고 서자(庶子)를 후사로 삼자, 단궁(檀弓)이 그것은 예가 아니라고 여겨 공의중자의 초상에 문상하면서 법도에 맞지 않는 문(免)을 하고 감으로써 그의 무례함을 조롱하였다.

曰"啟子", 足輔馬說之不孤. 因思微既屬殷畿內國名, 啟封之於此, 是爲微子, 斷無其弟又並封之事. 則微仲也者, 子襲父氏, 上有伯兄, 字降而次, 殆又一理證云.

번역 우안又按

반고班固《고금인표古今人表》에 대해 안사고顏師古는 "기록된 고인古人의 명씨名氏가 제서諸書와 같지 않은 것이 있다載古人名氏與諸書或不同"고 평하였다. 내가 읽어보니,《고명》의 경우, 동백彤伯의 "彤"은 "師"로 썼고, 호신虎臣의 "虎"는 "龍"으로 썼으며, 중항仲桓남궁모南宮毛의 "仲"은 "中"으로 "毛"는 "髦"로 썼다. 이것이 혹시 반고가 본 고문古文《서》에서 나온 것인지는 알 수 없다. 더욱이 "미자微子" 아래 자주自注에 "주의 형紂兄"이라고 한 것과, "송미중宋微中" 아래 자주自注에 "계의 아들啟子"이라고 한 것을 아끼니, 충분히 마소의 설이 외롭지 않게 보충해준다. 이로 인해 생각해보건대, 미微는 이미 은殷 기내畿內에 속하는 국명國名이며, 계啟를 그곳에 봉하였으므로 미자微子가 된 것이고, 그의 아우를 함께 책봉한 사실은 결코 없었다. 그렇다면 미중微仲은 자식이 아버지 씨氏를 세습하고 위로 백형伯兄이 있었으므로, 자字를 내려 중仲으로 한 것이므로 또한 일리가 있는 증거일 것이다.

원문

或謂予: "無若爾考之違王命"出《左氏》, "率乃祖文王之彝訓"無所出. 試問成王, 蔡仲同爲文王之孫, 而此一孫向彼一孫, 呼其祖爲"乃祖", 其可通乎? 胡不摘出? 余曰: 武王, 康叔同爲文王之子, 而此一子向彼一子, 《康誥》則曰

"惟乃丕顯考文王, 克明德愼罰",《酒誥》則曰"乃穆考文王, 肇國在西土", 亦從而"乃"之, 武豈自外于文考乎? 竊以古人不甚拘, 與或以"乃"作虛辭用亦可.

번역 어떤 이가 나에게 물었다

"너의 아비처럼 왕명을 어기지 말라^{無若爾考之違王命}"는《좌씨》에서 나왔지만, "네 할아버지인 문왕의 떳떳한 가르침을 따르라^{率乃祖文王之彝訓}"는 출전이 없다. 묻건대, 성왕^{成王}과 채중^{蔡仲}은 같은 문왕의 손자인데, 이 손자가 저 손자를 향해 자신들의 할아버지 부르기를 "너의 할아버지^{乃祖}"라고 하는 것이 통할 수 있는 것인가? 어찌 적출^{摘出}한 것이 아니겠는가?

나는 대답하였다.

무왕과 강숙은 같은 문왕의 아들인데, 이 아들이 저 아들을 향해,《강고》에서 "너의 크게 드러나신 아버지 문왕께서 덕을 밝히고 형벌을 삼가셨다^{惟乃丕顯考文王, 克明德愼罰}"고 하였고,《주고》에서 "네 목고^{穆考}이신 문왕이 처음 나라를 창건하여 서토^{西土}에 계셨다^{乃穆考文王, 肇國在西土}"고 하였다. 이 또한 따라서 "너^乃"라고 하였는데, 무왕이 어찌 스스로 문고^{文考}의 바깥이 되겠는가? 생각해보건대, 옛 사람을 너무 구속하지 말아야 할 것이며, 혹은 "乃"는 허사^{虛辭}로 사용해도 옳을 것이다.

원문

又按 : 向以二十五篇《書》, 惟《微子之命》雖當日眞命書不可考, 要此無甚可議. 近方覺純以僖十二年《傳》王命管仲曰"余嘉乃勳, 應乃懿德, 謂督不忘, 往踐乃職, 無逆朕命"爲藍本, 而割湊充篇. 且旣易"往踐乃職"爲"往敷乃訓", 又曰

"往哉惟休"; 既易"無逆朕命"爲"無曾朕命", 上已曰"愼乃服命", 不太複乎?

　　예전에, 25편《서》가운데 오직《미자지명》은 비록 당시의 진眞 명서命書를 고찰할 수 없지만 더 논의할 것은 없다고 여겼다. 근래에 문득 깨닫기를 희공 12년《전傳》의 왕王이 관중管仲에게 명한 "나는 너의 공훈을 가상히 여기고 너의 아름다운 덕을 보답하려는 것이다. 너의 공덕을 독실히 기억해 잊지 않을 것이니 돌아가서 너의 직무를 수행하여 짐의 명을 거역하지 말라余嘉乃勳, 應乃懿德, 謂督不忘, 往踐乃職, 無逆朕命"를 저본으로 삼아, 나누고 모아 편을 채웠다는 것이다. 또한 "돌아가서 너의 직무를 수행하다往踐乃職"를 "가서 너의 가르침을 펴다往敷乃訓"로 바꾸고, 또 "가서 아름답게 하라往哉惟休"라고 하였다. "짐의 명을 거역하지 말라無逆朕命"를 "짐의 명을 폐하지 말라無曾朕命"로 바꾸고, 앞에서 "너의 복명服命을 삼가다愼乃服命"라 한 것이니 너무 중복된 것이 아니겠는가?

　　又按:"命以《伯禽》而封於少皞之虛","命以《唐誥》而封於夏虛",《伯禽》,《唐誥》皆《書》篇名, 皆不見今百篇《書》中, 豈夫子所黜去乎? 抑聖人亦有未及也? 夫以成王爲君, 周公爲相, 而建爾元子與封小弱弟於唐, 其訓戒之辭, 詎不足幾于道以垂後世而爲所刪耶? 殊所不解. 愚曰: 蓋嘗反覆詳思, 而得其旨矣. 馬端臨之論夫子刪《詩》也, 曰:"於其可知者, 雖比興深遠, 詞旨迂晦者, 亦所不廢, 如《芣苢》,《鶴鳴》,《蒹葭》之類是也. 於其所不可知者, 雖直陳其事, 文義明白者, 亦不果錄, 如'趯趯車乘, 招我以弓. 豈不欲往, 畏我友朋'之類是也. 於其可知者, 雖詞意流洪, 不能不類於狹邪者, 亦所不刪, 如《桑中》,《溱洧》,《野有蔓草》,《出其東門》之類是也. 於其所不可知者, 雖詞意莊重, 一出於義理者, 亦不果錄, 如'周道挺挺, 我心局局','禮義不愆, 何恤於人言'之類是也. 然則其所可知者何? 則三百五篇之序意是也; 其所不可知者何? 則諸逸詩之不以序行於世者是也." 予曾出一論以折之曰:"狐裘尨茸, 一國三公, 吾誰適從", 此非士蒍所作詩乎? 宜入《風》."祈招之愔愔, 式昭德音, 思我王度, 式如玉,式如金. 形民之力, 而無醉飽之心", 此非祭公謀父所作《祈招》之詩乎? 宜入《雅》."天之所支, 不可壞也. 其所壞, 亦不可支也", 此非武王所作《支》之詩乎? 宜入《頌》. 今《風》,《雅》,《頌》皆無焉, 其不以序行於世者耶? 而馬氏之說紬. 馬氏說紬, 而吾之說起, 曰:夫子之刪《詩》, 其與修《春秋》固無以異也.《春秋》因魯史成文, 魯史所不載者聖人未嘗增. 魯史以策書赴告爲體, 赴告所不及者魯史未嘗增. 當時若晉重耳之入國, 與殺懷公于高梁, 皆赴告未及, 故魯史不書, 聖人亦未嘗取晉《乘》之文以附益之. 所以者何? 蓋其愼也. 且以吾所載二百四十二年事, 其褒其貶, 已足明將來之法矣, 固不必誇多鬬靡如後人以無一不載爲功也. 此修《春秋》旨也. 其刪詩也, 必取世所傳某本《詩》凡今三百五篇咸在者, 從而刪之, 存此三百五篇, 以爲其美,其刺已足立吾教矣. 雖有士蒍,《祈招》等作見他本者, 固不必附益之也. 其刪《書》也, 必取世所傳某本《書》凡今百篇咸在者, 從而刪之, 存此百篇, 以爲其大經大法已具是爾矣. 雖有《伯禽》,《唐誥》見他本者, 固不必附益之也. 此夫子刪定旨也. 昔有問《書》何以無宣王, 朱子曰:"是當時偶然不曾載得." 此句最好. 予竊謂《伯禽》,《唐誥》亦若是而已矣. 更譬之蕭統《文選》偶遺王逸少《蘭亭序》, 說者遂吹毛求疵, 以爲昭明意若何. 昭明豈眞有是意?
殆不足一笑. 大抵世人愛奇, 奇則欲博, 博則初無所擇, 而惟恐遺之也. 聖人
愛義, 義則從約, 約則雖有不及而已無所不包也. 嗚呼! 世之侈言撰述者, 其
尚有鑒于斯哉!

[번역] **우안又按**

　(《좌전·정공4년》) "(魯公에게) 《백금伯禽》으로 명하고 소호少皞의 터에 책
봉하였다命以《伯禽》而封於少皞之虚.", "(唐叔에게) 《당고唐誥》로 명하고 하허夏虚에
책봉하였다命以《唐誥》而封於夏虚"의 《백금》과 《당고》는 모두 《서》 편명이며,
모두 지금의 백편 《서》 가운데는 보이지 않는데, 어찌 부자夫子가 폐출시
킨 것이겠는가? 아니면 성인聖人도 미치지 못한 바가 있었던 것인가? 대
저 성왕成王을 군주로 삼고 주공은 상相이 되었는데, 주공의 원자元子를 노
공魯公에 세우고 어린 동생을 당唐에 책봉함에 있어 그 훈계訓戒하는 문장
을 도道로써 후세에 드리워도 거의 부족할 것인데 어찌 산삭刪削했겠는
가? 매우 이해되지 않는 바이다.

　나는 다음과 같이 생각한다. 일찍이 반복해서 자세히 생각하여 그 의
미를 얻은 것이다.

　마단림馬端臨, 1254~1323이 공자의 《시》 산삭을 논하면서 다음과 같이 말
했다.

　"그 알 수 있는 것其所可知者"가운데, 비록 비比와 흥興이 심원하더라도
단어의 뜻이 사정에 맞지 않고 어두운 것도 없어지지 않은 것은 《부이芣
苢》, 《학명鶴鳴》, 《겸가蒹葭》의 부류와 같은 것이 그것이다. "그 알 수 없는

것^{其所不可知者}" 가운데, 비록 그 사건을 바로 진술하고 문의^{文義}가 명백^{明白}한데도 채록되지 않은 것은 "높은 수레를 몰고 와서 나를 활로써 부르네, 어찌 가고 싶지 않으리오만 벗들의 비난이 두렵다네^{翹翹車乘, 招我以弓, 豈不欲往, 畏我友朋}"172와 같은 부류가 그것이다. 알 수 있는 것 가운데, 비록 단어의 의미가 방탕함으로 흘러 화류가와 짝하지 않음이 없는 것임에도 산삭되지 않은 것은 《상중^{桑中}》,《진유^{溱洧}》,《야유만초^{野有蔓草}》,《출기동문^{出其東門}》의 부류와 같은 것이 그것이다. 알 수 없는 것 가운데, 비록 단어의 의미가 장중하여 하나같이 의미에서 나왔음에도 채록되지 않은 것은 "큰 길이 곧으니 내 밝게 살피리라^{周道挺挺, 我心扁扁}",173 "나의 예의^{禮義}에 잘못이 없다면 남의 말을 돌아볼 게 뭐 있는가?^{禮義不愆, 何恤於人言}"174와 같은 부류가 그것이다. 그렇다면 "그 알 수 있는 것^{其所可知者}"이란 무엇인가? 곧 삼백오편의 서의^{序意}이다. "그 알 수 없는 것^{其所不可知者}"이란 무엇인가? 곧 모든 일시^{逸詩}로서 세상에 차례지어져 유행되지 못한 것이다.

나는 일찍이 하나의 논의를 내어 위의 내용을 분석하였다.

"여우 갖옷에 털이 난잡하여 한 나라에 공이 셋이니 내 누구를 오로지 믿고 따를까?^{狐裘尨茸, 一國三公, 吾誰適從}",175 이는 사위^{士蔿}가 지은 시가 아니겠는가? 마땅히 《풍^風》에 들어가야 한다. "기초^{祈招}의 성음^{聲音}이 편안하고 온화함이여! 왕의 덕음을 드러내었네. 내 왕의 풍도^{風度}를 생각하니 옥과 같고 금과 같네. 백성의 힘을 헤아려 부리고 방종하는 마음 없으셨네^{祈招之愔}

---

172 《좌전·장공22년》에 보인다.
173 《좌전·양공5년》에 보인다.
174 《좌전·소공4년》에 보인다.
175 《좌전·희공5년》에 보인다.

憯, 式昭德音, 思我王度, 式如玉, 式如金. 形民之力, 而無醉飽之心", **176** 이는 채공모보祭公謀父가 지은《기초祈招》시가 아니겠는가? 마땅히《아雅》에 들어가야 한다. "하늘이 지탱하는 것은 파괴할 수 없고, 하늘이 파괴하는 것도 지탱할 수 없네 天之所支, 不可壞也. 其所壞, 亦不可支也", **177** 이는 무왕이 지은《지支》시가 아니겠는가? 마땅히《송頌》에 들어가야 한다. 지금《풍風》,《아雅》,《송頌》에 모두 이런 시가 없으니, 이 시들은 세상에 차례지어져 유행되지 못한 것인가? 그러므로 마단림의 설은 물리쳐진다. 마단림의 설이 물러나고 나의 설이 일어나게 되니, 공자가《시》를 산삭한 것은《춘추》를 편수한 것과 진실로 다를 바가 없는 것이다.《춘추》는 노사魯史로 문장을 만든 것이고, 노사魯史가 기록하지 않은 것을 성인聖人도 일찍이 더하지 않았다. 노사魯史는 책서策書로 부고赴告하는 것을 체體로 삼았으니, 부고赴告가 이르지 않은 바를 노사魯史가 일찍이 더하지 않았다. 당시 진晉중이重耳가 입국入國한 것과 고량高梁에서 회공懷公을 죽인 것과 같은 것은 모두 부고赴告가 이르지 않았기 때문에 노사魯史에서 기록하지 않은 것이고, 성인聖人도 일찍이 진晉《승乘》의 문장을 취하여 덧붙이지 않았다. 이유가 무엇인가? 신중함 때문이다. 또한 내가 기록한 춘추 242년의 일에 그 포폄이 이미 미래를 충분히 밝힐 수 있는 법이 되므로 굳이 스스로 많이만 안다고 과시하고 후대인의 하나라도 기록하지 않음이 없는 것을 공로功勞로 여기는 것과 같은 것은 없다. 이것이《춘추》를 편수한 요지이다. 시를 산삭함에 있어서도 반드시 세상에 전해지던 지금의 삼백오 편이 모두 들어있는 어떤《시》판

176《좌전 · 소공12년》에 보인다.
177《국어 · 주어하》에 보인다.

본을 취하여 그것을 따라 산삭하여 이 삼백오편을 남김으로써 그 아름다

움과 그 풍자로 삼음이 충분히 우리의 가르침을 세우기에 충분하였다.

비록 사위士萬의 시와《기초祈招》등이 다른 판본에 보이는 것이 있지만 굳

이 더하여 붙일 필요는 없는 것이다.《서》를 산삭함에 있어서, 세상에 전

해지던 지금의 백편이 모두 들어있는 어떤《서》판본을 취하여 그것을

따라 산삭하여 이 백편을 남김으로써 그 대경대법大經大法이 이미 다 갖추

어졌다. 비록《백금》,《당고》등 다른 판본에 보이는 것이 있지만 굳이 더

하여 붙일 필요는 없는 것이다. 이것이 공자가 산정刪定한 요지이다.

　옛날에《서》에 어찌 선왕宣王[178]의 일이 없는지를 묻는 이가 있었다. 주

자가 답하기를 "그것은 당시에 우연히 기록되지 못한 것이다是當時偶然不曾載

得"[179]라고 하였는데, 이 구절이 가장 좋다.

　내 생각에《백금》,《당고》도 이와 같을 뿐이다. 다시 비유하자면 소통

蕭統, 501~531[180]의《문선》에 우연히 왕희지王羲之, 자 일소(逸少)의《난정서蘭亭序》

---

178 주(周)선왕(宣王) : 서주(西周) 11대 군주 희정(姬靜)이다. (BC828~BC783 재위) 여왕
　　(厲王) 희호(姬胡)의 아들이자 유왕(幽王) 궁생(宮湦)의 아버지이다. 여왕(厲王)은 포악
　　하여 백성들의 반감을 사게 되었고, 결국 여왕은 체(彘)로 쫓겨나게 되었다. 소공(召公)
　　과 주공(周公) 두 상(相)이 함께 정무를 관리한 이른바 "공화(共和)(BC841)"체제가 되
　　었다. 공화 14년, 여왕이 체에서 세상을 떠나고, 태자 정(靜)이 소공의 집에서 자라 선왕
　　(宣王)으로 옹립되었다. 선왕은 소목공(召穆公), 윤길보(尹吉甫), 중산보(仲山甫), 정백
　　휴보(程伯休父), 괵문공(虢文公), 신백(申伯), 한후(韓侯), 현보(顯父), 잉숙(仍叔), 장중
　　(張仲) 등의 현신을 등용하여 이른바 "선왕중흥(宣王中興)"을 이룩한다. 그러나 유왕(幽
　　王)에 이르러 신후(申侯)와 견융(犬戎)의 침입으로 서주(西周)시대는 막을 내리게 된다.
　　현전《상서》의 마지막 세 편 즉《문후지명》,《비서》,《진서》는 모두 동주시대의 사건이다.
179《주자어류》권78《상서》.
180 소통(蕭統) : 자 덕시(德施). 남난릉군(南蘭陵郡) 난릉현(蘭陵縣) (지금의 강소(江蘇) 상주
　　시(常州市) 무진구(武進區)) 출신. 남조(南朝) 양(梁) 무제(武帝)(蕭衍)의 장자로서, 시호
　　(諡號)는 소명(昭明)이며 "소명태자(昭明太子)"로 알려져 있다. 현존하는 최고(最古)의 시
　　문총집(詩文總集)인《문선(文選)》을 편찬하였다.《소명문선(昭明文選)》이라고도 한다.

가 빠졌는데, 말하는 자들이 마침내 터럭을 불어 흉터를 찾는 것과 같이 모함하여 소명태자昭明太子의 의도가 이와 같다고 여겼다. 소명태자가 어찌 실제 그런 의도를 가졌겠는가? 웃기지도 않는 일이다. 대저 세상 사람들은 기이함을 좋아하니, 기이하면 두루하고 싶어지고, 두루하면 애초에 가리는 바가 없게 되어 오직 남겨지는 것을 두려워한다. 성인聖人은 의로움을 좋아하니 의로우면 간약簡約함을 쫓고, 간약하면 비록 언급하지 않더라도 이미 포함하지 않음이 없게 된다. 아! 세상의 과장된 말로 지어내는 자들은 오히려 여기에서 본보기를 삼아야 할 것이다!

又按:《詩》小序久而漸知其不安也, 與《書序》同. 蘇子由出取其首之一言爲有依據. 後說《詩》者多宗之以排擊, 紫陽以復于古. 愚嘗反覆詳考, 而覺朱未盡非, 毛未全是. 至《詩》有不可解處, 亦幾與《春秋》等. 蓋《春秋》從魯史來, 朱子謂魯史不傳, 不得深探聖人筆削之旨. 余則謂《詩序》具載國史, 國史不傳, 亦無由知是《詩》之何爲而作. 夫旣不知所由作, 遂學分四家, 家各一說, 《關雎》或以爲美詩, 或以爲刺詩; 或以爲文王之妃, 或以爲康王之后是也. 或曰: 國史固不傳矣, 而其說之散見他書者亦略可言乎? 余曰: 莫明徵於《金縢》書: "武王旣喪, 管叔及其羣弟乃流言於國, 曰: '公將不利於孺子.' 周公乃告二公曰: '我之弗辟, 我無以告我先王.' 周公居東二年, 則罪人斯得. 于後, 公乃爲詩以貽王, 名之曰《鴟鴞》. 王亦未敢誚公." 此即《鴟鴞》詩之《序》也.《春秋》隱三年《傳》曰: "衛莊公娶于齊東宮得臣之妹曰莊姜, 美而無子, 衛人所爲賦《碩人》也." 此即《碩人》詩之《序》也. 閔二年《傳》曰: "初, 惠公之即位也少, 齊人使昭伯烝於宣姜, 不可, 強之, 生齊子,戴公,文公,宋桓夫人,許穆夫人. 文公爲衛之多難也, 先適齊, 及敗, 宋桓公逆諸河, 宵濟. 衛之遺民男女七百有三十人, 益之以共滕之民, 爲五千人, 立戴公, 以廬于漕. 許穆夫人賦《載馳》." 此即《載馳》詩之《序》也. "鄭人惡高克, 使帥師次于河上, 久而弗召, 師潰而歸, 高克奔陳, 鄭人爲之賦《清人》." 此即《清人》詩之《序》也. 文六年《傳》曰: "秦伯任好卒, 以子車氏之三子奄息,仲行,鍼虎爲殉, 皆秦之良也. 國人哀之, 爲之賦《黃鳥》." 此即《黃鳥》詩之《序》也. 若他非序而說之得其旨, 即從其序來者, 一叔向曰: "《昊天有成命》, 是道成王之德也. 成王能明文昭, 能定武烈者也." 一左史倚相曰: "昔衛公年數九十有五矣, 猶箴儆於國曰: '自卿以下至於師長, 士苟在朝者, 無謂我老耄而舍我; 必恭恪於朝, 朝夕以交戒我.' 在輿有旅賁之規, 位宁有官師之典, 倚几有誦訓之諫, 居寢有褻御之箴, 臨事有瞽史之道, 宴居有師工之誦. 史不失書, 矇不失誦, 以訓禦之, 於是乎作《懿》戒以自儆. 及其沒也, 謂之叡聖武公." "懿" 讀爲 "抑". 不勝於郊祀天地,衛武公刺厲王之說乎? 孔子以《詩》,《書》,《禮》,《樂》教弟子, 蓋三千焉. 當是時, 《詩》有定說, 作之者何代何人, 述之者何篇何義, 皆衆所通曉, 不獨此三千人而已. 下逮孟子之時, 便不能然. 咸丘蒙不識《北山》詩之旨, 妄摘取其中四言以證天子可得而臣父, 孟子知之則曰: "非是之謂也. 勞於王事, 而不得養父母也. 曰'此莫非王事, 我獨賢勞也'." 竊以 "勞於王事" 以下, 即《北山》詩之《序》也. 他日告萬章以頌古人之詩, 輒繼以 "知其人論其世". 蓋詩必有所作之人, 與所當之世, 若《小弁》當幽王危殆之世, 作者又屬毛離裏之人, 自宜乎怨, 不宜乎不怨, 非國史實紀載, 亦烏乎知之? 故毛說之可信, 從國史來; 其不可信, 則雜出講師之傳授, 故曰非一人作也. 或曰: 朱子攻《毛傳》正在講師之傳授, 極中其要害, 子亦可得而略言乎? 余曰：莫不善於《抑》序, 曰："衛武公刺厲王, 亦以自警也." 案衛武公以宣王十六年己丑即位, 上距厲王流彘之年已三十載, 安有刺厲王之詩? 或曰追刺, 尤非. 虐君見在, 始得出辭. 其人已逝, 即當杜口是也. 秖緣序《詩》者見前有《蕩》,《板》,《民勞》三篇咸刺厲王, 後有《桑柔》為芮良夫刺厲王尤明徵, 故亦以為刺厲王, 而無奈《國語》有"作《懿》戒以自儆"一言, 只得續之曰"亦以自警也". 其支綴附會, 情見勢詘, 不大可笑乎! 余因之而悟刺某人, 美某人, 詩專為美刺而作者不可信一；《詩》編次後先有一定之時世者, 不可信二. 嗚呼! 魯史不傳, 朱子怯於說《春秋》而《春秋》存；國史不傳, 朱子果於說《詩》而《詩》亡. 我固謂朱子于《詩》, 亦得失相半爾.

번역 **우안又按**

《시》《소서小序》에 대해 오랜 시간이 지나면서 점점 그 불안함을 알게 되었는데, 이는 《서서書序》와 같다. 소철蘇轍, 1039~1112, 자 자유(子由)은 《소서》의 첫 한 마디를 취해 근거로 제시하였다. 이후 《시》를 말하는 자들 대부분이 이를 종주로 삼아 《소서小序》를 배격하였고, 자양紫陽朱子은 옛 모습을 회복하고자 하였다. 내가 일찍이 반복해서 자세히 상고해보니, 주자가 다 틀린 것이 아니고 모시毛詩도 다 옳은 것이 아님을 깨닫게 되었다. 《시》의 해석이 되지 않는 곳에 이르러서도 거의 《춘추》와 같다. 대체로 《춘추》는 노사魯史에서 나왔는데, 주자는 말하길 노사魯史가 전해지지 않아 성인聖人 필삭筆削의 요지를 깊이 탐색할 수 없다고 하였다. 나는 다음과 같이 말한다. 《시서詩序》는 국사國史에 다 갖추어져 기록되었는데, 국사가 전해지지 않아 또한 이 《시》가 어떻게 지어졌는지 알 수 없게 되었다. 이미 지어진 연유를 알 수 없으므로 마침내 4가家로 나뉘어 배우게 되었다. 가家는 각각 하나의 설을 세웠으므로 《관저關雎》가 혹은 미시美詩가 되기도 하고 혹은 자시刺詩가 되기도 하였고, 혹은 문왕의 비妃가 쓴 것이기도 하고 혹은 강왕康王의 후后가 쓴 것이기도 한 것이 이것이다.

어떤 이가 물었다.

국사國史는 진실로 전해지지 않으나 그 설이 다른 책에 산견되는 것은 또한 간략하게 말할 수 있는 것이 아니겠는가?

나는 대답하였다.

《금등金縢》 서書보다 명백한 징험은 없다. "무왕이 이미 죽자, 관숙은 여러 아우들과 함께 나라에 유언流言을 퍼뜨리기를 '주공이 장차 유자孺子成王에게 이롭지 못할 것이다' 하였다. 주공이 두 공公召公과太公에게 고하기를 '내가 피하지 않으면 나는 우리 선왕에게 고할 수 없다' 하였다. 주공이 동쪽에 거한 지 2년에 죄인을 얻었다. 뒤에 주공이 시를 지어 왕에게 드리고 이름하기를 《치효鴟鴞》라 하였다. 왕도 주공을 꾸짖지 못하였다武王既喪, 管叔及其羣弟乃流言於國, 曰:'公將不利於孺子.' 周公乃告二公曰:'我之弗辟, 我無以告我先王.' 周公居東二年, 則罪人斯得. 于後, 公乃爲詩以貽王, 名之曰《鴟鴞》. 王亦未敢誚公". 이것이 곧 《치효》 시의 《서序》이다. 《춘추》 은공 3년 《전》에 "위衛장공莊公이 제나라 동궁東宮득신得臣의 누이를 아내로 맞이하였으니 그가 장강莊姜이다. 미인이었으나 아들이 없으니, 위나라 사람이 그를 가엾게 여겨 《석인碩人》 시를 지었다衛莊公娶于齊東宮得臣之妹曰莊姜, 美而無子, 衛人所爲賦《碩人》也"고 하였다. 이것이 곧 《석인》 시의 《서序》이다. 민공 2년 《전》에 "애초에 위衛혜공惠公이 즉위하였

을 때 나이가 어리니 제인齊人이 소백昭伯을 시켜 선강宣姜과 간통姦通하게
하였다. 소백이 반대하자, 강제로 간통시켜 제자齊子 · 대공戴公 · 문공文公 ·
송항부인宋桓夫人 · 허목부인許穆夫人을 낳았다. 문공文公은 위나라에 환란이
많음으로 인해 먼저 제나라에 가 있었다. 위나라가 적狄에게 패망함에 미
쳐 송宋 환공桓公이 도망해 오는 위인衛人을 황하가에서 맞이하여 밤에 황
하를 건넜다. 이때 위나라의 유민은 남녀 7백 30명이었고, 공共과 등滕의
백성까지 보태어 모두 5천 명이었다. 대공戴公을 임금으로 세우고서 조읍
曹邑에 거주하니, 허목부인許穆夫人이 《재치載馳》 시를 지었다初, 惠公之即位也少,
齊人使昭伯烝於宣姜, 不可, 強之, 生齊子, 戴公, 文公, 宋桓夫人, 許穆夫人. 文公爲衛之多難也, 先適齊, 及敗,
宋桓公逆諸河, 宵濟. 衛之遺民男女七百有三十人, 益之以共滕之民, 爲五千人, 立戴公, 以廬于漕. 許穆夫人賦
《載馳》"고 하였다. 이것이 곧 《재치》 시의 《서序》이다. "정인鄭人이 고극高克
을 미워하여 군대를 거느리고 가서 황하가에 주둔하게 하고는 오래도록
부르지 않으니, 군대가 흩어져 돌아갔다. 그러므로 고극도 진陳나라로 도
망갔다. 정인이 그를 위하여 《청인淸人》 시를 지었다鄭人惡高克, 使師師次于河上,
久而弗召, 師潰而歸, 高克奔陳, 鄭人爲之賦《淸人》"고 하였다. 이것이 곧 《청인》 시의 《서
序》이다. 문공 6년 《전》에 "진백秦伯 임호任好가 죽자, 자거 씨子車氏의 세 아
들 엄식奄息 · 중항仲行 · 침호鍼虎를 순장殉葬하였으니, 이들은 모두 진秦나라
의 양신良臣이었다. 그러므로 국인이 그들의 죽음을 슬퍼하여 《황조黃鳥》
시를 지었다秦伯任好卒, 以子車氏之三子奄息, 仲行, 鍼虎爲殉, 皆秦之良也. 國人哀之, 爲之賦《黃鳥》"
고 하였다. 이것이 곧 《황조》 시의 《서序》이다. 그것이 서序는 아니지만
그 요지를 말함이 그 서序로부터 온 것과 같은 것이 있으니, 하나는 숙향
叔向이 말한 "《호천유성명昊天有成命》은 성왕成王의 덕을 말한 것이다. 성왕이

문왕의 빛나는 덕을 밝히고, 무왕의 무공을 이룬 것이다《昊天有成命》, 是道成王 之德也. 成王能明文昭, 能定武烈者也"[181]이고, 하나는 좌사左史 의상倚相이 말한 "옛날 위衛무공武公은 나이가 95세였는데도 오히려 나라 사람들에게 훈계해 말 하기를, '경卿으로부터 아래로 대부와 여러 사士들에 이르기까지 진실로 조정에서 일하는 자들은 나를 늙어 정신없는 사람이라 여기고서 나를 버 리지 말고 반드시 조정에서 공경하고 조심하고 아침부터 저녁까지 두루 두루 나를 경계시켜 주도록 하라. 한두 마디라도 나에 관한 말을 들었거 든, 반드시 외워 기억하였다가 나에게 말해 주어서 나를 가르쳐 인도해 야 할 것이다'고 하였다. 수레에 있을 때는 호위하는 군사들의 간하는 말 을 들었고, 위녕궁位宁宫에서는 관아의 으뜸 관원들로부터 전장典章제도에 관한 말을 들었고, 안석에 기대어 있을 때는 안석에 써 둔 악사樂師들이 전하는 말을 읽었고, 침소에 들어서는 가까이 모시는 신하들에게 간하도 록 하였고, 군사 관계 일이나 제사에 임하여서는 악사와 태사太史의 지도 가 있었고, 한가로이 거처하며 쉬실 적에는 악사가 옛 시를 읊어 드렸다. 사관은 임금의 말씀을 놓치지 아니하고 모두 기록하고 소경들은 때맞춰 옛 훌륭한 말씀들을 외워 올려 훈계의 말로 인도하였다. 이에《억懿》계戒 를 지어서 스스로를 깨우쳤다. 그가 죽자 그를 일러 슬기롭고 성스러운 무공叡聖武公이라 하였다昔衛公年數九十有五矣, 猶箴儆於國曰：'自卿以下至於師長, 士苟在朝者, 無謂我老耄而舍我; 必恭恪於朝, 朝夕以交戒我.' 在輿有旅賁之規, 位宁有官師之典, 倚几有誦訓之諫, 居寢有 褻御之箴, 臨事有瞽史之道, 宴居有師工之誦. 史不失書, 矇不失誦, 以訓禦之, 於是乎作《懿》戒以自儆. 及其沒

상서고문소증 2

也, 謂之叡聖武公"¹⁸²이다. "억의懿"은 "억抑"으로 읽는다. "교郊에서 천지에 제사한 것郊祀天地"¹⁸³과 "위衛무공武公이 여왕厲王을 풍자한 것衛武公刺厲王"¹⁸⁴이라는 말보다 낫지 않은가? 공자는 《시》, 《서》, 《예》, 《악》으로 제자를 가르쳤는데, 대략 3천 명이었다. 당시에 《시》는 정설定說이 있었으니, 지은이는 어느 시대의 누구이며, 서술한 것은 무슨 편의 어떤 의미인지는 모든 사람들이 다 이해하는 바였고, 오직 이들 3천 명뿐만이 이해하는 것은 아니었다. 이후 맹자의 시대에 이르러서는 더욱 그렇지 못하였다. 함구몽咸丘蒙이 《북산北山》 시의 요지를 알지 못하고 함부로 그 가운데 네 마디 말을 취하여 천자가 아비를 신하로 삼을 수 있다는 증거로 삼았는데, 맹자가 그것을 알고는 "이 시는 이것을 말한 것이 아니다. 왕사王事에 수고로워 부모를 봉양할 수 없어, 말하기를 '이것은 왕사王事가 아님이 없거늘, 나만이 홀로 어질다 하여 수고롭다'고 한 것이다非是之謂也. 勞於王事, 而不得養父母也. 曰'此莫非王事, 我獨賢勞也'"¹⁸⁵라 하였다. 아마도 "왕사王事에 수고로워勞於王事"이하가 곧 《북산》 시의 《서序》일 것이다. 다른 날, 맹자가 만장萬章에게 고인古人의 시를 알려주고, 문득 이어서 "그 사람을 아는 것은 그 당세를 논하는 것이다知其人論其世"¹⁸⁶라 하였다. 대체로 시에는 반드시 지은이

---

182 《국어·초어상》에 보인다.
183 《시경·주송·호천유성명(昊天有成命)》 소서(小序)는, "호천의 성명이 있어 교(郊)에서 천지에 제사한 것이다"(昊天有成命 郊祀天地也)고 하였다.
184 《시경·대아·억(抑)》의 소서는 "위(衛) 무공이 주나라 여왕(厲王)을 풍자한 것이며 또한 그것으로 스스로 경계하였다"(衛武公刺厲王, 亦以自警也)고 하였다.
185 《맹자·만장상》에 보인다.
186 《맹자·만장하》 孟子謂萬章曰：一鄕之善士, 斯友一鄕之善士；一國之善士, 斯友一國之善士；天下之善士, 斯友天下之善士. 以友天下之善士爲未足, 又尙論古之人. 頌其詩, 讀其書, 不知其人, 可乎？是以論其世也. 是尙友也.

와 그가 당한 시대가 있기 마련이니,《소반小弁》과 같은 경우는 유왕幽王의 위태로운 시대에 당하여, 작자 또한 자식과 부모의 밀접한 관계로서 스스로 원망함이 마땅하고 원망하지 않음이 마땅하지 않으니, 국사에 실제로 기록된 것이 아니면 어찌 그것을 알 수 있겠는가? 따라서 모씨설毛氏說을 믿을 수 있는 것은 국사에서 나왔기 때문이며, 모씨설을 믿을 수 없는 것은 잡다하게 강사講師들의 전수로부터 나왔기 때문이다. 따라서 한 사람의 저작이 아니라고 하는 것이다.

어떤 이가 물었다或曰.

주자가《모전毛傳》을 공격하기를 바로 강사들이 전수한 것이라고 하였는데, 그 가운데 가장 요점이 되는 것을 그대가 간략하게 말해줄 수 있는가?

나는 대답하였다余曰.

《억抑》 서序의 "위 무공이 주 여왕을 풍자한 것이며 또한 그것으로 스스로 경계하였다衛武公刺厲王, 亦以自警也". 보다 더 좋은 설명은 없다. 살펴보건대, 위 무공은 선왕宣王16년BC812, 기축에 즉위하였는데, 위로 여왕厲王이 체彘에 유배된 해와는 이미 30년이 지났는데, 어찌 여왕을 풍자하는 시가 있었겠는가? 어떤 이는 추서하여 풍자追刺한 것이라고 하는데 더욱 틀렸다. 포악한 군주가 나타나면 비로소 말을 낼 수 있다. 그 사람이 이미 떠나가면 곧 마땅히 입을 닫는 것이 옳다.《시서詩序》를 저록한 자는 앞의《탕蕩》,《판板》,《민록民勞》3편이 모두 여왕을 풍자한 것을 보았고, 뒤에 있는《상유桑柔》의 예량부芮良夫가 여왕을 풍자한 것이 더욱 명백한 증거로 되었으므로《억抑》또한 여왕을 풍자한 것으로 여겼고,《국어》에 있는 "《억懿》을 지어 스스로 경계로 삼았다作《懿》戒以自儆"는 말을 어찌할 수 없어

서 단지 이어서 "또한 그것으로 스스로 경계하였다亦以自警也"라고 한 것이
다. 그 가지를 이어붙이고 견강부회한 정황이 드러나고 형세가 여의치
않음이 너무 가소롭지 않은가! 나는 이로 인해 어떤 사람은 풍자하고 어
떤 사람은 칭송하였던 것이지, 시가 오로지 풍자하고 칭송만 하여 지었
다는 것을 믿을 수 없는 것 가운데 첫 번째임을 깨달았다. 또 《시》 편차
의 차례에 일정한 시대가 있다는 것을 믿을 수 없는 것 가운데 두 번째임
을 깨달았다. 아! 노사魯史가 전해지지 않으므로 주자가 《춘추》를 말함에
겁을 내었으므로 《춘추》가 보존되었고, 국사國史가 전해지지 않으므로 주
자가 《시》를 말함에 과감하였으므로 《시》가 없어졌다. 나는 굳이 주자가
《시》에 있어서 그 득실이 반반이라고 말하는 것이다.

원문

又按：詩必有題, 即古之篇名也. 今人覽其題, 便知是詩之何爲而作. 若古
人僅取篇中之字或句以弁首, 覽之有茫然弗辨者, 故必別須序以顯. 宋晁說之
以道論"作詩者不必有序. 夫既有序而直陳其事, 則詩可以不作矣. 說詩者或
不可以無序. 斷會一詩之旨, 而序之庶幾乎發明先民之言, 以告後生弟子焉.
今之說者曰'序與詩同作', 無乃惑歟!"似也, 而猶未盡. 須知當日大師陳詩,
遒人采詩, 皆知此詩之所以作. 其所以作之故, 錄掌於國史. 既不若今序首一
句之寂寥, 亦不若今序往往出衆手者之傅會. 觀《金縢》,《左氏》則可得其體
式. 晁氏又曰："《山有樞》之《序》：'有財不能用, 有鍾鼓不能以自樂, 有朝廷
不能洒掃.'《車攻》之《序》：'宣王能內修政事, 外攘夷狄, 復文,武之竟土, 修
車馬, 備器械, 會諸侯於東都, 因田獵而選車徒焉.'《詩》無遺思矣." 解頤哉斯

言! 至謂"岐下石鼓, 安覩序?《離騷》無序, 而《序》出于王逸. 秦漢間古詩有
《國風》之遺韻者亦無序, 知之者固自知之, 況先民本人情而有作, 人情不亡,
則辭不患乎不明." 此則以詩求詩, 矯枉過正之論, 固先朱子而首發矣.

번역 **우안又按**

　시에는 반드시 제목이 있으니, 곧 옛 편명이다. 오늘날 사람들이 그 제
목을 보면 바로 그 시가 어떻게 지어졌는지 알게 된다. 만약 옛 사람들이
단지 편중의 글자 혹은 구절을 취하여 맨 앞에 두었다면, 보는 사람들 가
운데 아득히 분별하지 못하는 자들이 있게 되므로 반드시 별개의 서序로
써 드러내야만 했다. 송宋 조열지晁說之, 1059~1129, 자 이도(以道)[187]는 다음과 같
이 논하였다.

　"시인은 반드시 서序를 짓지 않아도 된다. 대저 이미 서序가 있는데 단
지 그 일을 진술하면 시를 지을 수 없게 된다. 시를 말하는 자는 서序가 없
을 수 없다고도 한다. 단지 어떤 시의 요지를 모아 서문으로 만들면 선민
先民의 말들을 거의 밝혀 후배 제자들에게 알려줄 수 있다. 오늘날 말하는
이들이 '서序는 시詩와 같이 지어졌다'고 하는데, 매우 미혹된 것이다!"

　그럴 듯 하지만, 여전히 미진하다. 당시 대사大師가 시를 진강할 때와
주인遒人이 시를 채집할 때에 모두 그 시가 지어진 연유를 알고 있었다는
사실을 알아야만 한다. 그 시가 지어진 연유를 기록하는 일은 국사國史가

---

187 조열지(晁說之) : 자 이도(以道), 백이(伯以). 사마광(司馬光)을 흠모하여 자호(自號)를 경
　우생(景迂生)이라 하였다. 저술에는《역상구대전(易商瞿大傳)》,《서론(書論)》,《시론(詩
　論)》,《조씨춘추전(晁氏春秋傳)》,《중용전(中庸傳)》,《경우생집(景迂生集)》 등이 있다.

담당하였다. 따라서 지금 서序 첫 구의 적막함과는 같지 않았고, 또한 지금 서序가 종종 여러 사람의 견강부회를 거쳐 나온 것과는 이미 같지 않았다. 《금등》과 《좌씨》를 보면 그 체식體式을 얻을 수 있다.

조열지는 또 말하였다. "《산유추山有樞》의 《서》는 '재물이 있어도 쓰지 못하고 종고鍾鼓가 있어도 스스로 즐기지 못하며 조정朝廷이 있어도 쇄소洒掃하지 못하였다有財不能用, 有鍾鼓不能以自樂, 有朝廷不能洒掃'라 하였고, 《거공車攻》의 《서》는 '선왕宣王이 안으로 정사를 닦고 밖으로 이적夷狄을 물리쳐 문왕·무왕의 국경을 수복收復하였으며 거마車馬를 닦고 기계器械를 구비하여 다시 제후들을 동도東都에 모으고, 그로 인하여 사냥을 하면서 거도車徒를 선발하였다宣王能內修政事, 外攘夷狄, 復文, 武之竟土, 修車馬, 備器械, 會諸侯於東都, 因田獵而選車徒焉'고 하였다. 《시》에 남겨진 회한이 없다."

빙그레 웃음 짓게 하는 말이로다! 더 나아가 "주周나라 이래 석고石鼓문 어디에 서序를 볼 수 있는가? 《이소離騷》는 서序가 없었는데 《서序》가 왕일王逸에서 나왔다. 진한秦漢 연간의 고시古詩 가운데 《국풍》의 유운遺韻을 간직한 것에도 서序가 없으니, 그것을 아는 자는 진실로 저절로 그것을 알았던 것인데, 하물며 선민先民 인정人情에 근본하여 지은 것에 있어, 인정이 없어지지 않았다면 그 시어가 밝혀지지 않음을 근심하지 않음에 있어서랴!"고 까지 말하였다. 이것은 곧 시詩로써 시詩를 구한 것인데, 굽은 것을 바로잡다가 바름을 지나쳐버린 논의로서 진실로 주자보다 앞서 먼저 나온 것이다.

又按：馬端臨譬之聽訟，"詩者，其事也；齊,魯,韓,毛，則證驗之人也.《毛詩》本書具在，流傳甚久，譬如其人親身到官，供指詳明，具有本末者也. 齊,魯,韓三家本書已亡，於它書中間見一二，眞僞不可知，譬如其人元不到官，又已身亡，無可追對，徒得諸風聞道聽以爲其說如是者也." 余終譬之《春秋》，毛公自謂子夏所傳，譬左氏曾見國史，攷事頗精，得經之旨爲多. 齊,魯,韓三家遠遜于毛，然不無可取，則譬之公羊氏而已矣，穀梁氏而已矣. 合者疑聖人之舊，不合者是雜以己意. 抑豈能一筆抹摋哉! 此文公《詩集傳》出，說者謂一洗末師專己守殘之陋，允矣.

마단림馬端臨은 송사訟事를 판결하는 것에 비유하였다. "시詩는 그 사건이며, 제齊, 노魯, 한韓, 모毛는 증험인이다.《모시毛詩》는 본서本書에 다 갖추어져 있고 유전流傳됨이 매우 오래되었으니, 비유하자면 그 증험인 자신이 관청에 도달하여 공초를 지적함이 매우 상세하여 본말이 잘 갖추어져 있는 것과 같다. 제齊, 노魯, 한韓 삼가三家의 본서本書는 이미 망실되었고, 다른 서적 사이에 한두 개만 보이지만 그 진위를 알 수 없으니, 비유하자면, 그 증험인의 머리가 관청에 오지 못하고 또한 이미 그 몸도 없어져 추대追對할 수가 없어 다만 풍문으로 들은 것으로 그 설을 삼는 것과 같은 것이다."

내가 끝으로《춘추》로 비유하자면, 모공毛公은 스스로 자하子夏가 전한 것이라고 하였는데, 비유하자면 좌씨는 일찍이 국사國史를 만나보았고,

사실을 상고함이 자못 정밀하여 경문의 요지를 얻음이 많았던 것이다. 제齊, 노魯, 한韓 삼가三家는 모씨보다 훨씬 못 미쳤지만 취할만한 것이 없는 것이 아니었으니, 비유하자면, 공양씨公羊氏이며 곡량씨穀梁氏일 뿐인 것이다. 합치면 성인聖人의 옛 모습을 의심하게 되고, 합치지 않으면 자기의 생각으로 잡란하게 된다. 어찌 일필一筆로 말살시킬 수 있는 것이겠는가! 이 주문공의 《시집전》이 나오면서, 말하는 자들은 말사末師가 자기 것을 오로지 하고 남겨진 것을 지키는 좁은 식견을 한 번에 쓸어버렸다고 평하니, 진실로 그렇다.

又按：《公羊》，《穀梁》於襄公二十有一年並書"孔子生"，然猶可解曰傳文，非經文也. 若《左氏》於獲麟之後引經以至哀公十有六年四月書"孔丘卒"，此豈可信哉? 今《春秋》削去之，削之誠是. 馬氏謂"既續之於獲麟之後，寧保其不增益之於獲麟之前? 是亦未敢盡以爲信". 余謂《春秋》有不可解處，意其在斯與! 《樂記》云："桑間，濮上之音，亡國之音也. 其政散，其民流，誣上行私，而不可止也." "桑間"即《鄘》之《桑中》篇，巫臣所謂"有《桑中》之喜"，正指竊妻事，一覽之而知爲淫者自作，非刺奔. 孔子何人，豈錄淫辭以誨萬世哉? 故程篁墩決然謂："今《詩》出漢儒所綴緝，非孔子刪定舊本. 漢儒徒見三百五篇名目散軼不存，則每取孔子所刪所放之餘，一切湊合以足其數，而小序者不察，亦一切以其得于師者槩之曰刺淫. 此其所由失也." 王陽明曰："《詩》非孔門之舊本矣. 孔子所定三百篇，皆所謂雅樂，皆可奏之郊廟，奏之鄉黨，皆所以宣暢和平，涵泳德性，移風易俗，安得有鄭,衛是長淫導奸矣? 此必秦火之後, 世儒附會以足三百篇之數. 蓋淫泆之詞, 世俗多所喜傳, 如今閭巷皆然.
'惡者可懲創人之逸志', 是求其說而不得, 從而爲之辭." 茅鹿門曰 : "大抵《詩》
之言淫謔者, 爲里巷所布, 易傳而難滅, 如今南北所傳聲伎之類是. 孔子嘗刪
之, 不列於經, 而其俗之所傳, 固有不能口禁而火熄之者. 秦沒而漢求亡經於
天下, 則學士大夫各采所傳以補三百之數, 往往雜出而並見之耳. 某故曰《詩》
非全經." 以上三說雖出近代, 要爲卓然不詭隨先儒者, 正可與《漢志》"三百五
篇遭秦而全者, 以其諷誦, 不獨在竹帛故"相參觀.

번역 **우안又按**

　《공양》, 《곡량》은 양공 21년[BC552]에 "공자가 태어났다[孔子生]"고 기록하
였는데, 오히려 이해가 되는 것은 전문傳文이지 경문經文이 아니다. 《좌씨》
가 (애공 14년) 기린을 잡은 이후, 경經을 인용함이 애공 16년 4월에 이르
러서 "공자가 죽었다[孔丘卒]"고 한 것과 같은 것을 어찌 믿을 수 있겠는가?
지금 《춘추》는 이를 삭제하였는데, 삭제함이 진실로 옳다. 마단림은 "이
미 획린獲麟 이후에도 이어졌으니, 획린 이전에 증익하지 않았다는 것을
어찌 장담할 수 있겠는가? 이 또한 다 믿을 수 없는 것이다"고 하였다.
내 생각에 《춘추》에 이해할 수 없는 곳은 아마도 여기에 있을 것이다!
《악기》에 "상간桑間과 복수濮水가의 음악은 망국亡國의 음악이다. 그 정사
가 흩어지고 그 백성들이 유랑하였고. 윗사람을 속이고 사사롭게 행함을
그칠 수가 없었다[桑間, 濮上之音, 亡國之音也. 其政散, 其民流, 誣上行私, 而不可止也]"고 하였
다. "상간桑間"은 곧 《용鄘》의 《상중桑中》편이며, 무신巫臣이 말한 "《상중桑
中》의 기쁨[有《桑中》之喜]"[188]으로, 바로 처를 훔친 일을 가리키니, 한 번만 보

더라도 음란한 자가 직접 지은 것이고 음분淫奔함을 풍자한 것이 아님을 알 수 있다. 공자가 어떤 분인데, 어찌 음란한 글을 채록하여 만세萬世를 가르쳤겠는가?

따라서 정민정程敏政, 1446~1499, 호 황돈(篁墩)[189]이 결연하게 다음과 같이 말하였다.

"지금《시》는 한유漢儒가 모아 만든 것에서 나왔지 공자가 산정한 구본舊本이 아니다. 한유漢儒는 단지 삼백오 편의 명목名目이 흩어져 존재하지 않은 것만 보고는, 공자가 산삭하고 버린 나머지를 매번 취하여 모두 모아 그 숫자를 충족시켰고, 소서小序는 고찰하지 않고 또한 모두 스승에게서 얻은 것을 개괄하여 음일淫佚함을 풍자한 것으로 여겼다. 이것이 시가 유래한 바의 잘못이다."

왕수인1472~1529, 호 양명(陽明)[190]은 다음과 같이 말하였다.

"《시》는 공문孔門의 구본舊本이 아니다. 공자가 산정한 삼백 편은 모두 아악雅樂으로 불렸는데, 모두 교묘郊廟에서 연주할 수 있고 향당鄕黨에서도 연주하였으며, 모두 화평함을 펼치고 덕성을 함양하며 풍속을 바꿀 수 있었던 것인데, 어찌 정풍鄭風과 위풍衛風의 음일淫佚함을 기르고 간악함을 인도함이 있었겠는가? 이는 필시 진秦의 분서 이후, 세유世儒들이 견강부

---

188 《좌전·성공2년》에 보인다.
189 정민정(程敏政) : 자 극근(克勤), 호 황돈(篁墩). 주(朱), 육(陸) 이가(二家)의 시이종동(始異終同)의 설을 고찰하여《도일편(道一編)》6권을 찬술하여, 왕양명(王陽明)이《주자만년정론(朱子晚年定論)》을 내는 데 선성(先聲)의 역할을 하였다.
190 왕수인(王守仁) : 자 백안(伯安). 호 양명(陽明). 공자는 유학(儒學)의 창시인(創始人)이고, 맹자는 유학의 집대성(集大成)자이고, 주희(朱熹)는 이학(理學)의 집대성자이고, 왕수인(王守仁)은 심학(心學)의 집대성자로 병칭된다. 저서에는《왕문성공전서(王文成公全書)》가 있다.

회하여 삼백 편의 수를 충족시킨 것이다. 대체로 음일泆한 말은 세속에서 대부분 즐겨 전하는 바이니, 지금의 여항閭巷이 모두 그러함과 같다. '(시가) 악惡을 말한 것은 사람의 방탕한 마음을 징계懲戒할 수 있다惡者可懲創人之逸志'[191]고 하였는데, 이는 그 설을 구했으나 얻지 못하였으므로 따라서 말로 삼은 것이다."

모곤茅坤, 1512~1601, 호 녹문(鹿門)[192]은 다음과 같이 말하였다.

"대저 음란하고 희롱하는《시》의 말이 민간에 배포되면 전하는 것은 쉽지만 없애기가 어려우니, 지금 남북에 전하는 성기聲伎, 궁중이나 귀족의 집에 종사하는 가희(歌姬)와 무녀(舞女)의 부류와 같은 것이다. 공자가 일찍이 음란하고 희롱하는《시》를 산삭하고 경문에 배열하지 않았는데, 그것이 세속에 전해짐에 진실로 구전을 금하고 불태울 수 없었던 것이 있었다. 진秦나라가 망하고 한漢나라가 천하에 없어진 경문을 구하니, 학사대부學士大夫들이 각각 전하는 바를 채록하여 삼백 편의 수를 보충하였는데, 종종 잡란함에서 나와 그것이 드러났던 것뿐이다. 따라서 나는《시》는 온전한 경전이 아니라고 말하는 것이다."

이상의 세 가지 설은 비록 근대에 나왔지만, 탁월하게 함부로 선유先儒를 따라 속이지 않았으니, 바로《한서 · 예문지》의 "삼백오 편이 진화秦火를 만났으나 온전했던 것은 그것을 외웠고 죽백竹帛에만 시가 있었던 것

---

191 《논어 · 위정(爲政)》의 주자《집주(集注)》에 나오는 말이다. "凡詩之言, 善者, 可以感發人之善心; 惡者, 可以懲創人之逸志, 其用, 歸於使人得其情性之正而已."

192 모곤(茅坤) : 자 순보(順甫). 호 녹문(鹿門). 명대의 산문가(散文家), 장서가(藏書家)이다. 당송(唐宋)의 고문(古文)을 추숭하였다. 《당송팔대가문초(唐宋八大家文鈔)》를 편찬하였다. 저서에는 《백화루장고(白華樓藏稿)》, 《모녹문집(茅鹿門集)》 등이 있다.

이 아니었기 때문이다三百五篇遭秦而全者, 以其諷誦, 不獨在竹帛故"는 말과 같이 참고
로 살펴볼 만한 것들이다.

又按: 余中夜而思《燕禮記》"升歌《鹿鳴》, 下管《新宮》". 《新宮》與《鹿
鳴》相次, 蓋一時之詩, 而爲燕饗賓客及大射之樂者. 其在《小雅》中無疑, 鄭
亦注《新宮》, 《小雅》逸篇", 必不爲聖人所刪. 又必不至孔子時已亡逸. 所以
者何? 《商頌》十二篇, 是正考甫當東遷之前得於周大師, 故孔子時亡其大半.
若魯昭公二十五年, 宋公享叔孫昭子賦《新宮》, 其詩見存. 孔子時年三十五,
去孔子年四十三"退修《詩》, 《書》, 《禮》, 《樂》, 弟子彌衆" 僅八年, 安得《詩》
遽逸? 應編列孔門舊本《三百篇》內耳. 又思鄉射奏《騶虞》, 大射奏《貍首》;
《周禮 · 射人》王以《騶虞》九節, 諸侯以《貍首》七節, 孤, 卿, 大夫及士以《采
蘋》, 《采蘩》五節, 則《貍首》之詩與《騶虞》, 《采蘋》, 《采蘩》相次, 孔穎達所
謂"當在《召南》"者是. 夫既在《召南》, 必不爲聖人所刪, 又必不至孔子時亡
逸. 所以者何? 《射義》出七十子後學者之手, 觀《記》及孔子矍相之圃之射可
見, 且歷歷擧其詩曰: "曾孫侯氏, 四正具擧. 大夫君子, 凡以庶士. 小大莫處,
御于君所. 以燕以射, 則燕則譽." 豈孔子時反亡逸乎? 蓋原編列《召南》, 相
其辭又頗似二《雅》, 秖遭秦火而失之. 余嘗疑《何彼穠矣》屬東遷以後之詩,
安知非見于《王風》或《齊風》者, 而後之學者誤取以充《召南》十四篇之數,
方爲正風, 亦未可定. 嗚呼! 予之爲斯論也, 誠知狂瞽, 罪不獲辭. 然古文《尙
書》首發難於吳才老, 計其時之人未信也, 而今之信者且漸衆. 朱子本鄭夾漈
之《辨妄》, 盡去《序》言《詩》, 同時若呂伯恭, 猶疑且駭, 而視今之信何如也?

余敢望桓譚其人, 而輒旦暮遇之也哉?

번역 **우안又按**

　　내가 한밤중에《의례·연례기燕禮記》의 "당堂 위에서 연주에 맞추어《녹명》을 노래하고, 당 아래에서《신궁》을 관악기로 연주한다升歌《鹿鳴》, 下管《新宮》"를 생각해 보았다.《신궁》은《녹명》과 서로 차례가 이어지니, 대체로 같은 시기의 시詩로서 빈객을 연향燕饗하는 음악이자 대사大射의 음악이다. 《녹명》이《소아》에 있는 것은 의심의 여지가 없고, 정현도 "《신궁》은《소아》의 일편逸篇이다《新宮》,《小雅》逸篇"라 주해하였으니, 반드시 성인이 산삭한 바가 아닐 것이다. 또한 반드시 공자 시기에 이르러 이미 망일亡逸된 것이 아닐 것이다. 그 이유는 무엇인가?《상송商頌》12편은 정고보正考甫가 동천東遷 이전에 주태사周大師에게서 얻은 것이므로, 공자 때에 이미 태반이 없어졌다. 만약 노魯소공昭公 25년BC517, 송공宋公이 숙손소자叔孫昭子에게 향연을 열어《신궁》을 읊었다면,[193] 그 시는 존재하였다. 공자는 당시 35세였고, 이후 공자 나이 43세에 "물러나《시》,《서》,《예》,《악》을 찬수하니 제자가 더욱 많아졌다退修《詩》,《書》,《禮》,《樂》, 弟子彌衆"까지 겨우 8년인데, 어찌《시》가 마침내 일逸이 될 수 있겠는가? 마땅히 공문孔門 구본舊本《삼백편》안에 편수되었을 것이다.

　　또 생각하기를,《의례》향사鄕射에《추우騶虞》를 연주하고 대사大射에《이수貍首》를 연주하였고,《주례·사인射人》에 왕은《추우》구절九節로, 제

---

193 《좌전·소공25년》에 보인다.

후는 《이수鯉首》7절七節로, 고孤, 경卿, 대부大夫 및 사士는 《채빈采蘋》,《채번
采蘩》오절五節로 한다고 하였으니,《이수》시는 《추우》,《채빈》,《채번》과
서로 차례가 이어진다. 공영달이 말한 "마땅히 《소남召南》에 있어야 한다
當在《召南》"는 것이다. 이미 《소남》에 있는 것이므로 반드시 성인이 산삭한
바가 아닐 것이며, 또한 반드시 공자 시기에 이르러 망일된 것이 아닐 것
이다. 그 이유는 무엇인가? 《예기·사의射義》는 칠십자 후학의 손에서 나
온 것인데,《예기》및 공자가 확상矍相의 채전菜田에서 활쏘기 한 것을 보
면 알 수 있듯이, 또한 《이수》시를 하나하나 거론하여 "증손曾孫 후씨侯氏
가 사정四正을 모두 거행하였네. 대부와 군자 및 서사庶士들이 크고 작음을
막론하고 직사職司에 처한 자는 임금의 처소에 모였네. 연례燕禮를 열어 활
을 쏘니 즐김 끝에 기림이 있네曾孫侯氏, 四正具舉. 大夫君子, 凡以庶士. 小大莫處, 御于君所.
以燕以射, 則燕則譽"라고 하였으니, 어찌 공자 시기에 도리어 망일亡逸되었겠는
가? 대체로 원래는 《소남》에 편제되었고, 그 말을 살펴보니 또한 자못
두 《아雅》와 비슷한데, 진화秦火를 만나 없어진 것이다.

나는 일찍이 《소남·하피농의何彼穠矣》가 동천東遷 이후의 시에 속한다고
의심하였는데, 《왕풍王風》 혹은 《제풍齊風》에 보이던 것을 후대 학자들이
잘못 취하여 《소남》 14편의 수를 충당하여 바야흐로 정풍正風이 된 것이
아님을 어찌 알겠는가마는 이 또한 확정할 수 없다. 아! 나의 이런 논의
가 진실로 망령되고 무식한 것임을 알기 때문에 죄를 사양하지 않겠다.
그러나 고문 《상서》가 처음 오역吳棫, 1100?~1154, 자 재로(才老)에게서 처음 의
심받았을 때 그 당시 사람들이 믿지 않았으나, 지금 믿는 사람들이 점점
많아지고 있다. 주자가 정초鄭樵, 1104~1162, 협제(夾祭)선생[194]의 《변망辨妄》에

근본하여 서序를 다 제거하고 《시》를 말하자, 같은 시기의 여조겸呂祖謙, 1137~1181, 자 백공(伯恭)도 오히려 주자를 의심하고 놀라워했지만 지금 그 말을 믿는 것을 본다면 어떠하겠는가? 나는 감히 환담桓譚, BC40?~32?[195]과 같은 사람을 바라노니, 문득 아침저녁으로 그런 사람을 만나지 않겠는가?

원문

又按: 金仁山述其師王文憲之言曰: "今之《三百篇》, 非盡夫子之《三百篇》也. 夫子刪繁蕪之三千, 取雅正者三百, 而三千之中豈無播詠於世俗之口者? 夫子之《詩》, 既燬於秦火矣. 漢興, 管弦之聲未衰, 諸儒傳夫子之《詩》而不全, 得見世俗之流傳管弦之濫在者, 綴以爲古《詩》, 取以足夫子三百之數, 而不辨其非也. 不然, 若孔子之誦詠如《素絢》, 《唐棣》, 諸經書之所傳如《貍首》, 《驪柔》, 《先正》, 《繁渠》諸詩, 何以皆不與於今之三百? 而夫子已放之鄭聲, 何爲尚存而不削邪?"《宋史·儒林傳》亦載柏之言曰: "今《詩》三百五篇, 豈盡定於夫子之手? 所刪之《詩》, 容或有存於閭巷浮薄之口, 漢儒取以補亡. 乃定二《南》各十有一篇, 兩兩相配, 退《何彼穠矣》, 《甘棠》歸之《王風》, 削去《野有死麕》, 黜鄭, 衛淫奔之詩三十有一篇." 說實先篁墩, 陽明而發, 蓋亦從《史記》"三百五篇孔子皆弦歌之, 以求合《韶》, 《武》, 《雅》, 《頌》之音"悟

---

194 정초(鄭樵): 자 어중(漁仲). "협제선생(夾漈先生)"으로 불렸다. 송대(宋代)의 사학가(史學家)이자 교수학가(校讎學家)이다. 주요 저작에는 《통지(通志)》, 《협제유고(夾漈遺稿)》, 《이아주(爾雅注)》, 《시변망(詩辨妄)》 등이 있다.

195 환담(桓譚): 자 군산(君山). 패국(沛國) 상(相) (지금의 안휘(安徽) 회북시(淮北市) 상산구(相山區)) 출신. 동한(東漢)의 철학가(哲學家), 경학가(經學家). 17세에 입조(入朝) 후, 도참(圖讖)을 배격하고, 속유(俗儒)들을 비판하였으나, 광무제에게 성인을 비난하고 법을 무시한다는 이른바 '비성무법(非聖無法)'의 죄목으로 좌천되고, 끝내 죽고 말았다. 저서에는 《신론(新論)》 29편이 전한다.

來. [篁墩《皇明文衡》有王直《詩辨》, 與此略同, 亦先篁墩發.]

　김이상金履祥, 1232~1303, 호 인산(仁山)이 그의 스승 문헌공文憲公 왕백王柏, 1197~
1274**196**의 말을 다음과 같이 기술하였다.

　지금의 《삼백편》은 완전한 공자의 《삼백편》이 아니다. 공자가 번잡한
삼천편의 시를 산삭하여 아정雅正한 삼백 편을 취하였는데, 삼천 편 가운
데 세속에서 구전되며 읊어진 것이 어찌 없었겠는가? 공자의 《시》는 이
미 진화秦火에 불탔다. 한漢나라가 흥기함에, 관현管弦의 성聲이 아직 쇠하지
않아 제유諸儒들이 공자의 《시》를 전하였으나 온전하지 않았는데, 세속에
유전流傳되던 관현管弦의 이외의 것들을 대략 고古《시詩》로 여겨 공자의 삼
백편의 수를 충족시키면서 그 잘못을 변별하지 않았다. 그렇지 않다면,
공자가 읊었던 《소현素絢》,**197** 《당체唐棣》**198**같은 시와 제諸 경서經書에 전하
는 《이수貍首》, 《비유驨柔》, 《선정先正》, 《번거繁渠》 등과 같은 제시諸詩들이 어
찌 모두 지금의 《삼백편》에 있지 않은 것인가? 그리고 공자가 이미 정성鄭
聲을 추방하였는데, 어찌 여전히 존재하면서 삭제되지 않은 것인가?

　《송사·유림전》에도 왕백의 말이 실려있다.

　지금 《시》 삼백오 편은 어찌 공자의 손에서 다 정해진 것이겠는가? 산

---

196 왕백(王柏) : 자 회지(會之). 호 노재(魯齋). 시호는 文憲이다. 무주(婺州) 금화(金華) 출
　신이다. 저서가 많았던 것으로 전해지나 《시의(詩疑)》, 《서의(書疑)》 등은 대부분 망실되
　었고, 그의 시문집인 《갑인고(甲寅稿)》도 이미 망실되었는데 명(明) 정통(正統) 연간에
　6세손 왕적(王迪)이 《왕문헌공문집(王文憲公文集)》 20권을 찬집하였다.
197 《논어·팔일》 子夏問曰 : 《巧笑倩兮, 美目盼兮, 素以爲絢兮.》何謂也?
198 《논어·자한》 「唐棣之華, 偏其反而. 豈不爾思?室是遠而.」

삭된 《시》 가운데에는 혹시 여항의 경박한 노래가 되었을 수가 있는데, 한유漢儒들이 그것을 취하여 없어진 시를 보충하였다. 이에 이二《남南》을 각각 11편으로 정하고 서로 짝이 되게 하였는데, 《하피농의何彼穠矣》, 《감당甘棠》편을 뒤로 물려서 왕풍王風으로 돌리고, 《야유사균野有死麕》편을 삭제하고, 정풍鄭風과 위풍衛風의 음분淫奔한 시 31편을 축출하였다.

그 설이 실로 정민정程敏政과 왕수인王守仁보다 먼저 나왔는데, 또한 대체로 《사기》의 "삼백오 편을 공자가 다 연주하며 노래하면서 《소韶》, 《무武》, 《아雅》, 《송頌》에 합치하는 음악을 구하였다三百五篇孔子皆弦歌之, 以求合《韶》, 《武》, 《雅》, 《頌》之音"는 것에서 깨달은 것이다. [정민정의 《황명문형皇明文衡》에 왕직王直, 1379~1462[199]의 《시변詩辨》이 실려있는데, 이 논의와 대략 같고, 이 또한 정민정보다 먼저 나왔다.]

원문

又按:"固哉, 爲詩", 孟子以謂高叟. 由今觀之, 亦何必高叟, 如《式微》詩《序》云:"黎侯寓于衛, 其臣勸以歸."《旄邱》詩《序》:"狄人追逐黎侯, 黎侯寓于衛, 衛不能修方伯連率之職, 黎之臣子以責於衛." 此必有所受之, 其實表裏洞達, 無復擬議. 而朱子乃曰:"詩中無'黎侯'字, 未詳是否." 余不覺匿笑. 昔范景仁不信佛, 蘇子瞻詰其所以不信之說, 范曰:"某平生事非目所見者, 未嘗信." 蘇曰:"公亦安能然哉? 設公有疾, 令醫切脉, 曰寒則服熱藥, 曰熱則餌寒藥. 公何嘗見脉, 而信之如此? 何獨至於佛, 而必待見邪?" 眞通人之

---

199 왕직(王直) : 자 행검(行儉). 호 억암(抑庵). 금계(金溪)의 왕영(王英)과 이름을 나란히 하여 당시 "이왕(二王)"으로 칭해졌다.

言. 此亦可以破朱子之見.

번역 **우안又按**

"고루하도다, 시詩 해석이固哉, 爲詩 (…중략…)"는 맹자가 고수高叟에게한 말이다.[200] 지금 살펴보건대, 또한 어찌 고수高叟만 꼭 그러했겠는가?예를 들어 《식미式微》 시의 《서序》에 "여후黎侯가 위衛나라에 머무르니, 그신하들이 돌아갈 것을 권하였다黎侯寓于衛, 其臣勸以歸"라 하였다. 《모구旄丘》시의 《서序》에 "적인狄人이 여후黎侯를 축출하여 여후가 위衛나라에 머물렀는데, 위나라가 방백方伯·연수連帥의 직책을 닦을 수 없었으므로, 여黎나라의 신하들이 위나라를 꾸짖은 것이다狄人追逐黎侯, 黎侯寓于衛, 衛不能修方伯連率之職, 黎之臣子以責於衛"라 하였다. 이곳은 반드시 전해받은 바가 있고, 실제 표리가 통달하여 다시 헤아려 의논할 것이 없다. 그런데 주자는 "시 가운데'여후黎侯'라는 글자가 없으므로 그 여부를 알 수 없다詩中無'黎侯'字, 未詳是否"고 하였다. 나는 웃음을 참을 수 없었다. 옛날 범진范鎭, 1007~1088, 자 경인(景仁)[201]은 불교를 믿지 않았는데, 소식蘇軾, 1037~1101, 자 자첨(子瞻)이 불교를 믿지 않는 까닭을 힐문하자 범진이 말하길 "나는 평생 동안 눈으로 보지 않은 것은 믿지 않는다"고 하였다. 소식이 말하길 "공公 또한 어떻게 그럴수 있겠는가? 만약 공에 질환이 있어 의원에게 맥을 짚게 하여, 한질寒疾

---

200 《맹자·고자하》 公孫丑問曰:「高子曰:《小弁》, 小人之詩也.》」孟子曰:「何以言之?」曰:「怨.」曰:「固哉, 高叟之爲《詩》也! 有人於此, 越人關弓而射之, 則己談笑而道之; 無他, 疏之也. 其兄關弓而射之, 則己垂涕泣而道之; 無他, 戚之也. 小弁之怨, 親親也. 親親, 仁也. 固矣夫, 高叟之爲《詩》也!」
201 범진(范鎭) : 자 경인(景仁). 북송의 문학가, 한림학사. 《신당서(新唐書)》 찬수에 참여하였다.

이라고 하면 열약熱藥을 복용하고, 열질熱疾이라고 하면 한약寒藥을 먹을 것이다. 공은 어떻게 일찍이 맥을 보고서 그것을 믿음이 이와 같은 것인가? 어찌 유독 불교에 있어서는 반드시 보는 것을 기다리는 것인가?"하였다. 실로 통달한 사람의 말씀이다. 이 또한 주자의 견해를 깨뜨릴 수 있다.

又按：錢牧齋注杜詩, 謂子美深不滿靈武即位之事, 詩中多微文以刺, 尤標其旨於《洗兵馬》, 曰："刺肅宗也. 刺其不能盡子道, 且不能信任父之賢臣以致太平也." 於《收京》三首之二曰："與《洗兵馬》相發明." 吳江朱長孺故反牧齋者, 謂："靈武即位本非得已. 洪容齋所謂'收復兩京, 非居尊位不足以制命諸將也'. 其聽李輔國讒間乃上元年間事, 公安得逆料而譏之?" 二注並行. 蓋詩與文不同. 文嘗有畫然一定之意, 詩則惟人所見, 此可以此說解, 彼亦可以彼說解. 故曰：詩, 活物也. 或曰：錢與朱畢竟孰爲是? 余曰：幸有子美之文之可證矣. 子美《祭淸河房公文》曰："及公入相, 紀綱已失, 關輔蕭條, 乘輿播越. 太子即位, 揖讓倉卒. 小臣用權, 尊貴倏忽." 正元次山書太子即位之義, 古朋友論議一時, 不謀而合如此. 則牧齋之注洵得其旨哉! 余嘗以衛之《木瓜》序云"美齊桓公也. 衛人思厚報之而作是詩", 朱子解作"男女相贈答之辭, 如《靜女》之類", 亦所謂二注並行者. 愚終以孔子有言"吾於《木瓜》, 見苞苴之禮行", 則《序》爲得其旨, 而朱子之解徒然矣. 但難得盡有文以證詩耳. 此《詩》與《春秋》等.

전겸익錢謙益, 1582~1664, 호 목재(牧齋)이 두시杜詩를 주해하였는데, 자미子美는 영무靈武에서의 숙종肅宗 즉위即位 사건을 매우 불만스러워하여 시 가운데 많이 미문微文으로 풍자하였는데, 특히《세병마洗兵馬》편에서 그 요지가 잘 드러났다고 하면서 말하길 "숙종을 풍자한 것이다. 숙종이 자식의 도를 다할 수 없음을 풍자하였고, 또한 아버지의 현신賢臣을 신임하여 태평함에 이르지 못함을 풍자하였다刺肅宗也. 刺其不能盡子道, 且不能信任父之賢臣以致太平也"고 하였다.《수경收京》삼수三首 가운데 이二에서 "《세병마》와 더불어 서로 발명發明된다與《洗兵馬》相發明"고 하였다. 오강吳江의 주학령朱鶴齡, 1606~1683, 자 장유(長孺)202은 목재牧齋의 설에 반대하던 사람인데, 말하길 "영무靈武의 즉위는 본래 부득이한 일이었다. 홍매洪邁, 호 용재(容齋)가 말한 '양경兩京을 수복함에 존위에 있지 않고서는 모든 장수들에게 제명制命하기에 부족하였다收復兩京, 非居尊位不足以制命諸將也'는 것이다. 숙종이 환관 이보국李輔國의 참관讒間을 받은 일은 상원上元, 674~676 연간의 일인데, 자미가 어찌 거꾸로 거슬러 기롱했겠는가?"라 하였으므로, 두 주注가 병행並行되었다. 대체로 시詩는 문文과는 같지 않다. 문文은 일찍이 분명하고 일정한 의미를 가지지만, 시는 사람들의 견해에 따라 이 사람은 이런 해설을 할 수 있고, 저 사람은 저런 해설을 할 수 있다. 그러므로 시를 활물活物이라고 하는 것이다.

어떤 이가 물었다.

---

202 주학령(朱鶴齡) : 자 장유(長孺). 호 우암(愚庵). 명말청초(明末淸初) 강남(江南) 오강(吳江) 출신. 저작에는《역광의략(易廣義略)》4권,《상서비전(尙書埤傳)》17권,《시경통의(詩經通義)》20권,《춘추집설(春秋集說)》22권,《독좌일초(讀左日鈔)》14권,《우공장전(禹貢長箋)》12권 등이 있다.

전겸익과 주학령 가운데 필경 누가 옳은 것인가?

나는 대답하였다.

다행히 자미의 글이 있어서 증명할 수 있다. 자미의 《제청하방공문^{祭淸}^{河房公文}》에 "공이 입조하여 재상이 됨에 이르러 기강^{紀綱}은 이미 없어졌고, 관중^{關中}과 삼보^{三輔} 지역은 쓸쓸하였으며, 군왕은 파천하였다. 태자가 즉위함에 읍양^{揖讓}함이 매우 황급하였다. 소신^{小臣}들이 권모술수를 쓰니 존귀한 이들이 한꺼번에 없어졌다^{及公入相, 紀綱已失, 關輔蕭條, 乘輿播越, 太子卽位, 揖讓倉}^{卒. 小臣用權, 尊貴倏忽}"고 하였다. 바로 원결^{元結, 719~772, 자 차산(次山)}이 기록한 태자즉위의 의의와 같으니, 옛 친우가 같은 시대를 의론함에 모의하지 않아도 합치됨이 이와 같았다. 그렇다면 목재^{牧齋}의 주해가 진실로 그 뜻을 얻은 것이다!

나는 일찍이 위풍^{衛風} 《목과^{木瓜}》의 《서^序》에 "제^齊환공^{桓公}을 찬미한 시이다. 위^衛나라 사람들이 제환공의 구원을 생각하고 두텁게 보답하고자 이 시를 지었다^{美齊桓公也. 衛人思厚報之而作是詩}"와 주자가 해설한 "남녀가 서로 주고받은 말로서, 《정녀^{靜女}》와 같은 부류이다^{男女相贈答之辭, 如《靜女》之類}"에 대해서도 두 주해를 병행한다고 하였다. 나는 마침내 공자가 말한 "나는 《목과》편에서 선물을 보내는 예가 행해짐을 보았다^{吾於《木瓜》, 見苴苴之禮行}"고 한 것으로, 《서^序》가 그 뜻을 얻었고 주자의 해설은 다만 그러할 뿐이라는 것을 알았다. 다만 문장을 가지고 시를 증명하는 것이 어려운 일일 뿐이다. 이러한 《시》는 《춘추》와 같다.

又按：朱子以詩求詩, 是就詩之字面文意以得是詩之何爲而作, 正《孟子》
"以意逆志"者. 或問：子何不有取其說且加正焉? 余曰："以意逆志", 須的知
某詩出于何世, 與所作者何等人, 方可施吾逆之之法. 如近日吳喬先生共予讀
李商隱《東阿王詩》："國事分明屬灌均, 西陵魂斷夜來人. 君王不得爲天子,
半爲當時賦《洛神》." 說曰："後二語似有悔婚王氏之意. 夫婦不過十年, 甥
舅纏及二載, 而竟致一生顛躓, 此種情事出於口則薄德, 而意中不無展轉, 故
以不倫之語志之乎? 若論故實, 丕爲世子在建安十二年丁亥, 子建賦《洛神》
在黃初三年壬寅, 相去十五年也. 唐人作詩, 意自有在, 或論故實, 或不論故
實. 宋人不解詩, 便以薛王、壽王同用譏刺義山, 何異農夫以菽麥眼辨朱草紫
芝乎?" 此解可謂妙絶千古. 發端一語, 已道令狐綯之當國矣. 蓋原知義山之
人之事, 方得是解. 不然, 空空而思, 冥冥以決, 豈可得乎? 縱得之, 恐亦成郢
書燕說而已矣.《詩集傳》病多坐此.

주자는 시로써 시를 구하였는데, 이것은 바로 시 문자의 의미로 시가
어떻게 지어졌는지를 구한 것으로 바로《맹자·만장상》의 "자기의 뜻으
로써 작자의 뜻을 헤아려보는 것以意逆志"이다.

어떤 이가 물었다.

그대는 어찌 그 설을 취하면서 다시 바로 잡지 않는 것인가?

나는 대답하였다.

"자기의 뜻으로써 작자의 뜻을 헤아려보는 것以意逆志"이란 모름지기 어

떤 시가 어느 시대에 나왔고, 아울러 작자가 어떤 사람인지를 알아야만
내가 헤아리는 법을 베풀 수 있다. 예를 들어 근래의 오교吳喬, 1611~1695 선
생이 나와 함께 이상은李商隱, 813?~858?[203]의 《동아왕시東阿王詩》 "나라의 권
력은 분명 감국사監國使 관균灌均에 달렸으니, 서릉西陵, 曹操의 원혼은 밤에
왕래하는 사람을 끊었네. 동아왕東阿王, 曹植이 천자가 될 수 없는 것은, 그
반이 당시에 《낙신부洛神賦》[204]를 지은 것 때문이네國事分明屬灌均, 西陵魂斯夜來人.
君王不得爲天子, 半爲當時賦《洛神》"를 읽었다. 오교 선생이 다음과 같이 설명하였
다. "뒷 두 구절은 왕씨와의 혼인을 후회하는 뜻이 있는 것과 같다. 부부
로 지낸 것이 10년이 되지 못했고, 생구甥舅와의 인연도 겨우 2년인데 마

---

203 이상은(李商隱) : 자 의산(義山). 호 옥계생(玉谿生). 만당(晚唐)의 시인(詩人)으로 두목
(杜牧)과 함께 "소이두(小李杜)"로 불린다. 영호초(令狐楚)와의 만남으로 인해 그의 문
학이 꽃을 피우고 관리로서 출발하게 된 반면 그의 생애에 걸친 불운이 시작되기도 했다.
이상은이 진사과에 합격한 것은 837년(開成 2)으로 26세 때의 일이다. 그때까지 여러
번 과거에 응시하러 수도를 왕래했으나 번번히 낙제했는데, 영호초의 아들 영호도(令狐
綯)의 도움으로 예부시랑(禮部侍郎) 고개(高鍇)의 수하직에 간신히 합격했다. 그러나 곧
그의 은인인 영호초가 죽고, 이듬해 그는 경원절도사(涇原節度使) 왕무원(王茂元)의 수
하로 들어갔다. 평소 그의 재능을 아꼈던 왕무원은 그를 막하로 불러들여 자신의 사위로
삼았다. 이윽고 왕무원의 추천으로 비서성 교서랑이 되었으며, 나아가 홍농위(弘農尉)에
올랐다. 당시 당의 조정은 2개의 당으로 나누어져 격렬한 정쟁이 벌어지고 있었다. 이른
바 '우(牛)·이(李)의 당쟁'으로, 귀족출신자로 이루어진 이덕유(李德裕) 일파와 진사출
신의 우승유(牛僧孺)·이종민(李宗閔) 일파의 파벌투쟁이었다. 영호씨는 우승유파였다.
당시의 지식인들은 고급관료를 지향하는 한 그 당쟁에 개입되었으며, 이상은 역시 예외
는 아니었다. 그러나 왕무원이 이덕유파에 속해 있었기 때문에, 이상은은 절조를 잃은
사람이라는 비난을 한 몸에 받았다.
204 《낙신부(洛神賦)》 : 황초(黃初) 3년 입조(入朝) 후, 조식(曹植)이 봉지로 돌아가던 중 낙
수(洛水)를 지날 때 낙신(洛神)의 이야기를 듣고 쓴 부(賦)이다. 전통적인 관점에서 이
부는 군왕(조비)에 대한 자신의 충정을 드러냈다고 본다. 그런데 당나라 때 이선이 문선
에 주석을 다는 과정에서 복비(宓妃, 하백의 아내로 아름답지만 음탕한 여신)는 조식의
형 조비의 황후인 문소황후를 가리킨다는 설이 제기되었다. 《낙신부》가 조식이 문소황
후를 그리워하여 지은 작품이라는 데에 의견을 같이한 대표적인 시인은 이상은과 포송령
이 있다.

침내 일생이 전도되었으니, 이런 종류의 사정이 입에서 나오게 되면 박덕하게 되고, 마음속에 전전긍긍하지 않을 수 없게 되므로 불륜의 말로써 뜻을 삼았기 때문인가? 만약 고실故實을 논한다면, 조비가 세자가 된 것은 건안 12년정해, 207이고, 조식자 자건(子建)이 《낙신부洛神賦》를 지은 때는 황초 3년임인, 222으로 그 차이가 15년이다. 당인唐人이 시를 지음에 뜻하는 바가 저절로 있었으니, 혹은 고실故實을 논하기도 하고 논하지 않기도 하였다. 송인宋人은 시를 해설하지 않았고, 곧 설왕薛王와 수왕壽王205으로 이상은자 의산(義山)을 기롱하였으니, 농부가 콩과 보리를 눈으로 분별하고도 기이한 주초朱草와 영지라고 하는 것과 어찌 다르겠는가?"

이는 천고의 뛰어난 해설이라 할 수 있다. 첫 마디를 내면서 이미 영호도令狐綯의 집정을 말하였다. 이상은 그 사람에 대한 일을 원래 알고 있었으므로 이런 해석을 할 수 있었던 것이다. 그렇지 않다면, 헛되이 생각만 많아지고 까마득하게 결론지어 어찌 얻을 수 있겠는가? 설령 얻더라도 아마도 영서연설郢書燕說206이 될 뿐일 것이다. 《시집전詩集傳》의 병통은 대부분 여기에 있다.

---

205 설왕(薛王)와 수왕(壽王)은 당현종의 아들이다. 당현종은 수왕의 여자였던 양귀비를 빼앗는 불륜을 저질렀고, 이상은은 《여산유감(驪山有感)》, 《용지(龍池)》 등의 시에서 풍자하였다.
206 영서연설(郢書燕說) : 원래의 뜻을 잘못 이해하여 와전(訛傳)하는 것을 가리킨다. 옛날 중국의 영(郢) 지방 사람으로 연(燕)나라 상국(相國)에게 편지를 쓴 자가 있었는데, 등불이 어둡자 옆 사람에게 촛불을 들라고 말하고는 자기도 모르게 편지에 '촛불을 들라'고 써 버렸다. 그런데 연나라 재상이 그 편지를 받아 보고는 기뻐하기를, "촛불을 들라는 것은 현자를 천거하여 쓰라는 말일 것이다" 하고는 곧 임금에게 아뢰어 그대로 실천하니, 연나라가 크게 다스려졌다. 나라가 잘 다스려진 것은 좋았으나 원래 편지에서 뜻한 바는 아니었다. 《韓非子·外儲說左上》.

원문

又按：竇梁賓, 夷門人, 進士盧東表侍兒也, 詞筆容態皆可觀. 東表當及第, 竇爲喜詩曰：“曉裝初罷眼初睜, 小玉驚人踏破裙. 手把紅箋書一紙, 上頭名字有郎君.” 若掩其姓名, 亦可知是婦喜夫登第之作. 朱慶餘作《閨意》一篇獻水部郎中張籍曰：“洞房昨夜停紅燭, 待曉堂前拜舅姑. 裝罷低聲問夫婿, 畫眉深淺入時無.” 此若掩其題, 恐未必知是後進求知就正于前輩之作也. 詩有難辨如此, 吾欲誦以質晦翁.

번역 **우안又按**

두량빈竇梁賓은 이문夷門 출신으로 진사進士 노동표盧東表의 시첩侍妾이었는데, 사필詞筆과 용모가 모두 볼만 했다. 노동표가 급제하자 두량빈이 기뻐하며 시를 지었다. “새벽에 기지개 켜고 화장을 마치니 처음에 눈이 떨려오고, 소옥小玉은 놀라서 찢어진 치마를 밟네. 손에는 붉은 종이 들렸으니, 맨 앞에 낭군의 이름이 있네曉裝初罷眼初睜, 小玉驚人踏破裙. 手把紅箋書一紙, 上頭名字有郎君” 만약 지은이의 이름을 숨겼다면, 부인이 지아비의 등제를 기뻐하며 쓴 것으로 알았을 것이다. 주경여朱慶餘[207]가 지은 《규의閨意》편은 수부낭중水部郎中 장적張籍에게 바친 것이다. “지난밤 신방에 촛불 켜고 앉았다가, 새벽에 문 앞에서 시부모님께 절하였네. 화장 마치고 목소리 낮춰 서방님께 여쭈기를, 그린 눈썹 짙기가 유행에 맞는지요?洞房昨夜停紅燭, 待曉堂前

---

207 주경여(朱慶餘) : 생졸년미상. 이름은 가구(可久). 자 경여(慶餘). 당대(唐代)의 시인으로 노장(老莊)의 도를 좋아했다. 보력(寶曆) 2년(826)에 진사에 급제하고 비서성(秘書省) 교서랑(校書郎)에 이르렀다.《당시기사(唐詩紀事)》권46과《당재자전(唐才子傳)》권6,《전당시(全唐詩)》두 권에 그의 시가 보인다.

^{拜舅姑. 裝罷低聲問夫壻, 畫眉深淺入時無}"이 시가 만약 그 제목을 숨겼다면, 후배가
선배에게 앎을 구해 바름으로 나아가는 작품임을 알지 못했을 것이다.
시를 변론하는 어려움이 여기에 있으니, 나는 시를 외워 회옹^{晦翁}에게 질
의하고 싶다.

원문

又按:余久而得王忠文禕《學詩齋記》曰:"詩道其微矣乎! 以情性言詩,
非所能知;自章句之說言之, 則某竊有疑矣. 蓋二《南》,大小《雅》,《周頌》,
周公之所定;變風,變雅,魯商二《頌》, 孔子之所取, 而並周公所定者, 合三百
五篇, 尚矣. 第今觀之二《南》, 以《關雎》配《鵲巢》,《葛覃》配《采蘩》,《卷
耳》配《草蟲》,《樛木》配《江有汜》,《螽斯》配《小星》,《桃夭》配《摽有梅》,
《兔罝》配《羔羊》,《芣苢》配《采蘋》,《漢廣》配《行露》,《汝墳》配《殷其靁》,
《麟之趾》配《騶虞》, 各十一篇, 整然相合, 信其爲房中之樂. 而《甘棠》, 後人
思召伯者也;《何彼穠矣》, 王風也;《野有死麕》, 淫風也. 此三詩者, 胡爲而厠
其間乎? 而又成王之《頌》, 酒有康王以後之詩. 今謂二《南》,《周頌》果爲周
公之所定, 其可乎? 秦火,《詩》,《書》同禍,《書》殘闕甚, 而《詩》獨無一篇之
失. 然《素絢》,《唐棣》,《貍首》,《轡柔》諸詩既已散逸, 而已放之鄭聲乃反獲
存. 劉歆以謂《詩》始出時一人不能獨盡其經, 或爲《雅》, 或爲《頌》, 相合而
成. 不足, 則以世俗之流傳,管弦之濫在者足之, 不復辨其非. 故變雅之中或有
類乎正雅, 而又《六月》變《小雅》之始,《民勞》變《大雅》之始, 酒與正雅同其
篇什.《豳風》非變也, 酒繫於十三國之末焉. 烏在其爲各得所也? 然則今之三
百五篇謂皆孔子刪之舊, 可乎? 不可也. 蓋自漢以來, 學《詩》者悉本於鄭

氏《訓詁譜序》, 惟鄭說是從. 人有耳目肺腸, 不敢以自信也. 及宋, 朱子之
《集傳》出而鄭學乃遂廢. 朱子所謂'本之二《南》以求其端, 參之列國以盡其
變, 正之於《雅》以大其規, 和之於《頌》以要其止'者, 學詩之旨, 無以易此矣.
世之習其讀者, 固得有所據依, 而其可疑如向之所云者, 學者以爲朱子之所未
嘗言, 不敢以爲言也. 昔者鄉先正王文憲公蓋嘗欲修正之, 而卒亦不果. 豈非
詩道之微, 於是爲已甚乎!"此論正從王文憲出.

번역 우안又按

나는 오랜 끝에 충문공 왕위王褘, 1322~1374[208]의 《학시재기學詩齋記》를 얻
었다. 다음과 같이 말하였다.

"시도詩道가 미약해졌도다! 성정情性으로 시를 말한 것은 알 수 있는 바
가 아니며, 장구章句의 설로부터 말한다면 나는 의심을 가질 것이다. 대체
로 2《남南》, 대소大小《아雅》, 《주송周頌》은 주공이 정한 것이며, 변풍變風,
변아變雅, 노상魯商 2《송頌》은 공자가 취한 것으로, 주공이 정한 것과 함께
삼백오편으로 합쳐진 지가 오래되었다. 지금 2《남南》을 보건대, 《관저關
雎》는 《작소鵲巢》와 짝하고, 《갈담葛覃》은 《채번采蘩》과 짝하며, 《권이卷耳》
는 《초충草蟲》와 짝하며, 《규목樛木》은 《강유사江有汜》와 짝하며, 《종사螽斯》
는 《소성小星》과 짝하며, 《도요桃夭》는 《표유매摽有梅》와 짝하며, 《토저兔罝》
는 《고양羔羊》과 짝하며, 《부이芣苢》는 《채빈采蘋》과 짝하며, 《한광漢廣》은

---

208 왕위(王褘) : 자 자충(子充), 호 화천(華川). 주원장을 도와 명 건국에 공을 세웠다. 건문
(建文) 초기 한림학사(翰林學士)에 추증되고, 시호는 문절(文節)이라 하였다. 정통(正
統) 연간에 충문(忠文)으로 바뀌었다. 저작에는 《대사기속편(大事記續編)》,《왕충문공
집(王忠文公集)》 및 《중수혁상신서(重修革象新書)》 등이 있다.

《행로行露》와 짝하며,《여분汝墳》은《은기뢰殷其靁》와 짝하며,《인지지麟之趾》는《추우騶虞》와 짝하는데, 각 11편이 정연하게 서로 합치되니 진실로 방중房中의 음악이라 할 것이다. 그러나《감당甘棠》은 후대인이 소백召伯을 생각한 것이고,《하피농의何彼穠矣》는 왕풍王風이며,《야유사균野有死麕》은 음풍淫風이다. 이 세 시는 어떻게 그 사이에 끼었는가? 또한 성왕成王의《송頌》周頌은 곧 강왕康王 이후의 시이다. 지금 이二《남南》과《주송周頌》을 과연 주공이 정한 것이라고 하는 것이 옳은가? 진화秦火에《시》와《서》가 같이 화를 입었는데,《서》는 잔결殘缺됨이 심하였으나,《시》는 유독 한 편의 유실도 없었다. 그러나《소현素絢》,《당체唐棣》,《이수貍首》,《비유羔裘》 등의 제시諸詩는 이미 산일散逸되었고, 이미 버려졌던 정성鄭聲은 도리어 수집되어 보존되었다. 유흠劉歆은 한대漢代에《시》가 처음 나왔을 때, 한 사람이 그 경문을 감당할 수 없었으므로 어떤 이는《아雅》를 맡았고, 어떤 이는《송頌》을 맡아서 서로 합하여 완성하였다. 시편이 부족하였으므로 세속에 유전되던 것과 관현管弦에 남아있던 것으로 충족하였으나 그 잘못을 다시 변별하지 않았다. 따라서 변아變雅 가운데 혹 정아正雅와 유사한 것이 있게 되었고, 또한《유월六月》은 변變《소아小雅》의 처음이고,《민로民勞》는 변變《대아大雅》의 처음이니,[209] 이에 정아正雅와 편십篇什이 같아졌다.《빈풍豳風》은 변풍變風이 아니었으나 십삼 국의 끝에 매달렸다. 각각 제자리를 얻은 것이 어디에 있는가? 그렇다면 지금 삼백오 편을 공자가 산정한 구서舊書라고 말하는 것이 옳은가? 옳지 않다. 대체로 한漢 이래로《시》를

---

209 《시보(詩譜)》大雅《民勞》, 小雅《六月》之後, 皆謂之變雅, 美惡各以其時, 亦顯善懲過, 正之次也.

배운 자들은 모두 정현의 《훈고보서訓詁譜序》에 근본하여, 오직 정현의 설만을 따랐다. 사람에게 눈과 귀와 폐와 장이 있으나 감히 자신할 수 없었다. 송宋에 이르러, 주자의 《집전集傳》이 나옴으로 정학鄭學이 마침내 폐기되었다. 주자의 이른바 '이二《남南》에 근본하여 그 단서를 찾고, 열국의 풍風을 참고하여 그 변變을 모두 보고, 《아雅》에서 바로잡아 그 규모를 키우고 《송頌》에서 화和하여 그 그침을 굳힌다本之二《南》以求其端, 參之列國以盡其變, 正之於《雅》以大其規, 和之於《頌》以要其止'가 시詩를 배우는 종지宗旨이니, 이것을 바꿀 수는 없을 것이다. 세상에 그 독해에 익숙한 자들은 진실로 의거하는 바가 있어서 앞에서 말한 것을 의심하였고, 배우는 자들은 주자가 일찍이 말하지 않은 것으로 여겨 감히 믿으려 하지 않았다. 옛날 고향의 선정先正이신 문헌공文憲公 왕백王柏, 1197~1274이 일찍이 이를 바로잡고자 하였으나 끝내 성과를 내지 못하였다. 어찌 시도詩道의 미약함이 이미 심한 것이 아니겠는가!"

이 논의는 바로 문헌공 왕백王柏으로부터 나온 것이다.

원문

又按 : 趙子常引其師黃楚望之言曰 : "《周禮》, 王巡守則大史, 大師同車, 又其官屬所掌, 皆有'世奠繫'之說. 方采詩之時, 大師掌其事, 而大史錄其時世. 及巡守禮廢, 大師不復采詩, 而後諸國之詩皆其國史所自記錄, 以考其風俗盛衰, 政治得失. 若《左傳》於高克之事則曰'鄭人爲之賦《淸人》', 莊姜之事則曰'衛人爲之賦 《碩人》', 必有所據矣." 胡朏明曰 : "'采詩''采'字, 均當作'陳'. 蓋詩有采有陳. 《漢·藝文志》 : '古有采詩之官, 王者所以觀風俗, 知得

失, 自考正也.'《食貨志》: '孟春之月, 羣居者將散, 行人振木鐸狗于路以采
詩, 獻之太師, 比其音律, 以聞于天子.' 此采詩之說也. 《王制》: '天子五年一
巡守, 命太師陳詩, 以觀民風.' 鄭氏《詩譜》: '武王伐紂定天下, 巡守述職,
陳誦諸國之詩以觀民風俗.' 此陳詩之說也. 采之於每歲之孟春, 陳之於五載
巡守四仲之月, 是《國風》所自來也. 班孟堅曰: '自孝武立樂府而采歌謠, 於
是有代,趙之謳, 秦,楚之風, 皆感於哀樂, 緣事而發, 亦可以觀風俗, 知薄厚.'
漢治近古, 此其一端云."

조방趙汸, 1319~1369, 자 자상(子常)이 그의 스승 황초망黃楚望[210]의 말을 인용하
여 다음과 같이 말하였다.

《주례》에 왕이 순수巡守를 할 때, 태사太史와 태사太師가 같이 수레를 탔
고, 또한 그 관직이 관장하는 바가 모두 "대대로 이어지는 계통世莫繋"의
설이 있게 되었다. 바야흐로 시를 채집함에 있어 태사太師가 그 일을 맡았
고, 태사太史가 그 당대를 기록하였다. 순수巡守의 예가 폐지됨에 이르러,
태사太師가 다시는 시를 채집하지 않았고, 이후 제국諸國의 시는 모두 그
나라의 국사國史가 스스로 기록하게 되었으니, 그것으로 그 나라의 풍속
의 성쇠와 정치의 득실을 고찰하였다. 《좌전》민공 2년의 고극高克 사건
과 같은 경우는 "정인鄭人이 고극 때문에 《청인淸人》 시를 지었고鄭人爲之賦《淸

---

[210] 황초망(黃楚望) : 원말명초의 학자. 강서(江西) 구강(九江) 출신의 도사(道士), 대유(大
儒)이다. 주승(朱升), 이사로(李仕魯) 등이 문하에서 수학하였다. 천문지리와 풍수, 제자
백가에 능통하여 명성이 있었고, 말년에 주원장(朱元璋)의 부름을 받기도 하였다.

人》", 211 은공 3년의 장강莊姜 사건과 같은 경우는 "위인衛人이 장강을 위해 《석인碩人》 시를 지었으니衛人爲之賦《碩人》", 반드시 근거하는 바가 있었다.

호위胡渭, 1633~1714, 자 비명(朏明)가 다음과 같이 말했다.

"채시采詩"의 "채采"자는 모두 마땅히 "진陳"으로 써야 한다. 대체로 시에는 "채집采"이 있었고, "진송陳誦"이 있었다. 《한서 · 예문지》에 "옛날에 시를 채집采하는 관리가 있었는데, 왕은 이를 통해 풍속을 살피고 득실을 알아서 스스로를 바로잡아 성찰하였다古有采詩之官, 王者所以觀風俗, 知得失, 自考正也"고 하였고, 《한서 · 식화지食貨志》에 "매해 정월이 되어 무리지어 살던 사람들이 흩어지려 할 때에 행인行人이 목탁을 흔들면서 도로를 돌며 시를 채집采해서 태사太師에게 바치면 음률에 맞추어 천자에게 들려주었다孟春之月, 群居者將散, 行人振木鐸徇于路以采詩, 獻之太師, 比其音律, 以聞于天子"라 하였으니, 이는 채시采詩의 설이다. 《예기 · 왕제王制》에 "천자가 5년에 한 번 순수할 때, 태사太師에게 시를 진송陳誦할 것을 명하여 백성의 풍속을 살폈다天子五年一巡守, 命太師陳詩, 以觀民風"고 하였고, 정현《시보詩譜》에 "무왕이 주紂를 정벌하고 천하를 안정시킨 후, 순수巡守하고 술직述職하며 제국諸國의 시를 진송陳誦하여 백성의 풍속을 살폈다武王伐紂定天下, 巡守述職, 陳誦諸國之詩以觀民風俗"고 하였으니, 이는 진시陳詩의 설이다. 시의 채집은 매해 정월에 있었고, 시의 진송陳誦

---

211 《좌전 · 민공2년》 "정인(鄭人)이 고극(高克)을 미워하여 군대를 거느리고 가서 황하(黃河)가에 주둔하게 하고는 오래도록 부르지 않으니, 군대가 흩어져 돌아갔다. 그러므로 고극(高克)도 진(陳)나라로 도망갔다. 정인(鄭人)이 그를 위하여 《청인(淸人)》 시를 지었다." (鄭人惡高克, 使帥師次于河上, 久而弗召, 師潰而歸, 高克奔陳. 鄭人爲之賦淸人) 《청인(淸人)》은 《시경 · 정풍(鄭風)》의 시이다. 정문공(鄭文公)이 신하를 정당한 도리로 물리치지 않아 나라를 위태롭게 하고 군대를 잃는 장본인이 되었기 때문에 이 시를 지어 풍자한 것이다.

은 5년에 한 번 순수하는 사중지월四仲之月, 즉 仲春(2月), 仲夏(5月), 仲秋(8月), 仲冬(11月)에 있었으니, 이것이 《국풍國風》이 생겨난 바이다. 반고班固, 자 맹견(孟堅)가 말하길 "효무제가 악부樂府를 세워 가요를 채집하는 것으로부터, 이에 대代와 조趙의 구謳, 진秦과 초楚의 풍風이 있게 되었는데, 모두 슬픔과 기쁨에 감응함이 사실에 인연하여 일어났으니, 이 또한 풍속을 살피고 인정의 박후를 알 수 있게 되었다自孝武立樂府而采歌謠, 於是有代, 趙之謳, 秦, 楚之風, 皆感於哀樂, 緣事而發, 亦可以觀風俗, 知薄厚"고 하였다. 한漢나라가 근고近古를 다스림에 이것이 그 일단一端이다.

又按：胡朏明曰：男女淫泆奔誘之辭, 惟鄭, 衛, 齊, 陳有之. 《小序》槩以爲刺奔說者, 謂刺詩之體但鋪陳其事, 不加一辭, 而閔惜懲創之意自見於言外, 不必譙讓質責, 而後爲刺也. 朱子非之, 以爲欲刺人之惡而反自爲彼人之言, 以陷其身於惡, 必無是理, 故以爲淫者所自作. 而馬貴與又非之, 其言曰："夫人之爲惡也, 禁之使不得爲, 不若愧之而使之自知其不可爲. 此鋪陳揄揚之中, 所以爲閔惜懲創之至也. 夫子謂宰我曰'女安則爲之', 夫豈眞以居喪食稻衣錦爲是乎? 萬石君謂子慶曰：'內史貴人坐車中自如, 固當.' 夫豈眞以不下車爲是乎? 而二人既聞是言也, 卒爲羞愧改行, 有甚於被譙讓者. 蓋以非爲是, 而使之求吾言外之意, 則自反而不勝其愧悔矣. 此《詩》之訓也." 貴與之說, 可謂辯矣. 然其嘗於朱子所謂淫者自作之外, 更就數詩以求之, 而知鋪陳其事不加一辭之說, 亦有不盡然者. 《新臺》曰："燕婉之求, 得此戚施." 《牆有茨》曰："中冓之言, 不可道也. 所可道也, 言之醜也." 《君子偕老》曰："子之不淑,云如之何."《鶉之奔奔》曰："人之無良, 我以爲兄."《蝃蝀》曰："乃如之人也, 懷昏姻也. 大無信也, 不知命也."《載驅》曰："魯道有蕩, 齊子遊敖."以上諸詩, 皆刺當時之淫亂, 而指斥如此, 是未嘗不加一辭也.《南山》,《敝笱》,《猗嗟》,《株林》頗似不加一辭, 然以雄狐目襄公, 以魴鱮目文姜, 意見比興中矣.《猗嗟》以"展我甥兮"明莊公非齊侯之子, 微文刺譏, 抑又甚焉, 安在其爲不加一辭也哉?《株林》玩其辭意, 亦可見作者在所賦之外. 以此數詩反而觀之, 則《靜女》,《桑中》,《溱洧》,《東方之日》,《月出》等篇摹寫狎昵之情, 臚列鄙穢之狀者, 其爲淫者所自作無疑矣. 淫者之辭, 豈可錄之於經? 以爲漢儒所綴緝, 以足三百之數者近是. 吾友閻百詩次魯齋, 華川, 篁墩, 陽明, 鹿門諸論爲一帙, 有味哉! 又曰：《漢·藝文志》"三百五篇遭秦而全者, 以其諷誦, 不獨在竹帛故也."某謂夫子之所錄得以流傳者, 維此之故. 天子之所刪得以篡入者, 亦維此之故. 又曰：《詩》有具文見意者,《叔于田》二詩但爲鄭人愛叔段之辭, 而不義得衆之情自見;《揚之水》,《椒聊》二詩但爲晉人愛桓叔之辭, 而叛翼歸沃之情自見, 是也. 馬貴與舉此以明《序》之不可廢, 以爲之四詩者皆"賴《序》而明","若舍《序》以求之, 則子雲《美新》之作, 袁宏《九錫》之文耳, 是豈可以訓而夫子不刪之乎? 蓋均一淫泆之辭, 出於奔者之口則可刪, 而出於刺奔者之口則可錄也; 均一愛戴之辭, 出於愛叔段, 桓叔者之口則可刪, 而出於刺鄭莊, 晉昭者之口則可錄也". 某謂四詩出於刺者之口固可錄. 藉令爲叔段, 桓叔之黨所自作, 錄之於經亦可. 使有國者知亂賊之情而爲防微杜漸之計, 無傷於義, 無害於教也. 若男女淫泆之辭, 則不可同日而論. 牀笫之言不踰閾, 即未必淫者所自作, 亦何得施之, 以教人? 童蒙之時力扞其外誘, 猶恐或入於非僻, 而顧令日誦此等詩以誨之淫乎? 自此義不明, 世遂以《子夜》,《讀曲》, 宮體諸詩爲

得《國風》之遺意. 下逮《花間》諸人及柳,晏,秦,周輩倚聲塡詞, 備狹斜妖冶之
趣, 亦自謂不詭於風人而號爲詩餘. 讀者,作者展轉流傳, 以蠱惑人之心志, 如
山谷所謂"妙年美士近知酒色之娛, 苦節臞儒晚悟裙裾之樂. 鼓之舞之, 使宴
安酖毒而不悔"者, 皆此等議論啟之也. 昔漢景有言:"食肉不食馬肝, 未爲不
知味." 喻學者不言湯,武受命不爲愚. 學《詩》亦然. 誦《三百》不取《桑中》,
《溱洧》之類, 讀晉宋以後詩不取《子夜》,《讀曲》,宮體之類, 亦未爲不善學也.

번역 **우안又按**

호위胡渭, 자 비명(朏明)가 다음과 같이 말했다.

남녀가 음탕한 말로 서로 꾀어 도망가는 말들은 오직 정鄭, 위衛, 제齊,
진陳에 있다. 《소서小序》는 대체로 이를 음분淫奔함을 풍자한 것으로 여기
며 말하기를 풍자시의 문체이지만 그 일을 펼쳐 진술함에 한마디도 더하
지 않았으니, 안타까워하며 징계하는 뜻을 말 밖에서 스스로 드러나게
하여 꼭 꾸짖고 질책하지 않은 다음에 풍자한 것이라고 하였다. 주자는
이를 비난하기를 다른 사람의 악행을 풍자하고자 하면서 도리어 그 사람
의 말로써 하여 그 자신이 악에 빠지게 되었으니, 반드시 그런 이치는 없
으며, 따라서 음탕함을 스스로 지은 것이라고 하였다.

마단림馬端臨, 1254~1323, 자 귀여(貴輿)이 다시 비난하면서 다음과 같이 말하
였다. "대저 사람이 악을 행함에 있어서, 악행을 하지 않게 하여 금하게
하는 것은 악행을 부끄럽게 여겨 스스로 악행이 옳지 않음을 알게 하는
것만 못하다. 이와 같이 일을 펼쳐 진술하고 끌어 올리는 가운데 안타까
워하며 징계하는 지극함이 있는 까닭이다. 공자가 재아宰我에게 '네가 편

안하면 그렇게 하거라^{女安則爲之}'라고 하였는데, 어찌 진실로 거상^{居喪}함에 쌀밥을 먹고 비단 옷을 입는 것이 옳다는 것이겠는가? 만석군^{萬石君} 석분^{石奮, BC220~BC124}[212]이 아들 석경^{石慶}에게 말하길 '내사는 귀인이므로 수레 안에 그대로 앉아 있는 것은 참으로 당연한 일이다^{內史貴人坐車中自如, 固當}'[213]고 하였는데, 어찌 진실로 수레를 내리지 않는 것이 옳다는 것이겠는가? 두 사람이 이미 그 말을 듣고는 마침내 부끄러워하며 행실을 고쳤으니, 꾸지람을 당한 것보다 더 심함이 있었다. 대체로 그른 것을 옳은 것이라고 하여 그들로 하여금 내가 하는 말 바깥의 뜻을 구하게 한다면, 스스로 돌이켜보아 그 부끄러움을 이기지 못할 것이다. 이것이 《시》의 가르침이다."

귀여^{貴與}의 설이 뛰어난 변론이라 할 만하다. 그러나 그는 주자가 말한 음탕함을 스스로 지은 것이라는 것을 알고 있었던 것 외에도 여러 시로 나아가 구하여 그 일을 펼치고 진열함에 한마디 말도 더하지 않았다는 설에도 다 그렇지 않다는 것을 알고 있었다. 《패풍^{邶風}·신대^{新臺}》의 "연완^{燕婉}, 편안하고 순함을 구했는데 이 척시^{戚施}, 추악한 병를 얻었도다^{燕婉之求, 得此戚施}"

---

212 석분(石奮) : 자 천위(天威). 호 만석군(萬石君). 서한(西漢)의 대신(大臣). 문학(文學)은 잘 몰랐으나, 공근(恭謹)함은 비할 데가 없었다. 처음 소리(小吏)로 한고조(漢高祖)를 모셨고, 문제(文帝) 때 관직이 태자태부(太子太傅)와 태중대부(太中大夫)에 올랐다. 경제(景帝) 즉위 이후 구경(九卿)의 반열에 올라 만석군(萬石君)으로 불렸다. 장자(長子) 석건(石建)은 낭중령(郎中令)이 되었고, 넷째 석경(石慶)은 승상(丞相)에 올랐다.

213 만석군(萬石君) 석분(石奮)의 넷째아들 석경(石慶)이 내사(內史)가 되었는데, 술에 취해 돌아와 외문(外門)을 들어오면서 수레에서 내리지 않았다. 만석군이 이를 듣고 밥을 먹지 않으니, 석경은 두려워하여 어깨를 드러내고 사죄하였으나 허락하지 않았다. 이에 온 집 안 종족과 석경의 맏형 석건(石建)도 어깨를 드러내고 사죄하자, 만석군은 꾸짖기를, "내사는 존귀한 사람으로 마을에 들어오면 마을 안의 어른들도 모두 달아나 숨는데, 내사가 수레 안에 그대로 앉아 있는 것은 참으로 당연한 일이지"라고 하고는, 이에 석경의 사죄를 마치게 하였다. 《사기·만석군전(萬石君傳)》《한서·만석위직주장전(萬石衛直周張傳)》

《용풍鄘風 · 장유자牆有茨》의 "중구中冓 閨中의 말이여 되뇌일 수 없도다. 입으로 외울진댄 말이 욕되도다中冓之言, 不可道也. 所可道也, 言之醜也"《용풍 · 군자해로君子偕老》의 "그대의 착하지 못함은 어찌해서인가?子之不淑, 云如之何"《용풍 · 순지분분鶉之奔奔》의 "선량하지 못한 사람을 내 형이라고 한단 말인가?人之無良, 我以爲兄"《용풍 · 체동蝃蝀》의 "이러한 사람이여 혼인을 생각하도다. 크게 신의가 없으니 천명을 알지 못하도다乃如之人也, 懷昏姻也. 大無信也, 不知命也."《제풍齊風 · 재구載驅》의 "노나라 길이 평탄하거늘 제자齊子가 유오遊敖, 翱翔하도다魯道有蕩, 齊子遊敖" 이상의 제시諸詩는 모두 당시의 음란함을 풍자한 것으로, 지적하고 폄척함이 이와 같았니 일찍이 한마디의 말을 더하지 않음이 없었다. 《제풍 · 남산南山》, 《제풍 · 폐구敝筍》, 《제풍 · 의차猗嗟》, 《진풍陳風 · 주림株林》은 한마디 말도 더하지 않은 것 같으나, 《남산》에서 숫여우雄狐로써 제양공齊襄公을 지목하였고, 《폐구》에서 방어鲂魚와 환어鰥魚로써 문강文姜을 지목하였으니, 의미가 비흥比興 가운데 드러났다. 《제풍 · 의차猗嗟》에서 "진실로 우리 제나라의 생질이로다展我甥兮"로써 노장공魯莊公이 제후齊侯의 아들이 아님을 밝혔는데, 은미한 문장으로 풍자하고 기롱함이 더 심하였으니 어디에 한마디 말을 더하지 않음이 있는가?《주림株林》의 문의를 완미해보더라도 작자가 읊은 것 바깥에 드러난다. 이들 수편의 시로써 돌이켜 살펴보건대, 《패풍 · 정녀靜女》, 《용풍 · 상중桑中》, 《정풍 · 진유溱洧》, 《제풍 · 동방지일東方之日》, 《진풍陳風 · 월출月出》 등 편이 허물없이 친압하는 정을 묘사하고, 비루하고 혼탁한 정황을 열거하였으니, 그 음란함을 스스로 지은 것임에 의심의 여지가 없다. 음란한 말을 어찌 경문에 수록할 수 있겠는가? 그것은 한유漢儒가 주워모아 삼백의 수를 충족

시켰다는 것이 이치에 가깝다. 나의 친우 염약거자 백시(百詩)가 노재魯齋王柏,
화천華川王褘, 황돈篁墩程敏政, 양명陽明王守仁, 녹문鹿門茅坤의 논의를 차례로 모아
하나로 묶었으니 의미가 있다 할 것이다!

또 말하였다.

《한서·예문지》에 "삼백오편의 시가 진화秦火를 만나고도 온전한 것은
시를 읊고 외워, 그 시가 죽백竹帛에만 있었던 것이 아니기 때문이었다三百
五篇遭秦而全者, 以其諷誦, 不獨在竹帛故也"고 하였다. 내 생각에 공자가 집록한 것이
유전될 수 있었던 것이 이 때문이었고, 천자가 산삭한 것을 찬입할 수 있
었던 것도 이 때문이었다.

또 말하였다.

《시》에는 문사文辭를 갖추어 의미를 드러낸 것이 있으니, 《정풍·숙우
전叔于田》과 《대숙우전大叔于田》 두 시는 단지 정인鄭人이 공숙단共叔段을 사랑
하는 말로 되어있지만, 의롭지 않음으로 무리를 얻은 정황이 저절로 드
러난다. 《정풍·양지수揚之水》와 《당풍·초료椒聊》 두 시는 단지 진인晉人이
항숙桓叔을 사랑하는 말로 되어있지만, 도움을 배반하고 옥沃으로 돌아가
려는 정한이 저절로 드러나는 것이 이것이다. 마단림馬端臨, 자 귀여(貴與)이
이를 근거로 《서序》를 폐기할 수 없음을 밝혔는데, 네 편의 시가 모두
"《서序》에 힘입어 밝혀졌다", "만약 《서序》를 버리고 그 뜻을 구한다면,
양웅揚雄, BC53~18, 자 자운(子雲)의 《미신美新》과 원굉袁宏, 328?~376?[214]의 《구석九

---

[214] 원굉(袁宏) : 자 언백(彦伯). 동진(東晉)의 현학가(玄學家), 문학가(文學家), 사학가(史
學家)이다. 순열(荀悅)이 편성한 《한기(漢紀)》를 이어 《후한기(後漢紀)》를 편찬하였다.
저서에는 《죽림명사전(竹林名士傳)》 3권 및 《동정부(東征賦)》, 《북정부(北征賦)》, 《삼국
명신송(三國名臣頌)》 등이 있다.

錫》의 문장뿐이니, 어찌 준칙으로 삼아 공자가 산정한 것이 아니라고 할 수 있겠는가? 대체로 똑같은 음일淫泆한 말이라도, 음분한 자의 입에서 나온 것은 산삭할 수 있고, 음분함을 풍자하는 자의 입에서 나온 것은 수록할 수 있다. 똑같은 사랑하고 존경하는 말이라도 공숙단과 항숙을 사랑하는 자의 입에서 나온 것은 산삭할 수 있고, 정장공鄭莊公과 진소공晉昭公을 풍자한 자의 입에서 나온 것은 수록할 수 있다"고 하였다. 내 생각에 네 편의 시는 풍자한 자의 입에서 나온 것이므로 수록할 수 있는 것이다. 설령 공숙단과 항숙의 무리들이 스스로 지은 것이라고 하더라도 경문에 수록되는 것도 된다. 나라를 소유한 자에게 난적亂賊의 정한과 미리 그런 기미를 막고 조짐을 틀어막는 계책을 알게 하는 것이 의리를 손상시키거나 가르침을 해치는 일은 없기 때문이다. 남녀의 음일淫泆한 문장의 경우는, 동일하게 비교하여 논할 수 없다. 잠자리에서의 말은 문지방을 넘지 않는 법이니, 반드시 음란한 자가 스스로 지은 것이 아니더라도 어찌 베풀어 사람들을 가르칠 수 있겠는가? 동몽童蒙의 시기에 바깥 외물의 꾀임을 힘써 막는 것은 혹 사악함에 빠질 것을 두려워함인데, 도리어 이런 시들을 날마다 외우게 해서 음탕함을 가르치겠는가? 이런 의미가 분명하게 밝혀지지 않음으로부터, 세상은 마침내 《자야子夜》, 《독곡讀曲》, 궁체宮體의 제시諸詩가 《국풍國風》의 남은 의미를 얻은 것으로 여기게 되었다. 이후 《화간집花間集》[215] 제인諸人 및 류영柳永, 안수晏殊, 안기도晏幾道, 진관秦觀, 주

---

215 《화간집(花間集)》: 후촉(後蜀)의 조숭조(趙崇祚)가 편찬한 사집(詞集)이다. 이른바 화간사파(花間詞派)는 만당(晚唐)과 오대(五代)시기 전촉(前蜀)에서 형성된 고대 시사학(詩詞學)의 유파이다. 《화간집》에는 온정균(溫庭筠), 위장(韋莊)등 18인 500수의 사(詞)를 수록하고 있다. 내용은 남녀의 연완지사(燕婉之私)에 국한되었다.

방언周邦彦 등이 소리에 의지하고 문장을 메꾸어가며 골목길의 요사스러운 흥취를 갖추면서, 스스로는 시인을 속이지 않는다고 하고 시의 흥취를 부르짖었다. 독자와 작자가 이리저리 흔들리며 사람의 심지를 미혹시켰으니, 황정견黃庭堅, 1045~1105, 호 산곡(山谷)[216]의 이른바 "젊은 선비가 근래에야 주색酒色의 오락을 알게 되고, 고절苦節을 지키며 벼슬하지 않던 선비가 뒤늦게 부녀자와의 즐거움을 깨닫게 된다. 음악을 연주하고 춤추며 안락함에 젖어 독毒에 빠지게 하여도 후회하지 않는다妙年美士近知酒色之娛, 苦節臞儒晚悟裙裾之樂. 鼓之舞之, 使宴安酖毒而不悔"는 말이 모두 이런 의론으로 열리게 된 것이다. 옛날 한경제漢景帝의 "사람들이 말고기만 먹고 말의 간은 먹지 않는다고 맛을 모른다고 할 수 없다食肉不食馬肝, 未爲不知味"는 말은 학자들이 탕왕과 무왕이 천명을 받은 문제를 말하지 않아도 어리석은 게 되지 않는다는 뜻을 비유한 말이다. 《시》를 배우는 것도 그러하다. 《삼백편》을 외우면서 《상중桑中》, 《진유溱洧》와 같은 편을 취하지 않고, 진송晉宋 이후의 시를 읽으면서 《자야子夜》, 《독곡讀曲》, 궁체宮體와 같은 것을 취하지 않는 것도 학문을 잘못한다고 하지 않는다.

원문

又按 : 胡胐明曰 : 朱子 《集傳》云 : "風者, 民俗歌謠之詩也. 諸侯采之以貢於天子, 天子受之而列於樂官. 於以考其俗尙之美惡, 而知其政治之得失

---

[216] 황정견(黃庭堅) : 자 노직(魯直). 호 산곡도인(山谷道人). 북송(北宋)의 문학가. 서예가. 작품에는 《산곡사(山谷詞)》가 있는데, 두보(杜甫), 진사도(陳師道)와 진여의(陳與義)와 "일조삼종(一祖三宗)"의 칭호가 있게 되었다.

焉."某嘗疑貢詩之說不知何據, 及讀金仁山《前編》引伏生《書·虞夏傳》言
舜之元祀巡狩, 四岳八伯各貢其樂, 樂正定樂名. 又引《書大傳》曰："五載一
巡狩, 羣后德讓, 貢正聲而九族具成."《注》云："此釆詩作樂之始."然後知貢
詩之說所自出, 與釆詩, 陳詩相發明也. 蓋列國之行人釆詩以屬太師, 比其音
律以待時巡, 因州伯以貢之天子, 天子命太師陳之而取其正聲, 被諸弦管, 以
爲燕饗朝會祭祀之樂. 自虞夏以來, 未之或改也. [《文中子》曰："諸侯不貢詩,
斯則久矣."朏明未及考此.]

[번역] **우안又按**

　호위胡渭, 자 비명(朏明)가 다음과 같이 말하였다.

　주자《시집전》에 이르길 "풍風은 민속民俗 가요歌謠의 시이다. 제후가 이
시를 채집하여 천자에게 바치면, 천자가 받아서 악관樂官에게 진열하게
하였다. 이에 그 풍속이 숭상하는 것의 좋고 나쁨을 상고하여 거기에서
정치의 득실을 알았다風者, 民俗歌謠之詩也. 諸侯采之以貢於天子, 天子受之而列於樂官. 於以考其
俗尚之美惡, 而知其政治之得失焉"고 하였다. 나는 일찍이 의심하기를 "시를 바쳤다
貢詩"설이 무엇을 근거로 한 것인지 알지 못하였는데, 김이상金履祥, 호 인산
(仁山)의 《전편前編》에 인용된 복생伏生《서·우하전虞夏傳》의 순舜 원사元祀 순
수巡狩에, 사악四岳 팔백八伯이 각각 그 음악을 바쳤고, 악정樂正이 악명樂名을
정했다는 설을 읽었다. 또《서대전書大傳》"5년에 한 번 순수함에, 여러 제
후들이 덕으로 양보하고, 정성正聲을 바치고 구족九族 혹은 九州이 모두 완성
되었다五載一巡狩, 羣后德讓, 貢正聲而九族具成"와《주注》의 "이것인 채시釆詩작악作樂
의 시작이다此釆詩作樂之始"를 인용하였다. 그런 다음에야 공시貢詩의 설과 채

시采詩, 진시陳詩가 서로 밝게 드러나게 됨을 알게 되었다. 대체로 열국列國의 행인行人이 시를 채집한 것을 태사太師에게 배속시키고, 그 음률을 맞추어 천자 순수의 때를 기다렸다가 주백州伯이 천자에게 바치면, 천자는 태사에게 명하여 그 시를 진송陳誦하여 그 정성正聲을 취하게 하고, 현관弦管의 악기를 입혀 연향燕饗, 조회朝會, 제사祭祀의 음악으로 삼았다. 우하虞夏 이래로 바뀌는 일은 없었다. [《문중자文中子》에 "제후가 시를 바치지 않은 지가 오래되었다諸侯不貢詩, 斯則久矣"라 하였는데, 호위가 미처 이를 고찰하지는 못했다.]

又按：蕭山毛大可述高忠憲講學時有執《木瓜》詩問難者："投我以木瓜，報之以瓊琚"中並無男女字面，何以知爲淫奔？坐皆默然，惟吾邑來風季曰：即有男女字，亦何必淫奔？張平子《四愁詩》"美人贈我金錯刀，何以報之英瓊瑤"，明明有美人字，然不爲淫奔，未爲不可也. 言未既即有咈然而興者曰："美人"固通稱，若"彼狡童兮"得不目爲淫奔否？曰：亦何必淫奔？子不讀箕子《麥秀歌》乎？"麥秀漸漸兮，禾黍油油. 彼狡僮兮，不與我好兮." 夫箕子所指者受辛也. 受辛，君也而狡童，誰謂狡童淫者也？高忠憲遽起長揖曰："先生言是也." 又曰：不虞今日得聞通儒之言. 竊以此論與《詩·小序》相合，而與上胡朏明及予又相乖.

우안又按

소산蕭山, 지금의 절강성(浙工省) 항주시(杭州市) 관할의 모기령毛奇齡, 1623~1716, 자 대가

(大可)²¹⁷은 고반룡高攀龍, 1562~1626, 시호 충헌(忠憲)²¹⁸이 강학할 때《목과木瓜》시를 가지고 어려운 부분을 질문한 자가 있었다며 다음과 같이 기술하였다.

"'나에게 목과木瓜를 던져줌에 경거瓊琚로써 보답하네投我以木瓜, 報之以瓊琚' 속에는 남녀라는 글자가 없는데, 어찌 이 시가 음분淫奔한 것임을 아는가?" 앉은 모두가 묵묵부답이었는데, 오직 우리 읍邑에서 온 풍계風季가 말하였다. "남녀 글자가 있다고 그 또한 어찌 반드시 음분淫奔한 것이겠는가? 장형張衡, 78~139, 자 평자(平子)《사수시四愁詩》의 '미인이 나에게 금으로 장식한 칼을 주니, 무엇으로 보답할까 빛나는 경옥이지美人贈我金錯刀, 何以報之英瓊瑤'는 명백히 '미인美人'이라는 글자가 있으나 음분하지 않으니, 안 될 것도 없다." 말을 미처 마치지 않았는데 발끈하며 말하였다. "'미인'은 진실로 통칭通稱이며, '저 교활한 아이彼狡童兮'와 같은 경우는 음분한 것으로 지목되지 않았든가?" 풍계가 대답하였다. "이 또한 어찌 반드시 음분한 것이겠는가? 그대는 기자箕子의《맥수가麥秀歌》를 읽지 않았는가? '보리자라 무성하고, 벼와 기장 기름졌구나. 교활한 저 아이는, 나를 좋아하지 않는구나麥秀漸漸兮, 禾黍油油. 彼狡僮兮, 不與我好兮'에서 기자가 가리키는 자는 수신受辛이다. 수신受辛은 임금이면서 교활한 아이인데, 누가 교활한 아이를 음

---

217 모기령(毛奇齡) : 자 대가(大可). 호 추청(秋晴). 소흥부(紹興府) 소산현(蕭山縣)(지금의 절강(浙江) 항주시(杭州市) 소산구(蕭山區))출신이다. 학자들이 "서하선생(西河先生)"으로 불렸다. 청초(淸初)의 경학가(經學家), 문학가(文學家)이다. 청초(淸初)에 항청(抗淸)운동에 참여하면서 여러 해를 떠돌다가 뒤늦게 출사하였다. 경사(經史) 및 음운학(音韻學)을 잘 하였고, 저술이 매우 풍부하다.《서하합집(西河合集)》은 경집(經集), 사집(史集), 문집(文集), 잡저(雜著) 등으로 나뉘어 4백여 권이다.
218 고반룡(高攀龍) : 자 존지(存之). 강소(江蘇) 무석(無錫)출신. "경일선생(景逸先生)"으로 불린다. 명대의 정치가, 사상가. 동림당(東林黨)의 수령으로 "동림8군자(東林八君子)"의 한 명이다. 저서에는《고자유서(高子遺書)》12권 등이 있다.

탕한 자라고 말하는 것인가?" 고반룡이 급히 일어나 길게 읍하며 말하길 "선생의 말씀이 옳다"라고 하였다. 또 말하길 "오늘 통유通儒의 말씀을 들을 지는 생각지 못했다"고 하였다.

가만히 생각해 보건대, 이 논의가 《시 · 소서小序》와 서로 합치하지만, 앞에 나온 호위胡渭와 나의 논의와는 또한 서로 어긋난다.

원문

又按：蘇子由曰：《小旻》,《小宛》,《小弁》,《小明》四詩皆以"小"名篇, 所以別其爲《小雅》也. 其在《小雅》者謂之小, 故其在《大雅》者謂之《召旻》, 《大明》, 獨"宛","弁"闕焉, 意者孔子刪之矣. 雖去其大, 而其小者猶謂之"小", 蓋即用其舊也. 余謂：此非爲孔子所刪, 蓋原編次成後亡逸耳. 即蘇説, 亦可證《詩》非孔門之舊本. 因思《貍首》, 安知不別有一篇與《騶虞》,《采蘋》, 《采蘩》體製相類者原在《召南》與? 又安知"曾孫侯氏"八句非別一篇名而康成臆以《貍首》當之與? 回憶少疑《鄉飲酒》,《燕》,《鄉射禮》並歌《召南》首三篇越《草蟲》取《采蘋》爲亂次. 後讀《詩》《正義》云"蓋《采蘋》舊在《草蟲》前,《齊詩》次正如是", 不覺釋然,《詩》於今人情不大相遠耳!

번역 우안又按

소철蘇轍, 1039~1112, 자 자유(子由)이 다음과 같이 말하였다.

《소민小旻》,《소완小宛》,《소반小弁》,《소명小明》 등 네 시는 모두 "소小"를 편명篇名으로 하였는데, 이는 《소아小雅》의 시임을 구별하기 위해서이다. 《소아》에 있는 것을 "소小"라고 했기 때문에 《대아大雅》에 있는 것을 《소민

召旻》,《대명大明》이라고 하였는데, 유독 "완宛"과 "반弁"은 빠졌으니, 아마도 공자가 이것을 산삭했을 것이다. 비록《대아》의 것을 빼버렸으나《소아》의 것을 여전히 "소小"라고 한 것은 아마도 옛것을 그대로 쓴 것이다.

나는 다음과 같이 생각한다.

이는 공자가 산삭한 것이 아니며, 원래의 편차가 완성된 후 망일亡逸된 것일 뿐이다. 곧 소철의 설은 또한《시》가 공문孔門의 구본舊本이 아님을 증명하는 것이다. 이로 인해《이수貍首》를 생각해보건대,《이수貍首》편이《추우騶虞》,《채빈采蘋》,《채번采繁》등의 체제가 서로 비슷한 것과 원래《소남召南》에 있지 않았다는 것을 어찌 알겠는가? 또한 "증손후씨曾孫侯氏" 8구절이 별개의 편명임에도 정강성이 억측으로《이수貍首》에 해당시킨 것이 아님을 어찌 알겠는가? 예전에《향음주례鄕飮酒禮》,《연례燕禮》,《향사례鄕射禮》에《소남召南》²¹⁹ 수首 3편三篇을 함께 연주하였는데,《초충草蟲》을 건너뛰고《채빈采蘋》을 취한 것이 차례를 어지럽힌 것이라고 의심했었던 적이 있었다.《시》《정의正義》의 "《채빈采蘋》은 옛날《초충草蟲》앞에 있었는데,《제시齊詩》차례가 바로 이와 같았다蓋采蘋舊在草蟲前, 齊詩次正如是"를 읽은 후 저절로 이해가 되었으니,《시》가 지금의 인정人情과 매우 멀리 있지 않구나!

---

219 현전《시·국풍·소남(召南)》의 14편은《작소(鵲巢)》,《채번(采蘩)》,《초충(草蟲)》,《채빈(采蘋)》,《감당(甘棠)》,《행로(行露)》,《고양(羔羊)》,《은기뢰(殷其雷)》,《표유매(摽有梅)》,《소성(小星)》,《강유사(江有汜)》,《야유사균(野有死麕)》,《하피농의(何彼襛矣)》,《추우(騶虞)》이다.

又按：余久而後得王文憲《詩疑》曰：“昔東萊呂成公嘗疑《桑中》,《溱洧》非桑間濮上之音, 以爲夫子旣曰‘鄭聲淫’而放之矣, 豈有刪《詩》示後世而反取之乎? 晦菴朱文公則曰：‘不然. 今若以桑中濮上爲雅樂, 當以薦何等鬼神, 接何等賓客? 不知何辭之風, 何義理之止乎?’ 故文公說《詩》, 以爲‘善者興起人之善心, 惡者懲創人之逸志.’ 以此法觀後世之詩, 實無遺策. 何者? 蓋其規橅恢廣, 心志融釋, 不論美惡, 無非爲吾受用之益, 而邪思不萌. 以此法觀《詩》可也, 觀《書》亦可也, 雖觀史亦可也. 以此論樂, 則恐有所未盡. 某嘗疑今日三百五篇者, 豈果爲聖人之三百五篇乎? 秦法嚴密,《詩》無獨全之理. 竊意夫子已刪去之詩, 容有存於閭巷浮薄者之口. 蓋雅奧難識, 淫俚易傳. 漢儒病其亡逸, 妄取而攙雜, 以足三百篇之數, 某不能保其無也. 不然, 則不奈聖人‘放鄭聲’之一語終不可磨滅, 且又復言其所以放之之意曰‘鄭聲淫’, 又曰‘惡鄭聲之亂雅樂’也. 某是以敢謂淫奔之詩, 聖人之所必削, 決不存於雅樂也, 審矣. 妄意以刺淫亂, 如《新臺》,《牆有茨》之類凡十篇猶可以存之, 懲創人之逸志; 若男女自相悅之詞, 如《桑中》,《溱洧》之類悉削之, 以遵聖人之至戒, 無可疑者. 所去者亦不過三十有二篇, 使不得滓穢《雅》,《頌》, 殽亂二《南》, 初不害其爲全經也. 如此則二先生之疑亦俱釋矣. 昔曾南豐謂‘不滅其籍, 乃善於放絕者’, 以此放絕邪說之疑似者可也. 若淫奔之詩, 不待智者而能知其爲惡行也, 雖閭閻小夫亦莫不醜之, 但欲動情勝, 自不能制爾. 非有疑似難明, 必待存其迹而後知. 今夫童子淳質未漓, 情欲未開, 或於誦習講說之中, 反有以導其邪思, 非所以爲訓. 且學者吟哦其醜惡於唇齒間, 尤非雅尚. 讀書而不讀淫詩未爲缺典, 況夫子答爲邦之問, 而此句拳拳殿於四代禮樂之後, 恐非小

事也. 某敢記其目, 以俟有力者請於朝而再放黜之, 一洗千古之蕪穢云: 曰
《野有死麕》[《召南》], 曰《靜女》[《邶》], 《桑中》[《鄘》], 曰《氓》, 曰《有狐》
[並《衛風》], 曰《大車》, 曰《邱中有麻》[並《王風》], 曰《將仲子》, 曰《遵大
路》, 曰《有女同車》, 曰《山有扶蘇》, 曰《蘀兮》, 曰《狡童》, 曰《褰裳》, 曰
《丰》, 曰《東門之墠》, 曰《風雨》, 曰《子衿》, 曰《野有蔓草》, 曰《溱洧》[並
《鄭風》], 曰《東方之日》[《齊》], 曰《綢繆》, 曰《葛生》[並《唐風》], 曰《晨
風》[《秦》], 曰《東門之枌》, 曰《東門之池》, 曰《東門之楊》, 曰《防有鵲巢》,
曰《月出》, 曰《株林》, 曰《澤陂》[並《陳風》]. 或謂: 三百篇之《詩》, 自漢
至今, 歷諸大儒皆不敢議, 而子獨欲去之, 毋乃誕且僭之甚耶? 曰: 在昔諸儒
尊尚《小序》太過, 不敢以淫奔之詩視之也. 方傅會穿鑿, 曲為之說, 求合乎
《序》, 何敢廢乎? 蓋《序》者於此三十餘詩多曰'刺時也', 或曰'刺亂也', 曰'刺
周大夫也', '刺莊公', '刺康公', '刺忽', '刺衰', '刺晉亂', '刺好色', '刺學校
廢', 亦曰'刺奔也', '止奔也', '惡無禮也', 否則曰'憂讒賊也', '懼讒毀也', 或曰
'思遇時也', '思君子也', 未嘗指為淫詩也. 正以為目曰淫詩, 則在所當放故
也. 自朱子黜《小序》, 始求之於詩, 而直指之曰'此為淫奔之詩'. 某嘗反覆玩
味, 信其為斷斷不可易之論. 律以聖人之法, 當放無疑. 曰: 然則, 朱子何不
遂放之乎? 曰: 朱子始訂其詞而正其非, 其所以不廢者, 正南豐所謂'不去其
籍, 乃所以為善放絕者'也. 今後學既聞朱子之言, 眞知《小序》之為繆. 眞知
是詩之為淫, 而猶欲讀之者, 豈理也哉? 在朱子前《詩》說未明, 自不當放; 生
朱子後《詩》說既明, 不可不放. 與其遵漢儒之謬說, 豈若遵聖人之大訓乎?"
余按: 文云三十二篇, 目缺其一. 或請補之. 余曰: 不可得補矣. 文憲云《序》
未嘗指為淫詩者, "止奔也", "惡無禮也", "懼讒毀也"三篇. 此三篇則《蝃蝀》, 《相

鼠》原不列三十二篇之目, 至《采葛》曾謂作淫詩而情款未明, 今復云爾, 殆所
謂自亂其說者與!

오래 지난 이후에 나는 문헌공文憲公 왕백王柏, 1197~1274의 《시의詩疑》를
얻었다. 다음과 같이 기록되어 있다.

"옛날 동래東萊 여성공呂成公, 呂祖謙은 일찍이 《상중桑中》, 《진유溱洧》가 상
간桑間과 복수濮水가의 음악이 아님을 의심하였는데, 공자가 이미 '정나라
의 음악은 음탕하다鄭聲淫'고 하여 쫓아버렸는데, 어찌 《시》를 산삭하여
후세에 보인 이후에 도리어 산삭한 것을 취했겠는가? 회암晦菴 주문공朱文
公, 朱熹은 '그렇지 않다. 지금 만약 상중桑中과 복수濮水 가의 음악을 아악雅樂
으로 삼는다면, 어떤 귀신들에게 올려야 하는 것이며 어떤 빈객을 접대
하는 것이겠는가? 무슨 풍風인지를 알지 못하는데 어찌 의리에서 그칠
수 있겠는가?不然. 今若以桑中濮上爲雅樂, 當以薦何等鬼神, 接何等賓客? 不知何辭之風, 何義理之止
乎?'라고 하였다. 따라서 주문공은 《시》를 말함에, '좋은 것은 사람의 착
한 마음을 일으켜 세우고, 나쁜 것은 사람의 안일한 뜻을 징계한다善者興起
人之善心, 惡者懲創人之逸志'고 여겼으니, 이 법칙으로 후세의 시를 살펴보건대,
실로 계책에 빠짐이 없다. 어째서인가? 대체로 그 규모의 광대함과 심지
心志가 용해됨이 그 아름다운 것과 좋지 않은 것을 막론하고 내가 받아들
임에 유익하지 않음이 없고 사악한 생각이 싹트지 않는다. 이 법칙으로
《시》를 보는 것도 옳고, 《서》를 보는 것도 옳으며, 비록 역사를 보더라도
옳다. 이것으로 음악을 논한다면 아마도 미진한 것이 있을 것이다. 나는

일찍이 오늘날의 삼백오 편을 의심하였는데, 어찌 과연 성인이 만든 삼백오 편이겠는가? 진秦나라 법이 엄밀하였으므로, 《시》가 홀로 온전했을 리가 없다. 가만히 생각해보건대, 공자가 이미 산삭한 시는 민간의 경박한 자들의 입에 보존되었다. 대체로 아오雅奧한 것은 알기 어렵지만 음탕하고 속된 것은 전해지기 쉽다. 한유漢儒들은 시의 망일亡逸을 병통으로 여겨 함부로 취하고 섞어 삼백 편의 수를 충족시켰는데, 나는 그런 것이 없다는 것을 보장할 수 없다. 그렇지 않다면, 성인聖人의 '정성鄭聲을 추방放鄭聲'한 말씀을 끝내 없앨 수 없는 것이다. 또 다시 그것을 쫓아버린 의미로 '정성鄭聲이 음탕하다'라고 하였고, 또 '정성鄭聲이 아악雅樂을 어지럽히는 것을 미워한다惡鄭聲之亂雅樂'고 한 것이다. 나는 이 때문에 감히 음분淫奔의 시는 성인聖人이 반드시 삭제하였고, 결코 아악에 보존되지 않았다고 확신한다. 함부로 음란함을 풍자한 《신대新臺》, 《장유자牆有茨》 등의 10편과 같은 것은 오히려 보존되어 사람의 안일한 뜻을 징계하고, 남녀상열男女相悅의 말이 있는 《상중桑中》, 《진유溱洧》와 같은 류는 다 삭제하여 성인의 지극한 경계를 따라야 한다는 것에 의심의 여지가 없다. 삭제한 것이 또한 32편에 불과하지만, 《아雅》, 《송頌》을 더럽히게 하지 않고, 이 《남南》을 혼란하게 하지 않아 애초에 전경全經을 해지지 않았을 것이다. 이와 같다면 두 선생의 의심도 또한 모두 풀리게 된다. 옛날 증공曾鞏, 1019~1083, 호 남풍(南豐)[220]은 '그 서적을 없애지 않는 것이, 폐기하는 것보다 잘하는 것이다

---

[220] 증공(曾鞏) : 자 자고(子固). 시호는 "문정(文定)"이다. 건창군(建昌軍) 남풍(南豐)(지금의 강서성(江西省) 남풍현(南豐縣))출신이다. 이후 임천(臨川)에 거주하였다. "남풍선생(南豐先生)"으로 불린다. 북송의 문학가(文學家), 사학가(史學家)이다. 저서에는 《원풍유고(元豐類稿)》, 《융평집(隆平集)》 등이 있다.

不滅其籍, 乃善於放絶者’고 하였는데, 이것으로 사설邪說의 의심스러움을 폐기하는 것이 옳다. 음분淫奔의 시와 같은 것은 아는 자를 기다리지 않더라도 그것이 악행이 됨을 알게 되니, 비록 여염閭閻의 소부小夫라도 그것을 추하게 여기지 않음이 없으나, 다만 욕망이 움직이고 정욕이 우세하여 스스로 제어할 수 없을 뿐이다. 비슷하여 밝히기 어려운 것이 아니면 반드시 그 흔적을 보존한 이후에 알게 된다. 지금 어린아이의 순박함이 아직 없어지지 않고 정욕이 아직 열리지 않았는데, 혹 외우고 강설하는 가운데 도리어 사악한 생각으로 인도하는 것이 있다면 가르침이 되지 않을 것이다. 또한 배우는 자가 입으로 추악한 것을 읊는 것은 더욱 고상한 것이 아니다. 글을 읽으면서 음탕한 시를 읽지 않는 것을 경전을 빠뜨렸다고 여기지 않으니, 하물며 공자가 안연의 나라를 다스리는 법에 관한 질문에 대답하면서 이 구절을 사대四代의 예악을 말한 다음에 성실히 펼친 것[221]은 아마도 작은 일이 아닐 것이다. 나는 감히 그 목록을 기록하여 힘있는 자가 조정에 다시 축출할 것을 청하여 천고의 더러움을 한 번에 씻을 수 있기를 기다린다.

《야유사균野有死麕》[《소남召南》], 《정녀靜女》[《패邶》], 《상중桑中》[《용鄘》], 《맹氓》, 《유호有狐》[모두 《위풍衛風》], 《대거大車》, 《구중유마邱中有麻》[모두 《왕풍王風》], 《장중자將仲子》, 《준대로遵大路》, 《유녀동거有女同車》, 《산유부소山有扶蘇》, 《탁혜蘀兮》, 《교동狡童》, 《건상褰裳》, 《풍丰》, 《동문지선東門之墠》, 《풍우風雨》, 《자금子衿》, 《야유만초野有蔓草》, 《진유溱洧》[모두 《정풍鄭風》], 《동방

---

221 《논어 · 위령공(衛靈公)》顔淵問爲邦. 子曰:「行夏之時, 乘殷之輅, 服周之冕, 樂則韶舞. 放鄭聲, 遠佞人. 鄭聲淫, 佞人殆.」

지일東方之日》[《제齊》], 《주무綢繆》, 《갈생葛生》[모두 《당풍唐風》], 《신풍晨風》
[《진秦》], 《동문지분東門之枌》, 《동문지지東門之池》, 《동문지양東門之楊》, 《방유
작소防有鵲巢》, 《월출月出》, 《주림株林》, 《택피澤陂》[모두 《진풍陳風》].

어떤 이가 말했다. '삼백 편의 《시》는 한漢나라에서 지금에 이르기까지
여러 대유大儒들을 거치면서 모두 감히 의론하지 않았는데, 그대는 유독
그것을 없애고자 하니, 거짓되고 참람됨이 너무 심하지 않은가?' 대답하
였다. '옛날 제유諸儒들의 《소서小序》를 존숭함이 너무 심하여 음분淫奔한
시를 감히 보지 못했다. 바야흐로 견강부회하고 천착하여 곡해하여 《서
序》에 합치됨을 구하였으니 어찌 감히 폐기하겠는가? 대체로 《서序》는 이
30여 편의 시에 대부분 「시대를 풍자한 것이다」刺時也 혹은 「혼란함을 풍
한 것이다」刺亂也, 「주 대부를 풍자한 것이다」刺周大夫也, 「장공을 풍자하였
다」刺莊公, 「강공을 풍자하였다」刺康公, 「태자 홀을 풍자하였다」刺忽, 「쇠함
을 풍자하였다」刺衰, 「진나라의 혼란함을 풍자하였다」刺晉亂, 「호색을 풍장
하였다」刺好色, 「학교를 폐기한 것을 풍자하였다」刺學校廢라고 하였고, 또한
「음분함을 풍자하였다」刺奔也, 「음분함을 금지하였다」止奔也, 「무례함을 미
워하였다」惡無禮也라고 하였으며, 그렇지 않다면 「참소하여 해침을 걱정하
였다」憂讒賊也, 「참소를 두려워하였다」懼讒也라 하였고, 혹은 「좋은 때를 만
나기를 생각하였다」思遇時也, 「군자를 생각하였다」思君子也라고 하여 일찍이
음탕한 시로 지적하지 않았다. 바로 그것을 지목하여 음탕한 시라고 하
면 마땅히 추방해야 하기 때문이다. 주자가 《소서小序》를 축출한 것으로
부터 비로소 시에서 구하였고 바로 지적하여 「이것은 음분한 시이다」此爲
淫奔之詩라 하였다. 나는 일찍이 반복 음미하였는데, 진실로 절대 바꿀 수

없는 논의였다. 성인의 법칙에 의하면 마땅히 추방되어야 함에 의심의 여지가 없다. 어떤 이가 물었다. '그렇다면 주자는 어찌 끝내 그 시들을 추방하지 않았는가?' 대답하였다. '주자는 비로소 그 단어를 정정訂正하고 그 잘못을 바로 잡았는데, 폐기하지 않은 이유는 바로 증공의 이른바 「그 서적을 없애지 않는 것이 폐기하는 것보다 낫다고 생각했기 때문이다」.' 지금의 후학後學들이 이미 주자의 말을 들어, 진실로 《소서小序》가 거짓임을 알았다. 진실로 시의 음탕함을 아는데도 오히려 그것을 읽으려고 하는 것은 무슨 이치인가? 주자 이전에 《시》에 관한 설이 아직 밝혀지지 않았을 때는 마땅히 추방되지 않았지만, 주자가 태어난 이후에 《시》에 관한 설이 이미 밝혀졌으므로 추방하지 않을 수 없다. 한유漢儒의 오류를 따르는 것이 어찌 성인의 큰 가르침을 따르는 것과 같을 수 있겠는가?"

내가 살펴보건대, 위의 글에서 32편을 말했는데, 목록에 빠진 것이 한 편 있다.

어떤 이가 보충할 것을 청하였다.

나는 대답하였다.

보충할 수 없다. 왕백王柏이 말한 《서序》에 일찍이 음탕한 시로 지적하지 않은 것은 "음분함을 금지하였다止奔也", "무례함을 미워하였다惡無禮也", "참소함을 두려워하였다懼讒也" 3편이다. 이 3편은 곧 《체동蝃蝀》, 《상서相鼠》로 원래 32편의 목록에 열거되지 않았고, 《채갈采葛》에 이르러서는 음탕한 시를 지었으나 정황이 아직 밝혀지지 않았으므로, 지금 다시 말한다면 이른바 스스로 그 설을 어지럽히는 것이다!

원문

又按：《日知錄》有《詩之世次必不可信》一篇曰："今《詩》亦未必皆孔子所正, 且如'褒姒滅之', 幽王之詩也, 而次於前; '召伯營之', 宣王之詩也, 而次於後. 序者不得其說, 遂並《楚茨》,《信南山》,《甫田》,《大田》,《瞻彼洛矣》,《裳裳者華》,《桑扈》,《鴛鴦》,《魚藻》,《采菽》十詩皆爲刺幽王之作, 恐不然也. 又如《碩人》, 莊姜初歸事也, 而次於後.《綠衣》,《日月》,《終風》, 莊姜失位而作;《燕燕》, 送歸妾作;《擊鼓》, 國人怨州吁而作也, 而次於前.《渭陽》, 秦康公爲太子時作也, 而次於後;《黃鳥》, 穆公薨後事也, 而次於前. 此皆經有明文可據, 故鄭氏謂《十月之交》,《雨無正》,《小旻》,《小宛》皆刺厲王之詩.[《十月之交》有'豔妻'之云, 自當是幽王.] 漢興之初, 師移其第耳. 而《左氏傳》楚莊王之言曰：武王作《武》, 其卒章曰'耆定爾功', 其三曰'鋪時繹思, 我徂維求定', 其六曰'綏萬邦屢豐年'. 今詩但以'耆定爾功'一章爲《武》, 而其三爲《賚》, 其六爲《桓》, 章次復相隔越.《儀禮》歌《召南》三篇, 越《草蟲》而取《采蘋》,《正義》以爲《采蘋》舊在《草蟲》之前, 知今日之詩已失古人之次, 非夫子所謂'《雅》,《頌》各得其所'者矣." 余謂此益足證《詩》非孔門之舊本也.

번역 **우안又按**

《일지록日知錄》에《시의 세차를 반드시 믿을 수 있는 것은 아니다詩之世次必不可信》편에 다음과 같이 말했다.

"지금의 《시》 또한 모두 공자가 정한 것이라고 할 수 없는데, 가령 《소아·정월正月》 '포사가 멸망시키리라褒姒滅之'는 유왕幽王의 시인데 앞에 배열되었고, 《소아·서묘黍苗》 '서백이 경영하네召伯營之'는 선왕宣王의 시인데 뒤에 배열되었다. 차례를 지은 자가 그 설을 얻지 못하여 마침내 《소아의》 《초자楚茨》, 《신남산信南山》, 《포전甫田》, 《대전大田》, 《첨피락의瞻彼洛矣》, 《상상자화裳裳者華》, 《상호桑扈》, 《원앙鴛鴦》, 《어조魚藻》, 《채숙采菽》 등 10편의 시를 모두 유왕幽王을 풍자해서 지은 것이라고 하였는데, 아마도 그렇지 않을 것이다. 또한 《위풍·석인碩人》과 같은 것은 장강莊姜이 처음 시집온 사건인데 뒤에 배열되었다. 《녹의綠衣》, 《일월日月》, 《종풍終風》은 장강莊姜이 지위를 잃고 지은 것이고, 《연연燕燕》은 친정으로 돌아가는 첩을 전송하며 지은 것이고, 《격고擊鼓》는 국인國人이 주우州吁[222]를 원망하여 지은 것인데, 앞에 배열되었다. 《위양渭陽》은 진강공秦康公이 태자일 때 지은 것인데 뒤에 배열되었고, 《황조黃鳥》는 목공穆公이 죽은 이후의 일인데, 앞에 배열되었다. 이 모두는 경문에 명백한 문장이 있어 근거로 들 수 있는 것이므로 정현이 《시월지교十月之交》, 《우무정雨無正》, 《소민小旻》, 《소완小宛》은 모두 여왕厲王을 풍자한 시라고 하였다.[《시월지교十月之交》에 '염처豔妻 즉 褒姒'라고 하였으므로, 저절로 당연히 유왕幽王 때가 된다.] 한漢나라 초기에 경사經師들이 그 차례를 옮긴 것일 뿐이다. 그리고 《좌씨전·선공12년》초장왕楚莊王이 말하였다. '무왕武王이 《무武》를 지었는데, 그 졸장卒章에 「그 공을 세우는 데 이르렀다」耆定爾功고 하였고, 그 삼장三章에 「근로勤勞하신

---

222 주우(州吁)는 장강(莊姜)이 위장공(衛莊公)에게 궁녀를 천거하여 낳은 아이이다.

문왕의 덕을 시행해 보이고서, 내 가서 주紂를 정벌하여 백성을 안정시켰다」鋪時繹思, 我徂維求定라 하였고, 그 육장六章에 「만방萬邦을 편안하게 하니 풍년이 자주 들었다」綏萬邦屢豐年라 하였다.' 지금 시에서는 단지 '그 공을 세우는 데 이르렀다耆定爾功'[1]장만《무武》이고, 제삼장은《뢰賚》이고, 제육장은《항桓》이 되었으니, 장章과 차례가 다시 서로 떨어져 버렸다.《의례儀禮》에《소남召南》3편을 노래함에《화충草蟲》을 건너뛰어《채빈采蘋》을 취하였는데,《정의正義》의《채빈采蘋》은 옛날에《화충草蟲》의 앞에 있었다는 것이다. 오늘날의 시가 이미 옛사람의 차례를 잃어버렸고, 공자의 이른바 '《아雅》와《송頌》이 각각 그 자리를 얻게 되었다《雅》,《頌》各得其所'는 것이 아님을 알게 되었다."

내 생각에 이 논의는《시》가 공문孔門의 구본舊本이 아님을 더욱 증명해 준다.

상서고문소증 권5 하下 종終

권6 상上

제81. 역법曆法으로 중강仲康 때 일식과 《윤정》을 추산해보면 모두 합치하지 않음을 논함

원문

余向謂僞作古文者, 畧知曆法, 當仲康即位初, 有九月日食之變, 遂以瞽奏鼓等禮當之, 而不顧其不合正陽之義, 說具第一卷. 今余既通曆法矣, 仲康在位十三年, 始壬戌, 終甲戌, 以《授時》,《時憲》二曆推算, 仲康四年乙丑歲, 距元至元辛巳積三千四百三十六年, 中積一百二十五萬四千九百七十四日二六〇八, 冬至四十〇日七九九二, 閏餘七日五五四九二一, 天正交泛一十七日五六九五九一, 入轉五日四三四七七九, 經朔三十三日二四四二七九; 九月朔交泛一十三日五四一〇五七[入日食限], 經朔二十八日五五〇二〇九, 入縮曆一百〇五日一二九四五九, 縮差二度三五二五, 入轉二十五日一九四七〇九, 遲差二度九〇〇三, 加差四刻八四〇三, 九月定朔二十八日五九八六一二[壬辰日未正一刻合朔], 日食在氐宿一十五度. 仲康元年壬戌歲距積三千四百三十九年, 中積一百二十五萬六千〇六十九日九八九二, 冬至二十五日〇七〇八, 閏餘四日四五八四六二, 天正交泛一十三日四二六六一, 入轉一十四日九八六八三八, 經朔二十〇日六一二三三八; 五月朔交泛二十七日三三六八二四[入日食限], 經朔二十三日三〇六九三八, 入盈曆一百七十二日七

二五〇九六, 盈差〇度四六四六, 入轉二十六日八四二七九六, 遲差〇度九〇
四七, 加差一十一刻三九二七, 五月定朔二十三日四二〇八六五[丁亥日巳正
初刻合朔], 日食在井宿二十八度. 則仲康始即位之歲, 乃五月丁亥朔日食, 非
季秋月朔也. 食在東井, 非房宿也. 在位十三年中, 惟四年九月壬辰朔, 日有
食之, 却又與經文"肇位四海"不合. 且食在氐末度, 亦非房宿也. 夫曆法疏密,
驗在交食, 雖千百世以上, 規程不爽, 無不可以籌策窮之. 以仲康四年九月朔
日食, 而誤附于"肇位四海"之後, 以元年五月朔日食, 而謬作"季秋集房"之文,
皆非也. 昔《史記》,《漢書》, 荀悅《漢紀》皆云漢元年冬十月"五星聚於東井",
昭垂史冊者, 六百四十五年. 後魏高允始謂崔浩曰："此史謬也. 案《星傳》,
太白, 辰星常附日而行. 十月日在尾, 箕, 昏沒于申南, 而東井方出于寅北. 二
星何得背日而行? 是史官欲神其事, 不復推之於理."浩曰："天文欲爲變者,
何所不可邪?"允曰："此不可以空言爭, 宜更審之."後歲餘, 浩謂允曰："先
所論者本不經心, 及更考究, 果如君言. 五星乃以前三月聚東井, 非十月也."
衆皆歎服. 又後六百二十七年, 宋司馬光編《通鑑》, 始削去不載. 蓋史家之必
核實如此, 況今曆學大明, 復絕前代, 不難盡刊已成之案. 而魏晉間《書》乃出
一妄男子, 多憑虛安處之論, 以曆法則不合於天文, 以典禮則不合於夏制. 屢
折之於理, 既如彼其乖; 茲參之以數, 復如此其謬. 曾謂天下萬世人兩目盡映,
而無一起而正之者乎? 善夫, 元行沖有言："章句之士, 疑於知新. 果於仍故,
比及百年, 當有明哲君子, 恨不與吾同世者."予實有此慨嘆耳!

　　나는 예전부터 말하길, 고문을 위작한 자는 역법曆法을 대략만 알아서,

중강仲康의 즉위 초기 9월에 일식日食의 변고가 있자 마침내 "악사가 북을 울리는瞽奏鼓" 등의 예식을 올렸다고 했는데,[1] 그것이 정양正陽의 의의에 합치되지 않음을 고려하지 않은 것이라는 것이며, 그 설은 제1권에 정리되어 있다. 이제 내가 이미 역법曆法을 통해 보니, 중강은 재위기간이 13년이었는데, 임술壬戌에서 시작해서 갑술甲戌에서 끝나고, 《수시授時》, 《시헌時憲》 두 역법으로 추산해보면, 중강 4년 을축乙丑은 원元 지원至元 신사辛巳1341로부터 적積 3436년, 중적中積 1,254,974.2608일, 동지冬至 40.7992일, 윤여閏餘 7.554921일, 천정교범天正交泛 17.569591일, 입전入轉 5.434779일, 경삭經朔 33.244279일이고, 9월삭朔 교범交泛 13.541057일, [입일식한入日食限] 경삭經朔 28.550209일, 입축력入縮曆 105.129459일, 축차縮差 2.3525도度, 입전入轉 25.194709일, 지차遲差 2.9003도, 가차加差 4.8403각刻이니, 9월 정삭定朔 28.598612일에 [임진일壬辰日 미정未正 1각刻 합삭合朔] 일식日食은 저수氐宿 15도度에 있었다. 중강원년 임술壬戌년까지는 적積 3439년, 중적中積 1,256,069.9892일, 동지冬至 25.0708일, 윤여閏餘 4.458462일, 천정교범天正交泛 13.42661일, 입전入轉 14.986838일, 경삭經朔 20.612338일 ; 5월삭朔 교범交泛 27.336824일, [입일식한入日食限]경삭經朔 23.306938일, 입영력入盈曆 172.725096일, 영차盈差 0.4646도, 입전入轉 26.842796일, 지차遲差 0.9047도, 가차加差 11.3927각이니, 5월 정삭定朔 23.420865일에, [정해일丁亥日 사정巳正 초각初刻 합삭合朔] 일식日食은 정수井宿 28도에 있었다. 그렇다면 중강이 처음 즉위한 해 5월 정해丁亥삭朔에 일식이 있었으며, 계추월

---

1 《윤정》惟仲康肇位四海. …… 乃季秋月朔, 辰弗集于房. 瞽奏鼓, 嗇夫馳, 庶人走.

季秋月삭朔이 아니었다. 일식은 동정東井에 있었으며, 방수房宿가 아니었다. 재위 13년 가운데, 오직 4년 9월 임진壬辰삭朔에 일식이 있었는데, 도리어 경문의 "사해四海에 처음 즉위하다肇位四海"와 합치하지 않는다. 또한 일식은 저수氐宿 말도末度에 있었고, 또한 방수房宿가 아니었다.

대저 역법의 엉성함과 정밀함은 교식交食을 징험함에 있으니, 비록 천 백세 이상이라고 하더라도 규정은 변하지 않아 주책籌策으로 헤아릴 수 없는 것이 없다. 중강 4년 9월 삭朔 일식日食을 "사해에 처음 즉위하다肇位四海" 뒤에 잘못 덧붙이고, 원년 5월 삭朔 일식日食으로 "계추에 방수에 모이다季秋集房"는 문장을 잘못 쓰더라도 모두 틀렸다. 옛날《사기》,《한서》, 순열의《한기》에서 모두 한漢 원년 겨울 10월 "오성이 동정東井에 모였다五星聚於東井"고 한 이래로, 사책史冊에 밝게 전해진 것이 645년 동안이었다.

후위後魏, 北魏의 고윤高允이 처음으로 최호崔浩에게 말하였다. "이는 역사의 잘못이다.《성전星傳》을 보면, 태백太白과 성신辰星은 항상 해와 붙어서 운행한다. 10월 해가 미尾, 기箕에 있다가 저녁에 신방申方 남쪽에서 지고, 동정東井이 인방寅方 북쪽에서 막 떠오른다. 두 별이 어찌 해를 등지고 운행할 수 있겠는가? 이는 사관이 그 사건을 신비롭게 하고자 이치로 따져보지 않은 것이다." 최호가 말하였다. "천문天文이 변하고자 하는데 안 될 것은 무엇인가?" 고윤이 말하였다. "이는 헛된 말로 다툴 수 없는 것이니, 마땅히 다시 살펴야 한다." 1년 남짓이 지나, 최호가 고윤에게 말하였다. "앞서 논의한 바에 본래 마음을 두지 않았는데, 다시 궁구함에 이르니 과연 그대의 말과 같았다. 오성五星은 이전 3월에 동정東井에 모이며 10월에 모인 것이 아니다." 사람들이 모두 탄복하였다. 다시 627년 이후, 송宋 사마광司馬光이 《통감通鑑》을 편찬하면서 비로소 삭제하여 싣지 않았다.

대체로 사가史家가 반드시 실상을 살펴야 함이 이와 같은데, 하물며 지금 역학曆學이 크게 밝혀짐이 전대前代를 훨씬 뛰어넘었으니, 이미 완성된 사안을 다 펴내는 것은 어렵지 않다. 그런데 위진魏晉 연간의 《서》는 어떤 망령된 사람에게서 나왔는데, 헛된 것에 기대어 안일한 논의가 많았으니 역법은 천문과 합치하지 않고, 전례典禮는 하제夏制에 합치하지 않았다. 이치에 여러 번 꺾여 이미 어그러짐이 저와 같고, 이에 숫자를 대입함에 다시 오류됨이 이와 같다. 일찍이 천하 만세萬世의 사람들이 두 눈으로 다 보았음에도 한 번이라도 바로 잡음이 없는 것인가? 훌륭하도다, 원담元澹 653~729, 자 행충(行沖)[2]의 말이여! "장구章句만 일삼는 선비는 새로운 것을 아는 것에 의심한다. 과연 옛것 그대로 백 년이 지났으면 마땅히 명철한 군자가 있을 것인데, 나와 같은 세대를 같이 하지 않음을 한스럽게 여긴다 章句之士, 疑於知新. 果於仍故, 比及百年, 當有明哲君子, 恨不與吾同世者." 내가 실로 이런 개탄을 할 뿐이다!

원문

按 : 余向引《詩小傳》謂《詩》皆夏正無周正, 自鄭箋《十月之交》爲周正建酉之月, 後虞劇造梁《大同曆》, 果推之在周幽王六年, 疑出於傅會. 此亦是未通曆法時言. 玆以曆上推, 周幽王六年乙丑歲距至元辛巳二千五十六年, 中積

---

2 원담(元澹) : 자 행충(行沖). 박학하여 훈고(古訓)에 밝았다. 저서에는 《군서사록(群書四錄)》, 《석의(釋疑)》, 《위전(魏典)》 등이 있다.

七十五萬九百四十二日六十九刻, 冬至一十二日三十六刻[丙子日辰時冬至], 步至十月建酉朔日, 得定朔二十七日三十七刻[辛卯日辰正四刻合朔], 交泛一十四日五十七刻[入日食限], 是日辰時日食. 非惟虞劆, 即唐道士傅仁均, 僧一行, 亦步得是日日食. 乃知康成精於曆學. 本傳稱其始通《三統曆》, 注有《乾象曆》. 抑歎經解有不可盡拘以理者, 此類是也. 孔《疏》云 : "漢世通儒, 未有以曆考此辛卯日食者." 似是康成考之, 方作箋云. 但又以此詩爲刺厲王作, 自相矛盾, 當削此一箋. 至康成門人東萊王基云 : "以曆校之, 自共和以來當幽王世, 無周十月夏八月辛卯交會." 欲以此會爲共和之前, 尤瞶瞶. 此段直可入《正義》.

번역 안按

내가 예전에 유창劉敞, 1019~1068, 자 원보(原父)의 《시소전詩小傳》을 인용하였는데,[3] 거기에서 말하길 《시》는 모두 하정夏正이고 주정周正은 없었는데, 정전鄭箋《시월지교十月之交》에서 주정周正 건유지월建酉之月이라 한 것으로부터 시작해서 이후 우괵虞劆이 양梁《대동보大同曆》를 만들면서 과감하게 추산하여 유왕幽王 6년이라고 하였는데, 견강부회한 것으로 의심된다. 이 또한 아직 역법에 통하지 못했을 때의 말이다. 이제 역법으로 거슬러 추산해보면, 주周 유왕幽王 6년 을축乙丑년은 지원至元 신사辛巳로부터 2056년, 중적中積 750, 942일 69각刻, 동지 12일 36각이다.[병자일丙子日 진시辰時 동지冬至] 10월 건유建酉삭일朔日을 계산해 보면, 정삭定朔 27일 37각, [신묘

3 본서 제8.《좌전》에 실린 일식지례(日食之禮)가 지금 고문에 계추(季秋)로 잘못 기록된 것을 논함에 보인다.

일辛卯日 진정辰正 사각四刻 합삭合朔] 교범交泛 14일 57각을 얻으니, [입일식한入日食限] 이 날 진시辰時가 일식日食이다. 오직 우곽虞鄺이 틀렸으니, 곧 당唐의 도사道士 부인균傅仁均, 승僧 일행一行도 계산하여 이 날의 일식을 얻었다. 따라서 정강성이 역학에 정밀했음을 알 수 있다. 《후한서·장조정열전張曹鄭列傳》에서 정강성이 처음 《삼통력三統曆》에 통하였고, 《건상력乾象曆》을 주해하였다고 하였다. 아마도 경해經解에 있어 이치에 완전히 구애받을 것은 없다는 것이 바로 이런 것이다. 《모시정의·공소》에 "한대漢代 통유通儒 가운데 역법으로 이 신묘일 일식을 고찰한 이는 없었다漢世通儒, 未有以曆考此辛卯日食者"고 하였다. 아마도 정강성이 고찰하여 전箋에 쓴 것일 것이다. 다만 이 시를 여왕厲王을 풍자하여 쓴 것이라고 한 것은 스스로 모순이 되니, 마땅히 이 전箋은 삭제해야만 할 것이다. 정강성의 문인 동래東萊 왕기王基, 190~261[4]에 이르러서는 "역법으로 교정해보면, 공화共和이래 유왕幽王의 시대에 주周 10월과 하夏 8월 신묘辛卯일이 교회交會하는 날이 없다以曆校之, 自共和以來當幽王世, 無周十月夏八月辛卯交會"고 하였다. 이 교회交會를 공화이전으로 맞추고 싶었던 것이니, 더욱 깜깜이가 되었다. 이 구절은 단지 《정의正義》에나 들어갈 수 있을 것이다.

원문

又按 : 王伯厚言 : "攷《通鑑》, 《皇極經世》, 秦始皇八年歲在壬戌. 《呂氏春秋》云 : '維秦八年, 歲在涒灘'[申], 曆有二年之差. 後之算曆者, 於夏之辰弗

---

4 왕기(王基) : 자 백여(伯輿). 청주(靑州) 동래(東萊) 곡성(曲城) 출신. 삼국(三國) 조위(曹魏)의 장령(將領)이었다.

集房,周之十月之交, 皆欲以術推之, 亦已疏矣." 亦是未通曆法. 案《呂氏》載
秦八年有"秋甲子朔","朔之日"之文. 始皇八年壬戌歲距至元辛巳積一千五百
一十九年, 中積五十五萬四千八百〇五日六三六, 冬至九日四二四[癸酉日],
閏餘四日三一九六, 天正經朔五日六〇四三〇九[己巳日], 加十朔實二百九
十五日三〇五九三九, 得九月經朔〇日四〇九四[甲子日]. 是年秋恰有甲子
朔, 則"歲在涒灘"當作"歲在淹茂"爲是. 必以涒灘, 則維秦六年秋無甲子朔,
可知"涒灘"二字傳寫之譌. 宋劉原父, 其本朝人推其博學爲秦漢以來所無, 予
則謂王伯厚似殆過之. 然二公之於曆學乃爾. 蓋曆學有三, 一曰明經之儒, 二
曰精算之士, 三曰專門之裔. 二公或以博學雄千古, 至精算,專門自覺少遜耳.

번역 우안又按

왕응린1223~1296, 자 백후(伯厚)은 다음과 같이 말하였다.

"《통감》,《황극경세》를 살펴보면, 진시황 8년은 임술壬戌년이다. 《여씨
춘추》에 '진秦 8년, 이 해는 군탄涒灘이다維秦八年, 歲在涒灘'고 하였으니, [(군탄
涒灘은)신申이다.] 역법에 2년의 차이가 있다. 후세의 역법가들이 하나라
때 별이 방수房宿에 모이지 않은 것과 주나라의 시월지교十月之交에 대하여
모두 추산하려고 하였으나, 이 또한 모두 이미 소략하였다."

이 또한 역법에 통하지 못한 것이다. 살펴보건대,《여씨》에 기록된 진
秦 8년에 "가을 갑자 삭秋甲子朔", "삭지일朔之日"의 문장이 있다. 시황始皇 8년 임
술壬戌년은 지원至元 신사辛巳와의 거리가 적적積 1519년, 중적中積 554,805.636
일, 동지冬至 9.424일, [계유일癸酉日]윤여閏餘 4.3196일, 천정경삭天正經朔 5.604
309일[기사일己巳日]이며, 10삭朔 295.305939일을 더하면, 9월 경삭經朔

0.4094일[갑자일甲子日]을 얻는다. 이 해 가을 갑자甲子삭朔과 꼭 맞으니, "이 해는 군탄涒灘이다歲在涒灘"는 마땅히 "이 해는 엄무淹茂, 歲在淹茂"로 고쳐야 옳다. 꼭 군탄涒灘으로 할 것 같으면, 진秦 6년 가을에는 갑자甲子삭朔이 없으므로 "군탄涒灘" 두 글자는 옮겨적는 과정의 오류임을 알 수 있다. 송宋 유창劉敞, 자 원보(原父)에 대해, 당시 사람들이 그의 박학함을 진한秦漢 이래로 없었던 것으로 추숭하였는데, 내 생각에 왕응린이 그보다 더 뛰어난 것 같다. 그러나 두 공公은 역학에서만은 그러지 못하였다. 대체로 역학에는 세 유형이 있으니, 첫째는 경학에 밝은 유자, 둘째는 계산에 정밀한 선비, 세 번째는 전문專門의 후예이다. 두 공은 박학博學으로 천고千古에 웅장하였으나, 정밀한 계산과 전문으로 하여 스스로 깨달음에 있어서는 조금 부족했던 것뿐이다.

원문

又按:"辰不集于房", 在《左傳》杜《注》曰:"房, 舍也. 日月不安其舍則食." 若此, 於房宿絶無交涉. 此《夏書》之文, 應在建巳正陽之月, 故當以"瞽奏鼓"之禮. 而僞作古文者, 似錯認爲房宿, 蓋九月日月會于大火之次, 房, 心共爲大火掩蝕於房宿, 故冠以"乃季秋月朔"五字. 此正其致誤之由. 予嘗思《書序》"羲和湎淫, 廢時亂日, 胤往征之, 作《胤征》"未詳何王之世. 太史公固受逸《書》二十四篇, 內有《胤征》篇者, 知出中康之世. 故《夏本紀》曰:"帝中康時, 羲和湎淫, 廢時亂日, 胤往征之, 作《胤征》", 夫不曰"帝中康初", 而曰"帝中康時", 最確. 蓋予推步以曆, 仲康十三年中惟十一年壬申歲距至元辛巳積三千四百二十九年, 中積一百二十五萬二千四百一十七日五六一二, 冬至一十七日四九八八, 閏餘二十四日六二三五二三[閏四月], 入轉七日七四九七七, 交泛二十六日四六三七五七, 經朔五十二日八七五二七七; 閏四月朔交泛一十三日一六一七四七[入日食限], 經朔五十〇日〇五八八三五, 盈曆一百五十二日五六〇〇三五, 入轉一十九日六〇五七二七, 遲差五度三〇八二, 盈差一度三一, 加差四十五刻, 定朔五十〇日五〇八八, 是閏四月甲寅日午時日食. 又步至十二年癸酉歲四月戊申日酉正初刻合朔, 亦入食限. 加氶, 時,視三差, 乃戌時初虧, 在地人目不能見食, 無容伐鼓取幣以救之. 則"瞽奏鼓"等禮的在十一年閏四月朔無疑矣. 僞作古文者苟知此, 將"肇位四海"易作"即位十一年", "季秋月朔"易作"閏四月朔", 既合曆法, 又協典禮, 雖有百喙, 豈能折其角哉? 噫! 予笑其智不及此.

번역 우안又按

"해와 달이 그 위치에 모이지 않았다辰不集于房"는 《좌전 · 소공17년》에 보이는데, 두예 《주》에 "방房은 머무는 위치이다. 해와 달이 그 머무는 위치에 안착安着하지 않으면 일식과 월식이 일어난다房, 舍也. 日月不安其舍則食"고 하였다. 이와 같다면 방수房宿와는 전혀 관계가 없다. 이는 《하서》의 문장으로, 건사정양지월建巳正陽之月, 두병(斗柄)이 사방(巳方)을 가리키는 정양월(正陽月)에 응하므로 마땅히 "악사樂師가 북을 울리는瞽奏鼓" 예를 행하여야 했다. 그러나 고문을 위작한 자는 방수房宿로 착각했던 것 같으니, 대체로 9월에 해와 달이 대화大火의 위차位次에서 만나고, 방수房宿와 심성心星은 모두 대화大火로서 방수房宿에서 (해를) 가리고 먹음掩食으로, 문장 맨 앞에 "이에 추계월 삭乃季秋月朔" 다섯 글자를 쓴 것이다. 이것이 바로 오류에 이른 원인이다.

나는 일찍이 다음과 같이 생각하였다.

《서서書序》에 "희 씨羲氏와 화 씨和氏가 지나치게 술에 빠져, 천시天時를 폐하고 일수日數를 어지럽혔으므로 윤후胤侯가 그들을 정벌하여《윤정》을 지었다羲和湎淫, 廢時亂日, 胤往征之, 作《胤征》"고 하였는데, 어떤 왕의 시대인지는 알 수 없다. 태사공은 진실로 일逸《서書》24편을 받아보았고, 그 안에《윤정胤征》편이 있었으며, 그것이 중강中康의 시대에 나온 것임을 알았던 것이다. 따라서《사기·하본기》에 "중강中康임금 시기에, 희씨와 화씨가 지나치게 술에 빠져 천시天時를 폐하고 일수日數를 어지럽혔으므로, 윤후胤侯가 가서 그들을 정벌하여《윤정》을 지었다帝中康時, 羲和湎淫, 廢時亂日, 胤往征之, 作《胤征》"고 하였다. 대저 "중강 임금 초기帝中康初"라고 하지 않고 "중강 임금 때帝中康時"라고 한 것이 가장 정확하다. 내가 역법으로 추산해보니, 중강 재위 13년 가운데 11년 임신세王申歲는 지원至元 신사辛巳와의 거리가 적積3429년, 중적中積1,252,417.5612일, 동지冬至 17.4988일, 윤여閏餘 24.623523일[윤사월閏四月], 입전入轉 7.74977일, 교범交泛 26.463757일, 경삭經朔52.875277일이고; 윤閏 4월四月삭朔은 교범交泛 13.161747일[입일식한入日食限], 경삭經朔 50.058835일, 잉력盈曆 152.560035일, 입전入轉 19.605727일, 지차遲差 5.3082도, 영차盈差 1.31도, 가차加差 45각刻, 정삭定朔 50.5088일이니, 이 해 윤4월 갑인일甲寅日 오시午時에 일식日食이 있었다. 또 추산하여 12년 계유세癸酉歲 4월 무신일戊申日 유정酉正 초각初刻이 합삭合朔이고, 이 또한 입식한入食限이다. 기蒞, 시時, 시視 삼차三差를 더하면, 곧 술시戌19~21時에 처음 일식이 시작되었지만, 땅에 있는 사람들이 눈으로 일식을 볼 수 없었으므로, 북을 치고 폐백을 올려 구제하는 예식이 용납될 수 없다.

그렇다면 "악사가 북을 울리는瞽奏鼓" 등의 예식은 중강 11년 윤閏 4월四月 삭朔에 행했음에 의심의 여지가 없다. 고문을 위작한 자가 진실로 이 사실을 알아서, "사해四海에 처음 즉위하다肇位四海"를 "즉위 11년即位十一年"으로 바꾸어 쓰고, "추계월 삭季秋月朔"을 "윤 4월 삭閏四月朔"으로 바꾸어 썼다면 이미 역법과 합치하게 되고 또한 전례典禮와도 맞게 되니, 비록 온갖 입들이 시끄럽게 떠들더라도 어찌 그 뿔을 꺾을 수 있었겠는가? 아! 나는 위작자의 학식이 여기에 미치지 못함에 웃을 뿐이다.

원문

又按：王子充疑《夏小正》不與《禹貢》同列, 百篇《書》恐爲後儒所託. 或曰："唐一行推以曆術, 知其實在夏時, 爲《夏書》可無疑." 子充又以爲不然, 曰："天雖高, 星辰雖遠, 苟求其故, 則精曆數者悉所能考. 蓋自上古以來, 天行日至, 星辰之次舍, 其度數無不可知. 況在夏后之世, 安知非精曆數者逆考而遡推之, 求其故, 以著于書? 亦豈可遂信之而弗疑? 然則《胤征》縱合曆法, 亦不無可疑, 況不然哉?" 此又一辯云.

번역 우안又按

왕위王褘, 1322~1374, 자 자충(子充)는 《하소정夏小正》이 《우공》과 같은 반열이 아니고, 백편《서》가 후유後儒가 의탁한 것이 아닌지를 의심하였다. 어떤 이가 말했다. "당唐 일행一行이 역술曆術로 추산하여,《우공》이 실제 하나라 시대에 있었다는 것을 알았으므로《하서》임에 의심할 것이 없다." 왕위는 그렇지 않다고 여기면서 다음과 같이 말했다. "하늘이 비록 높고, 성신星辰이 비록 멀지만, 진실로 그 연유를 구하려고 한다면 역수曆數를 정밀하게 하는 자가 다 고찰할 수 있는 바이다. 대체로 상고上古이래로, 하늘의 운행과 해의 이름, 성신星辰의 차사次舍에 관한 도수度數를 알지 못함이 없다. 하물며 하후夏后시대에 있어서, 역수曆數에 정밀한 자가 거꾸로 고찰하고 추산하여 그 연유를 구해서《서》에 기록한 것이 아님을 어찌 알 수 있는가? 또한 어찌 끝내 그것을 믿고 의심하지 않을 수 있겠는가? 그렇다면《윤정》이 비록 역법曆法에 맞더라도 의심하지 않을 수 없는데, 하물며 그렇지 않음에 있어서랴?"

이 또한 하나의 변론이다.

원문

又按：鄭康成雖精曆學, 而于天文分野之說尙襲舊聞, 然亦直至唐浮圖一行始闡發無遺, 深合《周禮》保章氏以星土辨九州之義. 予嘗從《唐書·天文志》刪畧其語, 以補鄭《注》之不逮. 其辭曰：天下山河之象存乎兩戒, 北戒自三危,積石, 負終南地絡之陰, 東及太華, 逾河, 並雷首,底柱,王屋,太行, 北抵常山之右, 乃東循塞垣, 至濊貊,朝鮮, 是謂北紀, 所以限戎狄也. 南戒自岷山,嶓塚, 負地絡之陽, 東及太華, 連商山,熊耳,外方,桐柏, 自上洛南逾江,漢, 攜武當,荊山, 至于衡陽, 乃東循嶺徼, 達東甌,閩中, 是謂南紀, 所以限蠻夷也. 故《星傳》謂北戒爲"胡門", 南戒爲"越門". 河源自北紀之首, 循雍州北徼, 達華陰, 而與地絡相會, 並行而東, 至太行之曲, 分而東流, 與涇,渭,濟瀆相爲表裏, 謂之"北河". 江源自南紀之首, 循梁州南徼, 達華陽, 而與地絡相會, 並行而東, 及荊山之陽, 分而東流, 與漢水,淮瀆相爲表裏, 謂之"南河". 故於天象,則弘農分陝爲兩河之會, 五服諸侯在焉. 自陝而西爲秦,涼, 北紀山河之曲爲晉,代, 南紀山河之曲爲巴,蜀, 皆負險用武之國也. 自陝而東, 三川,中岳爲成周; 西距外方,大伾, 北至于濟, 南至于淮, 東達鉅野, 爲宋,鄭,陳,蔡; 河內及濟水之陽爲鄁,衛; 漢東濱淮水之陰爲申,隨. 皆四戰后文之國也. 北紀之東, 至北河之北, 爲邢,趙. 南紀之東, 至南河之南, 爲荊,楚. 自北河下流, 南距岱山爲三齊, 夾右碣石爲北燕. 自南河下流, 北距岱山爲鄒,魯, 南涉江,淮爲吳,越, 皆負海之國, 貨殖之所阜也. 自河源循塞垣北, 東及海, 爲戎狄. 自江源循嶺徼南, 東及海, 爲蠻越. 觀兩河之象, 與雲漢之所始終, 而分野可知矣. 于《易》, 五月一陰生, 而雲漢潛萌于天稷之下, 進及井,鉞間, 得坤維之氣, 陰始達于地上, 而雲漢上升, 始交於列宿, 七緯之氣通矣. 東井據百川上流, 故鶉首爲秦,蜀墟, 得兩戒山河之首. 雲漢達坤維右而漸升, 始居列宿上, 觜觿,參, 伐皆直天關表而在河陰, 故實沈下流得大梁, 距河稍遠, 涉陰亦深. 故其分野, 自漳濱卻負恒山, 居北紀衆山之東南, 外接髦頭地, 皆河外陰國也. 十月陰氣進踰乾維, 始上達于天, 雲漢至營室,東壁間, 升氣悉究, 與內規相接. 故自南正達於西正, 得雲漢升氣, 爲山河上流; 自北正達於東正, 得雲漢降氣, 爲山河下流. 陬訾在雲漢升降中, 居水行正位, 故其分野當中州河,濟間. 且王良,閣道由紫垣絶漢抵營室, 上帝離宮也, 內接成周,河內, 皆豕韋分. 十一月一陽生, 而雲漢漸降, 退及艮維, 始下接于地, 至斗,建間, 復與列舍氣通, 於《易》, 天地始交, 泰象也. 踰析木津, 陰氣益降, 進及大辰, 升陽之氣究, 而雲漢沈潛於東正之中, 故《易》雷出地曰豫, 龍出泉爲解, 皆房,心象也. 星紀得雲漢下流, 百川歸焉, 析木爲雲漢末派, 山河極焉. 故其分野, 自南河下流, 窮南紀之曲, 東南負海, 爲星紀; 自北河末派, 窮北紀之曲, 東北負海, 爲析木. 負海者,以其雲漢之陰也. 唯陬訾內接紫宮, 在王畿河,濟間. 降婁,玄枵與山河首尾相遠, 鄰顓頊之墟, 故爲中州負海之國也. 其地當南河之北,北河之南, 界以岱宗, 至于東海. 自鶉首踰河, 戍東曰鶉火, 得重離正位, 軒轅之墟在焉. 其分野, 自河,華之交, 東接祝融之墟, 北負河, 南及漢, 蓋寒燠之所均也. 自析木紀天漢而南, 曰大火, 得明堂升氣, 天市之都在焉. 其分野, 自鉅野岱宗, 西至陳留, 北負河,濟, 南及淮, 皆和氣之所布也. 陽氣自明堂漸升, 達于龍角, 曰壽星. 龍角謂之天關, 於《易》氣以陽決陰, 夬象也. 升陽進踰天關, 得純乾之位, 故鶉尾直建巳之月, 內列太微, 爲天廷. 其分野, 自南河以負海, 亦純陽地也. 壽星在天關內, 故其分野, 在商,亳西南, 淮水之陰, 北連太室之東, 自陽城際之, 亦巽維地也. 夫雲漢自坤抵艮爲地紀, 北斗自乾攜巽爲天綱, 其分野與帝車相直, 皆五帝墟也. 究咸池之政而在乾維內者, 降婁也, 故爲少昊之墟. 叶北宮之政而在乾維外者, 陬訾也, 故爲顓頊之墟. 成攝提之政而在巽維內者, 壽星也, 故爲太昊之墟. 布太微之政, 而在巽維外者, 鶉尾也, 故爲列山氏之墟. 得四海中承太階之政者, 軒轅也, 故爲有熊氏之墟. 木,金得天地之微氣, 其神治於季月; 水,火得天地之章氣, 其神治於孟月. 故章道存乎至, 微道存乎終, 皆陰陽變化之際也. 若微者沈潛而不及, 章者高明而過亢, 皆非上帝之居也. 斗杓謂之外廷, 陽精之所布也. 斗魁謂之會府, 陽精之所復也. 杓以治外, 故鶉尾爲南方負海之國. 魁以治內, 故陬訾爲中州四戰之國. 其餘列舍, 在雲漢之陰者八, 爲負海之國. 在雲漢之陽者四, 爲四戰之國. 降婁,玄枵以負東海, 其神主於岱宗, 歲星位焉. 星紀,鶉尾以負南海, 其神主於衡山, 熒惑位焉. 鶉首, 實沈以負西海, 其神主於華山, 太白位焉. 大梁,析木以負北海, 其神主於恒山, 辰星位焉. 鶉火,大火,壽星,豕韋爲中州, 其神主於嵩邱, 鎮星位焉. 近代

諸儒言星土者, 或以州, 或以國. 虞, 夏, 秦, 漢, 郡國廢置不同. 周之興也, 王畿
千里. 及其衰也, 僅得河南七縣. 今又天下一統, 而直以鶉火爲周分, 則疆場
舛矣. 七國之初, 天下地形雌韓而雄魏, 魏地西距高陵, 盡河東, 河內, 北固漳,
鄴, 東分梁, 宋, 至於汝南, 韓據全鄭之地, 南盡潁川, 南陽, 西達虢畧, 距函谷,
固宜陽, 北連上地, 皆綿亙數州, 相錯如繡. 考雲漢山河之象, 多者或至十餘
宿. 其後魏徙大梁, 則西河合於東井; 秦拔宜陽, 而上黨入於輿鬼. 方戰國未
滅時, 星家之言, 屢有明效. 今則同在畿甸之中矣. 而或者猶據《漢書·地理
志》推之, 是守甘, 石遺術, 而不知變通之數也. 又古之辰次與節氣相係, 各據
當時曆數, 與歲差遷徙不同. 今更以七宿之中分四象中位, 自上元之首, 以度
數紀之, 而著其分野, 其州縣雖改隸不同, 但據山河以分爾.

번역 우안又按

정강성이 비록 역학曆學에 정밀했다고 하나 천문天文 분야分野의 설에 있어서는 오히려 구문舊聞을 답습하였는데, 그러나 이 또한 당唐에 이르러 승僧 일행一行이 처음 널리 펴서 남김이 없게 하였으니, 《주례》보장씨保章氏가 성토星土로 구주九州를 구분한 의의와 매우 부합하였다. 나는 일찍이 《신당서新唐書·천문지天文志》 내용을 따라 삭제하고 줄여 정강서《주》가 언급하지 못한 것을 보충하였다. 그 내용은 다음과 같다.

천하 산하山河의 형상은 "두 개의 경계兩戒"에 보존되어 있는데, 북계北戒는 삼위三危, 적석積石으로부터, 종남산終南山 지락地絡의 북쪽을 등지고 동쪽으로 태화산太華山에 이르러, 하수河水를 넘어 뇌수雷首·저주底柱·왕옥王屋·태항太行의 모든 산을 거쳐서 북으로 상산常山 오른편에 이르고, 다시 동으로 변방을 돌아서 예맥濊貊·조선朝鮮에 이르는데, 이를 북기北紀라 하고 융적戎狄의 경계가 된다. 남계南戒는 민산岷山, 파총嶓冢으로부터, 지락地絡의 남쪽을 등지고 동쪽으로 태화산太華山에 이르러, 상산商山·웅이熊耳·외방外方·동백桐柏과 연결되고, 상락上洛 남쪽으로부터 강수江水와 한수漢水를 넘어, 무당武當·형산荊山을 끌어 형양衡陽에 이르고, 다시 동쪽으로 영요嶺徼, 오악(五岳)의 남쪽 경계를 따라서 동구東甌와 민중閩中에 도달하니, 이를 남기南紀라 하고 만이蠻夷의 경계가 된다. 따라서《성전星傳》에서 북계北戒를 "호문胡門"이라 하고, 남계南戒를 "월문越門"이라 하였다. 하수河水의 근원은 북기北紀의 꼭대기로부터 내려와 옹주雍州 북쪽 경계北徼를 돌아, 화음華陰에 도달해서 지락地絡과 서로 이어지고, 함께 동쪽으로 가서 태항太行의 굽은 곳에 이르러 나뉘어 동쪽으로 흘러 경수涇水, 위수渭水, 제수濟水의 도랑과 서로 표리가 되니, 이를 "북하北河"라 한다. 강수江水의 근원은 남기南紀의 꼭대기로부터 내려와 양주梁州의 남쪽 경계를 돌아, 화양華陽에 도달해서 지락地絡과 서로 이어지고, 함께 동쪽으로 가서 형산荊山의 남쪽에 이르러 나뉘어 동쪽으로 흘러 한수漢水, 회수淮水의 도랑과 서로 표리가 되니, 이를 "남하南河"라 한다. 따라서 천상天象을 지리에 대응함에 있어서는 홍농弘農의 분섬分陝지역을 북하와 남하의 만나는 곳으로 삼았으니, 거기에 오복五服과 제후諸侯가 있었다. 섬陝으로부터 서쪽은 진秦, 량凉이고, 북기北紀 산하山河의 굽은 곳은 진晉, 대代이며, 남기南紀 산하山河의 굽은 곳은 파巴, 촉蜀이니 모두 험한 지형을 등지고 무력을 사용하는負險用武 나라이다. 섬陝으로부터 동쪽으로는 삼천三川, 중악中岳은 성주成周이고, 서쪽으로 외방外方, 대비大伾에 이르고, 북쪽으로 제수濟水에 이르고, 남쪽으로 회수淮水에 이르고, 동쪽으로 거야鉅野에 도달하니, 이 지역은 송宋, 정鄭, 진陳, 채蔡의 영역이며, 하내河內 및 제수濟水의 북쪽은 패邶, 위衛이며, 한수漢水의 동쪽과 회수淮水의 북쪽은 신申, 수隨이다. 이들 모두는 사방으로 전쟁을 받아들이는 문치의 국가이다. 북기北紀의 동쪽으로 북하北河의 북쪽에 이르면 형邢, 조趙이다. 남기南紀의 동쪽으로 남하南河의 남쪽에 이르면 형荊, 초楚이다. 북하北河 하류下流에서, 남쪽으로 대산岱山, 泰山에 이르면 삼제三齊이고, 갈석碣石을 오른쪽으로 끼고돌면 북연北燕이다. 남하南河 하류下流에서, 북쪽으로 대산岱山에 이르면 추鄒, 노魯이고, 남쪽으로 강수江水, 회수淮水를 건너면 오吳, 월越이니, 모두 바다를 등에 진 나라로서 물산이 풍부한 상업 지역이다. 하수河水의 근원으로부터 북쪽 변방을 따라 동쪽으로 바다에 이르면 융적戎狄의 지역이다. 강수江水의 근원으로부터 남쪽 산의 경계를 따라 동쪽으로 바다에 이르면 만월蠻越의 지역이다.

양하兩河의 형상을 살펴보건대, 운한雲漢, 은하수의 시종始終이 됨과 더불어 분야分野를 알 수 있게 된다. 《역易》에서, 5월에 일음一陰이 생겨남에, 운한은 지평선 아래天稷之下에서 잠겨 싹이 트고, 나아가 정수井宿, 월수鉞宿 사이에 이르면 곤유坤維의 기氣를 얻게 되니, 음陰은 비로소 지상地上에 도달하고, 운한雲漢이 상승上升하여, 비로소 열수列宿二十八宿와 교합하면, 칠위七緯日月과 五星의 기氣가 통하게 된다. 동정東井이 백천百川의 상류上流에 거居하므로, 순수성鶉首星이 진秦, 촉蜀의 땅이 되어 양계兩戒 산하山河의 처음을 얻게 된다. 운한雲漢이 곤유坤維에 도달하여 오른쪽으로 점점 상승하면, 비로소 열수列宿 상에 거하게 되어, 자휴觜觿, 참수參宿, 벌성伐星이 모두 천관성天關星을 따라 넘어 은하의 북쪽에 있게 되므로, 실침實沈[5] 아래의 대량大梁의 성차루次를 얻어, 은하와의 거리가 조금 멀어지고 음陰으로 넘어섬도 깊어진다. 따라서 그 분야分野는 장수漳水가에서 도리어 항산恒山을 등지고, 북기北紀 뭇 산들의 동남東南에 거하여, 바깥으로 묘수昴宿 모두髦頭의 지역과 이어지니, 모두 하외河外의 음국陰國이다. 10월에 음기陰氣가 나아가 건유乾維를 건너면, 비로소 위로 하늘에 도달하여 운한雲漢이 영실성營室星, 室宿, 동벽성東壁星壁宿 간에 이르고, 기氣가 상승하여 끝까지 오르면 내규內規와 연접한다. 따라서 남정南正에서 서정西正에 도달하면 운한雲漢의 승기升氣를 얻어 산하山河의 상류上流가 되고, 북정北正에서 동정東正에 도달하면, 운한雲漢의 강기降氣를 얻어, 산하山河의 하류下流가 된다. 추자성陬觜星이 운한雲漢의 승강升降 중간에서 수행水行의 정위正位를 얻으면, 그 분야分野는 중주中州의 하수河水, 제수濟水 사이에 해당한다. 또 왕간성王良星, 각도성閣道星이 자원성紫垣星에서 은하를 넘어 영실성營室星을 거슬러가면, 상제上帝의 이궁離宮이 되고, 안으로 성주成周, 하내河內와 접하니, 모두 시위豕韋6 분야分野이다. 11월 일양一陽이 생겨남에 운한雲漢이 점점 내려가는데, 물러남이 간유艮維에 이르면 비로소 아래로 땅과 접하게 되고, 두수斗宿, 건성建星사이에 이르면 다시 열수列宿와 기가 통하게 되는데,《역》에서 천치天地가 처음 교합하는 태泰의 형상이다. 석목析木7의 나루를 건너면, 음기陰氣는 더욱 내려가고,

---

5 실침(實沈) : 성차명(星次名). 십이신(十二辰)의 신(申)에 대응한다. 이십팔수의 자(觜), 참(參)과 필(畢), 정(井)의 일부분에 해당하며, 황도(黃道) 십이궁(十二宮)의 쌍자좌(雙子座)이다.

6 시위(豕韋) : 고대 부락(部落)의 명칭으로, 팽성(彭姓)이다. 상탕(商湯)에게 멸망당했다. 고지(故地)는 지금의 하남성(河南省) 골현(滑縣)일대이다.

7 석목(析木) : 성차명(星次名). 십이신(十二辰)의 인(寅)에 대응한다. 이십팔수의 미(尾), 기(箕) 두 수(宿)가 이에 속한다.

더 나아가 대신大辰心宿와 大火에 이르면, 올라가던 양의 기운이 다하게 되고 운한雲漢은 동정東正의 가운데 침참하게 되는데, 따라서 《역》의 우레가 땅에서 나옴이 예豫, 만물이 양의 기운을 받아 소생함가 되고, 용龍이 샘에서 나옴이 해解, 땅을 비옥하게 적셔 곡식을 무르익게 함가 되니, 모두 방수房宿, 심수心宿의 형상이다. 성기星紀[8]가 운한雲漢 하류의 위치를 얻게 되면, 모든 천川이 거기에 모이고, 석목析木이 운한雲漢의 말맥末派의 위치를 얻게 되면, 산하山河 거기에서 끝난다. 따라서 그 분야分野는 남하南河의 하류下流로부터 남기南紀의 굽은 곳까지 닿아, 동남東南으로 바다를 등지는 것이 성기星紀가 되고, 북하北河의 말맥末派으로부터 북기北紀의 굽은 곳까지 닿아, 동북東北으로 바다를 등지는 것이 석목析木이 된다. 바다를 등지는 것은 운한雲漢의 음陰이기 때문이다. 추자娵訾가 안으로 자궁紫宮과 접하는 것이, 왕기王畿의 하수河水, 제수濟水사이이다. 강루降婁,[9] 현효玄枵[10]가 산하山河의 수미首尾와 서로 멀어지면, 전욱顓頊의 옛터와 이웃하게 되므로 중주中州의 바다를 등진 국가가 된다. 그 땅은 남하南河의 북쪽과 북하北河의 남쪽에 해당하고, 대종岱宗泰山을 경계로 동해東海에 이른다. 순수鶉首로부터 은하를 건너면 동쪽을 경계로 순화鶉火라고 하는데, 중리重離의 정위正位를 얻고, 헌원軒轅의 옛터가 거기에 있다. 그 분야分野는 하수河水와 화산華山이 만나는 곳으로부터, 동쪽으로 축융祝融의 옛터와 접하고, 북쪽으로 하수河水를 등지고, 남쪽으로 한

---

8 성기(星紀) : 성차명(星次名). 십이신(十二辰)의 축(丑)에 대응한다. 이십팔수의 두(斗), 우(牛) 두 수(宿)가 이에 속한다.
9 강루(降婁) : 성차명(星次名). 십이신(十二辰)의 술(戌)에 대응한다. 이십팔수의 규(奎), 루(婁) 두 수(宿)가 이에 속한다.
10 현효(玄枵) : 성차명(星次名). 십이신(十二辰)의 자(子)에 대응한다. 이십팔수의 여(女), 허(虛), 위(危) 세 수(宿)가 이에 속한다.

漢에 이르니, 대체로 춥고 더운 기온이 균일한 곳이다. 석목析木이 천한天漢 은하수를 중심으로 남쪽으로 가면 대화大火라 하는데, 명당明堂의 승기升氣를 얻고, 거기에 천시天市의 도성이 있다. 그 분야分野는 거야鉅野 대종岱宗으로 부터, 서쪽으로 진류陳留에 이르고, 북쪽으로 하수河水, 제수濟水를 등지며, 남쪽으로 회수淮水에 이르는데, 모두 화기和氣가 퍼진 곳이다. 양기陽氣가 명당明堂으로부터 점점 올라가 용각龍角[11]에 도달하면 수성壽星이라 한다. 용각龍角을 천관天關이라 하는데, 《역》에서 기氣가 양陽으로 음陰을 결단하 는 쾌夬의 형상이다. 상승한 양陽이 더 나아가 천관天關을 넘으면 순건純乾 의 위치를 얻게 되므로 순미鶉尾가 건사지월建巳之月에 대응하게 되고, 안으 로 태미太微를 배열시켜 천정天廷이 된다. 그 분야分野는 남하南河로부터 바 다를 등지게 되는데, 또한 순양純陽의 지역이다. 수성壽星이 천관天關의 안 에 있으므로 그 분야分野는 상商, 박毫의 서남西南에 있는데, 회수淮水의 남쪽 은 북쪽으로 태실太室의 동쪽과 이어지고 양성陽城에 이르러 끝나니, 이 또 한 손유巽維의 지역이다. 대저 운한雲漢이 곤坤으로부터 간艮에 이르면 지기 地紀가 되고, 북두北斗가 건乾으로부터 손巽에 이르면 천강天綱이 되는데, 그 분야分野는 제거帝車, 곧 北斗星에 상응하니 모두 오제五帝의 옛 터이다. 함지咸 池의 정사政事를 다하여 건유乾維 안에 있는 것은 강루降婁이므로 소호少昊의 옛 터가 된다. 북궁北宮의 정사政事와 합하면서 건유乾維 밖에 있는 것은 추 자陬訾이므로 전욱顓頊의 옛 터가 된다. 섭제攝提의 정사政事를 이루면서 손 유巽維 안에 있는 것은 수성壽星이므로 태호太昊의 옛 터가 된다. 태미太微의

---

11 용각(龍角) : 동방(東方) 창룡(蒼龍)의 성좌(星座)이다.

정사를 펼쳐 손유巽維 밖에 있는 것은 순미鶉尾이므로 열산씨列山氏의 옛 터가 된다. 사해四海 안 최고의 정사政事를 얻은 것은 헌원軒轅이므로 유웅씨有熊氏의 옛 터가 된다. 목木과 금金이 천지天地의 미기微氣를 얻으면, 그 신神은 계월季月을 관장하고, 수水와 화火가 천지天地의 장기章氣를 얻으면, 그 신神은 맹월孟月을 관장한다. 그러므로 장도章道는 지극함에 보존되고 미도微道는 끝에 보존되니, 모두 음양陰陽의 변화이다. 만약 미기微氣가 침잠沈潛하고 이르지 못하거나 장기章氣가 고명高明하여 너무 강한 것은 모두 상제上帝가 머무는 곳이 아니다. 두표斗杓를 외정外廷이라고 하는데, 양정陽精이 펼쳐지는 곳이다. 두괴斗魁를 회부會府라고 하는데, 양정陽精이 모이는 곳이다. 표杓로 밖을 다스리므로 순미鶉尾는 남방南方의 바다를 등진 나라가 된다. 괴魁로 안을 다스리므로 추자陬訾는 중주中州의 사방으로 이웃이 있는 나라가 된다. 그 나머지 열수列宿는 운한雲漢의 음陰에 있는 것이 8개인데, 바다를 등진 나라가 된다. 운한雲漢의 양陽에 있는 것이 4개인데, 사방으로 이웃이 있는 나라가 된다. 강루降婁, 현효玄枵는 동해를 등지고, 그 신神은 대종岱宗을 주인으로 삼고, 세성歲星木星의 자리이다. 성기星紀와 순미鶉尾는 남해南海를 등지고, 그 신神은 형산衡山을 주인으로 삼고, 형혹熒惑火星의 자리이다. 순수鶉首와 실침實沈은 서해西海를 등지고, 그 신神은 화산華山을 주인으로 삼고, 태백太白金星의 자리이다. 대량大梁과 석목析木은 북해北海를 등지고, 그 신神은 항산恒山을 주인으로 삼고, 성신辰星水星의 자리이다. 돈화鶉火, 대화大火, 수성壽星, 시위豕葦는 중주中州인데, 그 신神은 숭구嵩邱를 주인으로 삼고, 진성鎭星土星의 자리이다.

근대의 제유諸儒 가운데 성토星土分野를 말한 자들은, 혹은 주州를 기준으

로 하고, 혹은 국國을 기준으로 하였다. 우虞, 하夏, 진秦, 한漢의 군군郡國의
설치와 폐지가 같지 않았다. 주周나라가 흥기함에 왕기王畿는 천리千里였
다. 주나라가 쇠함에 이르러, 겨우 하남河南의 일곱 현縣만 얻었을 뿐이다.
지금 다시 천하天下가 일통一統되었는데, 단지 순화鶉火로 주周의 분야로 삼
는다면, 그 강역이 어긋나게 될 것이다.

전국戰國 초기, 천하의 지형은 한韓나라와 위魏나라가 자웅雌雄을 다투었
다. 위魏의 땅은 서쪽으로 고릉高陵에 이르고, 하동河東, 하내河內를 다 차지
했으며, 북쪽으로는 장漳, 업鄴에 이르고, 동쪽으로는 양梁과 송宋으로 나
뉘어 여남汝南에 이르렀다. 한韓은 정鄭의 모든 땅을 점거하고, 남쪽으로
영천穎川, 남양南陽을 다 차지하였으며, 서쪽으로 괴락虢落에 도달하고 유
곡函谷과 의양宜陽에 이르렀으며, 북쪽으로는 상지上地에 닿았으니, 모두
몇 개의 주에 면면히 이어져 서로 엮임이 수를 놓은 것과 같았다. 운한雲
漢으로 산하山河의 형상을 본다면, 대부분 십여 개의 수宿에 이를 것이다.
이후 위魏가 대량大梁으로 옮겼으니, 서하西河가 동정東井에 합한 것이고,
진秦이 의양宜陽을 점유한 것은 상당上黨이 여귀輿鬼[12]에 들어간 것이다. 전
국戰國이 아직 멸망하지 않았을 당시, 점성가占星家들의 말은 자주 명험함
이 드러났다.

지금은 일통된 중국의 동일한 기전畿甸의 안에 있다. 그런데 어떤 이는
오히려 《한서 · 지리지》로 추산하니, 이는 감공甘公과 석신부石申夫[13]의 남

---

12 여귀(輿鬼) : 귀수(鬼宿)이다. 이십팔수 가운데 남방(南方) 칠수(七宿) 가운데 하나이다.
13 석감(石甘) : 고대의 천문을 관장했던 위(魏)의 석신부(石申夫)와 제(齊)의 감공(甘公)
    을 지칭한다. 지금의 천관가(天官家)에 전하는 별 이름은 거의 석신부(石申夫)와 감공
    (甘公)인 전한 것이라고 한다.

긴 옛 법을 묵수하는 것으로 변통^{變通}의 수^數를 모르는 것이다. 또한 고대의 신차^{辰次}와 절기^{節氣}는 서로 연결되었는데, 각각 당시의 역수^{曆數}에 의거하였으므로 세차^{歲差}의 옮겨짐이 같지 않았다. 지금 다시 칠수^{七宿}의 중^中으로 사상^{四象}의 중위^{中位}를 나누어, 상원^{上元}의 처음으로부터 도수^{度數}를 나열하고 그 분야^{分野}를 드러내면, 그 주현^{州縣}이 비록이 바뀌어 예속됨이 같지 않더라도 단지 산하^{山河}를 근거로 나누면 된다.

원문

又按：黃宗羲太冲亦今知曆法者，《文集》曰："沈存中云，'衛朴精於曆術，《春秋》日食三十六，密者不過得二十六七. 一行得二十七，朴乃得三十五，唯莊公十八年一食，今古算皆不入食法，疑前史誤.'王伯厚之言本此. 某讀襄二十一年秋九月庚戌朔日有食之，冬十月庚辰朔日有食之. 又二十四年七月，八月兩晝日食. 曆家如姜岌，一行，皆言無比月頻食之理.《授時》亦言：二十一年己酉，中積六十六萬九千一百二十七日五十五刻，步至九月定朔四十六日六十五刻，庚戌日申時合朔，交泛一十四日三十六刻，入食限是也. 步至十月庚辰朔，交泛一十六日六十七刻，已過交限，故姜岌，一行之說爲是. 西曆則言日食之後越五月，越六月皆能再食，是一年兩食者有之. 比月而食者，更無是也. 襄二十一年己酉九月朔，交周○宮○九度五一二八，入食限；十月朔一宮一十度三一四二，不入食限矣. 二十四年壬子七月朔，交周○宮○三度一九三五，入食限；八月朔交周一宮三度五九四九，不入食限矣. 乃知衛朴得三十五者欺人也. 其言莊十八年一食，自來不入食法. 案是年乙巳歲二月有閏，至三月實會四十九日一十三時合朔，癸丑未初初刻，交周一十一宮二十八度三四三七, 正合食限. 朴蓋不知有閏, 故算不能合耳. 朴於其不入食限者自謂得之, 於其入食限者反謂不得, 不知何說也." 朴, 吾邑山陽人, 與沈存中同時. 然則, 昔稱存中尤邃星曆者亦非.

번역 **우안又按**

　　황종희黃宗羲, 1610~1695, 자 태충(太沖)**14**도 지금 역법曆法을 아는 자인데,《문집文集》에서 다음과 같이 말하였다.

　　"심괄沈括, 1031~1095, 자 존중(存中)**15**이 말하길 '위박衛朴은 역술曆術에 정밀하였으니,《춘추》의 일식日食은 36번 기록되어 있는데, 정밀한 자도 계산하여 얻음이 26,7개를 넘지 못했다. 일행一行은 27개를 얻었고, 위박은 35개를 얻었는데, 오직 장공莊公 18년의 한 번의 일식은 금고今古의 계산으로 모두 식법食法에 들어가지 않으므로 이전 역사의 잘못으로 의심하였다'고 하였다. 왕응린王應麟, 자 백후(伯厚)의 말은 이를 근본으로 하였다. 내가 양공襄公 21년 가을 9월 경술庚戌 삭일朔日에 일식이 있었던 기록과, 겨울 10월 경신庚辰 삭일朔日에 일식이 있었다는 기록을 읽었다. 또 24년 7월과 8월에 일식이 두 번 기록되어 있다. 강급姜岌**16**과 일행一行 같은 역법가曆法

14　황종희(黃宗羲) : 자 태충(太沖). 호 남뢰(南雷). "이주선생(梨洲先生)"으로 불린다. 명말청초의 경학가(經學家), 사학가(史學家), 사상가(思想家)이다. 주요 저작으로는《명유학안(明儒學案)》,《송원학안(宋元學案)》,《명이대방록(明夷待訪錄)》,《맹자사설(孟子師說)》,《장제혹문(葬制或問)》,《파사론(破邪論)》,《사구록(思舊錄)》,《역학상수론(易學象數論)》,《명문해(明文海)》,《행조록(行朝錄)》,《금수경(今水經)》,《대통역추법(大統曆推法)》,《사명산지(四明山志)》등이 있다.

15　심괄(沈括) : 자 존중(存中). 호 몽계장인(夢溪丈人). 북송의 정치가(政治家), 과학가(科學家)이다. 그의 대표저작《몽계필담(夢溪筆談)》은 풍부한 내용으로 이전의 과학 성과를 집대성한 저작으로 평가받는다.

16　강급(姜岌) : 십육국(十六國) 후진(后秦)에 벼슬하였다. 천문술수(天文術數)에 정통하

家들은 모두 한 달 사이에 일식이 거듭 일어나는 이치는 없다고 하였다. 《수시授時》에서도 다음과 같이 말하였다. 양공 21년 기유己酉는, 중적中積 669,127일 55각刻이고, 9월 정삭定朔 46일 65각까지 추산해가면, 경술庚戌일 신시申時가 합삭合朔이고, 교범交汎 14일 36각이 입식한入食限이다. 10월 경진庚辰 삭朔까지 추산해가면, 교범交汎 16일 67각으로 이미 교한交限을 지나므로, 강급姜岌과 일행一行의 설이 옳다. 서력西曆은 일식日食 이후 5개월, 6개월이 지나면 다시 일식이 될 수 있다고 말하는데, 1년에 두 번의 일식이 있는 것이다. 한 달 사이에 일식이 있는 것은 더욱 그럴 수 없다. 양공 21년 기유己酉 9월 삭朔, 교주交周 0궁宮 09.5128도度는 입식한入食限이고, 10월 삭朔 1궁 10.3142도는 입식한入食限이 아니다. 24년 임자壬子 7월 삭朔, 교주交周 0궁 03.1935도는 입식한入食限이고, 8월 삭朔, 교주交周 1궁 3.5949도는 입식한入食限이 아니다. 따라서 위박衛朴이 35개를 얻었다는 것이 사람들을 속이는 것임을 알게 된다. 위박은 장공 18년 한 번의 일식은 예로부터 식법食法에 들어가지 않는다고 하였다. 살펴보건대, 이 해 장공 18년 을사세乙巳歲 2월二月에 윤달이 있으므로, 3월 실회實會 49일 13시에 이르러 합삭合朔이니, 계축癸丑 미초未初. 오후1시 초각初刻, 교주交周 11궁宮 28.3437도度가 바로 식한食限과 합한다. 위박은 윤달이 있음을 알지 못했으므로 계산이 맞을 수 없었던 것이다. 위박이 입식한入食限이 아닌 것에서는 저절로 얻었지만, 입식한入食限에 있어서는 오히려 얻지 못했다는 것은 무슨 설인지 알 수 없다."

였고 《삼기갑자원력(三紀甲子元曆)》을 만들었다.

위박은 우리 읍^론 산양山陽 사람으로 심괄과 같은 시대를 살았다. 그렇다면 옛날에 심괄이 성력星曆에 더욱 정통하였다고 한 말도 틀린 것이다.

제82. 역법으로《요전》을 추산해보면,
《채전蔡傳》이 오히려 정밀하지 못함을 논함

蔡氏《書集傳》, 余不病其言理而病其言數. 曆, 尤數之大者. "帝曰: '咨! 汝羲暨和'"一節, 純用朱子《訂傳》, 旣非堯曆, 亦非宋曆, 蓋從孔穎達《疏》采來. 儘亦明析, 然猶未若《授時》,《時憲》二曆之精密也. 余因以二曆之理與數補注《堯典》, 其辭曰: "論其理, 天周之度, 歲周之日皆三百六十有五而又有餘分. 自今歲冬至距來歲冬至爲一朞, 曆三百六十五日, 而日行一周. 凡四周積千四百六十, 則餘一日. 析而四之, 則四分之一也. 經言'有六日'者, 擧其成數也. 自正月朔日至十二月晦日爲一歲, 得三百五十四日, 而十二晦朔終焉. 朱子云'合氣盈, 朔虛而閏生', 蓋一歲有二十四氣. 假如一月約計三十日, 則宜十五日交一節氣矣. 然朞三百六十五日零二十五刻分配二十四氣, 則不止於三百六十日, 故必十五日零二時五刻爲一節, 三十日五時二刻爲兩節, 所謂氣盈也. 月之合朔二十九日半, 則月不能滿三十日之數. 積十二月三百六十日計之, 內虛五日零六時三刻, 是爲朔虛. 故每歲嘗六箇月小, 止得三百五十四日也. 氣盈於三百六十日之外有五日零三時, 朔虛於三百六十日之內有五日零六時三刻, 則一歲之間大約多出十日零八時, 三歲則多出三十二日有奇, 所以置閏也. 三歲而一閏, 卽以閏月計之, 亦不須三十二日有奇, 故置閏之法其先則三年一閏者三, 繼以兩年一閏者一, 續又三年一閏者二, 繼以兩年一閏者一. 如是, 經七閏然後氣朔分齊, 是爲一章也. 論其數, 天周三百六十五度二十五分七十五秒, 歲周三百六十五日二十四刻二十五分, 而日與天會. 月一日不及天一十三度三十六分八十七秒五十微, 積二十九日五十三刻五分九十三秒而月與日會. 十二會通計, 得日三百五十四日三十六刻七十一分一十六秒, 是一歲月行之數. 日與天會, 而多五日二十四刻二十五分, 爲氣盈. 月與日會而少五日六十三刻二十八分八十四秒, 爲朔虛. 合氣盈, 朔虛, 共得十日八十七刻五十三分八十四秒, 爲一歲閏率, 三歲一閏, 則三十二日六十二刻六十一分五十二秒; 五歲再閏, 則五十四日三十七刻六十九分二十秒; 十有九歲七閏, 則二百六日六十三刻二十二分九十六秒." 蓋不用積年日法, 而以實測得之, 豈不較勝于《訂傳》之本《正義》者哉? 善乎! 蔡所性仲全言 : "樂律自漢以後日疏, 星曆自漢以後日密." 梅文鼎定九言 : "世愈降而愈精者惟曆, 而自羲和以來數千年共治一事者, 亦惟曆." 唐蘇源明常語人 : "吾不幸生衰俗, 所不恨者識元紫芝." 若生今之世, 去唐抑又遠矣. 吾不惟不恨, 且大幸者, 獲從諸君子遊, 洞悉今日之曆法. 斯豈前代人所能幾及哉?

번역

나는 채침의 《서집전》이 이치를 말한 것을 병통으로 여기지 않고, 수數를 말한 것을 병통으로 여긴다. 역曆은 특히 수數의 큰 것이다. 《요전》"제요帝堯가 말하였다. '아! 너희 희씨와 화씨야'帝曰 : '咨! 汝羲暨和'"일절은 순전히 주자의 《정전訂傳》의 말을 사용하였는데, 이미 요력堯曆이 아니고 송력宋曆도 아니며, 공영달 《소》로부터 나온 것을 채용한 것이다. 또한 다 명백하게 분석되었지만, 《수시력授時曆》, 《시헌력時憲曆》 두 역법의 정밀함만 못하다. 따라서 나는 두 역법의 이치와 수로 《요전》을 보충하여 주해하였다. 그 내용은 다음과 같다.

"그 이치를 논하면, 천주지도天周之度와 세주지일歲周之日은 모두 365일에 여분이 있다. 올해 동지에서 다음해 동지까지가 1기朞인데, 365일에 걸쳐 해가 1주周 한다. 4주周하여 1,460일이 쌓이면 1일이 남는다. 4로 나누면 1/4이 된다. 경문에서 '366일有六日'[17]이라고 한 것은 성수成數를 들어 말한 것이다. 정월正月 삭일朔日에서 12월 회일晦日까지가 1세歲인데, 354일 동안 12회삭晦朔이 끝난다. 주자는 '기영氣盈과 삭허朔虛를 합하여 윤閏이 생긴다合氣盈, 朔虛而閏生'고 하였는데, 대체로 1세歲는 24기氣가 있다. 가령 한 월月을 대략 30일로 계산하면, 마땅히 15일에 한 절기節氣가 교차한다. 그러나 기朞 365일 0시 25각을 24기氣로 분배하면 360일에 그치지 않으므로, 반드시 15일 02시 5각이 1절節이 되고 30일 5시 2각이 양절兩節이 되니, 이른바 기영氣盈이다. 월月의 합삭合朔은 29일 반半이니, 월月은 30일의 수를 채울 수 없다. 12월 360일로 계산하면, 내허內虛 5일 06시 3각이니, 이것이 삭허朔虛이다. 따라서 매 세歲의 6개 월月은 작으므로, 354일을 얻는데 그친다. 기영氣盈은 360일 외에 5일 03시가 있고, 삭허朔虛는 360일 내에 5일 06시 3각이 있으므로, 1세歲 사이에 대략 10일 08시가 더 나오게 되고, 3세歲면 32일 남짓有奇이므로 윤閏을 두는 것이다. 3세歲에 1윤閏이니, 곧 윤월閏月로 계산하더라도 반드시 32일이 되지 않아도 남짓이 있으니, 따라서 치윤법置閏法에 처음 3년에 1윤閏이 셋, 이어서 2년에 1윤閏이 하나, 이어서 다시 3년에 1윤閏이 둘, 이어서 2년에 1윤閏이 하나이다. 이와 같으므로 일곱 번의 윤閏을 거친 이후에 기영과 삭허의 분한

---

17 《요전》帝曰, 咨汝羲暨和. 朞三百有六旬有六日, 以閏月定四時成歲. 允釐百工, 庶績咸熙.

이 고르게 되니 이것이 1장章이 된다. 그 수를 논하자면, 천주天周 365도 25분 75초, 세주歲周 365일 24각2 5분에 해와 하늘이 만난다. 달의 1일 은 천天 13도 36분87초 50미微에 미치지 못하고, 29일 53각 5분 93초가 쌓여야 달은 해와 만난다. 12회會를 통계通計하면 354일 36각 71분 16초 를 얻으니, 이것이 1세歲 월행月行의 수이다. 해와 하늘이 만나고, 5일 24 각 25분이 더 많으면 기영氣盈이 된다. 달과 해가 만나고 5일 63각 28분 84초가 적으면 삭허朔虛가 된다. 기영과 삭허를 합하면, 모두 10일 87각 53분 84초를 얻어 1세歲 윤율閏率이 되는데, 3세歲 1윤閏이면 32일 62각 61분 52초이고, 5세歲 재윤再閏이면 54일 47각 69분 20초이며, 19세歲 7 윤閏이면 206일 63각 22분 96초이다."

　(《수시력》의) 불용적년일법不用積年日法으로 실측하여 얻은 것이니, 어찌 《정전訂傳》이 《정의正義》에 근본한 것보다 더 낫지 않겠는가? 훌륭하다! 채소성蔡所性, 자 중전(仲全)[18]의 "악률樂律은 한漢 이후로 나날이 소략해졌고, 성력星曆은 한漢 이후로 나날이 정밀해졌다樂律自漢以後日疏, 星曆自漢以後日密"는 말과, 매문정梅文鼎, 1633~1721, 자 정구(定九)[19]의 "시대가 내려올수록 더욱 정밀 해진 것은 오직 역법曆法이고, 희화羲和 이래 수천 년간 하나의 일을 함께 다룬 것도 오직 역법이다世愈降而愈精者惟曆, 而自羲和以來數千年共治一事者, 亦惟曆"는 말 과, 당唐 소원명蘇源明, ?~764?[20]이 항상 사람들에 말한 "내가 불행하여 쇠퇴

18 　채소성(蔡所性) : 명말청초 강남(江南) 무진(武進) 출신. 자 중전(仲全). 명(明) 멸망후 벼슬의 뜻을 버리고 역사와 역산(曆算) 및 율려(律呂) 연구에 몰두하였다. 저서에는《율 려해(律呂解)》가 있다.
19 　매문정(梅文鼎) : 자 정구(定九), 호 물암(勿庵). 청초의 천문학자. 주요 저작에는《교식 (交食)》,《칠정(七政)》,《오성관견(五星管見)》,《역학의문(曆學疑問)》,《방정론(方程 論)》,《구고거우(勾股擧隅)》등이 있다.

한 세속에 태어났지만, 원통하지 않은 것은 원자지元紫芝[21]를 아는 것이다 吾不幸生衰俗, 所不恨者識元紫芝"는 말이여. 지금 시대에 태어난 것 같으면, 당唐까지의 거리가 더욱 멀다. 내가 한스럽게 여기지 않고 또 큰 다행으로 여기는 것은 제諸 군자들과 어울려 놀면서, 오늘날의 역법曆法을 철저하게 이해한 것이다. 이 어찌 이전 시대의 사람들이 미칠 수 있는 것이겠는가?

원문

按 : 蔡《傳》云 : "月積二十九日九百四十分日之四百九十七", "七"當作"九"; "通計得日三百五十四九百四十分日之二百四十八", "二百"當作"三百". 坊本都譌, 而習者不知.

번역　안按

《채전》의 "달은 29일 940분의 497일을 쌓아 (해와 만난다)月積二十九日九百四十分日之四百九十七"의 "칠七"은 "구九"로 써야 하고, "통계通計하면 354일 940분의 248을 얻는다得日三百五十四九百四十分日之二百四十八"의, "이백二百"은 "삼백三百"으로 써야 한다. 방본坊本이 모두 오류이나 배우는 자들이 알지 못하였다.

---

20 소원명(蘇源明) : 초명(初名) 예(預), 자 약부(弱夫). 경조(京兆) 무공(武功)(지금의 섬서성(陝西省) 함양시(咸陽市) 무공현(武功縣)) 출신. 중당(中唐)시기의 시인이다.

21 원자지(元紫芝) : 당(唐)의 고사(高士) 원덕수(元德秀)이다. 자지(紫芝)는 그의 자(字)이다. 원덕수는 일찍이 노산령(魯山令)을 지내면서 많은 선정을 베풀었고, 평소에 명리(名利)를 떠나 산수(山水)를 좋아하며 지냈으므로, 천하에서 그의 행의를 높여 원노산이라 칭하였다.

又按 : 朱子言 : "羲和即是下四子, 或云有羲伯,和伯, 共六人, 未必是." 金
仁山案 : "《尙書大傳》'舜巡四岳, 奏羲伯之樂,和伯之樂', 則羲伯,和伯當有
其人. 蓋四子分職, 必有二伯以總之. 不然, 曆法無所統矣." 說致確. 羲伯,和
伯官在國都中, 四子則分遣之測驗於四極之地. 羲伯,和伯, 猶今監正,監副;
四子則猶今春官正,夏官正,秋官正,冬官正. 若羲和即四子, 當其分遣遠出, 猝
有休祥, 誰爲上聞? 又古者太史職掌察天文,記時政, 蓋合占候紀載之事, 司
以一人. 漢時太史公掌天官, 不治民, 而紬史記石室金匱之書猶是任也. 四子
盡出, 帝之左右, 誰爲載筆哉? 其必不然者. 晁說之言"以閏月定四時", 古文
"定"作"正", 開元方誤作"定". 余考 《史記·堯紀》作"正", 《漢書·曆志》作
"定", 豈衛包亦如向所云晚出《書》多出《漢書》, 故從《漢》耶? 不然, "定"字
不如"正"字明甚, 胡妄改至此?

주자는 말하였다. "희씨羲氏와 화씨和氏는 곧 네 사람四子이고, 어떤 이는
희백羲伯과 화백和伯이 더 있어 모두 여섯 명이라고 하는데 반드시 그런 것
은 아니다羲和即是下四子, 或云有羲伯, 和伯, 共六人, 未必是."

김이상金履祥, 호 인산(仁山) 안案 : "《상서대전尙書大傳》에서 '순舜이 사악四岳을
순수할 때, 희백羲伯의 음악과 화백和伯의 음악을 연주하였다舜巡四岳, 奏羲伯之
樂, 和伯之樂'고 하였으니, 희백羲伯과 화백和伯은 당연히 그 사람일 것이다. 대
체로 네 사람의 분직分職은 반드시 두 백伯이 총괄하였다. 그렇지 않으면
역법曆法이 통솔되는 바가 없을 것이다."

이 설이 매우 확실하다. 희백羲伯과 화백和伯의 관직은 국도國都 안에 있었고, 사자四子는 나누어 파견되어 사극四極의 땅에서 측험測驗하였다. 희백과 화백은 지금의 감정監正, 감부監副와 유사하고, 사자四子는 지금의 춘관정春官正, 하관정夏官正, 추관정秋官正, 동관정冬官正과 유사하다. 만약 희화羲和가 곧 사자四子뿐이라면, 그들이 나누어 파견되어 멀리 나갔을 때를 당하여 갑자기 휴상休祥이 생기면 누가 위에서 들을 수 있겠는가? 또한 옛날에 태사太史의 직분은 천문을 관찰하고 시정時政을 기록하는 일을 담당하였는데, 대체로 점을 쳐 길흉을 기록한 일과 합치하며 맡은 사람은 한 사람이었다. 한대漢代에 태사공太史公은 천관天官을 담당하며 백성을 다스리지 않았고, "역사서인 석실금궤의 책을 뽑아 서술하고 편집紬史記石室金匱之書"하는 것이 임무였다. 사자四子가 다 나가면 황제의 좌우에 누가 기록했겠는가? 반드시 그렇지 않았을 것이다.

조열지晁說之는 《요전》 "윤월로써 사시를 정한다以閏月定四時"의 고문古文은 "정定"을 "정正"으로 썼고, 개원開元(713~741) 연간에 "정定"으로 잘못썼다고 하였다. 내가 살펴보니, 《사기 · 요기堯紀》는 "정正"으로 썼고, 《한서 · 율력지》는 "정定"으로 썼는데, 어찌 위포衛包가 앞에서 말한 "만출晚出 《서》는 《한서》에서 많이 나왔다晚出《書》多出《漢書》"[22]는 것과 같이해서, 《한서》를 따랐겠는가? 그렇지 않으니, "정定"자는 "정正"자와 같지 않음이 매우 명백한데, 어찌 함부로 개사改寫함이 여기에 이르렀겠는가?

---

22 본서 제67. 고정(考定) 《무성》이 《좌전》에서 무왕이 제후들에게 주(紂)의 죄를 열거하며 고(告)한 말과 합치하지 않음을 논함에 보인다.

又按：朱子言"歲差, 劉焯取兩家中數七十五年爲近之, 然亦未爲精密也."
余謂至元郭守敬以周天周歲強弱相減, 差一分五十秒, 積六十六年八箇月而
差一度. 算已往減一算, 算將來加一算, 而歲差始爲精密. 明鄭善夫繼之, 言
定歲差宜定歲法於二至餘分絲忽之間, 定日法於氣朔盈虛一晝之際, 定日月
交食於半秒難分之所, 而後曆法始爲精密. 皆前此朱子所未聞.

우안又按

주자가 말하였다. "세차歲差에 대해, 유작劉焯이 두 사람虞喜와 何承天의 중
간수인 75년을 취하여 근사값으로 삼았지만 또한 정밀하지는 못하였다
歲差, 劉焯取兩家中數七十五年爲近之, 然亦未爲精密也."

나는 다음과 같이 생각한다.

지원至元1264~1294 연간의 곽수경郭守敬은 주천周天과 주세周歲의 강약強弱과
상멸相減이 1분 50초의 차이가 있고, 66년 8개월이 지나면 1도의 차이가
난다고 하였다. 과거를 계산함에 값을 줄이고 미래를 계산함에 값을 더
하여, 세차가 비로소 정밀해졌다.

명明의 정선부鄭善夫, 1485~1523, 자 계지(繼之)[23]가 말하였다. 하지와 동지의 1
분 남짓 실오라기 같은 잠깐의 사이에서 세차를 정해 세법歲法을 마땅하
게 하고, 기삭氣朔과 영허盈虛의 1획晝의 사이에서 일법日法을 정하고, 1초
를 반으로 나누기도 어려운 지점에서 일월교식日月交食을 정한 이후에 역

---

23 정선부(鄭善夫)：자 계지(繼之). 호 소곡(少谷). 명대(明代)의 양명학자(陽明學者). 저
   서에는 《정소곡집(鄭少谷集)》, 《경세요담(經世要談)》 등이 있다.

법이 비로소 정밀해졌다.

모두가 이전의 주자가 듣지 못한 것이다.

원문

或問 : 《授時曆》夏至晝六十二刻夜三十八刻，冬至晝三十八刻夜六十二刻，
與蔡 《傳》日永晝六十刻夜四十刻，日短晝四十刻夜六十刻者不同. 子不以之
駁蔡 《傳》，何也? 余曰 : 前人固已云矣. 地勢有在南在北之異，蔡氏據地中而
言，故晝夜刻數長極於六十，短止於四十.《授時曆》據燕都而言，故晝夜刻數
長極於六十二，短極於三十八. 其不同蓋以此. 凡余之駁蔡《傳》處，豈得已哉?

번역 어떤 이가 물었다

《수시력》의 하지夏至의 낮 62각 밤 38각이고, 동지冬至의 낮 38각 밤 62
각은《채전》의 일영日永은 낮 60각 밤 40각이고, 일단日短은 낮 40각 밤
60각이라는 설과 같지 않다. 그대는 이것으로《채전》을 공박하지 않는
것은 무엇 때문인가?

나는 대답하였다.余曰

이전 사람이 이미 말했었다. 지세地勢는 남쪽과 북쪽의 다름이 있는데,
채침은 지중地中을 기준으로 말하였으므로 주야晝夜의 각수刻數가 최장 60
최단 40에 그친 것이다.《수시력》은 연도燕都를 기준으로 말하였기 때문
에 주야晝夜의 각수刻數가 최장 62 최단 38에 이른 것이다. 서로 같지 않음
이 이 때문이다. 내가《채전》을 공박하는 것을 어찌 그만둘 수 있겠는가?

　或問：曆既無頻月日食之事, 則《春秋》襄公二十有一年,二十有四年四書日食, 兩爲比月, 將《春秋》不得爲信史哉? 余曰：《春秋》固信史, 但爾時史失其官, 閏餘乖次, 從古未有過於春秋之世, 則難信亦未有過《春秋》之書者也. 即以日食論, 二百四十二年當四百八十四交, 除交而不食, 及合朔在夜, 人目不見者以四之一約算, 仍當一百二十餘日食, 何三十六之寥寥也?《春秋》失之一. 以三十六日食論, 有誤"五"爲"三"者, 莊公十八年[上黃太沖推三月日食, 與《春秋》合, 誤也. 詳見余《潛丘劄記》.], 僖公十二年是; 有誤"三"爲"二"者, 文公元年是; 有誤"十"爲"七"者, 宣公八年是; 有誤"九"爲"六"者, 昭公十七年是; 有以後月作前月, 不應閏而閏先時者, 隱公三年,桓公三年,十七年, 莊公二十五年, 三十年是; 有以前月作後月, 應閏而不閏後時者, 宣公十七年, 成公十七年, 襄公十五年, 二十七年, 昭公十五年,定公十二年是. 至僖公十五年五月之交宜在四月, 然乃亥時月食, 非日食, 何誤至此?《春秋》失之二. 則由此以推, 無比食而書比食, 其誤又何怪焉? 但所以致誤之由, 千載來學《春秋》者罕及, 惟金壇蔡仲全告其弟子秦雲九曰："想因當日史官算失一閏, 誤以二十一年之九月作十月朔日食已書之史矣, 他日又誤以二十四年七月作八月朔日食已書之史矣. 既而見其失閏不合也, 乃于兩年各補足一閏, 書爲二十一年九月朔日食,二十四年七月朔日食, 兩冊俱存, 而後之修史者並錄之也." 然則是史官之失次爾. 或曰：恐無以爲孔子地. 使孔子而不知是曆誤耶, 何以爲生知之聖? 使孔子知其誤而仍之耶, 何以爲已修《春秋》事, 孰有大於明天道者哉? 余曰：劉炫固有言："漢魏以來八百餘載, 都無頻月日食者. 天道轉運, 古今一也. 後世既無其事, 前代理亦當然. 蓋其字則變古爲篆,改篆爲隸, 書則縑以代簡, 紙以代縑, 多歷年所, 數經喪亂, 或轉寫誤失其本眞, 先儒因循, 莫敢改易.” 余謂此或出于錯簡乎? 如《論語》“誠不以富, 亦祇以異”, 脫簡於“齊景公”章內, 而錯簡於“是惑也”之下.《樂記》“寬而靜”四十九字脫簡於“吾子自執焉”之下, 而錯簡於“五帝之遺聲也”下. 逮程子,鄭康成出方始覺悟. 意襄公二十一年,二十四年之前之後, 必有某公其年爲“冬十月庚辰朔日有食之”者, 又有爲“八月癸巳朔日有食之”者, 脫其簡于彼, 而錯其簡于此. 事固有之, 理或一解. 既而思哀十二年冬十二月螽, 季孫問諸仲尼, 仲尼曰:“丘聞之, 火伏而後蟄者畢. 今火猶西流, 司曆過也.” 蓋周十二月, 夏之十月. 火, 心星也, 九月昏, 火星見於西南, 漸而下流, 十月之昏則伏. 今十月, 火猶西流, 是曆官失一閏, 以九月爲十月也. 九月初尚溫, 故得有螽. 仲尼雖言, 季孫未改, 明年十二月又復螽, 實周十一月. 越明年, 孔子感獲麟作《春秋》, 此二螽乃目所親睹不遠者, 仍其誤而不削. 則推此以知無比食而誤書, 其不削又何怪焉? 桓公十四年“夏五”,《穀梁》曰傳疑也, 孔子豈不知闕處之爲“月”字哉? 桓公五年“春正月甲戌,己丑陳侯鮑卒”, 甲戌, 前年十二月二十一日; 己丑, 方此年正月六日, 陳亂再赴, 故從赴兩書之. 孔子豈不知甲戌之非正月哉? 因而不革, 蓋其愼也. 且《春秋》書法之重, 最在人事. 其教之所存,文之所害, 則刊而正之, 以示勸戒. 他若曆屬天道, 即用舊史, 失在既往, 曷由可追? 苟必取而正之, 則今曆上推哀公十一年, 當閏二月. 如是, 史舊書“五月公會吳伐齊”者, 孔子新修《春秋》將作“六月公會吳伐齊”, 豈不駭人之聽聞哉? 且盡取而刊正, 凡二百四十二年間, 以事繫日, 以日繫月, 以月繫時, 以時繫年, 鮮不隨之而錯置矣. 孔子, 大夫也, 敢擅易本國之正朔, 以干罪戾哉? 此聖人無可如何之思, 又非僅闕疑比. 千載來學《春秋》者所未覺, 余特發其朦焉. 或曰:

子辯古文《尚書》而旁及於《春秋》, 何也? 余曰 : 摯虞嘗賞杜元凱《釋例》, 云 "左氏本爲《春秋》作《傳》, 而《左傳》遂自孤行. 《釋例》本爲《傳》設, 而所發明何但《左傳》? 故亦孤行." 愚猶此志也夫.

번역 **어떤 이가 물었다**

이미 역법에 한 달 사이에 일식이 연달아 일어나는 일은 없다고 하였으니, 《춘추》 양공 21년과 24년에 일식을 4번 기록하였고, 두 번은 한 달 사이이므로 《춘추》는 믿을 만한 사료가 아닌 것인가?

나는 대답하였다.

《춘추》는 진실로 믿을 만한 사료인데, 다만 당시 사관이 그 직분을 잃어 윤달의 차례가 어긋난 것은 예로부터 지금까지 춘추시대보다 더한 시대가 없으니, 그렇다면 믿기 어려운 것 또한 《춘추》라는 책보다 더한 책이 없다. 곧 일식으로 논의해보면, 242년간 484번의 일월의 교차가 있었는데, 교차하였지만 일식이 일어나지 않은 것과 밤에 합삭合朔하여 사람의 눈으로 볼 수 없는 것을 4분의 1로 대략 계산하여 제외하면, 120여 회의 일식이 일어난 것이 합당한데, 어찌 36번의 쓸쓸함에 그쳤겠는가? 《춘추》의 첫 번째 실책이다. 36번의 일식으로 논의해보면, "5월"을 "3월"로 잘못 쓴 것이 있으니, 장공 18년[앞서 황종희黃宗羲, 자 태충(太沖)는 3월에 일식이 있다고 하여 《춘추》와 합치하였는데, 틀렸다. 졸저 《잠구차기潛丘劄記》에 상세히 보인다.], 희공 12년이 그것이다. "3월"을 "2월"로 잘못 쓴 것이 있으니, 문공 원년이 그것이다. "10월"을 "7월"로 잘못 쓴 것이 있으니, 선공 8년이 그것이다. "9월"을 "6월"로 잘못 쓴 것이 있으니, 소공 17년이 그것이다. 뒷달을 앞달로 쓰고, 윤월이 아닌데 앞서 윤월을 쓴 것은 은공 3년, 환공 3년, 17년, 장공 25년, 30년이 그것이다. 앞달을 뒷달로 쓰고, 윤월을 써야 하는데 뒤에 윤달을 쓰지 않는 것은 선공 17년, 성공 17년, 양공 15년, 27년, 소공 15년, 정공 12년이 그것이다. 희공 15년 5월의 교식交食에 이르러서는 마땅히 4월에 있어야하고, 그것도 해시亥時에 월식月食이 있었고 일식日食이 아니었으니, 어찌 오류가 이 지경에 이르렀는가? 《춘추》의 두 번째 실책이다. 이로 말미암아 유추해보건대, 한 달 사이의 연이은 일식이 없었으나 연이은 일식을 기록하였으니, 그 잘못에 또한 어찌 괴이할 것이 있겠는가? 다만 잘못에 이른 이유에 대해서, 천년 동안 《춘추》를 연구한 자들의 언급이 드물었는데, 오직 금천金擅의 채소성蔡所性, 자 중전(仲全)이 그의 제자 진운구秦雲九에게 다음과 같이 말하였다.

"아마도 당시 사관이 일윤一閏을 빼고 계산하여, 21년 9월을 10월 삭朔에 일식이 있었던 것으로 역사에 잘못 기록하였고, 이후에 다시 24년 7월을 8월 삭朔에 일식이 있었던 것으로 역사에 잘못 기록하였다. 이미 윤월을 빼서 합치하지 않음이 드러났으므로, 양년에 각각 일윤一閏을 보충하여 21년 9월 삭에 일식이 있었고, 24년 7월 삭에 일식이 있었다고 기록하여 두 책에 다 갖추어 놓으면, 후대에 역사를 편수하는 자가 모두 기록할 것이다." 그렇다면 이는 사관이 순서를 놓친 것일 뿐이다.

어떤 이가 물었다.

아마도 공자가 설 곳이 없게 될 것이다. 공자가 이 역법의 오류를 몰랐다고 한다면, 어찌 생지生知의 성인聖人이라 하겠는가? 공자가 그 오류를 알고도 그대로 따랐다면, 어찌 《춘추》를 편수함에 천도天道를 밝힌 것보다 더 위대한 것이 무엇이겠는가?

나는 대답하였다.

유현劉炫의 말이 있다. "한위漢魏 이래 8백여 년간, 한 달 사이에 일식이 연이어 일어난 일은 없었다. 천도天道의 운행은 고금古今이 똑같다. 후대後代에 이미 그런 일이 없으므로, 전대前代의 이치도 마땅히 그러하다. 대체로 그 글자가 고문古文이 전서篆書로 변하였고 전서를 예서隸書로 고쳤으며, 기록함에 비단으로 죽간을 대체하고 종이로 비단을 대체하였으며, 여러 세대를 거치는 동안 상란喪亂을 자주 겪었고 혹은 잘못 옮겨 적으면서 그 본진本眞을 잃기도 하였으나 선유先儒들이 인습함으로 인해 감히 고칠 수 없었다."

나는 다음과 같이 생각한다.

이것은 혹 착간錯簡에서 나온 것인가? 가령 《논어 · 안연》 "진실로 부유하게도 하지 못하고, 또한 다만 이상함만 취할 뿐이다誠不以富, 亦祇以異"는 《논어 · 계씨》 "제경공齊景公" 장에서 탈간되어 《논어 · 안연》 "이것이 의혹이다是惑也" 아래에 착간된 것이다. 《예기 · 악기》 "너그러우면서 고요하다寬而靜" 등 49자[24]는 "그대가 스스로 선택하십시오吾子自執焉". 아래에서 탈간되어, "오제五帝의 남겨진 음악이다五帝之遺聲也." 아래에 착간되어 있었다.[25] 정자程子, 정강성鄭康成이 출현함에 이르러 비로소 깨닫게 되었다. 아마도

---

24 《예기 · 악기》 寬而靜, 柔而正者宜歌頌. 廣大而靜, 疏達而信者宜歌大雅. 恭儉而好禮者宜歌小雅. 正直而靜, 廉而謙者宜歌風. 肆直而慈愛.
25 정현(鄭玄) 이래로 바로잡혔다.

양공 21년, 24년의 전후에 반드시 모공某公의 그 해에 "겨울 10월 경진삭에 일식이 있었다冬十月庚辰朔日有食之"는 말이 있었고, 또한 "8월 계사삭에 일식이 있었다八月癸巳朔日有食之"는 말이 있었는데, 저기에서 탈간되어 여기로 착간된 것일 것이다. 일이 있으면 그 이치를 이해할 수 있다. 이미 생각해보건대, 애공 12년 겨울 12월에 충해蟲害가 발생하자, 계손季孫이 중니仲尼에게 물었는데, 중니가 대답하기를 "제가 듣건대 화성火星이 잠복潛伏한 뒤에는 곤충이 모두 땅속으로 들어가 숨는다고 하는데, 지금 화성이 아직 서쪽 하늘에 보이니, 사력司曆이 역曆을 잘못 계산한 것입니다丘聞之, 火伏而後蟄者畢. 今火猶西流, 司曆過也"고 하였다. 대체로 주周 12월은 하력夏曆 10월이다. 화火는 심성心星으로, 9월 해질녘에 화성은 서남쪽에 나타나 점점 아래로 흐르고, 10월 해질녘에는 잠복한다. 지금은 10월인데 화성이 아직도 서쪽에서 흐르고 있으니, 이는 역관曆官이 일윤一閏을 놓쳐 9월을 10월로 여긴 것이다. 9월 초는 여전히 따뜻하였으므로 충해를 입을 수 있다. 중니仲尼가 비록 말을 해주었지만, 계손은 고치지 않았고, 다음 해 12월에 다시 충해가 있었으니, 사실은 주周 11월이었다. 그 이듬해, 공자는 획린獲麟에 감동하여 《춘추》를 지었는데, 이는 두 번의 충해를 눈으로 직접 목도한 것과 멀지 않았음으로 인해 그 잘못을 삭제하지 않은 것이다. 따라서 이를 미루어보면, 한 달 사이 연이은 일식이 없었으나 잘못 기록한 것을 알면서도, 그것을 삭제하지 않은 것도 또한 어찌 괴이할 것이 있겠는가? 환공 14년 경문 "여름 5夏五"에 대해 《곡량》은 의심스러움을 전한다傳疑고 하였으니, 공자가 어찌 빠진 곳이 "월月"자임을 몰랐겠는가? 환공 5년 "봄 정월 갑술일 · 기축일에 진후陳侯 포鮑가 졸하였다春正月甲戌, 己丑陳侯鮑卒"

과 하였는데, 갑술일은 전년 12월 21일이고, 기축일은 그해 정월 6일인데, 진陳나라의 난리로 인해 두 번 부고하였으므로, 부고에 따라서 두 번 기록한 것이다. 공자가 어찌 갑술일이 정월이 아님을 몰랐겠는가? 고치지 않은 것은 신중함 때문이다. 또한《춘추》서법의 무거움 가운데 가장 무거운 것은 인사人事에 있다. 그 가운데 교훈이 될 만한 점이 있으나 문사文辭가 교훈을 해친 곳은 삭제하고 시정하여 권계勸戒의 뜻을 보였다. 그 밖에 역법과 같이 천도天道에 속하는 것은 곧 구사舊史를 따랐으니, 그 오류는 이전의 구사舊史에 있는 것이므로 어찌 그것을 따른 것에 허물이 있을 수 있겠는가? 굳이 반드시 취하여 바르게 하고자 한다면, 지금의 역법으로 애공 11년은 마땅히 윤2월이 들어야 한다. 이와 같다면, 구사舊史가 기록한 "5월 애공이 오吳와 회합하여 제齊를 정벌하였다五月公會吳伐齊"는 공자의 신수新修《춘추》에는 장차 "6월 애공이 오吳와 회합하여 제齊를 정벌하였다六月公會吳伐齊"로 적어야 할 것이니, 어찌 사람들을 놀라게 하는 일이 아니겠는가? 또한 모두 다 취하여 바로잡는다면, 242년간 사건을 일日에 매달고, 일日은 월月에 매달고, 월은 시時에 매달고, 시時는 년年에 매달아서 그것에 따라 잘못 위치되지 않음이 드물 것이다. 공자는 대부大夫였는데, 감히 본국의 정삭을 멋대로 바꾸어 죄를 범할 수 있었겠는가? 이는 성인聖人이 어쩔 수 없었던 것이고, 또한 겨우 궐의闕疑한 것에 비할 것도 아니다. 천년 동안《춘추》를 연구한 자들이 깨닫지 못했는데, 내가 단지 그 몽매함을 깨우쳐 준 것이다.

어떤 이가 물었다.

그대가 고문《상서》를 변별하면서《춘추》까지 두루 언급하는 것은 어째서인가?

나는 대답하였다.

지우摯虞, 250~300가 일찍이 두예杜預, 자 원개(元凱)의 《석례釋例》를 칭찬하며 말하였다. "좌씨左氏는 본래 《춘추》를 위하여 《전傳》을 지었지만, 《좌전》은 마침내 스스로 단독으로 유행하였다. 《석례》는 본래 《전傳》을 위해 만들어졌지만, 밝혀 드러내는 것이 어찌 《좌전》뿐이겠는가? 따라서 또한 단독으로 유행하였다." 나의 생각이 이런 뜻과 유사하다.

원문

又按: 董仲舒以爲襄二十四年比食又既, 象陽將絶, 楚子主上國之兆. 後果驗. 杜氏《長曆論》云: "《春秋》日有頻月而食者, 曠年不食者, 理不得一." 楊士勛《穀梁傳疏》: "據今曆無有頻食之理, 疑古或有之. 《漢·高帝本紀》亦曾頻食." 趙汸子常更援漢文帝三年十月晦, 十一月晦並日食, 是漢初二十八年中頻食再, 後世乃未有, 此固不可以常理推者. 余不覺笑儒者之不明曆如此, 因以《授時》法推得漢高帝三年丁酉歲距至元辛巳積一千四百八十四年, 中積五十四萬二千〇二十二日〇七二二五六, 步至本年十一月經朔一十〇日三五一〇七六[甲戌日], 定朔一十〇日四五八一七六六[合朔午初初刻], 交泛一十四日四〇七五九[入日食限], 十二月經朔三十九日八八一六六九[癸卯日], 交泛一十六日七二六三三七[日已過中交, 不入食限], 是《漢書》冬十月甲戌晦日食. 漢曆疏誤, 以十一月甲戌朔爲前月晦日也. 又書十一月癸卯晦日食, 則記載之誤. 況癸卯乃十二月朔, 不入食限, 亦豈晦日哉? 《五行志》云: "十月甲戌晦. 日食在斗二十度." 推是年冬至日躔在斗十九度, 丙子日冬至, 是甲戌在前二日, 日食在斗十七度. 斗乃吳地, 云燕地者亦非. 更推得漢文帝三年甲子歲距至元辛巳積一千四百五十七年, 中積五十三萬二千一百六十〇日四四五三四九, 步至本年十一月經朔三十三日五六九一八九[丁酉日], 定朔三十三日五三五九八九[合朔午正三刻], 交泛二十六日八〇〇五六四[入日食限], 十二月經朔三日〇九九七八二[丁卯日], 交泛一日九〇六七〇九[日已過正交, 不入食限], 今《漢書》所載誤謬處與高帝三年同. 《五行志》云: "十月丁酉晦, 日食在斗二十二度." 推是年冬至日躔尙在斗十九度, 戊戌日冬至, 是丁酉在前一日, 日食在斗十八度. 總之比月而食, 千古所無, 不必辯者. 晦日日食, 乃曆疏之故, 誤以本月朔日作前月之晦日耳.

번역 우안又按

동중서董仲舒는 양공 24년에 한 달 사이에 연이은 일식이 다시 생긴 것은 양陽의 기운이 끊어지는 형상이므로 초자楚子가 중원의 제후국을 주도하는 조짐이라고 하였다. 이후 과연 효험이 드러났다. 두예《장력론長曆論》에 "《춘추》에 한 달 사이 연이은 일식이 있는 것과 다년간 일식이 없는 것은 이치가 일정하지 못한 것이다《春秋》日有頻月而食者, 曠年不食者, 理不得一"고 하였다. 양사훈楊士勛[26]《곡량전소穀梁傳疏》에 "지금의 역법에 근거해보면 한 달 사이 연이은 일식이 일어나는 이치는 없는데, 옛날에는 있었던 것 같다. 《한서 · 고제본기高帝本紀》에도 일찍이 한 달 사이 연이은 일식이 있

---

26 양사훈(楊士勛) : 《사고총목제요》에서 당 태종(太宗) 정관(貞觀) 중기의 인물로 추측하였다. 초당(初唐)시기에 국자박사(國子博士)를 역임하면서 공영달(孔穎達)이 감수(監修)한 《오경정의(五經正義)》 편찬에 참여하였다.

었다據今曆無有頻食之理, 疑古或有之.《漢·高帝本紀》亦嘗頻食"고 하였다. 조방趙汸, 1319~1369, 자 자상(子常)은 다시 한漢문제文帝 3년 10월 그믐과 11월 그믐에 모두 일식이 있었다는 사실을 들어, 이는 한나라 초기 28년 동안 한 달 사이 연이은 일식이 두 번 있었던 것이고 후세에는 그런 일이 없었으니, 진실로 상리常理로 추단할 수 없는 것이라고 하였다.

나는 유자儒者들이 역법에 밝지 못함이 이와 같음에 실소를 금치 못하였는데, 그로 인해《수시》역법으로 한漢고제高帝 3년 정유세丁酉歲, BC204를 추산해보면, 지원至元 신사辛巳와의 거리가 적積 1484년, 중적中積 542,022.072256일이고, 본년本年 11월을 계산해보면, 경삭經朔 10.351067일[갑술일], 정삭定朔 10.458176일[합삭合朔은 오초午初(오전11시) 초각初刻이다], 교범交汎 14.40759일[입일식한入日食限]이고, 12월 경삭經朔 39.881669일[계묘일], 교범交汎 16.726337일[해는 이미 중교中交를 지났으므로, 입식한入食限이 아니다]이니, 이것이《한서》의 겨울 10월 갑술일 그믐의 일식이다. 한력漢曆은 소략하고 오류가 있었는데, 11월 갑술삭甲戌朔을 전월前月의 그믐날晦日로 여긴 것이다. 또한 11월 계묘 그믐의 일식이 있었다는 기록은 기재의 오류이다. 하물며 계묘癸卯는 곧 12월 삭朔으로 입식한入食限이 아닌데, 이 또한 어찌 회일晦日이겠는가?《한서·오행지》에 "10월 갑술 그믐일, 일식이 두斗20도에 있었다十月甲戌晦. 日食在斗二十度"고 하였다. 이 해 동지冬至 때 해의 궤도를 추산해보면 두斗 19도에 있었고 병자일丙子日이 동지冬至였고, 갑술甲戌은 이틀 전으로서 일식은 두斗 17도에 있어야 했다. 두斗는 곧 오吳의 지역이고, 연燕의 지역이라고 한 것도 틀렸다. 다시 한漢문제文帝 3년 갑자세甲子歲, BC177를 추산해보면, 지원至元 신사辛巳의 거리가 적積

1457년, 중적中積 532,160.445349일이고, 본년本年 11월을 계산해보면, 경삭經朔 33.569189일[정유일], 정삭定朔 33.535989일[합삭合朔은 오정午正, 낮12시 삼각三刻이다], 교범交汜 26.800564일[입일식한入日食限]이고, 12월 경삭經朔 3.099782일[정묘일], 교범交汜 1.906709일[해는 이미 정교正交를 지나, 입식한入食限이 아니다]이니, 지금 《한서》에 기록된 오류가 고제高帝3년三年과 같다. 《오행지》에 "10월 정유丁酉 그믐일, 일식이 두斗 22도에 있었다十月丁酉晦, 日食在斗二十二度"고 하였다. 이 해 동지때 해의 궤도는 아직 두斗 19도에 있었고 무술일戊戌日이 동지冬至였고, 정유丁酉는 하루 전으로서 일식은 두斗 18도에 있어야 했다. 종합해보면, 한 달 사이 연이은 일식은 천고千古에 없었던 것으로 변론할 것이 못된다. 그믐일의 일식은 역법이 소략한 까닭으로 인해 본월本月의 삭일朔日을 전월의 그믐으로 쓴 것일 뿐이다.

원문

又按：蔡仲全曰：曆法, 漢初尙失其傳, 如《綱目》惠帝七年癸丑正月朔日食, 《漢·五行志》載谷永占歲首, 正月, 朔日是爲三朝, 尊者惡之. 《綱目·書法》云："日食三朝, 大變也." 是年八月有漢惠之喪, 李淳風等以爲日食之應, 司天家祖述之. 今以《授時曆》上推, 是年十一月閏餘分二十九日有奇. 是月二十九日冬至, 卽閏十一月. 漢曆失一閏, 遂以十二月朔作其年正月朔, 豈知蝕之非正旦也? 則谷永之占何取焉? 至京房《易傳》, "凡日食不以晦朔, 名曰薄蝕", 則並不知交轉, 交終爲何事矣. 悲夫! 又曰：漢武太初元年, 《綱目》大書"丁丑十一月甲子朔旦冬至, 祀明堂". 《前漢志》則以歲在丙子, 蓋班氏用夏正. 朱子則以漢承秦曆, 十月爲歲首而書之, 其法無二也.《史記》誤以是年爲甲寅, 則與《綱目》差二十三年矣. 某案《史記》甲寅年固非, 即《綱目》十一月甲子朔旦冬至, 今以《授時》法推算, 其年十一月癸巳朔, 步至二十九日辛酉午時冬至, 又推十二月癸亥日辰時合朔, 十二月初二乃爲甲子日. 漢曆於十一月前誤置一閏, 遂以十二月爲十一月, 而曰："十一月甲子朔旦冬至, 無餘分, 爲曆元." 不知十一月癸巳朔非甲子也; 十一月二十九日辛酉冬至, 非朔旦也. 十二月癸亥朔, 非十一月朔甲子也; 十二月初二日甲子, 非朔日也. 漢曆誤以前月二十九之冬至而加於後月之朔, 以後月二日之甲子而加於天正之朔, 其舛也甚矣.《綱目 · 書法》云："武帝元鼎五年嘗書十一月朔冬至, 親郊見, 不書某甲子. 於是年祀明堂, 則書甲子朔旦, 何重曆紀也. 至朔同日, 常也; 甲子朔旦冬至, 非常也." 夫以非常之曆紀擧非常之祀典, 且以至朔同日定改正之曆元, 斯豈細事. 而誰知是朔之非甲子哉? 況推元鼎五年朔旦冬至, 實爲己卯, 與《授時曆》合. 太初丁丑去元鼎己巳纔八年, 而又至朔同日, 決無是理其爲誤也何疑?

번역 우안又按

채소성蔡所性, 자 중전(仲全)이 다음과 같이 말했다.

역법은 한나라 초기에 이미 그 전함을 상실하였으니,《강목綱目》의 혜제惠帝7년 계축癸丑 정월正月 삭朔의 일식이 있었고,《한서 · 오행지》에 기록된 그 때 곡영谷永이 세수歲首, 정월正月, 삭일朔日을 점쳐 삼조三朝歲, 月, 日의 시작, 곧 정월 초하루로 삼았는데, 존자尊者들이 미워하였다는 것과 같은 것이다.《강목 · 서법書法》에 "일식이 삼조三朝에 일어나는 것은 큰 변고이다日食三朝,

大變也"고 하였는데, 이 해 8월에 한漢혜제가 죽자, 이순풍李淳風 등이 일식日食에 응한 것이라고 여겼고, 사천가司天家가 계승하였다. 지금《수시력》으로 추산해보면, 이 해 11월 윤여분閏餘分은 29일 남짓有奇이다. 이 달 29일이 동지冬至인데 곧 윤閏11월이다. 한력漢曆은 일윤一閏을 놓쳐고 마침내 12월삭朔을 그해 정월삭朔이라고 하였으니, 어찌 일식이 정월 초하루에 있었던 것이 아님을 알았겠는가? 그렇다면 곡영의 점은 어디에서 취한 것인가? 경방京房, BC77~BC37[27]《역전易傳》에 이르면, "무릇 일식이 회삭晦朔이 아니어도 일어나는 것을 박식薄蝕이라 한다凡日食不以晦朔, 名曰薄蝕"고 하였으니, 교전交轉, 교종交終[28]이 어떤 것인지를 모두 모른 것이다. 슬픈 일이다!

또 말하였다.

한漢무제武帝 태초太初 원년BC104,《강목》은 "정축년丁丑年 11월 갑자甲子삭단朔旦 동지冬至에 명당明堂에 제사하였다丁丑十一月甲子朔旦冬至, 祀明堂"고 대서大書하였다.《전한지前漢志》는 이 해를 병자년丙子年이라고 하였는데, 반고가 하정夏正을 사용한 것이다. 주자朱子는 한漢나라가 진력秦曆을 계승하여 10월을 세수歲首로 삼아 기록한 것으로, 그 법은 한 가지라고 하였다.《사

---

27 경방(京房) : 자 군명(君明). 초연수(焦延壽)에게서《역(易)》을 배웠는데, 초연수는 자칭 맹희(孟喜)에게서《역》을 배웠다고 하였으므로, 경방의 초씨(焦氏)《역》은 맹씨역(孟氏易)이다. 저술에는《역전(易傳)》3권,《주역장구(周易章句)》10권,《주역착괘(周易錯卦)》7권,《주역요점(周易妖占)》12권,《주역점사(周易占事)》12권,《주역수림(周易守林)》3권,《주역비후(周易飛候)》9권,《주역비후육일칠분(周易飛候六日七分)》8권,《주역사시후(周易四時候)》4권,《주역혼돈(周易混沌)》4권,《주역위화(周易委化)》4권,《주역자재이(周易逆刺災異)》12권,《역전적산법잡점조례(易傳積算法雜占條例)》1권 등이 있다.
28 교종(交終) : 달이 정교점을 지난 후 다시 정교점을 지나기까지의 주기를 교점월(交點月)이라 하며, 교점월의 주기인 27일 2122분 24초를 교종이라 한다.

기》는 이 해를 갑인^{甲寅}으로 잘못 기록하였으니, 《강목》과의 차이가 23년이다. 내가 살펴보니, 《사기》 갑인년^{甲寅年}는 진실로 틀렸으니, 곧 《강목》 11월 갑자^{甲子} 삭단^{朔旦} 동지^{冬至}를 지금의 《수시력》으로 추산해보면, 그 해 11월 계사일^{癸巳日}이 삭^朔이고, 29일 신유^{辛酉} 오시^{午時}에 이르러 동지^{冬至}가 되고, 또 12월 계해일^{癸亥日} 신시^{辰時}에 이르러 합삭^{合朔}이 되며, 12월 초2일이 곧 갑자일이다. 한력^{漢曆}은 11월 앞에 일윤^{一閏}을 잘못 두었고, 마침내 12월을 11월이라고 여기고 "11월 갑자^{甲子} 삭단^{朔旦} 동지^{冬至}에 여분^{餘分}이 없으므로 역원^{曆元}으로 삼는다^{十一月甲子朔旦冬至, 無餘分, 爲曆元}"라 하였으니, 11월 계사^{癸巳} 삭^朔이 갑자^{甲子}가 아님을 모른 것이고, 11월 29일 신유^{辛酉} 동지^{冬至}가 삭단^{朔旦}이 아님을 모른 것이다. 12월 계해^{癸亥} 삭^朔은 11월 삭^朔 갑자^{甲子}가 아니며, 12월 초2일 갑자^{甲子}는 삭일^{朔日}이 아니다. 한력^{漢曆}은 전월^{前月} 29일 동지를 다음달의 삭^朔으로 잘못 더하고, 다음달의 2일 갑자^{甲子}를 천정^{天正}의 삭^朔으로 잘못 더했으니, 그 어긋남이 심하였다. 《강목·서법》에 "무제 원정^{元鼎} 5년^{BC112}, 11월 삭^朔 동지^{冬至}에 친히 교제^{郊祭}에 알현하였다고 기록하고 어떤 갑자^{甲子}인지를 기록하지 않았다. 이 해에 명당^{明堂}에 제사할 때는 갑자^{甲子} 삭단^{朔旦}이라고 기록하였으니, 역기^{曆紀}가 매우 중요한 것이다. 지삭^{至朔} 동일^{同日}은 항상 있는 일이지만, 갑자^{甲子} 삭단^{朔旦} 동지^{冬至}는 항상 있는 일이 아니다^{武帝元鼎五年嘗書十一月朔冬至, 親郊見, 不書某甲子. 於是年祀明堂, 則書甲子朔旦, 何重曆紀也. 至朔同日, 常也; 甲子朔旦冬至, 非常也}"고 하였다. 대저 항상 있지 않는 역기^{曆紀}로 항상 있지 않는 사전^{祀典}을 거행하였고, 또한 지삭^{至朔} 동일^{同日}로 개정^{改正}의 역원^{曆元}으로 정하였으니, 이 어찌 하찮은 일이겠으며, 누가 그 삭일^{朔日}이 갑자일^{甲子日}이 아님을 알았겠는가? 하물

며 원정元鼎 5년 삭단朔旦동지冬至를 추산해보면, 실제 기사년己卯年으로《수시력》과 일치한다. 태초太初 정축년丁丑年에서 원정元鼎 기사년己巳年까지는 겨우 8년의 차이인데, 다시 지삭至朔동일同日일 것은 결코 그런 이치는 없으므로, 잘못이라고 여김에 무슨 의심이 있으랴?

원문

又按:《洪範》篇自有傳注"月之從星, 則以風雨", 星皆承上文箕,畢二星來, 無易說者. 近代西人穆尼閣著《天文實用》篇, 專測各方風雨, 其法以太陰爲主, 五星衝照之而風雨生焉. 是月之從五星, 又非盡貼經星言, 歷歷驗而不爽. 甚矣! 理之至者, 不以中外國人而有間; 義之奧者, 亦必越數千年而漸顯露也. 爲載其說于此.

번역 **우안又按**

《홍범》편의 "달이 별을 따름으로 비바람을 알 수 있다月之從星, 則以風雨"는 저절로 전주傳注가 있게 되었으니, 별은 모두 앞 문장을 이어서 기箕, 필畢 두 성星이라고 하였고,[29] 그 설을 바꾼 자는 없었다. 근대의 서양인 스모굴렉키Jan Mikołaj Smogulecki, 穆尼閣, 1610~1656[30]는《천문실용天文實用》편을 지었는데, 각 지방의 풍우風雨를 전문적으로 관측하였다. 그 방법은 태음太陰을

---

29 《공전(孔傳)》"달이 기성(箕星)을 지나면 바람이 많고, 필성(畢星)을 떠나면 비가 많으니, 정교(政教)가 상도(常道)를 잃어 백성들이 욕망을 따르면 또한 어지럽게 된다."(月經於箕則多風, 離於畢則多雨. 政教失常以從民欲, 亦所以亂)

30 스모굴렉키(Jan Mikołaj Smogulecki) : 폴란드출신의 예수회 선교사이다. 중국에서 천문학과 수학을 가르쳤는데, 특히 로가리즘(logarithm)를 처음 중국에 소개한 것으로 알려졌다.

위주로 하여, 오성五星이 상충하여 비추면 거기에서 풍우風雨가 생겨난다고 하였다. 여기서는 달이 오성五星을 따르고, 또한 경성經星[31]에만 국한하여 말한 것이 아니니, 하나하나 징험해보면 잘못된 것이 없다. 대단하도다! 이치의 지극함은 중국인과 외국인의 차이가 없고, 의리의 심오함 또한 반드시 수천 년이 지나도 점점 드러나는 법이다. 여기에 그 설을 기록해 둔다.

원문

或問：“月離于畢, 俾滂沱矣”, 出《詩‧小雅》；“月離於箕, 則風揚沙出”, 《春秋緯》文. 鄭康成引緯文以釋《書》則可, 今孔安國云爾, 豈非《書》傳出哀, 平後之一證哉? 子何不及? 余曰：穎達《疏》亦有此意, 然《漢‧天文志》“箕星爲風, 東北之星也”下, 即以《書》“星有好風”, 似從來有此占驗, 作《春秋緯》者亦述之云爾, 非其鑿空.《書》傳即眞出武帝時, 何妨作是解?《史‧天官書》不有“軫星好風”,《星占》不有“東井好風雨”說乎? 蓋列宿各有性情也. 以此難安國, 未足結其舌.

번역 어떤 이가 물었다.

“달이 필성에 걸렸으니 큰 비가 주룩주룩 내리겠네月離于畢, 俾滂沱矣”는《시‧소아‧점점지석漸漸之石》에 나오고, “달이 기성에 걸리면 바람이 모래를 날린다月離於箕, 則風揚沙出”는《춘추위春秋緯》의 문장이다. 정강성이 위서緯書의

---

31 경성(經星) : 이십팔수(二十八宿)와 같이 위치가 변하지 않는 항성(恒星)을 가리킨다.

문장을 인용하여 《서》를 해석할 수는 있는 일이고, 지금 공안국孔安國 전傳에서도 언급하고 있으니, 《서》 전傳이 애제哀帝, BC7~BC1, 평제平帝, BC1~AD6 이후에 나왔다는 하나의 증거가 아니겠는가? 그대는 어찌 언급하지 않는 것인가?

나는 대답하였다.

공영달 《소》도 이런 의미가 있다. 그러나 《한서 · 천문지》 "기성은 바람이 되니, 동북의 별이다箕星爲風, 東北之星也". 아래에 《서》의 "별이 바람을 좋아하는 것이 있다星有好風"는 문장을 인용하고 있으니, 예전부터 이런 점험占驗이 있었던 것 같고, 《춘추위春秋緯》를 지은 자도 이를 서술한 것 뿐이지, 지어낸 것이 아니다. 《서》 전傳이 진실로 무제武帝 때에 나왔다는 것에 이 주해가 무슨 방해가 되겠는가? 《사기 · 천관서》에 "진성軫星은 바람을 좋아한다軫星好風"는 설과 《성점星占》에 "동정東井은 풍우風雨를 좋아한다東井好風雨"는 설이 없겠는가? 열수列宿는 각각 성정性情을 가지고 있다. 이것으로 공안국을 비난하더라도 그의 혀를 묶기에는 충분치 않을 것이다.

원문

又按 : 《天官書》,《天文志》並云 : "軫爲車, 主風". 蓋軫, 車之象也, 與巽同位爲風, 車動行疾似之. 蔡《傳》誤作"雨".《孫武子》亦云 : "箕, 壁, 翼, 軫四宿者, 風起之日也."

번역 우안又按

《사기 · 천관서》,《한서 · 천문지》에 모두 "진성軫星은 수레가 되니, 바람을 주관한다軫爲車, 主風"고 하였다. 대체로 진성軫星은 수레의 형상으로 손巽과 동위同位로 바람이 되며, 수레가 빨리 운행하는 것과 유사하다.《채전》에서는 "우雨"로 잘못 썼다.[32]《손무자孫武子》에서도 "기箕, 벽壁, 익翼, 진軫 네 수宿는 바람이 이는 때의 별이다箕, 壁, 翼, 軫四宿者, 風起之日也"고 하였다.

又按:《書集傳》"日有中道, 月有九行", 至"夏至從赤道"四十七句, 皆出《天文志》. 是說也, 曆代因之, 故蔡亦祖其說. 然是九道者雖有其名, 而無推步之實. 唐一行始本劉洪《遲疾陰陽曆》著《九道議》, 其說冬入陰曆, 夏入陽曆, 則月行青道; 夏入陰曆, 冬入陽曆, 則月行白道; 秋入陰曆, 春入陽曆, 則月行朱道; 春入陰曆, 秋入陽曆, 則月行黑道. 大約皆兼二道而分主八節, 合于四正四維. 蓋至是而月道始有推步之法. 洎元郭守敬, 則以月所行者通謂之白道, 而白道兩當黃道謂之交, 有正交, 有中交, 有半交. 正交者, 交之始也, 謂之天首. 中交者, 交之中也, 謂之天尾. 天首, 天尾即羅與計也. 半交者當兩交之中, 與黃道相去六度者是也. 每月行交道一周謂之一交, 每交退天一度四十六分四十一秒. 凡二百四十九交而天一終, 謂之交終, 凡十九年而徧九道. 是三說者每進而益變, 世之人讀而疑之, 疑夫三說之或相背謬也. 某嘗伏讀而深思, 而知古人步月之法, 其大旨未嘗不合, 特古疏而今密耳. 何則? 古人所謂月有八道, 出于黃道之東,西,南,北者, 非謂月止行四正方也. 蓋以黃道而四分分之, 則月之所行雖殊, 總不出此四方耳. 若《唐志》分四正,四隅, 正于春,

---

[32]《홍범 · 채전(蔡傳)》漢志言, 軫星亦好雨.

秋者牛交在冬,夏, 正于冬,夏者牛交在春,秋. 四維之位皆然, 雖疏密若有不同, 實亦所以發明八道也. 要之, 月道豈止于八而已哉? 計月之行入, 一歲凡二十六次出入于黃道, 故一行《大衍曆》增損九道爲圖二十六, 而每歲二十六次之出入, 其圖又未可以一定, 乃復推極其數, 引而伸之, 每氣移一候, 月道所差, 增損九分之一, 爲七十二候, 以究九道. 且謂月交一終退前所交一度餘, 是其所推較前爲益密矣. 然總之不離乎九道之說也. 惟守敬則署去九道, 而竟以白道名月道. 夫所謂每交退天一度四十六分四十一秒者, 即計羅之行度也. 以計羅之行度而求月道之變動, 則六千七百九十三日之間無不可考其躔度所離之宿, 故月道之變動大約每退一交則換一道. 六千七百九十三日應十八年二百一十五日零, 其間月道凡二百四十九變而天始一周. 若以九道言, 則在青,朱,白,黑四者應各歷一千六百九十八日零, 故又曰十九年而徧九道, 與班《志》,一行之說大約相仿, 特此爲尤密云. 或云:白道一周以交于黃道言耳, 而乃以周天言, 何也? 赤道有宿度可紀, 而黃道則有度無宿也. 月道出入于黃道, 而黃道又出入于赤道, 故先求黃,白之交度, 即推赤,白之交度, 據其赤道之交度, 即推白道之宿次. 以白道宿度之積較赤道宿度之周, 則白道之度約斂一度有半, 而密移于黃道者亦宜一度有半矣. 此白道之周不但當求之于黃道, 而又當求之于赤道, 然後爲至當而不可易也. 約而論之, 天之有赤道, 亘古不易者也. 至月之有交差, 則猶日之有歲差. 然黃交于赤則一歲所積乃始有分秒之差, 白交于黃則一交所差已移至一度有半. 太陽之差, 約二萬四千五百餘年而一終; 太陰之差之一終, 則十九年弱而已. 蓋日行遲而月行疾, 故其所差之殊至于如此, 要其爲差一也. 日之爲差, 古未之知, 至今日而始詳. 則月之爲差, 亦何怪古曆之未盡, 曆一行,守敬諸人至今日而始密哉?

번역 우안又按

《서집전》"해는 중도가 있고, 달은 구행이 있다日有中道, 月有九行"에서 "하지에는 적도를 따른다夏至從赤道"까지 47구句[33]는 모두 《천문지天文志》에서 나온 것이다. 이 설은 역대로 연습沿襲되었으므로, 채침도 그 설을 조술한 것이다. 그러나 이 구도九道라는 것이 비록 그 이름은 있지만, 관측하여 계산된 실체는 없었다. 당唐 일행一行이 처음 유홍劉洪, 129?~210[34]의 《지질음양력遲疾陰陽曆》을 근본으로하여 《구도의九道議》를 지었는데, 그 설은 겨울이 음력陰曆에 들고 여름이 양력陽曆에 들면 달은 청도青道를 운행하고, 여름이 음력에 들고 겨울이 양력에 들면 달은 백도白道를 운행하며, 가을이 음력에 들고 봄이 양력에 들면 달은 주도朱道를 운행하고, 봄이 음력에 들고 가을이 양력에 들면 달은 흑도黑道를 운행한다는 것이다. 대략 모두 2도道를 겸하면서 8절기[35]에 나뉘어, 사정四正과 사유四維[36]에 합한다. 대체로 이로부터 월도月道는 비로소 역법으로 계산되는 법을 가지게 되었다.

---

33 《홍범》庶民惟星. 星有好風, 星有好雨. 日月之行, 則有冬有夏. 月之從星, 則以風雨.《채전(蔡傳)》日有中道, 月有九行. 中道者, 黃道也. 北至東井, 去極近. 南至牽牛, 去極遠. 東至角, 西至婁, 去極中, 是也. 九行者, 黑道二. 出黃道北. 赤道二. 出黃道南. 白道二. 出黃道西. 青道二. 出黃道東. 幷黃道爲九行也. 日極南至于牽牛, 則爲冬至. 極北至于東井, 則爲夏至. 南北中, 東至角, 西至婁, 則爲春秋分. 月立春春分從青道, 立秋秋分從白道, 立冬冬至從黑道, 立夏夏至從赤道.

34 유홍(劉洪) : 자 원탁(元卓). 동한의 천문학자이다. 주산(珠算)의 발명가이다. "산성(算聖)"으로 불린다. 저서에는 《건상력(乾象曆)》,《칠요술(七曜術)》,《구장산술주(九章算術注)》 등이 있다.

35 8절(節) : 입춘(立春), 입하(立夏), 입추(立秋), 입동(立冬), 춘분(春分), 하지(夏至), 추분(秋分), 동지(冬至)를 말한다.

36 사정사유(四正四維) : 동서남북 네 방향을 상징하기도 하고, 인륜(人倫)의 군(君), 신(臣), 부(父), 자(子)의 도(道)를 나타내기도 하며, 예(禮), 의(義), 염(廉), 치(恥)의 치국(治國)의 사강(四綱)을 뜻하기도 한다.

원元 곽수경郭守敬에 이르면, 달이 운행하는 바를 통괄하여 백도白道라고 하고, 백도가 두 번 황도黃道와 만나는 것을 교交라 하였는데, 정교正交, 중교中交, 반교半交가 있다. 정교正交는 교交의 시작으로 천수天首라 한다. 중교中交는 교交의 중간으로 천미天尾라 한다. 천수와 천미는 곧 나후羅侯와 계도計都이다.[37] 반교半交는 정교와 중교의 중간에 해당되는데, 황도黃道와의 거리가 6도이다. 매번 달이 교도交道를 일주一周 운행하는 것을 일교一交라고 하고, 매每 교交마다 천체에서 1도 46분 41초 물러난다. 249번 교交하여 천체가 한 번 끝나는 것을 교종交終이라 하고, 19년이면 구도九道를 두루 미친다. 이상 세 가지 설은 매번 나아갈 때마다 더욱 변하여 세상 사람들이 읽고 의심하였고, 결국 이 세 설이 혹 서로 위배되고 속이는 것임을 의심하였다.

　나는 일찍이 신중히 읽고 깊이 생각하여 옛 사람의 달 운행을 계산하는 법을 알게 되었는데, 그 대지大旨가 서로 합치하지 않은 것이 없었으나 다만 옛날은 소략했고 지금은 정밀할 뿐이다. 어째서인가? 옛사람의 이른바 달에 팔도八道가 있다는 것은, 황도黃道의 동, 서, 남, 북에서 나온다는 것이지 달이 오직 네 정방正方을 운행한다는 말이 아니다. 대체로 황도黃道로 사분四分하여 나누면 달의 운행하는 바가 비록 다르지만, 총괄하여 이 사방四方에서 나오지 않는 것일 뿐이다.《당지唐志》의 사정四正과 사우四隅로 나눈 것과 같은 경우, 봄과 가을에 정방正方인 것은 반교半交가 겨울과

37　나계(羅計) : 인도(印度) 점성술(占星術)의 유래한 명칭으로 당(唐) 이래로 사용되었으나 곽수경 이후로 천수(天首)와 천미(天尾)를 나후(羅侯)와 계도(計都, ketu)에 해당시킨 것이다.

여름에 있고, 겨울과 여름에 정방인 것은 반교가 봄과 가을에 있다. 사유四維의 위치가 모두 그러하니, 비록 소략하고 정밀함에 같지 않음이 있지만, 실제는 팔도八道를 드러내 밝힌 것이다. 요약하자면, 월도月道가 어찌 단지 여덟 개에만 그치겠는가? 달의 운행과 출입을 헤아려보면, 1세歲에 모두 26번 황도에 출입하므로, 일행一行《태연력大衍曆》은 구도九道를 증손增損하여 도圖 26개를 만들었는데, 매세每歲 26번의 출입이 있으므로 그 그림도 한 가지로 정할 수 없었으니, 이에 다시 그 수를 추산하고 인신引伸하여 매기每氣에 1후候를 옮기고, 월도月道가 차이나는 바, 9분의 1을 증손增損하면 72후候가 되니, 그것으로 구도九道를 궁구하였다.

또 말하기를 월교月交가 한 번 마치면 이전의 교交보다 1도 남짓 물러나게 되는데, 이것이 이전의 계산보다 더욱 정밀해진 점이다. 그러나 전체적으로는 구도九道의 설을 벗어나지는 않는다. 오직 곽수경은 대략의 구도九道를 버리고 마침내 백도白道를 월도月道로 명명하였다. 이른바 매每 교交마다 천체의 1도 46분 41초를 물러난다는 것은 곧 계라計羅, 羅計의 운행 도수이다. 계라計羅의 운행 도수로 월도月道의 변동을 구해보면, 6,793일간 그 궤도의 도수를 벗어나는 수宿를 고찰할 수 없으니, 따라서 월도月道의 변동이 대략 1교交 마다 물러나게 되면 월도月道를 바꾸게 된다. 6,793일은 18년 215일이고, 그 사이 월도月道는 모두 249번 변하고 천체가 비로소 1주周한다. 구도九道로 말하면, 청靑, 주朱, 백白, 흑黑의 네 도道가 각각 1,698일을 거치는 것에 대응하므로 19년마다 9도를 두루徧한다고 한 것으로《한서 · 천문지》와 일행의 설과 대략 같은데, 다만 더욱 정밀할 뿐이다.

어떤 이가 물었다. 백도白道가 일주一周하는 것으로 황도黃道와 교交함을 말한 것일 뿐인데, 천체를 일주한다고 말하는 것은 어째서인가?

적도赤道는 수宿가 있어 도수를 기록할 수 있으나, 황도黃道는 도수가 있으나 수宿가 없다. 월도月道는 황도黃道를 출입하고 황도黃道는 또한 적도赤道를 출입하므로, 우선 황도와 백도의 교도交度를 구하면, 적도와 백도의 교도交度를 추산할 수 있고, 그 적도의 교도交度를 근거로 하면, 백도白道의 수차宿次를 추산할 수 있다. 백도白道 수도宿度의 적산積算으로 적도赤道 수도宿度의 일주一周를 비교해보면, 백도白道의 도수가 대략 1도度 반에 수렴하고 황도黃道에서 은미하게 움직이는 것도 또한 마땅히 1도 반이어야 한다. 이 백도白道의 일주一周를 비단 황도黃道에서만 구해지는 것이 아니라, 또한 마땅히 적도赤道에서도 구해지니, 그런 다음에야 지극히 합당하여 바꿀 수 없게 된다. 요약하여 논술하면, 천체에 적도赤道가 있다는 것은 예로부터 바뀌지 않은 사실이다. 달에 교차交差가 있다는 것에 이르러서는 해에 세차歲差가 있다는 것과 유사하다. 그러나 황도가 적도와 교차하여 1세歲가 쌓이면 비로소 분초分秒의 차가 생기고, 백도가 황도와 교차하면 1번 교차의 차이가 이미 1도 반에 이르게 된다. 태양太陽의 차差는 약 24,500여 년에 한 번 마치고, 태음太陰의 차差가 한 번 마치는 것은 19년이 안 된다. 대체로 해의 운행은 느리고 달의 운행은 빠르므로 그 차差의 다름이 이와 같음에 이르렀으니, 그것을 위해 차差를 두어야 하는 것이다. 해에 차이가 생기는 것을 옛사람들은 알지 못했는데, 오늘날에 이르러서 비로소 상세히 밝혀졌다. 그렇다면 달에 차이가 생기는 것도 또한 어찌 옛 역법이 미진하였고, 당의 일행一行과 원의 곽수경 제인諸人들을 거쳐 오늘날에 이르러서야 비로소 정밀해졌다는 것을 괴이하게 여길 것이 있겠는가?

又按：《舜典》集傳自《天文志》云”至“轉而望之”六十二句，　皆出唐孔氏《疏》. 予獨怪其上“美珠謂之璿”解錯. 案《說文》：“璿, 美玉也.” 馬融, 孔安國《傳》同, 不知何緣認作珠[《宋史·天文志》亦云：“璿者, 珠之屬也”]. 憶《穆天子傳》“天子之瑶, 璿珠”, 郭璞《注》：“璿, 玉類也.” 余謂此似玉之珠耳, 觀下稱“燭銀”可證.《說文》：“璣, 珠不圓者.” 想以此疑互, 遂解作珠乎? 至“璣, 機也”, 亦未安. 蓋當解曰：“璣, 器名.” 馬融《傳》“渾天儀可旋轉, 故曰璣”, 穎達《疏》“璣爲轉運, 衡爲橫簫”是也. 又“其南十二度”, 穎達“二”作“三”, 蔡《傳》正之, 作“二”；“宋太史令錢樂之”, 穎達遺“之”字, 蔡《傳》亦爾. 朱子《訂傳》“使其半出地上”, 蔡《傳》遺去四字, 並非.

우안又按

　《순전·집전》“《천문지》에 이르기를《天文志》云”부터 “회전시켜 바라보다 轉而望之”까지 62구句[38]는 모두 당唐 공영달《소》에서 나온 것이다. 나는 유독 그 앞의 “아름다운 구슬을 선璿이라 한다美珠謂之璿”는 주해가 틀린 것을

---

38 《순전·집전》天文志云, 言天體者三家, 一曰周髀, 二曰宣夜, 三曰渾天. 宣夜絕無師說. 不知其狀如何. 周髀之術, 以爲天似覆盆. 蓋以斗極爲中, 中高而四邊下. 日月傍行遶之. 日近而見之爲晝, 日遠而不見爲夜. 蔡邕以爲考驗天象, 多所違失. 渾天說曰, 天之形狀似鳥卵. 地居其中, 天包地外, 猶卵之裹黃. 圓如彈丸, 故曰渾天. 言其形體渾渾然也. 其術以爲天半覆地上, 半在地下. 其天居地上見者, 一百八十二度半強. 地下亦然. 北極出地上三十六度. 南極入地下亦三十六度. 而嵩高正當天之中, 極南五十五度, 當嵩高之上. 又其南十二度, 爲夏至之日道. 又其南二十四度, 爲春秋分之日道. 又其南二十四度, 爲冬至之日道. 南下去地三十一度而已. 是夏至日, 北去極六十七度. 春秋分去極九十一度. 冬至去極一百一十五度. 此其大率也. 其南北極持其兩端. 其天與日月星宿斜而廻轉. 此必古有其法, 遭秦而滅. 至漢武帝時, 落下閎始經營之. 鮮于妄人, 又量度之. 至宣帝時, 耿壽昌始鑄銅而爲之象. 宋錢樂又鑄銅作渾天儀. 衡長八尺, 孔徑一寸, 璣徑八尺, 圓周二丈五尺強, 轉而望之.

괴이하게 생각하였다. 살펴보건대, 《설문》에 "선璇은 아름다운 옥이다璇, 美玉也"라 하였고, 마융, 공안국《전》도 같은데, 무엇을 근거로 구슬이라고 했는지 알 수 없다.[《송사·천문지》에도 "선璇은 구슬의 부류에 속한다璇 者, 珠之屬也"라 하였다.] 《목천자전穆天子傳》"천자의 보물은 선주璇珠이다天子之 珤, 璇珠.",[39] 곽박郭璞《주》"선璇은 옥의 종류이다璇, 玉類也"를 생각해보면, 내 생각에 이 선璇은 옥과 유사한 구슬일 것이니, 《목천자전》에서 "촉은燭銀" 빛나는 은덩이이라 칭한 것으로 증명할 수 있다. 《설문》에 "기璣는 구슬이 둥 글지 않은 것이다璣, 珠不圓者"라 하였으니, 아마도 이것으로 착란되어 마침 내 구슬로 주해했던 것인가?

《채전》의 "기璣는 틀이다璣, 機也." 역시 명확하지 않다. 마땅히 "기璣는 기명器名이다璣, 器名"라고 주해해야 할 것이다. 마융《전傳》에 "혼천의는 회 전할 수 있으므로 기璣라고 한다渾天儀可旋轉, 故曰璣"라는 것과, 공영달《소》에 "기璣는 회전하여 운행하는 것이고, 형衡은 가로로 된 소簫이다璣爲轉運, 衡爲 橫簫"라는 것이 이것이다.

또 《채전》의 "그 남쪽 12도其南十二度"는 공영달은 "2二"를 "3三"으로 썼는 데 《채전》이 "2二"로 바로잡은 것이고, "송宋 태사령太史令 전악지錢樂之, 宋太 史令錢樂之"는 공영달이 "지之"자를 빠뜨렸는데, 《채전》도 그대로 따랐다. 주자《정전訂傳》은 "그 반은 지상으로 나오게 하다使其半出地上"라고 하였는 데, 《채전》은 네 글자를 빠뜨렸으니, 모두 틀렸다.

---

39 《목천자전(穆天子傳)》권1 天子之珤, 玉果, 璇珠, 燭銀, 黃金之膏.

又按：曆家之說, 以北斗魁四星爲璣, 杓三星爲衡, 出《晉書·天文志》. 蔡
《傳》亦疑, 謂"詳經文簡質, 不應北斗二字乃用寓名, 恐未必然", 頗是. 然惜未
盡. 予嘗謂包犧氏仰則觀象於天, 帝嚳序星辰以著衆, 亦是大槩. 星有其名,
未必如晉一千四百六十四星盡有名目如是之詳. 如北斗, 第一至第四星爲魁,
第五至第七星爲杓, 如斯而已. 至第一星曰天樞, 二曰璇, 三曰璣, 四曰權, 五
曰玉衡, 六曰開陽, 七曰搖光, 分明是有《堯典》以後人據《堯典》之文以分名
其七星. 猶尾後一星主章祝, 巫官也. 初未必名, 祇緣《莊子》有"傅說騎箕尾
而比於列星"之文, 人遂名是星爲傅說. 天駟旁一星曰王良, 初蓋名天馬, 人緣
春秋末有王良, 善馭者也, 死而上配是星曰王良, 後反曰王良亦名天馬矣. 推
之造父, 伯樂皆然. 若軫旁一小星曰長沙, 下應其地, 秦是以名郡, 漢以名國.
婺女星應金華, 隋平陳, 是以置婺州, 其地又不可與前同日語. 予又謂禹主名
山川, 《爾雅》從"釋地"已下至"九河", 皆禹所名, 亦是指天下崇山巨川言, 那
得一一悉予以名? 如陸機山自起於晉以後, 郎官湖自名於唐之中, 豈得謂自
有宇宙便有山川, 而名即隨之以出哉? 仰觀, 俯察者由是說而通之, 可以無紛
紛之議矣.

우안又按

역가曆家의 설에 북두北斗 머리魁 4성四星을 기璣라 하고, 자루杓 삼성三星을
형衡이라 하였는데, 《진서晉書·천문지》에 나온다. 《채전》도 의심하면서,
"경문經文을 살펴보면 매우 간략하고 질박한데, 북두의 두 글자璣와衡를 써
서 이름을 붙이는 것과 호응하지 않으니, 이는 반드시 그렇지 않을 것이

다詳經文簡質, 不應北斗二字乃用寓名, 恐未必然"라 하였는데, 자못 옳다. 그러나 그 설
을 다하지 못한 것이 애석하다.

내가 일찍이 말하기를 포희씨包犧氏가 위로는 하늘의 형상을 관찰하였
고, 제곡帝嚳이 성신星辰의 차례를 안배하여 백성에게 시기를 밝혀 주었다
고 하였으니, 또한 그 대강인 것이다. 별은 그 이름이 있으나, 《진서晉書》
의 1,464성星이 모두 그 명목名目을 가지고 그와 같이 상세한 것과는 꼭같
을 것은 없다. 북두北斗의 경우, 제1성에서 제4성은 괴魁이고, 제5성에서
제7성은 표杓인데, 그와 같을 뿐이다. 제1성을 천추天樞, 제2성을 선璿, 제
3성을 기璣, 제4성을 권權, 제5성을 옥형玉衡, 제6성을 개양開陽, 제7성을
요광搖光이라고 함에 이르러서는, 분명히 《요전》 이후에 후대인들이 《요
전》의 글을 근거로 그 일곱 개의 성을 나누어 이름한 것이다. 미수尾宿의
뒤에 있는 일성一星은 장축葬祝을 주관하는 무관巫官이었다. 처음은 반드시
그런 이름이 아니었는데, 《장자·대종사大宗師》의 "부열傅說이 죽은 뒤 기
미성에 올라타 열성列星과 나란히 했다傅說騎箕尾而比於列星"는 문장으로 인해,
사람들이 마침내 그 별을 부열傅說이라고 한 것과 같다. 천사성天駟星 곁에
있는 일성一星을 왕량王良이라 하는데, 처음에는 천마天馬라고 이름하였다.
사람들이 춘추 말엽에 왕량王良이라는 자가 말을 잘 몰았는데, 죽은 후 그
별과 짝하여 왕량이라 하였고, 이후에는 도리어 왕량을 또한 천마天馬로
이름 불렀다. 조보造父와 백락伯樂[40]도 모두 그러하다. 진성軫星 곁에 있는

---

[40] 조보(造父)와 백락(伯樂) : 모두 고대의 말을 잘 모는 자들이며, 후대에 모두 성명(星名)
이 되었다. 조보는 《사기·조세가(趙世家)》에 보이고, 백락은 《열자·설부(說符)》편에
보인다.

작은 별과 같은 것은 장사^{長沙}라고 하는데, 아래로 그 지역에 응하였으므로 진^秦나라는 군군^郡으로 이름하였고 한^漢나라는 국^國으로 이름하였다. 무녀성^{婺女星}은 금화^{金華}에 응하는데, 수^隋가 진^陳을 평정하였으므로 거기에 무주^{婺州}를 설치하였고, 그 지역 또한 그 이전과 같을 수 없었다. 또한 나는 말하길 우^禹가 산천^{山川}의 이름을 주관했다고 했는데,《이아^{爾雅}》《석지^{釋地}》"이하 "(《석수^{釋水}》)구하^{九河}"에 이르기까지 모두 우^禹가 이름한 것인데, 그 또한 천하의 높은 산과 큰 천을 들어 이름한 것이다. 어찌 하나나나 이름을 다 붙일 수 있었겠는가? 육기산^{陸機山}과 같은 경우는 진^晉 이후로 이름이 생겨났고, 낭관호^{郎官湖}는 당 중엽으로부터 이름 불렸으니, 어찌 우주가 생기면서 곧바로 산천이 생겨나서 이름들이 그에 따라 나왔겠는가? 우러러 하늘을 관찰하고 구부려 땅을 살폈다는 것이 이 설로부터 통하게 되었으니, 시끄럽게 의론할 것이 없을 것이다.

又按:《潛丘劄記》恐世不傳, 仍載其說于此. 曰:衛朴推"日食三十六, 獨莊十八年三月古今算不入食法", "獨"之一字固非. 近黃太沖謂是年二月有閏, 三月應食, 尤非. 蓋余推步以《授時》, 莊公十八年乙巳歲距至元辛巳中積七十一萬四千四百一十八日四刻, 步至三月朔, 不入食限. 旣不入食限, 則夜亦不食.《春秋》推三月食, 見其不食, 遂疑而不書日朔.《穀梁》以爲夜食, 則鑿矣. 法推是歲五月定朔四十八日六十五刻, 是五月朔壬子日申時合朔, 交泛一十三日五十七刻八十分, 加時在晝, 去交分入食限.《元史》曰:"蓋誤'五'爲'三'也." 又以《時憲》上推, 莊公十八年三月朔, 實會五十〇日一十時三十一

分[從甲子算起, 該癸酉日已正二刻一分合朔], 交周九宮二十七度一十四分
九秒[不入食限], 加二朔實五十九日一時二十八分, 得實會四十九日一十三
時[從甲子算起, 該壬子日未初初刻合朔.《授時》則除甲子算也], 加二交周得
一十一宮二十八度三四三七[入日食限. 食在中交, 與《授時》同]. 太冲明知
三月朔不入食限, 乃欲以五月實會交周之數移至三月, 謂與《春秋》脗合, 以
駁《大衍》,《授時》之誤, 借有閏月以爲解, 其誣天且誣人也甚矣.

번역 우안又按

　《잠구차기潛丘劄記》가 세상에 전해지지 않을까 염려되어 그 설을 여기
에 기록해 둔다.

　위박衛朴은 "일식 36번 가운데, 오직獨 장공 18년 3월은 고금古今의 산법
算法으로 식법食法에 들어가지 않는다日食三十六, 獨莊十八年三月古今算不入食法"고 추
산하였는데, "오직獨" 한 글자가 틀렸다. 근래의 황종희黃宗羲, 자 태충(太冲)는
그해 2월에 윤달이 있었으므로, 3월에 일식에 응한 것이라고 하였는데,
더욱 틀렸다. 내가《수시력》으로 계산해보니, 장공 18년 을사세乙巳歲는
지원至元 신사辛巳로부터 중적中積 714,418일 4각이고, 3월삭을 계산하면
식한食限에 들지 않는다. 이미 식한食限에 들지 않으므로, 밤에도 일식이
일어나지 않았다.《춘추》는 삼월三月의 식食을 추산하였으나, 그 식食을 보
지 못했기 때문에 마침내 의심스러워하고 일삭日朔이라고 쓰지 않은 것이
다.《곡량》이 야식夜食이라고 한 것은 천착한 것이다. 이 세歲의 5월 정삭
定朔 498일 65각을 계산해보면, 5월 삭朔 임자일壬子日 신시申時가 합삭合朔
이고, 교범交汎 13일 57각 80분으로 일식은 낮에 있고, 백도와 황도의 교

점이 떨어지는 때가 식한食限에 든다.《원사元史》는 "잘못하여 '5'를 '3'으로 쓴 것이다蓋誤'五'爲'三'也"고 하였고, 또한《시헌時憲》으로 추산하여, 장공 18년 3월 삭朔은 실회實會 50일 10시 31분[갑자甲子로 계산하면, 계사일癸酉日 사정巳正 2각 1분이 합삭合朔에 해당한다], 교주交周 구궁九宮 27도 14분 9초[식한食限에 들지 않는다], 2삭실朔實 59일 1시 28분을 더하면, 실회實會 49일 13시를 얻고[갑자로 계산하면, 임자일壬子日 미초未初 초각初刻이 합삭合朔에 해당한다.《수시》는 갑자계산을 제외하였다], 2교주交周를 더하면 11궁宮 28도 3437三四三七을 얻는다[일식한日食限에 든다. 일식은 중교中交에서 있으며,《수시》와 같다]고 하였다. 황종희는 3월 삭朔이 식한食限에 들지 않음을 명백하게 알고 있었지만, 5월 실회實會 교주交周의 수數를 3월로 옮겨서《춘추》와 입을 맞추고자 하였고, 그것으로《대연大衍》,《수시授時》의 잘못을 공박하고자 윤월閏月을 빌려 풀이하였으니, 그 사람이 하늘을 속이고 사람을 속임이 심하다.

원문

又《潛丘劄記》曰：黃太沖言一年兩食者有之, 亦未盡, 竟有三食者.《晉書·天文志》惠帝光熙元年正月戊子朔, 七月乙酉朔, 並日蝕. 是歲有閏十二月壬午朔, 又蝕. 蓋相距各一百七十三日有奇, 故食者三. 及予推以《授時》法, 惠帝光熙元年丙寅歲距至元辛巳積九百七十五年, 中積三十五萬六千一百一十二日三八八一二五, 步至正月經朔二十四日四九五一九八[戊子日], 定朔二十四日三六八一八八[戊子日辰正三刻合朔], 交泛〇日二一二八九五[入日食限]. 步至七月經朔二十一日六七八七五六[乙酉日], 定朔二十一日六二五三五六[乙酉日申初初刻合朔], 交泛一十四日一二三一〇九[入日食限]. 步至十二月經朔一十八日八六二三一一[壬午日], 定朔一十九日〇二八三一一[癸未日子正二刻合朔], 交泛〇日八二一〇九九[入日食限]. 是年該閏十一月. 劉義叟《長曆》作八月, 自其曆疏之故. 而三次俱入食限, 惟正月, 七月加時在晝, 能見日蝕. 十二月經朔則壬午日, 而定朔在癸未日子時, 乃夜食, 不見. 想當日曆官見入食限, 已先期奏報日食矣. 屆期洛陽或有陰雲, 遂疑日食在天, 書之史冊, 而流傳至今. 既無有知其夜食者, 又安從知朔日之非壬午哉?《綱目 · 書法》曰 : "一歲三食, 千三百六十二年一書而已矣." 其實夜食不爲災, 不應書史冊, 此非劉友益所知. 又曰 : "日食三朝, 大異也. 武帝世曾再書矣[咸寧三年正月丙子朔,四年正月庚午朔, 並日蝕], 於是又頻三年見之[太康七年正月甲寅朔,八年正月戊申朔,九年正月壬申朔, 並日蝕], 雖歷代亦未有." 余嘗以法推知其合者, 武帝咸寧三年,太康八年正月朔入日食限是. 有推之不見其合者, 咸寧四年,太康七年是. 然雖不合, 此二年去交未遠, 想當日曆官偶誤推, 遂先期奏報, 與惠帝時同. 至太康九年正月壬申朔, 去交已遠, 縱曆疏, 不應如是推, 自屬傳寫之譌. 此不待以曆知者, 奈何昭垂史冊, 警相告語, 以爲天未有之變乎? 竊以儒生於曆, 竟可謂萬古如長夜.

번역

또《잠구차기》에 다음과 같이 말했다.

황종희는 1년에 두 번의 일식이 있었던 적이 있다고 했는데 이 또한 미진하니, 결국은 3번의 일식이 있었다.《진서 · 천문지》혜제惠帝 광희光熙 원년306 정월正月 무자戊子삭朔, 7월 을유乙酉삭朔에 모두 일식日蝕이 있었다. 이

해 윤閏12월十二月 임오壬午삭朔에 또 일식이 있었다. 일식 간의 기한이 각각 173일 남짓이므로 일식이 3번이었다. 내가 《수시력》으로 추산하면, 혜제 광희 원년 병인세丙寅歲는 지원至元 신사辛巳와의 거리가 적積 975년, 중적中積 356,112.388125일이고, 정월正月 경삭經朔 24.495198일[무자일]을 계산 하면, 정삭定朔 24.368188[무자일戊子日 진정辰正 3각三刻에 합삭合朔이다]이 고, 교범交汎 0.212895일[입일식한入日食限]이다. 7월 경삭經朔 21.678756일 [을유일]을 계산하면, 정삭定朔 21.625356일[을유일 신초申初 초각初刻에 합삭合朔이다]이고, 교범交汎 14.123109일[입일식한入日食限]이다. 12월 경 삭經朔 18.862311[임오일]을 계산하면, 정삭定朔 19.028311일[계미일 자 정子正 2각二刻에 합삭合朔이다], 교범交汎 0.821099일[입일식한入日食限]이 다. 이 해는 윤閏11월에 해당한다. 유의수劉義叟, 1018~1060[41] 《장력長曆》에는 8월로 썼는데, 그 역법이 소략했기 때문이다. 그리고 3차례 모두 입식한 入食限을 갖추었는데, 정월과 7월은 낮에 일식이 있었으므로 일식을 볼 수 있었다. 12월 경삭은 임오일壬午日이고 정삭定朔은 계미일癸未日 자시子時로 야식夜食이었으므로 보이지 않았다. 아마도 당시의 역관은 입식한入食限을 알았고 이미 기한에 앞서 일식을 아뢰었을 것이다. 기일에 미쳐 낙양洛陽 에 음운陰雲이 있어 마침내 하늘에 일식을 의심하였고, 사책史冊에 기록하 여 전해진 것이 오늘날에 이른 것이다. 이미 야식夜食을 아는 자가 없었는 데, 또한 삭일朔日이 임오일이 아님을 어떻게 알았겠는가?

《강목 · 서법》에 "1년에 3번의 일식은 1362년간 한 번 기록되었을 뿐

---

41 유의수(劉義叟) : 자 중경(仲庚). 북송의 천문학자, 역법학자이다.

이다一歲三食, 千三百六十二年—書而已矣"고 하였다. 사실 야식夜食은 재앙으로 여기지 않았으므로 사책에 기록하지 않아도 되었는데, 이는《자치통감강목 · 서법》의 저자 유우익劉友益, 1248~1332[42]이 알 바가 아니었다. 또 말하였다. "삼조三朝, 정월 초하루에 일식日食이 있는 것은 큰 이변이다. 진晉 무제武帝 때, 일찍이 두 번 기록되었다[함녕咸寧 3년277 정월 병자삭丙子朔, 4년 정월 경오삭朔에 모두 일식이 있었다] 이에 다시 3년 연이어 일식이 나타났는데 [태강太康 7년286 정월 갑인삭朔, 8년 정월 무신삭朔, 9년 정월 임신 삭朔에 모두 일식이 있었다], 비록 역대에 그런 적은 없었다."

내가 일찍이 역법으로 추산하여 합치하는 것을 알게 되었으니, 진晉무제 함녕 3년, 태강 8년 정월正月 삭朔은 일식한日食限에 드는 것이 맞다. 계산하여 그 합치됨이 드러나지 않는 것은 함녕 4년과 태강 7년이다. 그러나 비록 합치하지 않지만, 이 두 해는 거교去交가 멀지 않으므로 아마도 당시 역관이 우연히 잘못 계산하였고, 마침내 기일에 앞서 아뢰었을 것이니, 혜제 때와 같았다. 태강 9년288 정월 임신壬申삭朔은 거교去交가 이미 멀므로, 역법이 소략하더라도 이런 계산이 나올 수 없으니, 전사傳寫의 오류에 속한다고 할 수 있을 것이다. 이는 역법을 기다리지 않고도 알 수 있는 것들인데, 어찌 사책에 서로 아뢰고 놀라는 말들을 기록하여 하늘이 아직 변하지 않았다고 여겼던 것이겠는가? 가만히 생각해보건대, 유생儒生들이 역법에 대해서는 결국 만고萬古가 어두운 긴 밤과 같았다고 할 수 있을 것이다.

42　유우익(劉友益) : 호 수창(水窗). 저서에는《資治通鑑綱目 · 書法》이 있다.

원문

余向謂事之眞者, 無往而不得其貫通; 事之贗者, 無往而不多所抵捂. 玆且見之曆法矣. 劉歆《三統曆》有 "惟十有二年六月庚午朏" 之文, 知是月戊辰朔. 以特關曆法, 雖孔壁零章逸句, 亦不忍棄. 余故從而信焉, 然未推以曆. 今以《授時》法上推, 周康王十二年甲戌歲距至元辛巳積二千三百四十七年, 中積八十五萬七千二百二十九日六五五九〇九, 冬至四十五日四〇四〇九一[己酉日], 天正經朔三十六日八〇一三九六[庚子日]. 步至六月建巳之月, 經朔四日四五四三六一[戊辰日恰合], 則庚午實爲月之三日. 蓋康王十二年歲在甲戌者, 邵子《皇極經世》之數也. 唐一行《大衍曆》則以康王十二年爲乙酉六月戊辰朔, 三日庚午. 余考之此乙酉出《竹書紀年》.《竹書紀年》豈若《皇極》數之鑿然者哉? 因推以《授時》, 康王乙酉歲距至元辛巳, 積二千三百三十六年, 中積八十五萬三千二百一十一日九三六八九六, 冬至四十三日一二三一〇四[丁未日], 閏餘二十七日五〇七一五三[周正閏三月, 夏正閏正月], 天正經朔一十〇日六一五九五一[甲戌日]. 步至六月建巳之月, 經朔七日八〇〇四〇九[辛未日]. 是月無戊辰,庚午. 或曰:《竹書紀年》用夏正, 安知六月非建未? 又步至建未之月, 經朔六日八六〇六九[庚午日], 朔也, 非朏也. 果皆不合. 蓋天下最可信者經, 而邵子數之可信, 則以其與經相表裏. 天祚宋代, 絕學有繼. 程子出而理明, 凡六經中言心, 言性, 言仁, 言義等, 無不析之極其精, 仍可融之會于一. 邵子出而數明, 凡《堯典》二帝之載數,《無逸》中宗,高宗, 祖

甲及文王年數; 《洛誥》"惟周公誕保文,武受命惟七年", 參以《魯世家》"成王
七年, 周公往營雒邑", 此"七年"即在成王紀年內, 成王共三十七年; 《呂刑》
"王享國百年", 參以《周本紀》"穆王即位, 春秋已五十, 立五十五年崩", 此"百
年"謂《書》所作之年, 在位仍五十五年, 皆合. 《夏本紀》"帝相崩, 子帝少康
立". 中闕寒浞篡位四十年, 亦從補出. 豈非數往者順, 邵子不啻足蹈之; 知來
者逆, 邵子不啻目覩之? 上下千萬載, 罔或抵捂者. 草廬曰 : "孔子之後, 惟邵
子一人而已矣."

번역

　나는 예전부터 사건이 진실인 것은 어디를 가더라도 통하지 않음이 없
지만, 사건이 거짓인 것은 가는 곳마다 어긋나지 않은 것이 없다고 말해
왔었다. 이것은 또한 역법曆法에도 드러난다. 유흠《삼통력》에 "12년 6월
경오일에 초승달이 떴다惟十有二年六月庚午朏"는 문장이 있는데, 이 달의 무진
일戊辰日이 삭朔임을 알 수 있다. 단지 역법에 관련된 것으로 비록 공벽孔壁
에서 나온 낱장의 일구逸句이지만 차마 버릴 수 없는 것이다. 나는 그 말을
따라 믿었지만, 역법으로 추산하지는 않았다. 지금《수시력》법으로 추산
해보면, 주周강왕康王 12년 갑술세甲戌歲는 지원至元 신사辛巳와의 거리가 적적
2,347년, 중적中積 857,229.655959일, 동지冬至 45.404091일[기유일], 천
정天正경삭經朔 36.801396일[경자일]이다. 6월 건사지월建巳之月까지 계산
하면, 경삭經朔 4.454361일[무진일이 합삭이다]이니, 경오일庚午日은 실제
이 달의 3일이다. 대체로 강왕 12년의 세歲가 갑술甲戌인 것은 소자邵子《황
극경세》의 수數이다. 당唐 일행一行의《대연력大衍曆》은 강왕 12년을 을유乙酉

6월 무진戊辰삭朔, 3일 경오庚午라고 하였다. 내가 고찰해보건대, 이 을유乙酉는《죽서기년》에서 나온 것이다.《죽서기년》이 어찌《황극》이 수에 천착한 것과 같을 수 있겠는가? 이로 인하여《수시력》으로 추산해보면, 강왕 을유세乙酉歲는 지원至元 신사辛巳와의 거리가, 적적 2,336년, 중적中積 853,211.936896일, 동지冬至 43.123104일 [정미일], 윤여閏餘 27.507153[주정周正 윤閏3월, 하정夏正 윤閏 5월], 천정天正경삭經朔 10.615951일[갑술일]이다. 6월 건사지월建巳之月까지 계산하면, 경삭經朔 7.800409일[신미일]이다. 이 달에 무진戊辰, 경오庚午일은 없다.

어떤 이가 물었다. "《죽서기년》이 하정夏正을 사용하였고, 6월이 건미建未가 아님을 어찌 아는가?" 다시 건미지월建未之月까지 계산하면, 경삭經朔 6.86069일[경오일]은 삭朔이며, 초승달 뜨는 날朏이 아니다. 결과가 모두 합치하지 않는다. 대체로 천하에 가장 믿을 만한 것이 경經이고, 소자邵子의 수數가 믿을 수 있는 것이니 경經과 서로 표리表裏가 된다. 하늘이 내린 송대宋代는 끊어진 학문이 계승되었다. 정자程子가 출현함에 이학理學이 밝혀졌으니, 모든 육경六經 가운데 심心, 성性, 인仁, 의義를 말한 것 등이 매우 정밀하게 밝혀지지 않음이 없었고, 결국 하나로 융합될 수 있었다. 소자邵子가 출현함에 수數가 밝혀졌으니, 모든《요전》이제二帝의 연수年數, 《무일》중종中宗, 고종高宗, 조갑祖甲 및 문왕文王의 연수가 밝게 드러났다. 《낙고》"주공이 문왕·무왕이 하늘로부터 받은 명을 크게 보존하기를 7년 동안 하였다惟周公誕保文, 武受命惟七年"는《사기·노세가》"성왕 7년, 주공이 가서 낙읍維邑을 경영하였다成王七年, 周公往營維邑"를 참고해보면, 이 "7년"은 곧 성왕 기년紀年 내內가 되고, 성왕은 총 37년 재위하였다.《여형》"왕이 나라를 누린 지 백년王享國百年"은 《사기 · 주본기》 "목왕이 즉위할 때, 춘추가 이미 50이었고, 재위 55년에 붕어하였다穆王即位, 春秋已五十, 立五十五年崩"를 참고해보면, 이 "백년"은 《서》에 기록된 연수이고 재위는 55년이니, 모두 합치한다. 《사기 · 하본기》에 "제帝 상相이 붕어하고, 아들 제帝 소강少康이 재위에 올랐다帝相崩, 子帝少康立"고 하였다. 중간에 한착寒浞이 40년 제위를 찬탈한 것을 뺀 것도 (소자邘子가) 보충하였다.[43] 지나간 것을 셈하는 것이 순리로운 것임을 소자邘子가 직접 경험한 것이 아니겠으며, 올 것을 아는 것이 거스르는 것임을 소자가 직접 눈으로 본 것이 아니겠는가?[44] 고금 천만 년에 어긋남이 없다. 오징吳澄, 1249~1333, 호 초려(草廬)은 "공자 이후, 오직 소자邘子 한 사람뿐이다孔子之後, 惟邘子一人而已矣"라고 하였다.

원문

按：余向援唐孔氏《疏》周公營洛, 此年閏九月, 故戊辰得爲十二月晦, 未自推以曆. 今試推之, 乃知置閏不同一也; 月小大不同二也; 《漢志》二月乙亥朔, 庚寅望, 此推甲戌朔, 己丑望, 不同三也. 成王七年壬辰歲距積二千三百八十九年, 中積八十七萬二千五百七十〇日〇三九八三一, 冬至五日〇二〇一七九[己巳日], 閏餘二十〇日一二七一四三[周正閏八月, 夏正閏六月], 天正經朔四十一日八九三〇三六[乙巳日小]. 步至二月建丑經朔一十〇日九二三六二九[甲戌日大], 三月建寅經朔四十〇日九五四二二二[甲辰日小], 四月

---

43 《황극경세서》 권5상. 壬寅. 寒浞殺有窮後羿, 使子澆及殪伐斟灌, 斟邘氏以滅相. 相之臣靡逃於有鬲氏, 相之後還於有仍氏, 遂生少康.

44 《설괘전(說卦傳)》 "지나간 것을 셈하는 것은 순리롭고 올 것을 아는 것은 거스른다."(數往者順, 知來者逆)

建卯經朔九日九八四八一五[癸酉日大], 五月建辰經朔三十九日五一五四〇

八[癸卯日大], 六月建巳經朔九日〇四六〇〇一[癸酉日小], 七月建午經朔

三十八日五七六五九四[壬寅日大], 八月建未經朔八日一〇七一八六[壬申日

小], 閏八月經朔三十七日六三七七八[辛丑日大], 九月建申經朔七日一六八

三七三[辛未日小], 十月建酉經朔三十六日六九八九六六[庚子日大], 十一月

建戌經朔六日二二九五五九[庚午日小], 十二月建亥經朔三十五日七六〇一

五二[己亥日大], 又步至明年正月建子經朔五日二九〇七四五[己巳日小], 則

戊辰正爲十二月晦. 經之鑿然可信如此, 因悟劉歆次《召誥》,《洛誥》於《武

成》後,《顧命》前, 蓋同一周正云.

번역 **안按**

　　나는 예전에 당唐 공영달《소》에서 주공이 낙읍洛邑을 경영한 해가 윤閏

9월이므로 무진일戊辰日은 12월 회晦가 된다는 설[45]을 취했고, 직접 역법

으로 추산하지는 않았다. 지금 추산해보면, 첫째, 치윤置閏이 같지 않는

것과 둘째, 월月 소대小大가 같지 않음을 알게 된다.《한서 · 율력지》2월

을묘 삭朔, 경인庚寅 망望이라 하였는데, 이것으로 갑술甲戌 삭朔, 기축己丑 망

望[46]을 추산해보면, 같지 않음의 세 번째이다. 성왕成王 7년 임진세壬辰歲까

45　《낙고 · 정의(正義)》正義曰：周公告成王令居洛邑爲治, 王旣受周公之誥, 遂東行就居洛邑,
　　以十二月戊辰晦日到洛. 指言"戊辰, 王在新邑", 知其晦日始到者, 此歲入戊午蔀五十六年, 三
　　月云丙午朓, 以算術計之, 三月甲辰朔大, 四月戊戌朔小, 五月癸卯朔大, 六月癸酉朔小, 七月壬
　　寅朔大, 八月壬申朔小, 九月辛丑朔大, 又有閏九月辛未朔小, 十月庚子朔大, 十一月庚午朔小,
　　十二月己亥朔大, 計十二月三十日戊辰到洛也.

46　《소고 · 정의(正義)》正義曰：《洛誥》云："周公誕保文武受命, 惟七年."《洛誥》是攝政七年
　　事也.《洛誥》周公云："予惟乙卯, 朝至于洛師."此篇云"乙卯, 周公朝至于洛", 正是一事, 知此
　　"二月"是周公攝政七年之二月也. "望"者, 於月之半月, 當日衝, 日光照月光圓滿, 面嚮相當, 猶

지는 적積 2389년, 중적中積 872,570.039831, 동지冬至 5.020179일[기사일], 윤여閏餘 20.127143일[주정周正 윤8월, 하정夏正 윤6월], 천정天正경삭經朔 41.893036[을사일乙巳日 소小]이다. 추산해나가면, 2월 건축建丑경삭經朔 10.923629일[갑술일甲戌日 대大], 3월 건인建寅경삭經朔 40.954222일[갑진일甲辰日 소小], 4월 건묘建卯경삭經朔 9.984815일[계유일癸酉日 대大], 5월 경진建辰경삭經朔 39.515408일[계묘일癸卯日 대大], 6월 건사建巳경삭經朔 9.046001일[계유일癸酉日 소小], 7월 건오建午경삭經朔 38.576594일[임인일壬寅日 대大], 8월 건미建未경삭經朔 8.107186일[임신일壬申日 소小], 윤閏8월경삭經朔 37.63778일[신축일辛丑日 대大], 9월 건신建申경삭經朔 7.168373일[신미일辛未日 소小], 10월 건유建酉경삭經朔 36.698966[경자일庚子日 대大], 11월 건술建戌경삭經朔 6.229559일[경오일庚午日 소小], 12월 건해建亥경삭經朔 35.760152[기해일己亥日 대大]이며, 더 추산하면, 명년明年 정월正月 건자建子경삭經朔 5.290745일[기사일己巳日 소小]이니, 무진일戊辰日은 바로 12월 회晦가 된다. 경經이 끝까지 천착하여 믿을 수 있음이 이와 같으며, 이것으로 유흠이 《소고》와 《낙고》를 《무성》 뒤 《고명》 앞에 차례시킨 것이 주정周正을 동일하게 적용한 것임을 깨닫게 되었다.

<hr />

人之相望, 故稱"望"也. 治曆者必先正朔望, 故史官因紀之. 將言望後之事, 必以望紀之. 將言朏後之事, 則以朏紀之. 猶今人將言日, 必先言朔也. 望之在月十六日爲多, 太率十六日者四分之三, 十五日者四分之一耳. 此年入戊午蔀五十六歲, 二月小, 乙亥朔. 孔云十五日卽爲望, 是己丑爲望, 言"己望"者, 謂庚寅十六日也. 且孔云"望"與"生魄", "死魄"皆擧大略而言之, 不必恰依曆數. 又算術前月大者, 後月二日月見, 可十五日望也. 顧氏亦云: "十五日望, 日月正相望也."

又按：《多士》本在《多方》前. 金仁山案："《多方》云'惟五月丁亥, 王來自奄', 《多士》云'昔朕來自奄', 則《多方》在《多士》之前明甚. 而自今文以來失之, 從而緒正, 繫《多士》於成王七年三月下, 爲即'甲子周公朝用書'之書. 《多方》繫成王五年五月下, 篇有'奔走臣我監五祀'之文, 監即三監, 謂其從三監以叛, 於今五年也. 是書非作於五年而何？" 余謂此斷以文理, 理至而數不能違. 遂推以曆法, 成王五年庚寅歲距積二千三百九十一年, 中積八十七萬三千三百〇〇日五三四三八一, 冬至五十四日五二五六一九[戊午日], 天正經朔二十二日六二八二一一[丙戌日]. 步至五月建辰之月, 經朔二十〇日七五〇五八三[甲申日], 則丁亥月之四日也, 脗合如此. 吾欲起仁山于今日而告之, 令補入《前編》.

우안又按

《다사》는 《다방》 앞에 위치하고 있다.

김이상金履祥, 호 인산(仁山) 안案："《다방》에 '5월 정해일에, 왕이 엄奄으로부터 왔다惟五月丁亥, 王來自奄'라고 하였고, 《다사》에 '옛날 짐이 엄으로부터 왔다昔朕來自奄'라고 하였으니, 《다방》이 《다사》의 앞에 있었던 일임이 매우 명백하다. 그러나 금문今文 이래로 차례를 잃었다. 바로잡아 보면, 성왕 7년 3월 아래에 《다사》를 매달아야 하니, 곧 '갑자일, 주공이 아침에 부역시키는 글로써 명하다甲子周公朝用書'[47]라는 글이다. 《다방》은 성왕 5년

---

47 《소고》越七日甲子, 周公乃朝用書, 命庶殷侯・甸・男邦伯.

5월에 매달아야 하니, 《다방》편에 '분주히 우리 감監에게 신하 노릇한 지가 5년이다奔走臣我監五祀'라는 문장이 있는데, 감監은 곧 삼감三監으로 삼감이 반란했다는 것으로부터 당시까지 5년임을 말한 것이다. 이 《다방》편이 성왕 5년에 지은 것이 아니면 무엇이겠는가?"

나는 다음과 같이 생각한다.

이는 문리로 추단한 것으로 이치가 지극하면 수數를 이길 수 없다. 마침내 역법으로 추산해보면, 성왕 5년 경인세庚寅歲까지는 적적積 2391년, 중적中積 873,300.534381일, 동지冬至 54.525619일[무오일], 천정天正경삭經朔 22.628211일[병술일]이다. 5월 건진지월建辰之月까지 계산해보면, 경삭經朔 20.750583일[갑신일]이니 정해월丁亥月의 4일[48]로써 꼭 들어맞음이 이와 같다. 나는 오늘날 김이상호 인산(仁山)을 일으켜 세워 이 사실을 알려주어 《전편前編》에 보충하여 넣게 하고 싶다.

원문

又按：說《春秋》者, 悉以周正. 而說《周書》未見其以周正, 此不知類也. 除《武成》一月建子, 二月建丑, 四月建卯, 《顧命》四月建卯, 向所推外, 茲上推《畢命》六月建巳, 《召誥》二月建丑, 三月建寅, 《洛誥》十有二月建亥, 《康誥》"惟三月", 即《召誥》之三月, 《多士》"惟三月", 即《康誥》之三月, 合以《多方》五月建辰, 總同一周正. 然則蔡氏謂三代改正朔而不改月數, 以寅月起數者, 豈非委巷陋儒之談哉? 雖有曆學, 吾不告之.

---

[48] 《다방》惟五月丁亥, 王來自奄, 至于宗周.

《춘추》를 말하는 사람들은 모두 주정周正을 사용했다고 한다. 그러나 《주서周書》를 말하는 사람 가운데 주정周正을 사용했다고 말하는 것을 보지 못했으니, 이는 같은 것임을 모른 것이다. 예전에 추산했던 《무성》의 1월 건자建子, 2월 건축建丑, 4월 건묘建卯, 《고명》의 4월 건묘를 제외하고, 지금 추산해보면 《필명》의 6월 건사建巳, 《소고》의 2월 건축建丑, 3월 건인建寅, 《낙고》의 12월 건해建亥이고, 《강고》 "3월惟三月"은 곧 《소고》의 3월이고, 《다사》의 "3월惟三月"은 곧 《강고》의 3월이니, 《다방》의 5월 건진建辰과 합치하며, 모두 주정周正으로 동일하다. 그렇다면 채침의 "삼대三代가 정삭正朔을 고쳤지만 월수月數는 고치지 않았고 인월寅月로 수數를 일으켰다三代改正朔而不改月數, 以寅月起數"는 말이 어찌 위항委巷의 식견이 좁은 유자의 농담이 아니겠는가? 비록 역학이 있지만, 나는 알리지 않겠다.

又按:蔡《傳》云:"三代正朔不同, 朝覲會同, 頒曆授時, 則以正朔行事." 此說大謬不然. 一部《周禮》, 所云春, 夏, 秋, 冬皆係夏時, 則春見曰朝, 秋見曰覲. 春朝諸侯秋覲, 非建子者之春秋可知. "時見曰會", 鄭《注》:"時見, 言無常期." 此於正朔何交涉? "殷見曰同", 鄭《注》:"衆見, 四方諸侯四時分來." 亦以夏時. 至授時謂民間耕獲之候, 《堯典》所云"作", "訛", "成", "易", 是萬古一也. 豈商周建異, 而並此亦更之哉? 莫善于《周書·周月解》一段. 趙子常約其辭曰:"夏數得天, 百王所同. 商以建丑爲正, 亦越我周作正, 以垂三統. 至於敬授民時, 巡狩祭享, 猶自夏焉." 眞得其旨. 吾欲取以易蔡《傳》.

[번역] **우안又按**

《채전》은 "비록 삼대三代의 정삭正朔이 같지 않으나 조근朝覲하고 회동會
同하며, 책력冊曆을 반포하고 때 알려주는 것은 정삭正朔으로 행사하였다三
代正朔不同, 朝覲會同, 頒曆授時, 則以正朔行事"라고 하였다. 이 설은 큰 오류로서 그렇
지 않다. 《주례》에서, 이른바 춘春, 하夏, 추秋, 동冬은 모두 하시夏時이니,
춘현春見을 조朝라고 하고, 추현秋見을 근覲이라고 하였다. 제후가 봄에 조朝
하고 가을에 근覲하는 것이 건자建子의 춘추春秋가 아님을 알 수 있다. "시
현時見을 회會라고 한다時見曰會"의 정현《주》는 "시현時見은 정해진 기간이
없음을 말한 것이다言無常期"고 하였다. 이것이 정삭正朔과 무슨 관계가 있
는가? "은현殷見을 동同이라고 한다殷見曰同"의 정현《주》는 "무리 지어 뵙는
것이니, 사방의 제후들이 4계절에 나누어 왔다衆見, 四方諸侯四時分來"고 하였
다. 또한 하시夏時로 한 것이다. "때를 알려주는 것授時"에 이르러서는 백성
이 김매고 수확하는 때에 관련된 것이니, 《요전》에서 말한 "작作",[49] "와
訛",[50] "성成",[51] "역易"[52]으로서 만고萬古에 동일한 것이다. 어찌 상주商周에
서 다름을 세워 모두 이를 바꾸었겠는가? 《주서周書 · 주월해周月解》단락보
다 더 좋은 것이 없다. 조방趙汸, 1319~1369, 자상(子常)이 그 문장을 요약하였
다. "하나라의 역수가 천시天時와 부합하는 것은, 백대百代의 왕王에 동일한
것이다. 상商은 건축建丑으로 정월正月로 삼고 또한 우리 주周나라도 정正을
세워 삼통三統에 드리웠다. 공경히 백성의 때를 주는 것과 순수巡狩하고 제

---

49 《요전》平秩東作 봄에 시작하는 일을 고르게 차례대로 하다.
50 《요전》平秩南訛 여름에 변화하는 일을 고르게 차례대로 하다.
51 《요전》平秩西成 가을에 수확하는 일을 고르게 차례대로 하다.
52 《요전》平在朔易 겨울에 다시 소생함을 고르게 차례대로 하다.

향祭享함에 이르러서는 하력夏曆으로 하였다夏數得天, 百王所同. 商以建丑爲正, 亦越我周作正, 以垂三統. 至於敬授民時, 巡狩祭享, 猶自夏焉." 진실로 그 종지를 얻었다. 나는 이를 취하여 《채전》을 바꾸고 싶다.

원문

又按：《三國志》魏明帝景初元年，"改《大和曆》曰《景初曆》，其春, 夏, 秋, 冬, 孟, 仲, 季月, 雖與正歲不同, 至於郊祀, 迎氣, 祈祠, 蒸嘗, 巡狩, 蒐田, 分至啟閉, 班宣時令, 中氣早晚, 敬授民事, 皆以正歲斗建爲曆數之序." "正歲", 即《周官·大宰》之"正歲"建寅者. 語尤分析曉暢, 足正蔡非.

번역 우안又按

《삼국지三國志》 위魏 명제明帝 경초景初 원년237, "《대화력大和曆》을 고친 것을 《경초력景初曆》이라 하는데, 춘春, 하夏, 추秋, 동冬의 맹孟, 중仲, 계季 월月이 비록 정세正歲와는 같지 않으나, 교외郊外에서의 제사, 사계四季의 기운으로 풍년을 기원하는 제사, 종묘제사, 가을과 겨울의 제사, 순수, 사냥하며 열병하는 것, 춘분추분과 하지동지 그리고 입춘, 입하, 입추, 입동을 정하는 것, 계절에 맞게 정령을 반포하는 것, 절기의 빠르고 느림을 정하는 것, 공경히 백성에게 때를 알려주는 것 등에 있어서는 모두 정세正歲의 북두성의 두병斗柄이 가리키는 방위로 만든 것으로 역수曆數의 차례를 삼았다改《大和曆》曰《景初曆》, 其春, 夏, 秋, 冬, 孟, 仲, 季月, 雖與正歲不同, 至於郊祀, 迎氣, 祈祠, 蒸嘗, 巡狩, 蒐田, 分至啟閉, 班宣時令, 中氣早晚, 敬授民事, 皆以正歲斗建爲曆數之序"고 하였다. "정세正歲"는 곧 《주관周官·태재大宰》의 "정세正歲"로서 건인建寅 하력夏曆이다. 그 말이 더욱 분석하고 밝게 펼쳐져 《채전》의 잘못을 바로잡기에 충분하다.

원문

又按：事有爲當代所通尚, 習聞習見, 隨人擧及, 言下輒知此屬某, 彼屬某, 不復煩疏解者. 三正之通於民俗, 亦其一也. 予嘗以《豳風·七月》詩言"月", 夏正也; 言"日", 周正也.《周禮·大宰》《小宰》"正月", 建子也; "正歲", 建寅也. 一篇一官之中, 已交錯言之, 然猶曰：字有不同也. 若"何以卒歲", 夏正之歲也. "曰爲改歲", 周正之歲也.《月令》季秋曰"來歲", 秦正之歲也; 季冬曰 "來歲", 夏正之歲也. "十月蟋蟀, 入我牀下", 夏正之十月也; "十月之交, 朔日辛卯", 周正之十月也.《臨卦》"至于八月有凶", 商之八月也;《玉藻》"至于八月不雨", 周之八月也.《月令》"孟春乘鸞路", 夏之孟春也;《明堂位》"孟春乘大路", 周之孟春也.《臣工》詩"維莫之春", 周之暮春也;《論語》"莫春者", 夏之暮春也.《明堂位》"季夏六月", 改時與改月也;《左傳》襄十四年"正月孟春", 不改月與時也.《君雅》"夏日暑雨", "冬祁寒", 不改時即不改氣者也;《雜記》 "正月日至", "七月日至", 改月即不改節者也.《左傳》昭十七年"當夏四月", 建巳也, 於商爲四月建辰也;《武成》"惟四月",《顧命》"惟四月", 建卯也.《郊特牲》"歲十二月",《孟子》"歲十二月", 建亥也;《伊尹》"十有二月",《三統曆》"商十二月", 建子也;《夏小正》"十有二月",《淩人》"十有二月", 建丑也. 四代之制, 連類錯擧, 昭昭別異. 然猶曰書有不同也. 若曾子一人口中, "病于夏畦", "夏", 夏之夏也; "秋陽以暴之", "秋", 周之秋也. 趙岐《注》："周之秋, 夏之五六月盛陽也." 郝仲輿曰："周以五六月爲秋, 陽光燥烈, 金遇火伏, 暴之極乾也." 夫以暴物極乾言, 有不須午未月之陽者乎? 同一絳縣人之生正月甲子朔,在晉爲七十三年, 在魯則七十四年也, 師曠言魯獲長狄年數與此同. 同一史蘇之占, 六年逃, 明年死, 在晉則合, 在魯中隔一年也. 所以者何? 用夏正與周正之不同. 不惟此也, 昭元年正月趙武相晉國, 祁午曰"於今七年", 及至秋, 醫和曰"於今八年". 所以者何? 昭元年正月仍晉平公十六年十一月, 昭元年秋則晉平公十七年之夏或秋也. 以至《三統曆》殷十一月戊子後三日得周正月辛卯朔. 周正月, 殷十二月.《洛誥》《傳》以十二月戊辰晦到明月爲夏之仲冬, 夏仲冬, 周孟春. 漢古詩《明月皎夜光》一篇, "玉衡指孟冬". 漢以十月爲歲首, 此孟冬乃建申之月, 指改時而言. 下文"秋蟬鳴樹間"爲明實候, 故以不改者言. 唐儲光羲詩"夏王紀冬令, 殷人乃正月", 則又和盤托出. 楊升菴曰"唐人不辯而自了然"是也. 惟宋儒而始生異說, 明人出而益滋妄解矣.

번역 **우안又按**

일이란 것이 당대에 통하는 바가 있어서 익숙하게 보고 듣고 사람마다 언급함이 있으면, 말하자마자 바로 이것은 어디에 속하고 저것은 어디에 속하는 것임을 알 수 있으며 다시 번거롭게 주해할 것이 없다. 삼정三正夏正建寅, 殷正建丑, 周正建子이 민속民俗과 통하는 것도 그 하나이다. 나는 일찍이 《빈풍豳風·칠월七月》 시詩에서 "월月"을 말한 것은 하정夏正이고 "일日"을 말한 것은 주정周正이라고 하였다. 《주례·태재大宰》《소재小宰》의 "정월正月"은 건자建子이고, "정세正歲"는 건인建寅이다. 동일한 《시》와 《주관》 안에서 이미 교착交錯하여 말하고 있지만 오히려 글자에 같지 않음이 있다고 할 수 있다. 《칠월》 "(섣달에) 어떻게 해를 마치리오何以卒歲"와 같은 것은 하정夏正의 해歲이다. "(10월에) 해가 바뀌게 되었으니曰爲改歲"는 주정周正의 해이다.《예기 · 월령》의 계추季秋, 9월를 "내세來歲"라고 한다는 진정秦正의 해이고, 계동季冬(12월)을 "내세來歲"라고 한다는 하정夏正의 해이다.《칠월》"시월이 되면 귀뚜라미가 내 와상 밑으로 들어오네十月蟋蟀, 入我牀下"는 하정夏正의 10월이고,《소아 · 시월지교十月之交》"시월 해와 달이 서로 교차하는 초하루 신묘일十月之交, 朔日辛卯"는 주정周正의 10월이다.《주역 · 임괘臨卦》"팔월에 이르러 흉함이 있다至于八月有凶"는 상商의 8월이고,《예기 · 옥조玉藻》 "8월에 이르도록 비가 내리지 않는다至于八月不雨"는 주周의 8월이다.《예기 · 월령月令》"맹춘에 난로鸞輅를 탄다孟春乘鸞路"는 하夏의 맹춘이고,《예기 · 명당위明堂位》의 "맹춘에 대로大輅를 탄다孟春乘大路"는 주周의 맹춘이다.《주송 · 신공臣工》 시의 "늦은 봄維莫之春"은 주周의 모춘暮春이고,《논어 · 선진先進》 "늦봄莫春者"은 하夏의 모춘暮春이다.《예기 · 명당위》"계하 6월季夏六月" 은 시時와 월月을 고친 것이고,《좌전》양공14년 "정월 맹춘正月孟春"은 월月과 시時를 고치지 않은 것이다.《군아》"여름에 무덥고 비가 내리다夏日暑雨",[53] "겨울에 크게 춥다冬祁寒"는 시時를 고치지 않은 것이며 곧 절기節氣를 바꾸지 않은 것이고,《예기 · 잡기雜記》"정월 동지正月日至", "7월 하지七月日至"는 월月을 바꾸었으나 곧 절기節氣를 바꾸지 않은 것이다.《좌전》소공 17년 "하력 4월에 해당한다當夏四月"는 건사建巳이고, 상商에서는 4월은 건진建辰이고,《무성》"4월惟四月",《고명》"4월惟四月"은 건묘建卯也이다.《예기 · 교특생郊特牲》"매년 12월歲十二月",《맹자 · 이루하離婁下》"매년 12월歲十二月"은 건해建亥也이고,《이윤》"12월十有二月",《삼통력》"상商 12월商十二月"은

---

53   원문은 "夏暑雨"이다.

건자建子이고,《대대례기‧하소정夏小正》"12월十有二月",《주례‧능인淩人》"12월十有二月"은 건축建丑이다. 사대四代의 제도가 이어지듯 비슷한 것들을 섞어 사용하였으나 환하게 다름이 구별된다. 그러나 오히려 문장이 같지 않음이 있다고 할 수 있다. 증자曾子 한 사람의 말 가운데도 "여름에 밭일 하는 것보다도 고된 일이다病于夏畦"[54]의 "여름"은 하夏의 여름이고, "가을 볕으로 쪼이다秋陽曝之"[55]의 "가을"은 주周의 가을이다. 조기趙岐《주》는 "주 周의 가을은 하夏의 5~6월 무더울 때이다周之秋, 夏之五六月盛陽也"고 하였다. 학 경郝敬, 1558~1629, 자 중여(仲輿)은 "주周는 5~6월로 가을을 삼았는데, 햇볕이 뜨겁게 쬐고, 금金이 화火를 만나는 복伏이 되어 폭염이 바싹 말렸다周以五六 月爲秋, 陽光燥烈, 金遇火伏, 暴之極乾也"고 하였다. 대저 폭염으로 바싹 말리는 것으로 말한다면 오미월午未月의 햇볕보다 더한 것이 있겠는가? 동일한 강현絳 縣의 사람이 정월 갑자삭甲子朔에 태어나도, 진晉에서는 73년이 되고, 노魯 에서는 74년이 되니, 사광師曠이 말한 노魯나라에서 장적長狄을 사로잡은 때의 연수年數가 이와 같다.[56] 동일한 사소史蘇의 점占에도 "6년 만에 도망 가서 이듬해에 죽는다六年逃明年死"[57]라 하였는데 진晉에서는 합치하였으나

---

54 《맹자‧등문공하》曾子曰 脅肩諂笑, 病于夏畦.
55 《맹자‧등문공상》曾子曰 不可. 江漢以濯之, 秋陽以暴之, 皜皜乎不可尙已.
56 《좌전‧양공30년》"사광(師曠)이 말하기를 "이 해는 노(魯)나라 숙중혜백(叔仲惠伯)이 승광(承匡)에서 곡성자(郤成子)(晉大夫 郤缺)와 회합했던 해이다. 이 해에 적인(狄人)이 노(魯)나라를 침벌하자, 이때 숙손장숙(叔孫莊叔, 叔孫得臣)이 함(鹹)에서 적인을 패배 시키고 장적교여(長狄僑如) 및 훼(虺)와 표(豹)를 사로잡고서, (이를 記念하기 위해) 그들의 이름자를 사용해 자기 아들들의 이름을 지었는데, 이미 73년이 지났다."(師曠曰 魯叔仲惠伯會郤成子于承匡之歲也. 是歲也, 狄伐魯, 叔孫莊叔於是乎敗狄于鹹, 獲長狄僑如及 虺也豹也, 而皆以名其子, 七十三年矣)
57 《좌전‧희공15년》"귀매괘(歸妹卦)는 괴리되고 고독하여 구적(寇敵)이 시위를 당기는 상이니 조카가 고모에 의지하다가 6년 만에 도망해 자기 나라로 돌아와서는 그 아내를

노魯에서는 일 년을 건너뛰었다. 그 이유는 무엇인가? 하정夏正을 사용함이 주정周正과 다르기 때문이다. 이뿐만이 아니니, 소공昭公 원년 정월에 조무趙武가 진국晉國의 재상이 되었는데, 기오祁午가 "이제까지 7년이다於今七年"고 하였고, 가을에 이르러 의화醫和가 "이제까지 8년이다於今八年" 하였다. 그 이유는 무엇인가? 소공 원년 정월은 진晉평공平公 16년 11월이었으며, 소공 원년 가을은 진평공 17년의 여름 혹은 가을이었기 때문이다. 《삼통력》에 이르러서는 은殷의 11월 무자戊子 후삼일後三日은 주周 정월 신묘삭辛卯朔이라고 하였다. 주周의 정월은 은殷의 12월이다. 《낙고》《공전》은 "12월 무진일 그믐에 낙읍에 도착하였고以十二月戊辰晦到", "다음 달은 하夏의 중동仲冬이다明月爲夏之仲冬"고 하였으니, 하夏의 중동仲冬은 주周의 맹춘孟春이다. 한漢 고시古詩 《명월교야광明月皎夜光》편에서 "옥형玉衡은 맹동孟冬을 가리키네"라고 하였다. 한漢은 10월을 세수歲首로 삼았으므로, 여기의 맹동孟冬은 건신지월建申之月로서 개시改時를 가리켜 말한 것이다. 아래 단락의 "가을 매미가 나무에서 우네秋蟬鳴樹間"는 그때의 실제 기후를 밝힌 것이므로 고치지 않은 대로 말한 것이다. 당唐 저광희儲光羲, 706?~763[58]의 시에 "하왕夏王은 동령冬令을 기준 삼았는데, 은인殷人에게는 정월이네夏王紀冬令, 殷人乃正月"라고 하였으니, 또한 하나의 남김없이 다 드러낸 논의이다. 양신楊愼, 1488~1559, 호 승암(升菴)이 "당唐나라 사람들은 변별하지 않고서도 저절로 환하다唐人不辯而自了然"고 하였는데 그 말이 옳다. 오직 송유宋儒들이 비로소 이

버리고 이듬해에 고량(高粱)의 언덕에서 죽을 것입니다"라고 하였다.(歸妹睽孤, 寇張之弧, 姪其從姑, 六年其逋, 逃歸其國, 而棄其家, 明年其死於高粱之虛)

58 저광희(儲光羲): 당대(唐代)의 관원(官員). 전원산수시파(田園山水詩派)의 대표 시인이다.

설異說을 만들어 냈고, 명明나라 사람들은 더 나아가 더욱 망령된 해석에 젖어들었다.

원문

又按 : 宋明人所據以斷斷者, 在冬不可以爲春, 寒不可以爲暖, 四時改易, 尤爲無義. 此惟兩說足以釋之 : 一, 後漢陳寵曰 : "冬至之節, 陽氣始萌, 故十一月有蘭, 射干, 芸, 荔之應, 天以爲正, 周以爲春. 十二月, 陽氣上通, 雉雊, 雞乳, 地以爲正, 殷以爲春. 十三月, 陽氣已至, 天地已交, 萬物皆出, 蟄蟲始振, 人以爲正, 夏以爲春." 一, 王陽明曰 : "陽生於子, 而極于巳, 午, 陰生於午, 而極於亥, 子. 陽生而春始盡於寅, 而猶夏之春也. 陰生而秋始盡於申, 而猶夏之秋也. 自一陽之復以極於六陽之乾而爲春夏, 自一陰之姤以極於六陰之坤而爲秋冬. 此文王之所演, 而周公之所繫." 近王恭簡亦以可兩言而決者 : "子月爲一歲之始, 猶子時爲一日之始, 安在建子不可以爲春也與?"

번역 **우안又按**

송명宋明의 사람들이 떠들썩하게 근거로 든 것은 겨울은 봄이 될 수 없고 추위는 따뜻함이 될 수 없으며, 사시四時가 바뀌는 것은 더욱 의리가 없다는 것이었다. 이것은 두 가지 설로 충분히 설명할 수 있다. 첫째, 후한의 진총陳寵, ?~106은 다음과 같이 말하였다. "동지의 계절에 양기陽氣가 비로소 싹트기 때문에 11월에 난蘭, 사간射干, 운초芸草, 붓꽃이 피어나고, 하늘이 바름을 얻었으므로 주周나라가 춘春으로 삼았다. 12월은 양기가 위로 통하여 꿩이 울고 암탉이 알을 낳고, 하늘이 바름을 얻었으므로 은

殷나라가 춘春으로 삼았다. 13월은 양기가 이미 지극하고 천지天地가 이미 교섭하여 만물이 모두 나오고 숨어있던 벌레들이 비로소 꿈틀되고, 사람이 바름을 얻었으므로 하夏나라가 춘春으로 삼았다冬至之節, 陽氣始萌, 故十一月有蘭, 射干, 芸, 荔之應, 天以爲正, 周以爲春. 十二月, 陽氣上通, 雉雊, 雞乳, 地以爲正, 殷以爲春. 十三月, 陽氣已至, 天地已交, 萬物皆出, 蟄蟲始振, 人以爲正, 夏以爲春." 둘째, 왕수인王守仁, 호 양명(陽明)은 다음과 같이 말하였다. "양陽은 자월子月, 11월에서 생겨나, 사월巳月, 4월와 오월午月, 5월에서 극에 달하고, 음陰은 오월午月, 5월에서 생겨나, 해월亥月, 10월과 자월子月, 11월에서 극에 달한다. 양이 생겨나고 인월寅月, 1월에서 봄이 비로소 펼쳐지니, 하夏나라의 봄과 같다. 음이 생겨나고 신월申月, 7월에서 가을이 비로소 펼쳐지니, 하나라의 가을과 같다. 일양一陽의 복復에서부터 육양六陽의 건乾의 극에 달하기까지가 춘하春夏가 되고, 일음一陰의 구姤에서부터 육음六陰의 곤坤의 극에 달하기까지가 추동秋冬이 된다. 이것은 문왕이 연역하고 주공이 이은 것이다陽生於子, 而極于巳, 午, 陰生於午, 而極於亥, 子. 陽生而春始盡於寅, 而猶夏之春也. 陰生而秋始盡於申, 而猶夏之秋也. 自一陽之復以極於六陽之乾而爲春夏, 自一陰之姤以極於六陰之坤而爲秋冬. 此文王之所演, 而周公之所繫." 근래의 왕초王樵, 1521~1601, 시(諡) 공간(恭簡)도 두 마디의 말로 결론지었다. "자월子月이 1년의 시작인 것은 자시子時가 하루의 시작인 것과 같으니, 어찌 건자建子가 봄이 되지 않겠는가?子月爲一歲之始, 猶子時爲一日之始, 安在建子不可以爲春也與?"

원문

又按 : 秦正建亥, 方屬無謂, 然亦凡三變焉. 《秦本紀》昭襄王四十二年先書"十月宣太后薨", 繼書"九月穰侯出之陶"; 四十八年先書"十月韓獻垣雍", 繼書"正月兵罷", 似已用十月爲歲首. 《秦始皇本紀》四年先書"三月", 繼書"十月"; 十三年先書"正月", 繼書"十月", 又以十月爲殿, 忽建寅. 或曰 : 安知其建寅? 蓋觀所書災異與夏之月數相應, 如九年"四月寒, 凍有死者", 十三年"大旱六月, 至八月乃雨". 是則秦不改月數, 于茲益信. 二十六年秦初並天下, 改年始, 朝賀皆自十月朔. 雖自謂今水德之始, 然實從其祖制來.

번역 우안又按

진정秦正이 건해建亥라는 사실은 더 말한 것은 없으나, 또한 세 번의 변화가 있었다. 《사기 · 진본기》소양왕昭襄王 42년에 "10월, 선태후宣太后가 죽었다十月宣太后薨"를 먼저 기록하고, 이어서 "9월 양후穰侯가 도陶로 도망하였다九月穰侯出之陶"를 기록하였다. 48년에 "10월, 한韓나라가 원옹垣雍을 바쳤다十月韓獻垣雍"를 먼저 기록하고, 이어서 "정월 군대가 전쟁을 멈추었다正月兵罷"를 기록하였으니, 이미 10월을 세수歲首로 사용했었던 것 같다. 《사기 · 진시황본기》4년에 "3월三月"을 먼저 기록하고, 이어서 "10월十月"을 기록하였고, 13년에 "정월正月"을 먼저 기록하고 이어서 "10월十月"을 기록하였으니, 또한 10월을 뒤로 둔 것은 아마도 건인建寅일 것이다.

어떤 이가 물었다. 어떻게 그것이 건인建寅임을 아는가? 대체로 기록된 재이災異를 살펴보면 하夏의 월수月數와 서로 맞으니, 9년 "4월에 한파로 얼어 죽는 자가 있었다四月寒, 凍有死者", 13년 "큰 가뭄이 6월에 있었는데, 8월이 되어서야 비가 내렸다大旱六月, 至八月乃雨"와 같은 것이다. 그렇다면 진秦은 월수月數를 고치지 않았다는 것이 더욱 확실해진다. 26년, 진秦이 비로소 천하를 병합하고, 연시年始를 고치면서, 조근朝覲과 경하慶賀의 예식이 모두 10월 삭朔부터 시행되었다. 비록 스스로 이제 수덕水德이 시작되었다[59]고는 했지만, 실제로는 그들 조상의 제도로부터 온 것이다.

又按：昭襄王以後, 莊襄王以前, 秦既首十月, 則孝文王之事有可得而論焉.《秦本紀》"五十六年秋, 昭襄王卒, 子孝文王立, 尊唐八子爲唐太后, 而合葬於先王. 韓王衰絰來弔祠, 諸侯皆使將相來視喪事. 孝文王元年, 赦罪人, 修先王功臣, 褒厚親戚, 弛苑囿. 孝文王除喪, 十月己亥卽位, 三日辛丑卒, 子莊襄王立. 莊襄王元年, 大赦罪人, 修功臣"云云, 蓋昭襄王五十六年庚戌秋, 去孝文王元年辛亥冬十月僅二三月. 此二三月竣喪葬之事, 明年新君改元, 方大施恩禮. 至秋期年之喪畢, 然後書孝文王除喪. 或曰：子於親, 曷不行三年之喪, 而僅期年爲? 曰：此固當時之變禮也.《趙世家》晉定公三十七年卒, 簡子除三年之喪, 期而已. 彼春秋之末且然, 何有于秦? 秦猶勝, 既葬而除者多矣, 猶爲近古. 然則既除喪矣, 又書十月己亥卽位者, 爲何禮? 曰：古者天子崩, 太子卽位, 其別有四：始死則正嗣子之位,《顧命》"逆子釗于南門之外, 延入翼室"是也; 既殯, 則正繼體之位,《顧命》"王麻冕黼裳", "入卽位"是也; 踰年, 正改元之位,《春秋》書"公卽位"是也; 三年, 正踐阼之位, "舜格于文祖", 及"成王免喪, 將卽政, 朝於廟"是也. 曰"子孝文王立", 此正繼體之位也. 曰"孝文王元年", 此正改元之位也. 曰"孝文王除喪, 十月己亥卽位", 此正踐阼

---

59 시황제는 오덕(五德)이 순환반복하는 순서를 고찰하여, 주(周)나라는 화덕(火德)을 얻었는데 진(秦)나라가 주나라를 대신했으니, 주나라의 화덕이 이기지 못하는 수덕(水德)을 따라야 한다고 여겼다.

之位也. 故曰："秦猶近古". 然其失禮處, 亦不可不知：秦既用建亥月爲歲首,
孝文王元年應有十月, 今于除喪後又書十月, 分明是孝文王已踰二年矣, 豈享
國一年者乎？ 故予以莊襄王元年壬子原孝文王之二年, 但秦之臣子以孝文甫
即位三日不仍之爲二年, 遂改爲莊襄之元年. 觀書"子莊襄王立"下無事, 可知
崩年改元厥由于此. 一年二君, 固已非終始之義, 況又革先君餘年, 以爲己之
元年乎？ 失禮莫大焉. 惜千載讀史者, 俱未推究及此, 余特摘出以正《通鑑》
孝文王元年書"十月己亥, 王即位, 三日薨"之誤.

번역 우안又按

소양왕昭襄王 이후 장양왕莊襄王 이전까지, 진秦은 이미 10월을 세수歲首로
삼았으니, 효문왕孝文王 때의 일을 논의할 수 있게 되었다.

《사기·진본기》 "56년 가을, 소양왕昭襄王이 죽고 그의 아들 효문왕孝文王
이 즉위하였는데, 생모 당팔자唐八子를 당태후唐太后로 추존하고 선왕소양왕
과 합장하였다. 한왕韓王이 소복을 입고 와서 사당에 조문하였고, 다른 제
후들도 모두 장군과 승상을 보내서 조문 드리고 상례에 참가하였다. 효
문왕 원년, 죄인을 사면하고 선왕 때의 공신을 표창했으며, 친척들을 후
대하고 원유苑囿를 개방하였다. 효문왕이 복상을 마치고, 10월 기해일에
즉위하였으나 3일 만인 신축일에 죽으니 그의 아들 장양왕莊襄王이 즉위
하였다. 장양왕 원년, 죄인을 크게 사면하고 선왕 때의 공신들을 표창하
였다五十六年秋, 昭襄王卒, 子孝文王立, 尊唐八子爲唐太后, 而合葬於先王. 韓王衰絰來弔祠, 諸侯皆使將相
來視喪事. 孝文王元年, 赦罪人, 修先王功臣, 褒厚親戚, 弛苑囿. 孝文王除喪, 十月己亥即位, 三日辛丑卒, 子莊
襄王立. 莊襄王元年, 大赦罪人, 修功臣" 고 하였다.

대체로 소양왕昭襄王 56년 경술년庚戌年 가을은 효문왕孝文王 원년元年 신해
년辛亥年 겨울 10월까지의 기간이 겨우 2~3개월이다. 이 2~3개월 동안
상장喪葬을 끝내고, 다음해 새 군주가 개원改元하고 은례恩禮를 크게 배풀었
다. 가을에 이르러 기년상期年喪을 마친 연후에 효문왕이 복상을 마쳤다는
것을 기록한 것이다.

어떤 이가 물었다. 자식이 부모의 상에 어찌 삼년상을 행하지 않고 겨
우 기년상을 행한 것인가?

대답하였다. 이는 진실로 당시의 변례變禮이다. 《사기·조세가趙世家》에
진晉정공定公이 37년에 죽자, 간자簡子는 삼년상을 폐지하고 기년상으로
마쳤다. 저 춘추시대 말에도 그러하였으니, 진秦나라는 어떠했겠는가?
진秦나라는 오히려 나았으니, 장례를 끝내자마자 상복을 벗은 경우도 많
았는데, 오히려 옛 제도에 가깝다고 여겼다.

그렇다면 이미 상복을 벗었고, 다시 10월 기해일에 즉위한 것을 기록
한 것은 무슨 예인가?

대답하였다. 옛날 천자가 붕어하고 태자가 즉위함에 네 개의 구별되는
절차가 있었다. 처음 왕이 죽으면, 사자嗣子의 지위를 바르게 하니, 《고
명》의 "태자太子 소釗를 남문南門의 밖에서 맞이하여 익실翼室로 인도해 들
어왔다逆子釗于南門之外, 延入翼室"는 것이다. 염이 끝나면, 계체繼體의 지위를 바
르게 하니, 《고명》의 "왕王이 마면麻冕과 보상黼裳을 입고王麻冕黼裳", "들어가
자리에 나아갔다入即位"는 것이다. 해를 지나, 개원改元의 지위를 바르게 하
니, 《춘추》에 기록된 "공이 즉위하였다公即位"는 것이다. 3년, 천조踐阼의
지위를 바르게 하니, "순舜이 문조文祖의 사당에 나아갔다舜格于文祖" 및 "성

왕이 상喪을 벗고, 장차 정사에 나아가려 할 때, 선왕의 사당에 조회하였다成王免喪, 將即政, 朝於廟"는 것이다. "아들 효문왕이 즉위하였다子孝文王立"라고 한 것은 계체繼體의 지위를 바르게 한 것이다. "효문왕 원년孝文王元年"이라고 한 것은 개원改元의 지위를 바르게 한 것이다. "효문왕이 상복을 마치고, 10월 기해일에 즉위하였다孝文王除喪, 十月己亥即位"라고 한 것은 천조踐阼의 지위를 바르게 한 것이다. 따라서 "진秦나라가 오히려 옛 제도에 가까웠다秦猶近古"라고 한 것이다. 그러나 그 예를 잃어버린 곳을 또한 모를 수 없다. 진秦은 이미 건해월建亥月을 사용하여 세수歲首로 삼았으므로 효문왕 원년元年은 마땅히 10월이며, 지금 상복을 마친 후에 다시 10월이라고 썼으므로, 분명 효문왕은 이미 2년을 넘긴 것이니, 어찌 향국 1년이겠는가? 따라서 나는 장양왕莊襄王 원년 임자년壬子年은 원래 효문왕孝文王의 2년인데, 다만 진秦의 신하들이 효문보孝文甫가 즉위한 지 3일인 것으로 인해 2년으로 여기지 않고, 마침내 장양왕의 원년으로 고친 것이라 생각한다. "아들 장양왕이 즉위하였다子莊襄王立." 아래에 아무 일도 기록하지 않은 것을 보면, 붕년개원崩年改元이 이 때문에 빠졌다는 것을 알 수 있다. 한 해에 두 임금이 있는 것은 진실로 이미 종시終始의 의리가 아닌데, 하물며 다시 선군先君의 여년餘年을 바꾸어 자기의 원년으로 삼음에 있어서랴? 예를 잃음이 이보다 더 클 수 없다. 애석하게도 천 년 동안 역사를 읽는 자들이 모두 여기까지 미루어 궁구하지 못했는데, 나는 단지 가려내어《통감》효문왕 원년에 기록된 "10월 기해일, 왕이 즉위하였고, 3일 만에 죽었다十月己亥, 王即位, 三日薨"는 오류를 바로잡고자 한 것이다.

又按：趙子常曰："春, 夏, 秋, 冬之序, 則循周正; 分, 至, 啟, 閉之候, 則
仍夏時." 此致確之言. 萬斯大充宗以二十四氣之名, 起於漢造《太初曆》, 不
然, 以配周正則相戾不合. 驚蟄在子月, 大暑在巳月, 豈可乎? 黃太沖從而佐
其說. 余請兩言以折之曰：《左氏》桓五年："凡祀, 啟蟄而郊."《考工記》：
"凡冒鼓, 必以啟蟄之日." 啟蟄, 漢之驚蟄也.《國語》范無宇曰："處暑之既至."
《注》云："處暑, 七月節." 此豈《太初》後始有哉?

우안又按

조방趙汸, 1319~1369, 자 자상(子常)은 "춘, 하, 추, 동의 차례는 주정周正을 따
른 것이고, 춘분과 추분, 하지와 동지, 입춘과 입하의 열림, 입추와 입동
의 닫힘의 기후는 하시夏時를 따른 것이다春, 夏, 秋, 冬之序, 則循周正; 分, 至, 啟, 閉之
候, 則仍夏時"라 하였다. 이는 매우 확실한 말이다. 만사대萬斯大, 1633~1683, 자 충
종(充宗)[60]는 24절기의 명칭은 한대漢代에 만든《태초력太初曆》에서 시작되었
다고 했는데, 이는 그렇지 않으니, 주정周正으로 배합하면 서로 어긋나 맞
지 않는다. 어찌 경칩驚蟄은 자월子月에 있고, 대서大暑는 사월巳月에 있을 수
있겠는가? 황종희자 태충(太沖)가 이어서 그 설을 보좌하였다.

　나는 두 설을 들어 다음과 같이 반박하고자 한다.《좌씨》환공 5년 "무
릇 제사는 계칩啟蟄이 되면 교제郊祭를 지낸다凡祀, 啟蟄而郊"과 하였고,《고공

---

60 만사대(萬斯大)：자 충종(充宗). 청초의 저명한 경학가로서, 동생 만사동(萬斯同, 1638~1702)
　과 더불어 황종희(黃宗義)를 사사하여 고제자(高弟子)가 되었다. 주요 저작에는《경학오
　서(經學五書)》가 있는데, 특히《춘추(春秋)》와《삼례(三禮)》에 정밀하였다.

기고工記》: "무릇 북을 만들 때는 반드시 계칩故蟄일에 해야 한다凡冒鼓, 必以故蟄之日"라고 하였다. 계칩故蟄은 한漢의 경칩驚蟄이다. 《국어 · 초어상》 범무우范無宇가 말하였다. "처서가 이미 이르렀다處暑之既至"의 《주注》에 "처서는 7월의 절기이다處暑, 七月節"고 하였다. 이 어찌 《태초력》을 만든 이후에 비로소 있게 된 것이겠는가?

又按 : 古以驚蟄爲正月中, 雨水爲二月節, 《三統曆》猶然. 後漢劉洪《乾象曆》方改易其次, 雨水前, 驚蟄後. 故康成曰: "漢始亦以驚蟄爲正月中", 則康成時不然可知. 《周書 · 時訓解》"立春之日, 東風解凍, 雨水之日, 獺祭魚, 驚蟄之日, 桃始華", 分明是傳寫人以後之節次上改古曆, 讀者並以此疑《時訓》非古, 過矣.

우안又按

옛날에는 경칩驚蟄은 정월중正月中이고, 우수雨水는 2월二月의 절기라고 여겼으니, 《삼통력》이 그러했다. 후한後漢 유홍劉洪의 《건상력乾象曆》으로부터 그 순서를 바꾸어 우수가 앞에 오고 경칩이 뒤에 있게 되었다. 따라서 정강성은 "한漢나라 처음에는 또한 경칩을 정월중正月中이라고 하였다漢始亦以驚蟄爲正月中"고 하였으니, 정강성이 살던 동한 때는 그렇지 않았음을 알 수 있다. 《주서 · 시훈해時訓解》"입춘일에 동풍東風이 얼음을 녹이고, 우수일에 수달이 물고기를 제사 지내며, 경칩일에 도화桃花가 피기 시작한다立春之日, 東風解凍, 雨水之日, 獺祭魚, 驚蟄之日, 桃始華"고 하였으니, 이는 분명 전사傳寫하는 사람이 후대의 절기 순서로 고대의 역법을 고친 것이므로, 독자들이 이 것으로 《시훈해時訓解》가 옛 것이 아님을 의심하였는데, 너무 지나친 생각 이다.

원문

又按："維莫之春", 鄭《箋》謂周時之寅月. 蓋諸侯來朝, 助祭於廟畢, 時當 寅月, 遣之歸以趨農事, 恐時之晩過. 朱子認作夏時, 曰："此戒農官之詩." 萬 充宗曰："果若所云, 則夏之三月. 曆稽經傳, 告戒農功, 未有如此之晩者. 蔡 氏泥於'於皇來牟, 將受厥明'二句以爲牟麥將熟, 須當建辰之月. 不知以爲'將 受', 猶是方來而未熟之詞. 言之于辰月可, 言之于寅月亦無不可也." 足解人 頤. 余特以其有補《書傳》也, 錄之.

번역 우안又按

《주송·신공臣工》"늦은 봄維莫之春"의 《정전鄭箋》은 주정周正의 인월寅月이 라고 하였다. 제후諸侯가 내조來朝하여, 사당에 제사 지내는 부조扶助가 끝 나는 때가 인월寅月에 해당되면, 제후를 돌려보내 농사에 빨리 달려가게 하더라도 아마도 때가 너무 늦을 것이다. 주자는 하정夏正을 쓴 것이라고 여기고 "이는 농관을 경계시킨 시이다此戒農官之詩"라고 하였다. 만사대萬斯 大, 자 충종(充宗)는 다음과 같이 말하였다. "과연 말한 바와 같으니, 하夏의 3 월이다. 역대의 경전經傳을 고찰해보건대, 농공農功을 알리고 경계함에 이 와 같이 늦은 것은 없었다. 채침은 '아, 훌륭한 내모來牟가 장차 그 밝게 주심을 받게 되었네於皇來牟, 將受厥明'. 두 구절에 너무 빠져 모맥牟麥이 장차

익어가는 건진지월建辰之月에 해당한다고 하였다.[61] 이는 '장차 받게되다將
受'가 바야흐로 다 되어가지만 아직 익지 않았다는 말임을 모른 것이다.
진월辰月이라고 말할 수 있다면, 인월寅月이라고 말하는 것도 안 될 것이
없다." 사람들의 얼굴을 펴서 웃게 만들기에 충분하다.

　나는 단지 이 설로《서전書傳》을 보충하고자 기록해 둔다.

　원문

　又按:改月之說, 莫明白於《左氏》隱元年經書"春王正月",《傳》則書"春王
周正月", 杜《注》云:"言周以別夏, 殷." 次毛萇《詩傳》:"一之日, 周正月也.
二之日, 殷正月也. 三之日, 夏正月也. 四之日, 周四月也."《三統曆》"大雪, 冬
至", 注云:"於夏爲十一月, 商爲十二月, 周爲正月." 以及"立冬, 小雪", 注
云:"於夏爲十月, 商爲十一月, 周爲十二月." 楊升菴曰:"此固不厭博引旁
喻者." 余故備錄之.

　번역　우안又按

　개월改月의 설說 가운데《좌씨》은공 원년 경經 "춘왕정월"春王正月)보다
더 명백한 것은 없으니,《전傳》은 "봄, 주왕周王 정월正月春王周正月"이라 적었
고, 두예《주》는 "주周를 말하여 하夏·은殷과 구별하였다言周以別夏,殷"고 하
였다. 다음은 모장毛萇《시전詩傳》의 "일양一陽의 날은 주周정월이다. 이양二

---

61 《태서상·집전》且臣工詩言, 維暮之春, 亦又何求. 如何新畬. 於皇來牟, 將受厥明. 蓋言暮春,
則當治其新畬矣. 今如何哉. 然牟麥. 將熟可以受上帝之明賜. 夫牟麥將熟則建辰之月, 夏正季
春審矣. 鄭氏於詩, 且不得其義. 則其攺之固不審也. 不然, 則商以季冬爲春, 周以仲冬爲春, 四
時反逆, 皆不得其正. 豈三代聖人奉天之政乎.

陽의 날은 은殷정월正月이다. 삼양三陽의 날은 하夏정월正月이다. 사양四陽의 날은 주周4월이다一之日, 周正月也. 二之日, 殷正月也. 三之日, 夏正月也. 四之日, 周四月也"이다. 《삼통력》"대설, 동지大雪, 冬至"의 《주》에 "하夏의 11월, 상商의 12월, 주周의 정월이다於夏爲十一月, 商爲十二月, 周爲正月"고 하였고, "입동, 소설立冬, 小雪"의 《주》에 "하夏의 10월, 상商의 11월, 주周의 12월이다於夏爲十月, 商爲十一月, 周爲十二月"고 하였다. 양신楊愼, 1488~1559, 호 승암(升菴)은 "이는 진실로 널리 인용하고 두루 비유함에 싫어함이 없는 것이다此固不厭博引旁喩者"라고 하였다.

따라서 나는 자세히 기록해 둔다.

又按 : 顧寧人案《博古圖》載《晉姜鼎銘》曰"惟王九月乙亥", 周《仲偁父鼎銘》曰"唯王五月初吉丁亥", 周《敔敦銘》曰"惟王十月", "惟王十有一月", 《齊侯鎛鍾銘》曰"惟王五月辰在戊寅", 《齊侯鍾銘》曰"惟王五月辰在戊寅", 而論"春王正月"曰 : "聖人作《春秋》, 於'春'之下'正月'之上, 繫'王'字, 說者謂'謹始以正端'. 今晉人作鼎而曰'王九月', 齊人作鍾一曰'王五月', 再曰'王五月', 是當時諸侯皆以尊王正爲法, 不獨魯爲然. 然則, 後儒以'春王正月'爲夫子特筆創書, 無乃未考與! 述而不作, 信而好古, 亦於此見之." 余謂此學《春秋》者所宜首知.

우안又按

고염무顧炎武, 1613~1682, 자 영인(寧人)가《박고도博古圖》에 실린《진강정명晉姜鼎銘》"왕 9월 을해惟王九月乙亥", 주周《중칭부정명仲偁父鼎銘》"왕 5월 초길 정해唯王五月初吉丁亥", 주周《어돈명敔敦銘》"왕 10월惟王十月", "왕 11월惟王十有一月", 《제후박종명齊侯鎛鍾銘》"왕 5월 진성辰星, 水星이 무인戊寅에 있었다惟王五月辰在戊寅", 《제후종명齊侯鍾銘》"왕 5월 진성辰星이 무인戊寅에 있었다惟王五月辰在戊寅"를 살펴보고, "춘왕정월春王正月"을 다음과 같이 논하였다. "성인聖人이《춘추》를 지을 때, '춘春' 다음 '정월正月'앞에 '왕王'자를 매달았는데, 말하는 자들은 '삼가 처음을 정단正端으로 한 것이다謹始以正端'라고 하였다. 이제 진인晉人이 정鼎을 만들면서 '왕 9월王九月'이라 하고, 제인齊人이 종鍾을 만들면서 '왕 5월王五月'이라 하고, 다시 '왕 5월王五月'이라고 하였으니, 이는 당시 제후들이 모두 왕정王正을 존중하는 것을 법으로 삼았던 것이며, 오직 노魯나라만 그러했던 것이 아니었다. 그렇다면 후유後儒들이 '춘왕정월春王正月'을 공자가 특별히 만들어 기록한 것이라고 한 것은 아마도 자세히 살피지 않은 것이다! 서술하기만 하고 새로 짓지 않았으며, 옛 것을 믿고 좋아했다는 것도 여기에서 볼 수 있다."

이 설은《춘추》를 배우는 자들이 마땅히 맨 먼저 알아야 할 것이라고 나는 생각한다.

원문

或問: 子既以改時,改月爲當時言下輒了, 亦有不得其解, 錯認如今人者乎? 曰: 恐亦未免.《周禮》鱉人之職"秋獻龜", 龜人之職"凡取龜用秋時", 皆夏之秋也. 蓋龜須其甲, 秋乃堅成, 非六月所可取. 而《月令》季夏之月"命漁師登龜", 鄭康成謂"作《月令》者誤讀上《周禮》二'秋'字, 以爲此'秋'據周之時, 周之八月, 夏之六月也, 因書於此." 極中其病. 又季平子不解"正月朔, 慝未作", "正"爲正陽之月建巳, 認作周歲首之正月建子, 雖大史告之, 猶弗從.
夫月名偶同, 遂致惑人, 況歲,時,月三者, 或改或不改, 隨意錯舉, 其不惑民之
視聽者難矣! 故總不若行夏時之合一. 漢武紛紛制作, 惟改用夏正, 足爲萬世
之法. 以此坊民, 猶有魏明帝以建丑爲正, 並改三月爲孟夏; 唐武氏以十一月
爲正月, 復以正月爲春一月; 肅宗不以數紀月, 以斗所建辰爲名, 故杜有"荒村
建子月"之詩者.

번역 어떤 이가 물었다.

그대가 이미 개시改時, 개월改月을 당시에 번번이 언급된 것이라고 하였
는데, 그 역시 이해하지 못하고 잘못 알고 있는 것이 오늘날의 사람들과
같지는 않은가?

대답하였다.

아마도 그런 지적을 면치 못할 듯 싶다. 《주례》 별인鼈人의 직職에 "가을
에 거북을 바친다秋獻龜"고 하였고, 귀인龜人의 직職은 "무릇 거북을 잡는 시
기는 가을로 한다凡取龜用秋時"고 하였는데, 모두 하夏의 가을이다. 대체로
거북은 그 등딱지를 필요로 하는데, 가을이 되어야 견고하게 되므로 6월
에 취할 수 있는 것이 아니다. 그러나 《예기·월령》 계하季夏, 6월의 달에
"어부에게 명해 거북을 잡게 한다命漁師登龜"라고 하였고, 정강성은 "《월령》
을 지은 자는 이전의 《주례》의 두 개의 '추秋'자를 잘못 읽어, 이 '추秋'를
주周의 시간으로 근거로 삼았는데, 주周의 8월은 하夏의 6월이므로 여기에
기록한 것이다作《月令》者誤讀上《周禮》二'秋'字, 以爲此'秋'據周之時, 周之八月, 夏之六月也, 因書於
此"고 하였는데, 그 병이 매우 깊다. 또한 계평자季平子가 "정월正月 삭朔은

음기가 아직 일어나지 않은 때이다正月朔, 慝未作"를 이해하지 못하고, "정正"
을 정양지월正陽之月 건사建巳라고 겨긴 것은 주周 세수歲首가 정월正月건자建子
였기 때문이었고, 비록 태사太史가 (夏曆으로) 고하였지만 계평자는 그 말
을 따르지 않았다.[62] 대저 월명月名이 우연히 같은 것도 마침내 사람들을
미혹되게 하는데, 하물며 세歲, 시時, 월月 등의 세 가지가 고쳐지기도 하고
고쳐지지 않기도 하면서 임의로 뒤섞인 것이 백성의 보고 들음에 의혹을
품지 않게 하기가 어려움에 있어서랴! 그러므로 모두가 하시夏時를 행하
여 합치되게 하는 것만 못하다. 한漢무제武帝가 이리저리 바쁘게 제작하여
하정夏正으로 개정한 것은 만세의 법이 되기에 충분했다. 이것으로 민속
을 막아도, 오히려 위魏명제明帝가 건축建丑으로 정월正月로 삼고, 아울러 3
월을 맹하孟夏라고 하였고, 당唐 측천무후가 11월을 정월正月로 삼았다가
다시 정월正月을 춘春 1월로 하였으며, 숙종肅宗은 기월紀月로 세지 않고, 북
두의 성의 두斗가 건진建辰에 자리하는 것으로 명명하였으므로, 두보杜甫의
"황량한 마을 건자의 달荒村建子月"이라는 시가 있었던 것이다.

원문

又按 : 唐肅宗上元二年辛丑九月, 制以建子月爲歲首月, 皆以所建爲數, 去
年號, 止稱元年. 此元年起建子訖建巳, 凡六月旋如舊, 故杜旣有"荒村建子
月"以紀其始, 復有"元年建巳月"二篇以紀其終, 宛然一王之制. 其間《絕句漫
興》, 間及月名, 仍以數紀之, 曰"二月已破三月來". 余笑謂此《三百篇》法也.

---

62 《좌전 · 소공17년》에 보인다.

《三百篇》有改歲者,"曰爲改歲"; 有改時者,"維莫之春"; 有改月者,"十月之交". 餘悉從夏正. 趙子常所謂《詩》本歌謠, 又多言民事, 故或用夏正以便文通俗, 與《書》體不同. 今杜詩唐正,夏正二者並存, 與《三百篇》何異? 楊升菴曰 : "詩可以觀", 予則于玆益徵之矣.

번역 우안又按

당唐숙종肅宗 상원上元 2년761 신축년辛丑年 7월, 건자월建子月을 세수월歲首月로 삼는 역법을 만들었는데, 모두 그 역법으로 수數를 세우고, 연호를 없애고 단지 원년元年이라 칭했다. 이 원년元年은 건자建子에서 건사建巳에 이르기까지 모두 6월이 지나 다시 예전으로 돌아왔으므로 두보가 "황량한 마을 건자의 달荒村建子月"[63]로써 그 처음을 기록하였고, 다시 "원년 건사월元年建巳月" 두 편[64]으로 그 끝을 기록하였으니, 완연한 일왕一王의 제도이다. 그 사이에 《절구만흥絕句漫興》 중간에 월명月名을 언급한 것은 수數로써 기록한 것이니, "2월은 이미 3월을 돌파해 오네二月已破三月來"이다.[65] 나는 웃으며 이것이 《삼백편》의 법이라고 생각한다. 《삼백편》에 개세改歲한 것은 《빈풍 · 칠월》 "해가 바뀌었으니曰爲改歲"이고, 개시改時한 것은 《주송 · 신공臣工》 "늦은 봄이 되었으니維莫之春"이고, 개월改月한 것은 《소아 · 시월지교十

---

63 두보《초당즉사(草堂卽事)》"荒村建子月, 獨樹老夫家. 霧裏江船渡, 風前徑竹斜. 寒魚依密藻, 宿鷺起圓沙. 蜀酒禁愁得, 無錢何處賒."

64 두보《희증우이수(戲贈友二首)》"元年建巳月, 郞有焦校書. 自誇足膂力, 能騎生馬駒. 一朝被馬踏, 脣裂版齒無. 壯心不肯已, 欲得東擒胡.","元年建巳月, 官有王司直. 馬驚折左臂, 骨折面如墨. 駑駘漫深泥, 何不避雨色. 勸君休歎恨, 未必不爲福."

65 두보《절구만흥구수(絕句漫興九首)》其四. "二月已破三月來, 漸老逢春能幾回. 莫思身外無窮事, 且盡生前有限杯."

《月之交》》 "시월에 일월이 서로 만나는十月之交"이다. 나머지는 모두 하정夏正을 따른다. 조방趙汸, 자 자상(子常)이 말한 《시》는 가요歌謠에 근본하고 있고, 또한 민간의 일을 많이 말하고 있으므로 아마도 하정夏正을 사용하여야 글이 풍속과 통하고, 《서》의 문체와는 같지 않다. 지금 두시杜詩에 당정唐正과 하정夏正 두 가지가 병존하고 있으니, 《삼백편》가 다를 것이 무엇이겠는가? 양신楊愼, 1488~1559, 호 승암(升菴)은 "시는 살펴볼 만하다詩可以觀"고 하였는데, 나는 여기에서 더욱 그것을 징험해본다.

원문

又按：吾聞諸嘗熟諸公："經解, 元儒勝宋儒." 擊節以爲知言. 他勿論, 只歲,時, 月之改, 斷斷鑿鑿, 遠本漢儒. 近詆蔡《傳》之非, 皆元代諸儒, 不獨前所引吳仲迂及東山趙氏而已. 故嘗爲之說曰：主不改說, 擧《春秋》而以爲夏時夏月, 並更魯史之周歲爲夏歲者, 周洪謨也；主皆改說, 雖《詩》"六月棲棲","四月維夏","六月徂暑","二月初吉", 而亦以爲周月, 非夏月者, 萬充宗也[張以寧《春王正月考》並同]. 幾欲與充宗面語, 而充宗已不可作矣, 惜哉！

번역 우안又按

나는 상숙常熟의 제공諸公들에게서 "경해經解는 원유元儒들이 송유宋儒보다 나았다經解, 元儒勝宋儒"는 말을 들었다. 매우 식견이 있는 말임을 찬탄해 마지않는다. 다른 것은 논하지 않더라도 오직 세歲, 시時, 월月의 고침에 대해서 한결같이 이치에 맞는 것은 멀리 한유漢儒에 근본한 것이다. 근래에 《채전》의 잘못을 꾸짖은 것도 모두 원대의 제유諸儒들이었으니, 단지 이전 오우吳迁, 자 중우(仲迂) 및 동산東山 조씨趙氏의 설을 인용한 것에 그친 것이 아니었다. 따라서 일찍이 그들을 위하여 다음과 같이 말하였다.

고치지 않았다는 설을 주장하는 측은,《춘추》를 근거로 들어 그것이 하시夏時와 하월夏月이며 아울러 노사魯史의 주세周歲를 고쳐 하세夏歲로 썼다고 주장하는 이는 주홍모周洪謨, 1421~1492[66]이다. 모두 고친 설이라고 주장하는 측은, 비록《시》의《소아 · 유월六月》"유월에 서둘러서六月棲棲",《소아 · 사월四月》"사월에 여름이 되거든四月維夏", "유월에 더위가 물러가거든六月徂暑",《소아 · 소명小明》"2월 초하루에二月初吉"라고 하였지만, 또한 이것은 주월周月이지 하월夏月이 아니라고 주장하는 이는 만사대萬斯大, 1633~1683, 자 충종(充宗)이다. [장이녕張以寧, 1301~1370[67]의《춘왕정월고春王正月考》도 같다] 여러 번 만사대와 대면하고 말하고 싶었지만, 만사대는 이미 죽었으니 안타깝!

<!-- 원문 -->
원문

又按：撰至此, 有以傳是樓新刊《經解》一百四十二種見示者.《序》首云："經之有解, 自漢儒始." 予爲正之曰："經之有解, 自子夏始." 不特於《易》有《傳》, 於《詩》有《序》而已, 東漢徐防上言："《詩》,《書》,《禮》,《樂》定自孔子, 發明章句始於子夏"是也. 子夏之弟子魏文侯著《孝經》傳, 疑東漢末尚存, 故蔡邕《明堂月令》得而引之.《戰國策》："《易》傳不云乎？'居上位未得其實

---

66 주홍모(周洪謨)：자 요필(堯弼). 시호(諡號) 문안(文安).《영종실록(英宗實錄)》,《헌종실록(憲宗實錄)》의 찬수에 참여하였다.

67 장이녕(張以寧)：자 지도(志道). 원말명초의 문학가. 주요 저작에는《취병집(翠屛集)》,《춘왕정월고(春王正月考)》등이 있다.

而喜其爲名者, 必以驕奢爲行; 据慢驕奢, 則凶必從之.'"《荀卿書》:"《國風》
之好色也,《傳》曰:'盈其欲而不愆其止, 其誠可比於金石, 其聲可內於宗廟.'
《小雅》不以於汙上, 自引而居下. 疾今之政以思往者. 其言有文焉, 其聲有哀
焉." 雖未知《傳》出何人, 要自顏閻, 荀卿前有之. 然則謂經解始漢儒者, 豈非
沿其流而未溯其源與?

번역 **우안又按**

　　여기까지 찬술하였을 때, 전시루傳是樓[68] 신간新刊 《경해經解》 142종種을
보여주는 자가 있었다. 《서序》 첫머리에 "경經의 해석은 한유漢儒로부터 시
작되었다經之有解, 自漢儒始"고 하였다. 나는 그 말을 "경의 해석은 자하子夏로
부터 시작되었다經之有解, 自子夏始"고 바로잡았다. 단지 《역》에 《전傳》이 있
고, 《시》에 《서序》가 있는 것뿐만이 아니라, 동한東漢의 서방徐防[69]이 일찍
이 말한 "《시》,《서》,《예》,《악》의 정함은 공자로부터이고, 장구章句를 밝
힌 것은 자하로부터 시작되었다《詩》,《書》,《禮》,《樂》定自孔子, 發明章句始於子夏"는 말
이 그것이다. 자하의 제자 위魏문후文候는 《효경전孝經傳》을 지었는데, 아마
도 동한東漢 말엽까지도 여전히 존재했을 것으로 생각되는데, 따라서 채
옹蔡邕의 《명당월령明堂月令》에서 인용할 수 있었던 것이다. 《전국책·제책
齊策》에 《역전易傳》에서 말하지 않았던가? '몸이 높은 자리에 있으면서
실제가 그를 따르지 못해 허명虛名만 좋아하게 되면, 반드시 사치 교만하

68　전시루(傳是樓) : 청대(淸代) 서건학(徐乾學)(1631~1694, 자 원일(原一))이 세운 장서
　　루(藏書樓)이다. 강소(江蘇) 곤산(昆山)에 있다.
69　서방(徐防) : 자 알경(謁卿). 왕망(王莽)에게 《역》을 가르쳤다.

게 되며, 교만하고 사치하면 흉화凶禍가 반드시 따르게 된다'《易》傳不云乎? '居
上位未得其實而喜其爲名者, 必以驕奢爲行; 据慢驕奢, 則凶必從之'"고 하였다. 《순자·대략편大
略篇》에 "《시경·국풍》의 여색을 좋아하는 것에 대해,《시전詩傳》에 '그의
욕망을 채우면서도 그의 처신에 허물이 되지 않으니, 그 성실함은 쇠나
돌에 견줄만하고, 그 노래는 종묘에 들일 수 있다'고 하였다. 《소아》는
어리석은 임금에게 등용되지 않아 스스로 물러나 아래에 거하는 것이다.
지금의 정사를 비판하면서 지난 시대를 사모하는 것이다. 그 말씀에 무
늬가 있고, 그 노래에 슬픔이 있다《國風》之好色也,《傳》曰 : '盈其欲而不愆其止, 其誠可比於
金石, 其聲可内於宗廟. 《小雅》不以於汙上, 自引而居下. 疾今之政以思往者. 其言有文焉, 其聲有哀焉'"고
하였다. 비록《전傳》이 어떤 사람에게서 나왔는지는 알 수 없으나, 안촉顏
斶[70]과 순경荀卿 이전부터 존재했어야만 한다. 그렇다면 경해經解의 시작이
한유漢儒로부터 시작되었다고 말하는 것은 그 흐름을 따라가되 그 근원을
아직 거슬러 올라가 보지 못한 것이 아니겠는가?

원문

又按 : 有以歸熙甫《經序錄序》來問者, 余曰 : 此《序》最佳, 今人那復辦
此? 然亦小有誤. 敍至東漢盛之後, 唐貞觀中之前一段曰 : "沿至末流, 旋復
放失. 則鄭, 王之《易》自出費氏, 而賈逵, 馬, 鄭爲古文《尚書》之學, 孔氏之
《傳》最後出, 三《禮》獨存鄭《註》,《春秋》公, 穀浸微. 傳《詩》者,《毛詩》鄭
《箋》而已." 案《隋·經籍志》,《周官禮》有馬融《注》十二卷, 王肅《注》十二

---

70 안촉(顏斶) : 제(齊)나라 선왕(宣王)시대의 은사(隱士)이다. 앞의 인용문은 제선왕이 안
촉을 접견하면서 주고받은 말이다. 《전국책(戰國策)·제책(齊策)》에 보인다.

卷,《儀禮》有王肅《注》十七卷,《喪服經傳》有馬融《注》一卷,《禮記》有盧植《注》十卷, 王肅《注》三十卷, 孫炎《注》三十卷, 安得云獨存康成一家? 蓋《隋志》原云三《禮》"唯鄭《注》立於國學", 當改"存"字爲"立"字. "立"則立於學官, "存"則存於人間. 並下文"傳《詩》者,《毛詩》鄭《箋》"亦無礙, 亦指立國學言, 非謂爾時僅有鄭《箋》而無王肅《毛詩注》二十卷也. 凡敍次經學流派, 存亡隱見, 無誤最難. 歸氏殆猶未免.

번역 **우안又按**

귀유광歸有光, 1507~1571, 자 희보(熙甫)의 《경서록서經序錄序》[71]를 가지고 와서 묻는 자가 있었는데, 나는 다음과 같이 말하였다.

이 《서序》가 가장 좋은데, 지금 사람이 어찌 다시 변론하겠는가? 그러나 또한 작은 오류가 있다. 동한東漢의 고문성행 이후와 당唐 정관貞觀 연간 이전을 다음과 같이 서술하였다. "동한 말엽에 이르러 다시 방실放失로 돌아섰다. 곧 정현, 왕숙의 《역》은 비씨費氏로부터 나왔고, 가규賈逵, 마융, 정현은 고문《상서》학을 하였고, 공안국의 《전傳》은 가장 늦게 나왔으며, 삼三《예禮》는 오직 《정주鄭註》만 보존存되었고, 《춘추》공양, 곡량은 침체되어 미약해졌다. 《시》를 전하는 것은 《모시毛詩》와 《정전鄭箋》뿐이었다沿至末流, 旋復放失. 則鄭, 王之《易》自出費氏, 而賈逵, 馬, 鄭爲古文《尙書》之學, 孔氏之《傳》最後出, 三《禮》獨存鄭《註》,《春秋》公, 穀浸微. 傳《詩》者,《毛詩》鄭《箋》而已." 《수서·경적지》를 살펴보면, 《주관례周官禮》에 마융 《주註》 12권, 왕숙 《주註》 12권이 있으며, 《의례》에 왕

---

71 《진천선생집(震川先生集)》 권2.

숙《주》 17권이 있으며,《상복경전喪服經傳》에 마융《주注》 1권이 있으며,
《예기》에 노식盧植《주注》 10권, 왕숙《주注》 30권, 손염孫炎《주注》 30권이
있으니, 어찌 오직 정강성 일가一家만 존재했었다고 할 수 있겠는가?《수
서·경적지》는 원래 삼三《예禮》는 "오직《정주鄭注》만 국학에 세워졌다唯鄭
《注》立於國學"고 하였으므로, 마땅히 "존存"자는 "입立"자로 고쳐야만 한다.
"입立"은 학관學官에 세워진 것이고, "존存"은 민간에 존재한 것이다. 아울
러 아래의 "《시》를 전한 것은《모시》와《정전》이다傳《詩》者,《毛詩》鄭《箋》"고
한 것도 무방하나, 또한 국학에 세워진 것을 가리켜 말한 것이지, 당시에
오직《정전鄭箋》만 있었고 왕숙《모시주毛詩注》 20권이 없었다는 말이 아
니다. 무릇 경학의 유파를 차례지음에 있어서 존망存亡과 은현隱見에 오류
가 없기가 가장 어려운 법이다. 귀유광은 아마도 이런 비난을 면치 못할
듯 싶다.

又按︰予晚而得《春王正月考》, 見其解"八月有凶"及《臣工》篇, 與愚見
合, 喜而亟錄于此. 曰︰朱子《本義》以八月爲自《復》卦一陽之月, 至《遯》卦
二陰之月, 陰長陽遯之時, 又謂此爲建酉之八月, 爲《觀》, 亦《臨》之反對, 兩
存其說而不決. 前說從何氏, 周正也; 後說從褚氏, 夏正也.《復》之《象》曰"七
日來復", 是自夏正五月一陰長, 數至夏正十一月一陽來復, 日屬陽, 故陽稱七
日, 扶之欲其亟長也. 於《七月》詩"一之日", "二之日", "三之日", "四之日"即
此義也. 今《臨》之《象》曰"八月有凶", 是自夏正十二月二陽長, 數至夏正七
月三陰長, 月屬陰, 故陰稱八月, 抑之欲其難長也. 蓋《復·象》自《復》數起爲

七日矣, 則《臨》卦當自《臨》數起, 不當又自《復》數起; 當自夏十二月數起, 不當自夏十一月數起. 若自《臨》卦夏十二月數起, 則自《臨》至《遯》爲夏之六月, 僅得七月, 不可言"八月有凶". 若自《臨》卦夏十二月數起, 則自《臨》至《觀》爲夏正之八月, 又九閏月, 尤不可言"八月有凶". 今自夏十二月數起, 至夏正之建申七月恰是八月. 於時爲商正之八月也, 於卦爲《否》, 三陰長而陽消, 故其《象》曰"否之匪人, 不利君子貞. 天地不交, 萬物不通", 其凶甚矣, 非若《遯》猶有厲, 而《觀》絶無凶也. 而况《否》之《象》曰"小人道長, 君子道消", 而《臨》於"八月有凶"之《傳》曰"消不久也", 正指《否》卦而言, 至爲明白. 今若以爲《遯》, 是文王而用周正也; 以爲《觀》, 是文王而用夏正也. 文王作《象》辭時爲商西伯, 爲商之臣用商之正, 復何疑乎? 若爲商之臣而用周正, 是僭號稱王而改商正朔, 大不可也. 爲商之臣而用夏正, 是不奉時王正朔而用異代正朔, 亦不可也. 唐孔氏從前代諸儒之說, 是矣. 近時儒者, 亦有謂文王演《易》時, 猶爲西伯, 安有未代商已用周正? 此固不攻而自破是矣. 而又謂《臨》於月爲丑, 乃商人之正, 文王逆知盛衰消長之數, 寄之於《易》, 謂今雖盛大《臨》人之勢, 後且有終凶必然之理, 爲萬代戒, 其意微矣. 則某恐聖人正大寬厚之心不如是也, 且宋代諸儒極辨文王未嘗稱王, 而猶爲此論, 故某極辨文王奉殷正朔, 以服事殷之爲至德者焉. 又曰: 蔡氏《書傳》引此, 以爲牟麥將熟, 其爲季春可知. 今考之於全篇, 則其曰"如何新畬", "命我衆人, 庤乃錢鎛", 即《七月》之詩曰"一之日于耜, 二之日舉趾", 《周官 · 遂大夫》"正歲簡稼器"謂耒耜, 鎡基之屬, "修稼政"謂修封疆, 相丘陵, 原隰, 皆孟春之事. "嗟嗟保介", 即《月令》孟春之月"天子祈穀于上帝, 載耒耜, 措之于保介之御間, 帥三公九卿大夫躬耕帝籍"之事也. 若待建辰之三月始治新畬, 始庤錢鎛, 不亦晚乎? 非夏之季春明矣. 若但以來牟"將受厥明"爲三月, 則《詩》曰"將受厥明", 不曰 "將熟". 夫麥種於今之八月, 長於三春月, 至四月而始登, 五月而盡刈. 周都關 右, 地尤高寒, 而"將"之云者, 見于經傳甚多, 皆未爲而預言, 或未至而預期之 辭. 詩人之言, 緩而不迫, 似難以一句蓋全篇, 而定其爲夏之三月也. 朱子以 此篇爲戒農官之詩, 引《月令》,《呂覽》皆爲籍田而言. 竊因是說, 以爲此詩乃 孟春祈穀上帝, 躬耕籍田, 而戒農官也. 麥爲五穀之中續食之最重者, 孟春之 時, 三陽發動, 麥已生長, 是以祈穀之辭先言"將受來牟"之明賜, 繼之以"迄用 康年", 而終之以"奄觀銍艾". 祈之明神, 欲五穀之皆熟, 故並言之, 猶《春秋》 書"麥禾"於冬, 以該五穀之義也. 若以來牟將熟爲春三月, 則冬十月非麥熟之 時, 不得言無麥矣. 蓋《春秋》並書"麥禾"於終, 而著五穀之大無. 此詩並言 "來牟","銍艾"於始, 而期五穀之大有. 然則"將受厥明"乃期之之辭, 非即時賦 物之比, 不可以文害辭也, 而此詩爲周季春,夏之孟春也明矣.

번역 **우안又按**

나는 만년에서야 《춘왕정월고春王正月考》[72]를 얻었는데, 거기에서 《주역 · 임괘臨卦》"팔월에 이르러 흉함이 있다至于八月有凶" 및 《시 · 신공臣工》편의 해석이 나의 견해와 합치됨을 보고 기뻐하며 여기에 빨리 기록해두는 바 이다.

주자 《본의本義》는 팔월八月을 《복復》괘 일양지월一陽之月에서 《돈遯》 괘 이음지월二陰之月까지, 음陰이 자라고 양陽이 물러나는 시기라고 하였다.

---

72 《춘왕정월고(春王正月考)》: 원말명초(元末明初)시기 장이령(張以寧)(1301~1370)의 저작이다. 《춘추》의 "왕정월"은 건자월(建子月)임을 주장하였다.

또 이는 건유建酉의 팔월八月로서 《관觀》이 되며, 이 또한 《임臨》의 반대가 된다고도 하였는데, 두 개의 설을 병존시키고도 해결하지 못하였다. 전설前說은 하씨何氏를 따른 것으로 주정周正이고, 후설後說은 저씨褚氏를 따른 것으로 하정夏正[73]이다. 《복復》의 《단彖》에 "7일 만에 와서 회복한다七日來復"라고 한 것은 하정夏正 5월 일음一陰이 자라나는 것으로부터 하정夏正 11월 일양一陽이 와서 회복하기까지를 헤아린 것으로, 일日이 양陽에 속하므로 양陽으로 7일七日을 칭하여 양陽을 도와 빨리 자라게 하고자 한 것이다. 《칠월七月》 시의 "일양一陽의 날一之日", "이양二陽의 날二之日", "삼양三陽의 날三之日", "사양四陽의 날四之日"이 곧 이 의미이다. 지금 《임臨》의 《단彖》에 "8월에 흉함이 있다八月有凶"라고 한 것은 하정夏正 12월 이양二陽이 자라나는 것으로부터 하정夏正 7월 삼음三陰이 자라나기까지를 헤아린 것으로, 월月이 음陰에 속하므로 음陰으로 8월八月을 칭하여, 음陰을 억눌러 자라나기 어렵게 하고자 한 것이다. 대체로 《복復·단사彖辭》에서 《복復》의 수數로부터 시작해서 7일七日이라고 하였다면 《임臨》괘도 마땅히 《임臨》의 수數로부터 시작해야지 다시 《복復》의 수로 시작해서는 안 될 것이며, 마땅히 하夏 12월 수數로부터 시작해야지 하夏 11월 수數로부터 시작해서는 안 된다. 만약 《임臨》괘 하夏 12월 수數로부터 시작한다면, 《임臨》에서 《돈遯》의 하夏 6월이 되기까지는 겨우 7개월로서 "8월에 흉함이 있다八月有凶"고 할 수 없다. 만약 《임臨》괘 하夏 12월의 수로부터 시작한다면, 《임臨》에서 《관觀》의 하정夏正 8월八月이 되기까지는 다시

---

73 하은주(夏殷周) 건월(建月)과 괘(卦).

9개월이 걸리므로 더욱 "8월에 흉함이 있다八月有凶"고 말할 수 없다. 지금 하夏12월 수數로부터 시작해서 하정夏正 건신建申 7월까지는 8개월이 꼭 맞다. 이 때는 상정商正의 8월이고, 괘卦는 《비否▦》가 되며, 삼음三陰이 자라고 양陽이 소멸하므로 그 《단彖》에 "'비否는 인도人道가 아니니, 군자의 정도正道에 이롭지 않고, 양陽이 가고 음陰이 온다'는 것은 천지天地가 교합하지 않아 만물이 통하지 않음이다否之匪人, 不利君子貞. 天地不交, 萬物不通"라고 한 것은 그 흉함이 심한 것으로, 《돈遯▦》에 위태로움厲이 있는 것과 《관觀▦》에 절대 흉함이 없는 것과는 같지 않다. 그리고 《비否▦》의 《단彖》에 "소인의 도가 자라고 군자의 도가 소멸한다小人道長, 君子道消"고 하였고, 《임臨▦》의 "8월에 흉함이 있다八月有凶"의 《단전彖傳》에 "(양陽이) 소멸함이 멀지 않다消不久也"라고 한 것은 바로 《비否▦》괘를 가리켜 말한 것이 매우 명백해진다. 지금 《돈遯▦》괘는 문왕이 주정周正을 사용했다고 하고, 《관觀▦》은 문왕이 하정夏正을 사용했다고 한다. 문왕이 《단사彖辭》를 지을 당시에는 상商의 서백西伯이었고, 상商의 신하가 상商의 정삭을 사용하는 것에 어찌 의심할 것이 있겠는가? 만약 상商의 신하로서 주정周正을 사용했다면, 이는 참람되게 왕을 칭하고 상商의 정삭을 고친 것이니 매우 안 될 일이다. 상商의 신하로서 하정夏正을 사용한 것은 당시 왕의 정삭正朔을 받들지 않고 다른 시대의 정삭正朔을 사용한 것이니 이 또한 안 될 일이다. 당唐 공영달이 전대前代 제유諸儒의 설을 따른 것74은 옳다. 근래의 유자들도 문왕

---

74 《태서상 · 정의》에 보인다. 然則改正治曆, 必自武王始矣. 武王以殷之十二月發行, 正月四日殺紂, 旣入商郊, 始改正朔, 以殷之正月爲周之二月. 其初發時猶是殷之十二月, 未爲周之正月, 改正在後, 不可追名爲"正月", 以其實是周一月, 故史以"一月"名之. 顧氏以爲"古史質, 或云正月, 或云一月, 不與《春秋》正月同", 義或然也.《易緯》稱"文王受命, 改正朔, 布王號於天下".

이 《역》을 연역할 당시에 여전히 서백西伯이었다고 말하는데, 어찌 아직 상商을 대신하지 않았는데, 이미 주정周正을 사용할 수 있었겠는가? 이는 진실로 공박하지 않아도 저절로 돌파되는 것이다. 또《임䷒》은 축월丑月에 해당되어 곧 상商의 정월인데, 문왕이 성쇠盛衰와 소장消長의 수를 미리 알았으므로 《역》에 의지하였으니, 지금은 비록 《임䷒》인人, 즉 商人의 세력을 성대하게 하지만, 이후에는 다시 끝이 흉하게 되는 필연의 이치가 있음을 말하여 만대萬代의 경계로 삼은 것은 그 의미가 은미하다. 그와 같다면, 나는 성인의 정대正大하고 관후寬厚한 마음이 이와 같지 않았으며, 또한 송대의 제유들이 문왕이 일찍이 칭왕하지 않았다고 극력 변론하면서도 오히려 이런 논의를 일삼음으로 인해, 나는 문왕이 은殷의 정삭正朔을 받들어 은나라에 복무한 지덕자至德者였음을 적극 변론하는 것이다.

또 다음과 같이 말하였다. 채침의 《서전書傳》은 이를 인용하여 모맥牟麥이 장차 익어가는 계춘季春, 3월의 시기임을 알 수 있다고 하였다. 지금《주송·신공臣工》전편全篇에서 고찰해보면, "새로 개간한 밭을 어찌할까?如何新畬", "우리 여러 농부들을 명하여 네 가래와 호미를 장만하라命我衆人, 庤乃錢鎛"고 한 것은, 바로《빈풍·칠월七月》시의 "삼양三陽의 날에 가서 쟁기를 수선하고, 사양四陽의 날에 발꿈치를 들고 밭갈러 가거든三之日于耜, 四之日擧

鄭玄依而用之, 言文王生稱王, 已改正. 然天無二日, 民無二王, 豈得殷紂尙在而稱周王哉? 若文王身自稱王, 已改正朔, 則是功業成矣, 武王何得云"大勳未集", 欲卒父業也?《禮記大傳》云: "牧之野, 武王之大事也. 旣事而退, 追王大王亶父, 王季歷, 文王昌."是追爲王, 何以得爲文王身稱王, 已改正朔也?《春秋》"王正月"謂周正月也,《公羊傳》曰: "王者孰謂?謂文王."其意以正爲文王所改.《公羊傳》漢初俗儒之言, 不足以取正也.《春秋》之"王", 自是當時之王, 非改正之王. 晉世有王愆期者, 知其不可, 注《公羊》以爲春秋制, 文王指孔子耳, 非周昌也.《文王世子》稱武王對文王云: "西方有九國焉, 群王其終撫諸."呼文王爲"王", 是後人追爲之辭, 其言未必可信, 亦非實也.

趾"[75]이고, 《주관·수대부遂大夫》"정월에 농기구를 점검한다正歲簡稼器"는 쟁기와 호미같은 부류이고, "가정稼政을 닦는다修稼政"는 밭두둑을 수리하고 구릉丘陵과 원습原隰을 살피는 것으로 모두 맹춘孟春의 일이다. "아, 보개保介여嗟嗟保介"는 바로 《예기·월령月令》맹춘지월孟春之月에 "천자가 상제에게 곡식이 풍년 들기를 기원하고, 친히 쟁기와 보습을 싣고 가되 참승驂乘한 보개保介 수레의 오른쪽에 있는 용사(勇士)와 어인御人의 사이에 두고, 삼공과 구경九卿, 대부들을 거느리고 가서 몸소 적전籍田을 경작하는天子祈穀于上帝, 載耒耟, 措之于保介之御間, 帥三公九卿大夫躬耕帝籍"일이다. 만약 건진建辰의 3월을 기다려 비로소 새로 개간한 밭을 다스리고 비로소 가래와 호미를 준비한다면 또한 늦지 않겠는가? 하夏의 계춘季春, 3월이 아님이 명백하다. 만약 단지 내모來年를 "장차 밝게 주심을 받겠다將受厥明"를 3월이라고 한다면, 《시》에서는 "장차 밝게 주심을 받겠다將受厥明"고 하였고, "장차 익는다將熟"고 하지는 않았다. 대저 보리는 지금의 8월에 파종하여 삼춘三春, 孟春, 仲春, 季春의 달에 자라고, 4월에 이르러 비로소 익기 시작하고 5월에 다 벤다. 주周의 도읍은 서쪽에 치우쳐 그 땅이 더욱 추웠으므로, "장차將"라고 말한 것이 경전에 보이는 것이 매우 많은데, 모두 아직 하지 않은 것을 미리 말한 것이거나, 아직 이르지 않은 것을 미리 기약하는 말이다. 시인의 말이 느리고 급박하지 않아서 한 구절로 전편을 다 덮기에는 어려워 보이나, 정해보면 하夏의 3월이 될 것이다. 주자는 이 편을 농관農官을 경계시킨 시라고 하면서, 《예기·월령月令》, 《여람呂覽》을 인용하여 모두 적전籍田을 일구는

---

75 본서 원문은 "一之日于耟, 二之日擧趾"로 되어 있으나, 《시경》을 근거로 바로 잡았다.

것이라고 하였다. 가만히 이 설로 인하여 이 시가 곧 맹춘에 (임금이) 상제에게 풍년을 기원하면서 몸소 적전藉田을 밭갈면서 농관農官을 경계시킨 것이라고 생각한다. 보리는 오곡 가운데 식량을 공급하는 가장 중요한 곡식으로, 맹춘에 삼양三陽이 발하여 움직이면 보리는 이미 생장하니, 이때 풍년을 기원하는 말로서 먼저 "내모來牟를 장차 받을 것이다將受來牟"고 밝은 은혜를 선언하고, 이어서 "풍년에 이르게 하셨도다迄用康年"고 하고, "쑥을 베어 수확함을 볼 것이로다奄觀銍艾"로 마무리 한 것이다. 명신明神에게 기도한 것은 오곡을 모두 익게 하고자 하였으므로 아울러 말한 것이니, 《춘추》에서 겨울에 "보리와 벼麥禾"를 기록하여 오곡五穀에 해당시킨 의미와 같다. 만약 내모來牟가 장차 익는 때를 춘삼월春三月이라고 한다면, 겨울 10월은 보리가 익는 때가 아니며, 보리가 없다고 말할 수 없다. 대체로 《춘추 · 장공28년》에 겨울에 "보리와 벼麥禾"라고 함께 쓴 것은 오곡이 크게 흉년이 들었음을 드러낸 것이다. 이 시에서 처음에 "내모來牟"와 "쑥을 베다銍艾"를 같이 쓴 것은 오곡의 풍년을 기약한 것이다. 그렇다면 "장차 밝게 주심을 받겠다將受厥明"는 곧 기약하는 말이지, 즉시로 물物을 내는 비유가 아니다. 글文을 가지고 말辭을 해칠 수는 없는 것이니, 이 시는 주周의 계춘季春, 3월, 하夏의 맹춘孟春, 정월에 해당됨이 명백하다.

원문

又按：金德純素公《周正彙攷序》："三代異建, 朔必與正合. 故正建子, 朔以夜半; 正建丑, 朔以雞鳴; 正建寅, 朔以平旦. 以一日觀之而一歲可知." 爲萬季野書來所稱, 殆亦古未發云.

김덕춘金德純, 자 소공(素公)[76]의 《주정휘고서周正彙攷序》에서 다음과 같이 말했다. "삼대三代가 건월建月이 다르지만, 정삭正朔은 필시 합치하였다. 따라서 건자建子를 정正으로 삼음에 삭朔은 야반夜半이 되고, 건축建丑을 정正으로 삼음에 삭朔은 계명雞鳴으로 하였으며, 건인建寅을 정正으로 삼음에 삭朔은 평단平旦으로 하였다. 하루를 봄으로써 1년을 알 수 있다三代異建, 朔必與正合. 故正建子, 朔以夜半; 正建丑, 朔以雞鳴; 正建寅, 朔以平旦. 以一日觀之而一歲可知."

만사동萬斯同, 1638~1702, 자 계야(季野)[77]이 편지를 보내오면서 칭했던 바와 같이, 아마도 예전 사람들이 말하지 않았던 것이다.

---

76 김덕순(金德純) : 자(字) 소공(素公). 청조(淸朝) 한군(漢軍) 정홍기(正紅旗) 출신이다. 저술에는 《기군지(旗軍志)》가 있다.

77 만사동(萬斯同) : 자 계야(季野). 호 석원(石園). 청초(淸初)의 저명한 사학가(史學家)이다. 저작에는 《역대사표(曆代史表)》, 《기원휘고(紀元彙考)》, 《유림종파(儒林宗派)》, 《군서변의(群書辯疑)》, 《석원시문집(石園詩文集)》, 《주정휘고(周正彙攷)》 8권 등이 있다.

제84. 역법으로 성탕成湯이 걸을 정벌한 3월 병인일을 추산한 것이 꼭 들어맞음을 논함

余向謂湯伐桀以十八祀乙未秋往, 越明年丙申三月建卯歸.《殷本紀》所謂
"絀夏還亳, 作《湯誥》, 維三月"是也.《伯夷列傳》《索隱》曰："孤竹君是殷湯
三月丙寅所封. 王至東郊, 大令諸侯, 墨胎氏正於是日封." 予嘗以《授時》法
上推商湯十有九祀丙申歲距至元辛巳, 積三千〇百四十五年, 中積一百一十
一萬二千一百七十二日五四七四, 冬至四十二日五一二五[丙午日], 閏餘二
十八日八五一〇六六, 天正經朔一十四日〇〇一八四[戊寅日], 步至三月建
卯之月經朔四十二日五九三六一九[丙午日], 則丙寅爲月之二十一日. 其脗
合如此. 因反覆古文《湯誥》, 讀逾有味. 四瀆配四方, 實後代祀典之祖, 眞史
遷所受《書》二十四篇之一無疑. 故不辭複書之以告世之君子. 其辭曰"維三
月, 王自至於東郊, 告諸侯羣后：'毋不有功於民, 勤力迺事. 予乃大罰殛女,
毋予怨.' 曰：'古禹, 皋陶久勞于外, 其有功乎民, 民乃有安. 東爲江, 北爲濟,
西爲河, 南爲淮, 四瀆已修, 萬民乃有居. 后稷降播, 農殖百穀. 三公咸有功于
民, 故后有立. 昔蚩尤與其大夫作亂百姓, 帝乃弗予, 有狀. 先王言不可不勉.'
曰：'不道, 毋之在國, 女毋我怨.'"

나는 예전에 탕湯이 걸桀을 정벌하기 위해 18년 을미년 가을에 가서,
이듬해 병신년 3월 건묘일에 돌아왔다고 말했었다.《사기·은본기》의 이

른바 "하나라를 물리치고 박毫으로 돌아와 《탕고湯誥》를 지은 때가 3월이다細夏還亳, 作《湯誥》, 維三月"가 그것이다. 《사기 · 백이열전》《색은索隱》은 "고죽군孤竹君은 은탕殷湯 3월 병인일에 봉해졌다. 왕이 동교東郊에 이르러 제후에게 크게 명하였고, 묵태씨墨胎氏가 바로 이 날에 봉해졌다孤竹君是殷湯三月丙寅所封. 王至東郊, 大令諸侯, 墨胎氏正於是日封"고 하였다. 나는 일찍이 《수시력》법으로 상탕商湯 19년 병신세丙申歲를 지원至元 신사辛巳로부터 추산해보니, 적積 3045년, 중적中積 1,112,172.5474일, 동지冬至 42.5125일[병오일], 윤여閏餘 28.851066일, 천정天正경삭經朔 14.00184일[무인일]이다. 3월 견묘지월建卯之月 경삭經朔 42.593619일[병오일]까지 계산해보면, 병인丙寅은 그 달의 21일이 된다. 꼭 들어맞음이 이와 같다. 그러므로 고문《탕고湯誥》[78]를 반복해서 읽을수록 더욱 고풍을 느낄 수 있다. 사독四瀆을 사방四方에 안배按配한 것은 실로 후대 사전祀典의 조종祖宗이 되며, 진실로 사마천이 전수받은 《서》24편 가운데 하나임을 의심할 여지가 없다. 따라서 복서複書하여 세상의 군자들에 알리는 일을 사양하지 않겠다. 고문《탕고湯誥》의 문장은 다음과 같다.

"3월에 왕이 동교東郊에 나가서 여러 제후들에게 고하였다. '백성을 위하여 공로를 세우지 않음이 없게 하고, 자신의 직무에 최선을 다하지 않음이 없게 하라. 내 그대들을 크게 징벌하여 죽일 것이니 원망하지 말라.' 왕이 말하였다. '옛날의 하우夏禹와 고요皐陶는 오랫동안 밖에서 일하며 백성에게 많은 공을 세워서 백성들이 편안하게 살 수 있었다. 동쪽으로 강

---

[78] 《사기 · 은본기》에 기록된 《탕고(湯誥)》를 가리킨다.

수江水, 북쪽으로 제수濟水, 서쪽으로 하수河水, 남쪽으로 회수淮水 등 사독四瀆
이 이미 다스려져 만민이 그 곳에서 살 수 있게 되었다. 후직后稷이 파종하
는 방법을 전해주어 농민들이 백곡을 경작하게 되었다. 이들 삼공三公은
모두 백성에게 공로를 세웠기에 그들의 후대가 모두 나라를 얻을 수 있
었다. 옛날 치우蚩尤와 그의 대부大夫가 백성을 어지럽게 하였으나, 상제上帝
가 그들을 돕지 않았던 선례가 있다. 선왕의 말씀을 근면하지 않을 수 없
다.' 왕이 말하였다. '정도正道를 행하지 않으면 그대들의 나라가 존재하
지 못하도록 할 것이니, 그때 가서 나를 원망하지 말라.'維三月, 王自至於東郊, 告
諸侯羣后: '毋不有功於民, 勤力酒事. 予乃大罰殛女, 毋予怨.' 曰: '古禹, 皐陶久勞于外, 其有功乎民, 民乃有
安. 東爲江, 北爲濟, 西爲河, 南爲淮, 四瀆已修, 萬民乃有居. 后稷降播, 農殖百穀. 三公咸有功于民, 故后有立.
昔蚩尤與其大夫作亂百姓, 帝乃弗予, 有狀. 先王言不可不勉.' 曰: '不道, 毋之在國, 女毋我怨.'"

원문

按: 紂以甲子日亡, 是爲紂三十三祀己卯正月五日. 桀以乙卯日亡, 從未推
以曆. 予以《授時》法上推, 桀五十二歲乙未歲距積三千〇百四十六年, 中積
一百一十一萬二千五百三十七日七九三〇, 冬至三十七日二六七〇[辛丑日],
閏餘一十七日九七二六八二, 天正經朔一十九日二九四三一八[癸未日]. 步
至夏正八月經朔四十五日〇六九六五五[己酉日], 則乙卯爲月之七日. 蓋師
初發當於前此七月, 所謂"舍我穡事而割正夏"者.

번역 안按

주紂는 갑자일에 망했는데, 이날은 주紂 33년 기묘년 정월 5일이다. 걸

桀은 을묘일에 망했는데, 아직 역법으로 추산하지 못했다. 내가 《수시력》 법으로 추산해보면, 걸 52세歲 을미세乙未歲까지는 적積 3046년, 중적中積 1,112,537.7930일, 동지冬至 37.2670일[신축일], 윤여閏餘 17.972682일, 천정天正경삭經朔 19.294318일[계미일]이다. 하정夏正 8월 경삭經朔 45.069655일[기유일]까지 계산하면, 을묘乙卯는 그 달의 7일이 된다. 대체로 군대가 처음 출정한 때가 이전 7월에 해당하므로, (《탕서》의) 이른바 "우리의 수확하는 일을 버려두고 하나라를 끊어 바로잡으려 한다."舍我穡事而割正夏"고 한 것이다.

又按：上所謂四瀆配四方, 實後代祀典之祖者, 何也? 蓋《後漢‧祭祀志》光武定北郊四瀆, 河西, 濟北, 淮東, 江南各如其方. 唐遂稱淮爲東瀆, 祭於唐州; 江爲南瀆, 祭於益州; 河爲西瀆, 祭於同州; 濟爲北瀆, 祭於洺州. 迄今益不可易, 反覺東爲江, 南爲淮, 方向少不合. 余曰：此則有顧祖禹景範之論在. 憶己巳同客京師, 問景範："蘇秦說燕曰'南有碣石之饒', 《注》以碣石在常山九門縣. 果爾, 則趙地, 何以燕有其饒? 仍指今永平府是, 但又在燕之東, 何云南?" 景範曰："凡地理言南可與東通, 言北可與西通, 非同東與西,南與北迴相反者." 余自是觸處洞然.

우안又按

앞에서 이른바 "사독을 사방에 안배한 것은 실로 후대 사전祀典의 조종祖宗이 된다四瀆配四方, 實後代祀典之祖"는 말은 무슨 의미인가? 《후한서‧제사지

祭祀志》에 광무제光武帝가 북교北郊와 사독四瀆을 정하였는데, 하서河西, 제북濟北, 회동淮東, 강남江南이 각각의 지방이 되었다. 당唐에 이르러 마침내 회수淮水를 동독東瀆이라 칭하고 당주唐州에서 제사지내고, 강수江水를 남독南瀆이라 칭하고 익주益州에서 제사지내고, 하수河水를 서독西瀆이라 칭하고 동주同州에서 제사지내고, 제수濟水를 북독北瀆이라 칭하고 명주洺州에서 제사지냈다. 지금에 이르러서는 더욱 바꿀 수 없게 되었는데, 오히려 동쪽은 강수이고 남쪽은 회수가 되니 방향이 조금 맞지 않음을 깨닫게 된다.

나는 다음과 같이 생각한다.

그 대답은 고조우顧祖禹, 1631~1692, 자 경범(景範)[79]의 논의에 있다. 기사년己巳年, 1689 경사京師에 함께 머물 때, 고조우에게 물었다. "소진蘇秦이 연燕에 유세하며 '남쪽으로 갈석碣石의 비옥한 땅이 있다南有碣石之饒'고 하였고, 《주注》에 갈석碣石은 상산常山 구문현九門縣에 있다고 하였다. 과연 그렇다면, 갈석은 조趙나라 땅인데, 어찌 연燕나라에 그 비옥한 땅이 있다고 한 것인가? 더욱이 지금의 영평부永平府를 가리키는 것이 맞는데, 단지 또한 연의 동쪽에 있는데 어찌 남쪽이라 한 것인가?"

고조우가 대답했다. "무릇 지리적으로 남쪽을 말하는 것은 동쪽과 통할 수 있고, 북쪽을 말하는 것은 서쪽과 통할 수 있는데, 동과 서, 남과 북의 방향이 서로 상반되는 것과 같지 않기 때문이다."

---

[79] 고조우(顧祖禹) : 초 복초(復初), 경범(景範). (혹은 자 서오(瑞五), 호 경범(景範)이라고도 한다) 청초의 역사지리학자. 남직예(南直隸) 상주부(常州府) 무석현(無錫縣)(지금의 강소(江蘇) 무석(無錫)) 출신으로 상숙(常熟)에 살았다. 고조우의 고조(高祖) 고대동(顧大棟)은 《구변도설(九邊圖說)》을 찬술하였고, 증조(曾祖) 고대약(顧文耀), 부친(父親) 고유겸(顧柔謙) 등이 모두 여지학(輿地學)에 밝았다.

나는 그로부터 불을 밝힌 듯이 환하게 알게 되었다.

원문

又按:秦淵雲九告余:"《國語》'王以二月癸亥夜陳, 未畢而雨', 以法推,
癸亥爲建丑之月朔日, 非如《三統曆》爲四日, 後却三日矣." 余曰:"《三統曆》
誤猶可, 將《武成》逸篇所云'壬辰'爲建子之月二日, 亦不可信, 周曆固如是
乎?" 雲九曰:"曆豈惟自秦失之, 周曆亦未精." 遂極言古曆不正, "自六家曆
以來斗分皆四之一, 漢《鄧平曆》猶然. 故梁沈約《宋書》論六曆率皆六國及秦
時人所造, 差至三日或二日, 上不可檢於春秋, 下不可驗於漢魏, 雖復假稱帝
王, 祇足惑人耳目. 至于《太初》, 斗分太多, 過天一度, 又無盈縮遲疾, 故常
以朔日月見西方, 晦日月見東方, 差亦至二, 三日. 以此步曆, 則晦朔甲乙, 安
得無愆? 魄明生死, 焉能不舛? 則知古曆爲誤, 《授時》爲眞也. 如其不爾, 武
王去春秋魯隱公才四百年, 《授時》去魯隱公二千年. 以步日食, 三十七或合或
否, 一一不爽. 而以步四百年前, 即差當不踰刻, 而奚至二三日之遠耶? 以此
知《授時》爲眞, 周與漢盡失之矣. 此論定, 則古文《武成》所記'一月旁死霸',
'二月死霸', '四月旁生霸'等日, 皆四分之一之曆, 所步差至二, 三日者先後不
合, 固皆不待云矣." 余悅曰:"邢雲鷺撰《曆考》亦曾推及, 總未若子精." 雲
鷺安肅人, 爲雲九家所取士云.

번역 **우안又按**

진연秦淵, 자 운구(雲九)이 나에게 알려왔다.

"《국어·주어하》'무왕이 2월 계해일 밤에 진陣을 치는데, 아직 마치지 못했는데 비가 내렸다王以二月癸亥夜陳, 未畢而雨'를 역법으로 추산해보면, 계해일은 건축지월建丑之月 삭일朔日로서, 《삼통력》이 4일이라고 한 것과 같지 않으니, 오히려 3일이 늦다.”

나는 대답하였다.

“《삼통력》의 오류는 오히려 그럴 수 있더라도, 《무성》 일편逸篇의 '임진王辰'을 건자지월建子之月 2일이라고 한 것도 믿을 수 없으니, 주력周曆이 진실로 이와 같은 것인가?”

진연이 대답하였다.

“역법이 어찌 진秦나라 때부터 없어졌겠는가? 주력周曆 또한 정밀하지 못하였다.” 마침내 고력古曆이 바르지 못함을 극력 피력하였다. “육가력六家曆[80]이래로 두분斗分[81]은 모두 1/4이었고, 한漢 《등평력鄧平曆, 太初曆》도 그러했다. 따라서 양梁 심약沈約 《송서》에서 논하기를 육력六曆은 대체로 모두 육국六國 및 진秦 시대의 사람이 만든 것으로 차이는 3일 혹은 2일에 이르고, 위로는 춘추시대를 단속하지 못하고, 아래로는 한위漢魏시대를 징험할 수 없으니, 비록 제왕의 칭호를 다시 빌리더라도 사람들의 의혹을 받기에 충분하다고 하였다. 《태초력》에 이르러서, 두분斗分이 너무 많아지고, 천체의 1도를 넘었으며, 또한 영축盈縮, 차고 기움과 지질遲疾, 빠르고 느림이 없었으므로, 항상 삭일朔日에 달이 서방에 나타나고, 회일晦日에 달이

---

80 육가력(六家曆) : 황제(黃帝), 전욱(顓頊), 하(夏), 상(商), 주(周), 노(魯)의 역법을 가리킨다.
81 두분(斗分) : 역법에서 1년간의 시간을 추산하는 법으로, 동지 때 북두칠성의 자루가 가리키는 곳부터 다음 해 동지 때 가리키는 곳까지 얻은 신(辰), 각(刻), 쇠(衰), 초(秒)를 말한다.

동방에 나타났으니, 그 차이가 또한 2~3일에 이르렀다. 이것으로 역법을 계산하면, 회삭晦朔과 갑을甲乙에 어찌 오류가 없겠는가? 달이 차고 기욺에 어찌 어긋남이 없겠는가? 그러므로 고력古曆은 잘못된 것이고, 《수시력》은 진짜임을 알게 된다. 만약 그렇지 않으면, 무왕 때부터 춘추시대 노魯은공隱公까지는 겨우 400여 년이지만, 《수시력》에서 노魯은공隱公까지 2천여 년의 차이가 있다. 《수시력》으로 2천여 년 전의 일식日食을 계산하면, 37번이 맞을 수도 있고 맞지 않을 수 있지만, 하나하나가 틀리지 않는다. 그리고 4백여 년 전을 계산하면 그 차이가 1각을 넘지 않으니, 어찌 2~3일의 차이가 생길 수 있겠는가? 이것으로 《수시력》이 진짜인 것과, 주周와 한漢의 역법이 모두 정확성을 잃었다는 것을 알 수 있다. 이 논의가 정해지면 고문 《무성》에 기록된 '1월 방사백一月旁死霸', '2월 사백二月死霸', '4월 방생백四月旁生霸' 등의 날짜가 모두 사분지일四分之一역曆으로서, 그 계산이 2~3일의 차이로 선후가 맞지 않는다는 것을 진실로 말하지 않아도 알 수 있다."

나는 기뻐하며 "형운로邢雲鷺[82]가 지은 《역고曆考》에서도 일찍이 언급되었으나, 전체적으로 그대의 정밀함만 못하였다"고 하였다. 형운로는 안숙安肅, 지금의 하북(河北) 서수현(徐水縣) 출신으로 진연의 집안에서 선발한 선비이다.

원문

或問：武王初有天下, 曆如是之疏, 而子推成王七年三月丙午朏,康王十二

---

82 형운로(邢雲鷺) : 청 만력(萬曆)(1573~1620) 연간의 저명한 천문학자이다. 저술로는 《고금율력고(古今律歷考)》가 있다.

年六月庚午朏恰合, 何成康之曆皆精乎? 余曰：劉洪有言："曆不差不改." 此
必成,康時有知曆者出, 覺前法疏闊, 改而正之, 故脗合如是.

번역 **어떤 이가 물었다.**

무왕이 처음 천하를 소유하였을 때 역법은 이와 같이 소략하였는데,
그대가 성왕 7년 3월 병오일 초승달 뜬 날朏과 강왕康王 12년 6월 경오일
초승달 뜬 날朏을 추산함은 꼭 맞으니, 어찌 성왕과 강왕의 역법이 모두
정밀한 것인가?

나는 대답하였다余曰.

유홍劉洪, 129?~210의 "역법이 어긋나지 않으면 고치지 않는다曆不差不改"는
말이 있다. 이것은 필시 성왕과 강왕시대에 역법을 아는 자가 나타나 이
전의 역법이 소략함을 깨닫고 고쳐서 바로 잡았기 때문에 꼭 들어맞음이
이와 같은 것이다.

원문

或又問：子推《召誥》二月朔既甲戌矣, 則望當庚寅, 方可云越六日乙未,
是是月十七日望. 果然否? 余曰：是月經望二十五日六八八九二五五, 仍十
六日己丑望. 蓋經文當作"惟二月既旁生魄, 越六日乙未", 或作"惟二月既望,
越七日乙未"以成史臣以事繫日一定之體. 今云然者, 殆傳寫錯爾.

번역 **어떤 이가 또 물었다.**

그대가《소고》2월 삭朔[83]은 이미 갑술일이라고 계산했다면, 망일望日은

마땅히 경인일庚寅이고, 6일이 지난 을미일이라 말할 수 있다. 그렇다면 그 달의 17일이 망일望日이 된다. 과연 그러한가?

나는 대답하였다.

그 달의 경망經望은 25.6889255일이므로 16일 기축일己丑日이 망일望日이다. 《소고》 경문은 마땅히 "2월 기방사백既旁生魄에서 6일 지난 을미일惟二月既旁生魄, 越六日乙未"로 써야 하고, 혹은 "2월 기망既望에서 7일 지난 을미일惟二月既望, 越七日乙未"이라고 써서 사신史臣이 사건을 날짜 아래에 매다는 일정한 문체를 완성했어야 했다. 지금 보이는 경문은 아마도 전사傳寫의 오류일 것이다.

원문

又按:王恭簡樵述周洪謨之言曰:"正朔者,十二朔之首,史官紀年之所始也. 正月者,十二月之首,曆官紀年之所始也. 正朔有改,月數有改有不改,人皆以爲然,予獨否之. 如魯史官記事,自用周之曆. 史旣周正,曆亦周正可知. 曆與史,豈有二哉? 惟農家之曆無古今而用夏正." 予因悟一部《毛詩》, "七月陳王業", "六月北伐", "四月維夏", "六月徂暑", "二月初吉", 皆夏正也. 何獨至《十月之交》而忽從周正? 蓋周幽王六年乙丑歲十月建酉之月, 前曆官推當辛卯朔辰時日有食之, 必徧爲告諭, 以著天象之變. 詩人見之, 卽載于詠歌, 不復如常作夏正. 此正可以情與理而斷者, 前說頗非.

83　《소고》惟二月旣望, 越六日乙未, 王朝步自周, 則至于豐.

왕초王樵, 1521~1601, 시(諡) 공간(恭簡)가 주홍모周洪謨, 1421~1492의 말을 기술하였다.

"정삭正朔은 12삭朔의 처음이자, 사관史官의 기년紀年이 시작되는 바이다. 정월正月은 12월月의 처음이자, 역관曆官의 기년紀年이 시작되는 바이다. 정삭正朔에는 고침이 있고, 월수月數에는 고침이 있기도 하고 고치지 않음도 있다고 사람들이 다 그렇다고 여기지만, 나는 유독 그렇지 않다고 생각한다. 가령 노魯 사관史官이 사건을 기록할 때, 자연스럽게 주력周曆을 사용하였다. 사관이 이미 주정周正을 사용하였으므로 역법도 주정周正임을 알수 있다. 역曆과 사史가 어찌 둘일 수 있겠는가? 오직 농가農家의 역법은 고금古今에 관계없이 하정夏正을 사용하였다."

이로 인하여 나는 《모시》의 《빈풍·칠월·모서毛序》"칠월은 왕업을 진술한 것이다七月陳王業", 《소아·유월·모서毛序》"유월은 (선왕이) 북벌한 것이다六月北伐", 《소아·사월》"4월에 여름이 되거든四月維夏", "6월에 더위가 물러나네六月徂暑", 《소아·소명小明》"2월 초하루二月初吉"" 등은 모두 하정夏正임을 깨닫게 되었다. 어찌 유독 《시월지교十月之交》에 이르러서만 갑자기 주정周正을 따른 것인가? 대체로 주周유왕幽王 6년 을축세乙丑歲 10월十月 건유지월建酉之月에, 이전의 역관曆官이 신묘辛卯 삭朔 진시辰時가 일식에 해당하는 것을 계산하여 반드시 널리 알려 천상天象의 변화를 드러내었을 것이다. 시인詩人이 그것을 보고 영가詠歌에 기록하면서 일상적으로 사용하던 하정夏正으로 다시 바꾸지 않은 것이다. 이것이 바로 정情이 리理와 단절되는 부분이니, 앞의 설이 아마도 틀린 것 같다.

又按 : 東坡《司馬溫公行狀》載 : "有司奏六月朔日當食, 公言 : '故事, 食
不滿分, 或京師不見, 皆賀. 臣以爲日食四方見, 京師不見, 天意人君爲陰邪
所蔽, 天下皆知, 而朝廷獨不知, 其爲災當益甚, 皆不當賀.' 詔從之, 後以爲
常." 考《文獻通考》, 此仁宗嘉祐六年事也, 可爲盛德. 然後崇禎四年, 徐光啟
奏言 : "漢安帝元初三年三月二日日食, 史官不見, 遼東以聞 ; 五年八月朔日
食, 史官不見, 張掖以聞. 蓋食在早, 獨見于遼東 ; 食在晚, 獨見于張掖. 當時
京師不見食, 非史官之罪, 而不能言遼東, 張掖之見食, 則其法爲未密, 以未用
地緯度算也." 使溫公, 東坡聞此亦應失笑.

번역 **우안又按**

소식蘇軾, 호 동파(東坡)의 《사마온공행장司馬溫公行狀》에 다음과 같이 기록되
어 있다.

"유사有司가 6월 삭일朔日이 일식에 해당한다고 주청하니, 사마광이 말
하였다. '옛 사례에 일식이 일정한 분도分度를 채우지 않으면 혹 경사京師
에서 보이지 않으니 모두 경하했다고 합니다. 제 생각에 일식이 사방에
서 보이는데 경사에 보이지 않은 것은, 하늘의 뜻이 인군人君의 음사陰邪함
으로 덮여지는 것을 천하 사람들이 다 알지만 조정에서만 모르는 것으로
그 재앙이 더욱 심할 것이니 모두 경하함이 마땅하지 않습니다.' 조칙을
내려 따르게 하니, 이후에 항상 그렇게 하였다."

《문헌통고》를 살펴보면, 이것은 인종仁宗 가우嘉祐 6년1061의 일로서, 성덕
盛德을 행했다고 할 수 있다. 이후 숭정崇禎 4년1631, 서광계徐光啟, 1562~1633[84]가

다음과 같이 주청하였다.

"한漢안제安帝 원초元初3년[116] 3월 2일의 일식日食은 사관史官은 보지 못하였지만 요동遼東에서 일식을 전해왔고, 5년 8월 삭朔 일식은 사관은 보지 못하였지만 장액張掖, 감숙성(甘肅省) 서북부(西北部)에서 일식을 전해왔다. 대체로 일식이 이른 때에 있으면 오직 요동에서만 보이고, 일식이 늦게 있으면 오직 장액張掖에서만 보인다. 당시 경사에서 일식이 보이지 않은 것은 사관의 죄가 아니며, 요동과 장액에서 일식이 나타남을 말하지 못한 것은 그 당시 역법이 정밀하지 않아서 지구의 위도로 계산하지 못했기 때문이다."

사마광과 소식에게 이 말을 들려주면 또한 실소를 금치 못할 것이다.

원문

又按：徐文定光啓《曆學小辨》, 爲滿城魏文魁作也. 曰："宋仁宗天聖二年甲子歲五月丁亥朔, 曆官推當食, 不食. 司天奏日食不應, 中書奉表稱賀. 諸曆推算皆云當食. 夫於法實當食, 而於時則實不食, 今當何以解之? 案西曆日食有變差一法, 是日在陰曆距交十度强, 於法當食, 而獨此日此地之南北差變爲東西差. 故論天行則地心與日月兩心俱參直, 實不失食; 而從人目所見, 則日月相距近變爲遠, 實不得食. 顧獨汴京爲然, 若從汴以東數千里, 則漸見食. 至東北萬餘里以外, 將全見食也."余謂：非西法, 何由曉此? 故崇禎十六

---

84 서광계(徐光啓)：자 자선(子先). 호 현호(玄扈). 시(諡) 문정(文定). 명대(明代)의 저명한 과학자, 정치가이다. 저술에는《기하원본(幾何原本)》,《농정전서(農政全書)》,《숭정역서(崇禎曆書)》,《고공기해(考工記解)》등이 있다.

年, 李天經推驗愈密, 八月詔西法果密, 既改爲《大統曆》法通行天下, 竟未及
頒而明亡.

번역 **우안又按**

　　문정공 서광계徐光啟의 《역학소변曆學小辨》은 만성滿城의 위문괴魏文魁[85]를
위해 지은 것이다.

　　"송宋인종仁宗 천성天聖 2년1024 갑자세甲子歲 5월 정해丁亥 삭朔은 역관曆官이
일식이 있는 날로 계산하였는데, 일식이 일어나지 않았다. 사천司天에서
일식이 응하지 않음을 주청하였고, 중서中書에서 표表를 올려 경하하였다.
모든 역법의 추산이 일식에 해당된다고 하였다. 대저 역법으로 실제 일식
에 해당하지만, 그 기한에 실제로 일식이 일어나지 않았다면 지금 그것을
어떻게 해석해야 하는가? 서력西曆을 살펴보면, 일식에는 변차법變差法이
있는데, 그 날은 음력陰曆 거교距交 10도度 강强에 있어서, 역법으로 일식에
해당하지만, 유독 그날, 그 지역의 남북南北차差가 동서東西차差로 변하였다.
따라서 천행天行을 논함에 땅의 중심地心과 일월日月의 두 중심을 모두 참조
하여야 실제 일식이 어긋나지 않으며, 사람의 눈에 보이는 것에 따르자
면, 일월日月의 서로 떨어짐이 가까움에서 멀어짐으로 변하여 실제 일식이
될 수 없다. 도리어 유독 변경汴京開封이 그러했는데, 만약 변경汴京으로부터

85　위문괴(魏文魁) : 명말(明末) 만성(滿城)(지금의 하북 보정(保定)) 출신. 천문과 상수학
　　(象數學)에 밝았다. 숭정(崇禎) 2년(1629), 그의 아들을 시켜《역원(曆元)》,《역측(曆
　　測)》두 책을 바치게 했는데, 송(宋) 소옹(邵雍)의《황극경세(皇極經世)》를 역법의 기준
　　으로 삼아야 됨을 주장하고, 서학(西學)을 반대하였다. 이후 서광계의 반대에 부딪쳐 그
　　설이 마침내 축출되었다.

동쪽으로 수천 리 떨어졌다면, 점점 일식이 드러났을 것이다. 동북 일만一
萬여 리 밖에 이르러서는 완전하게 일식이 드러났을 것이다."

나는 다음과 같이 생각한다. 서양의 역법이 아니었으면, 어떻게 이것
을 알 수 있었겠는가? 따라서 숭정崇禎 16년, 이천경李天經, 1579~1659[86]의 계
산이 더욱 정밀하였으므로, 8월에 서양의 역법이 과연 정밀함으로 인해
《대통력大統曆》을 천하에 통행시킬 조서를 내렸지만, 끝내 반포하지 못하
고 명이 멸망하였다.

원문

又按:《文獻通考》序云:"南自宋武帝訖陳後主, 北自魏明帝訖隋文帝, 一
百六十九年間,《南史》所書日食三十六, 而《北史》所書乃七十九. 年歲之相
合者, 纔二十七, 又有年合而月不合者. 夫同此一蒼旻, 食於北者, 其數過倍
於南, 理之所必無, 而又月日不相脗合, 豈天有二日乎?"其說是已. 然《授時》
法以推宋孝宗乾道三年丁亥歲, 即金世宗大定七年四月朔, 交泛十三日九十
九刻, 入食限, 定朔四日六十七刻, 得戊辰日申時日食. 宋雖有劉孝榮言四月
朔日食一分, 日官言食二分, 既而竟不食. 金主則減膳伐鼓, 百官各立於庭,
明復乃止, 是眞見其食與復圓矣. 何以或驗或否? 蓋宋臨安偏南, 燕京偏北,
日食在陰曆. 故謂太陽有虧, 南北目所共覩, 雖庸奴能之, 此僅得其常者耳.
固非《通考》不曾有"曆考"者所知.

---

86 이천경(李天經): 자 장덕(長德). 명대(明代) 역법가(曆法家). 숭정(崇禎) 6년(1633)
《숭정역법(崇禎曆法)》137권을 편수하였다.

《문헌통고》서序에 다음과 같이 말했다.

"남조南朝 송宋무제武帝에서 진陳후주後主에 이르기까지, 북조北朝 위魏명제
明帝에서 수隋문제文帝에 이르기까지 169년간, 《남사南史》에 기록된 일식은
36번이고, 《북사北史》의 기록은 79번이다. 연세年歲가 서로 합치하는 경우
는 겨우 27번인데, 또한 연수는 합하지만 월수가 합하지 않는 것이 있다.
대저 같은 하늘 아래에서 북쪽에서의 일식이 횟수가 남쪽의 두 배인 이
치는 없으며, 또한 월일月日도 서로 맞지 않으니 어찌 하늘에 두 개의 해
가 있겠는가?"

그 설이 옳다. 그러나 《수시력》으로 송宋효종孝宗 건도乾道 3년 정해세丁
亥歲, 곧 금金세종世宗 대정大定 7년1167 4월 삭朔을 계산해보면, 교범交汎 13
일 99각刻이 입식한入食限이고, 정삭定朔 4일 67각刻이니, 무진일戊辰日 신시
申時에 일식日食이 된다. 송宋에 비록 유효영劉孝榮이 4월 삭朔에 일식日食 1분
分을 말했고, 일관日官이 식食 2분分을 말했지만, 끝내 일식은 일어나지 않
았다. 금金의 임금은 재이災異에 맞추어 선식膳食을 줄이고 북을 두드렸으
며, 백관百官은 각각 조정에 자리하였다가, 밝음이 회복되자 이내 그쳤으
니, 이는 진실로 그 일식이 나타났다가 복원復圓되었던 것이다. 어찌하여
혹은 징험이 되고 혹은 그렇지 않았던 것인가? 대체로 송宋 임안臨安, 남송의
도읍지, 지금의 절강성(浙江省) 항주시(杭州市)은 남쪽에 치우쳤고, 연경燕京은 북쪽에
치우쳐 있었으며 일식은 음력陰曆에 있었다. 따라서 태양이 일그러짐이
있으면 남북에서 눈으로 모두 볼 수 있어서 비록 어리석은 사람이라도
볼 수 있다고 말하는 것은 그 일식이 상도常道를 얻었을 때만 그러할 뿐이

다. 진실로 《문헌통고》가 아니었다면 "역고曆考"로 알 수 있는 것이 없었을 것이다.

원문

又按:《綱目》不書月食, 倣《春秋》也. 獨唐肅宗乾元二年二月書"月食既", 蓋爲張后事發. 《提要》不知, 仍作日食. 司馬公《目錄》引本志作"正月癸未". 因推乾元二年己亥歲距積五百二十二年, 中積一十九萬○六百五十六日八四六○, 天正冬至一十八日二一四○[壬午日], 閏餘一十二日八六七四○八, 二月朔三十三日九三八三七一[丁酉日], 二月經望四十八日七○三六六七五[壬子日], 交泛五日一六六八一六, 二月朔交泛一十二日二八七二四四, 二月望交泛二十七日○五二五四○五[入月食限甚深, 法當食既]. 乃知史官所書, 宛與曆官所步合. 何儒者於曆憒憒乃爾?

번역 우안又按

《자치통감강목》에 월식月食을 기록하지 않은 것은 《춘추》를 모방한 것이다. (《자치통감》에서) 오직 당唐숙종肅宗 건원乾元 2년759 2월에 "월식기月食既"라고 기록한 것[87]은, 장후張后의 사건[88]이 발생했기 때문이었다. 《제요提

---

87 《자치통감(資治通鑑)》권221 《당기(唐紀)》권37 "(二月), 壬子, 月食, 既. 先是百官請加皇后尊號曰「輔聖」, 上以問中書舍人李揆, 對曰:「自古皇后無尊號, 惟韋後有之, 豈足爲法!」上驚曰「庸人幾誤我!」會月食, 事遂寢. 後與李輔國相表裡, 橫於禁中, 干豫政事, 請托無窮. 上頗不悅, 而無如之何.

88 장후(張后)의 사건 : 당 숙종이 위독하였을 때 장황후(張皇后)가 태자를 밀어내고 자신의 아들을 황위에 올리려는 음모를 꾸몄다. 환관 이보국(李輔國)(704~762)이 미리 알아차리고는 장황후를 죽이고 태자를 황위에 오르게 하였다. 이보국은 안녹산(安祿山)의 난에 나중에 숙종(肅宗)이 되는 태자를 보필하여 황위에 오르게 하였고, 이 공으로 권력을

要》는 이를 알지 못하고, 일식日食이라고 적었다. 사마광의 《목록》은 본지本志를 인용하여 "정월계미正月癸未"라고 적었다. 이것으로 건원乾元 2년 기해세己亥歲까지 추산해보면, 적적積 522년, 중적中積 190,656.8460일, 천정天正동지冬至 18.2140일[임오일], 윤여閏餘 12.867408일, 2월 삭朔 33.938371[정유일], 2월 경망經望 48.7036675[임자일], 교범交泛 5.166816일, 2월 삭朔 교범交泛 12.287244일, 2월 망望 교범交泛 27.0525405일[월식한月食限에 듦이 매우 깊으므로, 역법으로 식기食旣에 해당한다]이다. 따라서 사관史官의 기록이 완연하게 역관曆官의 계산과 합치함을 알 수 있다. 어찌 유자儒者들은 역법에 대해 애매모호한 것인가?

원문

又按：陳第季立謂"分命羲仲"曰："曆書之作, 爰自黃帝, 而堯命治曆, 愼重其事. 上言'曆象日月星辰, 敬授人時'論其統體也. 推驗考測, 必極其精, 秒忽有差, 則躔度不應矣. 故分遣四子各居其方, 察日之出入,農之作息,昏曉之中星,四時之節氣, 以至人之祁寒暑雨,物之毛羽生落, 離合參伍, 毫髮不爽, 斯曆元可定矣. 苟不置閏, 則氣朔盈虛, 終莫齊一, 故曰：'以閏月定四時成歲'也. 總之, 皆治曆明時之事. 曆成則陰陽順, 風雨時, 百穀登, 而協氣暢, 百工有不釐, 庶績有不熙乎? 是經文次序最明且悉. 蔡《傳》於'曆象日月'便謂作曆已成, 於'分命'則云此下四節言曆既成, 而分職以頒布且考驗之, 恐其推步之或差. 夫分職頒布云者, 豈以羲仲頒春曆, 羲叔頒夏曆, 和仲,和叔頒秋冬

장악한 인물이다. 점차 권력의 횡포가 심해져 조정에서 쫓겨났고 그로부터 얼마 후에 피살되었다.

상서고문소증 권6 상　471

曆乎? 何其錯雜而不一也? 其考驗之恐差云者, 豈以四子考春,夏,秋,冬之或
差, 則識之以修改乎? 何其測候之後時也? 至下文'平秩東作'又云: '以曆之
節氣早晚, 均次其先後之宜, 以授有司', 何其頒布之不豫也? 近周文安洪謨
非之, 似矣. 然文安以爲使四子者考驗已頒之曆, 爲編次將來之曆, 則亦稽之
未審也.《傳》曰: '履端於始, 序則不愆. 舉正於中, 民則不惑. 歸餘於終, 事
則不悖.' 此三者, 治曆一時事也, 闕一不可以爲曆." 余謂唐一行令南宮說測
景天下凡十三處; 元測景尤廣, 東至高麗, 西極滇池, 南踰朱崖, 北盡鐵勒, 凡
二十七所, 卽其遺意. 而盡測北極出地若干度, 則守敬所獨, 抑亦羲和以來未
有者.

번역 우안又按

진제陳第, 1541~1617, 자 계립(季立)는 "희중에게 나누어 명하다分命羲仲"에 대
해 다음과 같이 말했다.

"역서曆書가 써진 때는 황제黃帝 때부터이며, 요堯는 역법을 다스려 그 일
을 신중하게 할 것을 명하였다. 앞 문장의 '해와 달과 성신星辰을 역법으
로 기록하고 관찰하여 백성에게 농사철을 공경히 주었다曆象日月星辰, 敬授人
時'는 통체統體를 논한 것이다. 계산하고 관측함에 반드시 매우 정밀하게
하여야 하고, 조금이라도 소홀하여 차이가 생기면 궤도의 도수가 맞지
않게 된다. 따라서 네 사람을 각각 사방에 나누어 파견하여 해의 출입,
농사의 시작과 끝, 해질녘과 새벽의 중성中星, 사시의 절기 및 사람에 있
어서의 모진 추위와 무더위와 비, 동물의 털의 생겨나고 빠짐뿐만 아니
라 흩어지고 모이고 교착함을 고찰하여 조금이라도 착오가 없게 하였으

므로 이에 역원曆元을 정할 수 있었다. 진실로 치윤寘閏을 하지 않았다면, 기삭氣朔의 차고 빔이 끝내 가지런하지 못했을 것이다. 따라서 '윤달을 사용하여 사시四時를 정하고 해를 이루었다以閏月定四時成歲'고 한 것이다. 요약하면, 모두가 역법을 다스리고 때를 밝히는 일이다. 역법이 완성되면, 음양陰陽이 순順하고, 풍우風雨가 때에 맞으며, 백곡百穀이 여물고, 협기協氣가 펴지니, 백공이 다스려지지 않고 공적이 빛나지 않음이 있겠는가? 이는 경문經文의 차례가 가장 밝고 또한 남김이 없는 것이다. 《채전》은 '해와 달을 역법으로 기록하고 관찰하다曆象日月'에서 역법의 작성이 이미 완성된 것이라고 말하고, '나누어 명령하다分命'에서는 이하의 네 구절은 역법이 이미 완성되고 직분을 나누어 반포하고 살펴서 징험한 것은 계산함에 혹 차이가 있을 것을 염려해서라고 하였다. 대저 직분을 나누어 반포했다는 것이 어찌 희중羲仲에게는 춘력春曆을, 희숙羲叔에게는 하력夏曆을, 화중和仲, 화숙和叔에게서 동력冬曆을 반포하게 한 것이겠는가? 어찌 뒤섞여 일관되지 않은 것인가? 살펴서 징험한 것이 차이가 생긴 것을 염려했다고 말한 것은 어찌 네 사람으로 춘하추동의 차이를 고찰하게 하여 곧 그것을 알아서 수정하고 고치게 했다는 것이겠는가? 어찌 기후를 관측함이 때를 놓치는 것이겠는가? 아래의 '봄에 시작하는 일을 고르게 차례짓다平秩東作'에 이르러서는 또 말하기를 '책력의 절기節氣가 빠르고 늦음으로써 그 선후先後의 마땅함을 고르게 차례지어 유사有司에게 주었다以曆之節氣早晚, 均次其先後之宜, 以授有司'라고 하였는데, 어찌 반포頒布가 기쁘지 않은 일이겠는가? 근래의 문안공文安公 주홍모周洪謨, 1421~1492[89]가 비난한 것도 이와 비슷하다. 그러나 주홍모는 네 사람에게 이미 반포된 역법을 살피고 증험하게 하여 장래의 역법을 편차하게 한 것이라고 여겼으니, 이 또한 고찰함이 자세하지 못한 것이다. 《좌전·문공원년》에 '책력의 시작을 동지로부터 추산하니 절서節序가 어긋나지 않고, 중기中氣를 가지고 달을 정하니 백성들이 의혹하지 않고, 여분餘分을 세말歲末로 돌리니 일이 어그러지지 않았다履端於始, 序則不愆. 舉正於中, 民則不惑. 歸餘於終, 事則不悖'고 하였다. 이 세 가지는 역법을 다스리고 때를 가지런하게 하는 일로서 한 가지라도 빠지면 역법을 이룰 수 없다."

나는 다음과 같이 생각한다.

당唐 일행一行이 남궁열南宮說[90]에게 천하天下의 13곳을 측경測景하게 하였고, 원元의 측경測景은 더욱 넓어져, 동쪽으로는 고려高麗에 이르고, 서쪽으로는 전지滇池에 닿았으며, 남쪽으로는 주애朱崖를 넘었고, 북쪽으로는 철륵鐵勒에 이르는 모두 27곳이니, 곧 옛것이 남긴 취지遺意이다. 그리고 북극이 땅으로 몇 도 솟아 있음을 다 관측한 것은 곽수경이 유일하며, 또한 희화羲和 이래 없었던 논의이다.

원문

又按：董斯張遲周亦取此一篇而紐今 《湯誥》, 以爲非伏生所授, 且評於 "予乃大罰殛女"下曰："《記》稱殷人先罰而後賞, 豈不信哉?"

---

89 주홍모(周洪謨)：자는 요필(堯弼). 서주부(敍州府) 장녕현(長寧縣)(지금의 사천성(四川省) 장녕현(長寧縣)) 출신이다. 명(明) 정통(正統) 10년(1445) 진사(進士)에 급제하였고, 한림원편수(翰林院編修)로서 《환우통지(環宇通志)》를 편찬하였다. 이후에 《영종실록(英宗實錄)》, 《헌종실록(憲宗實錄)》 등을 편수하였다.
90 남궁열(南宮說)：당(唐)의 천문학자. 생졸년은 미상이다. 신룡(神龍) 원년(705) 당(唐) 중종(中宗) 복위 후, 태사승(太史丞)을 역임하였다. 《을사원력(乙巳元曆)》을 편수하였다.

동사장董斯張, 1587~1628, 호 하주(遐周)[91]도 이 편을 취하여 현전 고문《탕고湯誥》가 복생이 전한 것이 아니라고 해서 배척하였고, 또한 (《사기》에 전하는 《탕고湯誥》의) "내 그대들을 크게 징벌하여 죽일 것이다予乃大罰殛女" 아래에서 평하기를 "《예기·표기表記》에 은나라 사람은 벌을 먼저하고 상을 뒤에 하였다고 한 것을 어찌 믿지 않겠는가?"라고 하였다.

---

91 동사장(董斯張) : 원명(原名)은 사장(嗣章). 자 연명(然明), 호 하주(遐周), 차암(借庵). 명말(明末) 절강(浙江) 호주(湖州)의 시인이다.

제85. 《무성》은 "상교목야商郊牧野"를 두 지역으로 알았음을 논함

今文《牧誓》篇"王朝至于商郊牧野, 乃誓", 牧野在朝歌之南, 即商郊地, 猶有扈氏之郊名甘云爾, 非二地也, 故誓師之辭曰"于商郊", 不必復言牧野. 《詩 · 大雅》曰"矢于牧野", 又曰"牧野洋洋", 即不必言商郊. 僞作《武成》篇者, 昧于此義, 敍武王"癸亥, 陳于商郊, 俟天休命. 甲子昧爽, 受率其旅若林, 會于牧野", 似武王於癸亥僅頓兵商郊, 次日甲子昧爽始及牧野誓師, 誓已而戰. 一地也, 分作兩地用之, 可乎? 昔鄭氏注《書序》"命君陳分正東郊成周"曰 : "周之近郊五十里, 今河南洛陽相去則然." 賈公彦疏之曰 : "鄭蓋以目驗知之." 古大儒注一書必具全力, 不憚以其身之所經, 目之所窮以爲經傳之取信. 曾謂當日史臣如尹佚輩, 親從征伐, 一動一言莫不紀述, 乃獨不察于地理如此哉?

금문 《목서》편에 "왕이 아침에 상나라의 교郊인 목야牧野에 이르러 맹세하였다王朝至于商郊牧野, 乃誓"고 하였는데, 목야牧野는 조가朝歌의 남쪽에 있는 지역으로 곧 상교商郊이며, 유호씨有扈氏의 교郊를 감甘이라고 부른 것과 같은 것으로 두 지역이 아니다. 따라서 군대에 맹세하는 말에 "상교에서于商郊"라고 하고, 목야를 반복할 필요가 없었다. 《시 · 대아 · 대명》에 "목야에 진을 치니矢于牧野"라고 하고, 또 "목야가 넓고 넓네牧野洋洋"라고 하고, 반드시 상교商郊라고 말할 필요는 없다. 《무성》편을 위작한 자는 이런 의미를 알지 못하고, "(무왕이) 계해일癸亥日에 상교商郊에 진을 치고서 하늘의 아름다운 명을 기다리더니, 갑자일^{甲子日} 매상^{昧爽}에 수^受가 그 군대를 거느리되 숲처럼 많이 하여 목야^{牧野}에 모였다^{癸亥, 陳于商郊, 俟天休命. 甲子昧爽, 受率其旅 若林, 會于牧野}"라고 서술한 것은, 무왕이 계해일에야 겨우 상교^{商郊}에 주둔하였고 다음날 갑자 매상^{昧爽}에 비로소 목야^{牧野}에 이르러 군사들에게 맹세하였으며, 맹세가 끝나고 전쟁을 시작했다는 말과 같다. 동일한 지역을 나누어 두 지역으로 사용하는 것이 가능한가? 옛날 정현이 《서서^{書序}》 "군진에게 명하여 동교의 성주를 나누어 다스리게 하였다^{命君陳分正東郊成周}"를 주해하기를 "주^周의 근교^{近郊} 50리이니, 지금 하남^{河南}낙양^{洛陽}과의 거리가 그러하다^{周之近郊五十里, 今河南洛陽相去則然}"고 하였고, 가공언 소疏에서 "정현이 눈으로 직접 증험하여 안 것이다^{鄭蓋以目驗知之}"고 하였다. 옛날의 대유^{大儒}가 주해할 때, 반드시 전력을 다하고 그 몸이 지나는 바와 눈이 궁구하는 바를 꺼리지 않았으므로 경전을 취신^{取信}할 수 있는 것이다. 일찍이 말한 바와 같이, 윤일^{尹佚} 등과 같은 당시의 사관이 직접 정벌을 따라가서 하나의 행동과 한마디의 말도 기술하지 않음이 없었는데, 유독 지리를 살피지 않음이 이와 같았겠는가?

원문

按 : 《牧誓》, 蔡《傳》云 : "案《武成》言'癸亥陳于商郊', 則癸亥之日, 周師已陳牧野矣. 甲子昧爽武王始至而誓師焉." 蔡氏亦以商郊, 牧野爲一, 但認武王與師爲二, 尙未允. 《三統曆》載師以戊子日發, 後五日癸巳武王發, 又後十三日丙午逮師, 言武王至師中. 蓋師行日三十里, 武王則行四十里有奇, 故雖後五日, 亦至. 後戊午度于孟津, 癸亥至牧壘, 皆親在師中, 豈待甲子昧爽哉?

《曆》又云：“甲子昧爽而合矣”, 增“而合矣”字妙. 蓋自昧爽誓師起, 誓畢即戰,
一戰而殺商王紂, 僅以時計耳. 《詩‧大雅》曰：“肆伐大商, 會朝清明.” 不崇
朝而紂之穢濁已除是也. 其於經傳種種協合. 蔡氏似不甚信《班志》, 故有此
誤. 且古者王出征則王將, 侯出征則侯將, 將必與士卒相習, 然後如臂之使指,
往無不克. 豈有臨戰之日將始至軍者乎? 其亦不識兵法矣.

번역 **안按**

　　《목서》의 《채전》은 “《무성》을 살펴보면, ‘계해일에 상교^{商郊}에 진^陣을
쳤다’고 하였으니, 계해일^{癸亥日}에 주나라 군대가 이미 목야에 진을 쳤다.
갑자일^{甲子日} 매상^{昧爽}에 무왕이 비로소 (목야에) 이르러 군사들에게 맹세하
였다^{案《武成》言‘癸亥陳于商郊’, 則癸亥之日, 周師已陳牧野矣. 甲子昧爽武王始至而誓師焉}”고 하였
다. 채씨도 상교^{商郊}와 목야^{牧野}를 하나로 보았는데, 다만 무왕과 군대를
둘로 나눈 것은 여전히 타당하지 못하다. 《삼통력》에 군대가 무자일에
출발하였고, 5일 이후 계사일에 무왕이 출발하였으며, 또 13일 후인 병
오일에 군대에 이르렀다고 기록한 것은 무왕이 군대에 이르렀음을 말한
것이다. 대체로 군대의 행군은 하루 30리였고, 무왕의 행군은 40여리 남
짓이었으므로 비록 5일이 늦었지만 또한 군대에 이를 수 있었다. 이후
무오일에 맹진을 건넜고, 계해일에 목야^{牧壄}에 이르렀는데, 이때 모두 무
왕이 친히 군대 안에 있었으니, 어찌 갑자일 매상을 기다릴 것이 있겠는
가? 또 《삼통력》에서 “갑자 매상에 합하였다^{甲子昧爽而合矣}”라고 하였는데,
“(그리고) 합하였다^{而合矣}”를 덧붙인 것이 묘^妙하다. 대체로 매상^{昧爽}에 군대
에 맹세하는 것으로부터 시작하여, 맹세가 끝나자마자 바로 전쟁에 돌입

하였고, 한 번 전쟁을 치러 상왕 주紂를 죽였으니, (합했다는 것은) 단지 시간으로 말한 것일 뿐이다. 《시 · 대아 · 대명大明》에 "이에 상나라를 정벌하니, 회전會戰한 그 날 아침 청명하였네肆伐大商, 會朝淸明"라고 한 것은 아침나절도 지나지 않아 주紂의 더럽고 탁함이 이미 제거되었다는 것이다. 경전經傳 일체가 모두 조화롭게 합치한다. 채침은 《한서 · 율력지》를 매우 신뢰하지 않았기 때문에 이런 오류를 범하게 된 것 같다. 또한 옛날에 왕이 출정出征하면 왕이 대장이 되고 제후가 출정하면 제후가 대장이 되는데, 대장은 반드시 사졸士卒들과 서로 익숙해진 연후에야 팔이 손가락을 쓰는 것과 같아져서 가서 이기지 않음이 없게 된다. 어찌 전쟁이 시작되는 날에 대장이 비로소 군대에 이르는 일이 있었겠는가? 이 또한 병법을 모르는 것이다.

원문

又按 : 歸熙甫亦有 《考定武成》云 : "只于原文移得'厥四月哉生明'三節七十八字于'萬姓悅服'下, 文勢旣順, 亦無闕文矣." 但'旣生魄'乃四月之十六日甲辰, 錯簡在十九日丁未, 二十二日庚戌下, 不加釐正可乎? 殆亦讀《漢志》未熟爾.

번역 우안又按

귀유광歸有光, 1507~1571, 자 희보(熙甫)도 《고정무성考定武成》에서 다음과 같이 말했다.

"단지 원문의 '4월 재생명哉生明厥四月哉生明'등 세 구절 78자[92]를 '만백성이 기뻐하여 복종하였다^{萬姓悅服}' 아래에 옮기기만 하면 문세^{文勢}가 순해지고 또한 궐문^{闕文}도 없게 된다.”

다만 “기생백^{既生魄}”은 4월 16일 갑진일인데, 19일 정미일과 22일 경술일 다음에 착간되어 있으므로 고쳐서 바르게 해야 하지 않겠는가? 아마도《한서 · 율력지》를 읽음에 숙달되지 않은 것이다.

원문

又按:《大雅》云“上帝臨女, 無貳爾心”,《魯頌》云“無貳無虞, 上帝臨女”. 皆指武王牧野時, 上與《湯誓》“予畏上帝, 不敢不正”, 下與《論語》“臨事而懼”,“子之所愼戰”同一心法. 今撰其文曰“俟天休命”, 恐非武王心也. 夫苻堅欲平晉, 銳意至寢不能旦, 固不足論. 若魏武帝臨陳, 意思安閑如不欲戰然, 抑豈所以論武王乎? 讀者其味之.

번역 우안又按

《대아 · 대명》에 “상제가 그대에게 임하셨으니 그대의 마음에 의심하지 말지어다^{上帝臨女, 無貳爾心}”라고 한 것과《노송 · 비궁^{閟宮}》에 “의심하지 말고 염려하지 말라 상제가 너에게 임하여 계시니라^{無貳無虞, 上帝臨女}”라고 한 것은 모두 무왕이 목야에 있을 때를 말한 것으로, 위로는《탕서》“나는 상제를 두려워하여 감히 바로잡지 않을 수 없다^{予畏上帝, 不敢不正}”라고 한 것

---

92 《무성》厥四月哉生明, 王來自商, 至于豐. 乃偃武修文, 歸馬于華山之陽, 放牛于桃林之野. 示天下弗服. 既生魄, 庶邦冢君, 暨百工, 受命于周. 丁未, 祀于周廟. 邦 · 甸 · 侯 · 衛, 駿奔走執豆籩. 越三日庚戌, 柴望大告武成.

과 아래로는 《논어·술이》 "일에 임하여 두려워하다臨事而懼", "공자가 삼
가신 것은 전쟁이다子之所愼戰"와 동일한 심법心法이다. 지금 《무성》의 "하
늘의 아름다운 명을 기다린다俟天休命"라는 문장을 짓는 것은 아마도 무왕
의 마음이 아닐 것이다. 전진前秦의 부견苻堅, 338~385이 진晉나라를 평정하
고자 함에, 굳은 의지가 침소에 이르러 새벽을 넘기지 못한 것은 진실로
논하기에 부족하다. 위魏무제武帝가 군진에 임하여 한가롭게 전쟁을 하고
싶어하지 않았다는 것과 같으니 어찌 무왕을 논할 수 있겠는가? 독자들
이 잘 살펴야 할 것이다.

又按 : 晉獻公之喪, 秦穆公使人弔公子重耳曰 : "喪亦不可久也, 時亦不可
失也." 《晉語》姜氏告公子亦曰 "時不可失". 吳子因楚喪而伐之, 師不能退, 吳
公子光曰 : "此時也, 弗可失也." 皆爭取人國者之辭. 若武王伐紂有天下, 自
所謂迫而起, 不得已而應, 亦何至出語如秦穆, 吳闔廬曰 "時哉弗可失" 哉? 縱
上文有 "永淸四海", 志在天下, 然涉急欲有功之心, 非武王也. 讀者其更味之.

우안又按

진晉헌공獻公의 상喪에 진秦목공穆公이 사람을 시켜 공자公子 중이重耳를 조
문하면서 "상喪을 또한 오래할 수 없고, 시기 또한 놓칠 수 없습니다喪亦不
可久也, 時亦不可失也"고 하였다. 《국어·진어晉語》에서 강씨姜氏도 공자公子에게
"시기를 놓칠 수 없습니다時不可失"라고 고하였다. 오자吳子가 초楚나라의
국상國喪으로 인해 정벌하려 하였는데, (초나라의 반격으로 퇴로가 막혀) 오나

라 군대가 물러갈 수 없을 때, 오吳 공자광公子光이 "지금이 기회이니 놓칠 수 없습니다此時也, 弗可失也"라고 하였는데, 모두 국가를 쟁취할 때의 말이다. 무왕이 주紂를 정벌하고 천하를 소유할 때와 같은 경우는 스스로 급박하게 시작하여 부득이하게 응하였다고 하였는데, 어찌 진秦목공穆公과 오吳합려闔廬 때와 같이 "시기를 놓칠 수 없다時哉弗可失"라고 말함에 이르렀겠는가? 《태서상》의 앞 문장인 "사해四海를 영원히 맑게 하라永淸四海"[93]로부터 보면, 뜻을 천하에 두고 급박하게 공을 세우려는 마음을 가졌으니, 무왕의 모습이 아니다. 독자들은 다시 잘 음미해야 할 것이다.

원문

又按 : 《湯誓》有"爾尙輔予一人"下不過曰"致天之罰"而已, 《泰誓》"爾尙弼予一人"下則曰"永淸四海, 時哉弗可失", 豈湯, 武辭氣各不同乎? 抑文有今古爾?

번역 우안又按

《탕서》는 "너희들은 부디 나 한 사람을 도와서爾尙輔予一人" 다음에 "하늘의 벌을 이루도록 할 뿐이다致天之罰"라고 말한 것에 불과한데, 《태서상》 "너희들은 부디 나 한 사람을 보필하여爾尙弼予一人" 다음에 "사해를 영원히 맑게 하기 위해서는 이때를 놓쳐서는 안 된다永淸四海, 時哉弗可失"라고 하였으니, 어찌 탕왕과 무왕의 사기辭氣가 각각 서로 같지 않은 것인가? 아니

---

93 《태서상》 "하늘이 백성들을 가엾게 여기시어 백성들이 하고자 하는 바를 하늘이 반드시 따르시니, 너희들은 부디 나 한 사람을 보필하여 사해(四海)를 영원히 맑게 하라. 이때를 놓쳐서는 안 된다."((天矜于民), 民之所欲, 天必從之. 爾尙弼予一人, 永淸四海, 時哉弗可失)

면 문장에도 금고今古가 있는 것인가?

원문

又按：地理之學, 爲從來作書與註書者所難. 予嘗謂作《國語》之人便不如《左氏》, 何況其他? 或者怪其說, 予曰：《左氏》昭十一年《傳》"楚子城陳, 蔡, 不羹", 杜《註》云："襄城縣東南有不羹城, 定陵西北有不羹亭." 十二年《傳》"今我大城陳, 蔡, 不羹. 對曰：是四國者專足畏也", 杜《註》云："四國, 陳, 蔡, 二不羹." 予考之《漢·地理志》, 潁川郡有東不羹, 在定陵; 有西不羹, 在襄城, 恰列爲二. 杜氏之言蓋是也. 作《國語》者不通地理, 認不羹爲一, 謂之城三國. 規杜過者亦不通地理, 謂四乃三之譌. 近時顧仲恭又引賈誼《新書》"大城陳, 蔡, 葉與不羹", 有"葉"方成四國, 謂"葉"爲《左氏》所遺, 楚城葉見昭九年. 不知昭九年止有"遷方城外人於許", 無"城葉"字, 何得據以爲詞. 以知《左氏》之作, 杜氏之註皆精于地理如此. 或曰：《國語》與《左氏》竟出二人手乎? 予曰：先儒以其敍事互異, 疑非一人, 予亦偶因不羹事頗有取其說云.

번역 우안又按

지리학에서는 예로부터 지리서를 만드는 것과 주해하는 것에 어려움이 있다고 여겨왔다. 나는 일찍이 《국어》를 지은 자는 《좌씨》의 지리학만 못하다고 했으니, 다른 저작들에 있어서랴? 어떤 이는 그 설을 괴이하게 여겼는데, 나는 다음과 같이 대답하였다.

《좌씨》 소공 11년 《전傳》 "초자가 진陳·채蔡·불갱不羹에 성城을 쌓았다楚子城陳, 蔡, 不羹"의 《두주杜註》는 "양성현襄城縣 동남쪽에 불갱성不羹城이 있고,

정릉定陵 서북쪽에 불갱정不羹亭이 있다襄城縣東南有不羹城, 定陵西北有不羹亭"고 하였다. 12년《전》"지금은 우리가 진陳·채蔡·불갱不羹에 고대高大한 성을 쌓았다. (子革이) 대답하길 '이 네 나라에 주둔시킨 군대만으로도 제후를 두렵게 하기에 충분합니다' 하였다今我大城陳, 蔡, 不羹. 對曰 : 是四國者專足畏也"의《두주》는 "네 나라는 진陳·채蔡와 두 불갱不羹이다四國, 陳, 蔡, 二不羹"고 하였다. 내가《한서·지리지》를 고찰해보니, 영천군潁川郡에 동불갱東不羹이 있는데 정릉定陵에 위치하고, 서불갱西不羹은 양성襄城에 위치하니, 꼭 나뉘어 두 개가 된다. 두예의 말이 대체로 옳다.《국어》를 지은 자는 지리에 능통하지 못하여 불갱不羹을 하나로 여기고 세 나라에 성을 쌓았다고 하였다.[94] 두예의 잘못을 바로잡았다는 자[95]도 지리에 능통하지 못하고 네 나라는 세 나라의 잘못이라고 말하였다. 근래의 고대소顧大韶, 1576~?, 자 중공(仲恭)도 가의賈誼《신서新書·대도大都》의 "진陳, 채蔡, 섭葉과 불갱不羹에 큰 성을 쌓았다大城陳, 蔡, 葉與不羹"를 인용하면서, "섭葉"이 있으므로 네 나라를 이루며, "섭葉"은《좌씨》에서 빠뜨린 것으로 초나라가 섭葉에 성을 쌓은 것은 소공 9년에 처음 보인다고 하였다. 소공 9년에 단지 "방성산方城山 밖의 사람들을 허許나라로 옮겼다遷方城外人於許"라고만 했고, "섭에 성을 쌓았다城葉"는 글자는 없는데, 무엇을 근거로 말한 것인지 알 수 없다.《좌씨》의 전傳과 두예의 주註가 모두 지리에 정밀함이 이와 같음을 알 수 있다.

어떤 이가 물었다.

---

94 《국어·초어상》靈王城陳·蔡·不羹, 使僕夫子晳, 問於范無宇曰 吾不服諸夏而獨事晉, 何也?
95 유현(劉炫)을 가리킨다. 유현의 의소(義疏)는 먼저 "두의(杜意)"을 서술하고 뒤에 "현위(炫謂)"를 덧붙여 두예의 설을 공박하였다.

《국어》와《좌씨》는 필경 두 사람의 손에서 나온 것인가?

나는 대답하였다.

선유先儒들은 그 사건을 서술함이 서로 다른 것으로써 한 사람이 쓴 것이 아니라고 의심하였는데, 나 또한 불갱不羹의 사안을 만나봄으로 인하여 한 사람의 손에서 나온 것이 아니라는 설을 취한다.

又按：朱子門人, 經學譌者蔡沈, 史學譌者趙師淵. 趙之《綱目》, 人多知之, 蔡則人爲所壓, 莫敢是正. 今姑以地理論之, 如於《泰誓》篇目云：“上篇未渡河作, 中下二篇旣渡河作”, 則以孟津爲在河之南, 與河朔爲二地也者. 不知孔穎達《疏》明云：“孟者, 河北地名,《春秋》所謂‘向’‘盟’是也. 於孟地置津, 謂之孟津. 言“師渡孟津, 乃作《泰誓》”, 知三篇皆渡津乃作爾. 考《史記·周本紀》敍“諸侯不期而會盟津者八百諸侯”, 在“武王渡河”之下；《齊太公世家》敍“遂至盟津”, 在師尙父“與爾舟楫”之下, 益驗地在河北.《通典》河南府河陽縣注云：“古孟津, 後亦曰富平津, 在其南.” 蓋水北曰陽, 故河陽卽孟津. 若其南岸, 則自名富平津, 不得有孟名. 所以《杜元凱傳》“預以孟津渡險, 有覆沒之患, 請建河橋于富平津”, 蓋以舟相比若橋. 然自南岸以達北, 其得成功者, 實賴《詩》有“造舟爲梁”一語, 以塞異議者之口. 因嘆古大儒誦《詩》, 輒能達於政事, 其有用如此. 豈若蔡氏輩並南北不識者哉?

우안又按

주자의 문인 가운데, 경학經學의 와변자訛變者는 채침蔡沈이고, 사학史學의 와변자는 조사연趙師淵, 1150?~1210[96]이다. 조사연의 《자치통감강목綱目》에 대해서는 사람들이 많이 알고 있지만, 채침의 경우는 사람들이 압존되어 감히 바로잡지 못한다. 지금 지리地理로 논해보면,《태서》의 《채전》편목篇目에 "상편은 하수河水를 건너기 전에 지은 것이고, 중편과 하편 두 편은 이미 하수를 건넌 뒤에 지은 것이다上篇未渡河作, 中下二篇旣渡河作"고 하였으니, 맹진孟津을 하수의 남쪽으로 여긴 것으로 하삭河朔과는 두 지역이 되었다. 이는 공영달 《소》에서 명확하게 말한 "맹孟은 하북河北의 지명으로,《춘추》의 이른바 '상向', '맹盟'이다. 맹땅에 나루를 설치하고 맹진孟津이라고 하였다.《서서書序》의 '군대가 맹진을 건너 《태서》를 지었다'고 한 것은 이 3편이 모두 맹진을 건너서 지은 것임을 알았던 것이다孟者, 河北地名,《春秋》所謂'向盟'是也. 於孟地置津, 謂之孟津. 言'師渡孟津, 乃作《泰誓》', 知三篇皆渡津乃作爾"는 말을 몰랐던 것이다.《사기 · 주본기》에 "제후들이 약속하지 않았지만 맹진에 모인 자가 8백 제후였다諸侯不期而會盟津者八百諸侯"는 "무왕이 하수를 건넜다武王渡河". 다음에 서술되었고,《사기 · 제태공세가》에 "마침내 맹진에 이르렀다遂至盟津"는 태사 상보尙父가 말한 "너희에게 배와 노를 맡긴다與爾舟楫" 다음에 서술되었으므로 그 땅이 하북河北에 위치함을 더욱 징험해준다.《통전通典》의 하남부河南府 하양현河陽縣 주注에 "옛날의 맹진孟津은 후대에 부평진富平津이라고도 하였는데, 하양현 남쪽에 있다古孟津, 後亦曰富平津, 在其南"고 하였다. 대체로 물의 북쪽을 양陽이라고 하므로 하양河陽이 곧 맹진孟津이다. 만

---

96 조사연(趙師淵) : 자 기도(幾道). 호 눌재(訥齋). 주자와 함께 사마광의 《자치통감》,《거역요(擧曆要)》및 호안국(胡安國)의 《거요보유(擧要補遺)》등을 준거로 내용을 간단하게 하고 목(目)을 만들어 사건을 기술하여 《자치통감강목(資治通鑑綱目)》을 편찬하였다.

약 남쪽 하안河岸이었다면 본래부터 부평진富平津이라고 불렸고, 맹진이라는 이름을 얻을 수 없었다. 《진서晉書 · 두원개전杜元凱傳》에 "두예는 맹진에서의 도하渡河의 위험함으로 인해 배가 전복될 근심이 있었으므로 부평진에 하교河橋를 건설할 것을 청하였다預以孟津渡險, 有覆沒之患, 請建河橋于富平津"고 한 것은 대체로 배를 서로 연결하여 다리처럼 만들었다는 것이다. 그렇다면 남쪽 하안河岸에서부터 북쪽에 도달하여 공을 이룰 수 있었던 것임을 실로 《시 · 대명大明》의 "배를 만들어 다리를 놓으시니造舟爲梁"라는 한 마디로써 다른 의론을 일삼는 자들의 입을 막을 수 있다. 이로 인하여 옛날 대유大儒의 《시》를 읊음이 문득 정사政事에 통달하였고 그 운용이 이와 같음을 감탄한다. 어찌 채침과 같은 이들이 남북을 구별하지 못한 것과 같을 수 있겠는가?

又按 : 孔安國 《傳》 "又東至于孟津"云 : "孟津, 地名, 在洛北. 都道所湊, 古今以爲津." 此 《傳》 出魏晉間, 已錯認洛陽城北之渡處爲孟津, 復何怪蔡氏生長南宋者? 予愛孔穎達云 : "洛陽城北, 古今常以爲津. 武王渡之, 近世以來呼爲武濟." 武濟名致佳. 然則津之在河北, 《史記正義》所謂在 "河陽縣南門外" 者, 爲方孟津, 以其爲孟之地也; 津之在河南, 《尚書正義》所謂 "在洛陽城北" 者, 當名武濟, 以其曾爲武王所濟也, 庶兩確云.

번역 **우안又按**

《우공》 "다시 동쪽으로 맹진에 이르게 하였다又東至于孟津"의 공안국 《전

傳》은 "맹진은 지명으로 낙양성洛陽城 북쪽에 있다. 여러 길이 모이는 곳이 므로 예나 지금이나 나루로 삼았다孟津, 地名, 在洛北. 都道所湊, 古今以爲津"고 하였 다. 이《전傳》은 위진魏晉 연간에 나왔으므로 이미 낙양성 북쪽의 나루가 맹진孟津이라고 잘못 알고 있었으니, 채침이 남송南宋 때 태어나 자란 것이 어찌 다시 이상할 것이 있겠는가? 나는 공영달이 말한 "낙양성 북쪽에 있고, 예나 지금이나 항상 나루로 삼았다. 무왕이 이 곳을 건넜기 때문에 근세 이래로 '무제武濟'라 부른다"라고 한 말을 좋아한다. 무제武濟라는 이 름이 매우 아름답다. 그렇다면 나루가 하북河北에 있었던 것은《사기정의 史記正義》의 이른바 "하양현 남문南門 밖河陽縣南門外"에 있는 맹진孟津으로, 그 곳이 맹孟의 지역이다. 나루가 하남河南에 있었던 것은《상서정의尚書正義》 의 이른바 "낙양성 북쪽在洛陽城北"에 있는 것으로 무제武濟라는 이름에 해 당되며, 그곳은 일찍이 무왕이 건넜던 곳이니, 두 지역은 거의 확실하다.

又按 : 余嘗謂《孟子》說錯了淮水入江, 後九百餘歲, 隋開皇大業間果引淮 南入江, 若孟子預爲之兆者. 今又得一事 : 魏晉間古文《書》錯認孟津爲在河 之南, 後九百餘歲, 金果改河南之河淸縣曰孟津, 若爲古文蓋其失者, 抑所謂 物必有對哉!

번역 우안又按

나는 일찍이《맹자》의 회수淮水가 강江에 유입된다고 말한 것[97]이 잘못 이라고 하였는데, 9백여 년 이후, 수隋 개황開皇581~600과 대업大業605~618 연간에 과연 회수의 남쪽을 끌어다 강江에 유입시켰으니, 맹자는 그 조짐을 미리 알았던 것 같다. 지금 또 하나의 사안을 알게 되었다. 위진魏晉 연간의 고문《서》는 맹진孟津이 하남河南에 있는 것으로 잘못 알았는데, 9백여 년 이후, 금金나라는 과연 하남河南의 하청현河淸縣을 맹진孟津이라고 고친 것이, 만약 고문古文이 틀린 것 때문이라면, 이른바 "만물은 반드시 대대待對함이 있다物必有對"는 말일 것이다!

원문

又按：顧氏《川瀆異同》曰："九水之中, 黑, 弱則荒裔之川也. 河流自塞外, 經中國, 迴環半于天下, 在《禹貢》九州, 則雍, 豫, 冀, 兗皆其所經, 今且折而入徐, 青, 侵揚州北境矣. 江流縈紆廣衍, 其在《禹貢》則梁, 荊, 揚三州之地, 其所經也, 究其源流, 與河大抵相埒. 南江, 北河, 實所以統紀羣川, 故于天象亦以兩河分界, 而中原之形勝胥萃于此焉. 漢水出梁州之北, 經荊州之半而合于江. 淮水出豫州之南, 繞徐州之境以注于海, 比之江, 河, 源流未逮其半. 濟出于冀州之南, 雖經豫, 兗二州之境, 尚有靑州. 然大都于淮, 漢比肩, 不能與江, 河並駕也. 今且減沒難明, 在闕疑之列矣. 渭, 洛在雍, 豫中, 足爲羣川之長. 然皆以河爲宗, 如大國之後附庸然, 故更次于淮, 濟之有也. 或曰：言渭水以雍州爲天下險, 言洛水以豫州爲天下中, 然其爲川也, 僅及于境內, 恐未足以該天下矣. 是九川之中, 其條貫猶存而經緯可見者, 惟江, 淮, 河, 漢四水而已矣." 余讀至此, 曾戲語景範："孟子當日言'水由地中行', 不證以四瀆而曰江, 淮,

---

97 《맹자·등문공상》禹疏九河, 瀹濟漯, 而注諸海；決汝漢, 排淮泗, 而注之江, 然後中國可得而食也.

河,漢者, 是得毋亦預爲今日之水之地也耶!"景範不覺笑.

번역 **우안又按**

　　고조우顧祖禹, 1631~1692, 자 경범(景範)의 《천독이동川瀆異同》에서 다음과 같이 말했다.

　　"구수九水 가운데 흑수黑水와 약수弱水는 황예荒裔변방의 천川이다. 하수河水는 변방 밖에서부터 시작해서 중국中國을 지나 천하의 반을 감아도는데, 《우공》 구주에 있어서는 옹주雍州, 예주豫州, 기주冀州, 연주兗州가 모두 하수가 지나는 곳이며, 지금은 다시 꺾여져 서주徐州와 청주青州로 들어가, 양주揚州의 북쪽 경계를 침범하였다. 강수江水는 구불구불하게 더 광범위하게 흐르니, 《우공》에서의 양주梁州, 형주荊州, 양주揚州 세 주州의 지역이 지나는 곳이고, 그 원류를 궁구해보면 하수와 대략 서로 같다. 남쪽의 강수江水와 북쪽의 하수河水는 실로 모든 천川을 총괄하기 때문에 천상天象에서 양하兩河로 경계가 나누어지듯이 중원中原의 형세도 그 모양과 서로 부합한다. 한수漢水는 양주梁州의 북쪽에서 출원하여, 형주荊州의 반을 지나 강수江水에 합해진다. 회수淮水는 예주豫州의 남쪽에 출원하여, 서주徐州의 경계를 휘돌아 대해大海로 주입된다. 강수江水와 하수河水에 비해서는 원류源流가 반에도 미치지 못한다. 제수濟水는 기주冀州의 남쪽에서 출원하는데, 비록 예주豫州와 연주兗州 두 주州의 경계를 지나기는 하지만 여전히 청주青州에 있다. 그렇다면 대체로 회수淮水와 한수漢水와 비견될 수 있고, 강수江水, 하수河水와는 나란히 할 수 없을 것이다. 지금 또한 멸몰滅沒되어 밝히기가 어려우므로 의문스러움을 남겨둔다. 위수渭水와 낙수洛水는 옹주雍州와 예주豫州에 있는데, 뭇 천川의 장長이 되기에 충분하다. 그러나 모두 하수河水를 종주宗主로 삼으므로, 대국大國 아래의 부용附庸과 같다. 따라서 다시 회수淮水와 제수濟水의 다음에 자리하게 된다. 어떤 이는 다음과 같이 말했다. '위수渭水는 옹주雍州를 천하天下의 험준한 경계로 삼는다고 하고, 낙수洛水는 예주豫州를 천하天下의 중심으로 삼는다'고 한다. 그러나 그 천川이 겨우 경내境內에만 미치므로, 천하에 해당시키기에는 부족할 것 같다. 구천九川 가운데 그 계통이 보존되고 경위經緯를 볼 수 있는 것은 오직 강수江水, 회수淮水, 하수河水, 한수漢水 네 수水일 뿐이다."

나는 여기까지 읽고 일찍이 고조우자 경범(景範)에게 농담조로 말했었다. "맹자가 당시에 '물이 지중地中을 따라 행하게 되었다水由地中行'[98]고 말하고, 사독四瀆[99]을 강수江水, 회수淮水, 하수河水, 한수漢水라고 증명하지 않은 것은 또한 오늘날의 수명水名과 지명地名을 예견하지 못했기 때문일 것이다!" 고조우는 실소를 금치 못했다.

---

98 《맹자·등문공하》使禹治之, 禹掘地而注之海, 驅蛇龍而放之菹. 水由地中行, 江, 淮, 河, 漢是也.
99 사독(四瀆) : 강수(江水), 河水, 회수(淮水), 제수(濟水)를 일컫는다. 《이아(爾雅)·석수(釋水)》江, 河, 淮, 濟爲四瀆.

제86. 《태서상》과 《무성》 편은 모두 맹진^{孟津}을 하수^{河水}의 남쪽에 있었다고 한 것을 논함

원문

商郊,牧野本一地, 而作兩地用之, 旣決非信史. 孟津,河朔亦本一地, 而作兩地用之, 可謂實錄乎?《周本紀》又云"十二月戊午, 師畢渡盟津, 諸侯咸會." 蓋言師盡渡河, 至于盟津大會諸侯. 椒擧曰："周武有孟津之誓." 三篇之作, 俱作于河北之孟津, 于河之南,洛之北無涉. 魏晉間名漸譌易, 孔安國《傳》以孟津在洛北,《書》與《傳》同出一手, 故撰上篇曰"惟十有三年春, 大會于孟津", 中篇曰"惟戊午王次于河朔", 則"嗟我友邦冢君"之誓, 誓于河之南, "嗚呼! 西土有衆"之誓, 誓于河之北, 截然異地. 《武成》篇曰："旣戊午, 師逾孟津." 逾者, 越也. 言已越孟津而過之, 非以孟津在河南明證乎? 予少時習《孟子》, 疑滕定公薨, 父兄百官皆不欲, 兩使然友往鄒問孟子, 何緩不及事! 及年來親歷山東, 方知故滕國城在今縣西南十五里, 故邾城在今鄒縣東南二十六里, 則兩國相去僅百里, 宜然友朝發滕而暮至鄒, 朝見孟子而暮復命文公也. 又古鄒城西北去曲阜七十六里, 孟子云"近聖人之居, 若此其甚", 較上文"去聖人之世, 百有餘歲", 尤爲逼緊, 蓋只兩舍有半地耳. 嘆窮經者不可不通地理, 曾謂作經者反瞢于地理如此哉!

번역

상교^{商郊}와 목야^{牧野}는 본래 하나의 지역인데, 두 지역으로 나누어 기록한 것은 이미 결코 신뢰할 만한 역사가 아니다. 맹진^{孟津}과 하삭^{河朔} 또한 본래 하나의 지역인데, 두 지역으로 나누어 기록한 것을 실제의 기록이라고 할 수 있겠는가?《사기·주본기》에서도 "12월 무오일에 군대가 맹진의 도하를 마치고 제후들이 모두 모였다十二月戊午, 師畢渡盟津, 諸侯咸會"고 한것은 군대가 모두 하수河水를 건넜고, 맹진에 이르러 제후들이 크게 회합했음을 말한 것이다. 초거椒擧[100]가 말한 "주 무왕의 맹진에서의 맹세가있습니다周武有孟津之誓"의 세 편은 모두 하북河北의 맹진孟津에서 지었고, 하河의 남쪽과 낙洛의 북쪽과는 관련이 없다. 위진魏晉연간에 지명이 점점 바뀌어 공안국《전》에는 맹진孟津을 낙북洛北에 있다고 하였는데, 《서》와《전傳》이 한 사람의 손에서 나왔으므로《태서상》편에서 "13년 봄에 맹진에 크게 회합하였다惟十有三年春, 大會于孟津"고 하였고, 《태서중》편에서 "무오일에 무왕이 하북河北에 주둔하였다惟戊午王次于河朔"고 하였으니, 《태서상》의 "아! 우리 우방의 총군아嗟我友邦冢君"의 맹세는 하남에서 맹세한 것이고, 《태서중》의 "아! 서토西土의 무리들아嗚呼! 西土有衆"의 맹세는 하북에서맹세한 것으로 완전히 다른 지역이다. 《무성》편에서 "이미 무오일에 군대가 맹진을 지났다既戊午, 師逾孟津"고 하였는데, 유逾는 월越, 넘다. 지나다의 의미이다. 이미 맹진을 넘어 지났음을 말한 것이니, 맹진이 하남에 있다고(잘못) 여긴 명백한 증거가 아니겠는가?

나는 어렸을 때《맹자》를 강습하면서, 등滕정공定公이 죽고, 부형父兄과백관百官들이 모두 3년상을 시행하고자 하지 않았으므로 두 차례 연우然友를 추鄒나라로 가게 해서 맹자에게 묻게 하였는데, 어찌 그렇게 느리게

---

100 초거(椒擧) : 춘추시대 초나라 대부 오거(伍擧)로, 오자서(伍子胥)의 조부이다. 식읍이초(椒)이기 때문에 초거(椒擧)라고 불렸다. 《춘추·소공4년》에 보인다.

하여 일을 제 때에 처리하지 못한 것인지를 의심하였다. 나이가 차서 직접 역산歷山 동쪽을 가보고 비로소 옛 등성滕城이 지금 현縣 서남 15리에 있고, 옛故 주성邾城이 지금 추현鄒縣의 동남東南 26리에 있어서 두 나라의 거리가 겨우 백 리밖에 되지 않으므로, 마땅히 연우然友가 아침에 등滕나라를 출발하면 저녁에 추鄒나라에 도착하였고, 다음 날 아침에 맹자를 뵙고 저녁에 등문공에게 복명하였다는 것을 알게 되었다. 또한 옛 추성鄒城의 서북西北으로 곡부曲阜까지는 76리이니, 맹자의 "성인聖人이 거주하신 곳과 가까움이 이와 같이 심하다近聖人之居, 若此其甚"는 말이 바로 앞의 "성인聖人의 세대와의 거리가 백여 년이다去聖人之世, 百有餘歲"는 말과 비교해서 더욱 긴밀하니, 두 지역이 반나절 거리밖에 되지 않는다. 경經을 궁구하는 자가 지리에 능통하지 않을 수 없는데, 일찍이 경經을 지었다는 자가 도리어 지리에 어두움이 이와 같다는 사실이 놀라울 뿐이다!

按 : 蔡《傳》于"大會于孟津"云 : "孟津, 見《禹貢》." 而《禹貢》引"杜預曰 '在河內郡河陽縣南', 今孟州河陽縣也, 武王師渡孟津者即此"最是, 蓋以孟津在河北. 於《泰誓》篇目却云 : "上篇未渡河作." 又以孟津在河南. 疏畧抵梧, 余嘗笑使朱紫陽執筆, 應不至此.

번역 안按

"맹진에서 크게 회합하였다大會于孟津"의《채전》은 "맹진은《우공》에 보인다孟津, 見《禹貢》"고 하였고,《우공》의《채전》에 "두예는 '하내군河內郡 하양현河陽縣의 남쪽에 있다' 하였으니, 지금의 맹주孟州 하양현河陽縣으로, 무왕의 군대가 맹진을 건너갔다는 것이 바로 이곳이다杜預曰'在河內郡河陽縣南', 今孟州河陽縣也, 武王師渡孟津者即此"고 한 것이 가장 옳으니, 맹진을 하북에 있다고 하였다. 《채전》의 《태서》 편목篇目에서는 도리어 "상편은 아직 하수를 건너지 않았을 때 지었다上篇未渡河作"고 하여, 또한 맹진孟津을 하남으로 여겼다. 엉성하면서도 서로 저촉이 되니, 자양紫陽의 주자가 집필하였다면 이 지경에는 이르지 않았을 것이라고 일찍이 나는 비웃은 적이 있었다.

又按 : 傳遜士凱, 歸熙甫之門人也, 著《左傳屬事》《序》稱 : "某前語王執禮 : '《通鑑》有何難解, 胡三省安用註爲?' 執禮答以 : '不然, 先生云其註地理極可觀.' 某復讀之, 信. 先生蓋熙甫也." 予苦愛斯語, 以爲其一言破的處, 酷似朱子. 近顧祖禹景範著《方輿紀要》, 則服膺京兆杜氏,浚儀王氏地理之學, 亦知言哉!

우안又按

부손傳遜, 자 사개(士凱)은 귀유광歸有光, 1507~1571, 자 희보(熙甫)의 문인으로 《좌전속사左傳屬事》를 지었는데, 《서序》에서 다음과 같이 말했다.

"내가 이전에 왕집례王執禮[101]에게 '《통감》에 난해처가 있더라도 호삼생

---

101 왕집례(王執禮) : 자 자경(子敬). 남직예(南直隸) 소주부(蘇州府) 곤산(昆山)(지금의 강소(江蘇)) 출신이다. 가정(嘉靖) 44년(1565) 진사(進士)에 급제하였다. 관직은 응천부윤(應天府尹)에 이르렀다.

胡三省, 1230~1302[102]의 주해를 어찌 쓰겠는가?'라고 하였다. 왕집례가 대답하였다. '그렇지 않으니, 선생께서 「호삼생의 지리에 관한 주해는 매우 볼만하다」고 하셨다.' 내가 다시 읽어보니, 과연 그러했다. 여기에서의 선생은 귀유광이다."

나는 이 말을 매우 아끼는데, 한 마디로 이치를 꿰뚫음이 주자와 똑같다. 근래의 고조우顧祖禹, 자 경범(景範)가 《방여기요方輿紀要》를 지었는데, 경조京兆 두씨杜氏와 준의浚儀 왕씨王氏의 지리학을 가슴에 새긴 것은 또한 식견이 있는 것이다!

<table><tr><td>원문</td></tr></table>

又按：孟津之漸譌而南也, 實自東漢始. 考更始二年, 使大司馬朱鮪等屯洛陽, 光武亦令馮異守孟津以拒之. 是時孟津猶在北. 安帝永初五年, 羌入寇河東, 至河內, 百姓驚奔, 南度河, 使朱寵將五營士屯孟津. 靈帝中平六年, 何進謀誅宦官, 召東郡太守橋瑁屯成皋, 使武猛都尉丁原燒孟津, 火照城中. 城中者, 洛陽城中也, 則已移其名于河之南. 猶蒲州城外有蒲津關, 對岸爲朝邑縣臨晉關, 地不同, 名亦各異. 而《史記·曹相國世家》"從漢王出臨晉關", 張守節《正義》曰："即蒲津關也, 在臨晉縣." 則亦移河東之關名于河西. 大河流經濬, 滑二縣境, 北曰黎陽津, 南曰白馬津, 杜牧所謂"黎陽詎白馬津三十里"者是. 然《通鑑地理通釋》：白馬北岸即黎陽津, 故白馬亦兼有黎陽之名.《通

---

102 호삼성(胡三省)：자 신지(身之), 경참(景參). 호 매간(梅澗). 宋元 교체기 때 사학자이다. 원 세조(世祖) 지원(至元) 22년(1285)에 《자치통감음주(資治通鑑音注)》294권을 완성하였는데, 이를 호주(胡注)라고 한다. 이외에 《석문변오(釋文辨誤)》등의 저서가 있다.

典》于黎陽縣下曰：“有白馬津, 即酈生言杜白馬之津.”不知漢白馬津在河南. 是唐亦移河南之津名于河北[《水經注》已然]. 大抵曆代浸久, 土俗傳譌, 亦何所不至? 予獨怪《武成》三代間人所作, 忽認南爲北, 如東漢中葉以後人之稱孟津者.

번역 **우안又按**

　　맹진이 점점 와변하여 하남河南이 된 것은 실로 동한 때부터이다. 갱시更始 2년[24], 대사마大司馬 주유朱鮪 등을 낙양洛陽에 주둔하게 하였는데, 광무제光武帝도 풍이馮異에게 명하여 맹진을 지키며 막게 하였다. 이 당시에 맹진은 오히려 하북에 있었다. 안제安帝 영초永初 5년[111], 강족羌族이 들어와 하동河東을 약탈하고, 하내河內에 이르자 백성들이 놀라 달아나 남쪽으로 하수를 건넜는데, 주총朱寵에게 오영五營의 군대를 거느리고 맹진에 주둔하게 하였다. 영제靈帝 중평中平 6년[189], 하진何進이 환관宦官을 죽일 것을 모의하고, 동군태수東郡太守 교모橋瑁를 불러 성고成皋에 주둔시키고, 무맹도위武猛都尉 정원丁原에게 맹진孟津을 불지르게 하였는데, 불이 성城 안에서 보였다. 성 안은 낙양성洛陽城 안을 말하니, 이미 그 명칭이 하남으로 옮겨진 것이다. 포주성蒲州城 바깥에 포진관蒲津關이 있는데, 마주보는 언덕을 조읍현朝邑縣 임진관臨晉關이라고 하여 지역이 같지 않음으로 이름도 각각 다른 것과 같다. 그러나《사기·조상국세가曹相國世家》“한왕漢王을 따라 임진관臨晉關을 나왔다從漢王出臨晉關”의 장수절張守節《정의正義》에 “곧 포진관이니, 임진현臨晉縣에 있다即蒲津關也, 在臨晉縣”고 한 것은 또한 하동河東의 관명關名이 하서河西로 옮겨진 것이다. 대하大河의 흐름이 준濬, 활滑 두 현縣의 경계를 지나는데, 북쪽을 여양진黎陽津이라 하고, 남쪽은 백마진白馬津이라고 하는데, 두목杜牧의 이른바 "여양에서 백마진까지 삼십리黎陽詎白馬津三十里"가 그것이다. 그러나 《통감지리통석通鑑地理通釋》은 백마白馬의 북안北岸이 곧 여양진黎陽津이다고 하였으므로 백마白馬는 또한 여양黎陽의 이름을 겸한 것이다. 《통전通典》의 여양현黎陽縣 아래에서 "백마진白馬津이 있는데, 곧 역이기酈食其[103]가 말한 백마진白馬津을 막는다는 것이다有白馬津, 即酈生言杜白馬之津"라고 하였다. 한대漢代에 백마진이 하남에 있었는지는 알 수 없다. 이 또한 당대唐代에 하남河南의 진명津名이 하북河北으로 옮겨진 것이다. [《수경주水經注》에 이미 그러하다.] 대체로 세대를 거침이 오래될수록 토속土俗은 전변하니, 또한 어딘들 이르지 않겠는가? 나는 유독 《무성》이 3세대 간의 사람들에 의해 지어졌음에도 갑자기 남쪽을 북쪽으로 여긴 것을 괴이하게 생각하는데, 마치 동한 중엽 이후의 사람들이 맹진을 칭한 것과 같다.

원문

又如和州橫江在江北, 當塗采石在江南. 《梁書·武帝紀》太淸二年, 侯景"自橫江濟于采石", 采石猶指江南. 《侯景傳》歷陽太守莊鐵降景, 乃自采石濟兵焉, 則已移采石之名于江北, 不待宋也.

번역

또한 화주和州 횡강橫江은 강북江北에 있고, 당도當塗 채석采石은 강남江南에

---

103 역이기(酈食其) : 자 이기(食其). 진말(秦末) 초한(楚漢) 시기의 유방(劉邦)의 부하(部下). 유세객이다.

있는 것과 같다. 《양서梁書 · 무제기武帝紀》 태청太清 2년548, 후경侯景, 503~55
2[104]이 "횡강에서 채석采石으로 건넜다自橫江濟于采石"고 하였는데, 채석采石은
강남江南을 가리키는 것과 같다. 《양서梁書 · 후경전侯景傳》에 역양태수歷陽太
守 장철莊鐵이 후경에게 항복하면서 채석에서 군대를 건넜다고 하였으니,
이미 채석의 명칭이 강북江北으로 옮겨진 것이 송宋나라까지 내려가지 않
는다.

원문

又按 : 沈括 《筆談》以定四年 "楚子濟江入于雲中" 證雲在江北, 昭三年 "王
以田江南之夢" 證夢在江南, 所以太宗時得古本 《禹貢》, 雲,夢二字不連, 作
"雲土夢作乂乂". 蓋雲才土見, 而夢已可耕治也, 最是. 余謂 : 然至 《周禮 · 職
方》荊州 "其澤藪曰雲瞢", 杜預註 《左》 "楚之雲夢跨江南北", 固已混而通稱.
《禹貢》 "溢爲滎", 滎自在河之南. 宣十二年 "楚潘黨逐之, 及滎澤", 即其地. 然
先此閔二年, 衛及狄人戰于滎澤, 則亦移澤之名于河北. 向予愛熊南沙有言 :
"黃帝正名百物, 未嘗假借, 後世乃通之耳. 茲則謂禹主名山川, 未嘗假借, 後
世乃通之耳." 若然, 豈可以東漢後所通稱之孟津上註 《禹貢》哉? 安國 《傳》
實誤. 《元和志》 : "雲,夢二澤本自別, 而 《禹貢》及 《爾雅》皆曰 '雲夢' 者, 蓋雙
舉二澤而言之." 則李弘憲所見 《禹貢》本亦誤.

---

104 후경(侯景) : 본성(本姓) 후골(侯骨). 자 만경(萬景). 삭주(朔州)(지금의 산서(山西) 삭
주(朔州)) 출신이다.

심괄沈括의 《필담筆談》에서 정공 4년 "초자가 강을 건너 운중雲中으로 들어갔다楚子濟江入于雲中"는 문장으로 운雲이 강북江北에 있었다는 것을 증명하였고, 소공 3년 "초왕楚王이 (鄭伯과 함께) 강남의 몽夢에서 사냥하였다王以田江南之夢"는 문장으로 몽夢이 강남江南에 있었다는 것을 증명한 것은, 태종太宗 때 얻은 고본古本 《우공》에 운雲과 몽夢 두 글자가 이어져 있지 않고, "雲土夢作乂"라고 적혀 있었기 때문이었다. 그 의미는 운택雲澤에 비로소 흙이 보이기 시작했고, 몽택夢澤이 이미 밭을 갈 수 있게 다스려졌다는 것이 가장 옳다.

나는 다음과 같이 생각한다余謂:

그러나 《주례 · 직방職方》에 형주荊州의 "그 못과 늪은 운몽이다其澤藪曰雲瞢"고 하였고, 두예의 《좌전 · 소공3년》의 주해에서 "초나라 운몽雲夢은 강수江水의 남북에 걸쳐 있다"고 하였으니, 진실로 이미 혼동하여 통칭하였다. 《우공》 "(濟水가 河水로 유입되어) 넘쳐 형택滎澤이 되게 하다溢爲滎"의 형滎은 저절로 하남河南에 있게 된다. 선공 12년 "초나라 반당潘黨이 그魏錡를 추격하여, 형택滎澤에 이르렀다楚潘黨逐之, 及滎澤"의 바로 그 지역이다. 그런데 이보다 앞선 민공 2년, 위후衛侯가 적인狄人과 형택滎澤에서 전쟁을 하였다고 하였으니, 이 또한 택명澤名이 하북河北으로 옮겨진 것이다. 예전에 내가 좋아했던 웅과熊過, 1506~?, 호 남사(南沙)[105]의 말이 있다. "황제黃帝가 만물의 이름을 바르게 하면서 가차假借하지 않았는데, 후대에 통하게 되었

---

[105] 웅과(熊過) : 자 숙인(叔仁), 호 남사(南沙). 명대의 문학가. 서촉(西蜀) 사대가(四大家), 가정(嘉靖) 팔재자(八才子)의 한 명이다.

을 뿐이다. 그렇다면 우禹가 유명한 산천山川을 주관함에 일찍이 가차假借하지 않았는데 후대에 통하게 되었을 뿐이라고 말할 수 있을 것이다黃帝正名百物, 未嘗假借, 後世乃通之耳. 茲則謂禹主名山川, 未嘗假借, 後世乃通之耳." 이와 같다면, 어찌 동한 이후의 통칭된 맹진孟津으로 이전의 《우공》을 주해했겠는가? 공안국 《전》은 진실로 잘못되었다. 당唐의 《원화지元和志》에 "운雲, 몽夢 두 못은 본래 저절로 구별되었는데, 《우공》 및 《이아》에서 모두 '운몽雲夢'이라고 한 것은 두 못을 같이 거론하여 말한 것이다雲, 夢二澤本自別, 而《禹貢》及《爾雅》皆曰 '雲夢'者, 蓋雙擧二澤而言之"고 하였으니, 이길보李吉甫, 758~814, 자 홍헌(弘憲)[106]가 보았다는 《우공》 판본도 잘못된 것이다.

又按 : 安國《傳》"雲夢之澤在江南", 誤不待云, 惜蔡氏不從沈括之言, 專引《左氏》, 證雲, 夢爲二, 兼又引《周禮》荊州之澤合雲, 夢爲一者, 與《禹貢》時不類. 括之言曰 : "江南爲夢, 則今之公安, 石首, 建寧等縣. 江北爲雲, 則玉沙, 監利, 景陵等縣, 乃水之所委, 其地最下. 江南二浙水出稍高, 雲方土而夢已作乂矣. 信古本爲允." 余嘗謂蔡《傳》有顯然謬誤者, 有依稀仿佛而誤者, 此固依稀仿佛之誤也.

우안又按

공안국 《전》의 "운몽택은 강남에 있다雲夢之澤在江南"의 오류는 말할 것도

---

[106] 이길보(李吉甫) : 자 홍헌(弘憲). 당(唐)의 지리학자. 《원화군현도지(元和郡縣圖志)》를 편찬하였다.

없는데, 애석하게도 채침은 심괄의 말을 따르지 않고, 오로지 《좌씨》를 인용하여 운雲과 몽夢이 두 개의 못임을 증명하면서도, 아울러 《주례》형주荊州의 못이 운雲과 몽夢이 합하여 하나로 된 것도 인용한 것은 《우공》당시와 같지 않다. 심괄은 다음과 같이 말했다. "강남의 몽夢은 지금의 공안公安, 석수石首, 건녕建寧 등의 현縣이다. 강북江北의 운雲은 옥사玉沙, 감리監利, 경릉景陵 등의 현縣으로, 곧 그 지역은 물이 모여드는 곳으로 가장 지대가 낮다. 강남江南은 물이 새어나오는 지대가 조금 높기 때문에 운雲은 바로 흙이 드러났고 몽夢은 이미 경작되어 다스려진 것이다. 진실로 고본을 믿을 만하다江南爲夢, 則今之公安, 石首, 建寧等縣. 江北爲雲, 則玉沙, 監利, 景陵等縣, 乃水之所委, 其地最下. 江南二浙水出稍高, 雲方土而夢已作乂矣. 信古本爲允."

나는 일찍이 《채전》에는 완전히 드러난 오류와 그럴 듯하게 비슷하지만 오류인 것이 있다고 했었는데, 이곳은 진실로 그럴 듯하게 비슷하지만 오류인 경우이다.

원문

又按: 蔡《傳》顯然謬誤者, 如"雍之貢道有二, 其東北境則自積石至于西河, 其西南境則會于渭汭". 積石山在雍之西境, 安得下一"東"字? 顯謬可知. 雍州東距大河, 大河卽冀都之西河, 果東境有貢, 當徑自入河, 何勞舍東而西, 遠從積石浮耶? 然則若何而可? 曰: 當改作"其西北境". 蓋浮積石與會渭汭者皆自西起程, 但積石近北則曰其西北境, 渭汭近南則曰其西南境, 庶乎其不謬耳.

《채전》의 완전히 드러난 오류에는 "옹주雍州의 공도貢道는 둘이니, 동북

지경은 적석積石으로부터 서하西河에 이르고, 서남 지경은 위수渭水와 예수

汭水로 모인다雍之貢道有二, 其東北境則自積石至于西河, 其西南境則會于渭汭"라고 한 것이다.

적석산은 옹주의 서쪽 지경에 있는데 어찌 "동東"자 다음에 올 수 있겠는

가? 완전히 드러난 오류임을 알 수 있다. 옹주雍州의 동쪽으로는 대하大河

에 이르는데, 대하는 곧 기도冀都의 서하西河이므로 과연 동쪽 경계에 공도

가 있으니, 마땅히 곧바로 하수로 들어가야 하는데, 어찌 수고롭게 동쪽

을 버려두고 서쪽으로 가서 멀리 적석으로부터 띄웠겠는가? 그렇다면

어떻게 해야 옳은가? 마땅히 "서북 경계其西北境"로 바꾸어야 한다. 대체로

적석積石에 띄우는 것과 위수渭水와 예수汭水로 모이는 것들은 모두 서쪽에

서 노정이 시작되는데, 다만 적석이 북쪽에 가까우면 서북 지경이라고

하고, 위수渭水와 예수汭水가 남쪽에 가까우면 서남 지경이라고 해야 거의

틀리지 않을 것이다.

又按 : 有依稀仿佛之誤者, 其"導水總論"曰 : "經言'嶓冢導漾', '岷山導江'

者, 漾之源出于嶓, 江之源出于岷, 故先言山而後言水也. 言'導河積石', '導

淮自桐柏', '導渭自鳥鼠同穴', '導洛自熊耳', 非出于其山, 特自其山以導之

耳, 故先言水而後言山也. 河不言自者, 河源多伏流, 積石其見處, 故言積石

而不言自也. 沈水不言山者, 沈水伏流, 其出非一, 故不誌其源也. 弱水,黑水

不言山者, 九州之外蓋略之也. 小水合大水謂之入. 大水合小水謂之過, 二水

勢均相入謂之會. 天下之水莫大于河, 故于河不言會. 此《禹貢》立言之法也."
世多稱爲偉論. 以愚論, 江非出于岷, 所以宋易祓曰: "岷山近在茂州, 而江源
遠在西徼松山之外." 范成大曰: "江源自西戎中來, 由岷山澗壑出, 而會于都
江. 世云江出岷山, 自中國所見言之也." 陸遊曰: "嘗登嶓冢山, 有泉涓涓出
山間, 是爲漢水之源. 事與經合. 及西遊岷山, 欲窮江源而不可得也. 蓋岷山
盤回千里, 重崖蔽虧, 江源其間, 旋遶隱見, 莫測其端, 不若漢源之顯易也."
不確一. 王恭簡樵曰: "渭源縣南谷山, 實鳥鼠相連之枝山, 相去五里. 胎簪,
乃桐柏之旁小山. 而謂渭非出于鳥鼠, 特自鳥鼠導之; 淮出胎簪, 特自桐柏導
之, 似俱未安." 不確二. 河發源星宿海, 至積石六千七百餘里, 中間無所爲伏
流. 伏流見《漢‧西域傳》及酈《注》. 而《唐書》劉元鼎, 蔡《傳》"劉"作"薛",
非. 唐有薛大鼎, 無薛元鼎也.《元史》河源附錄亦作"薛", 似沿蔡《傳》. 爲吐
蕃會盟使, 言見河源云云;《元史》命都實爲招討使, 往求河源, 還報云云, 皆
無伏流. 即《西域傳》云: "皆以爲潛行地下, 南出于積石." "皆以爲"者, 傳聞
之辭也. 蔡徒據傳聞, 不確三. 梁州西距黑水, 雍州西跨黑水, 二州皆以是水
定界. 弱水則見雍州內, 豈得云之外? 不確四.

번역 **우안又按**

그럴 듯하게 비슷하지만 오류인 것은 "도수총론導水總論"[107]이다.

"경문經文에서 '파총산嶓冢山에 양수瀁水를 인도한다'와 '민산岷山에 강수江
水를 인도한다'고 말한 것은 양수瀁水의 근원이 파산嶓山에서 나오고 강수江

---

107 《우공》導洛自熊耳, 東北會于澗‧瀍, 又東會于伊, 又東北入于河. 아래《채전》에 보인다.

水의 근원이 민산岷山에서 나오므로 먼저 산을 말하고 뒤에 물을 말한 것이다. '하수河水를 인도하되 적석산積石山으로부터 한다', '회수淮水를 인도하되 동백산桐柏山으로부터 한다', '위수渭水를 인도하되 조서산鳥鼠山과 동혈산同穴山으로부터 한다', '낙수洛水를 인도하되 웅이산熊耳山으로부터 한다'고 말한 것은 모두 그 산에서 나온 것이 아니고, 단지 그 산으로부터 인도했을 뿐이므로 먼저 물을 말하고 뒤에 산을 말한 것이다. 하수에 '자自'어느 곳으로부터를 말하지 않은 것은 하수의 근원은 숨어 흐르는 것이 많은데, 적석산이 바로 보이는 곳이므로 적석산이라고 말하고 '~로부터自'를 말하지 않은 것이다. 연수沇水에 산을 말하지 않은 것은 연수는 숨어 흘러서 나오는 곳이 한 곳이 아니므로 그 근원을 기록하지 않은 것이다. 약수弱水와 흑수黑水에 산을 말하지 않은 것은 구주九州의 밖이라서 생략한 것이다. 작은 물이 큰물과 합류함을 '입入'이라 하고, 큰물이 작은 물과 합류함을 '과過'라 하고, 두 물이 형세가 대등하여 서로 들어감을 '회會'라 한다. 천하의 물이 하수보다 큰 것이 없으므로 하수에는 '회會'라고 말하지 않았다. 이것이 《우공》의 글을 쓰는 법이다經言'嶓塚導漾', '岷山導江'者, 漾之源出于嶓, 江之源出于岷, 故先言山而後言水也. 言'導河積石', '導淮自桐柏', '導渭自鳥鼠同穴', '導洛自熊耳', 非出于其山, 特自其山以導之耳, 故先言水而後言山也. 河不言自者, 河源多伏流, 積石其見處, 故言積石而不言自也. 沇水不言山者, 沇水伏流, 其出非一, 故不誌其源也. 弱水, 黑水不言山者, 九州之外蓋略之也. 小水合大水謂之入. 大水合小水謂之過, 二水勢均相入謂之會. 天下之水莫大于河, 故于河不言會. 此《禹貢》立言之法也."

이것은 세상의 탁월한 논의로 많이 칭해진다. 내 생각에 강수江水는 민산岷山에서 나오는 것이 아니다. 왜냐하면 송宋의 이불易祓, 1156~1240[108]은 "민산岷山은 가까이 무주茂州에 있으나 강수의 근원은 멀리 서쪽 변방 송산

松山 바깥에 있다岷山近在茂州, 而江源遠在西徼松山之外"고 하였고, 범성대范成大, 1126~
1193[109]는 "강수의 근원은 서융西戎으로부터 유래하여, 민산岷山의 골짜기
에서 흘러나오고, 도강都江에 보인다. 세상의 강수는 민산岷山에서 나온다
고 말은 중국中國의 관점에서 말한 것이다江源自西戎中來, 由岷山澗竇出, 而會于都江. 世
云江出岷山, 自中國所見言之也"고 하였고, 육유陸遊, 1125~1210[110]는 "일찍이 파총산
에 올랐었는데, 산 사이로 샘물이 조금씩 흘러나오는 것이 한수漢水의 근
원이다. 사실과 경문이 합치하였다. 서쪽으로 민산岷山에 이르러 노닐면
서 강수의 근원을 찾아보고자 하였으나 할 수 없었다. 대체로 민산岷山은
천리에 휘감아 걸쳐 있으면서 산봉우리가 중첩되어 가리워져 있는데, 강
수의 근원은 그 속에서 돌아나오면서 혹은 보이기도 하고 혹은 숨기도
하여 그 끝을 헤아릴 수 없었으니, 한수의 근원이 쉽게 드러난 것과는 같
지 않다嘗登蟠冢山, 有泉涓涓出山間, 是爲漢水之源. 事與經合. 及西遊岷山, 欲窮江源而不可得也. 蓋岷山
盤回千里, 重崖蔽虧, 江源其間, 旋遠隱見, 莫測其端, 不若漢源之顯易也"고 하였다. 확실하지 않
은 첫 번째이다.

공간공恭簡公 왕초王樵는 다음과 같이 말했다. "위원현渭源縣의 남곡산南谷
山은 사실 조서산鳥鼠山과 서로 이어진 지산枝山인데 서로의 거리가 5리이

---

108 이불(易祓, yìfú) : 자 언장(彦章), 언위(彦偉), 언상(彦祥). 호 산재(山齋). 남송(南宋) 중후
　　기의 학자. 저서에는《주역총의(周易總義)》20권,《주관총의(周官總義)》30권 등이 있다.
109 범성대(范成大) : 자 지능(至能), 유원(幼元). 호 석호거사(石湖居士). 남송의 문학가. 저
　　서에는《석호집(石湖集)》,《남비록(攬轡錄)》,《오선록(吳船錄)》,《오군지(吳郡志)》,《계
　　해우형지(桂海虞衡志)》등이 있다.
110 육유(陸遊) : 자 무관(務觀). 호 방옹(放翁). 남송의 문학가, 사학자이다. 효종(孝宗), 광
　　종(光宗)의《양조실록(兩朝實錄)》과《삼조사(三朝史)》를 편수하였고, 9,000여 시를 수
　　록한《검남시고(劍南詩稿)》85권을 편찬하였다. 저서에는《위남문집(渭南文集)》50권,
　　《노학함필기(老學庵筆記)》10권 등이 있다.

다. 태잠산胎簪山은 곧 동백산桐柏山 옆의 작은 산이다. 따라서 위수渭水가 조서산에서 나오는 것이 아니라 단지 조서산에서 인도된 것이라고 하고, 회수淮水는 태잠산胎簪山에서 나오는데 단지 동백산桐柏山에서 인도된 것이라고 말하는 것은 모두 타당하지 않은 것 같다渭源縣南谷山, 實鳥鼠相連之枝山, 相去五里. 胎簪, 乃桐柏之旁小山. 而謂渭非出于鳥鼠, 特自鳥鼠導之; 淮出胎簪, 特自桐柏導之, 似俱未安." 확실하지 않은 두 번째이다.

하수의 발원처는 성수해星宿海인데, 적석積石까지 거리가 6,700여 리이고, 중간에 숨어서 흐르는伏流 곳은 없다. 복류伏流는 《한서 · 서역전西域傳》과 역도원酈道元, ?~527, 자 선장(善長) 《수경주水經注》에 보인다. 그리고 《당서唐書》의 유원정劉元鼎을 《채전》은 "유劉"를 "설薛"로 썼는데, 잘못이다. 당唐나라때 설대정薛大鼎은 있었으나 설원정薛元鼎은 없었다. 《원사元史》 권63 《하원부록河源附錄》에도 "설薛"이라고 쓴 것은, 《채전》을 그대로 따른 것으로 보인다. (유원정은) 토번吐蕃과의 회맹會盟에 사신으로 가서 하원河源을 보았다고 했고, 《원사》에 도실都實을 초토사招討使로 삼아 하원河源을 찾아보도록 명하였고 돌아와 보고하였다고 하였는데, 복류伏流라는 말은 없다. 곧 《한서 · 서역전》 "모두 잠겨서 지하로 흐르고 남쪽으로 적석산에서 나온다고 한다皆以爲潛行地下, 南出于積石"의 "개이위皆以爲"는 전해들은 말이다. 채침은 단지 전하는 말을 근거로 삼은 것이니 확실하지 않은 세 번째이다.

양주梁州는 서쪽으로 흑수黑水에 이르고, 옹주雍州는 서쪽으로 흑수黑水를 넘는데, 두 주州는 모두 흑수로 경계를 정한다. 약수弱水는 옹주雍州 내內에 보이는데 어찌 옹주 바깥이라고 할 수 있겠는가? 확실하지 않은 네 번째이다.

又按:《禹貢》立言固有定法, 然亦不盡然者. 如侯服中"三百里"字, 與上文甸服"三百里"字不同; 綏,要,荒三服"二百里"字, 與上文甸侯"二百里"字倏異. 觀此, 則導江言岷山, 導河積石不言自, 未必悉如蔡氏所云. 惟唐孔氏《疏》云:"漾,江先山後水, 淮,渭,洛先水後山, 皆是史文詳畧, 無義例也", 得之矣.

번역 우안又按

《우공》의 입언立言은 진실로 정해진 법이 있으나, 모두 다 그런 것은 아니다. 가령 후복侯服 가운데 "삼백리三百里"는 앞 문장 전복甸服의 "삼백리三百里"와 같지 않으며, 수綏, 요要, 황荒 삼복三服의 "이백리二百里"는 앞 문장 전복甸侯의 "이백리二百里"와 전혀 다르다. 이것으로 본다면, 강수를 인도함에 민산岷山을 말하고, 하수를 인도함에 적석산積石山을 말하면서 "자自"라고 말하지 않은 것이 반드시 채침이 말한 바와 같지는 않을 것이다. 오직 당唐 공영달《소》의 "양수漾水 · 강수江水에 대해서는 산을 먼저 말하고 물은 뒤에 말하였으며, 회수淮水 · 위수渭水 · 낙수洛水에 대해서는 물을 먼저 말하고 산을 뒤에 말하였는데, 모두 사관이 기록해 놓은 글의 상세함과 간략함에 관한 문제이지, 정해진 의미와 범례가 있는 것은 아니다漾, 江先山後水, 淮, 渭, 洛先水後山, 皆是史文詳畧, 無義例也"라는 말이 옳다.

又按:有依稀仿佛致成顯然之誤者, 莫過《漢 · 地理志》"甾水出泰山郡萊蕪縣原山, 東至博昌縣入泲". "泲"字本不誤, 誤在孔穎達《疏》作"海", 而蔡氏又以漢博昌爲即宋之壽光縣. 壽光縣瀕海, 濟既東流經是縣之境, 不入海, 曷入哉? 故不覺先後異說. 其實漢博昌, 宋之博興縣, 漢故城猶在今縣南二十里, 不瀕海也. 嘗問青州府人, 言淄水出顏神鎮東南二十五里岳陽山東麓, 東北流逕萊蕪谷.《漢志》亦未合. 東北逕樂安縣東, 又北入巨淀, 又北出注馬車瀆, 合時水入海. 以今準宋, 淄亦入海, 蔡故云爾乎? 不知漢時淄入沛, 入沛旋復入海, 在琅槐縣, 去今樂安縣五十里也. 或曰：淄既入濟, 則淄亦可浮青之貢道, "浮于汶"當增一"淄"字. 不然者, 淄不入濟也. 予笑應曰：小水不爲貢道者衆矣, 奚獨於淄? 且淄多伏流, 潦則薄崖, 幹則濡軌而已, 俗謂之九乾十八漏, 此豈可爲貢道者哉? 蔡沈生長南宋, 譬之閉戶造車, 而欲出門合轍, 難矣哉!

번역 우안又按

　　그럴 듯하게 비슷하지만 확실하게 드러난 오류가 있는 것 가운데《한서 · 지리지》"치수淄水는 태산군泰山郡 래무현萊蕪縣 원산原山에서 출원하여, 동쪽으로 박창현博昌縣에 이르러 제수沛水로 유입된다淄水出泰山郡萊蕪縣原山, 東至博昌縣入沛"보다 더 심한 것이 없다. "제沛"자는 본래 잘못되지 않았는데, 공영달《소》에서 "해海"로 쓴 것과 또한 채침이 한漢의 박창현博昌縣을 송宋의 수광현壽光縣으로 여긴 것에 오류가 있다. 수광현壽光縣은 대해大海에 접해 있고, 제수濟水가 이미 동쪽으로 흘러 수광현의 경계를 지나면서 대해로 유입되지 않으면 어디로 유입되겠는가? 따라서 앞뒤가 이설異說이 됨을 몰랐던 것이다. 사실 한漢의 박창현博昌縣은 송宋의 박흥현博興縣이니, 한漢의 고성故城이 여전히 지금 현縣 남쪽 20리에 있으며 대해에 접해있지 않다. 일찍이 청주부青州府 사람에게 물어보니, 치수淄水는 안신진顏神鎮 동남 25리 악양산岳陽山 동쪽 기슭에서 출원하여 동북東北으로 흘러 래무곡萊蕪谷을 지난다고 하였다. 《한서 · 지리지》와도 일치하지 않는다. 동북으로 낙안현樂安縣 동쪽을 지나고, 다시 북쪽으로 거정巨淀에 유입되고, 다시 북쪽으로 나와 마차독馬車瀆에 주입되는데, 합쳐질 때 물이 대해로 유입된다. 지금을 기준으로 송나라 때를 맞추어보면, 치수淄水가 또한 대해로 유입되는 것은 채침이 그렇게 말했기 때문인 것인가? 잘 모르겠으나, 한대漢代에 치수甾水가 제수沛水에 유입되고, 제수에 유입된 후 돌고 돌아 대해로 유입되는 곳은 낭괴현琅槐縣으로, 지금의 낙안현樂安縣까지 거리가 50리이다.

어떤 이가 말했다.

치수淄水는 이미 제수濟水가 유입된다면, 치수淄水 또한 청주青州의 공도貢道로 띄울 수 있으니, "민수汶水에 띄워浮于汶"에 "치淄"자를 더해야 할 것이다. 그렇지 않으면, 치수淄水는 제수濟水에 유입되지 않는 것이다.

나는 웃으며 다음과 같이 응대하였다.

작은 물줄기가 공도貢道가 되지 않은 경우가 많은데, 어찌 유독 치수淄水만 그러했겠는가? 또한 치수淄水는 대부분 땅 아래로 흐르고伏流, 큰 비가 오면 강안江岸을 조금 적셨다가 가물 때는 바퀴를 적실 뿐으로, 세속에 말하는 아홉 번 마르고 열여덟 번은 물이 새어버린다는 것이니 어찌 공도가 될 수 있겠는가? 채침은 남송에서 나고 자랐으니, 비유하자면 문을 닫아걸고 수레를 만드는 것과 같아서 문을 열고 나가 바퀴를 맞추어보고 싶어도 어려울 것이다!

又按：余嘗謂古人文多連類而及之, 因其一並及其一,《禹貢》亦然. "江, 漢
朝宗于海", 漢入江, 江方入海. 因江入海, 漢亦同之; "伊, 洛, 瀍, 澗旣入于河",
伊, 瀍, 澗悉入洛, 洛方入河, 因洛入河, 並及于伊, 瀍, 澗, 皆連類之文也. 又古
人文多倒, 不盡以次,《禹貢》亦然. 東會于泗, 沂, 沂入泗, 泗入淮. 宜曰沂, 泗,
玆却曰泗, 沂; "西傾, 朱圉, 鳥鼠至于太華", 呂伯恭以《漢志》言朱圉在天水郡
冀縣, 則在鳥鼠東, 與經文次不合, 疑不在此. 不知余曾親經其山, 在今鞏昌
府伏羌縣西南三十里, 山色帶紅, 石勒四大字曰"禹奠朱圉". 當日道中雜詠,
有"丹嶂含朝景"之句, 卽指此. 依山之次, 宜曰西傾, 鳥鼠, 朱圉至于太華, 玆却
曰西傾, 朱圉, 鳥鼠者, 倒也. 至梁州貢道, 沔與潛通, 宜曰入于沔, 渭不與沔通,
宜曰逾于渭. 經文不然者, 乃傳寫偶誤, 不必曲爲說爾.

나는 일찍이 옛사람의 문장은 같은 것을 연결連類해서 언급한 것이 많
다고 했는데, 하나로 인하여 아울러 다른 하나를 언급하는 것으로,《우
공》도 그러하다. "강수江水와 한수漢水가 바다에 조종朝宗하듯 흘러간다江, 漢
朝宗于海"는 한수漢水가 강수江水에 유입되고 강수江水가 비로소 대해大海에 유
입된다는 말이다. 강수가 대해에 유입되므로 인해 한수도 동일하게 말하
였다. "이수伊水 · 낙수洛水 · 전수瀍水 · 간수澗水가 이미 하수河水에 유입되다伊,
洛, 瀍, 澗旣入于河", 이수, 전수, 간수가 모두 낙수에 유입되고, 낙수가 비로소
하수로 유입되는데, 낙수가 하수로 유입되는 것으로 인해 이수, 전수, 간
수를 아울러 언급한 것은 모두 같은 것을 연결連類시킨 문장이다. 또한 옛

사람들의 문장은 많이 도치되어 다 차례대로 하지는 않았는데, 《우공》도 그러하다. "동쪽으로 사수泗水 · 기수沂水에 모여東會于泗, 沂", 기수沂水는 사수泗水로 유입되고, 사수泗水는 회수淮水로 유입된다. 마땅히 기수沂水, 사수泗水로 말해야 하는데, 여기에서는 오히려 사수泗水, 기수沂水라고 하였다. "서경산西傾山 · 주어산朱圉山 · 조서산鳥鼠山로부터 태화산太華山에 이르며西傾, 朱圉, 鳥鼠至于太華"에 대해, 여조겸呂祖謙, 1137~1181, 자 백공(伯恭)은 《한서 · 지리지》에 주어산朱圉山은 천수군天水郡 기현冀縣에 있다고 하였으니 조서산鳥鼠山의 동쪽으로 경문經文의 차례와 맞지 않으므로 아마도 거기에 있지 않은 것 같다고 하였다. 잘 모르겠으나, 나는 일찍이 그 산을 직접 다녀왔는데, 지금의 공창부鞏昌府 복강현伏羌縣 서남西南 30리에 있는데, 산색山色은 홍색을 띠고 바위에 "우전주어禹奠朱圉, 우임금이 주어산에서 제사를 올리다"가 새겨져 있었다. 당시 여정에서 지은 시 가운데 "붉은 산은 아침의 풍경을 품었네丹嶂含朝景"라는 구절이 있는데, 바로 이를 가리키는 것이다. 산의 차례에 따르자면, 마땅히 서경西傾, 조서鳥鼠, 주어朱圉가 태화太華에 이른다고 해야 하지만, 오히려 서경西傾, 주어朱圉, 조서鳥鼠라고 한 것은 도치된 것이다. 양주梁州의 공도貢道[111]에 있어서, 면수沔水는 잠수潛水와 통하므로 마땅히 면수로 유입된다고 해야 하고, 위수渭水는 면수沔水와 통하지 않으므로 마땅히 위수渭水를 넘는다고 해야 한다. 경문이 그렇지 않은 것은 전사傳寫과정의 우연한 와변이므로 반드시 곡해해서 말한 것은 없다.

---

[111] 《우공》 "서경산(西傾山)으로 환수(桓水)를 따라 와서 잠수(潛水)에 띄우며, 면수(沔水)를 넘으며, 위수(渭水)로 들어가서 하수(河水)를 가로지른다."(西傾因桓是來, 浮于潛, 逾于沔, 入于渭, 亂于河)

又按：劉熙《釋名》云：“北海, 海在其北也. 西海, 海在其西也. 東海, 海在
其東也. 南海, 在海南也. 宜言海南, 欲同四海名, 故言南海.” 從未有釋及此.
又云：“濟南, 濟水在其南也. 濟北, 濟水在其北也. 義亦如南海也.”“義亦如
南海”, 此句最精. 蓋濟水在其北, 郡當名北濟, 今名濟北, 亦猶南海不名海南
而曰南海耳, 總屬倒裝文法. 古人語多倒. 至又云：“濟陰, 在濟水之陰也.” 此
其稱則順, 與上又不同. 古人遇此等處, 或順或逆, 聞之輒了然, 不似今人費
分剖矣.

번역 우안又按

유희劉熙《석명釋名》에서 다음과 같이 말했다. "북해北海는 바다가 그 북
쪽에 있다. 서해西海는 바다가 그 서쪽에 있다. 동해東海는 바다가 그 동쪽
에 있다. 남해南海는 해남海南에 있다. 마땅히 해남海南이라고 해야 하지만,
사해의 이름을 동일하게 하고자 하였으므로 남해南海라고 한 것이다北海,
海在其北也. 西海, 海在其西也. 東海, 海在其東也. 南海, 在海南也. 宜言海南, 欲同四海名, 故言南海." 여
전히 이를 해석하지 않았다.

또 말하였다. "제남濟南은 제수濟水가 그 남쪽에 있다. 제북濟北은 제수濟水
가 그 북쪽에 있다. 의미 또한 남해南海와 같다濟南, 濟水在其南也. 濟北, 濟水在其北也.
義亦如南海也." "의미 또한 남해와 같다"는 이 구절이 가장 정밀하다. 대체로
제수濟水가 그 북쪽에 있으면, 군郡은 마땅히 북제北濟라고 명명해야 하는
데, 지금은 제북濟北이라고 명명하였으니, 이 또한 남해南海를 해남海南으로
명명하지 않고 남해南海라고 하는 것과 같으며, 모두 도치 문법에 속한다.

옛 사람의 말은 도치를 많이 하였다. 또한 "제음濟陰은 제수濟水의 남쪽이다濟陰, 在濟水之陰也"이라고 한 것에 이르러서는 그 칭함이 순順하여 앞의 문장과는 같지 않다. 옛 사람들은 이런 곳을 만나면, 혹은 순順으로 따르고 혹은 역逆으로 하기도 하면서도 들으면 바로 알았으니, 오늘날 사람들이 애써 나누어 쓰는 것과는 같지 않았다.

원문

又按：蔡氏煞有未盡者, 如"會于渭汭", 汭字無傳, 讀者多以即上文"涇屬渭汭", 汭入涇, 涇入渭, 當其爲渭也. 且不知有涇奚有于汭? 自與"洛汭"之汭同一解. 蓋河之南,洛之北, 其兩間爲汭也, 在今鞏縣. 河自北來, 渭自東注, 實交會于今華陰縣, 故曰渭汭. "汭"字解有作水北者, 有作水所出者, 有作水之隈曲者, 有作水曲流者, 有作水中州者, 總不若《說文》"汭, 水相入也", 於此處爲確解. 夫言豈一端而已? 夫各有所當也. 或曰：二"汭"字同見雍州, 可各解乎? 余曰：何不可之有? 導山"過九江", "過"讀作經過之過, 謂禹導水過九江; 讀作"大水合小水之過", 謂岷江, 皦焉殊別也.《左氏》一書, 莊四年曰"漢汭", 閔二年曰"渭汭", 宣八年曰"滑汭", 昭元年曰"雒汭", 四年曰"夏汭", 五年曰"羅汭", 二十四年曰"豫章之汭", 二十七年曰"沙汭", 定四年曰"淮汭", 哀十五年曰"桐汭", 水名下繫以"汭"者衆矣, 又何疑于《禹貢》哉?

번역 **우안又按**

채침은 미진한 점이 많았는데, "위예渭汭로 모인다會于渭汭"와 같은 경우 예汭자의 주해가 없는데, 독자들은 대부분 앞 문장의 "경수涇水가 위수渭水

와 예수汭水에 속한다涇屬渭汭"고 하였고, 예수汭水는 경수涇水로 유입되고, 경수涇水는 위수渭水로 유입되므로 마땅히 그것이 위수渭水라고 여긴다. 이 또한 모르겠으나 경수涇水가 있는데 어찌 예수汭水가 있겠는가? 저절로 "낙예洛汭"의 예汭와 같은 풀이가 된다. 대체로 하수河水의 남쪽과 낙수洛水의 북쪽 그 사이를 예汭라고 하는데 지금의 공현鞏縣에 있다. 하수河水는 북쪽에서 흘러오고, 위수渭水는 동쪽에서 주입되니, 실로 지금의 화음현華陰縣에서 교회交會하므로 위예渭汭라고 부른다. "예汭"자의 풀이에는 물의 북쪽水北이라는 의미와, 물이 나오는 곳水所出이라는 의미와, 물이 굽이치는 곳水之隈曲이라는 의미와, 물이 굽어 흐르는 곳水曲流이라는 의미와, 물 가운데 모래톱水中州이라는 의미가 있는데, 이 모두는 《설문》의 "예汭는 물이 서로 들어가는 곳이다汭, 水相入也"라는 풀이만 못하니, 이 곳의 확실한 주해이다. 어찌 한 부분만 말할 뿐이겠는가? 각각 해당하는 바가 있는 것이다.

어떤 이가 물었다.或曰

두 "예汭"자가 모두 옹주雍州에 보이는데, 각각 다르게 해석될 수 있는 것인가?

나는 대답하였다.余曰

안될 것이 어디 있겠는가? (민岷)산山을 인도하여 "구강을 지나다過九江"의 "과過"는 경과經過의 과過로 읽으니, 우禹가 물을 이끌어 구강九江을 지남을 말한 것이다. "큰 물이 작은 물과 합하는 의미의 과過, 大水合小水之過"로 읽으면 민강岷江이 되므로, 명백하게 다름이 구별된다. 《좌씨》를 보면, 장공 4년에 "한예漢汭"라고 하였고, 민공 2년에 "위예渭汭"라고 하였으며, 선공 8년에 "활예滑汭"라고 하였으며, 소공 원년에 "낙예雒汭", 4년에 "하예夏

汭", 5년에 "나예羅汭", 24년에 "예장의 예汭, 豫章之汭", 27년에 "사예沙汭"라고
하였으며, 정공 4년에 "유예淮汭"라고 하였으며, 애공 15년에 "동예桐汭"라
고 하여, 수명水名 다음에 "예汭"라고 쓴 것이 많으니, 어찌 《우공》을 의심
하겠는가?

又按:《堯典》蔡《傳》:"《爾雅》曰:'水北曰汭.'"遍考《爾雅》, 並無其文,
豈宋代尙存, 今失之耶? 抑誤記安國《禹貢》傳爲《爾雅》耶?

우안又按

《요전》의 《채전》에 "《이아》에 '물의 북쪽을 예汭라 한다'고 하였다《爾
雅》曰:'水北曰汭'"고 하였다. 《이아》를 두루 살펴보아도 그 문장은 없는데,
어찌 송대에 있다가 지금 없어진 것이겠는가? 아니면 공안국의 《우공》
전傳을 《이아》로 잘못 쓴 것인가?

又按:第二卷論靑,徐,揚三州貢道, 蒙上文兗州之河, 皆不復言河, 一層脫
卸一層, 直屬敍法之妙. 尙未及荊,豫,梁,雍四州, 玆更補論曰:豫州爲南河,
止言達河, 不復繫以南者, 以見上文也. 上文荊州無河, 取道于豫州之洛, 由
洛入河, 故將南河字面預伏於此. 此二州爲一聯. 雍州爲西河, 不惟西河, 且
冠以龍門山名者, 以舟至此輒止, 龍門非可越. 梁州亦無河, 取道于雍州之渭,
由渭入河. 苟至渭尾, 泝流而上則至西河, 順流而下則至南河, 皆不必, 惟絶

河而渡, 登蒲州之西岸, 去帝都爲近. 特下一"亂"字, 水道顯顯然在人目前. 至
雍又會于渭汭, 不言河者, 蒙上文梁州, 則蔡《傳》所已及. 此二州又爲一聯,
凡皆敍法之至妙者.

번역 우안又按

　　제2권 청주靑州, 서주徐州, 양주揚州 세 주州의 공도貢道를 논함에 있어, 앞
선 연주兗州의 하수河水로 인해 모두 하수를 다시 언급하지 않은 것은 한층
한층 벗겨내는 직속直屬 서술법의 묘미이다. 형주荊州, 예주豫州, 양주梁州,
옹주雍州 네 주州에 대해서는 언급되지 않았지만, 여기에서 보충해서 논의
해보면 다음과 같다.

　　예주豫州는 남하南河가 되는데 단지 하수에 도달한다고만 하고 "남南"를
다시 덧붙이지 않은 것[112]은 앞에서 보이기 때문이다. 앞에 형주荊州에는
하수라는 말이 없고 예주의 낙수洛水에서 길을 취하였는데, 낙수로부터
하수로 들어가기 때문에 남하南河라는 글자 속에 미리 복선으로 깔아둔
것이다. 이 두 주州는 하나로 이어졌다. 옹주雍州는 서하西河가 되는데, 오
직 서하西河라고만 하지 않고 다시 용문산龍門山의 이름을 앞에 덧붙인
것[113]은 배로 거기에 이르러 갑자기 멈추게 되어, 용문산을 넘을 수 없기
때문이다. 양주梁州에도 하수河水가 없으므로 옹주의 위수에서 공도를 취
하여 위수로부터 하수로 들어간다. 진실로 위수의 끝에 이르러, 흐름을
거슬러 위로 올라가면 서하西河에 이르고, 흐름을 타고 아래로 가면 남하

---

112 《禹貢》浮于洛, 達于河.
113 《禹貢》浮于積石, 至于龍門・西河, 會于渭汭.

南河에 이르는데 모두 반드시 그렇게 하지 않고 오직 하수河水를 끊어 건너서 포주蒲州의 서안西岸을 오르는 것이 제도帝都와 가까웠다. 특히 뒤에 있는 "난亂"[114]자는 물길이 확실하게 사람의 눈앞에 드러난 것을 말한다. 옹주雍州에 이르러 다시 위예渭汭에 합하는데 하수河를 언급하지 않은 것은 앞의 양주梁州에서 말했기 때문이니 《채전》에서도 이미 언급한 것이다. 이 두 주州도 하나로 이어진 것이니, 이 모두는 모두 서술법의 지극한 묘미이다.

又按 : 孔《傳》爲蔡《傳》所壓, 實有勝蔡者. 如"九河旣道", 孔曰 : "河水分爲九道, 此在州界." 蓋別于大陸在冀州故. "又北播爲九河", 孔曰 : "北分爲九河, 以殺其溢, 在兗州界." 蓋見下逆河屬冀州, 於兗無涉, 故界畫分明至此. 《通典》以滄州景城郡隷古兗州, 平州北平郡隷古冀州, 皆合《禹貢》之迹. 滄州東北到平州五百里, 爲古逆河入海道. 蔡氏則謂兗州北盡碣石河右之地. 果爾, 則"夾右碣石入于河", 乃入兗州之河, 非冀矣. 夫非冀, 曷爲繫河于冀之末簡哉? 豈冀亦無河如荊, 梁二州也者, 必取道于豫州, 雍州之河, 而後二州末簡始得繫"河"字耶?

우안又按

《공전》이 《채전》에 의해 억눌렸지만, 진실로 《채전》보다 나은 점이 있

---

114 《禹貢》西傾因桓是來. 浮于潛, 逾于沔, 入于渭, 亂于河.

다. "아홉 갈래의 하수河水가 이미 예전의 물길을 회복하였다九河既道"와 같은 경우,《공전》에서 "하수의 물이 아홉 길로 나뉜 곳이 이 주州, 兗州의 지계地界에 있다河水分爲九道, 此在州界"고 한 것은, 대륙大陸이 기주冀州에 있다는 것과 구별하기 위해서였다. "또 북쪽으로 나누어져 구하九河가 되었다又北播爲九河"의 《공전》이 "북쪽으로 나누어져 구하九河가 되어 물이 넘치는 것을 감소시켰으니, 연주의 지계에 있다北分爲九河, 以殺其溢, 在兗州界"고 한 것은 뒤에 보이는 역하逆河가 기주冀州에 속하고 연주와는 관련이 없기 때문에 경계의 나눔을 분명하게 함이 이와 같았던 것이다. 《통전通典》은 창주滄州 경성군景城郡이 옛 연주兗州에 속하고, 평주平州 북평군北平郡이 옛 기주冀州에 속한다고 고증한 것은 모두《우공》의 자취에 부합한다. 창주滄州에서 동북東北으로 평주平州까지는 5백리로서 옛 역하逆河가 대해大海로 유입되는 길이다. 채침은 연주 북쪽으로 갈석碣石과 하서河西 지역까지 다 차지한다고 하였다. 과연 그렇다면, 《우공》기주冀州에서 "오른쪽으로 갈석碣石을 끼고서 하수河水로 들어간다夾右碣石, 入于河"고 한 것은 연주의 하수로 들어가는 것이지 기주가 아니다. 기주가 아닌데, 어찌하여 기주의 끝에 하수를 적은 것인가? 어찌 또한 기주가 형주荊州와 양주梁州 두 주에 하수가 없어서 반드시 예주와 옹주의 하수에서 공도를 취한 이후에 두 주의 끝에 비로소 "하河"자를 매단 것과 같겠는가?豈冀亦無河如荊, 梁二州也者, 必取道于豫州, 雍州之河, 而後二州末簡始得繫"河"字耶?

원문

又按:"至于陪尾", 孔, 蔡二《傳》並云:"豫州山".《漢志》:江夏郡安陸縣,

"横尾山在其東北, 古文以爲陪尾". 杜君卿隸諸古荆州, 則陪尾當爲南條江漢
北境之山, 與內方一列, 豈得爲北條大河南境之山乎? 宜改正. 然則何以正?
曰：《博物志》云："泗出陪尾", 其徐州之山乎? 徐西境, 豫東境正相接, 禹既
下太華, 乃於是而熊耳, 洛所經也; 而外方, 伊所經也; 而桐柏, 淮所出也; 至
于陪尾, 泗所出也. 則諸水之治, 亦可見矣. 若橫尾, 淮曷爲經? 此孔《傳》自
誤. 或曰：奈《漢志》何? 余曰：《漢志》,《禹貢》山川不從之者衆矣, 奚有于
是?《周官 · 保章氏》賈《疏》："外方,熊耳以至泗水,陪尾, 屬搖星." 公彥實從
《春秋緯》文來, 則漢人蚤作是解矣.

번역 우안又按

"배미산陪尾山에 이르렀다至于陪尾"의《공전》과《채전》은 모두 "예주의 산
이다豫州山"고 하였다.《한서 · 지리지》강하군江夏郡 안륙현安陸縣 (顔師古註에)
"횡미산은 그 동북쪽에 있는데, 고문은 배미산陪尾山이라고 하였다橫尾山在其
東北, 古文以爲陪尾"고 하였다. 두우杜佑, 735~812, 자 군경(君卿)이 옛 형주荆州의 모든
지리를 고증하였으니, 배미산陪尾山은 마땅히 남조강한南條江漢의 북쪽 경계
의 산으로, 내방산內方山과 같은 예列인데, 어찌 북조대하北條大河의 남쪽 경
계의 산[115]이 될 수 있겠는가? 마땅히 고쳐서 바르게 해야 할 것이다. 그
렇다면 어떻게 바로잡아야 하는가?《박물지博物志》에 "사수泗水는 배미산陪
尾山에서 출원한다泗出陪尾"고 하였으니, 배미산이 서주徐州의 산이겠는가?
서주徐州의 서쪽 경계와 예주豫州의 동쪽 경계는 서로 맞닿아 있고, 우禹가

115《채전》陪尾, 地志江夏郡安陸縣東北有橫尾山, 古文以爲陪尾. 今安州安陸也. 西傾不言導者,
　蒙導岍之文也. 此北條大河, 南境之山也.

이미 태화산太華山까지 내려왔는데, 그곳으로부터 웅이산熊耳山은 낙수洛水가 지나는 곳이고, 외방산外方山은 이수伊水가 지나는 곳이고, 동백산桐柏山은 회수淮水가 출원하는 곳이며, 배미산陪尾山에 이르러서는 사수泗水가 출원하는 곳이다. 그러므로 모든 물의 처음을 알게 된다. 만약 횡미산橫尾山이라고 한다면 회수淮水가 어찌 지날 수 있겠는가? 이것이《공전》이 저절로 오류라는 것이다.

어떤 이가 물었다.

《한서·지리지》는 어떻게 해야 하는가?

나는 대답하였다.

《한서·지리지》가《우공》의 산천山川을 따르지 않는 것이 매우 많은데, 어찌 여기에만 그러하겠는가?《주관·보장시保章氏》가공언《소》에 "외방산과 웅이산에서 사수泗水와 배미산陪尾까지는 요성搖星에 속한다"고 하였는데, 가공언《소》는《춘추위春秋緯》에서 온 것이니, 한인漢人들이 일찍이 이런 주해를 지었던 것이다.

원문

又按: "西傾因桓是來", 朱子亦從鄭康成《書注》曲爲說. 忽讀末葉氏曰: "雍言'織皮崐崘, 析支, 渠, 搜', 非中國之貢明矣. 疑'西傾'卽西戎之境, '熊, 羆, 狐, 狸織皮'文與'西傾因桓是來'相屬, 謂四獸織皮, 西傾之戎因桓水而以此來貢也." 不覺躍然. 然葉猶存"傾"字. 余謂直"戎"字之譌. 蓋西戎因桓是來, 最直截了當. 桓水出蜀郡蜀山西南, 行羌中, 《漢志》謂《禹貢》桓水"是也. 蔡《傳》不知引此, 而徒據《水經》云"西傾之山桓水出焉", 無論經無此文, 乃酈

《注》有之, 亦山亦雍山, 水亦雍水, 與梁州桓水別. 酈道元曰"岷山,西傾俱有桓水", 眞得其解矣.

번역 **우안又按**

"서경산西傾山으로 환수桓水를 따라 오다西傾因桓是來"에 대해, 주자도 정강성《서주書注》를 따라 완곡하게 설명하였다.[116] 문득 송宋 섭씨葉氏의 "옹주雍州에서 '직피織皮는 곤륜崑崙과 석지析支와 거渠와 수搜이다'織皮崑崙, 析支, 渠, 搜'"라고 말한 것은 중국中國의 공물이 아님이 명백하다. 아마도 '서경西傾'은 서융西戎의 경계로서, '작은 곰과 큰 곰과 이리와 살쾡이의 직피織皮이다熊, 羆, 狐, 狸織皮'의 문장이 '서경산西傾山으로 환수桓水를 따라 오다西傾因桓是來'와 서로 이어져서 네 짐승의 직피織皮를 서경西傾의 융戎들이 환수桓水를 따라 와서 공물로 바친다는 뜻일 것이다雍言'織皮崑崙, 析支, 渠, 搜', 非中國之貢明矣. 疑'西傾'即西戎之境, '熊, 羆, 狐, 狸織皮'文與'西傾因桓是來'相屬, 謂四獸織皮, 西傾之戎因桓水而以此來貢也"를 읽고는 나도 모르는 사이에 깨닫게 되었다. 그런데 섭씨葉氏는 여전히 "경傾"자를 두었다. 나는 "경傾"는 단지 "융戎"의 와변일 뿐이라고 생각한다. 대체로 서융西戎이 환수를 따라 온다는 것이 가장 타당하다. 환수는 촉군蜀郡 촉산蜀山 서남西南에서 출원하여 강중羌中을 지나는데,《한서 · 지리지》에서 말한 "《우공》의 환수《禹貢》桓水"이다. 《채전》은 이를 인용할 줄 몰랐고, 다만《수경》의 "서경산에서 환수가 나온다西傾之山桓水出焉"[117]를 인용

---

116 《서경대전(書經大全)》朱子曰 西傾雖在雍州, 其人有事於京師者, 必道取梁州, 因桓水而來, 故梁貢道及之.
117 《채전》에는 "水經曰西傾之南桓水出焉"으로 되어 있다.

하였는데, 《수경》 경문에는 이 문장이 없는 것을 물론이고, 역도원^{酈道元} 《주^注》에 있는 것도 산은 옹산^{雍山}이고 물도 옹수^{雍水}로서, 양주^{梁州}의 환수 와는 구별된다. 역도원은 "민산^{岷山}, 서경산^{西傾山}에 모두 환수^{桓水}가 있다^{岷 山, 西傾俱有桓水}"고 하였는데, 진실로 적절한 주해가 될 수 있다.

又按：太史公曰："余南登廬山, 觀禹疏九江." 嘗得《廬山圖經》, 案之有 所謂上霄峰者, 爲山絶頂處, 傳司馬遷嘗登于此. 因思當日從北而觀有九江 焉, 班固《志》尋陽縣"九江在其南, 皆東合爲大江", 應劭《注》"江自廬江, 尋 陽分爲九"是也. 從南而觀有九江焉, 劉歆曰"湖漢等九水入彭蠡, 故爲九江", 王莽更豫章郡曰九江是也. 然《通典》以湖漢水隸古揚州, 則與《禹貢》在荊者 不合. 太史公其必從北乎! 計其遺踪故道, 漢唐猶存. 孔安國曰："江于此州 界分爲九道, 甚得地勢之中." 郭璞賦江曰："源二分於岷崍, 流九派乎尋陽." 注《山經》曰："江自尋陽而分爲九, 皆東會于大江." 陸德明引《緣江圖》曰： "九江參差, 隨水勢而分, 其間有洲, 或長或短, 百里至五十里, 始別於鄂陵, 終會于江口." 徐堅曰："江至尋陽分爲九道." 杜佑曰："是大禹所疏, 桑落洲 上下三百餘里合流."皆歷歷可指數, 與太史公"疏"字合, 與湖漢等各爲一源者 不同, 與洞庭湖爲衆水會聚者復異. 夫孔曰"甚得地勢之中", 則不必如九河例 曰"旣道", 曰"播爲九"可知. "九江孔殷"繼于"江, 漢朝宗于海"之下者, 蓋上句 大槩說, 下句其細目. 江, 漢安流, 無復橫決, 勢遂奔趨于海, 非得此疏爲九派 之力乎? 正蔡《傳》所謂"費疏鑿者, 雖小必記"之例也. 豈別爲一地, 與上不相 屬者? 然且最爲明證, "九江納錫大龜", 孔曰："大龜出九江水中."《史記 · 龜策列傳》：“神龜出于江水中．廬江郡常歲時生龜長尺二寸者二十枚，輸太卜官．”是迄漢猶然．向嘗謂《禹貢》紀山川，不紀風俗；紀物產，不紀人才，以山川物產亘千年而不變者，于茲益信．則兩九江爲一處，在尋陽而不在澧州之下，巴陵之上斷可識矣．或曰：蔡《傳》謂“即今之洞庭”，引《水經》者非與？曰：未盡非也．詳玩《水經》之文，上有衡山，下有東陵，敷淺原，曰“九江地在長沙下雋縣西北”，似爲導山之“九江”，導江之“九江”作註，於“九江孔殷”無涉．然則兩九江可乎？曰：何不可之有？《禹貢》一書，有南條之荊山，有北條之荊山；有徐州之蒙山，有梁州之蒙山；有荊州之沱潛，有梁州之沱潛；有兗州之沮水，有雍州之沮水．或曰：上山水畢竟各見于一州，未聞一州之內水重見也者．曰：以山證之，豫州之內有導山之熊耳，在廬氏縣；有導水之熊耳，孔《傳》以爲宜陽縣．況九江一爲禹所疏，以人工名；一爲九水所會聚，以澤浸名．同見荊州內，何不可之有？爲禹所疏者曰“甚得地勢之中”，爲九水會聚者第曰“禹經之”而已，“江合之”而已，其書法固自別也．但故道唐猶存而宋眇然，以致諸公起而辨之．揚州浸曰五湖，張守節《正義》曰：“蓋古時應別，今並相連．”余亟賞其通人之言．秦與荊戰，取洞庭五湖．既有洞庭，又言五湖，則是九江既豬，九而爲五，又會五而爲一．水道之變如此，宋儒乃以己所未見而遽疑《禹貢》乎？且蔡氏之尤悠謬者，以今尋陽之地將無所容九江，不知漢尋陽縣在大江之北，今黃州府蘄州東潯水城是；東晉成帝咸和中始移于江南，今九江府德化縣西十五里是．杜佑曰“溫嶠所移也”，譬諸河源本在西南，而張騫乃求之西北，直差之毫釐，謬以千里．蔡氏郡邑之遷改，朝代之換易尚所不詳，而可與談水道乎？至《楚地記》吾不知其何代何人書，乃舍《山經》洞庭在九江之間不引而引此；朱子親定九江原委不引而引及澧水，澧却在九江數之外

者, 余之著斯考也, 將以上質紫陽, 下亦如道元云"山水有靈, 亦當驚知己于千
古矣", 豈好與蔡氏抵捂者耶?

[번역] **우안又按**

　태사공은 "나는 남쪽의 여산盧山을 올라 우禹임금이 소통시킨 구강九江
을 보았다余南登盧山, 觀禹疏九江"고 하였다. 일찍이 《여산도경盧山圖經》을 얻어
살펴보니, 상소봉上霄峰이라는 곳이 산의 정상인데 사마천이 일찍이 이곳
에 올랐다고 전한다고 하였다. 생각해보니, 당시에 북쪽으로 올라 구강
을 보았다면, 《한서 · 지리지》 심양현尋陽縣의 "구강이 그 남쪽에 있는데,
모두 동쪽에서 합하여져 대강大江이 된다九江在其南, 皆東合爲大江"고 하였고, 응
소應劭 《주》의 "강수江水는 여강盧江과 심양尋陽에서 나뉘어 아홉 줄기가 된
다江自盧江, 尋陽分爲九"는 것이 그것이다. 남쪽으로 올라 구강을 보았다면, 유
흠의 "호한湖漢 등의 아홉 줄기의 물이 팽려택彭蠡澤으로 들어가므로 구강
이 된다湖漢等九水入彭蠡, 故爲九江"는 것과, 왕망王莽이 예장군豫章郡을 구강九江으
로 고친 것이 그것이다. 그러나 《통전》은 호한수湖漢水를 옛 양주揚州로 고
증하였으니, 《우공》에서 형주荊州에 있는 것과 합치하지 않는다. 태사공
은 반드시 북쪽으로 올랐을 것이다! 아마도 그 남겨진 옛길이 한당漢唐
때 여전히 남아 있었을 것이다. 공안국은 "강수江水가 이 주州, 荊州의 지계地
界에서 나뉘어 아홉 길을 이루니, 매우 지세地勢의 적중함을 얻었다江于此州
界分爲九道, 甚得地勢之中"라고 하였고, 곽박郭璞의 《강부江賦》에서 "원류는 거래岷
峽에서 둘로 나뉘고, 물줄기는 심양尋陽에서 아홉 갈래로 나뉘네源二分於岷峽,
流九派乎尋陽"라고 하였으며, 《산해경山海經》주注에 "강수江水는 심양尋陽에서

나뉘어 아홉 줄기가 되고, 모두 동쪽으로 대강大江에 모인다江自尋陽而分爲九, 皆東會于大江"고 하였으며, 육덕명은 《연강도緣江圖》의 "구강九江은 가지런하지 못하여 수세水勢에 따라 나뉘는데, 그 사이의 모래섬은 길기도 하고 짧기도 하여 백 리에서 오십 리에 이르는데, 비로소 악릉鄂陵에서 나뉘어졌다가 마지막에는 강구江口에서 모인다九江參差, 隨水勢而分, 其間有洲, 或長或短, 百里至五十里, 始別於鄂陵, 終會于江口"를 인용하였으며, 서견徐堅, 660~729[118]은 "강수는 심양尋陽에 이르러 나뉘어 아홉 물길이 된다江至尋陽分爲九道"고 하였으며, 두우杜佑는 "대우大禹가 소통한 것으로 상락주桑落洲 위아래 삼백여 리에서 합류한다是大禹所疏, 桑落洲上下三百餘里合流"고 하였는데, 이들 모두 하나하나 손가락으로 셀 수 있는 것이 태사공의 "소疏, 소통시키다"자와 합치하고, 호한湖漢 등의 각 물줄기가 하나의 물이 되는 것과는 같지 않으며, 동정호洞庭湖가 여러 물들이 모이는 것과도 다르다. 대저 《공전》에서 "매우 지세의 적중함을 얻은 것이다甚得地勢之中"라고 하였으니, 반드시 구하九河의 예와 같이 "이미 예전의 물길을 회복하다旣道"거나 " 나누어져 아홉이 되었다播爲九"라고 하지 않아도 됨을 알 수 있다. "구강의 물길이 매우 바르게 흘렀다九江孔殷"가 "강수와 한수가 대해에 조종朝宗하듯 흘러들어간다江, 漢朝宗于海." 아래에 있는 것은 상구上句는 대강大綱을 말한 것이고 하구下句는 그 세목이다. 강수와 한수는 안정되게 흘러 다시 거꾸로 옆으로 세지 않고 그 기세 그대로 대해大海로 내달리는 것은 이 소통된 아홉 갈래 물결의 힘 때문이 아니겠는가? 바로 《채전》의 이른바 "소통하고 뚫음에 공력을 많이 허비

---

118 서견(徐堅) : 자 원고(元固). 당(唐) 현종(玄宗) 때의 중신(重臣)이다. 《측천실록(則天實錄)》, 《초학기(初學記)》 등을 편수하였다.

한 것은 비록 작은 물이라도 반드시 기록하였다費疏鑿者, 雖小必記"의 예이다.
어찌 별개의 다른 지역이 되어 앞뒤가 서로 이어지지 않겠는가? 그러나
가장 명확한 증거는 "구강에서 나오는 큰 거북은 바치라는 명령을 내리
면 바친다九江納錫大龜"의 《공전》에서 "귀大龜는 구강의 물속에서 나온다大龜
出九江水中"고 한 것이다. 《사기·귀책열전龜策列傳》에 "신귀는 강수 물 속에
서 난다. 여강군에서는 매년 때에 맞추어 길이 한 자 두 치 되는 살아 있
는 거북 20마리를 태복관에게 헌상한다神龜出于江水中. 廬江郡常歲時生龜長尺二寸者二
十枚, 輸太卜官"고 하였는데, 이는 한漢나라 때까지도 그러하였다. 예전에 말
했듯이, 《우공》은 산천山川을 기록하면서 풍속風俗은 기록하지 않았고, 물
산物産은 기록하면서 인재人才는 기록하지 않았는데, 산천과 물산은 천년
이 지나도 변하지 않음을 여기에서 더욱 믿을 수 있다. 그렇다면 두 구강
九江이 하나로 되는 곳이 심양尋陽에 있는 것이지 풍주澧州의 아래, 파릉巴陵
의 위에 있지 않다는 것을 확실하게 알수 있다.

어떤 이가 물었다.

《채전》에서 말한 "(구강은) 곧 지금의 동정호이다即今之洞庭"는 《수경》을
인용한 것이 아닌가?

대답하였다.曰

완전히 틀리지는 않았다. 《수경》의 문장을 상세하게 고찰해보면, 위로
는 형산衡山이 있고 아래에는 동릉東陵과 부천원敷淺原이 있으며, "구강 지역
은 장사長沙 하휴현下雋縣 서북西北에 있다九江地在長沙下雋縣西北"고 하였으니, 도
산導山의 "구강九江"과 도강導江의 "구강九江"을 위해 주해를 한 것으로 보이
고, "구강의 물길이 매우 바르게 흘렀다九江孔殷"와는 관련이 없다.

그렇다면 양兩 구강九江은 될 수 있는가?

안 될 것은 무엇인가? 《우공》에는 남조南條의 형산荊山과 북조北條의 형산荊山이 있으며, 서주徐州의 몽산蒙山과 양주梁州의 몽산蒙山이 있으며, 형주荊州의 타잠沱潛과 양주梁州의 타잠이 있으며, 연주兗州의 저수沮水과 옹주雍州의 저수沮水가 있다.

어떤 이가 말했다. 앞에 언급된 산수山水는 결국 한 주州에서 각각 보이는 것인데, 같은 주州 내에서 물이 중첩되어 보이는 것은 듣지 못하였다. 산을 증명해보면, 예주豫州 내內에 도산導山의 웅이熊耳가 있는데 여씨현盧氏縣에 있고, 도수導水의 웅이熊耳가 있는데 《공전》은 의양현宜陽縣이라고 하였다. 하물며 구강의 하나는 우禹가 소통시킨 것이니 인공人工으로 명명된 것이고, 하나는 아홉 물줄기가 합해져서 못에 모인 것으로 명명된 것이다. 모두 형주荊州내에 있는 것이 안 될 것이 무엇이겠는가? 우禹가 소통한 것을 《공전》은 "매우 지세의 적중함을 얻은 것이다其得地勢之中"라고 하였고, 아홉 물이 모인 것에 대해서는 단지 "우가 다스렸다禹經之", "강수가 합한다江合之"라고 했을 뿐이니, 그 서법書法이 진실로 저절로 구별된다. 다만 고도故道가 당대唐代에도 존재했으나, 송대宋代에는 묘연해졌기 때문에 제공諸公들이 변론하기에 이르렀다. 양주揚州의 못을 오호五湖라고 하는데, 장수절張守節 《정의正義》에 "옛날에는 응당 구별되었으나, 지금은 서로 연결되었다蓋古時應別, 今並相連"라고 하였다. 나는 박식한 사람의 말이라고 자주 칭찬하였다. 진秦이 형荊과 전쟁을 벌여, 동정洞庭 오호五湖를 취했다. 이미 동정洞庭이 있는데 다시 오호五湖라고 말하였으니, 이 구강九江은 이미 모여서 아홉이 다섯이 되고, 다시 다섯이 모여서 하나가 된 것이다. 물길의 변화가 이와 같은데, 송유宋儒들은 자신들이 보지 않은 것으로 급기야 《우공》을 의심한 것인가? 또한 채침이 더욱 잘못한 것은 지금의 심양尋陽 지역이 구강을 포용할 수 없다고 여긴 것이니, 한대漢代의 심양현이 대강 大江의 북쪽에 있었으며 지금의 황주부黃州府 기주蘄州 동쪽의 심수성尋水城이 며, 동진東晋 성제成帝 함화咸和, 326~334 연간에 비로소 강남江南으로 옮겼으 니 지금의 구강부九江府 덕화현德化縣 서쪽 15리임을 몰랐던 것이다. 두우杜 佑는 "온교溫嶠, 288~329[119]가 옮긴 곳이다溫嶠所移也"라고 한 것은 하원河源이 본래 서남西南에 있었는데 장건張騫이 서북西北에서 구하여 아주 작은 차이 가 천리千里의 잘못이 됨을 비유한 것이다. 채침은 군읍郡邑의 옮겨짐과 바 뀜, 조대朝代의 교체에 대해서도 잘 알지 못하는데 더불어 물길을 담론할 수 있겠는가? 《초지기楚地記》에 대해서 나는 그 책이 어떤 시대 어떤 사람 이 쓴 것인지를 모르는데, (채침은) 《산해경》의 동정洞庭이 구강九江의 사이 에 있다는 내용을 버려두고 인용하지 않고 《초지기楚地記》를 인용하였고, 주자가 직접 구강의 원위原委를 정한 것을 인용하지 않고 예수澧水를 언급 하였으니, 예수澧水는 도리어 구강九江의 숫자 바깥에 있는 것이다. 내가 이 고찰을 지어 위로는 주자에게 따져보고 아래로는 역도원이 말한 "산 수山水에 영험함이 있으니, 또한 천고에 자기를 알아줌에 놀라워한다山水有 靈, 亦當驚知己于千古矣"는 말과 같을 것이니, 어찌 채침의 저촉됨과 같겠는가?

---

119 온교(溫嶠) : 자 태진(太真). 晉朝祁 (今山西省祁縣) 人. 博學有識, 初爲劉琨參軍, 長安, 洛陽陷, 元帝鎮江左, 以琨使奉表勸進, 其母固止之, 嶠絕裾而去, 既至, 帝嘉而留之. 明帝立, 平王敦, 蘇峻之亂, 拜驃騎將軍, 封始安郡公, 諡忠武.

제87. 한漢 금성군金城郡은 소제昭帝 때 설치되었는데, 《공전》에 갑자기 나타남을 논함

원문

　應劭有言：“自秦用李斯議, 分天下爲三十六郡; 至漢, 又復增置. 凡郡, 或以列國, 陳, 魯, 齊, 吳是也; 或以舊邑, 長沙, 丹陽是也; 或以山陵, 泰山, 山陽是也; 或以川原, 西河, 河東是也; 或以所生, 金城之下得金, 酒泉之味如酒, 豫章樟樹生庭, 鴈門鴈之所育是也; 或以號令, 禹合諸侯, 大計東冶之山, 因名會稽是也.” 因考《漢·昭帝紀》：“始元六年庚子秋, 以邊塞闊遠, 置金城郡.”《地理志》“金城郡”, 班固《注》並同. 不覺訝孔安國爲武帝時博士, 計其卒當於元鼎末, 元封初, 方年不滿四十, 故太史公謂其蚤卒, 何前始元庚子三十載, 輒知有金城郡名,《傳》《禹貢》曰：“積石山在金城西南”耶? 或曰：郡名安知不前有所因, 如陳,魯,長沙之類? 余曰：此獨不然. 應劭曰：“初築城得金, 故名金城.” 臣瓚曰：“稱金, 取其堅固. 故《墨子》言‘雖金城湯池’.” 一說以郡置京師之西, 故名金城, 金, 西方之行. 則始元庚子以前, 此地並未有此名矣. 而安國《傳》突有之, 固《注》積石山在西南羌中,《傳》亦云在西南, 宛出一口, 殆安國當魏晉忘却身繫武帝時人耳!

번역

　응소應劭는 다음과 같이 말했다. “진秦 이래로 이사李斯의 의논으로 천하를 36군으로 나누었다. 한漢에 이르러 다시 설치를 더하였다. 무릇 군郡을 설치함에 열국列國으로 한 것은 진陳, 노魯, 제齊, 오吳이다. 구읍舊邑으로 한 것은 장사長沙, 단양丹陽이다. 산릉山陵한 것은 태산泰山, 산양山陽이다. 천원川原으로 한 것은 서하西河, 하동河東이다. 생산되는 것으로 한 것은 금성金城의 지역에서 나는 금金, 주천酒泉의 맛있는 술, 예장豫章의 뜰에 자라는 장수樟樹, 안문鴈門의 기러기가 자라는 것이 그것이다. 호령號令으로 한 것은 우禹가 제후諸侯를 규합할 때, 동야東冶의 산에서 크게 모의한 것으로 인해 회계會稽라고 명명한 것이다." 이로 인하여 살펴보건대, 《한서·소제기昭帝紀》 "시원始元 6년BC81, 경자년 가을, 변방을 넓혀 금성군金城郡을 설치하였다始元六年庚子秋, 以邊塞闊遠, 置金城郡"고 하였고, 《지리지地理志》 "금성군金城郡"의 반고班固 《주注》도 같다. 공안국은 무제武帝 때 박사博士가 되었고, 원정元鼎 말엽과 원봉元封 초기BC111~BC110에 죽었으므로 40세를 채우지 못했으므로 태사공은 공안국이 빨리 죽었다고 한 것과 맞지 않음을 몰랐던 것인데, 어찌 시원始元 경자년보다 30년 이전에 문득 금성군金城郡의 이름을 알아서 《우공》을 전주傳注하여 "적석산은 금성 서남 강중에 있다積石山在金城西南"고 한 것인가?

어떤 이가 물었다.

군명郡名이 진陳, 노魯, 장사長沙와 같이 이전에 기인한 바가 아닌지를 어떻게 아는가?

나는 대답하였다.

이것만은 그렇지 않다. 응소應劭는 "애초에 축성하여 금金을 얻었으므로 금성金城이라 명명하였다初築城得金, 故名金城"고 하였고, 신찬臣瓚은 "금金이라고 칭한 것은 그 견고함을 취한 것이다. 그러므로 《묵자》에서 '비록 금성탕지가 있더라도'라고 하였다稱金, 取其堅固. 故《墨子》言'雖金城湯池'"고 하였다.

일설에 군郡을 경사京師의 서쪽에 설치했기 때문에 금성金城으로 명명했다고 하는데, 금金은 서쪽의 항렬이다. 그렇다면 시원始元 경자庚子 이전에 그 지역에는 그런 지명이 없었다. 그런데 공안국《전》에 갑자기 나타났는데, 반고가 "적석산은 서남西南 강중羌中에 있다積石山在西南羌中"라고 주해하고,《공전》도 서남西南에 있다고 하여 완연히 같은 입에서 나온 것 같으니, 아마도 공안국이 위진魏晉시대에 있으면서 그 자신이 무제 때 사람임을 망각했던 했던 것이다!

원문

按：孔《傳》頗有苦心彌縫處, 如鄭康成《注》："滎今塞爲平地, 滎陽民猶謂其處爲滎澤, 在其縣東." 此是王莽時大旱, 濟瀆枯竭已久, 故爲是云. 孔《傳》實出鄭後, 却云"濟水入河, 並流數里, 溢爲滎澤, 在敖倉東南." 若不曾有大旱之事也者.《禹貢》有北江,中江而無南江. 班《志》"北江在毘陵縣北, 東入海; 中江出蕪湖縣西南, 東至陽羨入海", 補出"南江在吳縣南, 東入海". 孔《傳》云："有北, 有中, 則南可知." 非暗與班《志》相關合乎? 余尤愛其改《爾雅》二處：一"廣平曰原",《釋地》文也. 孔《傳》云："高平曰太原, 今以爲郡名." 其實吾郡隘于東西皆山, 不可云廣, 秖覺高而平. 安國語確. 一"一成曰岯",《釋山》文也. 及余登濬縣東南二里大岯山, 臣瓚所謂黎陽縣山臨河者, 覽其形實再重, 覺安國改之爲是, 作僞者亦不可沒哉!

번역 안按

《공전》에 제법 고심하여 미봉彌縫한 곳이 있으니, 정강성《주》"형滎은 지금은 메워져 평지가 되었는데도 형양 사람들은 아직 그곳을 형택榮澤이라 부르는데, 그 현 동쪽에 위치해 있다榮今塞爲平地, 榮陽民猶謂其處爲榮澤, 在其縣東"와 같은 곳이다. 이곳은 왕망王莽 때 크게 가물어, 물 도랑이 말라 고갈된 지가 이미 오래되었으므로 그렇게 말한 것이다.《공전》은 실로 정현 뒤에 출현하였는데, 도리어 "제수가 하수에 들어가서 또 아울러 몇 리를 흘러가다가 넘쳐서 형택이 되니, 오창敖倉의 동남쪽에 있다濟水入河, 並流數里, 溢爲榮澤, 在敖倉東南"고 하였으니, 일찍이 큰 가뭄의 사건이 없었던 것 같다.《우공》에는 북강北江과 중강中江은 있지만 남강南江은 없다.《한서·지리지》에 "북강은 비릉현 북쪽에 있는데 동쪽으로 대해로 유입되고, 중강은 무호현 서남에서 출원하여 동쪽으로 양선陽羨에 이르러 대해로 유입된다北江在毘陵縣北, 東入海; 中江出蕪湖縣西南, 東至陽羨入海"고 하였고, "남강은 오현 남쪽에 있고, 동쪽으로 대해로 유입된다南江在吳縣南, 東入海"를 보충하였다.《공전》이 "북강이 있고 중강이 있으니, 남강이 있음을 알 수 있다有北, 有中, 則南可知"라고 한 것은 암암리에《한서·지리지》와 서로 연합한 것이 아니겠는가?

나는 특히《공전》이《이아》의 두 곳을 바르게 고친 것을 좋아한다. 첫째, "넓고 평평한 곳은 원原이라고 한다廣平曰原"는《석지釋地》의 문장이다.《공전》은 "높고 평평한 지대를 태원太原이라 하는데, 지금은 고을 이름으로 삼았다高平曰太原, 今以爲郡名"라고 하였는데, 사실 내가 사는 곳太原이 동서가 모두 산으로 매우 좁으므로 "넓다廣"라고 말할 수 없으므로 문득 높고 평평하다는 것을 깨닫게 되었다. 공안국의 말이 확실하다. 둘째, "산이 한번 중첩된 것을 비岯라고 한다一成曰岯"는《석산釋山》의 문장이다. 내가 준

현澗縣 동남東南 2리의 대비산大伾山에 올랐는데, 신찬臣瓚의 이른바 여양현黎陽縣의 산山이 하수에 임한 것으로, 그 형태를 살펴보니 실로 두 번 중첩되어 있었으므로 공안국이 고친 것[120]이 옳다는 것을 깨달았는데, 거짓을 만들었더라도 다 없앨 수는 없을 것이다!

又按：《史記·大宛列傳》元狩二年庚申，"金城, 河西西並南山至鹽澤"，是時已有金城之名. 然《通鑑》胡三省《注》："金城郡, 昭帝於始元六年方置, 史追書也." 余亦謂騫卒元鼎三年丁卯, 尤先始元庚子三十三載, 安得有金城郡乎? 果屬追書.

우안又按

《사기·대원열전大宛列傳》 원수元狩 2년BC121, 경신, "금성, 하서 서쪽에서 남산을 따라 염택에 이르기까지金城, 河西西並南山至鹽澤"라고 하였는데, 이 시기 이미 금성金城이라는 지명이 있었다. 그러나 《통감》 호삼성胡三省 《주》는 "금성군은 소제昭帝 시원始元 6년에 설치되었으니, 사관이 추서追書한 것이다金城郡, 昭帝於始元六年方置, 史追書也"고 하였다. 내 생각에도 장건張騫은 원정元鼎 3년BC114, 정묘에 죽었고, 시원始元 경자년BC81보다 33년이나 더 빠른데, 어떻게 당시에 금성군이 있을 수 있겠는가? 과연 추서追書에 속할 것이다.

---

120 《공전》"낙예(洛汭)는 낙수(洛水)가 하수(河水)로 들어가는 곳이다. 산이 두 번 중첩된 것을 '비(伾)(岯)'라 한다. 대비(大伾)에 이르러서는 북쪽으로 흘러간다."(洛汭, 洛入河處. 山再成曰伾. 至于大伾而北行)

又按：黃子鴻, 誤信僞孔《傳》者, 向胡朏明難余曰：“安知《傳》所謂金城, 非指金城縣而言乎?” 朏明曰：“不然, 安國卒于武帝之世, 昭帝始取天水, 隴西, 張掖郡各二縣置金城郡. 此六縣中, 不知有金城縣否. 班《志》積石山繫河關縣下, 而金城縣無之. 觀'羌中', '塞外'四字, 則積石山不可謂在金城郡界明矣, 況縣乎? 且酈《注》所敍金城縣在郡治允吾縣東, 唐爲五泉縣蘭州治, 宋曰蘭泉, 即今臨洮府之蘭州也, 與積石山相去懸絶.《傳》所謂金城, 蓋指郡言, 而郡非武帝時有. 此豈身爲博士, 具見圖籍者之手筆與?”

번역 우안又按

황의黃儀, 자 자홍(子鴻)[121]는 위 《공전》을 신뢰하는 자였는데, 호위胡渭, 자 비명(朏明)에게 나를 비난하면서 “《공전》에서 말한 금성金城이 금성현金城縣을 가리켜 말한 것이 아닌지를 어찌 알겠는가?”라고 하였다.

호위가 대답하였다. “그렇지 않으니, 공안국은 무제 때 죽었고, 소제昭帝 때 비로소 천수天水, 농서隴西, 장액군張掖郡에서 각각 두 현을 취하여 금성군金城郡을 설치하였다. 이 여섯 현縣 가운데, 금성현金城縣이 있었는지는 알 수 없다. 《한서·지리지》에 적석산積石山은 하관현河關縣 아래에 있지만 금성현金城縣은 없다. '강중羌中'과 '변방 외塞外'의 네 글자를 보건대, 적석산積石山을 금성군金城郡 경계에 있다고 할 수 없는 것은 명백한데, 하물며 현縣이라고 할 수 있겠는가? 또한 역도원《주》에서 금성현金城縣은 군郡 관

---

121 황의(黃儀) : (생몰년미상) 자 자홍(子鴻). 혹은 자홍(子弘)이라고도 한다. 염약거(閻若璩)와 동시대 인물. 강소(江蘇) 상숙(常熟) 출신이다.

할의 연오현允吾縣 동쪽에 있다고 하였는데, 당대唐代는 오천현五泉縣으로 난주蘭州 관할이었고, 송宋은 난천蘭泉이라 하였으니, 곧 지금의 임조부臨洮府의 난주蘭州이며, 적석산積石山과의 거리는 현격하다. 《공전》에서 말한 금성金城은 대체로 군郡을 가리켜 말한 것이며, 군郡은 무제 당시에 있지 않았다. 어찌 박사의 신분으로 도적圖籍을 다 보고서 쓴 문장이겠는가?"

제88. 진대晉代에 명확하게 곡성穀城이 하남河南에 편입되었는데,
《공전》은 이미 그러한 사실을 기록했음을 논함

원문

《前漢志》河南郡穀成縣, 《注》曰 : "《禹貢》, 瀍水出晉亭北." 《後漢志》河南
尹穀城縣 "瀍水出", 《注》引《博物記》 : "出潛亭山." 至晉省穀城入河南縣, 故
瀍水爲河南所有. 作孔《傳》者亦云 : "瀍出河南北山." 此豈身爲武帝博士者
乎? 抑出魏晉間, 魏已倂二縣爲一乎? 實胡胐明教余云爾. 或難余 "河南" 安知
其不指郡言? 余則證以上文 "伊出陸渾山", "洛出上洛山", "澗出澠池山", 皆縣
也, 何獨瀍出而郡乎? 殆與黃子鴻金城指縣言相似, 皆左祖僞《書》者. 胡胐
明又曰 : "菏澤在定陶, 而《傳》云在湖陵; 伊水出盧氏, 而云出陸渾; 澗水出
新安, 而云出澠池; 橫尾山北去淮二百餘里, 而云淮水經陪尾; 江水南去衡山
五六百里, 而云衡山江所徑 : 決非武帝博士具見圖籍者之言也. 至孟津移其
名于河之南, 東漢安帝時始然, 而《傳》云在洛北. 是則吾友百詩教余云爾, 某
不敢諱也."

번역

《한서 · 지리지》 하남군河南郡 곡성현穀成縣 《주》에 "《우공》의 전수瀍水는
잠정晉亭 북쪽에서 출원하다《禹貢》, 瀍水出晉亭北"고 하였다. 《후한서 · 군국지》
하남윤河南尹 곡성현穀城縣 "전수가 출원한다瀍水出"의 《주》는 《박물기博物記》
의 "잠정산에서 출원한다出潛亭山"를 인용하였다. 진대晉代에 이르러 명백
하게 곡성穀城이 하남현河南縣에 편입되었으므로 전수瀍水가 하남河南의 소유

가 되었다. 《공전》을 지은 자도 "전수는 하남河南의 북쪽 산에서 출원한다灉出河南北山"고 하였으니, 이 어찌 무제 때 박사의 신분이겠는가? 아니면 위진魏晉연간에 출원한 것으로 위魏나라가 이미 두 현을 하나로 병합했기 때문인가? 사실은 호위가 나에게 가르쳐 준 것이다.

어떤 이가 나를 비난하였다. "하남河南"이 군郡을 가리켜 말한 것이 아님을 어떻게 아는가?

나는 그 앞 문장의 "이수는 육혼현의 산에서 출원한다伊出陸渾山." "낙수는 상락현의 산에서 출원한다洛出上洛山." "간수는 면지현의 산에서 출원한다澗出澠池山"가 모두 현縣으로 말한 것으로 증명하였는데, 어찌 유독 전수灉水만 출원하는 곳을 군郡으로 말했겠는가? 아마도 황의黃儀, 자 자홍(子鴻)가 금성金城을 현縣이라고 말한 것과 비슷하니, 모두 위僞《서》를 주인으로 섬기는 자들일 것이다.

호위가 또 말하였다. "하택菏澤은 정도定陶에 있었는데, 《공전》은 호릉湖陵에 있다고 하였고, 이수伊水는 노씨盧氏에서 출원했는데, 육혼陸渾에서 출원한다고 하였으며, 간수澗水는 신안新安에서 출원했는데 면지澠池에서 출원한다고 하였고, 횡미산橫尾山은 북쪽은 회수淮水와의 거리가 2백여 리인데, 회수淮水가 배미산陪尾山을 지나간다고 하였고, 강수江水는 남쪽으로 형산衡山과의 거리가 5~6백 리인데, 형산衡山은 강수가 지나가는 곳이라고 하였다. 이 모두는 무제 때의 박사가 도적圖籍을 보고서 말한 것이 결코 아니다. 맹진孟津이 하수의 남쪽으로 그 명칭을 옮긴 것은 동한東漢 안제安帝 때 비로소 그러했는데, 《공전》은 낙수의 북쪽이라고 하였다. 이는 내 친우인 염약거자 백시(百詩)가 나에게 가르쳐준 것으로 나는 감히 기피하지 않는다."

按 : 孔《疏》旣引《地理志》, 伊出盧氏熊耳山, 洛出上洛冢領山, 瀍出穀城
縣潛亭北, 澗出新安縣東南入洛, 又爲之說曰:"熊耳山在陸渾縣西, 冢領山
在上洛縣境內, 澠池在新安縣西, 穀城晉亭北, 北山卽河南境內之北山也.《志》
詳而《傳》畧, 所據小異耳." 胡朏明正曰:"按漢陸渾, 盧氏本二縣, 熊耳山在
盧氏縣西南五十里, 不與陸渾接界, 安得謂陸渾縣西之山, 而云'伊出陸渾
山'? 新安, 黽池, 亦本二縣. 澗水出新安, 穀水出黽池, 流同而源異. 今乃云'澗
出澠池山', 是以穀源爲澗源也. 此不惟畧也, 而且誤矣. 至于河南, 穀城亦本
二縣, 晉始省穀城入河南, 而《傳》云'瀍出河南北山', 是西漢時穀城山已爲河
南縣地也." 其精如此.

《공소》는 이미 《지리지》를 인용하여, 이수伊水는 노씨盧氏 웅이산熊耳山
에서 출원하고, 낙수洛水는 상락上洛 총령산冢領山에서 출원하며, 전수瀍水는
곡성현穀城縣 잠정潛亭 북쪽에서 출원하고, 간수澗水는 신안현新安縣 동남에서
낙수로 유입된다고 하였고, 또《공전》을 변호하여 다음과 같이 말하였
다. "(《지리지》가《공전》과 다른 점은) 웅이산은 육혼현 서쪽에 위치해 있고,
총령산은 상락현 경내에 위치해 있고, 면지산은 신안현 서쪽과 곡성 잠
정 북쪽에 위치해 있으니, 이는 곧 하남군 경내의 북쪽 산이다.《지리지》
는 상세하고《공전》은 소략한 것은 의거한 바가 조금 다를 뿐이다熊耳山在

陸渾縣西, 冢領山在上洛縣境內, 澠池在新安縣西, 穀城晉亭北, 北山即河南境內之北山也.《志》詳而《傳》畧, 所據小異耳."

　　호위가 정확하게 말하였다. "살펴보건대, 한漢의 육혼陸渾, 노씨盧氏는 본래 두 현縣으로서, 웅이산熊耳山은 노씨현盧氏縣 서남 50리에 있었고 육혼陸渾과는 경계를 접하지 않는데, 어찌 육혼현陸渾縣 서쪽의 산이라고 할 수 있으며, '이수가 육혼산에 출원한다伊出陸渾山'고 할 수 있겠는가? 신안新安, 민지澠池도 본래 두 현縣이다. 간수澗水는 신안新安에서 출현하고 곡수穀水는 민지澠池에서 출원하여, 흐름은 같지만 원류는 다르다. 지금 '간수는 민지산에서 출원한다澗出澠池山'고 하는 것은 곡수의 근원穀源을 간수의 근원으로 여긴 것이다. 이는 소략한 것이 아니라 잘못된 것이다. 하남河南과 곡성穀城에 있어서도 본래 두 개의 현縣으로서, 진대晉代에 비로소 명확하게 곡성穀城이 하남河南에 편입되었는데,《공전》에서 '전수는 하남의 북쪽 산에서 출원한다瀍出河南北山'고 한 것은 서한西漢 시기에 곡성산穀城山이 이미 하남현河南縣의 땅이었다는 말이 된다."

　　그 정밀함이 이와 같다.

원문

　　又按 : 庚午季夏, 置書局于洞庭東山, 撰輯《一統志》, 有分得福建者來質余曰 : 欲倣宋梁克家《三山志》, 建置沿革, 斷自周《職方》之有七閩始, 不上繫《禹貢》何如? 余曰 : 杜氏《通典》敍建安, 長樂, 淸源, 漳浦, 臨汀五郡於古揚州內, 未見唐人遠之於禹服外者.《元和郡縣圖志》亦然. 然《明一統志》福州等八府竟書爲《禹貢》揚州之域, 亦未安. 惟歐公妙有斟酌, 所撰《新唐志》於淮南道曰"蓋古揚州之域", 江南道曰"蓋古揚州之南境", 嶺南道曰"蓋古揚州之南境", "南境"與"域"字頗別. 微可議者, 江南道領有今蘇, 松, 常, 嘉, 湖, 正《禹貢》三江震澤地. 江州尋陽郡有彭蠡湖, 皆當日之域中, 豈得別之爲南境? 惟援其例, 書于福建一司則可. 福建府曰《禹貢》揚州之南境, 泉州府曰《禹貢》揚州之南境, 下迄漳州府並同, 方不卽不離. 蓋雖未顯見爲疆域, 未嘗不爲揚州師牧之所接. "聲敎訖于四海", 閩東南海也, 豈唐虞所得而遺之哉?

번역 **우안又按**

　경오년1690 늦여름季夏, 동정동산洞庭東山에 서국書局을 설치해서《일통지一統志》를 찬집撰輯하고 있을 때, 분명 복건福建에서 온 사람이 나에게 질정하기를, 송宋 양극가梁克家, 1127~1187[122]의《삼산지三山志》를 모방해서 연혁沿革을 두되, 주례《직방職方》의 칠민七閩[123]으로부터 하고, 위로는《우공》를 매달지 않으면 어떠냐고 하였다.

　나는 다음과 같이 말하였다.

　두우의《통전》은 건안建安, 장락長樂, 청원淸源, 장포漳浦, 임정臨汀 등 다섯 군郡을 옛 양주揚州 내에 서술하였고, 당인唐人이 그것들을 우복禹服 바깥의 멀리 있는 것으로 여긴 것은 보지 못했다.《원화군현도지元和郡縣圖志》도 마찬가지이다. 그러나《명일통지明一統志》에서 복주福州 등 여덟 부府를 끝내

122　양극가(梁克家) : 자 숙자(叔子). 천주(泉州) 진강(晉江)(지금의 복건(福建) 천주(泉州))출신이다. 남송(南宋)의 학자이다. 저서에는《순희삼산지(淳熙三山志)》,《중흥회요(中興會要)》등이 있다.

123　《주례(周禮)·하관(夏官)·직방(職方)》에 "사이(四夷)·팔만(八蠻)·칠민(七閩)·구맥(九貉)·오융(五戎)·육적(六狄)이다"고 하였다.(辨其邦國, 都, 鄙, 四夷, 八蠻, 七閩, 九貉, 五戎, 六狄之人民)

《우공》의 양주揚州 영역으로 기록한 것도 타당하지 않다. 오직 구양수 1007~1072는 신묘한 짐작을 했는데, 그가 편찬한 《신당서·지리지》의 회남도淮南道에서 "옛 양주揚州의 지역이다蓋古揚州之域", 강남도江南道에서 "옛 양주揚州의 남쪽 경계이다蓋古揚州之南境", 영남도嶺南道에서 "옛 양주揚州의 남쪽 경계이다蓋古揚州之南境"라고 하였는데, "남경南境"과 "역域"자는 사뭇 구별된다. 자세하게 의론할 수 있는 것에는 강남도江南道 관할 가운데 지금의 소蘇, 송松, 상常, 가嘉, 호湖 지역은 바로 《우공》의 (揚州) 삼강三江과 진택震澤 지역이다.[124] 강주江州 심양군尋陽郡에 팽려호彭蠡湖가 있는데, 모두 당시의 구역 안에 있었던 것인데, 어찌 구별하여 남쪽 경계라 할 수 있겠는가? 오직 그 범례를 끌어다 복건福建의 관할로 기록하면 될 것이다. 복건부福建府를 《우공》 양주揚州의 남쪽 경계南境라 하고, 천주부泉州府를 《우공》 양주揚州의 남쪽 경계라 하며, 아래로 장주부漳州府에 이르기까지 모두 같게 하면, 바야흐로 붙어있지도 떨어지지도 않게 된다. 비록 확실하게 강역疆域이 들어나진 않지만, 양주揚州의 사목師牧이 접한 바가 아닌 것이 없게 된다. "(천자의) 위성威聲과 문교文教가 사해에 모두 입혀졌다聲教訖于四海"는 것은 민閩의 동남해東南海를 포함한 것이니, 어찌 당우唐虞시대에 버려둔 것일 수 있겠는가?

원문

又按：先一載在京師，萬季野謂余："撰《一統志》，奚必及人物？人物自有

---

[124] 《우공》三江既入，震澤底定.

史傳諸書." 余頗駭其言. 及近覽《元和郡縣圖志》,《太平寰宇記》, 意果不重. 在此一州內, 或人物無, 或僅姓名貫址, 即間舉生平, 亦廖廖數語, 不似《明一統志》誇多汎濫, 令人厭觀. 因折衷二者之間, 不妨臚"名宦","流寓","人物", "列女"四項, 但取其言與行關於地理者, 方得採輯. 如"名宦", 則蜀守李冰以作離堆, 避沫水之害而收. 鄴令史起以引漳水漑鄴田, 富魏之河內而收. "列女", 趙襄子姊聞夫死, 摩笄自殺, 代人以名其山, 收入; 保安州顏文妻事姑孝, 甘泉湧室, 齊人以名其河, 收入. 益都縣梁鴻適吳, 卒葬地要離冢旁, 切陵墓矣, 收爲蘇州之"流寓". 雷次宗徵至都, 爲築館鍾山西巖下, 切古蹟矣, 收爲江寧之"流寓". 即例所不收之仙,釋, 如河上公結廬河濱, 漢文帝親枉駕; 梅福變名姓爲吳市門卒, 甚且許楊署都水掾, 爲太守興鴻卻陂數千頃田, 汝南以饒, 均寧得遺? 蓋不惟其人, 惟其地. 不然, 隨甚道德, 隨甚勳名及文藝, 苟無關地理, 槩不得闌入. 何者? 著書自有體要故. 善乎! 杜君卿有云:"言地理者在辨區域, 徵因革, 知要害, 察風土." 李弘憲云:"餙州邦而敍人物, 因丘墓而徵鬼神, 乃言地理者通弊. 至于丘壤山川, 攻守利害, 反畧而不書." 元和宰相之言, 施于撰述如此. 若張南軒論修志不可不載人物, 典刑繫焉, 世教補焉, 此則儒生之見, 以之點綴郡邑志則可, 非所論大一統之書卷帙浩繁者也.

번역 우안又按

예전 1년간 경사京師에 있을 때, 만사동萬斯同, 1638~1702, 자 계야(季野)이 나에게 말했다. "《일통지》를 찬집함에 어찌 반드시 인물을 언급하는 것인가? 인물은 본래 본사本史 열전 제서諸書에 있다." 나는 그 말에 제법 당황스러웠다. 근래 《원화군현도지元和郡縣圖志》와 《태평환우기太平寰宇記》를 살펴보니, 과연 중복되지 않은 것 같았다. 같은 주州 내에, 인물이 없기도 하고 단지 성명과 관지貫址만으로 하였으며, 간간히 생평生平만을 거론한 것에 있어서도 적막하게 몇 마디 뿐이니, 《명일통지明一統志》가 과다하게 넘쳐 흘러 사람들에게 보기 싫게 하는 것과는 같지 않았다. 그로 인해 두 가지 사이를 절충하여, "명환名宦", "유우流寓", "인물人物", "열녀列女"등 네 항목은 그대로 두되, 지리에 관련된 그 언행을 취하여 채집하였다. 가령 "명환名宦"의 경우, 후한後漢 촉蜀의 군수 이빙李冰이 이대離堆를 만들어 말수沫水의 수해를 피하게 한 것은 수록하였다. 전국戰國 위魏나라 업鄴의 영윤 사기史起가 장수漳水를 끌어다 업鄴의 밭을 개간開墾하여, 위魏의 하내河內를 부윤하게 한 것은 수록하였다. "열녀列女"의 경우, 조양자趙襄子의 누이가 지아비인 대왕代王이 살해당했다는 소식을 듣고 비녀를 갈아 자살하자, 대인代人들이 그 산을 마계산麻笄山이라 명명한 것은 수록하였다. 전국戰國 제齊나라 보안주保安州 안문강顏文姜[125]이 (먼 곳에서 물을 길러오는 수고로움으로) 시어머니를 효성스럽게 섬기자, 감천甘泉이 샘솟아 나왔고, 제인齊人들이 효부하孝婦河라고 명명한 것은 수록하였다. 후한後漢 익도현益都縣 양홍梁鴻이 오吳땅으로 가서 죽었는데, 장지葬地를 자객 요리要離의 무덤 옆으로 정한 것은 능묘陵墓를 잘라낸 것으로, 소주蘇州의 "유우流寓"에 수록하였다. 남조南朝 송宋 뇌차종雷次宗이 징용되어 국도國都에 와서 종산鍾山 서쪽 바위 아래에 학관을 지은 것은 고적古蹟을 잘라낸 것으로, 강녕江寧의 "유우流寓"에 수록하였다. 도교와 불교의 은둔자와 같은 경우는 수록하지 않았으

---

125 顏文姜은 顏文妻로 되어 있다. (上海古籍本, 儒藏本 동일)

니, 가령 하상공河上公[126]이 하수 가에 오두막을 짓고 살 때 한漢문제文帝가 친히 방문한 것과 매복梅福이 성명을 바꾸고 오吳의 시문市門을 만들다가 죽은 것 등인데, 또한 같은 은자라도 후한後漢의 허양許楊이 도수연都水掾을 맡아 태수太守 등신鄧晨을 위하여 홍각피鴻郤陂 수천 경頃의 밭에 제방을 쌓아 여남汝南 지역을 풍요롭게 만든 것도 똑같이 버려둘 수 있겠는가? 대체로 사람으로 기준삼지 않고 그 지리로 기준삼은 것이다. 그렇지 않고 도덕道德의 정도에 따르고 훈명勳名 및 문예文藝에 따르더라도, 진실로 지리와 무관한 것은 난입할 수 없다. 왜 그러한가? 책을 저술함에 저절로 체요體要가 있기 때문이다. 훌륭하도다! 두우杜佑, 735~812, 자 군경(君卿)는 "지리를 말하는 것은 구역을 변별하고, 연혁을 징험하며, 요해要害를 알며, 풍토風土를 살피는데 있다言地理者在辨區域, 徵因革, 知要害, 察風土"고 하였다. 이길보李吉甫, 758~814, 자 홍헌(弘憲)는 "주방州邦을 꾸며내되 인물을 서술하고, 분묘墳墓로 귀신을 징험하는 것은 지리를 말하는 자의 공통된 폐단이다. 구릉과 산천山川에 있어서 공수攻守의 이해利害는 도리어 간략하게 하고 기록하지 않는다飾州邦而敍人物, 因丘墓而徵鬼神, 乃言地理者通弊. 至于丘壤山川, 攻守利害, 反畧而不書"고 하였다. 원화元和 연간의 재상宰相의 말이 찬술에 영향을 끼침이 이와 같다. 장식張栻, 1133~1180, 호 남헌(南軒)의 지志를 편수함에 인물을 수록하지 않을 수 없으니 전형典刑과 연관되고 교화에 보탬이 되기 때문이라는 논의와 같은 것은 유생儒生의 견해로서, 그것을 군읍지郡邑志에 점철시키는 것은 괜찮으

---

[126] 하상공(河上公) : 한나라 때 사람으로, 성씨(姓氏)는 미상(未詳)이며, 문제(文帝, BC180~BC157 재위) 때 하수 가에 초막을 짓고 살았으므로 하상공이라고 불렀다. 문제가 《노자》를 읽다가 의심나는 곳이 있으면 하상공이 있는 곳에 관리를 파견하여 물었다. 노자의 《도덕경(道德經)》에 하상공주본(河上公注本)이 전해진다.

나 대일통을 논하는 서書의 권질에 방대하게 매달 것은 아니다.

원문

又按：有杭州人至局中者，　首問余曰："聞新志'人物'項別立一'狀元'項，
有是事否?" 余笑曰："俗不至此." 越兩月，偶閱景泰間陳循撰《寰宇通志》，
果有"狀元"一項，傳譌以此. 語局中諸公曰："狀元，三年一人耳，何當車載?
循當日曷不立狀元兼宰相者一項，以自位置，不尤夸乎? 所謂姚淶，楊維聰只
會中狀元，更無餘物. 今世豈復有道著者耶?" 姜西溟曰："此說見錢氏《列朝
詩集》，誣罔之甚. 某親遇姚氏後人授《明山存集》刻本，中有《贈衡山先生南
歸序》，曲盡嚮往之志，揄揚之詞. 其知衡山也深矣，烏得有相輕語?" 亟呼僕取
我篋衍此序來. 既至，余讀其首幅云"自唐承隋後，設科第以籠天下士，而士失
自重之節者幾八百餘年. 然猶幸而有獨行之士出其時，如唐之元魯山，司空表
聖，陸魯望，宋之孫明復"云云. 指曰："《新唐書·卓行傳》，元德秀少舉進士擢
第，司空圖咸通末擢進士，豈不從科第者耶? 有明狀元乃不讀《新唐書》." 胡
朏明從旁贊曰："惟不讀《新唐書》方中狀元，若讀《新唐書》，狀元中不得
矣!" 闃堂大笑.

번역 우안又按

　　항주杭州 사람이 서국書局에 와서 맨먼저 나에게 물었다. "듣자니, 새로
운 지志의 '인물人物' 항목에 별개의 '장원狀元' 항목을 두었다던데, 그러한
가?" 나는 웃으며 대답하였다. "속됨이 거기까지는 이르지 않았다." 2개
월이 지나, 우연히 경태景泰(1450~1456) 연간 진순陳循, 1385~1464[127]이 찬撰한

《환우통지寰宇通志》를 보았는데, 과연 "장원狀元" 항목이 있었으니, 이것이 잘못 전해진 것이었다. 서국書局의 제공諸公들에게 말했다. "장원은 3년에 1명뿐이니, 어찌 가마에만 태울 수 있겠는가? 진순은 당시에 장원을 재상과 함께 한 항목에 세우지 않고 별개로 세운 것은 너무 자랑하는 것이 아니겠는가? 이른바 요래姚淶, 호 명산(明山), 양유총楊維聰이 단지 회중會中의 장원狀元일 뿐이고 더 다른 것은 없다는 것이다. 지금 세상에 어찌 다시 도가 드러날 수 있겠는가?" 강서명姜西溟이 말하였다. "이 설은 전씨錢氏의 《열조시집列朝詩集》에 보이니, 속임이 심한 것이다. 내가 직접 요씨姚氏 후손을 만나 《명산존집明山存集》 별본을 받았는데, 그 가운데 《증형산선생남귀서贈衡山先生南歸序》는 매진하는 뜻과 선양하는 말이 곡진하였다. 요래는 형산衡山의 뜻이 깊다는 것을 알았으니, 어찌 서로 가볍게 말할 수 있었겠는가?"

빨리 종을 불러 나의 서가에서 《증형산선생남귀서贈衡山先生南歸序》를 가져오도록 했다. 가져와서 내가 수폭首幅을 읽어보니, "당唐나라가 수隋나라를 계승한 이후, 과거를 설치하여 천하의 선비를 모은 이래로 선비들이 스스로 절개를 잃어버림이 거의 8백여 년이 되었다. 그러나 오히려 다행스럽게도 독행의 선비들이 그 시기에 나왔으니, 당의 원덕수元德秀, 695?~754?, 호 노산(魯山), [128] 사공도司空圖, 837~908, 자 표성(表聖), [129] 육구몽陸龜蒙, ?~881,

---

[127] 진순(陳循) : 자 덕준(德遵). 호 방주(芳洲). 영락(永樂) 13년(1415) 장원(狀元) 급제하여 한림(翰林) 수찬(修撰)을 제수받았다. 저서에는 《방주집(芳洲集)》 10권, 《동행백영집구(東行百詠集句)》 등이 있다.
[128] 원덕수(元德秀) : 자 자지(紫芝). 당대(唐代) 시인(詩人).
[129] 사공도(司空圖) : 자 표성(表聖). 호 지비자(知非子), 내욕거사(耐辱居士). 만당(晚唐) 시인(詩人), 시론가(詩論家).

자 노망(魯望),¹³⁰ 송宋의 손복孫復, 992~1057, 자 명복(明復)¹³¹ 등"이라고 하였다. 지적하기를 "《신당서·탁행전卓行傳》에 원덕수는 어려서 진사에 급제하였고, 사공도는 함통咸通 말엽에 진사에 급제하였는데, 어찌 과거를 좇지 않은 자들이겠는가? 명明나라의 장원狀元이 《신당서》도 읽지 않은 것이다"고 하였다. 호위胡渭, 자 비명(朏明)가 옆에서 거들며 찬贊하기를 "오직 《신당서》를 읽지 않아야 장원狀元을 할 수 있는 것이니, 《신당서》를 읽는다면 장원이 될 수 없을 것이다!"고 하였다. 건물이 떠나가도록 크게 웃었다.

상서고문소증 권6 상上 종終

---

130 육구몽(陸龜蒙) : 자 노망(魯望). 호 천수자(天隨子), 강호산인(江湖散人), 보리선생(甫里先生). 당대(唐代) 시인(詩人).
131 손복(孫復) : 자 명복(明復). 호 부춘(富春). 북송(北宋) 이학가(理學家).